Ich heiße nicht Miriam

Das Buch

Wie fühlt sich nackte Angst ums Überleben an? Wie ist es, sein Leben lang verfolgt zu werden? Wie kann man als Ausgestoßene einen Platz in der Gesellschaft finden? Und wie kann man den Menschen je wieder vertrauen, wenn sie zu so grausamen Taten in der Lage sind?

Majgull Axelsson erzählt die Geschichte von Miriam, die einst Roma war und dann Jüdin wurde und bis ins tiefe Alter an ihrer Lebenslüge festhielt aus Angst davor, verstoßen zu werden.

Ein intensives Buch über das Recht des Stärkeren, den unbedingten Willen zu überleben, Liebe, Vertrauen, Verrat und das Glück, einen Menschen zu treffen, der zuhört.

Die Autorin

Majgull Axelsson gehört zu den erfolgreichsten Autorinnen Schwedens. Ihren Durchbruch hatte sie 1997 mit dem Roman *Die Aprilhexe*, für den ihr der renommierte August-Preis der schwedischen Verlegervereinigung verliehen wurde. Weitere Romane von ihr wurden ins Deutsche übersetzt. Als ausgebildete Journalistin hat sich Majgull Axelsson schon immer für gesellschaftliche Randgruppen interessiert und ihnen in ihren Büchern eine Stimme verliehen.

Von Majgull Axelsson ist in unserem Hause
außerdem erschienen:

Die Aprilhexe

Majgull
Axelsson

Ich heiße nicht Miriam

Roman

Aus dem Schwedischen
von Christel Hildebrandt

List Taschenbuch

Besuchen Sie uns im Internet:
www.ullstein-buchverlage.de

MIX
Papier aus verantwortungsvollen Quellen
FSC® C083411

Ungekürzte Ausgabe im List Taschenbuch
List ist ein Verlag der Ullstein Buchverlage GmbH, Berlin.
1. Auflage März 2017
3. Auflage 2019

Titel der schwedischen Originalausgabe: *Jag heter inte Miriam*
(Brombergs, Stockholm, 2014)
Umschlaggestaltung: bürosüd° GmbH, München,
unter Verwendung einer Vorlage von Büro Jorge Schmidt, München
Titelabbildung: © DEA/A. de Gregorio/getty images
Satz: Pinkuin Satz und Datentechnik, Berlin
Gesetzt aus der Fairfield
Druck und Bindearbeiten: CPI books GmbH, Leck
ISBN 978-3-548-61340-6

ZWISCHENRAUM

DJELEM, DJELEM
Oh, Roma, from wherever you have come
With your tents along lucky roads
I too once had a large family
But the black legion murdered them
Come with me, Roma of the world

Žarko Jovanović
Übersetzung: Ron Lee

Es ist immer noch Nacht, dennoch scheint die Sonne.

Nässjö ruht still unter dem klarblauen Himmel. Kein Windhauch streichelt die Birken des Stadtparks, kein Motor brummt die Rådhusgatan entlang, kein Zug saust auf den Bahnhof zu. Es ist so still, dass eine einsame Taube, die mit wiegendem Schritt über den Stora Torget eilt, plötzlich stehen bleibt und dem Sonderbaren lauscht. Vollkommen reglos steht sie da, den Kopf etwas zur Seite geneigt, wachsam abwartend, doch dann entdeckt sie ein halbes Brötchen ein Stück weiter und vergisst die Sache, setzt eilig einen roten Fuß vor den anderen und trippelt dorthin, sprachlos vor Glück über dieses Festmahl, das dort auf sie wartet. Nicht dass sie besonders hungrig ist. Niemand ist heutzutage noch besonders hungrig in Nässjö, nicht einmal Vögel oder Ratten. Hier gibt es genug zu essen für alle.

Trotzdem träumt Miriam vom Hunger. Seit mehr als sechzig Jahren versteckt sie sich in dieser Stadt und sie hat während dieser Zeit nicht eine Stunde hungern müssen, dennoch träumt sie jede Nacht vom großen Hunger ihrer Jugend. Das hat nichts mit dem Leben zu tun, das sie als Erwachsene gelebt hat oder das sie heute lebt, dennoch wird sie diese Träume nicht los, sie ziehen heran und beherrschen sie, zwingen sie achtundsechzig Jahre oder mehr zurück in der Zeit, bringen sie dazu, sich zu ducken und wegzulaufen, den Blick zu senken und den Rücken zu krümmen, ein Stück Brot von jemandem zu stehlen, der nicht mehr in der Lage ist, es zu essen, zu versuchen, einen kleinen Bruder zu füttern, der nicht einmal mehr schlucken kann, dicht neben Else beim Appell zu stehen und stumm das Alphabet herunterzuleiern, um nur Sekunden später in Elses unnatürlich groß geweitete Augen zu schauen, diese Augen, die …

All das geschieht immer und immer wieder. Nacht für Nacht. Und wenn außerdem noch Kaiser, der Schäferhund des Nachbarn, anfängt zu bellen, wenn er frühmorgens in den Garten hinausgelassen wird, dann glüht Miriams Inneres vor Angst, wenn sie die Augen aufschlägt.

Doch in dieser Nacht bellt Kaiser nicht, er schläft noch im Bett seines korpulenten Herrchens, also kann sie sich erlauben, langsam wach zu werden und eine Zeitlang zwischen Schlaf und Wachzustand zu verweilen. Diesen Zwischenraum liebt sie über alles, ein äußerst realer Raum, obwohl er nur in ihrer Phantasie existiert, ein Raum, in dem sie ihre Träume lenken und sie sanft und freundlich werden lassen kann, ein Raum, in dem all die Toten noch leben, in dem sie die Freiheit hat, zu sein, wer sie will und wo sie will, frei zwischen Zeiten und Orten schweben kann, zwischen Erinnerungen, Traum und Wirklichkeit. Aber das tut sie nicht. Nicht heute. Ganz im Gegenteil: Jetzt bleibt sie stehen und schaut sich um, registriert, dass der Zwischenraum an diesem Morgen kreisrund ist und dass alle seine Türen angelehnt sind. Gestern waren es vierundachtzig, heute sind es fünfundachtzig geworden, das weiß sie, ohne nachzählen zu müssen. Sie sind alle aus Teak, mit einer glänzenden Klinke versehen. Tatsächlich ähneln sie den Schranktüren in ihrer allerersten eigenen Küche, dieser Küche, die sie heißer und inniger geliebt hat, als sie jemals Olof liebte, und das will schon etwas heißen. Doch daran denkt sie im Augenblick nicht.

Sie bleibt stattdessen vor ihren Schranktüren stehen und mustert sie, versucht auszurechnen, welches die erste und welches die letzte ist, hütet sich aber davor, eine von ihnen weit zu öffnen. Und siehe da! Hinter einer Tür entdeckt sie ein gestreiftes Stück Baumwollstoff, und das genügt, sie streckt die Hand aus und schlägt sie zu, lässt dann die Hand über die fünfzehn Türen davor und die fünf danach gleiten und schlägt sie alle mit kurzem, präzisem Schlag zu. *Peng-peng-peng!* Dann schaut sie sich um und lässt die Schultern sinken, lächelt und zieht ihren langen weißen Zopf über die Schulter nach vorn, streicht ihn unter der Nase entlang, als wäre er ein verschmustes kleines Haustier. So. Jetzt ist es an der Zeit, ganz allein für sich Geburtstag zu feiern, bevor der Rest der Familie aufwacht und ihre Erinnerung stört.

Fast eine halbe Stunde lang schaut sie in die vielen Schränke ihrer Erinnerung. Da läuft ihr ein kleiner Thomas entgegen, da nimmt sie ihn ganz fest in den Arm und wirbelt ihn herum, immer im Kreis herum, ihr gepunktetes Kleid huscht vorbei, und sein Kinderlachen lässt auch sie lachen. Und da ist sie Brautjungfer bei Hannas Hochzeit, und der Brautstrauß zittert in ihrer Hand, als Hanna in herzzerreißendes Weinen ausbricht, genau in dem Moment, als Egon ihr den Ring auf den Finger schiebt. Ich bin so glücklich, schluchzt Hanna und fährt sich ganz unpassend mit der rechten handschuhbekleideten Hand unter der Nase entlang. Entschuldigt! Ich bin nur so glücklich! Und alle lachen. Egon lacht und Olof lacht, der Bürgermeister lacht, der Notar lacht und Miriam lacht, doch plötzlich jammert Thomas in seinem Kinderwagen, und sie beugt sich hinunter und stopft die hellblaue Baumwolldecke fester um ihn. Aber hinter der nächsten Schranktür ist sie selbst die Braut, und sie kann sehen, wie schön sie ist, als sie in ihrem weißen Kleid den Mittelgang der Kirche entlanggeht. Sehr jung, sehr dunkel und sehr schön, doch Olof sieht etwas ängstlich aus, wie er an ihrer Seite geht. Vielleicht denkt er an seine vorige Hochzeit, seine richtige Hochzeit, die in der großen Kirche in der Innenstadt stattfand, aber diese Ehe währte nur gut ein Jahr, bis zu dem Tag, an dem seine junge Ehefrau Thomas gebar, an dem sie aufhörte zu atmen und ihr Herz aufhörte zu schlagen, und an dem sie sich unter keinen Umständen wieder zurück ins Leben locken ließ. Es kann auch sein, dass er sich Sorgen macht, weil Miriam, ohne ihm ein Wort davon zu sagen, nur einen Tag nachdem er um ihre Hand angehalten hatte, ins Kirchenbüro ging und erklärte, sie wolle dem Glauben ihrer Väter abschwören und in die schwedische Staatskirche eintreten – wenn sich das denn machen lasse. Und natürlich ließ sich das machen. Pfarrer Klintberg sabberte fast vor Begeisterung und machte sofort einen Termin für die Taufe gleich am kommenden Sonntag aus. Olof weiß, dass Miriam sich nicht so sicher ist, ob es tatsächlich einen Gott gibt, und er teilt ihre Zweifel in dieser Richtung, dennoch belastet ihn ihr Entschluss. Könnte es sein, dass sie nur wegen der Hochzeit konvertiert ist? Weil sie den Mittelgang der Sankta-Valborgs-Kapelle im weißen Kleid, mit Schleier und Myrtenkranz entlanggehen will? Weil sie hinterher in ihrem geliebten weichen Kaninchenpelz auf der Vortreppe der Kapelle stehen will, wenn seine Verwandten und Freunde Reis über sie regnen lassen? Und wenn dem so ist: Zu welcher Art von Mensch hat sie das werden lassen?

Zu einem Menschen, der dich liebt, flüstert Miriam mehr als sechzig Jahre später die Antwort. Zu einem Menschen, der bereits alles verloren hatte, sogar sich selbst, und der wusste, dass er es nicht überleben würde, sollte er auch dich verlieren; zu einem Menschen, der bereit war, zu lügen und einen Meineid zu schwören, nur damit du ihn niemals verlässt, und der in seiner großen Naivität glaubte, dass eine kirchliche Trauung mehr für dich bedeutete, wichtiger wäre und die Ehe sicherer und stabiler machen würde als eine standesamtliche. Du durftest nicht gehen! Deshalb mussten wir uns in der Kirche trauen lassen. Trotz Gott. Sicherheitshalber.

Sicherheit war das wichtigste Wort dieser Zeit, das hatte sie damals schnell begriffen. All diese sicheren Schweden wollten mehr Sicherheit haben, größere Sicherheit, geradezu übermenschliche Sicherheit. Die Schatten der Vergangenheit jagten sie, und sie jammerten die ganze Zeit über das, was gewesen war. Die letzte große Hungersnot vor nur vier Jahrzehnten! Die Arbeitslosigkeit, die Armut und Demütigung mit sich gebracht hatte, vor zwei Jahrzehnten! Der Krieg, der vor nur einem Jahrzehnt bis dicht an die Grenzen des Landes gekommen war, der Krieg, in dem Menschen auf der anderen Seite der Grenze erschossen und zerfetzt wurden, verhungerten und vergast wurden, zu Tode misshandelt und durch Zwangsarbeit vernichtet. Nichts schien die Erinnerung an ihre schrecklichen Schreie dämpfen zu können, aber niemand hier im Land mochte sie noch hören, niemand wollte daran denken, dass es Augenblicke des Verrats gegeben hatte, sogar ziemlich viele Augenblicke des Verrats, nein, höchstens wollten sie an ein paar verspätete Augenblicke des Heldenmuts denken, sogar ziemlich viele Augenblicke voller Heldenmut, aber am liebsten dachten sie doch daran, dass alle, sogar die Arbeiter, inzwischen am Sonntagmittag einen Braten auf dem Teller hatten, dass sie alltags Frikadellen und Bratwurst statt gebratenen Hering essen konnten, dass alle, wirklich alle, jeden Sommer drei Wochen bezahlten Urlaub bekamen und dass einige besonders fleißige Arbeiter sich sogar ein Auto anschaffen konnten. Ein eigenes Auto! Einen winzigen Volkswagen, der vor ihrem winzigen Eigenheim stand. Die Zukunft war also nicht länger auf dem Weg zu ihnen. Die Zukunft war da.

Und so erging es auch Miriam, das erkennt sie, als sie hinter die Schranktüren schaut, die sich kurz nach der Hochzeit öffnen. Da läuft sie lächelnd in ihren Garten, ein Tablett in den Händen, und es ist Sommer um sie herum. Die aprikotfarbenen Rosen blühen in den Beeten, die rosa Pfingstrosen zeigen ihre Blüten, und ein noch kümmerlicher, frisch gepflanzter Falscher Jasmin hat seine ersten Knospen geöffnet und präsentiert seine weißen Sterne. Auf dem Tablett steht ihre selbstgemachte Rhabarberlimonade aus dem vorherigen Jahr, ihr frischgebackener Marmorkuchen und die luftigen Zimtwecken, die inzwischen ihr ganzer Stolz sind. Olof lächelt sie an und erklärt, er hätte gern vor dem Kaffee ein Glas Rhabarberlimonade, schließlich sei Miriams Rhabarberlimonade die beste auf der ganzen Welt. Und Thomas drückt sich fest an sie und stimmt seinem Vater zu. Die beste Limonade auf der ganzen, ganzen Welt.

Hinter der nächsten Luke ist er bereits größer und eckiger geworden, aber immer noch ist es ihr Junge. Nie benutzt er ihr gegenüber Schimpfwörter oder macht Fratzen hinter ihrem Rücken, andererseits achtet sie aber auch genau darauf, sich ihm nicht aufzudrängen. Gibt ihm nur selten einen Kuss auf die Wange und ergreift seine Hand nur, um zu kontrollieren, ob die Handschuhe immer noch passen, und wenn sie nicht mehr passen, dann bittet sie ihn, die Wolle auszusuchen, aus der sie ihm neue stricken wird. Grau? Gut. Dann wird sie ein Paar graue Fingerhandschuhe für ihn stricken.

Hinter der nächsten Luke sieht sie sich selbst, wie sie in dem schönen Wohnzimmer sitzt, in dem schönen Haus, das Olof geerbt hat, mit den schönen Möbeln, die er ihnen gekauft hat, denn Olof verdient gut, Olof ist Zahnarzt, und kein anderer Zahnarzt in Nässjö verdient so gut wie er, und sie sitzt auf ihrem schönen Sofa von Carl Malmsten und strickt, als plötzlich alles einfach verschwindet. Ihr kariertes Kleid wird zu einem gestreiften Sträflingskittel, die Strümpfe schmelzen weg, die Schuhe lösen sich ins Nichts auf, das Parkett unter ihren Füßen wird plötzlich zu rohem Zement, und alles, was noch bleibt, das ist die graue Winterdämmerung vor dem Fenster und der Schnee, der fällt, und für einen kurzen Moment ist sie zurück in Ravensbrück, und Else starrt mit aufgerissenen Augen und leerem Blick vor sich hin, während das Fieber sie einfängt, und Miriam schreit, sie schreit und hört sich selbst schreien, schlägt sich die Hände vor den Mund, um sich zum Aufhören zu zwingen. Dann sitzt sie eine ganze Weile reglos da, schließt die Augen, unterdrückt den Schrei, öffnet anschließend langsam wieder die Augen und schaut sich um. Alles ist wie immer. Es sind die Sechziger, eine ruhige Dämmerung im Februar, sie sitzt in ihrem schönen Wohnzimmer, und auf ihrem Schoß liegt ein halbfertiger Handschuh, den ihr Stiefsohn bald bekommen soll.

Nein, sie will nicht an diesen Nachmittag erinnert werden. Sie will sich an keine Nachmittage dieser Art erinnern, deshalb eilt sie an den anderen Schranktüren vorbei und läuft zur letzten angelehnten Luke, reißt sie weit auf und schaut hinein, lächelt das vertraute Bild an, das ihr hier begegnet. Da liegt sie selbst in ihrem gemütlichen kleinen Schlafzimmer, es ist ein neues Jahrhundert und ein neues Jahrtausend. Die Wände sind blassblau, der Bettbezug dunkelblau-weiß kariert, die Gardinen dünn und weiß. An der Wand steht das Geschenk, das sie früher einmal zu einer Dame unter Damen gemacht hat: Hannas Sekretär in glänzendem Mahagoni. Vor der geöffneten Balkontür steht Olofs Ohrensessel, den sie drei Jahre nach seinem Tod neu hat beziehen lassen. Das ist jetzt zwölf Jahre her, aber das sieht man ihm nicht an, der Stoff ist immer noch fest und dunkelblau, der Nachmittagssonne ist es in der ganzen Zeit nicht gelungen, ihn auszubleichen. Über der Armlehne liegt ihr neuer Morgenmantel, auch er in hellem Graublau. Blau ist nämlich ihre Lieblingsfarbe. Ihr gefallen alle Nuancen von Blau, alles von Eisblau bis Indigo, von Azurblau bis Taubenblau, von Türkis bis Himmelblau, von Kornblumenblau bis Kobalt …

Blau ist gediegen, erklärte Hanna einmal vor langer, langer Zeit. Wenn du dich für Blau entscheidest, dann bist du immer auf der sicheren Seite. Und die junge Miriam nickte mit ernster Miene und machte sich mental eine Notiz. Gediegen. Hinterher ging sie in ihr Zimmer und schlug das Wort in der Wörterliste der Svenska Akademie nach, um zu erfahren, was es bedeutete. Gepflegt. Ordentlich. Geschmackvoll. Sie nickte lächelnd. Natürlich wollte sie gediegen erscheinen. Inzwischen denkt sie nur noch selten an dieses Wort, es ist ihr selbstverständlich geworden. Schließlich ist sie eine Dame. Eine richtige Dame. Eine Dame, die sehr oft blau gekleidet ist. Doch niemals gestreift.

Aber jetzt träumt diese Dame, dass sie aus ihrem Bett aufsteht, obwohl sie ja eigentlich liegen bleibt. Sie betrachtet sich in dem Spiegel an der Stirnwand und streckt ein wenig den Rücken, macht sich dann ein erstes Geburtstagsgeschenk, indem sie sich jünger und schöner träumt, als sie eigentlich ist, bevor sie den Morgenmantel überzieht und fest in der Taille zuknotet. Der Zopf bleibt im Halsausschnitt hängen, mit einer schnellen Bewegung zieht sie ihn heraus und legt ihn sich auf die Schulter, streicht dann mit der Hand darüber und stellt zufrieden fest, dass er zumindest in ihrer Phantasie dick und fest ist wie eine wohlgenährte Schlange. Anschließend legt sie sich ihre sorgsam manikürte Hand oben auf den Schädel und drückt zu. Und das Wunder geschieht, das Wunder, das an jedem Geburtstag eintrifft. Die Schädeldecke öffnet sich, und sie kann die Hand in ihren eigenen Kopf stecken und das Gehirn herausholen, sie kann es in ihren Händen halten, während sie den Kopf leicht schüttelt, so dass sich die Schädeldecke wieder schließt. Einen Moment lang bleibt sie einfach stehen und betrachtet ihr Gehirn, muss dabei lächeln, und ihr kommt der Gedanke, dass das, was sie hier in ihren Händen hält, als einzigartig unter allen Wunderwerken angesehen wird, die es in diesem Universum gibt, vielleicht sogar einzigartig für alle Universen. Das menschliche Gehirn. Ein kleiner Klumpen in Grau und Rosa, der alles lernen kann, was nur zu lernen möglich ist, der erinnern und vergessen kann, lügen und die Wahrheit sagen, träumen und phantasieren. Ein kleiner Klumpen, der weiß, dass er lebt, und der sicher genauso gut weiß, dass er sterben wird, auch wenn er ständig versucht, das Unvermeidliche auszublenden und zu vergessen. Hier ist es, und es gehört ihr. Sie besitzt ein menschliches Gehirn. Sie hält ihr Gehirn in ihren Händen und weiß, dass sie damit auch den Kosmos in den Händen hält.

Nicht schlecht, flüstert sie sich selbst zu. Absolut nicht schlecht.

Ganz leise huscht sie ins Wohnzimmer, schaut sich aber nicht um, ahnt nur am Rande ihres Blickfelds, dass alles genauso ist, wie es sein soll. Das Taubenblau des Carl-Malmsten-Sofas ist links zu erahnen, das Porträt von Olofs Großmutter lächelt genauso freundlich wie immer von rechts, aber Miriam sieht es nicht an, sie hat ihren Blick fest auf den grauen Klumpen in ihren Händen gerichtet und eilt schnell auf den Flur, weiter durch die geschlossene Tür die Treppen hinunter, läuft durch die Haustür hinaus, ohne sie zu öffnen, um dann doch auf der Vortreppe stehen zu bleiben, sie hält inne und erlaubt sich, einen Moment lang das zu genießen, was sie sieht. Der prächtige Garten. Der weiße Flieder, der immer noch blüht. Der Weg, den sie gestern geharkt hat. Der schmale Pfad, der zum Strandvägen führt. Das Gras auf der anderen Seite. Dahinter der Ingsbergssjön. Und dann Nässjos Silhouette auf der anderen Seite. Der Stadtpark. Das Rathaus. Und weit hinten der Kirchturm, der herausfordernd in den Himmel zeigt. Plötzlich drängen sich Bilder einer anderen Stadt und eines anderen Kirchturms auf und überdecken das, was sie sehen sollte, doch sie weigert sich, lässt nicht zu, dass sie eindringen und die Herrschaft übernehmen. Sie zwingt sich zurück an den Ort, der nun seit mehr als sechzig Jahren ihr Zuhause ist, denn sie ist nicht in Ravensbrück, und das ist nicht der Kirchturm von Fürstenberg, den sie sieht. Sie ist in Nässjö. Es ist der Kirchturm von Nässjö, der da hinten hochmütig und gebieterisch in den Himmel ragt. Und der Geruch, dieser Gestank nach verbrannter Haut und verbranntem Fleisch, der plötzlich die ganze Welt erfüllt, den will sie loswerden, so schnell es nur geht …

In der nächsten Sekunde steht sie unten am Strand. Eine braungesprenkelte Entenmutter lässt ein leises knarrendes Geräusch der Empörung vernehmen und hat es plötzlich ganz eilig, ihre frisch geschlüpften Küken aus dem kleinen Schilfnest, in dem sie geschlafen haben, hinauszujagen. Was ist das? Wieso meint dieses langbeinige Wesen das Recht zu haben, zu dieser frühen Stunde, die doch den Tieren gehört, am See herumzulaufen? He? Sie wirft den Kopf leicht nach hinten und schwimmt ein Stück auf den See hinaus, mit den sieben gelben Daunenbällchen hinter sich, bremst dann ab und dreht sich um, sucht Miriams Blick.

»Entschuldigung«, sagt Miriam. »Aber das musste sein.«

Und dann tut sie es. Sie lässt das braune Wasser des Ingsbergssjön klar und eisblau werden, sorgt dafür, dass alle Pflanzen auf seinem Grund verschwinden und von nacktem Sand ersetzt werden, es gelingt ihr, jede Mücke in der Luft und jede kleine Mikrobe im Wasser zu entfernen. Dann lässt sie sich auf die Knie fallen, immer noch mit dem Gehirn in beiden Händen und ohne das geringste Zittern. Ihr Gleichgewicht ist perfekt, und ihre von Arthrose befallenen Knie tun überhaupt nicht weh, sanft wie eine junge Balletttänzerin sinkt sie zu Boden, beugt sich dann vor und taucht ihr Gehirn in das glasklare Wasser, lässt es in jede Windung eindringen, jeden Hohlraum ausfüllen, weiterfließen und jede Zelle waschen, entfernt zunächst alle ekligen alten Gerüche aus ihrem Gehirn, dann alle unangenehmen Erinnerungen und schließlich alle bösen Gedanken, anschließend drückt sie es wie einen Schwamm aus und legt wieder die Hand auf den Kopf. Drückt zu, so dass die Schädeldecke sich öffnet. Legt vorsichtig das frisch gewaschene Gehirn an seinen Platz und schüttelt sanft den Kopf, damit sich die Öffnung wieder schließt. Dann schaut sie sich um und holt tief Luft. Jetzt riecht die Welt gut. Jetzt duftet sie nach Traubenkirsche und Flieder, Rosen und Maiglöckchen. Und es ist schön.

Die Birke in ihrem Garten lässt ihr Laub im Sonnenlicht schimmern, das Haus dahinter – ihr Haus! – zeigt eine tiefere Wärme in seiner roten Farbe, und die vier weißen Pfeiler an der Treppe sind eine Spur dicker geworden, so dass die Proportionen endlich stimmen. Der Speichel in ihrem Mund schmeckt plötzlich frisch wie reines Quellwasser. Eine Nachtigall singt irgendwo in der Nähe, es ist eine lustige Melodie, die jedem Menschen, der bei offenem Fenster schläft, die schönsten Träume beschert. Sehnsuchtsträume. Wunschträume. Der Wind lacht hinter Miriam und wirbelt um sie herum, streichelt sie wie mit kühler Seide und hebt sie hoch, lässt sie einen Moment lang über den See fliegen, trägt sie dann aber wieder ganz vorsichtig zurück ans Land, hinauf in den ersten Stock ihres Hauses, und setzt sie sanft auf dem Balkon vor ihrem Schlafzimmer ab. Miriam lächelt und winkt der Entenmutter auf dem See zu. Siehst du, jetzt hast du deine Welt wieder! Das Wasser ist wieder braun, die Fliegen surren über deinem Kopf, und das gute Seegras wächst. Und ich bin von meinen Erinnerungen befreit!

Doch im selben Moment bellt Kaiser.

Kaiser ist ein dämlicher Hund. Dumm im Kopf. Er kann nicht denken und er will nicht denken, treibt sich nur in seinem Garten herum und tut so, als wäre er der Aufpasser. Kläfft und brüllt. Seht euch nur vor, ihr Spatzen, hier komme ich! Knurrt und murrt. Wehe euch, ihr verdammten Eichhörnchen, jetzt ist hier Schluss mit lustig! Meckert und poltert. Stirb, verfluchte Amsel, gleich werde ich dir den Kopf abbeißen! Alles gefolgt von einem munteren Brummen. Jawohl! Denen habe ich es gegeben. Hier bin ich derjenige, der für Ordnung sorgt! Zumindest bis mein Herrchen kommt.

Kaisers Herrchen ist nur wenig intelligenter als sein Hund, aber genauso sehr darauf versessen, zu herrschen. Wenn er die Terrassentür öffnet, wird Kaiser sofort zahm und gefügig, seine Ohren kippen nach hinten, der Schwanz fällt nach unten, der ganze Körper wird untertänig zu Boden gezogen.

»Schnauze, Kaiser«, brüllt sein Herrchen, wobei er sein T-Shirt hochzieht und sich am dicken Bauch kratzt. »Hörst du! Halt endlich die Schnauze …«

Kaiser kapiert natürlich nichts, aber er weiß, dass sein Herrchen im Rang über ihm steht, deshalb zeigt er weiterhin seine Unterwerfung. Verzeih, dass es mich gibt, sagt seine Körpersprache: Entschuldige, dass ich überhaupt existiere. Gibt es möglicherweise etwas, das ich tun könnte, um die Gunst Eurer Hochwohlgeboren zu gewinnen? Jemanden, dem ich einen Schrecken einjagen kann, damit die Welt nicht bemerkt, wie ängstlich Ihr selbst seid, oh unvergleichlicher Herrscher? Jemand, den ich nach Strich und Faden zusammenbellen kann? Jemand, dem ich ins Bein beißen kann? Ich würde so schrecklich gern einem Eurer Feinde ins Bein beißen …

»Halt einfach die Schnauze«, sagt sein Herrchen noch einmal, knallt dann die Terrassentür zu und verschwindet. Kaiser lässt sich folgsam zu Boden sinken, bleibt dort eine ganze Minute lang liegen, bis ein kleiner Zeisig in einem Busch vor seiner Nase landet. So eine Frechheit! Schon wieder ein Vogel. Hier! Im Garten seines Herrchens! Diesen verdammten Buchfinken wird er umbringen.

Und schon bellt er wieder.

Das Gebell lässt Miriam richtig aufwachen.

Sie setzt sich im Bett auf und schlägt eine Hand vor den Mund, als wollte sie sich zum Schweigen zwingen, und die andere aufs Herz, als wollte sie seinen Schlag besänftigen. Sie ist nicht in der Zeit zurückgefallen. Das ist Geschichte. Sie ist nicht in Deutschland. Sie sitzt nicht in einer Zelle im Strafblock des Konzentrationslagers.

Gleichzeitig tut sie das doch. Die Zeit existiert nicht mehr. Sie hört eine *Aufseherin*, die mit knallenden Absätzen zwischen den Zellen entlanggeht, zusammen mit ihrem Schäferhund, einem dieser unglaublich gehorsamen Wachhunde in Ravensbrück, ein Wesen, das offenbar ganz genau weiß, was auf diesem Flur von ihm erwartet wird. Der Geruch der Gefangenen sickert heraus, obwohl die Eisentüren dicht gegen den Zement der Türrahmen schließen, die Moleküle der Angst gleiten durch die Luft in seine Nase und erfüllen ihn mit einem äußerst zufriedenstellenden Gefühl des Triumphs. Doch einige einzelne Moleküle haben eine andere Form, nur gering von den anderen abweichend, aber trotz allem eine Abweichung, die groß genug ist, um ihn zu erregen. Abscheu! Da sitzen Feinde hinter einigen dieser Türen, die ihn verabscheuen und – noch schlimmer – sein Frauchen verabscheuen. Das ist empörend! Er wird sie töten!

Aber das darf er nicht. Im Strafblock soll man langsam sterben, das ist seinem Frauchen befohlen worden, und deshalb hält sie ihn an der kurzen Leine, auch wenn sie sein dumpfes Knurren freundlich belächelt. Das Leben soll langsam aus den Frauen entweichen, die an diesem Freitag ausgepeitscht werden, es soll wie die schwarzen Blutstropfen und die Wundflüssigkeit aus ihren blaugestreiften Rücken auf den Boden sickern. Der Hunger dieser Frauen, die seit vier Tagen nichts mehr zu essen bekommen haben, soll ihre ohnehin schon ausgemergelten Körper dazu bringen, sich zusammenzuziehen vor Qualen, so dass auch diejenigen, die aus reinem Trotz aufgestanden sind und stehen bleiben, nach nur kurzer Zeit spüren, wie ihre Beine ihnen den Dienst versagen und wie der Tod seinen schwarzen Schlund unter ihnen öffnet. Und die Frauen, die bereits seit mehreren Wochen in der Dunkelzelle sitzen, werden plötzlich von schrecklichen Wachträumen heimgesucht, sie sollen von den Halluzinationen von Sandstränden, Palmen und Meereswasser, die sie tagelang am Leben erhalten haben, in Phantasien von einem kleinen Hundezwinger getrieben werden, in dem die Köter der Nazis warten. Große schwarze Schäferhunde versammeln sich vor ihnen, große, reinrassige schwarze Schäferhunde, die dumpf knurren und ihre Zähne zeigen, denen sich das Fell sträubt und …

Doch plötzlich bleibt *die Aufseherin* vor einer Tür stehen, leint den Hund am Haken daneben an und zieht ihre Schlüssel heraus. Schließt auf. Öffnet die Tür zwischen einer Welt und einer anderen. Schaut und lässt sich selbst anschauen. Sie ist sich ihrer Schönheit wohl bewusst, wie sie hier steht. Ihr blondes Haar mit der frischen Dauerwelle, die runden Wangen, bedeckt von einem Hauch hellen Puders, das Schiffchen sitzt keck schräg auf dem Kopf. Die Stiefel der *Aufseherin* sind frisch geputzt worden von einer Frau, die zu den Zeugen Jehovas gehört, und sie glänzen genauso intensiv wie der Traum dieser

Zeugin von dem irdischen Paradies, der Hosenrock ist frisch gebügelt, und der Kragen der weißen Bluse liegt knitterfrei über dem Aufschlag der Uniformjacke. Die Peitsche hält sie hinter dem Rücken. Sie schlägt nicht mit ihr, wedelt nicht mit ihr, hebt sie nicht einmal, hält sie nur hinter ihrem Rücken, kann aber kaum ein Schmunzeln unterdrücken bei dem Gedanken, dass die Gefangene da drinnen sie trotzdem sehen kann.

Die Gefangene ist nicht schön. Sie ist groß und krankhaft mager, aber so sehr in sich zusammengesunken, dass sie trotzdem nicht größer ist als *die Aufseherin*. Ihr Glück. Sie steht vorgebeugt wie eine alte Frau, obwohl sie nicht viel älter als fünfzehn, sechzehn Jahre sein kann. Der Mund ist halb geöffnet, als würde sie gleich sabbern, wie eine Geisteskranke. Ihr Blick huscht flackernd zwischen dem Hund und der Aufseherin hin und her, hin und her.

»*Raus*«, brüllt *die Aufseherin*. »Raus mit dir ...«

Es dauert fünfzehn Sekunden, bis sie gehorcht, fünfzehn Sekunden des Zögerns, in denen der Blick des Mädchens zwischen dem Hund und der blonden Frau noch dreimal hin und her huscht. Das genügt. *Die Aufseherin* hebt die Peitsche.

»Hast du nicht gehört, was ich gesagt habe, du Dummkopf? Bist du taub? *Raus! Raus! Raus!*«

Und das Mädchen, dieses junge Mädchen, das am heutigen Tag fünfundachtzig Jahre alt wird, unterdrückt einen Schrei und eilt auf den Flur. Im gleichen Augenblick ist sie zurück in Nässjö, sie hört die leisen Schritte vor ihrer Tür, ahnt, dass es Thomas' Hausschuhe und Katarinas Pantoffeln sind, und schnell wischt sie sich die Tränen aus den Augenwinkeln und zieht die Bettdecke zurecht, schiebt dann die Kissen hinter ihrem Rücken etwas höher, dass sie sich ans Kopfende des Betts lehnen kann, hebt die Hand und streicht das weiße Haar glatt. Dann legt sie auf dem karierten Bettbezug eine Hand auf die andere, um das Bild einer ruhig wartenden alten Frau vollkommen zu machen. Lächelt. Sie hat alles beiseitegeschoben. Ist bereit. Und da kommen sie. Singend. *Zum Geburtstag viel Glück, zum Geburtstag viel Glück …*

»Wir gratulieren ganz herzlich«, sagt Thomas, nachdem sie ihr Lied beendet haben, und schaut sie lächelnd an, ein kleines Päckchen in der Hand. Er hat mal wieder versucht, seine Glatze zu tarnen, dieses Mal, indem er sich die Haare ganz kurz hat schneiden lassen. Aber das nützt auch nichts.

»Liebe Schwiegermutter«, sagt Katarina, die gleich hinter ihm steht und den Kopf schräg legt. Sie versucht genauso zielstrebig wie Miriam die Rolle der zufriedenen, ruhigen Frau zu spielen. In den Händen hält sie das Tablett. Ein Tablett mit Kaffeetassen, geschmierten Broten und einer Kerze mit zitternder Flamme.

»Herzlichen Glückwunsch, Oma«, sagt Camilla, setzt sich auf die Bettkante und lässt ihren Sohn Sixten los. Der ist zwei Jahre alt und sieht in seiner geringelten Jogginghose mit schwarzen und gelben Streifen wie eine Wespe aus. Eine unglaublich süße kleine Wespe. Er krabbelt zu Miriam, schlingt ihr die Arme um den Hals und gibt ihr einen nassen Kuss auf den Mund. Der Geschmack seines Speichels erinnert sie an das, was sie gerade geträumt hat. Quellwasser. Sie lächelt.

»Ui«, sagt sie und drückt den Kleinen an sich. »Na, so was …«

Und dann läuft alles wie immer ab. Lachen, Geplauder und Stühlescharren. Thomas legt das Päckchen ans Fußende des Bettes und holt zwei Stühle aus dem Wohnzimmer, einen für Katarina und einen für sich. Katarina stellt das Tablett auf den Nachttisch und pustet die Kerze aus.

»Sicherheitshalber«, sagt sie und zeigt ein blasses kleines Lächeln. Miriam nickt zustimmend, lässt Katarina aber nicht aus den Augen. Warum muss sie immer zeigen, wie ängstlich sie ist? Fünfzehn Jahre leben sie und Katarina nun im selben Haus und teilen sich denselben Garten, und dennoch begreift sie nicht, warum Katarina immer so nervös ist, warum sie immer davon redet, wie viel Angst sie vor Feuerausbrüchen und Unfällen hat, warum sie erklärt, sie fürchte sich vor lauten Stimmen und aggressivem Ton, warum sie behauptet, Schmutz und Unordnung würden ihr Angst einjagen. Schließlich lebt sie ein sicheres Leben in einem sicheren Land, ist Mutter und Großmutter gesunder Kinder, hat niemals einen Faustschlag gegen ihren Kopf erleben müssen oder spüren, wie der Rücken von einer Lederpeitsche aufgerissen wird. Dennoch macht sie sich ständig Sorgen und fürchtet alles, krümmt den Rücken und hält die Arme dicht am Körper. Es sieht so aus, als glaubte sie, ihre Welt befände sich in einer Seifenblase, die so empfindlich ist, dass die geringste kleine Bewegung sie platzen ließe und damit alles zerstört wäre.

»Fünfundachtzig Jahre«, sagt Thomas und klopft Miriam leicht auf die Hand. »Und immer noch kerngesund. Nicht schlecht. Nein wirklich, nicht schlecht.«

Miriam lächelt.

»Aber eigentlich bin ich nie älter als achtzehn geworden.«

»Innerlich bist du jung geblieben, ja …« Camilla legt den Kopf schräg und lächelt. »Na, ich glaube schon, dass du ein bisschen älter bist. Mindestens zwanzig.«

»Wieso das?«

»Du hast doch wohl das Gehirn einer Erwachsenen?

Das hat doch nicht aufgehört zu wachsen, bis deine Stirnlappen ganz entwickelt waren?«

Miriam runzelt die Stirn, lächelt und scheint darüber nachzudenken. »Ich habe keine Ahnung, weißt du. Schon möglich.«

Thomas legt Camilla eine Hand auf die Schulter. Genug, sagt diese Geste. Keine Probleme, bitte. Dann räuspert er sich.

»Die Medizinstudentin hat gesprochen. Aber jetzt ist es Zeit für dein Geschenk.«

Er greift nach dem Päckchen, das am Fußende des Bettes liegt. Ein weißes kleines Paket mit gekräuselter Goldschnur. Prinzessinnenlocken. Es scheint schwerer zu sein, als man denkt, er hebt es mit beiden Händen hoch, um es Miriam zu überreichen.

»Herzlichen Glückwunsch zum Geburtstag. Das ist von uns allen.«

Miriam nimmt das Päckchen auch mit beiden Händen entgegen. Aber es ist gar nicht so schrecklich schwer.

»Oh«, sagt sie. »Danke. Vielen Dank.«

Es lässt sich schwer öffnen. Das Goldband ist so fest gezogen und mit Doppelknoten fixiert, sie muss eine ganze Weile fummeln, bevor sie es aufbekommt. Als es ihr endlich gelungen ist, wirft Sixten sich sofort freudig darauf und stopft es in den Mund, aber Camillas Hand ist blitzschnell da und nimmt es an sich. Nein! Das nicht! Nein! Währenddessen wickelt Miriam ungeduldig die kleine Schachtel aus dem Papier und öffnet sie. Starrt auf rosa Seidenpapier, nimmt es dann schnell heraus und offenbart so das Geschenk.

Ein starres Armband aus Silber. Ein sehr breites Silberarmband in Filigrantechnik mit geflochtenen Drähten, ein Armband, das trotz der vielen Ausschmückungen in der

Form ganz schlicht und unglaublich schön ist. *Papa*, sagt eine Stimme in ihrem Hinterkopf auf Deutsch, aber wie üblich hört sie nicht auf ihre Sehnsüchte, schüttelt nur leicht den Kopf, um sie zu vertreiben.

»Oh«, sagt sie. »Wie schön. Vielen, vielen Dank.«

»Camilla hat es gefunden«, erklärt Thomas. »Und sie fand, es sah aus wie für dich gemacht. Und guck mal unter den Verschluss!«

Miriam dreht das Armband um und schaut auf die Gravur. *Für Miriam zum 85. Geburtstag* steht dort. Dazu das heutige Datum. Miriam.

»Das ist Zigeunerkunst«, sagt Thomas.

»Also, von Roma gemacht«, korrigiert Camilla.

Etwas lässt Miriam leicht erzittern, mehrere Namen schweben durch die Luft heran. Da lacht Anuscha, und ihre dunklen Augen funkeln, als sie über den Hof läuft. Da lächelt Else ihr hungriges Lächeln und stellt sich mit ihrem vollständigen Namen vor, als wäre Miriam eine Person, die es wert ist, sich ihr vorzustellen. Else Nielsen. Und da hebt eine weibliche Wachkraft die Peitsche und brüllt: *Ich heiße Binz! Merkt euch das ein für alle Mal, ich denke gar nicht daran, das zu wiederholen!* Da starrt ihr Bruder sie mit einem letzten Wundern im Blick an. *Warum guckst du so erschrocken, Malika? Ich bin es doch, Didi, dein kleiner Bruder.* Die Tränen steigen ihr in die Augen, sie muss mehrere Male blinzeln, um sie zu vertreiben, und die Worte huschen schnell durch ihren Kopf, diese Worte, die sie nicht sagen darf, diese Worte, die sie nicht ein einziges Mal gesagt hat, seit sie nach Schweden gekommen ist. *Ich heiße nicht Miriam.* Dann schluchzt sie leise und schluckt, hebt den Kopf und schaut Thomas an, dessen Mutter sie in jeder Hinsicht ist, bis auf eine. Ihr Sohn, der ein Fremder ist, obwohl er doch der Mensch ist, der ihr von allen Menschen auf der Welt am nächsten steht. Sie hat ihn angelogen. Sie hat ihn mit einer Lüge aufwachsen lassen und sein ganzes erwachsenes Leben im Schutz dieser Lüge leben lassen.

Und dann sagt sie es. Dann lässt sie jene Worte über ihre Lippen kommen.

»Wie merkwürdig«, sagt Camilla, kaum dass sie die Wohnung der Eltern ein Stockwerk tiefer betritt.

Thomas hebt die Augenbrauen und dreht sich um, sieht sie an. »Was ist merkwürdig?«

»Was sie gesagt hat. Dass sie nicht Miriam heißt. Das ist ja wohl merkwürdig.«

»Ach das. Sie hat nur Spaß gemacht.«

»Und was soll daran so spaßig sein?«

»Sie fand es wohl lustig.«

»Vielleicht sind das erste Anzeichen, dass sie dement wird …«

Thomas schnaubt.

»Jetzt hör aber auf. Sie ist keine Spur dement.«

»Aha. Und bist du dir da ganz sicher?«

Plötzlich steht Katarina in der Küchentür, legt den Kopf zur Seite.

»So«, sagt sie, »jetzt ist genug damit. Möchte jemand noch mehr Frühstück?«

Camilla setzt Sixten auf dem Perserteppich ab, stützt die Hände in die Taille und schaut ihre Mutter an.

»Was glaubst du?«

»Was soll ich glauben?«

»Hast du nicht gehört, was Oma gesagt hat?«

Katarinas Blick flackert.

»Vielleicht möchte Sixten ja ein bisschen Brei?«

»Das möchte er bestimmt, aber die Frage war, ob du gehört hast, was Oma gesagt hat. Nun – hast du?«

Es liegt ein Hauch von Verachtung in Camillas Stimme. Katarina lächelt unsicher.

»Ich weiß nicht. Vielleicht. Aber – nein. Nein. Das habe ich nicht gehört.«

Camilla starrt ihre Mutter einen Moment lang an, zuckt dann resigniert mit den Schultern.

»Ich kann den Brei kochen«, sagt Katarina.

»Mach dir keine Umstände«, erwidert Camilla. »Das mache ich schon.«

Und sie kann selbst hören, wie laut es scheppert, als sie ungeduldig einen Topf aus dem Küchenschrank holt und ihn auf die Anrichte stellt, also schließt sie die Augen und ruft sich selbst zur Ordnung. Sei nett. Sie hat sich selbst versprochen, den ganzen Besuch über nett zu sein, sich nicht mit Papa zu streiten und ihre ach so ängstliche Mutter nicht zu erschrecken. Sie will nicht darüber klagen, dass sie so müde ist, müde, müder, am müdesten, nicht darüber, dass sie nicht mehr als hundertzwölf Kronen im Portemonnaie hat und es noch einen ganzen Monat dauern wird, bis sie ihr erstes Gehalt für ihren Sommerjob kriegt, und sie wird nicht ein Wort über das Examen fallenlassen, das sie Ende des Semesters verhauen hat. Sie wird nett und kooperativ sein, fröhlich und zufrieden, denn wenn sie zeigt, wie gestresst, gehetzt und besorgt sie wirklich ist, dann wird sie nur noch gestresster, gehetzter und besorgter werden. Sie wird so tun, als ließe sie ihre Mutter nur aus reiner Gefälligkeit stundenlang mit Sixten im Garten spielen und als steckte sie währenddessen allein aus rein fachlichem Interesse die Nase in die Fachbücher. Sie wird freundlich lächeln, wenn Papa fragt, wie es mit Max steht, und wieder einmal darauf hinweist, dass er noch nie den jungen Mann getroffen hat, der Vater seines Enkelkinds ist. Max kommt am Montag, wird Camilla sagen und so freundlich wie möglich lächeln, denn dann fängt seine Urlaubswoche mit Sixten an. Und dann wird sie selbst Ferien haben, aber das wird sie nicht ihrem Vater erzählen. Das ist ein Geheimnis, obwohl es doch eigentlich überhaupt kein Geheimnis ist, aber es erscheint ihr ungemein wichtig, dass es geheim bleibt. Eine ganze Woche Urlaub, in der sie sich selbst so verwöhnen kann, wie es kein anderer tut. Sie wird regelmäßig essen, ausschlafen, mehrere Stunden am Tag lernen und jeden Tag zwei oder drei Mal um den Ingsbergssjön laufen. Dann wird alles gut werden. Und heute wird sie schon eine Runde um den See drehen, wenn auch viel langsamer. Sie wird mit ihrer alten Großmutter spazieren gehen. Wie früher. Schließlich ist Mittsommernacht und Omas Geburtstag, und alles wird gut werden.

»Sixten, mein kleiner Schatz«, ruft sie und lässt ihre Stimme so glücklich wie nur möglich klingen. »Komm, Sixten, jetzt gibt es Brei!«

Keine Sekunde später steht Katarina in der Tür, mit Sixten auf dem Arm.

»Darf ich ihn füttern?«

Sixten kann eigentlich allein essen. Er ist zweieinhalb Jahre alt. Der Ärger blitzt hinter ihrer Stirn auf, aber Camilla lässt sich nichts anmerken. Natürlich. Mama darf Sixten gern füttern.

»Natürlich«, sagt sie mit freundlichem Lächeln. »Wenn er es dir erlaubt …«

Katarina gibt Sixten einen Kuss auf die Wange.

»Natürlich erlaubst du das, mein Schätzchen. Du möchtest doch auch, dass Oma dich füttert?«

Und Sixten, dieser Verräter, schlingt seine Arme um ihren Hals und lässt sein glückliches Lachen an ihrer Wange hören.

Thomas steht in seinem Arbeitszimmer und hört Sixtens Lachen. Er kann es immer noch nicht fassen. Kann nicht begreifen, dass er, Thomas Adolfsson, Großvater eines kleinen Jungen ist. Er ist doch selbst noch ein kleiner Junge. Aber das stimmt nicht, das ist er nicht, er weiß es selbst, er ist ein erwachsener Mann, sogar mehr als erwachsen, denn bald, in nur wenigen Jahren, wird er seine Zahnarztpraxis schließen und den Schlüssel wegwerfen. In Rente gehen. Und trotzdem wacht er immer noch jeden Morgen mit dem Gefühl auf, Miriam hätte vergessen ihn zu wecken, so dass er zu spät zur Schule kommen könnte. Was etwas lächerlich ist. Sehr lächerlich, besser gesagt. Sie hat doch niemals vergessen, ihn zu wecken.

Er hört Katarinas zwitschernde Stimme aus der Küche. Sie klingt glücklich, oder zumindest fröhlich, und das ist ein bemerkenswerter Fortschritt. Wenn er selbst sich in ihrem Blickfeld befindet, klingt sie nie fröhlich. Dann seufzt sie und stottert, ihr Blick huscht hin und her, und der Rücken ist gebeugt, als wäre er so ein Kerl, der seine Ehefrau misshandelt. Er! Als hätte er jemals seine Hand ihr gegenüber erhoben. Als hätte er sich nicht all die Jahre hindurch immer und immer wieder bemüht, ohne das Geringste zurückzubekommen. Katarina hat sich nie bemüht. Ganz im Gegenteil. Sie ist Expertin darin, jede gute Stimmung platzen zu lassen, jedes Lachen im Keim zu ersticken, ihn und Miriam ganz ohne Worte zu verleumden. Er lässt seinen Blick zur Fensterbank wandern. Dort steht das Porträt seiner biologischen Mutter in einem Silberrahmen, den Katarina ihm zu seinem vierzigsten Geburtstag geschenkt hat. Eine fremde Frau mit aschblondem Haar, einem blassen Lächeln, den Blick in die Ferne gerichtet. Eine Fremde, die offenbar mit Katarina alliiert ist. Aus reinem Protest hat er im folgenden Frühling selbst auch einen Silberrahmen gekauft, genau den gleichen, und Miriams Foto dort hineingestellt. Eine sehr junge Miriam im Brautkleid, die direkt in die Kamera schaut, während sie einen kleinen Jungen gegen ihre Hüfte drückt. Beschützend. Ein beschützter kleiner Junge mit kurzem Pony in Hemd mit Krawatte. Ein vierjähriger Thomas Adolfsson, der endlich, endlich das bekommen hat, was er sich am allermeisten gewünscht hat: eine Mama. Eine richtige Mama, die ihn liebte und versprach, ihn niemals zu verlassen. Er durfte sie verlassen und wiederkommen, verschwinden und zurückkehren, aber sie ist niemals von ihm weggegangen. Doch bald wird sie es müssen. Schließlich wird sie heute fünfundachtzig Jahre, und die Natur hat so ihre Gesetze.

Camilla hastet an ihm vorbei auf den Flur, und er bereut es, ihr gegenüber so schroff gewesen zu sein. Schließlich ist es verständlich, wenn sie sich Sorgen macht, dass ihre Großmutter dement werden könnte, aber die Tatsache, dass er sich selbst so große Sorgen um Miriam macht, hat ihn dazu gezwungen, Camillas Einwände abzuschmettern. *Ich heiße nicht Miriam.* Warum hat sie das gesagt? Sie heißt doch Miriam, hat immer Miriam geheißen. So ein Blödsinn.

Thomas seufzt und streicht mit der Hand über den Schreibtisch, setzt sich aber nicht. Warum sollte er sich auch setzen? An diesem Schreibtisch sitzt er nur einmal in der Woche, um Rechnungen zu bezahlen und – wenn er meint, Zeit dafür zu haben – sich eine Weile seiner Forschung zu widmen. Die nicht die Spur mit seinem Beruf zu tun hat, die von seiner Familie und ihrer Vergangenheit handelt und für ihn einen Zufluchtsort darstellt, wenn die Stille das Haus zu sprengen droht. Aber heute ist es ja nicht still. Sixten lässt Katarina munter in der Küche zwitschern, und aus dem Nebenzimmer, Camillas Schlafzimmer, hört er ein Rumoren, das wohl bedeutet, dass sie ihre Bücher herausgeholt hat. Vielleicht will sie ja lernen …

Tatsache ist, dass er stolz auf seine Tochter ist. Auch wenn er es ihr nie gesagt hat.

Katarina legt ihre Wange an Sixtens und kichert leise. Wie kann man sich nur so um den Mund herum bekleckern, wie er es macht? Und so schrecklich hungrig sein? Er streckt sich dem Löffel mit weit aufgerissenem Mund entgegen, schafft es aber nicht weit genug und lässt deshalb ein unzufriedenes Brummen hören, aber Katarina lässt ihm nicht gleich seinen Willen, zuerst senkt sie den Löffel in den Teller und füllt ihn mit ein wenig Brei und viel Apfelmus, bevor sie ihn probieren lässt. Als der Geschmack seine Zunge erreicht, wird er ganz wild vor Begeisterung. Süß! Das schmeckt so schön süß, und das macht ihn so glücklich, dass er ein wenig mit den Armen rudern muss.

»War das so lecker?«, fragt Katarina und wischt ihm schnell mit einem Stück Haushaltspapier den Mund ab. »War das wirklich so la-la-la-lecker?«

Sixten antwortet nicht, streckt sich nur wieder nach dem Löffel, und jetzt bekommt er, was er will. Apfelmus. Süßsäuerliches Apfelmus. Das arme Kind ist ja vollkommen ausgehungert nach Süßem. Camilla weigert sich, ihm irgendetwas Süßes zu essen zu geben, außer vielleicht einmal eine Apfelsine oder eine Banane ab und zu. Sie glaubt, Zucker wäre schädlich, und erlaubt es deshalb nicht, dass er Katarinas selbstgemachtes Apfelmus probiert, ihre säuerliche Rhabarbermarmelade und die leckere Blaubeergrütze. Von Limonade und Zimtwecken ganz zu schweigen. Sixten soll ja nicht dick werden. Was auch immer ansonsten passiert, aber dick darf er auf keinen Fall werden.

Katarina schnaubt leise und wirft einen schnellen Blick zur Türöffnung. Keine Gefahr. Dort steht keine Camilla, bereit, sich auf ihre Mutter zu stürzen als Strafe für die zwei Löffelchen Apfelmus, die sie auf Sixtens Haferbrei gehäufelt hat. Auch kein Thomas. Nicht dass er etwas zum Apfelmus sagen würde, wahrscheinlich würde er es nicht einmal bemerken. Er merkt ja sowieso nicht, was hier im Haus passiert, sieht oder hört doch nur sich selbst, ist voll und ganz beschäftigt mit seiner Praxis, seiner eigenen Verdauung und dem, was er lächerlicherweise seine Forschung nennt. Der einzige Mensch, um den er sich wirklich kümmert, das ist Miriam. Seine Tochter fertigt er meistens nur kurz ab, und seine Frau, seine eigene Ehefrau seit mehr als dreißig Jahren, scheint er nicht einmal zu sehen. Hauptsache, sie ist da, hilft ihm in der Praxis und serviert ihm dreimal täglich leckere Mahlzeiten, wäscht seine Kleidung und putzt sein Haus – und hält ansonsten die Klappe. Denn sie kann ja sowieso nichts von sich geben, was von Interesse sein könnte. Sie kann ja nicht einmal denken. Sie kann nur am Rande seines Daseins entlanghuschen und allgemein zu Diensten stehen.

Katarina holt tief Luft und schiebt einen weiteren Löffel Apfelmus in Sixtens Mund. Sie darf sich das nicht anmerken lassen! Niemand darf auch nur ahnen, wie wütend sie eigentlich ist, wie überdrüssig sie ihres Mannes ist, wie satt sie ihre Tochter hat und wie sehr sie ihre sogenannte Schwiegermutter im Stockwerk über ihr verabscheut. Niemand darf wissen, wie inbrünstig sie sich wünscht, sie sollten doch alle verschwinden, die ganze Bande. Denn sie hat ja keine Wahl. Sie ist die Praxisgehilfin ihres Mannes, und sie wohnt in seinem Haus, sie hat keine eigenen Verwandten und kein eigenes Geld. Also ist sie gezwungen, Mädchen für alles in diesem Haus zu sein bis zu dem Tag, an dem sie stirbt …

Allein Sixten bietet ihr einen Trost. Der kleine, süße Sixten, der jetzt laut vernehmlich rülpst und ihr die Arme entgegenstreckt. Sie hört selbst, wie sie lacht, als sie ihn aus dem Kinderstuhl hochhebt.

»Ui«, sagt sie. »Du klebst ja überall.«

Und dann geht sie mit ihm zum Waschbecken, öffnet den Wasserhahn, fühlt, ob das Wasser auch die richtige Temperatur hat, und wäscht ihm sorgfältig den Mund. Anschließend nimmt sie ihm das Lätzchen ab und stellt ihn auf den Boden.

»Wollen wir in den Garten gehen und draußen spielen?«

»Jaaa!«, ruft Sixten und läuft zur Terrassentür.

Das darfst du nicht, sagt Miriam zu sich selbst. Sie steht vor dem Flurspiegel und hat sich die Arme um den Leib geschlungen. Das darfst du nicht sagen. Nie wieder!

Ihr Haar ist immer noch feucht nach dem Duschen, und das sieht nicht gut aus. Nein, so sieht sie aus wie eine Hexe, eine richtig hässliche, schrumpelige alte Hexe. Das weiße Haar bekommt einen merkwürdigen Grauschimmer, wenn es feucht ist, und das lässt das Gesicht wiederum älter erscheinen als sonst, alle Falten werden tiefer und die Gesichtskonturen schlaffer. Das ist hässlich. Und diese große Nase, die in all dem Hässlichen hervorsticht, macht die Sache nicht gerade besser. Kein bisschen. Im Augenblick würde sie eine gute Vogelscheuche abgeben.

Sie seufzt leise und wendet ihrem Spiegelbild den Rücken zu, überlegt kurz, ob sie nicht lieber erst zurück ins Schlafzimmer gehen soll, um das Bett zu machen, und erst dann den Föhn herausholen, bleibt dann aber mitten in ihrem Wohnzimmer stehen, die Hände in den Taschen des Morgenmantels, den Blick weit in der Ferne, bevor sie sich aufs Sofa sinken lässt. Sie muss aufpassen. So ist es nun einmal. Sie kann es nicht zulassen, dass jemand die Wahrheit erfährt, sie kann nicht einmal zulassen, dass sie selbst sich die Wahrheit eingesteht. Sie muss weiterhin so leben, wie sie den größten Teil ihres Lebens verbracht hat, darf nicht dem, was vor mehr als einem Menschenalter geschehen ist, erlauben, die Monate oder Tage, die ihr noch bleiben, zu zerstören. Sie darf sich nicht einmal gestatten, das immer wieder durchzukauen. Irgendwann muss damit einmal Schluss sein. Schließlich handelte es sich doch nur um so kurze Zeit. Und es ist schon so lange her. Zwei Jahre im Kinderheim und zweieinhalb Jahre im Lager. Dann Schweden und ein neuer Name und ein neues Leben. Ein Leben, das sie achtundsechzig Jahre lang gelebt hat. Das sind die Jahre, mit denen sich ihre Gedanken beschäftigen sollten, die Erinnerung an Hanna und Olof und das Kind, das sie trotz allem bekam, das Kind, das aufgewachsen ist und ihr ein Enkelkind und sogar ein Urenkelkind geschenkt hat. Thomas, Camilla und Sixten. Sie sind es, an die sie denken sollte, an einem Tag wie diesem, dem Tag, von dem sie behauptet, es wäre ihr fünfundachtzigster Geburtstag. Nicht, dass sie weiß, wie es eigentlich um diese Sache steht. Sie weiß nicht, an welchem Tag sie geboren wurde, sie weiß nicht einmal, in welchem Jahr das eigentlich war. Aber wenn es ihr gelungen ist, die ganze Welt davon zu überzeugen, dass sie am 21. Juni 1928 geboren wurde, dann ist es ja wohl erlaubt, davon auszugehen, dass sie tatsächlich genau in diesem Jahr geboren wurde oder möglicherweise in dem Jahr davor oder danach. Und dann ist es nur gut, wenn sie weiterhin auch selbst daran glaubt. Denn wenn sie es nicht tut, wenn sie jetzt anfängt, davon herumzufaseln, wie es eigentlich darum bestellt ist, dann wird sie vermutlich umgehend in ein Altersheim verfrachtet werden, und das will sie auf keinen Fall. Also ist es ihr nicht erlaubt, daran zu denken, wie sie eigentlich heißt oder wann sie eigentlich geboren wurde. Denn sie heißt ja Miriam. Und wird heute fünfundachtzig Jahre alt. Am Tag der Mittsommernacht.

Sie holt tief Luft und versucht in die Ruhe des Raumes einzutauchen, möchte genauso ruhig und besonnen werden wie die Farben hier drinnen, strengt sich an, ihre inneren Bilder zu überwinden und sie zu zwingen, den äußeren Platz zu machen. Das Porträt von Olofs Großmutter lächelt so freundlich wie immer, und auch wenn sie sich nie begegnet sind, so weiß Miriam, dass dieses Lächeln auch ihr gilt, der Miriam Adolfsson, die früher einmal tat, als wäre sie Jüdin, die aber keine Ahnung hat, was der jüdische Glaube eigentlich beinhaltet, die anschließend konvertiert ist zur evangelischen Kirche und später Agnostikerin wurde. Olofs Großmutter war auch eine Zahnarztfrau und Agnostikerin, auch sie ist früh Witwe geworden, auch sie ist in diese kleine Wohnung ein Stockwerk höher gezogen, als Olof und seine erste Ehefrau in die Wohnung im Erdgeschoss zogen. Ein halbes Jahr später hat man sie herausgetragen. Sie ist in einer hellen Frühlingsnacht im Schlaf gestorben, und Olof hat immer behauptet, dass sie noch im Tod sanft gelächelt hat. Miriam kann das nur schwer glauben, denn keine der vielen Leichen, die sie gesehen hat, hat jemals sanft gelächelt, aber jetzt, sechs Jahrzehnte später, beginnt sie zu ahnen, dass er tatsächlich recht haben könnte. Ein glücklicher Mensch kann bis in den Tod hinein glücklich sein. Ein lächelnder Mensch kann bis in den Tod hinein lächeln.

So. Jetzt hat sie die gefährlichen Gedanken in die Flucht geschlagen, also steht sie auf und geht ins Schlafzimmer. Öffnet die Balkontür und lässt den schönen Sommer in ihr blaues Zimmer, genießt ihn, während sie sorgfältig ihr Bett macht. Anschließend geht sie zum Schrank im Flur und holt den Staubwedel, fährt mit ihm über den Nachttisch und den kleinen Tisch neben Olofs Sessel, weiter über die marmorne Fensterbank und – nach einem kurzen Zögern – über die Fußleisten, geht dann hinaus auf den Balkon und schüttelt den Staubwedel aus, wobei sie einen ängstlichen Blick auf Kaisers Garten wirft. Doch nein, im Augenblick ist er nicht zu sehen, er steht nicht da und wittert gierig nach ihrer Angst, also kann sie ganz beruhigt wieder hineingehen und weiter Staub wischen. Zuerst den Sekretär, dann den kleinen Computer, schließlich alle Fensterbänke im Wohnzimmer. Den Tisch natürlich und die kleine Marmorfigur, die Olof ihr auf ihrer ersten Auslandsreise gekauft hat, damals in Italien. Sie streicht mit dem Wedel über die Falten der drei dänischen Lampenschirme, die über dreißig Jahre alt sind, aber nur leicht vergilbt scheinen. Dann geht sie weiter in die Küche, bleibt dort jedoch unschlüssig mitten im Raum stehen. Hier gibt es nichts zu tun. Katarina hat das Frühstückstablett mit hinuntergenommen, und gestern Abend hat sie selbst die Küche aufgeräumt. Die letzten Fliederzweige stehen in einer kleinen Vase auf dem Tisch, die Vase steht auf einer weißen, gestärkten kleinen Decke mit weißer Stickerei. Von ihr selbst bestickt. Und über dem Handlauf des Herds hängt ein sauberes Leinenhandtuch, noch vollkommen unbenutzt. Alles ist, wie es sein soll. Miriam hat sich selbst geschworen, niemals eine heruntergekommene alte Schrulle zu werden, die schlecht riecht und den Staub langsam auf ihr Leben rieseln lässt, und dieses Versprechen hat sie gehalten. Sie ist eine Dame. Eine ältere Dame, die alles im Griff hat. Deshalb wird sie sich jetzt die Haare föhnen, sie weiß, trocken und schön pusten, und dann wird sie ihr hellblaues Sommerkleid herausholen. Das ist zwar dreizehn Jahre alt, aber das macht nichts, denn es ist so klassisch und klar im Schnitt, dass es auch gestern erst geschneidert sein könnte. Um den Hals wird sie sich das neue Tuch binden, das weiß und hellblau gemustert ist, und an jedem Ohrläppchen wird sie einen der goldenen Clips befestigen, die sie von Olof zu ihrem Fünfzigsten bekommen hat – und als Letztes wird sie sich natürlich das neue Armband ums Handgelenk binden. Das Geburtstagsgeschenk. Die Zigeunerarbeit.

Die Geräusche der Schmiede. Metall, das auf Metall geschlagen wird. Ein Zischen. Ein Lachen. Die Stimmen der Verwandten, die männlichen dumpfen und die weiblichen schrillen. Das fröhliche Lachen der Kinder, das über den Hof erschallt.

So war die Welt. So war sie immer gewesen. So sollte sie immer sein.

Doch die Welt kann sich sehr schnell verändern. Das muss sie schmerzhaft erfahren. In der einen Minute ist sie eine gewissenhafte große Schwester, die mit ihrem kleinen Bruder an der einen Hand und Papas Kaffeebecher in der anderen über die Pflastersteine des Hofes geht, in der nächsten Minute ist sie ein schreiendes Kleinkind, das in die andere Richtung gezerrt wird. Und das Merkwürdigste daran ist, dass es mitten in dem Schrei ein Loch gibt, ein ganz kühles Loch, das sie fast erwachsen werden lässt und ihr erlaubt, zu sehen und zu denken. Sie sieht, dass auch andere Kinder Widerstand leisten, dass Raul eine Frau in den Handschuh beißt und als Antwort eine Ohrfeige erhält, dass Anuscha versucht, sich loszutreten, aber erfolglos, und dass Didi auf dem Arm einer Frau in Uniform sitzt und verzweifelt seine Arme zu dieser Miriam ausstreckt, die noch Malika heißt. Sie weiß, sie muss sich ihm zuliebe zusammenreißen und aufhören zu schreien, doch sie kann es nicht, denn gleichzeitig weiß sie, dass nichts jemals wieder das Gleiche sein wird, dass die letzten Sekunden dieses Lebens, das sie immer gelebt hat, gekommen sind und vergehen. Außerdem weiß sie, dass Großvater sich geirrt hat, sie das aber niemals wird zugeben können, ihm gegenüber nicht, ihrem Vater nicht, auch Didi nicht, ja nicht einmal sich selbst. Großvater hat geglaubt, dass die Tatsache, dass er früher deutscher Soldat gewesen ist, die ganze Familie schützte und er ja außerdem einen festen Wohnsitz hatte, dass er sogar zwei Häuser besaß, zwar baufällig, aber trotz allem waren es zwei Häuser. Ein Wohnhaus und eine alte Waschküche. Dass vier oder fünf Karren oder Wohnwagen oder wie man sie nun bezeichnen soll, auf dem Hof stehen, das dürfte ja wohl keinen Unterschied machen. Das sind doch nur Verwandte auf Besuch, die stören niemanden, denn die Häuser liegen doch für sich, mehr als einen Kilometer vom Dorf entfernt.

Miriam kann sich nicht mehr daran erinnern, wie das Dorf hieß. Sie kann sich auch nicht mehr an den Vornamen ihres Vaters erinnern. Sie weiß nicht einmal mehr, wie er eigentlich aussah, und doch meint sie, sein Gesicht an dem letzten Tag niemals vergessen zu können. Der Ausdruck wechselte zwischen Wut und Scham, Verblüffung und Verzweiflung. Sie meint sich auch noch zu erinnern, dass er seinen kleinen Hammer in der rechten Hand hielt, den Hammer, den er immer bei seiner Arbeit benutzte, aber gleichzeitig weiß sie, dass dem nicht so gewesen sein kann. Die *Kripo* hätte es niemals zugelassen, dass er ein Werkzeug in der Hand hielt, sie hatten ihn in eine Ecke des Waschhauses gestoßen, in dem seine Werkstatt war, und dabei all sein Silber und Kupfer und sein gesamtes Werkzeug zu Boden gefegt. Daran erinnerte Miriam sich noch ganz genau, ebenso deutlich wie an die Frisur der Frau, die sie über den Hof zerrte. Ein sandfarbener Pony und eine halb herausgewachsene Dauerwelle. Die Frau lächelte nicht, nein, sie sah eher besorgt aus, als sie versuchte, Miriam über die Pflastersteine zu den Wagen zu zerren, wo die Nonnen standen. Das war nicht leicht. Miriam weigerte sich, die Füße zu heben, sie wehrte sich, so gut sie nur konnte. Und außerdem schrie sie, genau wie alle anderen. Die Luft war von Schreien erfüllt. Schreie der Mütter und der Kinder und das ohnmächtige Gebrüll der Väter. Vielleicht schrien die Polizisten ja auch. Oder brüllten. Das ist sehr wahrscheinlich. Die Frage ist, ob Polizeibeamte im Deutschland der frühen Vierziger ihren Mund noch öffnen konnten ohne zu brüllen, wenn sie sich in einer Zigeunersiedlung mitten auf dem Lande befanden. Eine Zigeunersiedlung mit einer unendlichen Anzahl von Kindern. Vierzehn oder achtzehn oder zweiundzwanzig dreckige Kinder, die zu Dieben und Betrügern heranwachsen würden, Mördern und Kinderfängern, Zuhältern und Fälschern. Vorausgesetzt natürlich, sie kämen nicht unter besseren Einfluss als den ihrer Eltern.

Miriams Vater hatte Ohrringe für sie gefertigt. Ein Paar kleine Silberkugeln in feiner Filigranarbeit, die an ihren Ohren baumelten, seit sie drei Monate alt war. Als sie im Kinderheim des Klosters angekommen waren, schauten die Nonnen sie sich an und schüttelten den Kopf über so etwas ausgeprägt Eitles, ließen sie aber, wo sie waren. Sie blieben noch lange in Miriams Ohren. Bis sie nach Auschwitz kam.

»*Mischlinge*«, sagten die Nonnen zu ihr und Didi, als sie die Kinder im Kinderheim aufnahmen. Noch war Miriam nicht Miriam, sie war immer noch ein Roma-Kind, das Malika hieß, und sie sprach fast genauso gut Deutsch wie Romanes, dennoch verstand sie nicht, was gemeint war. Es sollte mehr als ein Monat vergehen, bis Schwester Agathe es ihr endlich erklärte. Diese war Novizin und sehr viel freundlicher als die anderen Nonnen, zumindest sah sie freundlicher aus. Vielleicht lag es daran, dass ihre Haube weiß war und nicht schwarz wie die der anderen.

»Gemischtrassig«, sagte sie und legte den Kopf schräg. »Dein Papa war ein Zigeuner, aber deine Mama nicht. Deshalb seid ihr *Mischlinge*.«

»Meine Mama ist tot«, sagte Miriam, die immer noch Malika hieß.

»Ja«, nickte Agathe, »aber das nützt nichts.«

Trotz allem musste Miriam zugeben, dass es mitunter ganz angenehm war, im Kinderheim zu sein. Sie brauchte kein Essen zu kochen und nicht ständig Kaffee aufzusetzen, war davon befreit, Wäsche zu waschen und wieder Wäsche zu waschen und immer wieder, in immer neuem Wasser, in verschiedenen Bottichen, tagein und tagaus. Stattdessen saß sie mehrere Stunden lang jeden Tag in einer Schulbank und entdeckte langsam, wie sich die Welt der Buchstaben für sie öffnete. Sie konnte spüren, wie ihr Herz einen Sprung machte, als sie zum ersten Mal begriff, dass sie tatsächlich eines der Worte lesen konnte, die eine der Nonnen an die Tafel schrieb. JESUS. Sie schrie vor Glück auf und bekam augenblicklich eine Ohrfeige, doch das machte nichts. Sie konnte ja lesen.

Sie versuchte auch Didi das Lesen beizubringen, aber das klappte nicht so recht. Die ersten Monate weinte und jammerte er nur. Er wollte nach Hause zu Papa! Warum durfte er nicht nach Hause zu Papa? Papapapapapa! Selbst als die Nonnen mit ihnen einen Ausflug machten, hörte er nicht auf zu meckern und jammern, und zum Schluss wurde Malika richtig böse auf ihn, so böse, dass auch sie ihm eine Ohrfeige verpasste. Doch das nützte nichts. Er schrie nur noch lauter, und also stand Malika mit einem heulenden kleinen Bruder an der Hand, während all die anderen Kinder hinunter zum See liefen. Natürlich durften sie nicht baden, das hatten die Nonnen verboten, aber sie zogen ihre Schuhe aus und planschten am Ufer herum, setzten sich in den Sand und begannen zu buddeln. Erst als die Nonnen den Proviant hervorholten, gelang es Malika, Didi zur Ruhe zu bringen und zu den anderen Kindern zu gehen. Denn er aß gern. Das war das Schlimmste an seinem Schicksal. Dass er so schrecklich gern aß.

Miriam stellt den Föhn aus und geht zum Spiegel in ihrem Schlafzimmer, betrachtet ihr Gesicht. Doch, ja, jetzt sieht es besser aus. Das Haar ist weiß und gewellt, und als sie es bürstet, bekommt es außerdem noch seinen Glanz. Schnell steckt sie es hoch und schiebt die Hand in die Tasche des Morgenrocks, um die Haarspange herauszuholen, befestigt den Knoten in einer Art im Nacken, von der sie glaubt, sie hätte Hanna gefallen. Hanna ist immer noch ihr Geschmacksrichter, obwohl sie jetzt seit mehr als dreißig Jahren tot ist.

»Nein«, sagte sie und schüttelte den Kopf, als eine zwanzigjährige Miriam mit einer Locke mitten auf der Stirn, wie eine Sechs geformt, vor sie trat. »Oh nein, auf keinen Fall!«

Miriam kann sich immer noch daran erinnern, wie verwundert sie war. Sie hatte geglaubt, Hanna würde es gefallen, dass sie sich hübsch gemacht hatte, dass die ganze schwarze Haarpracht, die endlich wieder gewachsen war, wie ein gewellter Teppich über den Rücken fiel, und dazu hatte sie den kleinen Pony mit Zuckerwasser befeuchtet und ihn sorgfältig auf der Stirn geformt. Das war ein stummer Gruß an Mama, an diese Frau, von der alle behaupteten, sie sei keine richtige Romni, die aber dennoch auf dem einzigen Foto, das es von ihr zu Hause gegeben hatte, wie eine schöne Romafrau traditionelle Kleider trug. Einen weit schwingenden langen Rock. Eine Bluse mit vielen Spitzen. Ohrgehänge, so schwer, dass es die Ohrläppchen herunterzog und die Ohrlöcher dehnte. Eine massive Goldkette mit vielen Münzen um den Hals. Und dann das Haar, das dunkle Haar, das stramm nach hinten gekämmt war mit einem Pony, geformt wie eine Sechs, auf der Stirn.

»Nein«, wiederholte Hanna. »Nein. Das ist vulgär. Das lässt dich wie eine Zigeunerin aussehen.«

»Oje!«, sagte Miriam.

Hanna lächelte und strich ihr mit der Hand über die Wange.

»Mach dir keine Sorgen. Ich werde dir zeigen, wie es besser geht.«

Sie standen in Hannas Wohnzimmer, dieses Wohnzimmer war so dunkel und kühl, dass man glauben konnte, es wäre Abenddämmerung im September, aber das stimmte nicht. Es war an einem Vormittag im Juni. Ein Vormittag einer dieser Tage, die laut Hanna die hellsten und schönsten im ganzen Jahr waren. Nicht dass das zu merken war. Regen hing in der Luft, und als Miriam vor nicht einmal einer Stunde draußen gewesen war, um den Müll wegzubringen, war es so kühl gewesen, dass sie schnell wieder ins Warme gelaufen war.

»Komm mal her«, sagte Hanna und eilte in die Küche. Miriam blieb zögernd stehen.

»Hast du denn noch Zeit?«

»Ich habe alles fertig«, sagte Hanna. »Die Tasche ist gepackt, die Schuhe geputzt, das Kleid gebügelt. Ich ziehe es erst fünf Minuten bevor er kommt an. Und bis dahin ist es noch eine Dreiviertelstunde.«

In der Küche war es heller. Graues Tageslicht. Hanna ging am Küchentisch vorbei und zog einen Stuhl hervor, schob dann die Hand in die Tasche ihres weinroten Morgenrocks und holte einen Kamm heraus, sah ihn kurz an, bevor sie ihn unter dem Wasserhahn befeuchtete. Sie hielt eine Hand darunter, während sie damit zu Miriam ging. Kein Tropfen auf den Fußboden! Ihr eigenes Haar lang in weichen braunen Wellen am Kopf. Die grauen Strähnen, die Miriam am Tag zuvor entdeckt hatte, waren fort. Das Kastanienwasser war wieder zur Anwendung gekommen. Aber darüber durfte nicht geredet werden, das hatte sie begriffen. Als sie neu in Hannas Wohnung gekommen war, hatte sie das noch nicht gewusst. Am dritten Tag hatte sie ohne zu zögern die besagte Flasche aus dem Schrank im Badezimmer genommen, den Hanna sonderbarerweise einen Medizinschrank nannte, obwohl die einzige Medizin, die sich darin befand, eine kleine ovale Blechdose mit Aspirin war, hatte am Flaschenhals geschnuppert und den Duft wiedererkannt. Erinnerungen tauchten in ihrem Hinterkopf auf. Rositas Lachen. Anuschas Lächeln. Didi, der die Zunge ausstreckte. Eine ganze Weile hatte sie dort gestanden und sich in die Vergangenheit zurückgeschnuppert, dann hatte sie den Verschluss wieder zugeschraubt und war in Hannas Schlafzimmer gegangen. Hatte die Tür geöffnet und war hineingegangen, die Flasche in der erhobenen Hand.

»Das ist doch so ein Wasser, das aus Kastanien gemacht wird«, hatte sie gesagt. »Oder? Das ist es doch?«

Hanna war in diesem Moment zu einer anderen geworden. Sie hatte sich buchstäblich in einen vollkommen anderen Menschen verwandelt als der, der sie früher gewesen war. Sie war gerade dabei gewesen, ihr Korsett zuzuknöpfen, und hatte mit Haken und Ösen gekämpft, als Miriam die Tür öffnete, aber schnell zog sie sich den Morgenmantel über, den gleichen weinroten Morgenmantel, den sie auch heute trug, am Mittsommertag zwei Jahre später. Zunächst hatte sie gar nichts gesagt, hatte nur den Gürtel in der Taille festgezogen und sorgfältig verknotet, dann hatte sie den Rücken gestreckt und Miriam angestarrt. Sie nicht mit einem kleinen Lächeln angesehen, wie sie es sonst immer tat, nein, sie hatte wirklich gestarrt. Der blaue Blick war eiskalt. Der Mund schmal und zusammengepresst. Eine kleine Falte war zwischen den Augenbrauen zu sehen, eine kleine Falte, die sie wie jemand anderes aussehen ließ. Sie erinnerte an … Miriam wich erschrocken einen Schritt zurück, doch das nützte nichts. Hanna folgte ihr zwar nicht, sie stand vollkommen reglos da und ließ das Schweigen und ihren eisigen Blick für sich sprechen. Fast versagten Miriams Knie, und sie wich noch einige Schritte zurück, stieß schließlich gegen die Wand und wusste, dass sie nicht entkommen konnte. Sie drückte die Flasche gegen die Brust und schloss die Augen.

»Sieh mich an«, sagte Hanna.

Miriam holte tief Luft, dann gehorchte sie. Öffnete die Augen und schaute eine Sekunde lang in Hannas, dann wich sie wieder mit dem Blick aus und richtete ihn auf eine der grauen Blumen auf der Tapete hinter Hannas Rücken.

»Ich weiß, dass du es schwer gehabt hast«, sagte Hanna, und man konnte ihre normale Stimme unter dem schroffen Ton erahnen, doch nur einen Moment lang. »Aber das hilft dir nicht. Das ist keine Entschuldigung dafür, sich so aufzuführen.«

Sie hob den rechten Zeigefinger, um ihre Worte zu unterstreichen.

»Ich habe dir gesagt, du sollst dich nicht als Dienstmädchen sehen. Du bist kein Dienstmädchen. Du bist ein Mädchen aus gutem Hause und du hast es schwer gehabt. Jetzt wirst du die nächsten Jahre bei mir bleiben und all das lernen, was deine Mutter dir nie hat beibringen können. Benehmen. Höflichkeit. Die übliche Allgemeinbildung.«

Hanna trat einen Schritt vor, und diese Bewegung ließ Miriam nach Luft schnappen, aber Hanna ging nicht weiter. Sie blieb mit dem erhobenen Zeigefinger stehen.

»Und das Erste, was du lernen musst, junge Dame: dass du niemals, und damit meine ich wirklich *niemals*, ins Zimmer von jemand anderem gehst, ohne vorher anzuklopfen und auf eine Antwort zu warten. Und ganz besonders nicht in mein Zimmer. Ich sage dir, wenn du hereinkommen darfst, und sonst gehst du nicht hinein. Hast du das verstanden? Mein Schlafzimmer ist *mein* Schlafzimmer. Das ist mein privates Zimmer, und ich möchte sicher sein, dass ich hier für mich sein kann. Genau wie dein Schlafzimmer dein Schlafzimmer ist. Ich werde niemals hineingehen, ohne vorher anzuklopfen und ohne darauf zu warten, dass du mir sagst, ich könne hereinkommen. Hast du das verstanden?«

Miriam nickte und schluckte.

»Und außerdem möchte ich nicht, dass du in meinem Medizinschrank herumschnüffelst. Nie. Wenn du ein Fieberthermometer oder eine Aspirin brauchst, dann sagst du mir das und dann werde ich dir geben, was du brauchst, aber du öffnest diesen Schrank nicht, genauso wie du meine Schreibtischschubladen oder meine Schränke nicht öffnest. Das sind meine. Und wenn ich nicht zu Hause bin und du hast meine Kleider gebügelt, dann legst du sie auf mein Bett oder hängst sie an die Schranktür, und damit ist es gut. Hast du das verstanden?«

Miriam nickte noch einmal. Hanna musterte sie einen Moment lang, dann entspannte sie sich und zeigte ihr übliches freundliches Lächeln.

»Gut. Und nun kannst du mir die Flasche geben.«

Es hatte Miriam mehrere Monate gekostet, herauszufinden, wozu Hanna das Kastanienwasser benutzte. Es dauerte mehrere Wochen, bis sie es überhaupt wagte, den Medizinschrank wieder zu öffnen, und noch länger, bis sie sich traute, in Hannas Schlafzimmer zu gehen, wenn sie allein in der Wohnung war. Aber nach einer Weile tat sie es doch. Eines Vormittags legte sie Hannas frischgebügelte Unterhosen in einem Stapel auf ihr Bett, hängte ihre weiße Bluse an die Schranktür und blieb dann eine ganze Weile vollkommen reglos stehen, wartete darauf, dass der Blitz in ihrem Kopf einschlüge. Doch das tat er nicht. Also machte sie einen zaghaften Schritt nach vorn und schaute sich um. Das war also Hannas höchst privates Schlafzimmer. Merkwürdig. Was war denn nur so schrecklich privat daran? Die Tapeten graugeblümt. Auf dem Bett eine blassgeblümte Tagesdecke in grüner Schattierung, der Frisiertisch mit drei Spiegeln. Eine kleine Flasche mit einem mit einem Netz umspannten Gummiball stand darauf und ließ sich multiplizieren. Eine richtige Flasche und drei Spiegelflaschen. Miriam machte vier kleine Schritte nach vorn und griff nach der Flasche, hob sie hoch und drückte ganz vorsichtig auf den Ball. Plötzlich war die Luft mit Hannas Duft erfüllt, dem gleichen Duft wie die weiße Seife im Badezimmer, der gleiche Duft, den sie geahnt hatte, als sie den Arzneischrank öffnete. Also Parfüm. Hannas schweres, blumiges Parfüm. Sofort legten sich Kopfschmerzen über Miriams Stirn, und schnell stellte sie die Flasche zurück, achtete darauf, dass der Ball ganz genau dort lag, wo er vorher gelegen hatte, und eilte zum Fenster. Öffnete es. Ließ die frische Winterluft herein, dann ging sie zurück zum Frisiertisch, um ihre Untersuchung fortzusetzen. Eine Bürste mit grauweißen Haaren darin lag auf der anderen Seite der Tischplatte. Ein Kamm steckte in ihr, und sie zog ihn ganz vorsichtig heraus, hielt ihn gegen das Licht und untersuchte ihn sorgfältig. Er war in verschiedenen Brauntönen geflammt. Eine Zacke war abgebrochen. Und zwischen den anderen gab es einen kleinen Rand dunkelbraunen Staubs. Gab es Kastanienwasser in dem Staub? Miriam drückte den Kamm an die Nase, doch sie konnte nichts riechen, also steckte sie den Kamm wieder in die Bürste, machte schnell das Fenster zu, schaute sich um und kontrollierte, ob alles so war, wie es vorher gewesen war, vor vier Minuten, als sie das Zimmer betreten hatte. Ja, alles war wieder wie vorher.

Danach begann sie Hannas Haare genauer anzuschauen. Schaute auf Hannas Scheitel, wenn sie Kaffee zum Frühstück servierte, und registrierte, dass es manchmal voll mit grauen Strähnen war und manchmal so gleichmäßig braun wie die Pralinen in der Schachtel, die Hanna ihr angeboten hatte. Dafür benutzte Hanna also das Kastanienwasser. Um sich die Haare zu färben. Um die Tatsache zu verbergen, dass sie sich der fünfzig näherte und bald vollkommen grauhaarig sein würde.

Sie schämt sich, dachte Miriam an so einem Morgen. Hanna schämt sich, dass sie so ist, wie sie ist.

Der Gedanke ließ gleichzeitig Schadenfreude und Mitleid in ihr aufsteigen. Schadenfreude, weil doch nicht alles an Hanna perfekt war, weil sie gezwungen war, sich jeden Morgen in ein steifes Korsett zu zwängen, um ihre Speckrollen zu verbergen, weil sie Falten um die Augen hatte und sich ein Doppelkinn ankündigte. Mitleid, weil sie ahnte, wie schwer es war, mit dieser Scham zu leben, und weil Hanna außerdem so einsam war, denn das einzige Wesen auf der Welt, das sie wirklich liebte, das war ihr Pekinese. Nippon. Miriam war sich sicher, dass auch Hanna sich früher einmal nach Mann und Kindern gesehnt hatte, aber sie hatte nie eine Familie bekommen. Stattdessen war sie Studienrätin für Deutsch und Englisch in der Mädchenschule geworden, Vorstandsmitglied in der Jönköpinger Abteilung des Roten Kreuzes und hatte sich selbst ein ewiges Lächeln verpasst. Kein tapferes Lächeln, nein, ein freundliches Lächeln, wenn auch ein wenig herablassend, ein Lächeln, das der Welt versicherte, dass es sich bei ihr um eine Dame handelte, die alles weiß und alles kann und die sich energisch gegen jede Form von Mitleid verwehrt. Gab es jemanden, der zu bemitleiden war, dann war Hanna diejenige, die sich um die Sache kümmerte. Folglich hatte sie sich eines jüdischen Waisenmädchens aus gutem Hause angenommen und beschlossen, ihr eine richtig gute Erziehung angedeihen zu lassen. Und zu einer wirklich guten Erziehung gehörte selbstverständlich zu lernen, über das zu schweigen, was anderen peinlich sein könnte, und das erst recht, wenn diese anderen einem in den Hierarchien, die ebenso selbstverständlich waren, über die aber nie gesprochen wurde, übergeordnet waren.

»Weißt du«, sagte Hanna, während sie mit dem Kamm durch Miriams Pony fuhr, »ich habe schon ein paar Mal überlegt, ob du dir nicht einen Pagenkopf schneiden lassen solltest.«

»Einen Pagenkopf?«

»Ja, du weißt doch. Glatt und viereckig.«

»Aber mein Haar ist ja von Natur aus gedreht …«

Hanna seufzte leise.

»Naturwellen heißt das. Und du magst schon recht haben. Außerdem ist ein Pagenkopf zurzeit nicht wirklich in Mode. Mal sehen, ob wir etwas anderes finden. Aber jetzt ist erst einmal diese Zigeunerlocke weg.«

Miriam strich mit der Hand über den feuchten Pony. Er lag stramm links zur Seite, das konnte sie fühlen.

»Danke.«

Hanna tätschelte ihr leicht die Wange. Zwei schnelle, etwas unbeholfene Streichelzüge.

»Keine Ursache, meine Kleine.«

Miriam wiederholt die Geste fünfundsechzig Jahre später. Streicht sich selbst schnell über die Wange und muss gleichzeitig über ihre eigene Verwirrung damals schmunzeln und über die Tatsache, dass Hanna trotz all ihrer Macken zum Schluss doch eine richtig gute Freundin geworden ist. Außerdem eine Freundin mit gutem Geschmack. Mitte der Sechziger ließ sich Miriam die Haare glätten und zu einem Pagenkopf schneiden. Der Effekt traf augenblicklich ein. Plötzlich sah sie jung, modebewusst und intellektuell aus und wurde folglich mit größerem Respekt behandelt, als sie in Grens Modehus ging, um sich ein neues Sommerkleid zu kaufen. Viele Jahre lang blieb sie bei dem glatten Pagenschnitt. Erst als Olof seine Diagnose bekam, war ihr das nicht mehr wichtig, und als er einige Jahre später starb, war ihr Haar bereits weiß und richtig lang geworden. Mittlerweile ist es nicht mehr sehr lockig, zeigt nur noch ein paar Wellen. Was natürlich am Alter liegt. Daran, dass sie alt geworden ist. Richtig alt. Obwohl das ungerecht ist. Sie schenkt ihrem Spiegelbild ein kurzes Lächeln, als sie sich daran erinnert, wie es vor zehn Jahren war, wie sie sich damals darüber beklagte, dass es auch sie getroffen hatte, dass sie, die immer die Jüngste gewesen war, plötzlich in einem Körper herumlief, der sie im Stich zu lassen drohte, wie Olofs Körper ihn im Stich gelassen hatte und Hannas Körper sie. Ihre ehrliche Empörung darüber, dass die Muskeln in den Armen schwach geworden waren, ihr Groll darüber, dass sie nachts aufwachte, weil die Arthrose an ihren Gelenken nagte und ihr Verdruss darüber, dass Thomas ihr tatsächlich aus dem Wagen hatte helfen müssen, als sie an einem Wintersonntag nach Lövhult gefahren waren, um dort zu essen. Das war doch nicht gerecht! Ihr ganzes Leben lang hatte sie die Bürde tragen müssen, eine Fremde zu sein, eine Außenseiterin, eine, die eigentlich nicht dazugehörte, sollte sie zusätzlich auch noch eine alte Schachtel werden, die bald ihren Rollator vor sich herschob? Nie im Leben. Sie hatte das Recht, ums Altern herumzukommen. Das Leben war ihr das schuldig!

Doch das hatte das Leben überhaupt nicht interessiert. Sie war nur einfach immer älter und älter geworden. Aber bis jetzt hat sie noch keinen Rollator. Und sie achtet penibel darauf, den Rücken gerade zu halten. Also streckt sie sich noch einmal extra und geht dann zum Schrank, holt ihr hellblaues Sommerkleid heraus und hält es vor sich. Eindeutig für gut befunden. Langärmlig, aber dennoch kühl. Natürlich langärmlig. Denn immer noch ist es ihr wichtig, dass möglichst niemand die blaugeflammte Narbe auf ihrem Arm sieht und kommentiert.

»Störe ich?«

Camilla schaut auf, sie braucht eine Millisekunde, um sich daran zu erinnern, wo sie ist und wer die alte Frau ist. Dann lächelt sie, legt das Lesezeichen auf die Seite und klappt das Buch zu.

»Ganz und gar nicht. Wollen wir aufbrechen zum Spaziergang?«

»Von mir aus gerne.«

Miriam ist heute ungewöhnlich herausgeputzt. Das Haar sorgfältig hochgesteckt, das Kleid frisch gebügelt, die Schuhe glänzend weiß. An ihrem Arm baumelt ihre kleine Handtasche. Die helle Sommerhandtasche, die sie jedes Jahr Mitte Mai herausholt und die sie wieder in die kleine Samthülle legt, wenn der September gekommen ist. Sie hat diese Handtasche, solange Camilla denken kann, und das Merkwürdige ist, dass sie immer noch fast wie neu aussieht, nur an den Nähten ist sie etwas dunkler geworden. Ein zeitloses Modell, für die Ewigkeit bestimmt. Genau wie ihre Besitzerin.

Miriam runzelt die Stirn. »Was ist?«

Camilla lacht und zuckt mit den Schultern. »Gar nichts. Ich finde nur, du siehst heute toll aus. Ich wünschte, ich wäre genauso hübsch, wenn ich fünfundachtzig bin.«

Ein Lächeln zeichnet sich auf Miriams Gesicht ab.

»Du wirst noch viel hübscher sein!«

»Das glaube ich nicht«, sagt Camilla und steht auf.

»Warte kurz. Ich will nur Mama Bescheid sagen, dass wir gehen.«

Sie läuft in die Küche und öffnet die Tür zur Terrasse. Katarina sitzt auf dem Rasen und schaut verzückt Sixten zu, der im Erdbeerbeet herumläuft. Ganz kurz überlegt Camilla, ob sie schimpfen soll. Es ist auf keinen Fall gut, wenn Sixten Erdbeeren isst, die nicht abgewaschen wurden – *Insektizide! Knochenfäule! Würmer im Bauch!* –, andererseits weiß sie, dass Katarina beleidigt sein wird, wenn sie mit Einwänden kommt, und an diesem Mittsommertag geht es nur darum, den Hausfrieden zu bewahren, also sagt sie nichts, hebt nur die Hand zum Gruß und zeigt mit einer Geste, dass sie weggehen will. Katarina nickt ihr gedankenverloren zu, um zu zeigen, dass sie verstanden hat, und glücklicherweise sieht Sixten seine Mama nicht. Sonst würde er mit spazieren gehen wollen, und wenn Sixten mitkäme, dann würde sich auch Katarina anschließen, und das Ergebnis wäre, dass Camilla mit ihrer Großmutter nicht in Ruhe reden könnte. Und das will sie. Jedes Mal, wenn sie zurück nach Nässjö kommt, besteht sie darauf, zumindest einmal in Ruhe mit ihrer Großmutter zu reden. Nicht dass sie Miriam jemals dazu gebracht hätte, ihr ihr Herz auszuschütten und nicht dass sie selbst der Großmutter jemals ihre tiefsten Geheimnisse anvertraut hätte, ganz im Gegenteil, beide sind sehr darauf bedacht, eine gewisse Distanz zu bewahren, aber dennoch besteht kein Zweifel daran, dass beide ein starkes gegenseitiges Schutzbedürfnis empfinden. Sie halten zusammen. Bis in alle Ewigkeit.

»Wollen wir los?«, fragt sie Miriam, als sie wieder im Flur steht. Miriam wirft ihr einen zweifelnden Blick zu, Camilla versteht. Schnell wirft sie einen Blick auf ihr Spiegelbild und fährt sich mit der Hand durchs Haar.

Sie sollte sich vielleicht noch kämmen. Miriam nickt, als könnte sie ihre Gedanken lesen.

»Eine Sekunde«, sagt Camilla und huscht ins Bad, zieht schnell den Kamm durchs Haar und streicht genauso schnell einen Lippenstift über die Unterlippe. Zieht ihr Oberteil zurecht. So. Jetzt sieht sie ja wohl zivilisiert genug aus für einen Spaziergang in Nässjö?

Miriam steht bereits draußen auf der Treppe, als Camilla kommt, sie steht kerzengerade da, die Augen geschlossen, und genießt die Sommerwärme.

»Ein herrlicher Tag«, sagt Camilla.

»Ja«, stimmt Miriam ihr zu. »Das ist wirklich ein herrlicher Tag.«

In dem Moment beginnt Kaiser zu bellen.

Vielleicht stand er ja hinter der halb geöffneten Terrassentür auf der Lauer. Wenn nicht sein Herrchen Miriam und Camilla durchs Fenster beobachtet und ihn grinsend herausgelassen hat, nur um ihnen einen Schreck einzujagen. Sie sollen nur nicht glauben, etwas Besonderes zu sein, diese alte Judenhexe mit ihrem Akzent. Oder diese eingebildete Tochter, die ständig mit provokativ wackelndem Po herumläuft.

»Oh!«, sagt Miriam und bleibt abrupt stehen, packt schnell Camillas Arm. Der Griff ist so fest, dass Camilla spüren kann, wie Miriams Nägel in die dünne Haut ihres Unterarms eindringen, aber sie unterdrückt bewusst ein Stöhnen.

»Dieser verfluchte Hund«, sagt Miriam und versucht zu lächeln.

»Kümmre dich doch einfach nicht um ihn.«

»Das kann ich nicht …«

»Doch. Das kannst du. Komm, wir gehen.«

Sie wendet sich nach rechts und geht los, legt dabei gleichzeitig beschützend ihre Hand über Miriams, die immer noch auf ihrem Arm ruht. Der Griff der Großmutter lockert sich ein wenig, wird aber sofort wieder fester, als Kaiser sich gegen den Zaun wirft und ein tiefes Bellen von sich gibt, vollkommen außer sich ob der Tatsache, dass die Nachbarn die Frechheit haben, auf der Straße vor seinem Garten entlangzugehen, dass sie sich außerdem noch weigern, ihn anzusehen, ihn frecherweise einfach ignorieren, ihn und sein Herrchen, das inzwischen herausgekommen ist und breitbeinig auf der Terrasse steht. Sein Herrchen hat die Arme vor der Brust verschränkt und beobachtet stumm die beiden Frauen, die jetzt den kleinen Fußweg am See entlang einschlagen. Allem Anschein nach sehen sie ihn nicht, gehen nur dicht nebeneinander und starren vor sich hin. Kaiser unternimmt einen letzten Versuch, sie zu erwischen, indem er am Zaun entlangrennt und mal hysterisch kläfft, mal bedrohlich knurrt, doch es nützt nichts. Keine der beiden Frauen dreht den Kopf und schaut zu ihm, es hat fast den Anschein, als hörten sie ihn gar nicht. Und bald kommt er nicht weiter, bald sieht er nur noch ihre Rücken langsam in der Ferne verschwinden. Er lässt sich auf den Hintern plumpsen und ein enttäuschtes Bellen hören.

»Puh!«

Camilla spürt, wie Miriams Griff sich löst. Schnell streicht sie der Großmutter über den Rücken.

»Dass er diesen Hund nicht im Griff hat!«

Miriam streckt den Rücken durch und wirft Camilla einen schnellen Blick zu.

»Wahrscheinlich will er es gar nicht. Ich glaube, es gefällt ihm so, wie es ist.«

»Aber er muss doch gemerkt haben, dass du Angst hast.«

»Ja.«

Eine Weile bleibt es still, dann räuspert Camilla sich.

»Aber als ich noch klein war, da hattest du nie Angst vor Hunden …«

Miriam muss lächeln.

»Ich habe keine Angst vor Hunden. Ich habe nur Angst vor Schäferhunden.«

Camilla nickt.

»Seit dem Lager?«

Falsche Frage. Miriam hat nur selten über ihre Zeit im Konzentrationslager gesprochen, und das äußerst widerstrebend. Jetzt nickt sie nur, wendet ihr Gesicht ab und schaut über den See.

»Was für ein herrlicher Tag«, sagt sie dann noch einmal. »Nicht wahr? So ein richtig lieblicher Mittsommertag.«

Camilla nickt, und wieder bleiben die beiden eine Weile still. Die Frage flattert im Schweigen vorbei, doch sie traut sich nicht, sie zu stellen. *Warum hast du gesagt, dass du nicht Miriam heißt?* Eine unerklärliche Furcht fährt ihr durch den Körper, doch sie akzeptiert sie nicht. Die muss weg. Verschwinden. Der Kies knirscht beruhigend unter ihren Schuhsohlen, und Camilla schaut sich um. Die Hängebirken lassen ihre dünnsten Zweige leicht im Wind tanzen. Das Gras neben dem Fußweg müsste geschnitten werden, aber dann würden auch die Gänseblümchen verschwinden, diese kleinen Blumen, die überall ihre Köpfchen recken und sich anzustrengen scheinen, an diesem Tag besonders niedlich auszusehen. Was ihnen gelingt. Ein kleiner Schmetterling mit einer ungewöhnlichen Zeichnung in Sahneweiß und Orange ist ganz verzückt von ihnen und fliegt voller Eifer von einer Blüte zur anderen, ohne sich die Zeit zu nehmen, bei einer länger zu verweilen. Dann huscht ein Omalächeln über Miriams Gesicht, und sie fragt: »Und? Erzähl, wie geht es dir so in Stockholm?«

Danke, gut. Ihr geht es eigentlich ganz gut. Eine Zweizimmerwohnung in Solna und eine gute Kinderkrippe für Sixten. Drei kinderfreie Abende jede Woche, nachdem Max und sie ihren Sohn langsam daran gewöhnt haben, mal bei dem einen, mal bei der anderen zu sein. Der erste kinderfreie Abend geht drauf mit Waschen und Putzen. Der zweite sollte fürs Lernen reserviert sein, aber leider …

Nichts davon erzählt sie. Stattdessen hört sie, wie sie fast atemlos ein Geständnis ablegt: »Ich hab die letzte Prüfung verpatzt.«

Miriam wirft ihr einen Blick zu, sagt jedoch nichts.

»Ich weiß nicht, was los ist«, sagt Camilla, »irgendwie kann ich mich einfach nicht mehr konzentrieren.«

Aber das stimmt nicht. Natürlich kann sie sich konzentrieren. An den Abenden, an denen Sixten bei ihr zu Hause ist, hat sie kein Problem zu lernen, das hat sie nur an den Abenden, an denen er bei Max ist, dann läuft sie unruhig in ihrer Wohnung hin und her und kann nicht still sitzen. Puzzelt herum. Holt die Bücher heraus, bringt es aber nicht über sich, sie aufzuschlagen. Probiert stattdessen Kleider an. Oder bleibt stumpfsinnig starrend vor dem Fernseher sitzen. Stellt sich vor den Spiegel und versucht eine Entscheidung zu treffen; ob sie es wagen soll, diesem Oberarzt eine Mail zu schicken, der im letzten Jahr ein paar Monate lang ihr Liebhaber gewesen ist. Nein. Doch. Nein. Dumm wie eine Vierzehnjährige. Als bräuchte sie ihren schlafenden Sohn im Nebenzimmer, um sich überhaupt wie ein erwachsener Mensch benehmen zu können. Als wäre Sixten derjenige, der sie erwachsen macht, als wäre er ihr Publikum bei dem Schauspiel, zu dem ihr gesamtes Leben geworden ist. Dieses Schauspiel, das sie trotz allem nie zur Vollendung hat bringen können. Eine gute Mutter ist ja eine Frau ohne eigene Bedürfnisse, und Camilla weiß nicht, wie man es anstellt, seine eigenen Bedürfnisse zu verleugnen. Zumindest nicht, wenn man gleichzeitig für das Medizinstudium lernen, nett, charmant und modebewusst sein soll.

»Aber du kannst die Prüfung doch wiederholen, oder?«, fragt Miriam.

Camilla seufzt. Natürlich, ja.

»Und du hast doch immer so gut lernen können. Das heißt also nur, dass du ein bisschen mehr lernen musst.«

Wieder muss Camilla seufzen. Ja. Natürlich. Ist doch klar. Dann wechselt sie lieber das Thema.

Eines Abends im letzten Herbst nahm sie die U-Bahn nach Hause Richtung Solna Centrum. Das war eine dumme Idee, das sah sie bereits ein, als sie sich am Hauptbahnhof im letzten Moment in einen Wagen gezwängt hatte und fast in der Tür festgeklemmt worden wäre, als die sich hinter ihr schloss. Sie drückte die Tüte von Åhléns fest an die Brust und streckte die Hand aus, um nach einer Stange zu greifen, um sich daran festzuhalten, musste aber schnell einsehen, dass keine in ihrer Reichweite war. Der Wagen war voll. Überfüllt. Und sie selbst stand eingezwängt inmitten einer größeren Gruppe junger Männer mit grünweißen Schals, junge Männer, die grinsend ihre Bierdosen in die Luft reckten und ihren Schlachtruf grölten: *KGB! KGB! KGB!*

»Hooligans«, erklärt sie und verzieht dabei das Gesicht. »Ich war mit einer ganzen Gang dieser Fußballfans von Hammarby in einem Wagen, die wollten zu einem der letzten Spiele im Råsundastadion.«

»Oje«, sagt Miriam.

Im Nachhinein wunderte Camilla sich darüber, wie instinktiv sie sich verhalten hatte. Wie sie die Tüte mit der Kinderkleidung fester an die Brust drückte, den Nacken beugte und den Blick senkte, und gewissenhaft darauf achtete, keinen der jungen Männer anzuschauen. Einer drückte ein erigiertes Glied gegen ihren Po, aber davon erzählt sie Miriam nichts, sie berichtet nur von der Bewegung, die plötzlich in der Gruppe entstand, diese Bewegung, die sie immer weiter in deren Mitte schob, und wie gelähmt sie sich fühlte. Es schien, als wären die Hammarbyer zu einem fremden Stamm geworden und sie wäre ihre erste Gefangene, eine Gefangene, die nur ein einziges Ziel hatte. Zu überleben. Sie wagte es nicht, sich aus eigener Kraft zu bewegen, ließ sich nur immer weiter hinein schieben, sie konnte spüren, dass der Zug mehrere Male hielt, aber sie unternahm nicht den geringsten Versuch, zur Tür und auf den Bahnsteig draußen zu gelangen, sie hob nicht einmal den Blick, stand nur einfach da und ließ sich von den schwankenden, brüllenden und grölenden jungen Männern – *Tod dem AIK! Tod dem AIK! Tod dem AIK!* – herumschubsen, und sie wusste, wenn sie es nur wagen würde, zu atmen, dann würden sie auch sie töten.

»Und dann waren wir plötzlich am Solna Centrum angekommen, und da stürmten sie zu den Türen, die ganze Bande. Die Polizei stand auf dem Bahnsteig draußen, die Beamten sahen fast aus wie Soldaten, mit großen Schilden und schusssicheren Westen, und die hatten auch Angst, das war zu spüren, obwohl sie dort breitbeinig standen und mit ihren Schlagstöcken gegen die Schilder schlugen, wie irgendwelche Wilden, und diese Typen genossen den Anblick, das war deutlich zu merken. Sie genossen aus vollem Herzen ihre Macht, dort in diesem Moment, und ich dachte …«

Sie bricht ab, will plötzlich nicht berichten, was sie dachte. Denn das war so hässlich. Denn sie dachte, wie machtlos doch diese aufgeblasenen Kerle jeder für sich waren, wie wenig sie ihr eigenes Leben beeinflussen konnten, dass dieses hier der einzige Augenblick in ihrem Leben war, in dem sie sich mächtig und unverwundbar fühlen konnten, und dass sie die Erinnerung daran wie einen Schatz in sich bewahren würden, aber wie jämmerlich feige, einfältig und primitiv sie eigentlich waren. Und für wenige Sekunden wünschte sie, es ihnen heimzuzahlen, nicht, indem sie sie trat und schlug, sondern wenn sie ihnen als Ärztin gegenüberträte und ihnen in abschätzigem Ton die Diagnose verkündete: Krätze und krankhafter Haarausfall, widerliche Eiterbeulen und ewige Impotenz, Syphilis und Gonorrhöe, ja, sogar HIV, und ihnen somit ein Todesurteil verkündete, gegen das es keine Berufung gab …

»Aber dann habe ich einen alten Mann entdeckt, der sich an die Wand drückte und vollkommen verängstigt aussah. Er hatte einen Stock, der Arme, und fast wäre er von irgendwelchen grünweiß angemalten Idioten umgerannt worden. Also ging ich zu ihm, schob meinen Arm unter seinen und zog ihn in eine Ecke, und da blieben wir fast zwanzig Minuten stehen, bis es endlich ruhig wurde. Es kamen noch mehrere Züge mit Hammarbyern, und wie die sich aufführten! Eine Truppe warf sich auf einen Typen und schlug seinen Kopf mehrere Male auf den Bahnsteig, bevor die Polizei sie trennen konnte. Und irgendein Idiot zündete eine Art Rakete an und warf sie auf die Gleise. In der U-Bahn! Hätte es dort angefangen zu brennen, keiner von uns hätte eine Chance gehabt …

Miriam verzieht das Gesicht. Schlimm. Und Camilla streckt vor lauter Rechtschaffenheit ihren Rücken.

»Ja, man fragt sich wirklich, was in den Köpfen dieser Idioten vor sich geht. Na, jedenfalls, als es einigermaßen ruhig geworden war, habe ich den Alten zum Fahrstuhl manövriert und dann sind wir aus der Unterwelt entkommen, und anschließend habe ich einen großen Umweg machen müssen, um nach Hause zu kommen, denn normalerweise muss ich ja die Straßen passieren, auf denen sie liefen, und das wollte ich mir an diesem Abend auf keinen Fall noch zumuten. Das war das reine Schlachtfeld!«

Miriam schüttelt den Kopf.

»Seitdem fährst du nicht mehr mit der U-Bahn?«

Camilla muss lachen. Sie sind vor einer Parkbank stehen geblieben.

»Doch, doch. Das tue ich. Aber ich achte darauf, dass kein Fußballspiel ist. Wenn eins stattfindet, dann passe ich auf.«

»Klingt vernünftig. Man soll vor jungen Männern in Gruppen auf der Hut sein.«

»Tatsächlich?«

Miriam nickt.

»Immer. Man muss sich immer vor jungen Männern in Gruppen hüten. Wollen wir uns einen Moment hinsetzen?«

Sie lassen sich auf der Bank nieder und schauen auf den Ingsbergssjö. Der Stadtpark brodelt vor lauter Grün um sie herum, der Himmel ist eine strahlend blaue Kuppel über ihren Köpfen, doch dem Seewasser gelingt es nicht, diese Farbe einzufangen. Es glitzert weiterhin braun. Plötzlich erfüllt der Sommer Camilla mit einem leisen Jubel, plötzlich ist sie mächtiger als ein Weltenherrscher, stärker als ein Stier, gerechter als Gott selbst und deshalb ist sie plötzlich auch in der Lage, ihre Großmutter an das zu erinnern, woran diese nicht erinnert werden möchte.

»Hast du das im Lager gelernt?«

Ein leichtes Zittern durchfährt Miriam, das ist zu spüren, doch ihre Stimme wird davon nicht beeinträchtigt.

»Nein«, antwortet sie mit dem gleichen ruhigen Tonfall wie immer. »Das habe ich drei Jahre nach dem Krieg in Jönköping gelernt.«

Nach dem Tod, vor dem Leben

Der Vogel wählt die Flucht. Wir wählten sie nicht.
Die Flucht wählte uns. Deshalb sind wir hier.
Ihr, die nicht erwählt wurdet – aber dennoch die Freiheit besitzt,
helft uns, die schwere Flucht zu tragen, die wir tragen müssen.

Stig Dagerman

Und das hier ist Miriam«, sagte Hanna und neigte den Kopf ein wenig zur Seite. »Das kleine Flüchtlingsmädchen, von dem ich dir erzählt habe.«

Egon nahm den Hut in die linke Hand und streckte ihr lächelnd die rechte entgegen, mit einer leichten Verneigung.

»Guten Tag, Miriam.«

Miriam ergriff seine Hand und knickste so tief, wie Hanna es ihr beigebracht hatte. Hanna nickte zustimmend im Hintergrund.

»Ein süßes, liebes Mädchen. Tüchtig beim Kochen und Backen. Und bald hat sie das halbe Pensum der Mädchenschule gelernt. Also, im Privatunterricht.«

Miriam lächelte zögernd. Wurde darauf eine Antwort erwartet? Sollte sie bescheiden einwenden, dass sie gar nicht so tüchtig im Essenkochen oder Backen war? Oder dass ihr Wissen, was die Mathematik betraf, nun wahrlich nicht zum Jubeln war? Oder wurde erwartet, dass sie sich für das Kompliment bedankte? Nein. Offensichtlich nicht, denn jetzt setzte Hanna sich den Strohhut auf, warf sich selbst einen zufriedenen Blick im Spiegel zu, während sie noch einmal ihre kleine Rede mit allen Ermahnungen von sich gab. Nicht vergessen, mindestens dreimal am Tag mit Nippon rauszugehen! Die Tür ordentlich verschließen! Außerdem musste sie ihre Hausaufgaben machen, denn Hanna würde sie auf jeden Fall über Gustav Vasa und die Reformation abfragen, wenn sie zurück war. Die

Milch war fast ausgetrunken, deshalb musste sie als Erstes runtergehen und einen Liter kaufen. Und dann durfte sie nicht vergessen, die Kanne in kaltes Wasser zu stellen, damit die Milch sich nicht nur bis zum nächsten Tag hielt.

»Aber ansonsten hast du die Freiheit, genau das zu tun, wozu du Lust hast«, sagte Hanna lächelnd und strich sich mit der Hand über ihr Kostüm. Es war weiß mit blauen Punkten und ganz neu. Miriam selbst hatte es am Tag zuvor bei der Schneiderin abgeholt und abends neben Hanna gestanden, als diese es anprobierte. Hanna schwankte zwischen Zweifel und Begeisterung. Sah sie dick darin aus? Nein. Das tat sie nicht. Oder doch? Nein. Sie sah wirklich überhaupt nicht dick in dem Kostüm aus. Es war hübsch, gediegen und richtig elegant!

Und heute war sie wirklich sehr elegant. Weiße Schuhe und helle Strümpfe aus echtem amerikanischem Nylon. Sorgfältig gekämmtes dunkelbraunes Haar. Dunkelblauer Strohhut mit weißem Band. Neue weiße Handschuhe und eine ebenso weiße kleine Handtasche. Egon trug ebenfalls Blau und Weiß. Seine umfangreiche Körperfülle war in einen dunkelblauen Gabardineanzug gehüllt, das Hemd dazu weiß und unglaublich sorgfältig gebügelt. Vermutlich von der sauertöpfischen Asta, seiner Haushälterin, die Miriam nie getroffen hatte, aber von der sie in den letzten Monaten umso mehr gehört hatte. Asta nahm sich nämlich Freiheiten heraus, das hatte Hanna berichtet. Manchmal war sie fast unverschämt, besonders Hanna gegenüber. Vielleicht hatte sie gehofft, Egon könnte sich für sie auf eine ganz bestimmte Art und Weise interessieren, und vielleicht schnaubte sie deshalb so laut, sobald Hanna oder eine der anderen Damen des Vorstands des Roten Kreuzes in der Nähe waren. Aber es verstand sich ja von selbst, dass ein Mann wie Egon, Witwer seit drei Jahren und Direktor einer eigenen Fabrik, niemals seine Haushälterin heiraten würde. Nicht, dass Hanna in irgendeiner Weise hochnäsig war, und Egon wahrlich auch nicht, aber es war doch nicht zu leugnen, dass es einen Unterschied gab zwischen gebildeten Leuten und ungebildeten. Das mussten Menschen wie Asta ja wohl akzeptieren. Genau wie die anderen Damen im Vorstand des Roten Kreuzes akzeptieren mussten, dass es nun einmal Hanna war, die Egon eingeladen hatte, um mit ihm daheim auf dem Familienhof in der Nähe von Vadstena Mittsommer zu feiern. Denn das hatte er! Er hat es wirklich getan, berichtete Hanna und lächelte siegesgewiss und gleichzeitig ein wenig furchtsam am Frühstückstisch am Tag darauf. Und anschließend wollten sie in seinem Auto weiter zum Landestreffen des Roten Kreuzes nach Mariefred fahren. Fünf ganze Tage würden sie gemeinsam reisen! Sie sagte nichts von Hochzeit und Ehe, aber Miriam ahnte, dass Hanna genau davon den restlichen Vormittag träumte, da sie immer wieder den Blick von dem Buch hob, das sie gerade las. Und das war ungewöhnlich. Hanna starrte sonst nie solche Löcher in die Luft. Doch jetzt tat sie es.

Miriam war etwas enttäuscht gewesen, als sie Egon die Tür öffnete. Sie hatte einen stattlichen Herrn erwartet, denn so hatte Hanna ihn beschrieben. Richtig stattlich. Aber in Wahrheit war Egon vom Äußerlichen her nicht besonders attraktiv. Er war noch dicker als Hanna, hatte ziemlich schütteres Haar, und die geplatzten Äderchen auf Nase und Wangen sahen aus wie die Landkarte eines Flussdeltas neben dem anderen. Außerdem hatte er ein üppiges Doppelkinn. Miriam hatte sich anstrengen müssen, beeindruckt genug dreinzuschauen, und offensichtlich war ihr das gelungen, denn Hanna sah zufrieden aus.

»Auf Wiedersehen, meine Kleine«, sagte sie und tätschelte Miriam die Wange. »Wir sehen uns dann am Sonntagabend wieder.«

Egon nickte in ihre Richtung und setzte sich den Hut auf, wandte ihr dann den Rücken zu und öffnete die Tür. Hanna warf Miriam noch über die Schulter einen letzten, lächelnden Blick zu, zwinkerte kurz mit dem rechten Auge, als teilten sie beide ein Geheimnis, dann huschte sie aus der Tür.

Endlich allein. Die kommenden fünf Tage sollte sie allein sein. Miriam blieb eine Weile im Flur stehen und lauschte Hannas Absätzen, die auf dem Marmor der Treppe widerhallten, hörte sie mit ihrer höchsten Stimme zwitschern und Egon in seinem dumpfen Bass antworten. Es war nicht zu verstehen, was sie sagten. Aber jetzt waren sie offensichtlich im Erdgeschoss angekommen, die Haustür wurde geöffnet und fiel nach wenigen Sekunden wieder ins Schloss. Und dann waren sie fort. Es gab sie nicht mehr.

Miriam blinzelte, als wäre sie gerade aufgewacht, und schaute sich auf dem dunklen Flur um. Der kleine Perserteppich lag schief, schnell schob sie ihn mit dem Fuß wieder gerade, seufzte dann leise und entspannte sich. Sank ein wenig in sich zusammen. Wischte den freundlichen und erwartungsvollen Gesichtsausdruck fort, den sie immer aufsetzte, wenn Hanna in der Nähe war. Sie seufzte noch einmal leise und ging dann äußerst langsam ins Wohnzimmer, schaute sich hier um, als wäre es das erste Mal, dass sie hier war, als hätte sie nicht seit mehr als zwei Jahren jeden Morgen jedes Möbelstück und jede Porzellanfigur abgestaubt. Da waren die niedrigen Bücherregale. Das Sofa in stumpfen Brauntönen. Der tiefe Sessel, irgendwie beigegeblümt, mit Noppenbezug, der, ohne dass es ausgesprochen worden war, ganz selbstverständlich Hanna gehörte, und somit hatte Miriam genauso selbstverständlich niemals auch nur davon geträumt, sich hineinzusetzen. Der Radioapparat auf dem kleinen Tisch gleich daneben. Plötzlich fühlte sie sich versucht, ihn einzuschalten und an den Knöpfen zu drehen, um eine ihr sehr vertraute Sprache zu suchen, eine Sprache, die widerstandslos in sie eindringen würde und die sie verstünde, ohne sich im Geringsten anstrengen zu müssen. Deutsch zum Beispiel. Oder Romanes.

»Ha!«

Der höhnische Ausruf ließ sie zusammenzucken, und sie brauchte eine Zehntelsekunde, um einzusehen, dass er von ihr selbst kam. Und das war ja kein Wunder! Natürlich war es lächerlich, sich vorzustellen, jemand spräche Romanes im Radio. Die Gaunersprache wurde sie im Schwedischen genannt, das hatte sie jedenfalls einmal gehört, als sie einigen von Hannas Kolleginnen Kaffee servierte. Eine von ihnen hatte ein kleines Lexikon dabei, ein Lexikon, das eine Diskussion unter den Damen angefacht hatte. War das tatsächlich eine eigene Sprache der Kriminellen? Oder war das die der Zigeuner, wie gewisse Forscher behaupteten? Und was sollte man davon halten, dass gewisse Worte aus ihr offenbar in die reine schwedische Sprache eindrangen? Miriam war es kalt über den Rücken gelaufen, als sie das hörte, doch sie hatte nichts gesagt. Natürlich nicht. Denn auch wenn sie keine normale Haushaltshilfe war, so wusste sie doch, wo ihr Platz war. Und sie dachte nicht daran, aufzudecken, wer sie war und woher sie kam, denn das hier war ein kaltes Land, und der Preis dafür, unter einem warmen Federbett schlafen zu dürfen, bestand in der Lüge, die sie bereit war zu vertreten bis zu dem Tag, an dem sie starb. Und natürlich würde sie kein Romanes im Radio hören können, wie sehr sie auch am Rad drehte. Schließlich gab es keine Zigeuner in Schweden, und hätte es sie gegeben, dann hätte man sie niemals im Radio reden lassen, das war ein Recht, das nur denen zustand, die Verstand genug hatten, in der richtigen Familie geboren zu werden. *Gadsche*. Gebildete Menschen. Leute, die alles wissen, alles können und niemals lügen. Leute, die immer nur lächeln und einander versichern, dass sie in der besten aller Welten leben.

Doch Miriam dachte gar nicht daran, an diesem Tag zu lächeln. Das hatte sie schon vorher gewusst. An diesem Mittsommertag würde sie sie selbst sein. Das war der Tag, an dem sie sich endlich erlauben würde, sich einzugestehen, wie schwer es war, immer eine Fremde zu sein, eine Außenstehende, eine, die nicht dazugehörte. Und das war auch ein Tag, an dem sie ihre Erinnerung wecken wollte. Zumindest einen Teil davon. Den fast erträglichen. Papas Lachen. Anuschas funkelnde Augen. Und dann Didi, als er klein war. Seine Hand in ihrer. Sein kleiner Körper dicht an ihrem auf der gemeinsamen Matratze. Seine schwarzen Augen. Sein Gesicht, das langsam verrottete und sich vor ihren Augen auflöste … *Noma!* Nein! Das war nicht zu ertragen!

»Oh Didi!«, rief eine halberstickte Stimme. Ihre eigene. »*Ma ov mulo, av palpate!* Du darfst nicht tot sein! Komm zurück!«

Die Trauer stieg in ihr auf und schüttelte sie, ließ sie so heftig erzittern, dass sie gezwungen war, nach der Rückenlehne des Sessels zu greifen, um aufrecht stehen zu bleiben, dann umhüllte sie sie wie ein Kokon. Und damit war sie eingeschlossen. Gefangen, genau wie früher. Die Haut löste sich vom Fleisch und begann einen halben Millimeter vom Körper entfernt zu schweben, die Übelkeit stieg wie eine Säule in ihr auf, Kopfschmerzen legten sich schwer auf die Stirn. Dennoch wusste sie, dass nichts davon zu sehen war, denn tief in ihr gab es immer noch das Loch, das sie früher einmal abrupt fast erwachsen hatte werden lassen, obwohl sie immer noch ein Kind gewesen war, das Loch der eiskalten Beobachtung, das Loch, das sich bereits in Auschwitz groß, schwarz und frostig in ihr öffnete, und dank seiner Kälte hatte sie Ravensbrück wie auch den Geisterzug, der sie nach Dänemark brachte, überlebt. Noch in der Bewusstlosigkeit hatte sie die Maske bewahrt. Und jetzt wusste sie, dass sie in Habtachtstellung mitten in Hannas Wohnzimmer stand und dass ihr Gesichtsausdruck genauso neutral war, wie er gewesen war seit dem Tag, als sie ins Kloster kam. Aber sie hatte überlebt. Sie war eine Überlebende. Soweit sie wusste, war sie die einzige Romni, die sowohl Auschwitz als auch Ravensbrück überlebt hatte und folglich würde sie auch Hanna, Jönköping und das Rote Kreuz überleben!

Draußen auf der Straße hupte ein Auto und zwang sie zurück in die Gegenwart. Was machte sie da? Warum um alles in der Welt stand sie in Habtachtstellung in Hannas Wohnzimmer und faselte davon, dass sie Hanna, Jönköping und das Rote Kreuz überlebte? Schließlich war es Hanna gewesen, die sie bereits in Aneby vor dem Schrecken der Einsamkeit gerettet hatte, die sie mit nach Jönköping genommen und ihr eine rote Bettdecke gegeben hatte, ein eigenes Zimmer und etwas, das vielleicht einmal ein Leben werden konnte! Sie hatte nicht das Recht, Angst vor Hanna zu haben, sie hatte nicht das Recht, vor irgendeinem der Menschen, die in dieser friedlichen Stadt herumliefen und ruhig ihren Geschäften nachgingen, Angst zu haben. Und wovor sollte sie denn Angst haben? Niemand hatte jemals Jönköping bombardiert, niemand hatte Juden und Roma gezwungen, durch die Straßen zu marschieren, zu einem Zug, der sie in die Hölle führen würde, niemand hatte überhaupt nur einen einzigen schwarzgekleideten SS-Mann gesehen, der seine Waffe hob und auf ein Kind richtete. Die Leute in Jönköping waren nett. Die Leute in Småland waren nett. Die Leute in Schweden waren nett.

Also holte sie tief Luft und streckte sich, fuhr sich mit der Hand über die Stirn und vergewisserte sich, dass die unglückselige kleine Sechs, zu der sie morgens den Pony gekämmt hatte, wirklich verschwunden war, beschloss dann, die Übelkeit wie auch die Kopfschmerzen einfach zu ertragen, wie sie sie in den zweieinhalb Jahren im Lager ertragen hatte. Wenn sie solche Gedanken und Gefühle hegte, dann konnte sie es sich nicht erlauben, allein zu sein. Sonst würde sie untergehen. Sicher, Hanna war mit Egon weggefahren, aber sie durfte sie nicht vollkommen verschwinden lassen. Sie musste Hanna in sich tragen, genau wie sie Else seit fast vier Jahren in sich trug. Deshalb würde sie also trotz allem auch heute lächeln, als ob Hanna hier wäre, und außerdem würde sie freundlich und erwartungsvoll aussehen. Sie würde den Rücken gerade halten, um zwölf Uhr zu Mittag essen und das Abendbrot um halb sechs, genau wie sonst, und sie würde darauf achten, dass Nippon seine drei Spaziergänge bekam. Aber zuallererst würde sie hinausgehen, um Milch zu kaufen. Nicht dass sie Milch so gern mochte, ganz im Gegenteil, sondern Hanna zuliebe. Weil Hanna gesagt hatte, dass es sehr wichtig für sie sei, mindestens drei Gläser Milch jeden Tag zu trinken, weil die Milch ihre Knochen aufbaute und sie stark machte.

Nippons Krallen kratzten plötzlich am Boden, und nur Sekunden später stand er in der Türöffnung, den Kopf schräg gelegt, und schaute sie an. Ein merkwürdiges kleines Tier. Eigentlich sollte es hässlich sein mit seinem Unterbiss und den hervorstehenden Augen, doch das war er nicht. Er war richtig niedlich.

»Na, wer ist denn da, hallo kleiner Nippon«, sagte sie und machte Hannas Worte und Tonfall nach. »Hallo mein süßer kleiner Wuffwuff!«

Nippon wedelte gnädig mit dem Schwanz, aber nur ein paar Mal, dann drehte er sich um und ging zurück in die Küche, ließ sich dort mit einem Seufzer in sein Körbchen fallen. Er vermisste Hanna, aber daran konnte Miriam nichts ändern. Sie musste schließlich Milch kaufen. Also musste sie sich den Hut aufsetzen, denn eine richtige Dame ging niemals ohne Hut, Handschuhe und eine kleine Handtasche in den Milchladen. Also suchte sie ihren kleinen weißen Strohhut hervor, den Hanna ihr im letzten Sommer gekauft hatte, und stellte sich vor den Spiegel, musterte sich von oben bis unten und wieder von unten bis oben. Die Schneiderin hatte Hannas altes kariertes Hemdblusenkleid umgenäht, so dass es Miriam passte, auch wenn es ein kleines bisschen zu kurz war, denn sie war größer als Hanna, aber Hanna hatte gesagt, das sei nicht schlimm. Schließlich sei sie noch so jung, und junge Mädchen konnten deutlich kürzere Kleider tragen als erwachsene Damen. Das Gleiche galt für die Handschuhe. Junge Mädchen konnten weiße Baumwollhandschuhe tragen, es galt nur für Damen in Hannas Alter, dass sie weiße Handschuhe aus echtem Leder haben mussten. Und es machte auch gar nichts, dass Hannas alte Handtasche ein wenig abgenutzt und fleckig war. Das zeigte nur, dass sie in einer ordentlichen Familie lebte, in der nichts weggeworfen wurde, und nachdem sie selbst die Tasche mit farbloser Schuhcreme geputzt hatte, war sie richtig schön geworden. Na, jedenfalls akzeptabel. Was hieß, dass sie selbst auch vollkommen akzeptabel war. Hübsch und ordentlich. Eine angehende Dame. Sie summte eine lustige Melodie, die Hanna ihr letzte Woche beigebracht hatte – *För det är flickorna i Småland, sussilull och sussilo som gå vallande och* … –, über die Mädchen aus Småland, die fröhlich herumlaufen – und zu ihrer Überraschung spürte sie, wie es half, dieses Lied erhob sie über die Wirklichkeit, und sie beschloss sofort, die ganze Zeit über zu singen. Das war eine gute Möglichkeit, die Gedanken zu vertreiben. Die Erinnerungen zu vertreiben.

»Tschüs, mein Wauwauchen«, rief sie in die Küche, während sie die Handtasche nahm und kontrollierte, dass die Schlüssel dort lagen, wo sie liegen sollten. »Frauchen ist gleich zurück!«

Fast rannte sie die Treppen hinunter, öffnete die Haustür und wurde so plötzlich vom Tageslicht geblendet, dass sie jäh zurückwich. Die schwere Wolkendecke war aufgerissen. Die Sonne schien, was sie in Hannas dunklem Wohnzimmer gar nicht bemerkt hatte. Es lag nur noch ein leichter Hauch von Kühle in der Luft. Jetzt war der Sommer wirklich gekommen. Sie musste lächeln. Welch ein Glück! So konnte Hanna ihre Reise umso mehr genießen.

Sie trat auf den Bürgersteig und hörte, wie die Tür hinter ihr mit einem leisen Quietschen in den Scharnieren ins Schloss fiel, setzte ihre freundliche und erwartungsvolle Miene auf und machte sich auf den Weg zur Straßenecke. Der Rasen vor der Sofia Kirche war leuchtend grün, die Fassade der Kirche ebenso leuchtend ziegelrot. Sie schob die Handtasche über den linken Arm und drückte diesen an den Bauch, bemühte sich nach Leibeskräften, Hanna dort drinnen zu behalten. Das würde gut gehen. Und wenn dies vielleicht auch nicht die beste aller Welten war, so war zumindest Jönköping die beste aller Städte.

Im gleichen Moment wurde die Ruhe zerrissen. Ein Lastwagen mit aufheulendem Motor kam die Klostergatan entlanggefahren. Auf der Ladefläche standen drei junge Männer, die versuchten, das Gleichgewicht zu halten. Sie trugen karierte Hemden und schrien irgendetwas. Miriam hielt mitten im Schritt inne. Ihr Gesichtsausdruck war plötzlich vollkommen verschlossen, das spürte sie selbst, und für einige Sekunden blieb sie kerzengerade und reglos stehen. Dann machte sie auf dem Absatz kehrt und lief zurück zu ihrer Haustür. Sie hatte vergessen, die Milchkanne mitzunehmen.

Oben im Wohnzimmer schaute sie aus dem Fenster, konnte jedoch nichts sehen. Die Klostergatan lag verlassen da, nur ein einzelner Mann ging langsam den Bürgersteig entlang. Von hier konnte man nicht bis zu dem Milchladen sehen. Sie ging ins Esszimmer, dort zur Balkontür am Giebel, öffnete sie jedoch nicht. Der Lastwagen stand vor einem Tor bei dem Tabakladen gleich hinter dem Milchgeschäft, aber die Ladefläche war jetzt leer. Keine jungen Männer waren zu sehen. Sie warf einen hastigen Blick auf die große Standuhr. Zwanzig vor zwölf. Jetzt musste sie sich wirklich beeilen. Wenn sie nicht sofort ging, würde der Milchladen schließen, und sie bekäme keine Milch mehr. Hanna betonte immer wieder, wie wichtig die Milch war. Alle Schweden tranken Milch. Außerdem hatten sie nie Angst. Sie wussten gar nicht, was Angst war.

Sie ging in die Küche und holte die emaillierte Milchkanne. Nippon folgte ihr mit dem Blick, aber dieses Mal sprach sie nicht mit ihm, nahm nur die Kanne und ging. Draußen auf der Treppe merkte sie, dass sie die Kanne fest an sich drückte. Das war nicht gut. Wer etwas an sich drückt, der sieht ängstlich aus, und sie wusste, dass sie nicht ängstlich aussehen durfte. Also blieb sie stehen, holte tief Luft, ließ die Kanne in der rechten Hand baumeln, streckte den Rücken und hielt den linken Arm leicht gekrümmt, damit die frisch geputzte Handtasche gut zu sehen war. Es war still im Haus, das registrierte sie, als sie wieder losging, es waren nur die Geräusche ihrer eigenen Schritte zu hören. Taktfest. Zielstrebig. Kein Schleichen, aber auch nicht zu laut. So klang es, wenn ein wohlerzogenes Mädchen eine Marmortreppe hinunterging. Ein Flüchtling aus gutem Hause. Privatschülerin einer Mädchenschule mit sehr guten Noten in Deutsch und Naturkunde. Auf dem besten Wege, auch gute Noten in Literaturgeschichte und – ja, tatsächlich – Schwedisch zu bekommen.

Miriam bemerkte das kleine Mädchen erst, als sie an der letzten Treppe angekommen war, und blieb sofort stehen. Das Mädchen stand im Eingang gleich neben der Haustür. Den Bruchteil einer Sekunde lang war sie überzeugt, dass es Anuscha war, dass Anuscha endlich den Tod besiegt und durch die Zeit gereist war, dass sie zu ihrer Cousine zurückgekommen war, ihrer Schwester, ihrer besten Freundin, dann schniefte das kleine Mädchen und fuhr sich mit der Hand unter der Nase entlang, und das war eine vollkommen fremde Bewegung, das konnte keine von Anuschas Bewegungen sein, und Miriam war gezwungen, in die Realität zurückzukehren.

»Hej«, sagte sie und ging die letzten Stufen hinunter. Das Mädchen antwortete nicht, drehte nur den Kopf weg und trat einen kleinen Schritt zur Seite. Ängstlich. Ganz offensichtlich hatte sie Angst. Das brannte in Miriams Bauch, die Erinnerungen stiegen ganz plötzlich wieder in ihr auf, und einen Augenblick lang vergaß sie, dass sie ein wohlerzogenes jüdisches Mädchen aus gutem Hause war.

»Rom san?«, flüsterte sie. *»Romengi san?* Bist du eine Romni?«

Sekunden später hätte sie sich selbst ohrfeigen können. War sie total verrückt geworden? Hatte sie jetzt vollkommen den Verstand verloren? Da stand sie mitten in Jönköping und redete Romanes mit einem fremden kleinen

Mädchen, einem kleinen Mädchen, das jeden Moment die Tür aufreißen und ihr Geheimnis in die ganze Stadt hinausschreien konnte, ein Geheimnis, das sie auf die Straße treiben konnte, zurück in das zerbombte Deutschland, zurück in ein Leben als Gejagte, Verhasste und Verachtete. Sie streckte sich und wandte entschlossen ihren Blick ab, sah das Mädchen nicht mehr an, das sich genauso entschlossen weigerte, Miriam anzusehen, und ging dann die letzten Schritte die Treppe hinunter, streckte bereits die Hand aus, um die Klinke der Haustür zu ergreifen, als sich plötzlich eine andere Tür hinter ihr öffnete. Die Tür zum Hof. Sie blieb stehen und warf einen Blick über die Schulter. Da stand Berglund, der Hausmeister, und guckte das Mädchen mit gerunzelter Stirn böse an.

»Annika! Verdammt, wo bist du abgeblieben?«

Miriam zog die schwere Tür auf, doch dann fiel ihr ein, dass sie ja ein wohlerzogenes Mädchen aus gutem Hause war, und drehte sich halb um. Lächelte ein wenig.

»Guten Tag, Herr Berglund. Einen schönen Mittsommer wünsche ich.«

Das sollte man sagen. Sie hatte mehrere Male gehört, wie Hanna den Hausmeister mit Herrn Berglund angesprochen hatte, auch wenn sie ihn immer nur Berglund nannte, wenn er nicht in der Nähe war. Und gestern hatte Hanna jedem Menschen einen schönen Mittsommer gewünscht.

Berglund blieb einen Moment lang stehen, sah sie kurz an. Hatte er gehört, dass sie Romanes gesprochen hatte? Hatte er es verstanden? Aber nein, das hatte er ganz offensichtlich nicht, es war kein Triumph in seinem Blick, kein Hohn in seiner Stimme, keine Schadenfreude in seinem Mienenspiel. Er sah nur müde aus. Er sah immer müde aus.

»Nun ja«, sagte er. »Wir werden schon sehen, wie verflucht schön der wird …«

Das kleine Mädchen warf Miriam hastig einen Blick zu, dann lief es zu ihm, rutschte unter seinem Arm hindurch und verschwand durch die offene Tür, die zum Hof führte.

Draußen auf der Straße schaute Miriam sich um. Die Sonne hatte sich hinter Wolken versteckt. Der Lastwagen stand noch immer vor dem Tabakladen, aber die jungen Männer waren nicht zu sehen. Auch nicht zu hören. Sie holte tief Luft und ging los, konnte sich aber nicht so recht überwinden, auf die andere Straßenseite zu gehen, bevor sie fast am Laden angekommen war. Da blieb sie stehen, schaute sich sorgsam um und machte erst dann den ersten Schritt auf die Fahrbahn. Zügig. Nicht stolpern. Nicht schreien. Nicht auf alle viere fallen und versuchen wegzukriechen. Aber sie musste im Geschäft sein, bevor es um zwölf Uhr geschlossen wurde.

»Guten Tag«, sagte sie und machte einen Knicks, als sie in die Kühle des weißgekachelten Ladens trat. Was sie sofort bereute. Wenn jetzt eine andere Kundin da drinnen gerade etwas gesagt hätte … Dann hätte sie sie unterbrochen, und nichts, rein gar nichts, war unhöflicher, als jemanden zu unterbrechen. Das hatte Hanna ihr beigebracht. Doch sie hatte Glück. Der Laden war leer bis auf die vollbusige Frau in Weiß hinter dem Tresen, und diese brummelte nur etwas als Antwort. Miriam machte noch einen Knicks.

»Ich hätte gern einen Liter Milch«, sagte sie und reichte ihre Milchkanne hin. Die Frau nahm sie mit einem leisen Seufzer entgegen.

»Ja, ich weiß nicht, ob das noch was wird«, sagte sie

und kippte das große Aluminiumgefäß leicht zur Seite. »Heute war ein ziemlicher Andrang.«

»Oh!«, sagte Miriam.

Die Frau lächelte ein wenig. »Keine Sorge. Das kleine Fräulein braucht keine Angst zu haben. Du bekommst das, was ich noch habe, ob es nun noch ein Liter ist oder nicht … Das werden wir sehen.«

Sie legte das Litermaß hin und packte das große Gefäß, hob es hoch und kippte den Rest daraus in Miriams Milchkanne, als plötzlich von der Straße her laute Rufe zu hören waren.

»Hast du nicht gehört, was ich gesagt habe?«, schrie eine Stimme. »Hä? Bist du taub, du verdammter …«

Miriam erstarrte. Die Verkäuferin ließ das Milchgefäß ein wenig zurückkippen, so dass nichts mehr lief, runzelte dann für einen Moment die Stirn, bevor sie erneut die Milch in die Milchkanne rinnen ließ. Sie wurde fast ganz voll. Also hatte sie doch noch einen Liter gehabt. Mindestens. Erneute Schreie von der Straße, und im gleichen Moment knallte es, als wäre etwas Hartes gegen eine Bretterwand geschlagen.

»Ja, ja«, sagte die Milchverkäuferin trocken und stellte das Gefäß ab. »Jetzt sind Bengtsson und seine Leute wieder los und jagen *Tatern* …«

Miriam schluckte.

»*Tatern?*«

»Ja«, sagte die Frau, als wäre das eine Selbstverständlichkeit, und wischte sich die Handinnenflächen an ihrem weißen Kittel ab. Sie hatte den Blick fest auf das Schaufenster gerichtet, konnte aber offensichtlich nichts sehen, also drückte sie den Deckel auf Miriams Milchkanne und schob sie über den Tresen, ging dann selbst um ihn herum zur Tür, stellte sich schräg davor und schaute hinaus.

»Was sind *Tatern?*«

Die Milchverkäuferin warf einen Blick über die Schulter und zuckte leicht mit den Achseln.

»Weißt du das nicht?«

»Nein, ich bin noch neu in der Stadt …«

Die Milchverkäuferin lachte.

»Und in Schweden, soweit ich verstehe. *Flichtling*, oder? Aus *Deitschland?*

Miriam spürte, wie ihre Wangen heiß wurden. Was sollte das bedeuten? Äffte die Frau sie nach? Machte sie sich über ihre Art zu sprechen lustig? Sie senkte den Blick und blieb stumm stehen, plötzlich vollkommen entwaffnet. Was tut man in Schweden, wenn jemand einen verhöhnt? Sie wusste es nicht. Hanna hatte nie etwas darüber erzählt. Vielleicht war Hanna noch nie verhöhnt worden.

»Oje«, sagte die Frau. Jemand huschte draußen auf der Straße vorbei, ein junger Mann, und Sekunden später rannte ein anderer ihm nach. »Na, der Berglund ist ja richtig in Fahrt gekommen! Und die Bengtssons hinter ihm her. Die sind doch nicht gescheit, alle zusammen!«

Der Berglund? War das ein Mann, der Berglund hieß? Der Hausmeister? Und wenn ja, wie war er dann nur in Streit mit dem Bengtsson und seinen Leuten geraten? Miriam öffnete den Mund, um zu fragen, doch dann fiel ihr wieder der höhnische Ton der Frau ein und sie sagte lieber gar nichts. Die Frau kicherte und drehte sich um, lächelte Miriam zu. Etwas blitzte in einem Auge auf, als sie die Hände in die Seiten stemmte.

»Vielleicht wäre es nicht so schlau, jetzt auf die Straße zu gehen. Diese Jungs sind ja etwas aufgebracht. Und man weiß nicht, auf welche Ideen sie kommen, wenn sie jemanden sehen, der so dunkel ist wie du. Vielleicht glauben sie sogar, das kleine Fräulein ist auch eine von den *Tatern*.«

Eine Ermahnung von früher kam ihr plötzlich in den Sinn. Miriam hatte fast noch das Bild vor sich, wusste genau, wann sie sie gehört hatte. Elses Stimme war gedämpft, dennoch ganz deutlich: *Lass sie nie ahnen, dass du Angst hast! Lass überhaupt niemals einen Menschen spüren, wie viel Angst du hast!* Eine Qualle. So sah diese Ermahnung aus. Genau wie die Qualle, die sie in ihrem Lehrbuch für Naturkunde gesehen hatte.

»Vielleicht könnte ich aber schon einmal bezahlen«, sagte sie und sprach jedes Wort so sorgfältig aus wie bei Hanna, wenn diese sie in Schwedisch abhörte. Dabei legte sie die Hand auf die Handtasche. Die Baumwolle war blendend weiß und die Tasche zeigte nur wenige Gebrauchsspuren. Mitten in dieser Bewegung sah sie, wie der junge Mann, den die Verkäuferin als einen von Bengtssons Männern bezeichnet hatte, zurückkam. Also war der *Tater* davongekommen. Miriam drehte den Kopf und begegnete dem Blick der Milchfrau. Senkte ihren Blick nicht. Wich nicht aus.

»Ja, sicher«, sagte die Frau und huschte hinter ihren Tresen. »Dann soll es also sonst nichts mehr sein? Keine Kaffeesahne oder so?«

Miriam stand immer noch kerzengerade da, stellte plötzlich fest, dass sie einen Kopf größer war als diese Frau, und das freute sie.

»Nein danke.«

»Und keine Schlagsahne für die Erdbeeren?«

Welche Erdbeeren? Miriam blinzelte kurz, hielt aber gleich inne, bevor ihre Verwirrung deutlich zu sehen wäre, schaute der Frau stattdessen direkt in die Augen und versuchte freundlich und erwartungsvoll auszusehen.

»Nein, danke. Keine Schlagsahne.«

Ein Motorengeräusch draußen von der Straße. Jemand hatte den Lastwagen gestartet und ließ jetzt den Motor brummen. Aber dennoch ließ sich Miriam viel Zeit beim Bezahlen. Sie zog ihren rechten Handschuh aus. Öffnete die Tasche. Holte das Portemonnaie heraus. Öffnete es. Versuchte möglichst passendes Geld zu finden. Reichte es über den Tresen. Wartete auf das Wechselgeld. Legte es ins Portemonnaie. Verschloss das Portemonnaie. Legte es in die Handtasche. Verschloss diese. Zog sich den Handschuh wieder an. Die ganze Zeit lauschte sie aufmerksam – und tatsächlich, jetzt fuhr der Lastwagen draußen endlich los.

»Ja, ja«, sagte die Milchverkäuferin. »Dann wünsche ich einen schönen Mittsommer.«

Miriam lächelte und griff nach der Milchkanne.

»Danke gleichfalls!«

Denn schließlich hatte Hanna ihr beigebracht, dass man das so sagte.

Nippon stupste sie vorsichtig am Bein. Miriam zuckte zusammen.

»Natürlich«, sagte sie dann in ihrem allerbesten Schwedisch. »Natürlich gehen wir raus.«

Sie klappte das Buch mit einem Knall zusammen und hob es hoch. Schwer. Schwer war auch sein Inhalt, dachte sie kurz, stand dann auf, ging ins Wohnzimmer und stellte es zurück ins Regal. Strich mit der Hand über die Reihe identischer Buchrücken und achtete darauf, dass keiner hervorragte und verriet, dass jemand ihn angefasst hatte. Nordisches Familienbuch. Ein Nachschlagewerk in achtunddreißig Bänden. Ungemein beeindruckend.

Sie warf einen Blick durchs Fenster, um zu sehen, ob es regnete. Das tat es nicht, aber der Himmel hatte sich zugezogen.

»Na, dann komm, Nippon«, rief sie und stellte im gleichen Moment fest, dass er direkt hinter ihr stand. Spionierte er ihr nach? Sie verzog das Gesicht. In diesem Falle würde er gewisse Schwierigkeiten haben, seinen Rapport abzuliefern. Vorausgesetzt natürlich, dass er nicht mit Hanna per Gedankenübertragung kommunizieren konnte. Oder dass Hanna auf irgendeine magische Art und Weise sein Schwanzwedeln deuten konnte. Und es wäre eine ganze Menge emsiges Schwanzwedeln nötig, um zu erklären, dass sie an diesem Mittsommertag weder Milch getrunken noch etwas zu Mittag gegessen hatte, sondern stattdessen drei Bände des Nordischen Familienbuches herausgeholt und fast eine Dreiviertelstunde lang in sie vertieft dagesessen hatte. Zuerst das Buch mit dem Buchstaben T. Anschließend den Band mit dem Buchstaben Z. Und zum Schluss den Band, der den Buchstaben J enthielt. Das Merkwürdige dabei war, dass sie in keiner Weise aufgeregt war. Interessiert, aber nicht empört. Vollkommen ruhig. Das könnte sie beschwören.

Sie befestigte die Leine an Nippons Halsband und öffnete die Wohnungstür, bemerkte im letzten Moment, dass sie Hut und Handschuhe vergessen hatte, zögerte aber nur eine Sekunde. Sie konnte auf Hut und Handschuhe gut verzichten. Die Mädchen in Hannas Schule gingen auch manchmal ohne Kopfbedeckung hinaus, und alltags trugen sie so gut wie nie Handschuhe. Sie konnte es doch machen wie sie. Schließlich musste sie ja nicht Hanna und den anderen älteren Damen ähneln; solange sie allein zu Haus war, durfte sie sich erlauben, das Mädchen zu sein, das sie nun einmal war. Oder genauer gesagt: das Mädchen, das sie nie hatte sein dürfen. Ja, es könnte richtig interessant sein, zu sehen, wer dieses Mädchen eigentlich wirklich war. Ein Zigeunermädchen? Oder eine Jüdin? Malika oder Miriam?

Ein lautes Schnauben ließ Nippon in seinem emsigen Treppenlauf anhalten, er drehte sich um und schaute sie erstaunt an.

»Das war nur ich«, sagte sie. »*Ich. Malika.* Ich. Miriam. Ich habe geschnaubt. Es gibt mich, und ich habe das Recht, einfach mal zu schnauben!«

Sie bereute ihre Worte sofort. Vor drei Jahren hatte sie sich geschworen, nie wieder ein Wort auf Romanes zu sprechen und nie wieder diesen Namen zu benutzen, und jetzt hatte sie ihr Versprechen zweimal am gleichen Tag gebrochen. Hatte jemand sie gehört? Stand Berglund oder seine Tochter irgendwo im Treppenhaus versteckt und versuchte zu hören, was sie sagte? Oder jemand anderes? Sie blieb vor der Haustür stehen und lauschte. Nein. Es war totenstill im Haus. Von den Nachbarn schien niemand zu Hause zu sein. Und offenbar war der Hausmeister gegangen. Und wenn doch jemand sie gehört hätte, dann konnte sie immer noch behaupten, so etwas nie gesagt zu haben, sie würde vor welchem Richterstuhl auch immer mit geradem Rücken stehen und versichern, dass es sich um ein Missverständnis handelte, dass dieser Zeuge falsch gehört haben musste, dass er oder sie geträumt, phantasiert oder halluziniert hätte. Sie hatte diese Worte niemals gesagt. Ich. Malika. Denn sie hieß ja Miriam. Das stand in allen Papieren. Bitte schön. Sie bräuchten sie nur zu lesen. In ihrem Fremdenpass. Im Melderegister. In allen Papieren des Roten Kreuzes. Sogar im Ravensbrücker Archiv, soweit es das noch gab, nachdem die Russen es übernommen hatten. Aber bitte schön! Das war überall nachzuprüfen. Sollten sie doch nach dem geringsten Beweis suchen.

Nippon lief schnell auf die Straße und pinkelte sogleich gegen die Hauswand. Der arme Wurm war seit vielen Stunden nicht mehr draußen gewesen. Sie beugte sich hinunter und strich ihm über den seidenweichen Rücken. Was er sofort damit beantwortete, ihr über den Handrücken zu lecken. Nippon war ein Schatz, darin hatte Hanna recht.

»So«, sagte sie und sprach ihn in ihrem freundlichsten Tonfall an. »Wohin wollen wir gehen?«

Die Antwort war klar. Nippon wollte zur Rasenfläche vor der Sofia Kirche. Hanna hatte ihr an und für sich erklärt, dass es sich vielleicht nicht so schickte, ihn dort auszuführen, da sie sich nun einmal in Jönköping befanden, doch im Augenblick war Miriam bereit, auf alles zu pfeifen, was Hanna so meinte. Im Augenblick pfiff sie darauf, was der Rest der Welt meinte. Tatsache war: Sie war sogar bereit dazu, den Nächstbesten zu verprügeln. Einem wildfremden Menschen eine Ohrfeige zu verpassen. Jemanden in den Hintern zu treten. Einen Moment lang sah sie vor sich, wie sie jemanden zu fassen bekam, zum Beispiel diesen Mann, der da Arm in Arm mit seiner stinkvornehmen Frau auf der anderen Straßenseite ging, und ihm einen ordentlichen Stoß verpasste, damit er umfiel und ihm dann so kräftig ins Gesicht zu treten, dass seine Nase blutete …

Großer Gott! Was war nur in sie gefahren?

Sie blinzelte und schaute sich schnell um. Die Straße war so gut wie menschenleer. Niemand folgte ihr mit seinem Blick, niemand ballte die Faust. Niemand hob eine Peitsche hoch. Niemand grinste verächtlich, die Hand auf dem Holster. Die einzigen Menschen in ihrem Blickfeld, das waren der Kerl, der gerade dem Nasenbluten entgangen war, und seine Frau, plus eine alte Oma, die von der anderen Seite der Kirche her angewackelt kam. Also hatte niemand gesehen, wie die Wut plötzlich hinter ihren Augen explodiert war, also hatte deren weißer Schein niemanden außer sie selbst geblendet, also brauchte sie nur einen Moment lang still stehen zu bleiben, um den ruhigen Blick wiederzufinden und abzuwarten, dass das Herz wieder ruhiger schlug.

Else hatte ihr die Namen für alle Gefühle beigebracht. Sie wusste, was es bedeutete, *enttäuscht, erschöpft* und *niedergeschlagen* zu sein, *Trauer zu fühlen* und *zu hassen, hungrig zu sein* und *Schmerzen zu haben*, ja, sie wusste sogar, was es bedeutete, *zufrieden zu sein*, aber sie hatte fast vergessen, was dies hier war. Dies war ein Gefühl der

Kindheit, etwas, das sie nicht mehr gekannt hatte, seit sie ein Kind gewesen war, als Didis Geheule sie manchmal wahnsinnig gemacht hatte und Papas ständiges Gemecker und seine Anforderungen so nervig gewesen waren und als Anuscha, diese Nervensäge, sie immer wieder fest an den Haaren gezogen hatte. Zum Schluss hatte sie ihr eine gelangt. Es hatte Klatsch gemacht, und dann saß Anuscha heulend auf den Pflastersteinen des Hofes. Recht geschah ihr! Nur so lernte sie anscheinend, dass sie Malika nicht ärgern durfte.

Sie blieb stehen, obwohl Nippon an der Leine zog und zu einem unglaublich gut duftenden Grasbüschel ein Stück weiter gehen wollte. Wut? War es wirklich das, was sie gefühlt hatte? War sie wütend geworden? So richtig wütend? Zum ersten Mal seit mehr als acht Jahren? Ja! Die Erinnerungen kamen wie ein Schwarm schwarzer Krähen über die Rasenfläche geflattert, zustimmend schreiend. Ja! Ja! Ja! Sie war wütend. Außer sich vor Wut! Rasend! Und sie hatte allen Grund dazu, wütend zu sein! Sie war wütend auf Deutschland und die Deutschen, auf die verfluchten Polizisten von der *Kripo*, die sie aus ihrem Zuhause weggerissen hatten, auf Papa, der sie und Didi nicht hatte schützen können, auf diese Scheißnonnen mit ihrem ewiglichen Jesulein und den genauso ewigen Ohrfeigen, auf den Kerl, der neben sie in den Zug nach Auschwitz gedrückt worden war und der sich weigerte, ihr und Didi ein Stück von seinem Brot abzugeben, weil sie ja Zigeuner waren, das hatte er nämlich gehört, oh ja, und er mochte keine Zigeuner, auf die gestreiften Gespenster, die sie dazu zwangen, mit Didi auf dem Arm vom Wagen zu springen, obwohl es so hoch war, auf die schwarzgekleideten Teufel mit den Totenschädeln auf den Mützen, die sie ins Zigeunerlager hineintrieben, auf die hässliche Alte aus Rumänien, die versuchte, Didis Suppe zu klauen, auf die einfältigen Juden, die vor dem Stacheldrahtzaun draußen entlangmarschierten, ohne zu begreifen, dass sie bald vergast werden sollten, auf Doktor Mengele, der in regelmäßigen Abständen das Zigeunerlager besuchte und Bonbons an seine kleinen »Meerschweinchen« verteilte, bevor er mit Gift und Skalpell auf sie losging, auf diese verfluchten tschechischen Kommunistenhexen, die sie im Zug nach Ravensbrück als dreckige Zigeunerin beschimpften, auf die widerlichen Aufseherinnen dort, auf die Asozialen, auf die Muselmänner, die herumwankten und, ohne ein Wort zu sagen, dennoch behaupteten, es sei besser zu sterben, nichts könne schlimmer sein, als weiterzuleben, auf Else, die sich erlaubt hatte zu sterben, die nicht ihre schwarzen Engelsflügel ausgebreitet hatte und keinen Feuerstrahl auf ihre Folterknechte gesendet hatte, auf Lykke, die sie in den Geisterzug geschleppt hatte, auf die Frau vom Roten Kreuz, die sie aus der süßen Bewusstlosigkeit geholt und Brei in sie hineingezwungen hatten, Brei und nochmals Brei, und auf Hanna, dieses verfluchte Weib, das ihr das Leben gerettet hatte, sie mit nach Jönköping genommen und sie gezwungen hatte, weiterhin zu lügen, um überhaupt am Leben zu bleiben! Ja, natürlich war sie gezwungen worden! Denn wer wäre sie denn, wenn sie nicht gelogen hätte? Wie hätte sie weiterleben sollen? Wie in Ravensbrück, wie in Auschwitz, mit dem einzigen Unterschied, dass man sie überall verjagt hätte, aus jedem Ort, aus jeder Stadt, aus jedem Dorf. So hätte sie nicht leben können. Aber wie sollte sie ein ganzes langes Leben lang diese Lüge ertragen?

Nippon zerrte wieder an der Leine, und für einen Moment fürchtete sie hinzufallen, dann hielt sie dagegen und folgte dem Hund aufs Gras. Sie kümmerte sich nicht darum, dass diese lächerlichen Bewohner von Jönköping der Meinung waren, es sollte mit der Todesstrafe geahndet werden, wenn jemand den Rasen betrat. Sollten sie doch versuchen, sie aufzuhalten! Dann würde sie sich in Malika verwandeln, aber in eine Malika, die noch genug Miriam in sich hatte, um zu zeigen, wie viele schwedische Flüche sie aufgeschnappt hatte, auch wenn sie sie noch nie von sich gegeben hatte. Denn Zigeuner waren schließlich ungewöhnlich sprachbegabt. So stand es jedenfalls im Nordischen Familienbuch, und dann musste es ja wohl stimmen. Und schließlich, nicht zu vergessen, war sie auch noch rasend vor Wut auf das Nordische Familienbuch, ganz besonders auf diese Idioten, die einen gewissen Abschnitt unter dem Buchstaben Z verfasst hatten: *»Vom Charakter her werden die Zigeuner inzwischen überall als faul, verlogen und rachsüchtig beschrieben, mal kriecherisch, mal anmaßend und unverschämt, alles Eigenschaften, die eine natürliche Folge ihres unsteten Lebens sind, teils noch mehr eine Folge ihres Schicksals, überall Gegenstand von Abscheu und Verachtung zu sein.«* Diese Idioten, die behaupteten, Zigeuner wollten nicht in Häusern wohnen, sie sehnten sich geradezu danach, auf den Straßen herumzuziehen! Die behaupteten, Zigeuner könnten nicht erröten! Was unterschwellig bedeutete, dass sie keine Scham empfänden. Die behaupteten, Zigeunerkinder würden losgeschickt zum Klauen! Aber, räumten diese Idioten ein, es war zumindest nicht wahr, dass die Zigeuner die Kinder anderer Menschen stahlen. Na, vielen Dank dafür! Vielen, vielen beschissenen Dank!

Hatte sie nicht in einem Haus gelebt, als sie noch eine Romni war?

Oh ja.

Hatte sie nicht gelernt sich zu schämen, als sie ein Kind war?

Oh ja.

Konnte sie nicht rot werden?

Oh doch.

War sie jemals losgeschickt worden, um zu klauen?

Oh nein.

Hatte sie überhaupt jemals etwas gestohlen?

Nein – doch. Sie hatte einem bewusstlosen Mädchen in Auschwitz ein kleines Stück Brot aus den Händen genommen und versucht, damit Didi zu füttern, aber erfolglos. Zu der Zeit konnte er schon nichts mehr essen. Und da hatte sie selbst das Brot gegessen. Drei Bissen dunkles Brot mit Sägespänen darin. Das war alles, was sie in ihrem ganzen Leben gestohlen hatte.

War sie faul, rachsüchtig und verlogen?

Nicht faul. Wohl kaum rachsüchtig. Aber …

Die Wut wurde mit einem Gurgeln aus dem eiskalten Loch in ihr geschluckt, aber dafür wollten plötzlich die Tränen aufsteigen. Was sie in Panik versetzte. Sie durfte nicht weinen! Auf keinen Fall. Nicht traurig sein, niemals betrübt aussehen, nicht in sich zusammensinken und den Erinnerungen erlauben, die Herrschaft über sie zu ergreifen. Das hatte Hanna gesagt – oder … Nein, das hatte sie wohl nicht so direkt gesagt, aber es war zumindest das, was sie erwartete, wie sie Miriam wortlos zu verstehen gegeben hatte. Nichts würde dadurch besser werden, dass Miriam sich in ihrer Vergangenheit suhlte. Ganz im Gegenteil – Hanna wollte, dass Miriam vergaß, was gewesen war, und sich stattdessen auf die Zukunft konzentrierte. Sie sollte zusehen, all das nachzuholen, was ihr während der Kriegsjahre entgangen war, sollte ihre Gesundheit pflegen, lernen, Haus und Heim in Ordnung zu halten, und dafür sorgen, dass sie eine solide Grundausbildung bekam. Dann war sie fürs Leben gerüstet. Und die wichtigste Waffe in dieser Rüstung war, angemessen selbstsicher auszusehen, nicht zu viel und nicht zu wenig, mit geradem Rücken und einem freundlichen, erwartungsvollen Lächeln auf den Lippen. Sie durfte sich keine Gefühlsausbrüche erlauben. Also beugte sie sich hinunter und nahm Nippon hoch, drückte ihn fest an sich und bohrte ihr Gesicht in sein Fell. Er wand sich in ihrem Griff und wollte zunächst nicht gekrault werden, doch dann beruhigte er sich und schleckte ihr über den Hals. Seine raue Zunge ließ sie erschaudern, was wiederum ein Lachen hervorrief. So. Jetzt war die Gefahr vorbei. Sie setzte Nippon wieder ins Gras ab und sprach mit ihm in ihrem perfektesten Schwedisch.

»Nun komm, mein Kleiner. Jetzt machen wir einen richtig langen Spaziergang …«

Jetzt war sie Miriam. Nur Miriam. Durch und durch Miriam.

Als sie nach Hause kamen, war Nippon todmüde. Sobald sie im Hausflur angekommen waren, ließ er sich einfach auf den Marmorboden plumpsen und weigerte sich, wieder aufzustehen. Sein Blick war ein einziger Vorwurf. Sie konnte ja wohl nicht von ihm erwarten, dass er noch die zwei Treppen hoch zu Hannas Wohnung ginge? Schließlich hatte sie ihn durch die ganze Stadt geschleppt, von der Sofia Kirche bis zum Schlossfriedhof, weiter die Västra Storgatan über die Östra Storgatan hinunter bis zum Hovrättstorget und dann den ganzen Weg zurück über die Södra Strandgatan und die Slottsbron. Dabei war er doch nur ein Pekinese. Dazu noch ein sehr kleiner Pekinese, mit ganz kurzen Beinen. Und jetzt dachte er gar nicht daran, sich auch nur einen Millimeter vom Fleck zu rühren. Nie wieder. Er wollte hier liegen bleiben, den Bauch auf dem kühlen Marmor, bis es Zeit fürs Sterben war, es sei denn, sie nähme ihn in den Arm und trüge ihn hoch bis zu Hannas Tür. In dem Fall konnte er sich vorstellen, selbst hineinzurutschen und sich auf seine weiche Decke in seinem unendlich gemütlichen Körbchen zu legen. Er zwinkerte. Konnte sie sich denken, ihm diesen kleinen Gefallen zu tun? Ja?

Miriam kicherte und hob ihn hoch. Sie hätte es nie für möglich gehalten, dass sie jemals verstehen könnte, was ein Hund dachte. Die Hunde, die ihr begegnet waren … Stopp! So durfte sie nicht denken. Sie durfte nur an das denken, was hier und jetzt passierte. An Nippon, der sich drehte, so dass er in ihrem Arm auf dem Rücken lag. Daran, wie süß er aussah, wenn er gähnte. Daran, dass sie ihm Wasser geben musste, sobald sie in der Wohnung waren.

Es war immer noch vollkommen still im Haus. Vielleicht war sie tatsächlich die Einzige, die daheimgeblieben war. Es war kein Radio zu hören. Keine Schuhabsätze, die gegen den Boden schlugen. Kein Mensch redete mit einem anderen Menschen.

Es war einfach nur still. Die Stadt war auch wie ausgestorben gewesen. Kein Geschäft geöffnet, alle Konditoreien geschlossen, alle Kinos den Sommer über verriegelt. Auf ihrem langen Spaziergang hatte sie vielleicht sechs Menschen gesehen. Einen Mann im Anzug, mit dickem Bauch und Spazierstock. Eine junge Frau mit Kinderwagen. Zwei Mädchen, sie gingen Arm in Arm die Storgatan entlang, und zwei junge Männer auf einer Bank unten beim Hovrättstorget. Sie trugen karierte Hemden, genau wie diese Kerle vor dem Tabakladen am Vormittag, aber sie konnte nicht sagen, ob es die Gleichen waren. Außerdem hatte sie die Männer bewusst nicht näher angesehen, hatte sich am Rand des Platzes gehalten und war schnell weitergegangen. Der Lastwagen war nicht zu sehen gewesen. Die Kerle hatten sie mit ihren Blicken verfolgt, das war zu spüren gewesen, aber sie hatten ihr zumindest nichts hinterhergerufen. Dennoch beschloss sie, in Zukunft darauf zu achten, Hut und Handschuhe zu tragen, wenn sie hinausging. Das war die beste Art und Weise, sie glauben zu lassen, dass sie ein Mädchen aus gutem Hause war. Sicher, ein Flüchtling, aber trotz allem ein Mädchen aus gutem Hause. Niemand rief einem Mädchen aus gutem Hause etwas hinterher. Niemand machte Hatz auf sie. Das heißt, wenn sie sich nicht gerade in einem Konzentrationslager befanden.

Sie setzte Nippon in der Küche auf den Boden und goss Wasser in seinen Napf. Das schlabberte er laut vernehmlich mit der Zunge auf, so dass es in alle Richtungen spritzte, aber sie stand schon mit einem Lappen bereit, um alles zu putzen, sobald er fertig war. Hanna mochte es nicht, wenn es auf dem Linoleum Flecken gab. Nicht, dass es dem Boden in irgendeiner Weise schadete, aber es sah so unordentlich aus. Und Hanna mochte es nicht, wenn irgendetwas unordentlich aussah.

Nippon trippelte zu seinem Korb und rollte sich darin zusammen. Einen Moment blieb Miriam unschlüssig in der Küche stehen. Was sollte sie jetzt tun? Gestern erst hatte sie die ganze Wohnung gestaubsaugt. Heute Morgen hatte sie jedes Möbelstück und jeden Nippes abgestaubt. Den Müll hatte sie runtergebracht. Hannas und ihre eigene Unterwäsche gewaschen, genau wie es gemacht werden sollte, aber in verschiedenen Schüsseln und in unterschiedlichem Wasser. Es war ein Geheimnis, dass sie verschiedene Schüsseln und jeweils neues

Wasser benutzte, ein Geheimnis, das sehr entlarvend sein würde, verstünde es nur jemand zu deuten, aber das Risiko, dass so etwas passierte, erschien minimal. Sie wusch nie Wäsche, wenn Hanna zu Hause war. Und niemand in diesem Land schien eine Ahnung davon zu haben, wie Roma lebten und dachten. Sie wussten nur, dass sie keine Roma hier haben wollten. Es gab sogar ein Gesetz, das den Roma verbot, nach Schweden einzureisen. Allen Roma. Sogar denjenigen, die nur mit Mühe und Not den Gaskammern entkommen waren …

Nein. Nicht schon wieder! Nicht sich in der Vergangenheit suhlen. Lieber ein Butterbrot essen und ein Glas Milch trinken. Hausaufgaben machen. Sich wie eine richtige Schwedin benehmen.

Also, ein Butterbrot war angesagt. Und mehr nicht.

Mitten in der Nacht wachte sie von einem Ruf auf.

Zuerst traute sie sich nicht zu zeigen, dass sie wach war, gab sich alle Mühe, sich ja nicht zu bewegen, sie blieb auf der Seite liegen, die Hände zwischen den Knien, und öffnete die Augen nur einen schmalen Schlitz weit. Schaute sich äußerst vorsichtig um. Aschgraues Licht. Tapeten mit gelben Rosenknospen. Eine rote Bettdecke. Sie atmete aus. Das war keine Baracke in Auschwitz oder Ravensbrück. Das war ein Mädchenzimmer in Jönköping, ein Mädchenzimmer, das Hanna mit einer Rosenknospentapete hatte tapezieren lassen, nur um ihr eine Freude zu machen.

Dankbar, dachte sie. Ja, das bin ich wirklich. Das darf ich nie vergessen.

Es war erst zwei Uhr nachts, aber die Sonne war bereits aufgegangen. Vielleicht war sie ja gar nicht wirklich untergegangen. Es gab Teile in diesem Land, in dem sie im Sommer niemals unterging. Die Mitternachtssonne. Das hatte sie in Geographie gelernt. Andererseits ging sie an diesen Orten im Winter auch niemals auf. Da war es mehrere Monate lang Nacht. Schrecklich.

Sie blinzelte und setzte sich dann auf, rieb sich leicht über die Augen, konnte die Frage aber nicht verdrängen. Wessen Ruf hatte sie geweckt?

»Tu doch nicht so«, sagte sie schließlich laut zu sich selbst. »Du weißt doch ganz genau, wer gerufen hat.«

Der Traum hatte sie nach Ravensbrück geführt. Oder besser gesagt, in den Höllenzug von Auschwitz nach Ravensbrück. Nicht, dass sie sich noch genau daran erinnerte, was sie geträumt hatte, und nicht, dass sie sich wirklich daran erinnern wollte, aber die Stimmung war immer noch zum Greifen nah. Die Angst. Die Schwere.

Oje. Sie wollte nicht an diesen Tag denken. Denn jetzt war ja alles gut, alles war endlich so gut geworden, wie es nur werden konnte, und die Vergangenheit war weit weg. Drei Jahre und zwei Monate waren vergangen, seit der Geisterzug sie von Deutschland und dem Krieg fortgebracht hatte. Fast drei Jahre, seit sie nach Jönköping gekommen war. Zwei Jahre, seit Hanna ihr Zimmer hatte tapezieren lassen. Ein Jahr, seit sie ein neues Kleid bekommen und zur Hochzeit in Nässjö eingeladen worden war, so als wäre sie ein ganz normales Mädchen und ein selbstverständliches Mitglied der Familie Adolfsson. Und vor nur einem Tag war Hanna abgereist und hatte sie zu Hause gelassen. Also war alles genau so, wie sie es sich gewünscht hatte. Sie hatte sich schon so lange nach ein paar Tagen allein nur für sich gesehnt. Phantasiert, wie erholsam es sein würde, in Ruhe gelassen zu werden. Sich ein paar Tage gewünscht, in denen sie nur sie selbst sein durfte, da es inzwischen schon so lange her war, dass sie wirklich sie selbst gewesen war.

Und dann das hier. Das Gefühl der Verlassenheit. Angst. Alpträume.

Sie schlurfte in die Küche und holte ein Glas aus dem Schrank, goss sich ein wenig Wasser ein. Als sie trank, entdeckte sie, dass Nippons Körbchen leer war, und sie verschluckte sich vor lauter Schreck, doch noch während sie hustete, fiel ihr ein, dass der kleine Hund zu ihr ins Zimmer getrippelt war, kurz nachdem sie sich ins Bett gelegt hatte. Sie stellte das Glas ab und eilte zurück in ihr Zimmer, kniete sich hin und schaute unters Bett. Und ganz richtig: Sie konnte seine Silhouette hinten an der Wand erahnen. Er schlief. Die Erleichterung war fast so schwer zu ertragen wie die Angst vor nur wenigen Minuten, so schwer, dass sie nicht in der Lage war aufzustehen, sondern auf dem Boden in sich zusammensank, dort sitzen blieb, die Arme um die Beine geschlungen.

Das war nicht gut. Sie ertrug es nicht, unter anderen Menschen zu sein, aber sie ertrug es auch nicht, allein zu sein. Irgendetwas schien nicht in Ordnung mit ihr zu sein. Wurde sie verrückt? Wie diese Frau auf dem Bahnsteig in Auschwitz …

Die Frauen aus dem Zigeunerlager kamen als Letzte zum Appell auf dem Bahnsteig. Die anderen standen bereits da, Kolonnen junger Jüdinnen, Polinnen und Tschechinnen. Nur wenige von ihnen konnten älter als dreißig sein, einige waren noch sehr jung. Alle waren mager und knochig, alle Gesichter grau und jedes stumme Augenpaar lag tief in schwarzen Hungerhöhlen. Viele keuchten noch nach dem langen Marsch vom anderen Teil von Auschwitz, der Birkenau genannt wurde, nach Auschwitz 1, dennoch schienen diese Frauen frischer und kräftiger zu sein als die meisten anderen Gefangenen. Also gab es vielleicht doch die Hoffnung, dass die Deutschen dieses Mal die Wahrheit gesagt haben könnten. Vielleicht sollten sie wirklich in ein Arbeitslager weiter im Westen geschickt werden. Vielleicht sollten einige von ihnen sogar überleben …

Die Zigeunerkolonne war in militärischer Ordnung marschiert. Bereits in Birkenau hatten sie den Rhythmus gefunden, *linker Fuß, rechter Fuß, linker Fuß*, und alle neunundsiebzig Frauen waren plötzlich eins geworden, sie hatten sich durch den morgendlichen Nieselregen vorwärtsbewegt, ohne ein Wort miteinander zu sprechen, alle versunken in den Puls des Marsches. Vielleicht hatte eine leise geweint, eine andere sich leicht geschüttelt, um das Jucken auf dem Rücken loszuwerden, dieses teuflische Jucken, das sie alle plagte, aber nur die Gesündesten versuchten es immer noch mit Kratzen, eine Dritte hatte vielleicht versucht, die Ärmel der Gefangenenkleidung über die Hände zu ziehen, obwohl das verboten war, aber keine von ihnen war aus dem Takt gekommen. Sie marschierten, weil die SS gesagt hatte, sie sollten marschieren. Sie hatten vor sich hin gestarrt, weil die SS wollte, dass man das tat, wenn man marschierte. Sie waren an Birkenaus Bahnsteigen vorbeigekommen und hatten nur erahnt, dass eine Gruppe von Neuankömmlingen dabei war, sich für die Selektion aufzustellen, aber sie hatten sie nicht angesehen und keine von ihnen hatte die Kraft, Mitleid zu empfinden. Ihr Mitleid war aufgebraucht. Sie marschierten, sonst nichts.

»Halt!«

Hätte der SS-Offizier nicht seinen Befehl gebrüllt, sie wären immer weiter geradeaus gegangen, hätten die Polinnen beiseite gedrängt, die Tschechinnen und die jungen Jüdinnen und wären einfach immer weitermarschiert, bis der Bahnsteig zu Ende war, und dann wären sie weitergegangen durchs Gestrüpp und Dickicht, hinunter in den Graben und wieder hoch, über Felder und Wiesen, über Berge und durch Täler, durch Dörfer und Städte, durch Seen und Sümpfe, immer im gleichen Rhythmus, immer in der gleichen Formation, fünf und fünf, mit geradem Rücken, die Hände an den Seiten, aber weil er jetzt brüllte, hielten sie an, machten drei Schritte auf der Stelle und blieben dann stehen, immer noch den Kopf geradeaus gerichtet, und sie erinnert sich, wie verblüfft sie über diese unbegreifliche Disziplin war, und Sekunden später, wie verblüfft über ihre eigene Verblüffung. Sie hatte nicht geahnt, dass sie noch verblüfft sein konnte. Sie hatte nicht geahnt, dass sie noch etwas fühlen konnte. Die Polinnen und die Tschechinnen vor ihr standen kerzengerade und reglos da, und ein paar Sekunden lang blieb es vollkommen still in der Welt. Nicht ein Laut war von den Frauen auf dem Bahnsteig zu hören, vollkommenes Schweigen bei den SS-Männern, vollständige Stille aus dem Lager ein Stück entfernt, doch die Stille währte nur ein oder zwei Sekunden, dann war plötzlich das Quietschen und Knacken der fünf Güterwaggons zu hören, die heranrollten, und das Keuchen und Schnauben der Lokomotive, die sie an ihren Platz schob. Einen Augenblick lang schauten alle weiterhin starr geradeaus, dann ging ein Zittern durch die ganze Gruppe, und die Disziplin lockerte sich. Niemand reckte mehr den Rücken, vierhundert Frauen sanken in sich zusammen und wandten ihren Blick dem Zug zu, vierhundert Frauen sahen ihre Erinnerungen vor sich und jammerten leise. Die Waggons waren ja viel zu klein! Kleiner als die, mit denen sie hierhergebracht worden waren. Wie viele würden die Reise überleben? Wie viele würden ersticken? Wie viele würden auf den ungehobelten Brettern auf dem Boden da drinnen zu Tode getrampelt werden?

Nicht ich, dachte sie und war über ihren eigenen Gedanken erstaunt. Warum nicht ich? Didi war ja bereits tot. Er war seit sechs Tagen tot. Warum sollte sie dann leben?

Plötzlich erklang ein Ton von irgendwoher, und für kurze Zeit klang es, als hätte einige der Frauen angefangen zu singen, dann brach die Stimme ab und verwandelte sich in ein unartikuliertes Jammern. *Uauuaääääh!*

Uauuaääääh! Uauuaääääh! Eine Bewegung ging durch die Kolonne, aber es war nicht zu erkennen, wer da schrie, wer sich weigerte, mit dem Schreien aufzuhören, und für einen Moment wanderte ein Zweifel durch alle Kolonnen. Sollten sie auch anfangen zu schreien? Sollten sich alle in einem lautstarken gemeinsamen Schrei des Widerstands vereinen? Aber nein, in dem Moment hob die SS-Wache ihre Waffe, ein Hund fing an zu bellen und drei weitere stimmten ein, und jeder Zweifel verschwand, alle Rücken streckten sich wieder, alle Blicke suchten einen Punkt in der Ferne. Jemand schoss in die ganz vorn stehende Kolonne, eine ungewöhnlich lange Salve, doch der Schrei hörte nicht auf, er wurde nur schriller, und plötzlich schien eine blutende Frau vom Bahnsteig zu fallen. Sie fiel auf die Knie in den schmalen Spalt zwischen Bahnsteig und Zug, versuchte aber sofort, wieder aufzustehen, kroch hoch auf den Zement des Bahnsteigs und schrie weiter, *Uauuaääääh, Uauuaääääh, Uauuaääääh!* Ihr Mund war ein schwarzes Loch, ihre gestreifte Kleidung wurde an den Schultern immer roter, so rot, dass sie dort fast schwarz aussah, dennoch schrie sie weiter. *Uauuaääääh! Uauuaääääh! Uauuaääääh!*

»Verflucht, nun schießt endlich!«, schrie ein SS-Offizier von irgendwoher, und drei seiner Untergebenen gehorchten augenblicklich. Drei lange Salven knatterten los. Der Schrei verstummte.

Vielleicht lag es an der verrückt gewordenen Jüdin, dass so ein Chaos herrschte, als sie einsteigen sollten. Denn sobald die Schiebetüren sich öffneten, lösten sich die ordentlichen Kolonnen in weniger als zehn Sekunden auf, die Hunde sprangen bellend hoch, die SS-Männer brüllten, und die Frauen wurden gestoßen und geschoben, traten einander und stießen sich gegenseitig die Ellenbogen in den Leib, kniffen diejenigen, denen es gelungen war, sich vorzudrängen und kratzten die Frauen, die bereits in der Türöffnung hingen, sie stöhnten, fluchten und schrien.

Miriam hatte Glück gehabt. Sie stand als Zweite von links in der zweiten Reihe der Zigeunerkolonne, und direkt vor ihr kam die Öffnung des vierten Waggons zum Halten. Und sie war gut im Drängeln, ein Ass darin, sich in einer Gruppe, die sich plötzlich zum Waggon stürzte, durchzuschieben, stark genug, sich als Dritte hochzuziehen, schlau genug, sich schnell im Waggon umzuschauen und sich für die linke Ecke zu entscheiden, gleich neben der Wassertonne. Hier gab es einen kleinen Balken, auf dem man stehen konnte, wenn das Gedränge zu schlimm wurde. Mit beiden Händen schöpfte sie Wasser aus der Tonne und trank einige Schlucke, während der Rest der Frauen hereinströmte, dann drückte sie sich einen Moment lang in die Ecke und betrachtete sie. Die meisten waren Polinnen und Tschechinnen. Sie trugen rote Dreiecke mit einem großen P oder T. Der Rest waren Jüdinnen mit ihrem gelben Stern. Nur so um die zehn Frauen mit dem gleichen braunen Dreieck wie sie selbst. Offenbar hatten die meisten Romnija sich in die hinteren Wagen gezwängt. Nicht dass sie sie vermisste. Sie waren ihr vollkommen gleichgültig. Sie hatte kein Volk mehr, keine Freunde, keine Familie. Sie war allein auf der Welt. Hatte nur sich.

Sechs Tage waren seit Didis Tod vergangen, und während dieser sechs Tage war sie ausgelöscht und fast in ein Nichts verwandelt worden. Sie hatte nur zweimal etwas gesagt, und das war gewesen, als sie für den Transport nach Ravensbrück ausgesucht worden war. Da hatte sie ihre Nummer genannt und auf eine Frage mit Ja geantwortet, das war alles. Ansonsten hatte sie geschwiegen.

Wenn nicht dieser Transport aufgetaucht wäre, wäre sie ein Muselmann geworden, eines dieser Wesen, die so lange gehungert hatten, dass sie gar nicht mehr richtig am Leben waren, obwohl sie noch atmeten. Vielleicht war sie bereits so ein Muselmann. Sie wusste es selbst nicht genau.

Die anderen Frauen waren keine Muselmänner. Sie schrien und brüllten, schubsten und stießen, aber sie verstand nicht, was sie sagten. Sie konnte weder Polnisch noch Tschechisch oder Jiddisch, und Deutsch oder Romanes war nicht zu hören. Was auch egal war. Das Gedränge dagegen war nicht egal. Bereits jetzt war es so voll im Waggon, dass niemand sich hinsetzen konnte, geschweige denn auf den Boden legen, dennoch brüllten die SS-Männer weiter vor der Tür und schlugen mit ihren Schlagstöcken, damit noch weitere Frauen hineinpassten. Sie stellte sich auf den Balken und drückte sich in die Ecke. Drei tschechische Mädchen standen direkt vor ihr und drückten gegen ihren Bauch und ihre Schenkel. Aber das machte nichts, im Gegenteil, das war ganz gut, denn deren Köpfe und Schultern hielten sie an ihrem Platz. So. Jetzt stand sie jedenfalls zwanzig Zentimeter höher als die anderen und bekam besser Luft. Und in ihrer rechten Tasche war ein Stückchen Brot, das sie sich aufbewahrt hatte. Wenn die Reise weniger als drei Tage dauerte, könnte sie sie überleben. Vielleicht nicht gerade in bester Form, aber zumindest würde sie sie überleben.

Wieder brüllte ein SS-Mann hinten an der Tür und drückte die letzte Frau hinein. Sie blutete aus der Nase, packte aber mit beiden Händen das Kleid einer anderen Frau und drückte sich gegen sie. Vielleicht dachte sie ja auch, dass sie tatsächlich in ein Arbeitslager fahren sollten. Sie hatte Schmerzen, das war ihrem verzerrten Gesicht anzusehen, aber gleichzeitig war sie von dem Willen zu überleben besessen, auch das war zu sehen. Der SS-Mann boxte sie noch einmal, fluchte, dann griff er nach der Schiebetür und zog sie zu. Das Licht im Waggon verschwand. Drei kleine Luftlöcher befanden sich auf jeder Seite ganz oben, sie ließen ein wenig graues Morgendämmerungslicht herein. Ansonsten war es dunkel. Der Zug ruckte, die Frauen wurden gegeneinander gedrückt, dann setzten die Waggons sich langsam in Bewegung.

Es war Juli, aber wenn sie Glück hatten, würde sich das bedeckte Wetter der letzten Tage halten, dann würde die Hitze nicht zu einem Problem werden. Vielleicht kämen ja sogar ein paar Regenschauer. Sie schloss die Augen und schickte ein Stoßgebet zu dem Jesus der Nonnen. Regen, bitte! Das ist alles, wofür ich bete. Richtig schlechtes Wetter. Dann beschloss sie, nicht mehr zu existieren, bis sie angekommen waren. Sie würde einfach hier stehen, in ihre Ecke gedrückt, schweigen und atmen.

Die anderen Frauen verstummten nach und nach. Sie standen dicht aneinandergedrängt, teilweise Rücken gegen Rücken, andere Gesicht zu Gesicht, und schaukelten leicht im Takt der Zugbewegungen, aber keine lief Gefahr, umzufallen. Dazu war es zu eng. Einige richteten ihre Gesichter nach oben und sogen das wenige der kühlen, säuerlichen Morgenluft ein, das durch die Luftlöcher hereindrang, andere richteten ihren Blick in die Ferne, ein paar schlossen ihre eingesunkenen Augen und versuchten ganz offensichtlich zu schlafen. Es schien, als wäre keine von ihnen tatsächlich hier, als hätte jede Einzelne aufgehört zu existieren, als wären alle in eine andere Welt eingetreten und dieser Waggon, dieser Zug, diese Reise nichts anderes als ein ganz widerlicher Alptraum.

Vielleicht war es der Gestank, der schließlich den Frieden brach. Der Gestank nach Scheiße. Sie registrierte ihn sofort und hörte sogar das Platschen, als jemand schließlich der Hungerdiarrhöe nachgeben musste. Andere hörten es auch. Es entstand eine Bewegung mitten in der Enge, und jemand rief etwas, jemand boxte eine andere, eine Dritte schrie flehentlich, eine Vierte brüllte mit schriller Stimme, und Sekunden später begann eine Schlägerei in der Menge oder zumindest so viel an Schlägerei, wie sich überhaupt in der Enge machen ließ. Die Frauen zerrten und kniffen, rissen einander die Kopftücher herunter und zogen einander an den Haaren, zeigten sich die Zähne und knurrten wie wilde Tiere, fauchten hasserfüllt und fingen an zu beißen. Eine fast kahle Frau kratzte eine andere an der Wange, und eine sehr lange, magere Frau beugte sich über eine andere und schlug ihr die Zähne in den Nacken. Plötzlich wurde der Gestank stärker, unerträglich, denn sowohl die Gebissenen als auch die, die zubissen, ließen dem Durchfall freien Lauf, wie auch diejenigen, die sich ängstlich an die Wände pressten. Eines der Romamädchen begann zu heulen und rief sonderbarerweise nach Gott. *Devel! Devel! Devel!*

»Halt«, schrie plötzlich jemand auf Deutsch, und innerhalb von nicht einmal einer Sekunde wurden alle Frauen still, dann sahen sie ein, dass es kein Mann gewesen war und kein Deutscher, der da gerufen hatte, sondern eine Frau, ein Häftling, und sie prügelten sich weiter. Doch die Frau gab nicht auf, sie rief immer weiter: *»Halt! Halt! Halt!«*

Sie war genauso mager wie alle anderen und nicht besonders groß, aber sie hatte eine Stimme, die alle aufhorchen ließ. Rau und heiser, aber unglaublich durchdringend. Miriam sah, wie die Frauen um sie herum innehielten und aufhörten sich zu prügeln, einige fuhren sich mit der Hand über den Kopf, um zu kontrollieren, ob ihr Kopftuch saß, wie es sollte, und ihre plötzliche Ernüchterung schien sich auf den gesamten Waggon zu übertragen. Die Frau, die gerade noch ihre Zähne in den Nacken einer anderen Frau geschlagen hatte, schaute auf und blickte sich für einen Moment verwirrt um, dann strich sie sich schnell mit der Hand über den Mund, als wollte sie die Erinnerung an das, was sie getan hatte, auswischen, und die gebissene Frau legte sich die eigene Hand über den Nacken, während sie sich verwundert umschaute, aber ohne auf eine der sie Umgebenden loszugehen.

Die heisere Frau sprach anscheinend Tschechisch, und sie sprach lange. Offensichtlich schimpfte sie mit den anderen. Einige von denen, die verstanden, was sie sagte, schauten betreten drein, andere schluckten offenbar ihre Wut hinunter. Niemand widersprach ihr. Es sah aus, als wären alle Tschechinnen bereit, ihr zu gehorchen. Die Jüdinnen schienen etwas verängstigt, und die Romafrauen hatten sich in einer kleinen Gruppe ganz rechts im Waggon zusammengezwängt. Jemand hatte den Arm um das Mädchen gelegt, das gerade noch nach Gott gerufen hatte, jetzt jedoch schweigend und mit geschlossenen Augen dastand und sich an seine Schwester oder Freundin lehnte. Als die heisere Frau endlich aufhörte zu reden, schaute sie sich um, ihr Blick glitt über die ganze Gruppe, hielt einen Moment lang inne, als sie Malika im Visier hatte, dann glitt er weiter zu den sich schämenden Tschechinnen. Es war vollkommen still. Niemand rührte sich und niemand sah die Frau an. Sie murmelte etwas zum Abschluss, aber Malika konnte nicht hören, was. Stattdessen schloss sie die Augen. Ihre Beine taten ihr langsam weh, aber sie wusste, dass es nicht besser werden würde, wenn sie von dem Balken hinunterstieg. Und sicher war der Gestank näher am Boden noch schlimmer.

Nicht existieren. Das war der einzige Ausweg. Den Kopf gegen die Wand lehnen. Dem Rattern der Räder auf den Schienen lauschen. In strengem Ton mit sich selbst sprechen. *Ratatam.* Mach die Augen zu. *Ratatam.* Leichte Kopfschmerzen machen sich bemerkbar. *Ratatam.* Daran stirbt man nicht. *Ratatam.* Träume! *Ratatam.* Wovon? *Ratatam.* Einem reichgedeckten Tisch. *Ratatam.* Dem Weihnachtsessen bei den Nonnen. *Ratatam.* Von dem Lolli, den Papa einmal gekauft hat. *Ratatam.* Ja! Den sie sich mit Didi geteilt hat. *Ratatam.* Nein. Nicht an Didi denken. *Ratatam.* Daran kann man sterben. *Ratatam.* Es gibt keine Welt mehr außer dieser hier. *Ratatam.* Die Erde ist untergegangen. *Ratatam.* Deshalb kann man nicht mehr von ihr träumen. *Ratatam.* Und jemand hat ihr ein Eisenband um die Stirn gelegt. *Ratatam.* Na und? *Ratatam.* Du bist doch schon tot. *Ratatam.* Warum kann ich dann spüren, wie das Band enger gezogen wird? *Ratatam.* Wie es sich in meine Stirn schneidet? *Ratatam.* Wie es meine Stirnplatte zerdrückt? *Ratatam.* Wie winzige Knochensplitter mir in die Augen dringen? *Ratatam.* Kümmre dich nicht darum. *Ratatam.* Wie kann ich mich nicht darum kümmern, dass meine Gehirnsubstanz heraussickert? *Ratatam.* Dass sie mir übers Gesicht rinnt? *Ratatam.* Einbildung – sonst nichts. *Ratatam.* Denk daran, dass das hier trotz allem eine Art Ausruhen ist. *Ratatam.* Niemand fordert, dass du einen Graben gräbst. *Ratatam.* Niemand zwingt dich dazu, Erde in großen Säcken zu schleppen. *Ratatam.* Aber es geht mir so schlecht! *Ratatam.* Was hast du denn gedacht? *Ratatam.* Dass es dir gut gehen wird? *Ratatam.* Und mir ist so schwindlig. *Ratatam.* Gleich muss ich kotzen. *Ratatam.* Was hast du denn, was du auskotzen kannst? *Ratatam.* Nichts. *Ratatam.* Stimmt. *Ratatam.* Aber iss jetzt von dem Brot. *Ratatam.* Ein kleines Stückchen Brot. *Ratatam.* Wenn das aber jemand sieht? *Ratatam.* Niemand wird das sehen. *Ratatam.* Ich fühle das Brot. *Ratatam.* Rau unter meinen Fingerspitzen. *Ratatam.* Ja! Das Brot! *Ratatam.* Nur einen ganz kleinen Bissen. *Ratatam.* Jetzt breche ich ein Stückchen in der Tasche ab. *Ratatam.* So, ja. Vorsichtig! *Ratatam.* Ich habe es zwischen Daumen und Zeigefinger. *Ratatam.* Gut. *Ratatam.* Führe es jetzt zum Mund. *Ratatam.* Lecke leicht über die raue Oberfläche. *Ratatam.* Iss! *Ratatam.*

Nach ein paar Tagen hatte sie das Kapitel über Gustav Vasa im Geschichtsbuch vierzehn Mal gelesen und konnte es auswendig. Also legte sie das Buch beiseite und ratterte den Text laut vor sich hin, von der ersten Zeile bis zur letzten. Sicherheitshalber lernte sie auch noch die drei Zeilen unter seinem königlichen Porträt auswendig, blieb dann reglos ein paar Minuten lang sitzen und starrte aus dem Fenster. Es hatte angefangen zu regnen, aber nichtsdestotrotz sollte sie mit Nippon seinen zweiten Spaziergang an diesem Tag machen. Und anschließend etwas essen. Man musste mindestens drei Mal am Tag essen, das hatte Hanna gesagt. Sonst bestand die Gefahr der Unterernährung. Und da sie bereits mehrere Jahre lang an Unterernährung gelitten hatte, war das nicht gut für sie.

Miriam seufzte leise und stand auf. Nippon gähnte und streckte sich. Vielleich war es keine besonders gute Idee gewesen, ihn letzte Nacht mit zu sich ins Bett zu nehmen, denn Hanna mochte keine Tiere im Bett, andererseits hatten sein weiches Fell und seine behagliche Wärme sie getröstet und vor bösen Träumen geschützt. Sie hatte tiefer, besser und länger geschlafen als je zuvor und war mit einem kleinen Lächeln auf den Lippen aufgewacht. Zuerst hatte sie nicht so recht verstanden, woher dieses angenehme Gefühl kam, dieses Empfinden von Entspannung, warmer Zufriedenheit, doch dann war ihr klargeworden, dass sie ausgeschlafen hatte. Richtig ausgeschlafen. Eine Sekunde lang hatte sie sich gewünscht, sie könnte durch die Zeit wandern und ihrem Lager-Ich zuflüstern, dass dieser Tag kommen werde. Ein Tag, an dem sie nicht fror, ihr nicht übel war, sie keine Kopfschmerzen hatte und nicht beim Aufwachen schon todmüde war, ein Tag, an dem sie die Augen in einem Zimmer mit gelben Rosen an den Wänden und einem kuscheligen Pekinesen dicht neben sich aufschlug, ein Tag, an dem sie wusste, es gab Brot, Marmelade, Käse und Eier in der Küche gleich nebenan und kein einziger Mensch würde sie daran hindern, etwas zu essen. Dann besann sie sich. Sie wollte nicht an ihr Lager-Ich denken.

Draußen in der Küche hatte sie das Radio eingeschaltet, noch bevor sie den Kaffee aufsetzte. Ein munterer Marsch strömte ihr entgegen, und erst da hatte sie auf die Uhr geschaut. Es war elf Uhr gewesen. So lange hatte sie noch nie vorher geschlafen. Aber das war eigentlich völlig egal. Sie war ja ganz allein und konnte tun und lassen, was sie wollte. Ein langes Frühstück zu sich nehmen. Sich erst hinterher waschen. Sich langsam anziehen. Die Fenster in ihrem Zimmer und auch in der Küche öffnen, um zu lüften, während sie mit dem Hund hinausging. Obwohl das Durchzug geben würde.

Als sie ein paar Stunden später zum Gassigehen das Haus verließ, war die Stadt immer noch ruhig. Sie hielt gleich hinter der Haustür an und blieb dort reglos stehen, lauschte der Stille. Merkwürdig, dass es so still war, obwohl doch das Mittsommerwochenende vorbei war. Weit in der Ferne brummte ein Auto, aber das Geräusch verschwand bald ohne Nachhall. Kurz spielte sie mit dem Gedanken, der Rest der Welt könnte tatsächlich untergegangen sein, alle Menschen wären ausgelöscht und Nippon und sie die einzigen lebendigen Wesen, die es noch gab, doch dann straffte sie den Rücken und schob diesen Gedanken beiseite. So ein Quatsch. Natürlich gab es noch die Menschen und die Hunde. Und einige davon zweifellos ganz in der Nähe. Also war es das Beste, Nippon nicht auf den Rasen vor der Kirche scheißen zu lassen. Lieber eine Runde vorher gehen, obwohl es immer noch nieselte.

Als sie zurückkam, hörte sie bereits in dem Moment, als sie den Schlüssel ins Schloss steckte, das Telefon klingeln. Und bevor sie im Wohnzimmer war und den Hörer abnehmen konnte, klingelte es noch drei Mal.

»Anruf aus Mariefred«, sagte eine fremde Stimme. »Ich stelle durch.«

»Oh«, sagte Hanna, »was für ein Glück! Ich dachte schon, es wäre etwas passiert.«

Miriam musste zwinkern.

»Etwas passiert?«

»Ja. Weil du nicht rangegangen bist.«

»Ich komme gerade zurück mit Nippon. Wir waren spazieren.«

Hanna seufzte.

»Na. Was für ein Glück. Ich dachte, du wärst in die Krawalle geraten.«

»Wie bitte? Ich verstehe nicht.«

»Die Krawalle. Der Tumult.«

»Welcher Tumult?«

»Gerade hat Asta Egon angerufen und behauptet, es gäbe Krawalle in Jönköping. Große Tumulte mit vielen Leuten. Gestern Abend soll das gewesen sein.«

Miriam verzog das Gesicht.

»Hier waren keine Tumulte. Ganz im Gegenteil. Die Stadt wirkt ganz verlassen. Ich war eben draußen und ich habe keinen Menschen gesehen … Doch. Einen.«

»Hm«, sagte Hanna und machte eine Kunstpause. »Bist du dir da ganz sicher?«

»Ganz sicher.«

»Und gestern Abend?«

»Das Gleiche. Aber da waren wir nur kurz draußen. Wir sind nachmittags länger gelaufen. Doch da war es das Gleiche. Sehr ruhig.«

Hanna schwieg für einen Moment.

»Merkwürdig«, sagte sie dann. »Asta hat Egon gerade angerufen und behauptet, dass es im Osten der Stadt große Krawalle gibt.«

Miriam fühlte sich plötzlich schuldig. Als würde sie lügen. Die Erinnerung an den Lastwagen am Tag zuvor huschte vorbei ... Ja. Vielleicht log sie. Es war wohl das Beste, wenn sie die Wahrheit sagte.

»Aber ich habe nichts gesehen, ich schwöre. Es waren nur ein paar junge Männer, die am Mittsommertag vor dem Milchladen fast eine Schlägerei angefangen haben, aber dazu ist es dann nicht gekommen. Sie sind einfach verschwunden. Und das war noch vormittags.«

Hanna schmunzelte. Das war ihrer Stimme anzuhören.

»Ich glaube dir, meine Kleine. Mach dir keine Sorgen. Sicher ist das nur so ein Gerücht, das Asta in die Welt setzt, damit Egon so schnell wie möglich nach Hause kommt. Solche – äh – *Damen* können manchmal eine sehr lebhafte Phantasie entwickeln. Nichts, worüber man sich Gedanken machen muss.«

»Nein. Vermutlich nicht.«

»Und wie geht es mit Gustav Vasa? Und der Reformation?«

Miriam spürte, wie ihre Wangen heiß wurden. Sie hatte ihre Hausaufgaben noch nicht fertiggemacht.

»Gustav Vasa ist fertig. Aber die Reformation noch nicht. Ich habe gelernt, aber nicht genug …«

Hanna kicherte leise.

»Dann musst du das wohl noch tun.«

»Und euch geht es gut?«

Sie konnte hören, wie Hannas Lächeln noch breiter wurde: »Ja, uns geht es sehr gut. Phantastisch. Egons Familiengut war wunderschön und seine ganze Familie so nett. Ja. Das war wunderbar. Jede Minute. Und jetzt sind wir in Mariefred auf dem Hof des Roten Kreuzes und hier ist es auch schön. Vielleicht kommen wir nicht schon morgen nach Hause, wie wir zuerst geplant hatten, denn Egon meint, wir sollten bis Montag warten und noch eine Tour nach Stockholm machen. Und dann würden wir erst am Dienstag zurück sein.«

Hui. Offenbar hatte Hanna Egon wirklich am Haken.

»Aha«, sagte Miriam mit möglichst neutraler Stimme. »Ich hoffe, ihr habt es auch die restliche Zeit so schön.«

»Das werden wir haben«, sagte Hanna. »Aber wie sieht es bei dir mit Geld aus? Soll ich meinen Bruder bitten, mit einem Zehner vorbeizuschauen, er wollte mit Marianne sowieso am Nachmittag nach Jönköping fahren.«

Geld? Sie brauchte kein Geld. Sie brauchte auch keine Lebensmittel. Mit dem Käse, der Butter und dem Brot, die im Vorratsschrank lagen, würde sie gut auskommen.

»Nein danke, das ist nicht nötig.«

»Ach was, natürlich ist das nötig. Olof wird am Nachmittag vorbeikommen.«

Miriam senkte den Kopf, als könnte Hanna sehen, wie ergeben sie war.

»Na gut.«

»Also sei gegen vier Uhr zu Hause, meine Liebe. Und pass auf dich auf!«

Hinterher blieb Miriam noch stehen und starrte vor sich hin. Wie war dieses neue Wort noch? Krawalle. Sie ging in ihr Zimmer und schlug es im Wörterbuch nach: *Straßenunruhen.*

»Krawalle«, sagte sie laut zu sich selbst und ließ das Wort auf der Zunge zergehen. »Es gab Krawalle in Jönköping. Straßenunruhen.«

Aber das glaube ich sowieso nicht, dachte sie dann und schlug das Buch mit einem Knall zu.

Die Reformation war noch langweiliger als Gustav Vasa, und nachdem sie das Kapitel darüber sechs Mal gelesen hatte, gab sie auf. Eigentlich hatte sie keinen Grund, sich zu beeilen, es sollten noch mehrere Tage vergehen, bevor Hanna nach Hause kam. Bis dahin würde sie auch dieses Kapitel auswendig kennen. Sie streckte sich und schaute zu Nippon hinüber, der in seinem Körbchen neben dem Küchentisch lag.

»Hast du Hunger?«

Er wedelte ein wenig mit dem Schwanz. Was Ja bedeutete, wie sie annahm. Nippon war immer hungrig. Morgens und abends, Tag und Nacht. Vor dem Fenster waren die Wolken aufgerissen, und Teile des Himmels leuchteten tiefblau. Sie warf einen Blick auf die Uhr. Viertel vor vier. Bald würde Olof kommen, vielleicht mit Marianne. Sie wollte Nippon etwas zu essen geben und dann einmal durch die Wohnung gehen und kontrollieren, ob alles seine Ordnung hatte, alles an seinem Platz stand und kein Staubkorn auf die glänzenden Oberflächen hatte fallen können, nachdem sie morgens Staub gewischt hatte. Aber erst einmal musste sie das Geschichtsbuch wieder an seinen Platz im Jungmädchenzimmer legen. Hanna gefiel es nicht, wenn sie in der Küche las, obwohl es hier viel heller war als in ihrem Zimmer, und wer weiß, vielleicht waren ja ihr Bruder und ihre Schwägerin in dieser Hinsicht ähnlich gestrickt. Miriam musste schmunzeln. Der Ausdruck gefiel ihr: ähnlich gestrickt.

Sie hatte Olof bisher nur drei Mal getroffen. Zum ersten Mal bei seiner Hochzeit im letzten Jahr. Da hatte sie einen so tiefen Knicks gemacht, als sie ihm und seiner jungen Braut gratulierte, dass beide fröhlich gelacht hatten. *Na, so alt sind wir ja nun doch noch nicht!* Das zweite Mal Weihnachten, als Marianne und er zum Essen zu Hanna kamen. Da hatte sie nur leicht geknickst, als sie die beiden hereinließ und war dann schnell wieder in der Küche verschwunden, um das Festmahl weiter zuzubereiten. Sie fand es schade, dass sie nicht vom Schinken hatte probieren dürfen, aber Hanna war sehr genau damit, dass sie nichts tat oder aß, was im Widerspruch zu dem stand, was nach Miriams Behauptung ihre Religion war. Zum dritten Mal war Olof an einem Sonntagnachmittag ganz unvermutet aufgetaucht. Er hatte sehr ernst ausgesehen. Hanna und er hatten mehrere Stunden lang zusammen im Wohnzimmer gesessen und mit gedämpfter Stimme geredet.

Jetzt klingelte es an der Tür. Sie streckte sich und warf noch einen schnellen Blick in den Spiegel, bevor sie die Tür öffnete. Adrett. Kein Zweifel. Das Haar ordentlich gekämmt, saubere weiße Bluse mit kurzen Ärmeln und ein hübscher geblümter Rock. Einen Moment zögerte sie. Doch. Sie sah fast modern aus. Als wäre sie wirklich ein schwedisches Schulmädchen.

Olof nahm seinen Hut ab, als er eintrat, und reichte ihr die Hand. Marianne war nicht mitgekommen.

»Guten Tag, Miriam.«

Sie unterdrückte den Impuls, zu knicksen und erwiderte stattdessen lächelnd seinen Gruß.

»Guten Tag.«

Olof war die elegante Version seiner Schwester. Groß, während sie klein war, schlank, während sie – wie war das richtige, nicht verletzende Wort? – *füllig* war, ja, und dunkelblond, während sie ihre Haare künstlich kastanienbraun färbte. Dennoch war die Verwandtschaft deutlich erkennbar. Vielleicht lag es daran, dass er sich so selbstsicher und ungezwungen bewegte, als wäre das hier viel mehr sein Heim als Miriams. Aber er sah nicht glücklich aus. Ganz im Gegenteil. Ernst und ein wenig müde.

»Wäre es möglich, einen kleinen Kaffee zu bekommen?«

Miriam nickte.

»Natürlich, ich bringe ihn gleich ins Wohnzimmer …«

Wie war es mit Gebäck? Waren noch Teilchen übrig oder hatte sie alle an Nippon verfüttert? Und warum um alles in der Welt war sie nicht auf die Idee gekommen, dass Olof sicher etwas zu essen haben wollte? Sie hätte doch etwas backen können. Einen Marmorkuchen beispielsweise. Als er das letzte Mal hier gewesen war, hatte er ihren Marmorkuchen doch so gelobt.

»Ach was«, widersprach er und fuhr sich mit der Hand übers Gesicht. »Komm, wir setzen uns in die Küche. Da ist es viel heller. Und wenn ich dann noch eine Scheibe Brot kriegen könnte, dann wäre ich sehr dankbar.«

Als sie in die Küche kamen, krabbelte Nippon verschlafen aus seinem Körbchen, streckte sich und ging daraufhin zu Olof, schnupperte kurz an ihm und beschloss dann, seine Anwesenheit mit kurzem Schwanzwedeln gutzuheißen.

»Na, du Mistköter«, sagte Olof. »Du bist auch nicht gerade ein Meister darin, das Haus zu bewachen, oder?«

Miriam musste lachen, rief sich aber gleich zur Ordnung. Nicht laut lachen. Das hatte Hanna gesagt. Richtige Damen lachen oder reden niemals zu laut. Höchstens vielleicht im Klassenzimmer, das hatte sie mit einem kleinen Seufzer eingeräumt. Da war man ab und zu gezwungen, die Stimme zu heben. Leider.

»Was ist denn so lustig?«

Olof schaute sie lächelnd an. Ihre Wangen wurden ganz heiß.

»Ach. Das war nur das Wort. Mis…«

Sie brachte es nicht über sich, es auszusprechen. Olofs Lächeln wurde breiter.

»Mistköter?«

Sie nickte und versuchte nicht zu lächeln. Olof seufzte und ließ sich am Küchentisch nieder.

»Meine Güte. Hanna hält dich aber an der ganz kurzen Leine, was Ordnung und Benehmen angeht. Oder?«

Sie schnitt eine Scheibe Brot ab und tauchte in den Vorratsschrank, um Butter zu holen. Du? Hatte er sie geduzt? Und bedeutete das, dass sie ihn auch duzen durfte? Sie dachte schnell über diese Frage nach, aber es gelang ihr nicht, zu einem Entschluss zu kommen.

»Sie ist sehr gut zu mir«, sagte sie stattdessen.

Olof seufzte erneut hinter ihrem Rücken.

»Sicher«, sagte er. »Das glaube ich wohl. Sie ist ein guter Mensch.«

Miriam drehte sich um, begegnete seinem Blick.

»Ja«, sagte sie. »Hanna ist ein lieber Mensch.«

Jetzt musste er lachen.

»Lieb? Ja, kann sein …«

Eine Weile schwiegen beide, während sie versuchte, vom Käse eine Scheibe abzuschneiden. Das war nicht so einfach. Olof saß reglos am Tisch und schaute zu. So! Jetzt hatte sie es endlich geschafft. Sie legte die Brotscheibe auf einen Teller, holte Kaffeetasse und Untertasse aus dem Schrank und, nach kurzem Zögern, eine von Hannas allerschönsten Servietten, ein dünnes rosa Papier mit gerundeten Ecken. Japanisch.

»Willst du nichts?«, fragte Olof, als sie ihm den Kaffee einschenkte. Wieder du. Miriam wusste immer noch nicht, was sie tun sollte. Hanna hatte ihr erklärt, dass es mit dem Du und Sie und den Titeln in der schwedischen Sprache etwas heikel sein konnte, und es hatte ein paar Wochen gedauert, bis Miriam gelernt hatte, dass sie Hanna nicht duzen sollte, dass sie gezwungen war, stattdessen ihren Namen anzuwenden. Und während sie sich jetzt beeilte, auch für sich eine Tasse und eine Untertasse herauszuholen, beschloss sie, es vorsichtig angehen zu lassen. Sowohl das Du wie auch das Sie könnten Olof verärgern, aber ihn mit Herr Adolfsson anzusprechen, das war vielleicht doch zu formell. Und Olof konnte sie ja auch nicht sagen, da er ihr nicht angeboten hatte, ihn mit Vornamen anzusprechen. Großer Gott! Was sollte sie tun? Aber eine Tasse Kaffee würde sie trinken, da er das offenbar wollte, eine Scheibe Brot würde sie sich aber nicht schmieren, das musste warten, bis Olof gegangen war.

Sie setzte sich auf den äußersten Rand des Küchenstuhls und lächelte ihn an. Er aß sein Brot mit ziemlicher Eile. Offenbar war er sehr hungrig.

»Noch eine Scheibe?«

Ha! Das war eine raffinierte Formulierung. Sie enthielt weder Du noch Sie noch irgendeinen Titel. Eine gute Lösung. Er nickte und schaute sie an. Eine kleine Locke seines nach hinten gekämmten Haars fiel ihm in die Stirn. Das war gut. Dann sah er nicht mehr so perfekt aus.

»Ja, gern. Ich habe noch nichts zu Mittag gegessen … Bin fast den ganzen Tag im Krankenhaus gewesen.«

»Im Krankenhaus? Bist du krank?«

Sie schlug sich schnell die Hand vor den Mund. Himmel! Sie hatte ihn geduzt! Und jetzt würde die Strafe folgen, jetzt würde er aufstehen und wütend werden, jetzt würde er …

»Nein«, sagte er und klang mit einem Mal unendlich müde. »Nicht ich. Meine Frau. Marianne.«

Er hatte auf ihren Missgriff gar nicht reagiert. Schnell stand sie auf und schnitt eine weitere Scheibe Brot ab, bestrich sie dick mit Butter und konnte plötzlich ohne Probleme eine schöne gerade Scheibe Käse abschneiden.

»Wie geht es ihr?«

Sie hörte selbst, wie dünn ihre Stimme klang.

»Nicht besonders. Sie glauben, es ist eine Präeklampsie.«

Miriam hielt inne.

»Was ist das?«

Olof sank am Küchentisch ein wenig in sich zusammen.

»Eine Graviditätsvergiftung.«

»Ist sie vergiftet worden?«

Er schüttelte leicht den Kopf.

»Nein. Nicht direkt. Das ist eine Krankheit, die man am Ende der Schwangerschaft kriegen kann. Aber Marianne hat ja erst gut sieben Monate hinter sich.«

Gravidität? Schwangerschaft. Gut sieben Monate hinter sich haben? Was meinte er? Sie wünschte, sie könnte diese Worte gleich im Wörterbuch oder im Lexikon nachschlagen, aber das konnte sie natürlich nicht, nicht, solange er hier war, das wäre unverschämt.

»Oh«, sagte sie also nur und legte das Butterbrot auf seinen Teller. »Ist sie sehr krank?«

Er antwortete nicht, ließ nur seinen Blick durch die Küche wandern. Also war seine Frau sehr krank. Anders war sein Schweigen nicht zu deuten. Miriam trank einen Schluck Kaffee, faltete dann die Hände im Schoß und senkte den Blick.

»Ich muss wohl diese Nacht ins Hotel«, sagte Olof. »Damit ich morgen früh wieder zu ihr gehen kann.«

Miriams Gedanken huschten hin und her. Was sollte sie dazu sagen?

»Gibt es kein Krankenhaus in Nässjö?«, fragte sie schließlich.

Olof richtete sich wieder ein wenig auf und schien aufzuwachen, strich sich mit der Hand die Locke zurück, die ihm in die Augen gefallen war.

»Doch«, antwortete er. »Natürlich gibt es das. Aber nicht so groß und gut wie hier in Jönköping.«

Und dann herrschte wieder Schweigen zwischen ihnen.

Wie lange blieben sie still beieinandersitzen? Sie wusste es nicht. Sie wusste nur, dass dieses Schweigen anschwoll und wuchs, dass es zum Schluss fast unerträglich wurde. Bedeutete sein Schweigen, dass er böse auf sie war, weil sie ihn geduzt hatte? Saß er innerlich rasend da und brütete darüber, was er tun sollte? Würde er sie schlagen? Sie auf den Küchenfußboden werfen, treten und den Gürtel aus seiner Hose ziehen? Sie auspeitschen? Sie hob ihre gefalteten Hände und drückte sie sich an die Brust, wagte es aber nicht, ihn anzusehen.

»Ach ja«, sagte er plötzlich. »Hanna wollte ja, dass ich dir einen Zehner gebe.«

Sie atmete aus. Er war also doch nicht böse. Er klang überhaupt nicht böse.

»Das ist eigentlich gar nicht nötig«, sagte sie und räusperte sich leicht, als sie merkte, dass ihre Stimme zu einem Flüstern geworden war. Olof lächelte und zog seine Brieftasche heraus.

»Hanna hat mich schon gewarnt, dass du das sagen würdest«, erklärte er. »Aber sie hat mir klar und deutlich gesagt, dass ich mich nicht darum kümmern solle. Sie sagte, du würdest nie um etwas für dich bitten, und das macht ihr Sorgen. Offenbar isst du auch nicht gut genug. Meistens wohl nur Brot. Deshalb soll ich dir von ihr ausrichten, dass du heute ein Kalbskotelett kaufen sollst, es braten und aufessen. Und du musst Kartoffeln und Gemüse dazu haben. Hast du verstanden?«

Miriam nickte stumm. Olof blieb einen Moment lang reglos mit dem Zehn-Kronen-Schein zwischen Daumen und Zeigefinger sitzen, dann seufzte er leicht.

»Kalbskotelett klingt gut.«

Sie lächelte ihn an, plötzlich hatte sie ihre Schüchternheit und ihre Angst vergessen.

»Ich kann zwei kaufen. Wenn – *äh* – du mit mir essen willst?«

Olof lachte.

»Aber gern!«

Er legte den Schein auf die karierte Wachstuchdecke, dort blieb er einen Moment liegen, bis sie die Hand ausstreckte und ihn sich schnappte. Im nächsten Moment gab sie sich in Gedanken eine Ohrfeige. *Du Idiotin! Die Narbe! Warum hast du nicht an die Narbe gedacht!* Doch es war zu spät. Er hatte sie bereits entdeckt.

»Großer Gott«, sagte er und streckte seine Hand nach ihrer aus, fasste sie am Handgelenk und strich mit dem Zeigefinger über die Narbe. Nur drei Ziffern waren von der Tätowierung noch zu erkennen: 389. Der Rest war eine tiefe Kuhle, mit dünner, angespannter Haut. An einigen Stellen blau. Niemand konnte sehen, was dort einmal gestanden hatte. Sie biss sich auf die Unterlippe. Sie war sich sicher. Fast sicher.

»Armes Kind«, sagte Olof. »Es ist schrecklich, was du hast erleben müssen …«

Sie schloss die Augen und wünschte sich für einen Moment …

Nein. Sie öffnete die Augen wieder. So etwas durfte man sich nicht wünschen.

Miriam öffnete die Augen in dem Moment, in dem sie das Brot in den Mund schob. Die tschechische Frau mit der heiseren Stimme erwiderte ihren Blick. Sie sah feindlich aus.

»*Diebin!*«, schrie die heisere Tschechin auf Deutsch. »Diebin! Diese schmutzige Zigeunerin hat mein Brot gestohlen!«

Ihr Deutsch war miserabel. Die Logik in ihrer Behauptung ebenso. Wie hätte Malika ihr Brot stehlen können? Schließlich standen sie ja mehrere Meter voneinander entfernt, und der Platz zwischen ihnen war blockiert von den Körpern anderer Frauen. Niemand konnte sich rühren, niemand konnte durch diese Mauer aus den Körpern anderer Gefangener gleiten, um unbemerkt die Hand in eine Tasche zu schieben, ein Stück Brot zu stehlen und dann ebenso unbemerkt wieder zurück in die Ecke zu huschen, aus der sie kam und wieder auf den Balken hüpfen, auf dem sie stand. Das war ja lächerlich. Idiotisch. Der reine Wahnsinn. Aber das nützte nichts. Die Tschechinnen richteten alle den Blick auf sie und starrten sie an. Die Jüdinnen auch. Für einen Moment war es vollkommen still im Waggon, dann rief die heisere Tschechin wieder:

»*Guck mal!* Seht nur! Diese Zigeunerschlampe hat Brot im Mund! Mein Brot!«

Malika versuchte zu schlucken. Das ging nicht. Der Schreck ließ ihren Mund austrocknen, und das Brot wurde nur noch trockener. Ein zwei Tage altes Stück Brot, das sie aufgespart hatte und das sie erst als Proviant geplant hatte, als sie sich zum Abmarsch hatten aufstellen müssen. Es war, als hätte etwas in ihr, etwas Tiefes, Wortloses, den Befehl übernommen und dieses Stück Brot ihr in die Tasche gestopft, als hätte dieses Etwas sie dazu gebracht, sich an dem Tag mit der Lagersuppe zu begnügen, eine Lagersuppe, grau wie altes Abwaschwasser mit nur drei kleinen Stückchen halbverrottetem Weißkohl darin. Margarine hatten sie an dem Tag nicht bekommen. Es war schon lange her, seit sie überhaupt Margarine im Zigeunerlager bekommen hatten. Und das Brot enthielt von Tag zu Tag mehr Sägespäne. Und Sägespäne im Brot, das war nicht gut. Aber trotz allem war es Brot.

»Gib mir mein Brot!«, schrie die heisere Frau. »Gib her! Mein Brot!«

Eine Welle durchfuhr den ganzen Waggon. Plötzlich hatten alle das Gesicht ihr zugewandt, plötzlich starrten sie alle an. Malika schloss die Augen und versuchte erneut so zu tun, als existierte sie gar nicht, vergeblich versuchte sie in den sicheren Rhythmus des Zuges zu versinken. Es ging nicht. Die Stimmen schrien und zischten um sie herum und in weiter Ferne, wie aus einer anderen Welt, rief dieses Romamädchen wieder nach seinem Gott. *Devel! Devel! Devel!* Warum konnte sie nicht damit aufhören? Warum konnten sie nicht alle aufhören? Warum standen sie hier und schrien mit hasserfüllten Stimmen?

»*Schweigt!*«, tönte jetzt jemand. »Seid still! Haltet eure Schnauzen, ihr widerlichen Weiber!«

Es dauerte einen Moment, bis sie verstand, wer da schrie. Sie selbst. Sie öffnete die Augen und schaute sich um.

»Schweine«, zischte sie auf Deutsch, »ihr widerlichen, dreckigen Schweine! Das ist mein Brot. Meins!«

Das Wortlose in ihr hatte die Herrschaft übernommen und sich Worte geschaffen. Viele Worte. Jetzt sprudelten sie in einem einzigen Strom aus ihr heraus. Manche auf Deutsch, andere auf Romanes, manche schmeckten süß wie Honig, andere waren ekelerregend muffig und schmeckten nach Erbrochenem. *Ihr diebischen Elstern! Widerliche Aasgeier! Eklige Pissratten! Verdammte Schweinehunde! Monsterweiber!* Gleichzeitig stand sie plötzlich neben sich, stand mitten in ihrem kühlen Loch und schaute sich selbst an. Sie hatte sich verwandelt. Sie sah genau aus wie die anderen. Das Haar war aus dem Kopftuch gerutscht und hing ihr in die Augen, diese wiederum waren tief in ihre Höhlen gesunken und die Schatten unter ihnen waren dunkler als schwarz. Die Wangen waren grau und eingefallen. Der Rotz lief. Es nützte nichts, wenn sie sich mit dem Arm unter der Nase entlangfuhr, der verschmierte nur den bleichen Schleim über das Gesicht. Und die Zähne! Die Zähne ragten hervor, als hätten sie keinen Platz mehr im Mund. Sie sah zum Fürchten aus. Sie war kein Mädchen mehr, sie war eine alte Vettel. Eine richtig eklige, widerliche alte Pissrattenvettel von einer Zigeunerin, eine widerliche Missgeburt, aus einem widerlichen Volk stammend, ein diebisches Zigeunerweib, das …

Weiter kam sie nicht. Die Tschechinnen vor ihr gingen plötzlich zum Angriff über, zerrten an ihrer Kleidung, zerkratzten ihr die Arme, boxten, knufften und schlugen sie. Sie verlor das Gleichgewicht und plötzlich auch den Halt unter den Füßen, und in dem Moment schlug ihr jemand mit der Faust mitten ins Gesicht. Blitze tauchten vor ihren Augen auf, das Universum hörte auf zu existieren, sie fiel und fiel, in die süße schwarze Finsternis.

Die Stimmen in ihr jubelten und weinten zugleich.

Sie wachte davon auf, dass jemand auf ihrem Hintern saß. So fühlte es sich jedenfalls an, und es dauerte einen Moment, bis die Welt sich wieder drehte und sie ins richtige Fahrwasser kam. Niemand saß auf ihrem Hintern. Dafür wurde sie fest gegen die Bretterwand des Waggons gedrückt. Die Frauen hatten sie von ihrem Balken heruntergezerrt, so dass sie auf dem Boden stände, wenn ihre Füße so weit nach unten gereicht hätten, doch das taten sie nicht. Sie waren gestreckt wie die einer Spitzentänzerin, so einer, wie sie sie einmal auf einem Foto gesehen hatte, als sie noch bei den Nonnen war, aber sie reichten nicht bis zum Boden. Nicht einmal die großen Zehen. Und sie hing so fest gegen die Bretter des Waggons gepresst, dass die Nase gedrückt und zur Seite geschoben wurde, dass die Lippen die ungehobelten Bretter küssten und die Wimpern ihres linken Auges darüber streiften, wenn sie zwinkerte. Ihre Hände lagen auch auf der Wand, als stützte sie sich dort ab. Doch das tat sie nicht. Sie lagen einfach nur da. Die Finger spürten jeden Ruck der Schienen, sie wurden zu einem leichten Zittern, das sie von den Fingerspitzen durch die Hände in die Arme hinauf und weiter bis in den Kopf spüren konnte. Etwas lief ihr übers Gesicht. Schweiß vielleicht. Oder Blut. Der ganze Körper schmerzte, es brannte, pochte und zwickte überall, und das Atmen fiel ihr schwer, aber das war jetzt auch gleich. Alles war plötzlich gleich, denn jetzt war sie endlich angekommen, jetzt sollte sie endlich sterben. Bis jetzt hatte sie selbst nicht begriffen, wie sehr sie sich danach sehnte, zu sterben, danach, ein für alle Mal in die schwarze Tiefe zu fallen … Warum hatte sie nur so hart darum gekämpft, weiterzuleben? Warum hatte sie sich dieses Stück Brot in die Tasche gestopft und sich eingebildet, es könnte sie für mehrere Tage am Leben erhalten? Warum war sie nicht direkt zum elektrischen Zaun gelaufen und hatte sich dagegen geworfen, als Didi starb? Ja, warum hatte sie ihn nicht an der Hand genommen und sich mit ihm bereits an dem Tag gegen den Zaun geworfen, als sie nach Auschwitz gebracht worden waren?

Doch, sie wusste die Antwort auf diese Frage … Es lag an den Fingern. Sie wollte nicht, dass ihre schwarzverkohlten Finger im Stacheldraht hängenblieben, wenn man sie herunterholte. Sie wollte ihre Finger nicht zurücklassen. Als sie und die anderen Kinderheimkinder an diesem ersten Tag ins Zigeunerlager einzogen, waren die ukrainischen Wachtleute gerade dabei, eine Frau herunterzuholen, die sich gegen den Zaun geworfen hatte und daran verbrannt war. Sie zogen und zerrten an ihren Beinen, schrien einander Unverständliches zu und lachten, sie hörten erst auf zu schreien und zu lachen, als ein SS-Mann sie anbrüllte, und da zogen sie den Körper ganz einfach mit so einer Kraft hinunter, dass ein paar schwarze Finger im Zaun hängenblieben. Sie warfen den Körper auf den Boden, zuerst auf den Bauch, dann, nach dem Befehl eines SS-Mannes, auf den Rücken. Dazu beugten sie sich nicht runter. Sie rollten sie ganz einfach mit den Stiefelspitzen um, stellten sich daneben, die Hände in die Seiten gestützt, und warteten auf neue Befehle. Ein Roma-Mann stand dicht daneben und starrte auf die Tote, er stand da mit gesenkten Schultern, hängenden Armen und sah die Tote mit leerem Blick an. Er hatte ungewöhnlich große Hände, daran konnte sie sich erinnern. Aber was anschließend geschah, das konnte sie nicht sehen, weil sie gezwungen war, weiterzumarschieren, bis zu den Kinderbaracken ganz hinten im Zigeunerlager. Dennoch: Nach ein paar Tagen hatte sie verstanden. Die Leiche hatte vor den Baracken bis zum Morgengrauen liegen müssen, als der Totwagen, wie Didi den Leichenwagen nannte, herumfuhr und die Opfer des letzten Tages einsammelte. Sie wurden direkt ins Krematorium geschafft, und danach war von der toten Frau nichts mehr übrig als ihre Finger. Diese hingen mehrere Wochen lang im Zaun. Genau wie die Finger anderer toter Menschen. Sie fand das immer unglaublich eklig, aber die Ukrainer schienen es lustig zu finden, sie dort hängen zu lassen. Wenn sie sie nicht nur aus Faulheit nicht wegräumten. Aber sie wollte auf jeden Fall ihre Finger behalten, bis zu dem Zeitpunkt, wenn sie jemand ins Krematorium schaffte. Sie wollte eine unversehrte Leiche sein. Ihr Gesicht sollte nicht verfaulen wie Didis Gesicht, und niemand sollte ihr die Zähne nach dem Tod herausreißen, denn sie hatte kein Gold drin. Es konnte sein, dass sie sie häuteten. Sie hatte das Gerücht gehört, dass ein paar junge Frauen nach der Gaskammer gehäutet worden waren, aber so recht mochte sie das nicht glauben. Warum sollte man sie häuten? Es gingen so viele Gerüchte um im Zigeunerlager. Dumme Gerüchte, die von dummen Menschen verbreitet wurden, von Leuten, die nicht lesen konnten und nicht wussten, was oben und was unten war. Idioten, die geradewegs ins Todeslager starrten und zusahen, wie die Juden in die Gaskammern wanderten, ohne Widerstand zu leisten, und sie deshalb verachteten, Idioten, die nicht begriffen, dass die Juden nicht freiwillig in den Tod gingen, im Gegenteil, sie standen eine Todesangst aus, waren hereingelegt worden und ein wenig zu gut erzogen. Sie glaubten ja, sie dürften duschen, denn das war es, was die SS-Männer ihnen gesagt hatten, das hatte sie selbst gehört, als sie die Gräben vor dem Zigeunerlager aushob. Die Gräben, ja … Jetzt würde sie nie wieder einen Graben ausheben müssen. Gott sei Dank. Jetzt brauchte sie hier nur reglos zu hängen und konnte sich ruhig zu Tode erdrücken lassen.

Jetzt war es vollkommen ruhig im Waggon. *Ratatam.* Niemand sagte ein Wort. *Ratatam.* Nicht einmal ein Weinen war zu hören. *Ratatam.* Aber es war kühler geworden. *Ratatam.* Vielleicht war es schon Nacht. *Ratatam.* Oder es hatte sogar angefangen zu regnen. *Ratatam.* Das würde sie als Einziges vermissen, wenn sie tot war. *Ratatam.* Den Regen. *Ratatam.* Den wunderbaren friedlichen Regen, der auf alle Menschen fiel. *Ratatam.* Auf Böse wie Gute. *Ratatam.* Arme wie Reiche. *Ratatam.* Roma wie Gadsche. *Ratatam.* Die einzige Gabe des Himmels, die sie wirklich schätzte. *Ratatam.* Bis auf den Tod natürlich. *Ratatam.* Der würde ihr wirklich gefallen. *Ratatam.* Auch wenn es schwer war, zu sterben. *Ratatam.* Es war ein Gefühl, als zwängte man sich durch eine Tür, die zur Hälfte geschlossen war. *Ratatam.* Aber eine Tür mit Licht auf der anderen Seite …

Didi stand direkt hinter der Tür und wartete, er lachte sie an, und sein Gesicht war ganz heil. Er streckte ihr die Arme entgegen in dem Moment, in dem sie einen Fuß über die Schwelle setzte, versuchte ihre Hand zu fangen, doch das glückte nicht. Denn im gleichen Augenblick ruckte der Zug und bremste, die ganze Frauenschar wurde plötzlich nach hinten gedrückt, und sie bekam Luft. Gegen ihren Willen machte sie einen tiefen Atemzug, und ihre Füße berührten den Boden, die Frau hinter ihrem Rücken schien auch hinabzusinken. Dann hörte sie, wie etwas rasselte und wie eine Männerstimme auf Deutsch das bekannte Kommando brüllte: *»Raus! Raus! Raus!«*

Sie blinzelte zur offenen Wagentür hin. Graues Licht. Schatten, die sich drängten, duckten und hinaussprangen. Deutsche Stimmen draußen, wie üblich. Grelle

Kommandostimmen, aber eine schrille weibliche Stimme unter den männlichen. Die Gefangenen drängten sich zur Öffnung hin, doch sie boxten sich nicht mehr gegenseitig, schoben sich nur stumm nach vorn, mit hochgezogenen Schultern, als könnten diese sie schützen. Einige blieben auf dem Boden liegen. Drei, nein, fünf. Acht. Zehn. Dreizehn. Vorsichtig machte sie einen Schritt. Ja, sie konnte gehen. Das linke Bein schmerzte, aber sie konnte gehen. Schnell musterte sie sich selbst. Eingetrocknetes Blut an Händen und Beinen. Das Kleid zerrissen. Die Knöpfe fehlten. Ein Ärmel war ganz abgerissen, der andere zur Hälfte. Dafür, dass ihr gestreiftes Häftlingskleid ruiniert war, konnte sie erschossen werden. Sie wollte nicht erschossen werden. Sie wollte eine unversehrte Leiche sein. Ohne weiter nachzudenken, riss sie sich ihr Kleid herunter, beugte sich über ein Mädchen, das auf dem Boden lag, knöpfte deren Kleid auf und zog es über, warf ihr eigenes zerrissenes Kleid über die Tote, humpelte dann schnell zu den anderen Frauen an der Waggonöffnung, knöpfte alle Knöpfe zu und schob ihr Kopftuch zurecht, schloss die Augen, als sie als Letzte von allen aus dem Waggon sprang. Eine brennende Fackel fuhr ihr durch das linke Bein und die Hüfte, als sie auf dem Boden auftraf, doch das durfte niemand merken. Sie beeilte sich, weiterzugehen, ohne dass ihr Hinken entdeckt wurde, mit feuchten Augen lief sie über den schwankenden, unebenen Boden zu den anderen Frauen, nicht zu langsam und nicht zu schnell, warf gleichzeitig hastig einen Blick auf ihren Ärmel. Ein gelbes Dreieck. Jüdin. Aha. Jetzt war sie also eine Jüdin und musste sich zu den anderen Jüdinnen stellen. Wenn sie im Lager angekommen waren, würde sie schon irgendeine Erklärung finden …

Dann sah sie die Nummer auf ihrem Ärmel. Die Nummer der toten Gefangenen. In der Mitte waren es genau die gleichen Ziffern wie bei ihr, 389, und für einen Moment, aber wirklich nur für einen kurzen Moment, glaubte sie wirklich an Gott.

In dem Moment fing es an zu regnen.

Lange standen sie in Reih und Glied und warteten auf Befehle, so lange, dass sie sich an den Schmerz im Bein gewöhnen und vorsichtig umschauen konnte. Einige Fabrikgebäude. Ein Silo. Die Rückseite eines Bahnhofs. Ein grauer Himmel und ein wunderbarer Sommerregen. Vermutlich war es früh am Morgen. Es war kalt, doch das machte nichts, denn der Durst war schlimmer als die Kälte. Sie fuhr schnell mit der Zunge über die Oberlippe. Ja! Wasser! Es war sauberes, himmlisches Wasser! Eine Frau in der Reihe vor ihr beugte den Kopf nach hinten und ließ die Regentropfen sich direkt in den Mund fallen. Schnell tat sie es ihr nach. Eiskalte Tropfen schlugen auf die Zunge. Es half nicht viel, aber es half. Lange Zeit stand sie so, dann schloss sie die Lippen und strich sich schnell mit der Hand über das Gesicht, schob so weitere Tropfen zur Oberlippe. Immer noch wusste sie nicht, wo sie gelandet war, wohin sie marschieren sollten, ja nicht einmal, wer sie überhaupt war, und dennoch spürte sie zum ersten Mal seit sehr langer Zeit etwas Neues. Nicht mehr nur Hoffnungslosigkeit, aber auch keine Hoffnung. Nein. Das wäre zu viel gesagt. Aber sie war neugierig darauf, wie es weitergehen würde. Ja. Mitten in all dem Elend fühlte sie eine Art Neugierde.

Doch das würde schon vorübergehen. Und bald war alles wieder wie üblich. Neues Gebrüll der SS-Männer, die sie nicht sehen konnte, weil sie hinter ihrem Rücken schrien und es sicher verboten war, sich umzudrehen. Eine Frau, die lachte. Lachte? Ja, tatsächlich. Eine Frau lachte. Und eine männliche Stimme fiel in das Lachen ein. Offensichtlich sagte er jetzt etwas äußerst Lustiges, das die Frauenstimme noch lauter lachen ließ. Richtig schrill. Dann sah sie die dazugehörigen Personen. Ein herausgeputzter SS-Offizier promenierte, die Hände auf dem Rücken, an ihrer rechten Seite vorbei, und dicht neben ihm ging eine Frau in SS-Uniform. Blond. Vollbusig. Mit einem schwarzen kleinen Schiffchen keck auf den Haaren. Sie hielt einen großen braunen Schäferhund kurz an der Leine. Dessen Augen glänzten.

Nach einer Weile sah sie, wie die Frau vor ihr die Schultern sinken ließ. Sie stand zwar weiterhin in Habtachtstellung, aber nicht länger in voller Körperspannung. Malika folgte der Bewegung, ließ sie zu ihrer eigenen werden, und erlaubte sich außerdem, das Körpergewicht auf das rechte Bein zu verlagern. Es brannte in dem linken, als das Gewicht weniger wurde, aber nur für eine Sekunde. Sie holte tief Luft.

»Du bist 'ne Zigeunerin, nicht?«

Jemand redete leise an ihrer linken Seite, aber sie traute sich nicht, den Kopf zu drehen, um zu sehen, wer das war. Ihre eigene Antwort kam genauso leise.

»Ja.«

»Warum stehst du dann hier bei uns?«

»Das Kleid. Mein Kleid war zerrissen. Ich wollte nicht …«

In der Entfernung brüllte jemand einen Befehl. Eine SS-Frau begann, die Gefangenen zu zählen. Malika wartete ein paar Sekunden.

»Eins von euren Mädchen war tot. Ich habe ihr Kleid genommen. Verzeihung.«

Das Mädchen neben ihr gab ein leichtes Brummen von sich, verstummte dann. Langsam näherte sich die

SS-Frau. Es war nicht die gleiche Frau, die mit dem SS-Offizier gelacht hatte. Eine andere. Diese hier hielt eine Peitsche hinter dem Rücken. Malika spannte den Rücken und stellte sich wieder in tadellose Habtachtstellung. Schnappte nach Luft. *Schmerz, Schmerz, Schmerz!* Sie hoffte, das linke Bein mochte nicht gebrochen sein. Aber nein, es konnte nicht gebrochen sein. Trotz allem konnte sie auftreten. Die SS-Frau ging vorbei, aber Malika blieb reglos so stehen, obwohl die Frau vor ihr wieder die Schultern sinken ließ.

»Glaub nicht, dass es für dich leichter wird …«

Das Mädchen neben ihr sprach wieder mit der gleichen leisen Flüsterstimme. Malika zögerte einen Moment mit der Antwort.

»Was meinst du?«

»Die Deutschen. Die hassen uns mehr als euch.«

Malika ließ den Blick zur Seite schweifen, konnte ein sehr junges Gesicht erkennen. Oder genauer gesagt, ein Gesicht, das jung gewesen wäre, wäre es nicht so ausgehöhlt.

»Aber die Po…«

Sie wurde von einem leisen Schnauben unterbrochen.

»Die Politischen? Glaub mir. Die hassen uns auch. Der Einzige, den sie lieben, das ist Stalin.«

Die Politischen? Malika runzelte die Stirn. Welche Politischen? Sie hatte von den Polinnen reden wollen. Und Stalin? Wer war Stalin? Sie traute sich nicht zu fragen. Eine dritte schwarzgekleidete SS-Frau ging soeben vorbei, Malika ließ jeden Ausdruck von ihrem Gesicht verschwinden und heftete den Blick geradeaus in die Ferne. Dennoch konnte sie sehen, wie diese Frau ganz genau die Jüdinnen musterte. Ihr Gesicht war sehr rund und sah frisch gewaschen aus, ihre Augen waren dumpf graublau, und das feuchte straßenköterbraune Haar stark gelockt. Malika musste ein Lächeln unterdrücken, bevor es Mund und Augen erreichte. Großer Gott! War sie wirklich kurz davor zu lächeln? Ja. So war es. Sie hätte fast gelächelt. Und daran war dieses Wort schuld. Straßenköterbraun. Das war ein Wort, das sie weder gehört noch gedacht hatte, seit sie das Kloster verlassen hatte. Anuscha benutzte es immer, wenn sie von der Waschfrau sprach, die zu den Nonnen kam. Dass diese straßenköterbraune Haare habe. Aber das Lachen verging ihr, als sie sich daran erinnerte, was mit Anuscha passiert war …

»Du heißt Miriam Goldberg.«

Malika drehte leicht den Kopf, schaute kurz die Hohlwangige an.

»Was?«

»Ich habe die Nummer auf deinem Kleid gesehen. Das war Miriams. Ich habe sie gekannt.«

»Miriam Goldberg?«

»Ja. Wenn du den nächsten Appell überleben willst. Dann heißt du jetzt Miriam Goldberg.«

Malika holte tief Luft. Der Entschluss war bereits gefasst.

»Ja«, sagte sie, »ich heiße Miriam Goldberg.«

Eine Weile standen sie schweigend nebeneinander.

»Danke«, sagte sie schließlich.

»Bitte schön«, erwiderte die Hohlwangige. »Versuch zu überleben.«

Ihre Stimme zitterte. Es klang fast, als finge sie an zu weinen.

Es herrschte immer noch Morgengrauen, als sie sich in Marsch setzten. Die Menschen waren noch nicht richtig aufgewacht, die Häuser immer noch finster mit ihren

Verdunkelungsgardinen. Obwohl es nicht so aussah, als wäre hier eine Verdunkelung nötig, der Ort schien nicht bombardiert worden zu sein, sie konnte keine einzige Ruine sehen. Es war nur ein ganz normaler kleiner Ort am frühen Morgen, dem nicht unähnlich, in dem die Nonnen ihr Kloster hatten. Ziemlich enge Gassen mit braunem Schotterbelag. Kleine Häuser. Ausgesprochen gepflegte kleine Vorgärten. Das Einzige, was an den Krieg erinnerte, das waren die großen Gemüsebeete dort, wo normalerweise Rasen war. Felder mit Kartoffeln, Karotten und Salat. Große Tomatenpflanzen. Einen Atemzug lang erinnerte sie sich an den Geschmack von Tomaten aus der Zeit, als sie noch ein kleines Mädchen mit Namen Malika gewesen war, erinnerte sich daran, wie sie die Zähne in eine große rote Tomate geschlagen hatte und dann die Kerne und das feuchte Innenleben aufgesogen hatte. Das Wasser lief ihr im Mund zusammen, und ihr wurde ganz schwindlig. Miriam hatte bis jetzt noch nichts gegessen, aber ihr Schatten Malika konnte nicht vergessen, wie Lebensmittel schmeckten. Schnell strich sie sich mit der rechten Hand über den Mund, und sie hatte Glück, keine Wache sah sie, dann blinzelte sie und schnappte nach Luft. War das wirklich wahr? Stand tatsächlich ein Apfelbaum da vorn? Ein Apfelbaum voll mit fast reifen gelben Äpfeln? Ein Apfelbaum, dessen Zweige sich bis über die Straße ausstreckten? Ja. Tatsächlich. Weiter vorn streifte sogar eine der Frauen in der Kolonne die Zweige, sie duckte sich einen Moment, doch das nützte nichts. Ein Apfel stieß gegen ihren Kopf und fiel auf die Straße. Und dort blieb er liegen. Die marschierenden Frauen machten einen kleinen Bogen um ihn, keine wagte es, sich hinunterzubeugen und ihn aufzuheben, deshalb lag er immer noch da, gelb, glänzend und fast durchsichtig.

Miriam erschauderte und konnte ihren Blick nicht von ihm lösen, sie kam immer näher, und da lag er. Er lag einfach da. Ein Apfel. Ein fast reifer Apfel. Sie meinte seinen Duft einatmen zu können. Süß und säuerlich und …

Plötzlich tauchte ein Radfahrer weiter vorn auf der Straße auf. Ein weißhaariger Mann in einem Overall. Ein Arbeiter. Ziemlich alt. Er fuhr dicht an dem Zaun auf der linken Seite entlang, versuchte offensichtlich, Abstand von den marschierenden Frauen zu halten, achtete darauf, ihnen mit ihren Läusen, ansteckenden Krankheiten und ihrer allgemeinen Untermenschlichkeit nicht zu nahe zu kommen, was ihm aber nicht ganz gelang. Er musste bremsen, um sie nicht anzufahren, das Vorderrad schwankte, und er war gezwungen, abzuspringen. Was ihn nicht gerade erfreute.

»Scheißjuden!«, schrie er und spuckte auf die braune Straße. »Verfluchte Pissjuden!«

Ein Hund fing an zu bellen, sicher der Schäferhund, den Miriam während ihrer letzten Minuten als Malika gesehen hatte, und plötzlich antworteten ihm mindestens zehn andere Hunde, es schien, als gäbe es in jedem Haus einen Schäferhund, in jedem Garten, und als ertränke die ganze Straße, der Ort, ja die Welt plötzlich in deren Gebell. Die Gefangenen zogen die Schultern hoch und krümmten sich so sehr zusammen, wie sie sich nur trauten, ein SS-Mann brüllte und ein paar SS-Frauen stimmten ein, einen Moment lang herrschte vollkommenes Chaos, und genau in dem Augenblick erreichte Miriam den Apfel, blitzschnell beugte sie sich hinunter und hob ihn auf, schob ihn von der rechten Hand in die linke und umschloss ihn mit den Fingern. Die Straße schwankte vor ihr, stieg an und senkte sich, stieg an und senkte sich, und dann war da noch dieses Feuer in ihrem linken Bein. Aber sie hielt einen Apfel in der Hand. Sicher, die Welt war voller kläffender Schäferhunde, SS-Männer und -Frauen mit Schlagstöcken, aber sie lief hier mit einem Apfel in der Hand. Einem gelben, fast reifen Apfel. Vielleicht konnte sie auch fliegen. Vielleicht sollte sie sich einfach aus der Reihe lösen, in den Apfel beißen, dann Anlauf nehmen, ein paar Schritte laufen und dann abheben …

»Du bist ja total verrückt«, sagte das hohlwangige Mädchen neben ihr.

Miriam musste lächeln.

»Du darfst mal abbeißen«, sagte sie und nahm den Rhythmus der Marschierenden wieder auf. »Wenn wir angekommen sind, darfst du mal abbeißen.«

Nach ein paar Kilometern wurde die Bebauung spärlicher und die Straße zu einem Landweg. Wald auf beiden Seiten. Es hatte aufgehört zu regnen, die Wolken hatten sich zerstreut, und die Sonne war hervorgekommen. Der Marsch ging vollkommen still weiter, es brüllte kein SS-Mann mehr und keine Aufseherin schrie mit schriller Stimme. Sogar der Schäferhund war still, mit hängender Zunge lief er direkt vor Miriam. Ihr Kopf war schwer vom Hungerkopfschmerz, und das linke Bein glühte immer noch vor Schmerz. Vorsichtig drückte sie mit der Hand dagegen. Mit der Hand, die den Apfel hielt. Wenn sie angekommen waren, wollte sie sich davonstehlen und ihre Zähne hineinbohren. Das Mädchen neben ihr sollte probieren dürfen, aber nur einen Bissen. Dann wollte sie den ganzen Apfel aufessen. Ganz allein. Auch das Kerngehäuse. Sie schloss halb die Augen und sah es schon vor sich. Das saftige weiße Fruchtfleisch, die kleinen braunen Kerne …

Plötzlich fuhr eine Windböe vorbei und brachte einen

neuen Geruch. Einen richtigen Duft, keinen Lagergestank, aber gleich war er schon wieder vorbei. Dennoch brachte er sie dazu, sich wachsam umzuschauen. War da rechts nicht Wasser zu sehen? Ja. Hinter den Kieferstämmen lag eine glänzende graue Fläche. Ein See. Und weiter vorn sah sie einen massiven Schornstein von der Sorte, die sie nur zu gut kannte. Ein Krematorium. Sekunden später öffnete sich der Wald, und sie sah einige neugebaute, verputzte Häuser auf der linken Seite und dahinter ein prächtiges weißes Haus. Fast ein Schloss. Und direkt dahinter waren hohe Mauern mit Stacheldrahtkrone zu erkennen.

Jemand öffnete die Tore, und ohne den Schritt zu verlangsamen, marschierte die Kolonne mit den Neuankömmlingen ins Konzentrationslager Ravensbrück ein.

Sie war gezwungen, sich zusammenzureißen. Man konnte ja wohl nicht einfach in Jönköpings Straßen herumlaufen und wie ein Honigkuchenpferd vor sich hin grinsen. Das ging gar nicht.

Aber sie war ja so schrecklich gut gelaunt. Sie fühlte sich leicht wie eine Feder, während sie Nippon an der Leine führte. Es war so lustig gewesen, sich mit Olof beim Essen zu unterhalten, dass ihr Kopf immer noch ganz erfüllt davon war. Er hatte Geschichten von seinen Eltern und den Großeltern väterlicherseits erzählt, von dem Hof, von dem sie stammten, und davon, wie sein Großvater in die Schule ging und später Bürovorsteher und Geschäftsführer der Stuhlfabrik in Nässjö wurde, wie sein eigener Vater Zahnarzt geworden war, genau wie er selbst, und wie es gewesen war, als Hanna und er noch klein waren. Hanna war seine zweite Mutter, Kindermädchen und Lehrerin gewesen, das hatte er ihr erzählt, denn sie war zehn Jahre älter als er, und sie hatte diese Aufgaben mit verblüffendem Eifer übernommen. Ihm die Nase geputzt, wenn er erkältet war, aufgepasst, dass er im Winter nie ohne Schal und Handschuhe hinausging, und ihm das Lesen beigebracht, als er noch keine fünf Jahre alt war. Sie war unglaublich ordentlich gewesen. Er selbst war ein ziemlich ungezogenes Kind gewesen – ja, das musste er zugeben! –, aber da Hanna ihm glücklicherweise immer mal wieder die Ohren langzog, hatte er dennoch gute Zensuren gehabt und es aufs Gymnasium geschafft. Eigentlich war er nur in einem Fach richtig schlecht. Musik. Aber da war er dafür so schlecht, dass er schließlich vom Unterricht ausgeschlossen wurde. Der Musiklehrer hatte sich einfach geweigert, ihn und zwei weitere Jungs in den Musiksaal zu lassen, also konnten sie herumstromern, während ihre Klassenkameraden Tonleitern übten und eine Einführung in die klassische Musik erhielten.

»Und eines Tages«, hatte Olof erzählt und war sich dabei schnell mit der Serviette über den Mund gefahren, »eines Tages sind wir auf einem der Flure herumgelaufen und haben alle Mützen eingesammelt. Und das waren nicht gerade wenige, denn an diesem Flur lagen vier Klassenzimmer. Dann haben sich die anderen beiden hinter die Tür gestellt, damit sie nicht gesehen wurden, und ich habe am Musiksaal angeklopft. Der Lehrer selbst öffnete die Tür und ich habe ganz brav einen Diener gemacht und ihm eine Mütze hingehalten. Habe behauptet, ich hätte sie auf dem Boden auf dem Flur gefunden. Der Lehrer hat sie genommen, mir den Rücken zugedreht und sie vor der Klasse hochgehalten. Gab es jemanden, der wusste, wem diese Mütze gehörte? Und im gleichen Moment stürzten die anderen beiden Jungs vor und warfen all die anderen Mützen durch die Tür hinein … Das war vielleicht ein Chaos!«

Miriam hatte erstaunt gelacht. Sie hatte nicht gewusst, dass Schweden in der Lage waren – wie hieß das richtige Wort? –, *Unfug* zu machen, sie war davon ausgegangen, dass alle genauso ruhig, leise und diszipliniert waren wie Hanna und ihre Freundinnen. Doch Olof schien nicht besonders ruhig, leise und diszipliniert zu sein, ganz im Gegenteil, er redete laut und aß mit erstaunlichem Appetit, klopfte sich sogar auf den Bauch, nachdem er sein

Kalbskotelett aufgegessen hatte, zündete sich dann einen Zigarillo an, stöhnte laut vor Behagen und erklärte, dass jetzt nur noch ein Gläschen Cognac fehlte, um sein Glück vollkommen zu machen. Ob es so etwas wohl im Hause gab? Miriam war aufgestanden, um im Vorratsschrank nachzusehen, obwohl sie keine Ahnung hatte, wie eine Flasche Cognac aussah, in erster Linie wohl nur, um sich nach dem vielen Lachen ein wenig zu bewegen. Fühlte der Körper sich danach anders an? Ja, das tat er. Sie fühlte sich leicht. Luftig. Als hätte sie ihr Inneres gelüftet. Und gleichzeitig war der ganze Körper weich und warm. Das war ein ganz neues Gefühl ...

Olof war aufgestanden und ihr gefolgt. Sie hatten so dicht nebeneinander vor dem Vorratsschrank gestanden, dass sie seinen Duft wahrnahm. Der war sehr angenehm. Frisch. Und ein wenig würzig.

Natürlich hatten sie keinen Cognac in Hannas Vorratsschrank gefunden. Und als Olof dann kurz den Namen seiner Ehefrau erwähnte, war es ganz still zwischen ihnen geworden.

Als Hanna am nächsten Abend zurückkam, hatte sie gerötete Wangen und einen neuen Glanz in den Augen. Miriam merkte, wie sie sich anstrengte, so zu tun, als sei nichts geschehen, obwohl es doch ganz offensichtlich war, dass etwas Unvergleichliches geschehen war, aber etwas, über das man anscheinend nicht sprechen konnte. Stattdessen hatte Hanna ihren Kopf zur Seite geneigt, Miriam die Wange gestreichelt und gedankenverloren zweimal nacheinander gefragt, wie es ihr gehe, offenbar ohne zuzuhören, was diese darauf antwortete. Außerdem hatte sie vergessen, Hausaufgaben abzufragen. Nicht dass Miriam deshalb besonders traurig war. Ganz im Gegenteil. Es war nur schön, dass Hanna für eine Weile in sich selbst versunken war. Erholsam.

Am Morgen hatte Olof angerufen und gesagt, er wolle morgen Abend vorbeischauen, nachdem er seine Frau im Krankenhaus besucht habe. Ja, sie lag immer noch dort, das hatte Hanna nach dem Telefongespräch erklärt, und es ging ihr kaum besser, aber Olof konnte sie nur zweimal in der Woche besuchen. Er musste sich ja um seine Praxis daheim in Nässjö kümmern. Was wiederum bedeutete, dass Hanna ihn nach dem Krankenbesuch zum Essen einladen musste, sonst bekäme er sicher die ganze Woche keine ordentliche Mahlzeit. Und vielleicht konnte Hanna ja die Gelegenheit nutzen und Egon auch gleich einladen … Als Dank für die Reise. Ja, so wurde es gemacht. Obwohl es mitten in der Woche war, sollte Miriam einen Rinderbraten machen, und außerdem musste sie nachsehen, ob das Silberbesteck geputzt war und die weiße Leinendecke, die Hanna in ihrer Jugend selbst gewebt hatte, sauber und gemangelt war. Dann hatte Hannas Blick geflackert, und sie war in ihr Zimmer geeilt. Vielleicht wollte sie gleich mal aussuchen, welches Kleid sie anziehen konnte.

Der Tisch im Esszimmer war bereits gedeckt, obwohl es noch mehr als einen Tag Zeit bis zu diesem Essen war. Hanna und Miriam hatten gemeinsam die frischgemangelte Leinendecke aufgelegt, und dann hatte Hanna eigenhändig ihre besten Gläser und die blauschimmernden Teller des dänischen Service aufgedeckt. Anschließend hatte sie über jeden Platz ein kleines Küchenhandtuch gelegt, als Staubschutz. Erst da war Miriam aufgefallen, dass Hanna für vier Personen gedeckt hatte. Sie sollte also mit am Tisch sitzen, und das hatte sie vor Verblüffung leicht schwindlig werden lassen. Vielleicht konnte sie deshalb nicht aufhören zu lächeln. Weil ihr Lächeln schon am nächsten Tag Olofs begegnen sollte.

Nippon schien auch gut gelaunt zu sein, fröhlich trippelte er ein paar Schritte vor ihr. Was möglicherweise am Wetter lag. Es war ein Abend mit taubenblauen Wolken und einem Licht wie Honig, ein milder Abend, der flüsternd verkündete, dass der Sommer zwar irgendwann ein Ende haben werde, aber bis dahin sei noch Zeit. Vielleicht war sie deshalb plötzlich so voller Gefühle, deren Namen sie nicht kannte. Denn was war es, das sie für Nippon empfand, während er vor ihr tänzelte und leicht mit dem Schwanz wedelte, dieses plötzliche Verlangen, sich vorzubeugen, ihn in den Arm zu nehmen und vorsichtig die Nase in sein weiches Fell zu versenken? Und was war das für ein Kichern, das in ihr aufstieg, als sie an Hanna und das Wundersame dachte, das ihr passiert sein musste? Das war kein Hohn, so viel wusste sie, das hatte nichts mit Boshaftigkeit zu tun. Eher mit Verblüffung, aber es war nicht nur Verblüffung. Es war etwas Tieferes und etwas Größeres. Und was fühlte sie für Olofs Ehefrau, die schwerkrank in Jönköpings Krankenhaus lag? *Besorgnis?* War das das richtige Wort? Und dieses andere Wort, das mit Olofs Frau zu tun hatte, was war das eigentlich? *Gravidität.* Schwangerschaft, stand in der Wortliste der Akademie. Und andere Umstände. Das hatte etwas mit Babys zu tun, so viel konnte sie sich ausrechnen, aber wie ging das vor sich? Wie kam es zu einer Schwangerschaft? Darüber stand nirgends etwas, weder im *Nordisk familjebok* noch in *Svenska Akademiens ordlista*. Und was war eine Gravidität eigentlich? Und warum waren Else und die anderen Gefangenen immer verstummt und hatten sich abgewandt, wenn es um die Kinder ging, die in Ravensbrück geboren wurden, die man aber nie zu Gesicht bekam?

Doch nein, sie wollte in diesem Augenblick nicht an Ravensbrück denken. Wollte sich nicht einmal an Else erinnern. Die Vergangenheit war plötzlich weit weg und lag wie im Nebel. Ausnahmsweise, dachte sie und formulierte zum ersten Mal einen Gedanken Wort für Wort und außerdem noch auf Schwedisch, ausnahmsweise wollte sie einmal nur im Hier und Jetzt sein.

Und genau in dem Moment hörte sie es.

Es war ein Schrei, ein dumpf rollendes Brüllen, das aus hundert Kehlen aufzusteigen schien. Sie blinzelte und blieb mitten im Schritt stehen, erkannte plötzlich, dass sie am Hovrättstorget angekommen war, und etwas war anders als sonst. Sie blinzelte noch einmal. Menschen. Ungewöhnlich viele Menschen waren unterwegs. Und alle schienen auf dem Weg in die gleiche Richtung zu sein, einige bewegten sich im Laufschritt in kleinen Grüppchen, andere gingen gemessenen Schrittes, wieder andere huschten auf dem Fahrrad vorbei.

Was war hier los?

Nippon merkte auch, dass etwas anders war als sonst, er blieb stehen und rührte sich nicht mehr, spitzte nur vorsichtig die Ohren, als ein neues Brüllen sie überrollte. Dann bellte er und zog an der Leine. Er wollte weiter, dorthin, wo das passierte, doch Miriam weigerte sich zunächst, auch nur einen Schritt zu tun, sie stand vollkommen unbeweglich da, bis jemand sie in den Rücken knuffte, sich schnell dafür entschuldigte und weiterhastete. Nippon deutete diesen einen Schritt vorwärts, dass er seinen Willen bekäme. Zögernd machte Miriam ein paar weitere Schritte, ihm nach. Die Menschen waren offensichtlich auf dem Weg zum Östra Torget, der nicht weit entfernt lag. Dorthin war sie auf ihren Abendspaziergängen noch nie gegangen, aber sie hatte Hanna und ein paar andere Damen vom Roten Kreuz darüber reden hören. Der reinste Slum, hatte Hanna gesagt und überlegt, einen wütenden Brief an das Fürsorgeamt zu schreiben. Es stand einer Stadt wie Jönköping nicht zu Gesicht, Menschen unter solchen Zuständen wohnen zu lassen, wie sie in den Mietshäusern rund um den Östra Torget herrschten. Ja, sie hatte sogar einmal Berglund besucht, ihren Hausmeister und seine Familie, und das war ein trauriger Anblick gewesen. Plumpsklo auf dem Hof und viel zu kleine Räume. Kalt und zugig. Läuse und Tuberkulose. Noch nachdem die anderen Rote-Kreuz-Frauen gegangen waren, hatte Hanna empört über dieses Elend gemurmelt, während Miriam nur leicht gelächelt und kein Wort gesagt hatte. All das war passiert, kurz nachdem sie nach Jönköping gekommen war und sie immer noch Angst hatte, Hanna könnte sie wieder rauswerfen, wenn sie zu viel sagte, also hatte sie nur genickt und Hanna schweigend zu verstehen gegeben, dass sie ihrer Meinung war. Aber eigentlich wusste sie gar nicht so recht, worum es ging. Doch da sie bereits ihre rote Daunendecke und ihr Mädchenzimmer über alles liebte, behielt sie ihr Unwissen lieber für sich.

Das Merkwürdige war, dass sie das Gefühl hatte, das wäre schon vor langer, langer Zeit passiert, doch als sie jetzt über den Hovrättstorget zu den Bruchbuden am Östra Torget ging, musste sie einsehen, dass es eigentlich noch gar nicht so lange her war. Erst wenige Jahre. Das lag näher an der Gegenwart als die Zeit, die ihr immer noch so lebhaft im Gedächtnis war, die Jahre in Auschwitz und Ravensbrück. Wirklich sonderbar. Überhaupt war die Zeit ein äußerst merkwürdiges Phänomen …

Später sollte sie es ebenso merkwürdig finden, dass sie tatsächlich in dem Moment an etwas anderes gedacht hatte, dass all das Gejohle und die Rufe, die sie gehört und doch nicht gehört hatte, es nicht vermocht hatten, zu ihr durchzudringen und Gefahr zu signalisieren. Sie hatte nicht einmal die gleiche Angst gespürt wie vor ein paar Tagen, als dieser Lastwagen in rasender Fahrt die Klostergatan entlanggebraust war. Nein, in erster Linie war sie neugierig. Ohne weiter nachzudenken, eilte sie also auch zu der Straße, die offensichtlich zum Östra Torget führte, und wäre fast dabei von einem Halbwüchsigen auf dem Fahrrad umgefahren worden, der laut schreiend verkündete: »Jetzt gibt's Keile in der Fortunagatan!«

»Red doch keinen Quatsch«, erwiderte ein junger Mann, eilte aber dennoch hinter dem Jungen her. Direkt hinter ihm kam eine ganze Bande lachender und johlender Halbstarker gelaufen. *»Wo? Wo? Wo?«*

Miriam kümmerte sich nicht um sie, lachende Jugendliche waren doch ungefährlich, sie ging einfach weiter, immer noch eigentümlich ruhig mitten in der wachsenden Erregung. Sie dachte nicht weiter nach. Konnte nicht denken. Ließ einfach die Absätze auf dem Kopfsteinpflaster klappern und hob die linke Hand, um den Hut an Ort und Stelle zu halten. Und dann war sie da. Stand plötzlich am Ende der Straße und schaute über den Östra Torget. Sie betrachtete die vielen hundert Menschen, die dort standen und wie eine verschworene Bande ihr unartikuliertes Gebrüll ausstießen: OOOÖÖÖRGH! OOOÖÖ-ÖRGH! OOOÖÖÖRGH!

Vielleicht bekam Nippon Angst, jedenfalls machte er einen schnellen Schritt zurück und drehte sich zu Miriam um, schaute sie einen Moment an und drückte sich dann gegen ihre Beine. Stellte sich dicht neben sie. Sie selbst ging auch einen Schritt zurück und dann noch einen, drückte sich gegen eine Hauswand und versuchte sich unsichtbar zu machen. Jetzt keine hastigen Bewegungen. Nicht sich umdrehen und weglaufen, denn dann könnte einer der vielen jungen Männer auf dem Marktplatz sie entdecken und hinter ihr herlaufen. Ja, es waren fast ausschließlich junge Männer auf dem Platz, sie konnte nur hier und da eine Frau entdecken und ein paar Ältere. Nicht dass jemand sie direkt ansah. Die ganze Menschenmenge stand nach links gewandt und starrte auf ein bestimmtes Haus. Einen Moment lang war es vollkommen still, dann durchschnitt ein gellender Schrei die Luft.

»Zigeuner raus! Zigeuner raus!«

Zigeuner! Ein Bild von der Frau im Milchladen huschte vorbei. Bengtsson und seine Kumpanen! Berglund und seine kleine Annika! Miriam schnappte nach Luft und rutschte langsam zur Seite, immer mit dem Rücken an der Hauswand. Krawalle, hatte Hanna gesagt, Straßenunruhen. Aber Miriam hatte ihr nicht geglaubt. Sie hatte sich gesagt, dass die Bewohner von Jönköping nett waren, die Småländer waren nett, die Schweden waren nett. Wie dumm. Idiotisch. Die Bewohner von Jönköping waren offensichtlich nicht netter als die Leute in München. Die Småländer nicht netter als die Bayern. Die Schweden nicht netter als die Deutschen. Das hätte sie wissen müssen. Sie hätte es sich nicht erlauben dürfen, einmal nicht auf der Hut zu sein. Nur deshalb stand sie jetzt hier, an eine Wand gepresst, und versuchte so zu tun, als gäbe es sie gar nicht.

Die Menschenmenge fing an zu skandieren: *Zigeuner raus! Zigeuner raus!* – und das klang merkwürdig, gleichzeitig bedrohlich und fröhlich. Vielleicht hatte der Ruf die Menschen auf dem Marktplatz zusammengeschweißt, vielleicht waren es gar keine Einzelpersonen mehr, vielleicht genossen sie dieses Gefühl, Teil eines einzigen Wesens zu sein, wenn auch nur für einen kurzen Moment, ein riesiger Koloss, der kraft seiner Größe enorme Macht besaß. Das war eine Gestalt, die wusste, wer gut und wer böse war, und die bereit war, in ihrem Kampf gegen das Böse sehr weit zu gehen. Plötzlich war ein Geräusch wie von zerbrechendem Glas zu hören, und der Riese holte zufrieden tief Luft. *OOOÖÖÖRGH! LOS, AUF SIE!*

Eine Frau schrie etwas aus dem Haus heraus, und das schien dieses Wesen noch fröhlicher zu stimmen, die Menschenmenge drängte sich näher an das Haus heran, schlug gegen die Wände, riss die Haustür auf, und plötzlich, wie auf ein geheimes Signal, flogen Pflastersteine gegen die Fenster und durchschlugen die Scheiben. *OOOÖÖÖRGH!*

Miriam beugte sich schnell nach unten und hob Nippon hoch, hielt ihn dicht an die Brust gepresst, ohne zu wissen, ob sie das tat, um ihn oder um sich selbst zu schützen. Sie machte einen weiteren Schritt zur Seite. Nur noch ein paar Meter, dann hätte sie genügend Abstand, um sich umdrehen zu können und mit schnellem Schritt zurück zum Hovrättstorget zu gehen. Die Frage war nur, welchen Weg sie dorthin einschlagen sollte? Welche Straße war am sichersten? Die breite Storgatan? Dort würden vielleicht viele Menschen sein. Oder die schmalere Smedjegatan? Normalerweise war dort niemand.

In weiter Ferne waren Sirenen zu hören. Vielleicht war ja die Polizei auf dem Weg. Nicht dass die Leute auf dem Östra Torget das zu interessieren schien, das Wesen schien sich inzwischen aufgelöst zu haben, und jetzt brüllten sie nur noch erregter und drängten weiter auf das Haus zu. Ein großes schwarzes Taxi kam plötzlich vom Hovrättstorget herangefahren, fuhr langsam vorbei, gefolgt von einem zweiten. Miriams Knie versagten, als sie an ihr vorbeifuhren, die Straße begann zu schwanken. Dennoch blieb sie stehen und sah, wie die Autos direkt an der Einmündung zum Marktplatz anhielten, sie stand da und sah, wie die Türen geöffnet wurden und wie ein Mann, zwei Männer, und noch ein Dritter, ausstiegen. Alle in karierten Hemden. Jemand auf dem Markt hatte sie auch entdeckt und rief etwas. Die drei Männer warteten einen Moment, einer von ihnen wankte ein wenig, als wäre er betrunken, ein anderer zog etwas aus der Tasche. Einen Schlagstock. Er ließ ihn mehrere Male auf die Handfläche aufprallen, bevor er auf den Marktplatz ging, dem Jubel der Masse entgegen. Bengtsson war gekommen. Er würde es den Zigeunern zeigen.

Miriam sah ihre Chance gekommen. Drehte sich um und lief, so schnell sie konnte, auf den Hovrättstorget zu, zur Zivilisation zurück.

Erst als sie die Smedjegatan erreicht hatte, hörte sie auf zu laufen, dort blieb sie stehen und schnappte nach Luft, dann ließ sie Nippon wieder auf den Boden und lehnte sich gegen einen Laternenpfahl. Lauschte ihrem eigenen Herzschlag. Fuhr sich mit der Hand über die Stirn, um den Schweiß wegzuwischen. Nahm den Hut ab und schüttelte das Haar, strich sich dann mit zitternden Fingern die Strähnen zurück, die ihr ins Gesicht gefallen waren. Sie versuchte, die Frisur zu glätten. Rieb sich mit den Fingern unter den Augen. Weinte sie? Ja. Vielleicht. Einen Moment lang dachte sie an die Zigeuner hinten am Östra Torget, an das, was Berglund und seine kleine Annika an diesem Abend erwartete, und es brannte in der Magengrube vor Mitgefühl, doch dann schob sie den Gedanken zur Seite. Man sollte sich nur Sorgen um das machen, an dem man etwas ändern kann, hatte Else einmal gesagt. Und das war sicher ein guter Rat. Besonders an einem Abend wie diesem.

Nippon hatte sich hingesetzt und begann sich zu kratzen, aber sie ließ ihm keine Ruhe. Sie drehte ihm den Rücken zu und ging los, zog an seiner Leine und spürte, wie er ihr widerstrebend folgte. Sie hielt den Hut mit der gleichen Hand fest wie die Handtasche, machte lange, zielstrebige Schritte, hörte noch einmal Schreie vom Östra Torget und verfluchte ihre mangelnde Vorsicht, als sie in die Stadt gegangen war. Wenn sie es nur verstanden hätte! Hätte sie es nur begriffen! Aber sie war dumm, idiotisch, einfältig! Kapierte nichts, war einfach zu naiv!

Der Himmel war inzwischen bedeckt, das abendliche Honiglicht war ausgetauscht worden gegen einen graublauen Farbfächer, der fast wie Dämmerung aussah. Plötzlich gingen alle Straßenlampen in der Smedjegatan an. Nicht, dass das einen großen Unterschied machte, aber es ließ sie aufschauen. Und da sah sie sie. Fünf junge Männer. Fünf junge Männer, die mit breiten Schultern nebeneinandergingen und die ganze schmale Straße einnahmen. Fünf junge Männer, deren Augen funkelten, obwohl keiner von ihnen lachte. Drei von ihnen trugen karierte Hemden.

Sie senkte schnell den Blick und ging zur Häuserwand an ihrer rechten Seite, sah und registrierte etwas vollkommen Bedeutungsloses, nämlich dass sie gerade am Schaufenster einer Bäckerei vorbeiging, aber sie blieb nicht stehen, wurde nicht einmal langsamer. Wenn sie nur ihren Hut aufgesetzt hätte! Warum war sie nur so dumm gewesen, sich nicht die Zeit zu nehmen, den Hut aufzusetzen. Konnte sie ihn sich jetzt noch aufsetzen? Nein. Es würde lächerlich aussehen, wenn sie es versuchte, während sie lief. Denn sie durfte nicht stehen bleiben. Was auch immer passieren mochte, sie durfte nicht stehen bleiben. Jetzt waren die jungen Männer direkt vor ihr. Nippon trippelte vor ihren Füßen. Sein Schwanz war eingekniffen, also verstand auch er, dass das hier gefährlich war. Sie zog leicht an der Leine, dass er näher an die Wand lief, strich selbst direkt neben ihr entlang, immer noch mit gesenktem Blick, ging sie an den jungen Männern vorbei. *Lieber Gott! Mach, dass sie sich nicht um mich kümmern! Lieber Gott! Lass sie einfach vorbeigehen! Lieber Gott! Lass mich nur schnell nach Hause kommen!*

Aber Gott war nicht anwesend. Das hätte sie wissen müssen. Gott war fast nie anwesend gewesen, wenn sie um seine Hilfe gefleht hatte. Die fünf jungen Männer ließen sie zwar passieren, aber nur Sekunden später blieben sie stehen. Einer von ihnen kicherte. Ein anderer hob die Stimme und rief ihr hinterher:

»He! Du! Kleine! Warum hast du es so eilig?«

Sie warf einen schnellen Blick über die Schulter. Alle fünf hatten sich umgedreht. Alle fünf schlenderten jetzt auf sie zu. Alle fünf lachten. Jäger. Sie waren Jäger. Fröhliche Jäger, die endlich eine Beute vor der Flinte hatten.

»Schöne Haare hast du ... ziemlich dunkel ...«

»Warum antwortest du nicht, wenn man mit dir spricht? Hä?«

»Hast du keine gute Kinderstube? Höhö ...«

»Du bist doch wohl keine Zigeunerin, oder?«

»Oder doch? Bist du eine? Eine Zigeunerin?«

Sie lief los. Hinter ihrem Rücken erklang das lüsterne Brüllen der jungen Männer.

Ravensbrück war anders als Auschwitz. Hier gab es Bäume. Fast eine ganze Allee mit dünnen, frisch gepflanzten Stämmen vor den langen Reihen von Baracken. Und vor jeder Baracke hatten sich Gefangene aufgestellt, Hunderte, nein Tausende. Sie sahen zerlumpt aus, sogar noch zerlumpter als die Häftlinge in Auschwitz. Es dauerte einen Moment, bevor sie begriff, warum. Die Haltung. Sie standen nicht in Habtachtstellung, eher zusammengekrümmt oder mit hängenden Schultern, wenn auch in äußerst geraden Reihen. Und dann die Kleidung. Alle trugen unterschiedliche Kleidung. Dunkle Wintermäntel und geblümte Sommerkleider in einem munteren Durcheinander, Kopftücher in allen denkbaren Größen und Farben, ausgetretene Schuhe ohne Schnürsenkel, abgetragene Holzschuhe holländischen Modells, ausgefranste Blusen und zerrissene Pullover. Und mitten auf dem Kiesweg zwischen den Bäumen promenierte eine Frau mit einem großen schwarzweißen Hund. Kein Schäferhund. Offensichtlich eine Art Begleithund. Weiß mit großen schwarzen Flecken und mit der gleichen schlechten Haltung wie die Gefangenen. Der Kopf hing, eine lange rosa Zunge baumelte hin und her. Die Frau, die die Leine hielt, trug einen dunkellila Popelinemantel mit einem großen weißen Kreuz auf den Rücken gemalt, der mit einer Schnur fest um die Taille zugeknotet war. Anscheinend gab es keine andere Kleidung darunter, aber sie hatte ein weißes Uniformkopftuch über dem Haar und eine Armbinde mit Nummer und schwarzem Dreieck. Also auch eine Gefangene. Und zwar eine Kriminelle. Außerdem trug sie ein Paar viel zu große Lederpumps an den Füßen. Die Hacken waren abgelaufen. Was sie nicht zu stören schien, sie ging kerzengerade, die Nase hoch in der Luft, und hielt den Hund an kurzer Leine. Als wäre sie eine Dame. Eine richtige Dame.

»Halt«, brüllte eine Frauenstimme auf Deutsch, und die Kolonne blieb augenblicklich stehen, machte sogar noch drei Schritte auf der Stelle, wie sie es in Auschwitz gelernt hatte. Starrte anfangs auch genau wie in Auschwitz ins Leere, aber mit der Zeit entspannten sich die Frauen und schauten sich vorsichtig um. Was war das hier für ein Ort? Die Gefangenen sahen ja vollkommen verrückt aus. Da kam eine kleine Gruppe anmarschiert, fünf Gefangene in fünf Reihen, also fünfundzwanzig Frauen, aber auch sie in ganz unterschiedlicher Kleidung. Eine trug ein kirschrotes Kostüm, eine andere einen halblangen Rock aus dunkelblauem Tweed und eine Bluse, die wohl einmal weiß gewesen war, eine Dritte eine normale gestreifte Häftlingsjacke über einem geblümten Baumwollrock. Und so weiter. Fast alle trugen Holzschuhe. Große, gerissene Holzschuhe mit abgelaufenen Sohlen. Einige liefen sogar barfuß. Ganz vorn ging eine unglaublich adrette SS-Frau in ihrer schwarzen Uniform, mit Hosenrock, Schiffchen und glänzenden Stiefeln. Sie sang und hielt ihre rechte Hand hoch wie ein Dirigent, damit die Gefangenen mitsangen. Und was sangen sie? Das Lied der Englandfahrer: *»Gib' mir deine Hand … denn wir fahren, denn wir fahren gegen Engeland …«*

Die Neuankömmlinge starrten sie dumm an, während die kleine Gruppe vorbeimarschierte.

Sie mussten mehr als eine Stunde auf dem Lagerplatz stehen, aber inzwischen war die Sonne hervorgekommen und begann sie zu wärmen. Nur eines der Mädchen wurde ohnmächtig und fiel auf den Kies, ein paar andere schwankten, fielen aber nicht hin. In der Reihe vor Miriam streckte eine große Frau einen Arm aus und packte ein Mädchen bei der Taille, zog sie vorsichtig zu sich, dass sie sich gegen die Schulter der Großen lehnen konnte. Vielleicht schlief das Mädchen auch ein. Es sah fast so aus. Vielleicht waren es ja sogar Mutter und Tochter. Das war schon möglich. Der Gedanke brannte in Miriam. Eine Mama. Eine Mutter. Sie selbst konnte sich nicht mehr an ihre Mutter erinnern, obwohl sie doch eigentlich schon ziemlich groß gewesen war, als Didi geboren wurde … Nein. Nicht denken. Stramm stehen. In die Ferne starren. Den Apfel umklammern.

Eine *Aufseherin* stand vor ihnen, zwei andere strichen an den Seiten der Kolonne entlang und schielten misstrauisch auf die Frauen, aber niemand sagte etwas. Zwei der Wächterinnen waren ungewöhnlich hässlich, eine, die vorne stand, war klein, mager und kränklich grau im Gesicht, diejenige, die an der linken Seite der Kolonne entlanglief, war groß, kräftig und hatte einen hässlichen Mund. Die Lippen waren auf sonderbare Art verdreht, was sie aussehen ließ, als grinste sie höhnisch, obwohl sie ganz offenbar keine Miene verzog. Die Frau, die an der rechten Seite der Kolonne vorbeizog, war dagegen auf eine ganz besondere Art und Weise schön. Perfekte Figur, ein paar Sommersprossen, dichtes, dunkles Haar und große graue Augen. Viele Jahre später, als sie das Wort *gefühlvoll* in einem Roman las, sollte sie sich an diese Augen erinnern. Die gefühlvollen Augen der *Aufseherin*. Die gefühlvollen Augen der SS-Frau. Die gefühlvollen Augen der Wächterin im Konzentrationslager. Was sie äußerst misstrauisch werden ließ gegenüber jedem Menschen, der aussah, als tendiere er in die gefühlvolle Richtung.

Die Gefangenen folgten mit ihren Blicken aufmerksam den SS-Frauen, immer noch unsicher, was sie von diesen weiblichen Wachleuten zu erwarten hatten, aber wenn diejenigen, die an den Seiten der Kolonne entlangliefen, weit genug entfernt waren, versuchten sie miteinander zu reden. Das hohlwangige Mädchen an Miriams linker Seite zischte nur ein einziges Wort.

»Die Tätowierung!«

Miriam blinzelte.

»Was?«

»Die Tätowierung? Hast du ein Dreieck unter deinen Zahlen?«

»Nein. Aber ein Z davor. Und ein paar von den Zahlen stimmen.«

»Achtung!«

Die hübsche Wächterin war an der ersten Reihe der Kolonne angekommen, drehte sich um und machte sich auf den Rückweg, immer noch mit dem gleichen sonderbaren Blick auf die Gefangenen. Miriam starrte geradeaus, als sie vorbeiging. Das hohlwangige Mädchen hatte natürlich recht. Die falschen Ziffern konnten gefährlich sein. Dann könnten die Wächter erkennen, dass sie die Kleidung und damit die Identität getauscht hatte, und wer wusste, was das mit sich bringen würde? Gab es Gaskammern hier? Oder erhängten sie die Leute auf der Lagerstraße wie in Birkenau? Aber wie um Himmels willen wurde man eine Tätowierung los? Die Erinnerung an Didi huschte vorbei. Er hatte geschrien, als sie ihm die Ziffern eintätowierten. *Die verbrennen mich, Malika! Hilf mir! Die verbrennen mich!* Worauf der Ukrainer, der für das Tätowieren zuständig war, ihm einen gehörigen Tritt versetzt hatte, so hart, dass der Junge das Bewusstsein verlor. Als er wieder zu sich kam, war er nicht mehr der Alte. Verängstigt. Ja. Nach dem Tätowieren war Didi zum ersten Mal richtig verängstigt.

»Wegkratzen«, sagte das hohlwangige Mädchen.

Miriam starrte auf ihren Arm. Die Tätowierung war unter dem Kleiderärmel nicht zu sehen.

»Das geht doch nicht.«

»Doch. Wenn du tief genug kratzt. Eine richtige Wunde hinkriegst.«

»Aber …«

»Sag, das war die Krätze.«

Die Hohlwangige schwankte ein wenig, und Miriam streckte ihren linken Arm aus, die Hand, in der sie den Apfel hielt, stützte das Mädchen eigentlich gar nicht richtig, drückte nur gegen ihre Hüfte.

»Halt dich auf den Beinen …«

Das Mädchen schloss die Augen, schwankte wieder.

»Ich versuche es.«

»Denk an den Apfel!«

Das hohlwangige Mädchen schloss die Augen und bewegte lautlos den Mund. Miriam konnte sehen, wie sie von dem Apfel phantasierte, wie sie sich vorstellte, ihn zum Mund zu heben und die Zähne hineinzuschlagen. Eine Sekunde lang wollte sie so verharren, den Saft des Apfels heraussickern und auf die Zunge tropfen lassen. Frisch wie ein Frühlingsmorgen. Dann den Geschmack registrieren. Und dann den Kopf in einer schnellen Bewegung nach hinten werfen, damit sich das Fruchtfleisch löste …

»Du darfst als Erste abbeißen«, flüsterte Miriam. »Du bist diejenige, die als Erste in den Apfel beißen darf.«

Das Mädchen ließ ein leises Brummen hören. Miriam warf ihr wieder einen Blick zu. Einige Speicheltropfen liefen ihr aus dem rechten Mundwinkel, winzig kleine, aber man konnte sie sehen. Sie schloss die Augen und aß Miriams Apfel in der Phantasie, das war offensichtlich. Sie schlang ihn in sich hinein. Biss, saugte und kaute, ohne auch nur einen Moment daran zu denken, dass der Apfel jemand anderem gehörte, dass es Miriam und niemand sonst gewesen war, die das Risiko eingegangen war … Vorsichtig schob diese den Apfel in die rechte Hand. Sie wollte keine Prügelei, aber war ebenso fest entschlossen, den Apfel mit ihrem Leben zu verteidigen. Niemals würde sie auf ihn verzichten. Niemals. Das hohlwangige Mädchen sollte einen Bissen abbekommen, aber nicht mehr. Sie schloss die Hand so fest um den Apfel, dass die Nägel ins Fruchtfleisch drangen. Oh Gott! An ihren Fingernägeln waren ein paar Tropfen Apfelsaft. Wenn die hübsche Wächterin das nächste Mal vorbeigegangen war, wollte sie noch einmal die Hand wechseln und dann den Fruchtsaft von den Nägeln saugen. Vielleicht konnte sie sogar ein wenig Fruchtfleisch herausbekommen …

Aber daraus wurde nichts. Denn in dem Moment tauchte ein männlicher Offizier auf, und der Appell begann.

Die SS ließ in Ravensbrück oft durchzählen. Die ganze Lagerverwaltung befand sich kurz vor dem Kollaps, keine Tabelle stimmte, die Kartei platzte aus allen Nähten, sie wurde schlecht geführt, es waren einfach zu viele Gefangene, und jeden Tag trafen neue ein, während die SS ihr Bestes gab, um möglichst viele Häftlinge loszuwerden, indem sie in Munitionsfabriken, die Waffenindustrie und auf häufig bombardierte Baustellen geschickt wurden. Im

Laufe des letzten Jahres war das Essen immer weniger geworden, der Hunger schlimmer, und die Krankheiten hatten sich weiter ausgebreitet, also zwang man die Gefangenen jeden Morgen, die Toten aus den Baracken zu schleppen und sie vor dem morgendlichen Appell davor auf den Boden zu legen. Lebende und Tote, alle mussten gezählt werden. Zuerst von den Blockältesten um vier Uhr morgens, dann von den weiblichen SS-Wachleuten und zum Schluss, gegen halb acht, von den SS-Offizieren, die nach einem gemütlichen Frühstück in der Offiziersmesse herangeschlendert kamen. Sie zählten die Gefangenen immer und immer wieder. Erst wenn alle Zahlen stimmten, wurden die Toten ins Krematorium geschafft und anschließend den lebenden Gefangenen das Frühstücksbrot und ein Kaffeeersatz ausgeteilt. Worauf sie den Befehl bekamen, sich zügig an die Arbeit zu begeben. *Schnell! Schnell! Schnell!*

Und jetzt begann die morgendliche Zählung zum ersten Mal. Die männlichen SS-Offiziere ließen zuerst die weiblichen Wachhabenden die Gefangenen zählen, dann verglichen sie diese Ziffern mit den Angaben aus Auschwitz, notierten sich, dass sie nicht übereinstimmten, diskutierten lange mit dem Offizier, der mit am Bahnhof gewesen war, fragten, wie viele während des Transports gestorben waren, fragten, warum deren Leichen nicht mit ins Lager transportiert worden waren, und dann befahlen sie den weiblichen Wachleuten noch einmal zu zählen, stellten fest, dass auch dieses Mal die Zahlen nicht stimmten, brüllten die *Aufseherin* an, die Ranghöchste, und befahlen ihr, dass die Gefangenen noch einmal gezählt werden mussten, und dieses Mal mussten die Zahlen stimmen, dann machten sie in ihren blankgeputzten Stiefeln im Kies auf der Hacke kehrt, erhielten erneut eine Zahl, die nicht stimmte, woraufhin der SS-Offizier, der ganz unten in der Hierarchie stand, sich in rasende Wut hineinbrüllte, während seine beiden Vorgesetzten sich streckten, die Hände hinter dem Rücken verschränkten und eiskalt vor sich hin starrten, um zu zeigen, dass ihre Wut noch stärker war. Jetzt musste das Ganze aber ein Ende haben. *Ordnung muss sein!* Und die Ordnung wurde wiederhergestellt, indem sie selbst die Gefangenen zählten. Einmal. Zweimal. Und ein drittes Mal. Dann brüllten sie einen Befehl, drehten sich um und marschierten davon.

Miriam stand die ganze Zeit unbeweglich auf der Stelle, starrte vor sich hin und ließ den Gedanken freien Lauf. Vielleicht war Ravensbrück doch gar nicht so schlecht. Zumindest im Vergleich mit Auschwitz-Birkenau. Aus dem Schornstein des Krematoriums stiegen keine Flammen hoch, nur eine dünne Rauchfahne. Das war ein gutes Zeichen. Vielleicht gab es gar keine Gaskammern hier. Und anscheinend durften einige Gefangene weiterleben, obwohl sie krank oder verletzt waren. In den Kolonnen, die vorbeigingen, sah sie mehrere Frauen, die mit Krücken gingen. Offensichtlich Polinnen …

»Registrierung! Entlausung! Vorwärts, marsch!«

Es war die gefühlvolle Wächterin, die brüllte, und die Kolonne setzte sich erneut in Bewegung.

Sie mussten sich in einem Saal mit grauem Betonboden und grauen Zementwänden ausziehen. Miriam fummelte mit den Knöpfen ihres gestreiften Häftlingskleids, ließ dabei den Apfel nicht los. Es war ein ziemlich kleiner Apfel, die linke Hand konnte ihn voll und ganz umschließen, trotzdem hatte sie Angst, jemand könnte ihn entdecken, aber es war eng in dem Raum, und wenn sie die Hand gesenkt hielt und den Häftlingen, die sie bewachten, nicht in die Augen sah, würde ihn wohl niemand bemerken. Sie warf einen schnellen Blick auf ihre Tätowierung, versuchte aber nicht, sie zu verbergen. Das hatte ja sowieso keinen Zweck, wenn sie nackt war. Sie konnte Miriam oder Malika sein, das war hier das Gleiche. Sie schaute sich nach dem hohlwangigen Mädchen um, konnte sie aber nirgends entdecken. Vor ihr stand nur eine Mauer anderer, ebenso eingefallener Körper, gebeugter Rücken, auf denen Rippen und Wirbel ihre Schatten warfen, spitze Hüftknochen, die herausstachen, schlaffe, schrumplige Beutel, die einmal Brüste und runde Pobacken gewesen waren. Einige der Neuankömmlinge waren gezwungen worden, sich auf Hocker zu setzen, und alte Gefangene, richtige Ravensbrück-Veteraninnen, durchsuchten ihr Haar. Sowohl das Haar auf dem Kopf, unter den Armen und zwischen den Beinen. Na also. Die geringste Spur von Läusen, und alles musste abrasiert werden! Kein Widerspruch! Typhus, hatten sie noch nie von Flecktyphus gehört? Eine Laus konnte den Tod bedeuten! Das mussten doch alle wissen. Und die, die es noch nicht wussten, die würden das auch noch lernen. Und nach der Rasur direkt in die Dusche. Einwände? Nein. Hätte uns auch gewundert.

Miriam hockte zusammengekauert mitten in der Gruppe nackter Jüdinnen und überlegte, wie sie den Apfel durch die Läuseinspektion bekommen konnte. Das würde nicht möglich sein, das sah sie ein, dennoch vermochte sie nicht die linke Hand zu öffnen und den Apfel auf den Boden fallen zu lassen. Vielleicht konnte sie zumindest einmal hineinbeißen, vielleicht sogar zweimal, wenn sie sich leicht niederkniete und hinter den Rücken der anderen Mädchen versteckte. Dann würde sie den Apfel loslassen. Oder ihn einer anderen in die Hand drücken. Ja. So wollte sie es machen. Das war die einzige Lösung.

Sie hockte sich etwas tiefer hin. Griff fester um den Apfel. Hob den linken Arm. Schaute sich schnell um. Ein Mädchen in ihrem Alter begegnete ihrem Blick. Das war nicht die Hohlwangige. Eine andere. Aber das war auch gleich. Sie hielt den Apfel an den Mund. Atmete seinen Duft ein. Leckte schnell an der wächsernen Schale. Schlug die Zähne in den Apfel. Spürte das weiße Fruchtfleisch auf der Zunge. Spürte, wie sich ein kleines Stück an den unteren Zähnen festsetzte. Spürte den lieblichen süßen Geschmack.

Und wurde im nächsten Moment zu Boden geschlagen. Der Apfel rollte aus ihrer Hand und war fort.

Aber Miriam, mein Kind! Was ist passiert?«

Olof stand vor der Tür, als sie öffnete. Er zeigte eine Miene, die als Ekel zu deuten war. Miriam senkte den Blick und machte einen Knicks, gab aber keine Antwort. Hanna tauchte hinter ihrem Rücken auf und seufzte.

»Sie ist wohl hingefallen, die Arme. So muss es gewesen sein …«

Sie senkte ihre Stimme, als wolle sie, dass Miriam es nicht hörte, obwohl diese doch direkt neben ihr stand.

»Außerdem spricht sie nicht mehr. Ich weiß nicht, was mit ihr los ist. Seit gestern Abend hat sie kein Wort gesagt.«

Miriam hob den Blick und musterte sich selbst im Flurspiegel. Geplatzte Lippe. Ein blaues Auge. Schürfwunden auf der Nase und der Stirn. Sie senkte den Blick wieder, schloss dann die Augen. Sie wollte ihre zerschrammten Arme und den großen Verband auf dem Knie nicht sehen. Aber vor ihrem inneren Auge warteten die fünf Halbwüchsigen … Sie öffnete die Augen wieder.

»Ich bin mit ihr heute Vormittag zum Arzt, aber das war zu spät, sie konnten es nicht mehr nähen, sie wird eine dicke Narbe auf dem Knie behalten. Da hing ein großes Stück Haut herunter, das sah schrecklich aus … Ich weiß nicht, was ihr zugestoßen ist.«

Hanna klang ganz anders als sonst. Tränen lagen in der Stimme auf der Lauer. Und noch etwas, das nur schwer zu fassen war. Vielleicht Verärgerung. Schließlich hatte sie den ganzen Tag über Miriams dauerndes Pech geredet.

Wenn es nicht Hannas Schuld war. Aber warum sollte Hanna Schuldgefühle haben? Sie war es ja nicht, die Miriam durch die Straßen gejagt hatte, sie war es nicht, die sie getreten hatte, nachdem sie hingefallen war. Sie war es nicht, die … Nein. Nicht daran erinnern. *Vergessen. Vergessen. Vergessen. Und überleben.*

Olof legte seinen Hut auf die Ablage und wandte sich ihr zu. Sie war nicht in der Lage, den Blick zu heben, schaute nur auf seine Hosenbeine. Graues Flanell. Sie bremste einen kurzen Impuls, die Hand auszustrecken und den Stoff zu berühren. Er sah so weich aus.

»Aber mein liebes Kind«, sagte Olof noch einmal. Er hob seine rechte Hand, und einen Moment lang sah es so aus, als wollte er sie ihr entgegenstrecken, dann ließ er sie wieder sinken. Seufzte leise. »Das wird schon wieder gut werden, du wirst sehen. Das wird alles heilen.«

Miriams Blick war immer noch gesenkt, sie blinzelte die Tränen weg, versuchte sich darauf zu konzentrieren, zu sprechen, etwas auf Schwedisch zu sagen und nicht auf Romanes oder Deutsch. *Nais. Danke.* Wie hieß das auf Schwedisch? Etwas mit Uhren? Tick-tack? Nein. Sie wusste es nicht mehr. Das Merkwürdige war, dass sie verstand, was die anderen sagten, wenn sie Schwedisch sprachen, aber selbst kein Wort sagen konnte. Sie konnte es nicht mehr nachmachen. Schaffte es einfach nicht. Wollte es auch gar nicht. Wollte nur in ihrem Bett liegen, mit der Decke über dem Kopf. Aber das ging nicht. Sie war gezwungen zu arbeiten, Essen zu kochen, Hausaufgaben zu machen und sich ordentlich aufzuführen. Nicht weinen. Nicht schreien. Sich an niemanden und nichts erinnern. Sonst würde man sie auf der Stelle rauswerfen.

Vergiss. Vergiss. Vergiss. Und überlebe.

»Wie geht es Marianne heute?«

Jetzt klang Hannas Stimme anders. Frisch. Aufmunternd. Olof fuhr sich mit der rechten Hand über die Stirn und versuchte offensichtlich den gleichen Tonfall zu finden.

»Danke, es geht. Etwas besser. Sie hat mich wiedererkannt.«

Hanna lächelte und legte den Kopf schräg, zwitscherte fast:

»Wie schön! Dann wird sie bald wieder auf den Beinen sein, du wirst schon sehen …«

Olof verzog das Gesicht.

»Na, ich weiß nicht … Wir können es nur hoffen.«

Hanna fasste ihn am Oberarm und strahlte ihn an, als wäre es von äußerster Wichtigkeit, dass Olof ihren Optimismus teilte.

»Auf jeden Fall! Das müssen wir wirklich hoffen.«

Wieder klingelte es an der Tür. Miriam eilte hin, um zu öffnen, drängte fast Hanna zur Seite. Das durfte nicht noch einmal vorkommen. Sie musste schnell sein, aber nicht zu schnell. Die Erinnerung an die fünf Gefährlichen huschte wieder vorbei, doch sie schob sie schnell zur Seite. *Vergiss. Vergiss. Vergiss. Und überlebe.*

Es waren natürlich nicht irgendwelche jungen Männer, die vor der Tür standen. Es war Egon, ein ziemlich atemloser Egon, der soeben seinen schweren Körper die Treppen hinauf gefrachtet hatte. Er hielt einen Blumenstrauß in der rechten Hand, drei rote Nelken und ein paar dünne grüne Zweige, das zerknüllte Einwickelpapier in der linken. Er sah verwundert aus, als er Miriams Gesicht sah und zwinkerte mit den Augen, traute sich kaum, den Blick auf ihr ruhen zu lassen.

»Störe ich?«

Hanna lachte laut, das wurde ein schrilles, etwas gekünsteltes Lachen.

»Aber überhaupt nicht, mein Lieber! Komm nur rein, komm rein …«

Miriam trat zur Seite, um ihn hereinzulassen, lehnte sich an die Wand und versuchte eine Welle der Müdigkeit zu bekämpfen, die in ihr hochschwappte. Nicht umkippen. Aufrecht stehen bleiben. Niemandem in die Augen sehen. *Vergiss. Vergiss. Vergiss. Und überlebe.* Aber, Gott sei Dank, niemand schien sie anzusehen. Hanna wie auch Olof richteten ihr Augenmerk mit einem höflichen Lächeln voll und ganz auf Egon. Hanna bekam ganz rote Bäckchen, als Egon ihr die Blumen entgegenstreckte.

»Blumen? Ach wie nett, danke schön …«

Sie blinzelte schnell ein paar Mal, als hätte sie Tränen in den Augen, dann steckte sie die Nase in eine der Nelken, als wollte sie deren Duft genießen. Egon senkte den Blick, seine Hände hingen unschlüssig an der Seite herab. Mit einer Kraftanstrengung streckte Miriam ihre Hand dem zusammengeknüllten Einwickelpapier in Egons rechter Hand entgegen, er warf ihr einen kurzen Blick zu und übergab es ihr dann, weigerte sich aber, seinen Blick noch einmal länger als unbedingt nötig auf ihrem Gesicht verweilen zu lassen.

»Das ist mein Bruder Olof«, sagte Hanna. »Und Olof, das hier ist mein Freund Egon Bergsäter, von dem ich dir ja schon so viel erzählt habe …«

Olof streckte die Hand vor. Zeigte ein herzliches Lächeln.

»Freut mich.«

Egon senkte höflich ein wenig den Nacken und zeigte einen ziemlich kahlen Schädel.

Auf den Beinen bleiben. Butter, Käse und eingelegten Hering servieren. Versuchen, nicht zu zeigen, wie hungrig sie ist. Den Blick gesenkt halten. Aufstehen, die Vorspeisenteller einsammeln und in die Küche huschen, die Soße durchseihen, kontrollieren, dass die Kartoffeln gar sind, keine heiße Kartoffel in die Kleidertasche stecken, auf keinen Fall, so gerne man das auch täte, aber sich erlauben, schnell ins Mädchenzimmer zu huschen und dort eine unter das Kissen legen, anschließend mit einer Schüssel mit Kartoffeln und Gemüse ins Esszimmer kommen, versuchen, dabei leicht zu lächeln, dann wieder in die Küche eilen, um das Fleisch und die Soße zu holen, ein drittes Mal zurücklaufen, um das Vogelbeerengelee aus dem letzten Herbst zu holen, versuchen, so normal wie möglich auszusehen, sich mit an den Tisch setzen und hoffen, wünschen, darum beten, dass niemand sie anspricht, ihr Gesicht anschaut oder anfängt, darüber zu spekulieren, was am Tag zuvor passiert ist.

Und es klappt. Endlich war Gott einmal anwesend.

»Brauchst du Hilfe?«

Olof stand in der Türöffnung. Ein paar dünne Scheiben vom Rinderbraten lagen noch auf der Platte, die er in den Händen hielt. Miriam trat zu ihm und nahm die Platte entgegen, wobei sie entschlossen den Kopf schüttelte. Nein. Sie brauchte keine Hilfe, doch sobald er zurück ins Esszimmer gegangen war, würde sie drei der übriggebliebenen Scheiben nehmen und sie zusammen mit den Kartoffeln unter ihrem Kopfkissen verstecken. Der wiedererwachte Hunger nagte in ihr. Kartoffeln und drei Scheiben Fleisch. Heute Nacht sollte sie satt werden. Zumindest für eine Weile.

Aber Olof schien gar nicht daran zu denken, sie mit

dem Fleischteller allein zu lassen, er blieb in der Küche stehen und lehnte sich gegen den Türpfosten, während sie das Dessert aus der Vorratskammer holte. Schlagsahne. Preiselbeergrütze. In Milch eingeweichte Weizenkekse. Bei diesem Anblick musste sie sich die Lippen lecken, sie konnte nichts dagegen tun. Olof lachte.

»Sieht das lecker aus?«

Miriam spürte, wie sie rot wurde, und in diesem Augenblick löste sich irgendetwas, sie musste plötzlich lächeln und senkte den Blick.

»Ja. Das ist mein Leibgericht.«

Sie hatte gesprochen. Schwedisch geredet. Und Olof lächelte sie an, gab aber keinen Kommentar ab. Plötzlich war alles, wie es sein sollte.

»Dann musst du dir richtig viel davon nehmen!«

Sie musste lachen. Das zog ein wenig an der Oberlippe. *Sie hatte vergessen und überlebt!*

»Nicht zu viel. So, wie es sich gehört, in Maßen.«

Olofs Lächeln war noch immer nicht erloschen. Es strahlte über ihr und wärmte, am liebsten hätte sie die Arme danach ausgestreckt, doch das tat sie natürlich nicht. Sie stellte das Dessert nur ab und holte die Dessertteller heraus, drängte sich dann an Olof vorbei und huschte in das Esszimmer. Dort stellte sie als Erstes einen Teller vor Egon, dann einen vor Hanna, einen dritten auf Olofs Platz und den vierten auf ihren eigenen, schnappte sich dann Salz- und Pfefferstreuer, genau wie man es machen sollte. Hanna folgte ihr mit ihrem Blick.

»Geht es dir besser, Miriam?«

Diese lächelte als Antwort.

»Ja, danke. Viel besser.«

»Und jetzt sprichst du auch wieder. Wie schön!«

Hanna lächelte und wandte dann ihren Blick wieder

Egon zu. Der erwiderte kurz ihr Lächeln, um dann den Blick von ihr abzuwenden.

»Wie schrecklich«, sagte Hanna, als sie ins Wohnzimmer umgezogen waren, um dort den Kaffee nach dem Essen zu trinken. »Nur zehn Jahre nach der Kristallnacht gehen die Jönköpinger Bürger auf die Straßen und jagen Zigeuner. Einfach schrecklich!«

Olof sagte nichts. Er war wieder ernst geworden, saß schweigend da, den Blick weit in der Ferne, während Egon sich gegen die hohe Rückenlehne dessen geschmiegt hatte, was bis zu diesem Abend Hannas höchstpersönlicher Sessel gewesen war. Jetzt hob er seine Tasse, trank einen Schluck und nickte dann zustimmend. Er wirkte inzwischen sicherer. Sein Blick flackerte nicht mehr wie anfangs, haftete sich stattdessen entschieden an Hanna fest.

»Das ist skandalös. Es gibt kein anderes Wort dafür.«

»Und hast du gesehen, was sie in *Smålands Folkblad* geschrieben haben?«

Egon lächelte.

»Nein. Das ist nicht gerade die Zeitung, die ich lese …«

Hanna nahm auch einen Schluck von ihrem Kaffee, stellte dann die Tasse hin und beugte sich über den Zeitungskorb, zog eine Zeitung heraus.

»Ich auch nicht, aber ich habe davon reden gehört … Hast du das gesehen? Hast du gesehen, was sie schreiben?«

Egon klopfte auf die Brusttasche seines Jacketts und runzelte dann die Stirn.

»Nein. Tut mir leid. Und offenbar habe ich meine Lesebrille vergessen.«

»Ich kann es dir vorlesen. Hör zu!«

Miriam zog sich weiter in die Sofaecke zurück, als wollte sie dem entkommen. Sie hatte die Verse bereits gehört, Hanna hatte sie laut vorgelesen, während Miriam die Kartoffeln schälte, und das hatte bei ihr eine leichte Übelkeit hervorgerufen. Und jetzt konnte es sein, dass ihr wieder übel wurde. Hanna räusperte sich, hielt die Zeitung hoch und las mit zitternder Stimme:

»Mit Mut und Muskeln bilden sie eine Trutz,
Sind der Schreck des Zigeunerpacks, so soll es sein,
Mit eiserner Faust sind sie dem Osten der Stadt Schutz,
Auch wenn der Vorderste nur ein Fahrer mag sein.

Sie sind das Schild für die Fraun mit ihrem stählernen Arm,
Ihren Tagessatz bezahlen sie dem Richter sogleich.
In ihren Adern fließt Wikingerblut, zeigen Mut ohne Harm,
Das sind Kerle mit Kraft und Geschwindigkeit zugleich.

Ihre Faust trifft auf des Zigeuners dreckigen Mund
Ohne Zögern, bis tief in den Schlund.
Sie tragen keine Polizeiuniform, haben keinen Diensthund
Aber mit dem Zigeunerpack, da treiben sie's bunt.«

Hanna legte die Zeitung hin und sah Egon an. Der schüttelte resigniert den Kopf.

»Skandalös«, sagte er noch einmal. »Dass die sich nicht schämen …«

Hanna schnaubte:

»Sozialisten! Da sieht man, wie die sind. Wie sie wirklich sind.«

»Aber inzwischen werden sie doch leicht nervös«, berichtete Egon. »Gestern sind sie wohl etwas zu weit gegangen. Der Mob hat sich offenbar Zutritt zu den Wohnungen der Zigeuner verschafft und mehrere misshandelt ...«

»Ja, ich weiß. Unser Hausmeister hat es mir erzählt. Er wohnt ja da hinten und ist selbst ... Ja, auf jeden Fall hat er wohl jemanden gesehen, der aus dem Fenster gesprungen ist. Und dann hat es in einer anderen Wohnung angefangen zu brennen. Weiß Gott, was noch hätte passieren können, wenn nicht die Polizei gekommen wäre ...«

Egon seufzte leise. »Die hätte aber früher kommen sollen. Ich begreife nicht, warum die nicht schon früher eingegriffen hat. Schließlich stimmt es, was Asta gesagt hat, dass diese Unruhen schon seit mehreren Tagen so gehen ... Sie ist eines Abends dort vorbeigegangen und hat gesehen, wie sich eine große Menschenhorde drüben in Öster versammelt hat. Und anscheinend sind es jeden Abend mehr geworden.«

Hanna schürzte leicht die Lippen, sie mochte nicht gern an Asta erinnert werden und schon gar nicht an die Tatsache, dass Asta dieses Mal recht gehabt hatte.

»Nun ja, jetzt ist damit wohl Schluss. Die Polizei wird schon dafür sorgen, dass sie sich in Zukunft vom Östra Torget fernhalten. Es mussten ja sogar Leute ins Krankenhaus gebracht werden. Und einige haben sie mit aufs Polizeirevier genommen, nur um sie zu schützen.«

Miriam schloss die Augen. Die fünf jungen Männer kamen vor ihrem inneren Auge wieder anmarschiert. Sie lachten. Als sie die Augen öffnete, schaute Hanna sie an, ganz normal, wie immer.

»Nippon müsste mal raus, meine liebe Miriam. Könntest du vielleicht ...?«

Miriam hielt den Atem an. Das war ein Befehl, das wusste sie. Die Schweden verkleideten ihre Befehle immer in eine Frage. Könntest du? Möchtest du? Hast du Lust? Und man konnte nicht nein sagen. Nicht, wenn man ein Flüchtling war. Nicht, wenn man viel zu dunkles Haar hatte. Nicht einmal, wenn man am Abend zuvor niedergeschlagen worden war und panische Angst davor hatte, wieder hinauszugehen. Sie senkte den Kopf.

»Natürlich.«

Es gelang ihr nur ein Flüstern. Olof blinzelte und schaute erst sie an, dann auf seine Uhr.

»Ich komme mit. Mein Zug geht in einer Dreiviertelstunde.«

Hanna runzelte die Stirn.

»Aber es dauert doch keine Dreiviertelstunde bis zum Bahnhof …«

Olof stand auf und rückte den Schlips zurecht.

»Ich weiß. Aber ich bin gern rechtzeitig da.«

Er hatte es gesehen und verstanden.

»Du brauchst keine Angst zu haben«, sagte er und hielt die Haustür auf, damit Miriam und Nippon hinausgehen konnten. »Ich bleibe bei dir, bis Nippon sein Geschäft erledigt hat.«

Miriam murmelte einen Dank und schaute sich um. Die Straße war menschenleer. Gedämpftes Abendlicht. Und vollkommen still. Kein Gebrüll weiter hinten im Zigeunerviertel. Keine johlenden jungen Männer. Kein Mädchen, das schrie.

»Aber der Zug …«

Olof schob die Hände in die Hosentaschen. Seine dünne Jacke schien genauso weich zu sein wie die Hose, der Ärmel fiel ihm elegant über das Handgelenk.

»Ich habe reichlich Zeit.«

Einen Moment lang blieb es still. In Miriams Kopf drehte sich alles, die verwirrten Gedanken vom Tag stiegen plötzlich nach oben, wurden zu einem einzigen Durcheinander. *Wie wird man schwanger? Was bedeutet eigentlich Zigeuner? Fünf junge Männer lachen …* Nein. Sie hielt mitten im Schritt inne und presste sich die Hände auf die Ohren. Dreh jetzt nicht durch. Sie konnte es sich nicht erlauben, sich wie eine Verrückte zu gebärden. Olof legte ihr ganz sacht eine Hand auf den Arm.

»Wie geht es dir? Bist du krank?«

Sie senkte die Hände und blinzelte, räusperte sich vorsichtig.

»Nein, nein. Mir ist nur etwas schwindlig geworden.«

Gut. Das war eine überzeugende Antwort. Aber Olof gab sich nicht damit zufrieden.

»Was ist gestern eigentlich passiert?«

Konnte sie es ihm erzählen? Durfte sie berichten, dass fünf junge Männer hinter ihr hergelaufen waren, dass sie über Nippons Leine gestolpert und hingefallen war, dass sie laut geschrien und Nippon gebellt hatte, dass einer der jungen Männer ihr ins Gesicht getreten hatte, ja, so war es gewesen, ein blonder junger Mann aus Jönköping hatte ihr ins Gesicht getreten, ein anderer in den Bauch und ein Dritter hatte sie an den Haaren gezogen, fest, sehr fest, so fest, dass sie fürchtete zu ersticken, dass sie sie eine Scheißzigeunerin und eine Zigeunerhure genannt hatten, aber schnell verschwunden waren, als sie weit in der Ferne Sirenengeheul hörten, dass sie so schnell verschwanden, dass sie hinterher nicht einmal sagen konnte, ob sie tatsächlich dort gewesen waren. Nein, das konnte sie nicht. Das könnte sein Misstrauen wecken. Das könnte ihn dazu bringen, darüber nachzudenken, ob das wirklich stimmte. Das könnte ihn dazu bringen, zu glauben, dass sie wirklich eine Scheißzigeunerin oder eine Zigeunerhure war, dass sie gar nicht die tragische Jüdin aus gutem Hause war, die zu sein sie behauptete. Also durfte sie nichts sagen. Also musste sie stattdessen ein wenig lächeln. Das war notwendig. Dennoch spürte sie, dass es nur für eine Grimasse reichte.

»Ich war tollpatschig. Bin gestolpert. Hingefallen.«

Das war eine gute Antwort. Fast ebenso gut wie die zuvor. Sie fühlte sich gut an. Beruhigend. Und offenbar war sie überzeugend, Olof schien ihr zu glauben. Dennoch ging das Verhör weiter.

»Und der Arzt, bei dem du heute Vormittag warst, hat er deine Augen kontrolliert?«

Sie nickte. Olof runzelte die Stirn.

»Trotzdem solltest du es erst einmal etwas ruhiger angehen lassen. Es könnte sein, dass du eine leichte Gehirnerschütterung hast.«

Eine was? Sie warf ihm einen schnellen Blick zu. Olofs Augen waren dunkelgrau. Wie die Winterdämmerung. Nippon zog an der Leine. Er wollte zur Rasenfläche vor der Kirche. Sie machten einen Schritt auf die Straße hinaus und folgten ihm, gingen, ohne es geplant zu haben, im Gleichtakt über das Kopfsteinpflaster.

»Wenn dir weiter schwindlig ist, musst du das Hanna sagen. Das ist wichtig.«

»Ja, das verspreche ich«, sagte sie. Jetzt war es ganz ruhig in ihrem Kopf. Sie war nicht mehr verwirrt. Kein Durcheinander mehr. Keine merkwürdigen Gedanken. Keine Erinnerungen. Also blieb sie stehen und ließ Nippon gegen einen Laternenpfahl pinkeln, bevor sie selbst das Thema wechselte: »Könntest du mir etwas erklären?«

Olof wandte sich ihr zu und holte mit ruhiger Hand ein Päckchen Zigaretten aus der Tasche. Klopfte eine heraus. Schob sie sich zwischen die Lippen und suchte in den Taschen nach Streichhölzern.

»Natürlich«, sagte er. »Und was?«

Miriam wartete, bis er sich die Zigarette angezündet hatte und den ersten Rauch ausstieß. Dann holte sie selbst Luft und fragte: »Kannst du mir sagen, was das Wort Zigeuner eigentlich bedeutet?«

Olof lachte laut auf und ließ die Streichholzschachtel in der Jackentasche verschwinden.

Wenn alles grünt und sprießt

Was ist das für eine Zeit, was ist das für ein Jahr
Wer bin ich, welch' Namen trage ich?

Erik Lindorm

Und dann setzt sie ein. Die Müdigkeit. Die Erschöpfung. Die Resignation. Sie überschwemmt sie wie immer, getragen auf einer Welle von Geheimnissen und Erinnerungen, stülpt sich über sie, lässt sie für einen oder zwei Momente spüren, wie ihre Knochen brechen, wie das Rückgrat pulverisiert wird, wie die Nackenwirbel zu Staub, zu Nichts zerfallen. Stünde sie aufrecht, wäre sie umgefallen, hätte nicht einmal mehr die Kraft gehabt, den Kopf zu drehen oder die Hände vorzustrecken, um sich abzustützen, dann wäre sie einfach mit dem Gesicht voran zu Boden gefallen, aber sie steht nicht, stattdessen sitzt sie auf einer Bank im Stadtpark von Nässjö, und alles, was von außen zu sehen ist: Plötzlich scheint sie einzunicken, das Kinn fällt herunter und ihr Rücken wird krumm. Was nichts zu bedeuten scheint. Nur eine müde Frau. Eine alte Dame, die es nicht mehr schafft, um den See herumzulaufen.

Der Park ist ganz still. Die Sonne steht hoch an einem wolkenfreien Himmel. Das Wasser des Ingsbergssjön liegt glänzend und still da, kein Wind flüstert im Schilf am Seeufer, es zwitschern keine Vögel mehr in den Büschen. Die Stadt ist auch still, nur weit in der Ferne ist ein Auto zu hören, das den Gang wechselt, weshalb das Motorengeräusch seinen Ton ändert, dann wird das Brummen tiefer und verschwindet.

Ruhig, sagt Miriam zu sich selbst. Immer mit der Ruhe. Halte dich aufrecht. Ja, du hast heute schon zu viel gesagt. Zwei Mal. Das erste Mal, als du gesagt hast, dass du nicht Miriam heißt, und das mag wahr und doch nicht wahr sein, aber das ist nicht wichtig, da es niemand kommentiert hat, niemand hat auch nur ein Wort zu der Sache gesagt. Du hast die Verwirrung in ihren Augen gesehen, sicher, aber die war auch schnell wieder vorbei. Sie haben es nicht verstanden und deshalb beschlossen, es gleich wieder zu vergessen. Und eben hast du dich wieder verplappert, als du angefangen hast, von den fünf gefährlichen jungen Männern in Jönköping zu erzählen, aber das macht auch nichts. Die müssen inzwischen schon tot sein, und wenn sie nicht tot sind, dann sind sie jedenfalls ungefährlich. Alte Greise. Du bist stärker als die. Sie können dich nicht töten, aber du könntest sie töten, allein indem du anfängst zu reden. Alle fünf. Aber das willst du doch gar nicht. Alles, was du willst: wieder dein Gleichgewicht finden. Alles, was du willst: weiterhin schweigen und lächeln. Schweigen und lächeln, wie du seit achtundsechzig Jahren schweigst und lächelst.

Und die tonlose Ermahnungsrede hilft. Sie spürt, wie ihr Rücken sich aufrichtet, ihr Kinn sich hebt und wie der Staub des Nackens wieder zusammengefügt wird. Sie ist wieder sie selbst. Erschöpft, sicher, aber nicht so erschöpft, dass sie sich etwas anmerken ließe. Deshalb schenkt sie Camilla ein kleines Lächeln, ein vollkommen ehrliches Lächeln, das in seiner Art dennoch eine Camouflage ist, eine Decke, die sie über alle Gedanken und Erinnerungen zieht.

Aber Camilla ist neugierig und lässt sie nicht in Ruhe.

»Was ist damals in Jönköping passiert?«

»Ach«, wehrt Miriam mit leichtem Ton ab. »Das war eigentlich gar nicht schlimm. Ich bin nur von so einer Bande junger Männer gejagt worden … Eines Abends, als ich Hannas Hund spazieren geführt habe.«

»Oje. Haben sie dir weh getan?«

Miriam lässt ihren Blick über den Ingsbergssjön gleiten, schaut weit in die Ferne.

»Nein. Eigentlich nicht. Ich bin hingefallen, und da haben sie wohl Angst gekriegt …«

Ein Schlag in den Bauch. Ein Tritt in den Rücken. Noch einen ins Gesicht. Jemand, der sie bei den Haaren packte, als sie dort am Boden lag, und ihren Kopf nach hinten und nach oben zog. Die Kehle, die sich zusammenzog, das Gefühl, wieder zurück in Ravensbrück zu sein, in Auschwitz, das Gefühl, bald keine Luft mehr zu bekommen, dass sie … Nein, sie denkt nicht daran, das zu erzählen.

Dennoch sieht Camilla sie nervös an.

»Oh, wie unheimlich … Aber warum sind sie ausgerechnet auf dich losgegangen?«

Miriam zeigt ihr freundliches, erwachsenes, beruhigendes Lächeln. Klopft Camilla leicht auf die Hand.

»Das war während der Zigeunerkrawalle. Die haben wohl gedacht, ich wäre eine Zigeunerin.«

Sie kann die Schreie heute noch hören. *Scheißzigeuner! Zigeunerhure! Scheißzigeuner! Zigeunerhure!*

»Zigeunerkrawalle?«

Camilla sieht sie fragend an.

»Ja.« Miriam nickt und fährt sich mit der Hand über die Stirn, als wollte sie eine Strähne zurückstreichen. Was nicht nötig ist. Die Haare liegen, wie sie sollen. »Davon hast du doch sicher gehört? Wie die guten Jönköpinger Bürger im Sommer 1948 auf die Zigeuner losgegangen sind?«

»Mein Gott! Nein. Davon habe ich nie etwas gehört …«

»Aber so war es. Ungefähr tausend Menschen standen auf dem Östra Torget und wollten zusehen, wie die Zigeuner verprügelt wurden.«

Camilla schüttelt den Kopf.

»Meine Güte. Die Leute sind ja wohl nicht ganz dicht. Zigeuner? Wenn man keine Kümmeltürken oder Spaghettifresser hat, die man jagen kann, dann muss man sich offenbar andere suchen.«

Miriam lächelt wieder. Ja. So ist es. Die Schweden haben sich ihr eigenes Feindbild gleich nach dem Krieg gesucht. Aber jetzt will sie kein einziges weiteres Wort mehr zu dieser Sache sagen, stattdessen schließt sie die Augen und wendet das Gesicht der Sonne zu.

»Heute ist wirklich wunderbares Wetter«, sagt sie.

»Ja«, stimmt Camilla zu. »Einfach wunderbar.«

Auch Camilla dreht ihr Gesicht in die Sonne. Wartet, dass vor ihrem inneren Auge ein Gemälde in Orange, Gelb und Rot entsteht. Gibt sich alle Mühe, nicht an den Nutzen zu denken – und auch nicht an das Risiko. Der Nutzen, den die D-Vitamine den Körperzellen bringen. Das Risiko, dass die Strahlen der Sonne einige dieser Zellen dazu bringen könnten, sich zu schnell zu teilen. Sie muss nicht in jeder Sekunde ihres Lebens Plus- und Minuspunkte sammeln. Das weiß sie selbst. Und das hat sie sich auch fest vorgenommen. Außerdem haben Menschen seit Jahrtausenden gelebt, ohne die geringste Ahnung von den Vorteilen des D-Vitamins für die Immunabwehr des Körpers zu haben und ohne sich selbst und ihre Kinder mit dicken Schichten von Sonnencreme zu schützen.

»Ja, sieh nur, was aus ihnen geworden ist«, kichert Max in ihrer Erinnerung. »Sind alle gestorben!«

Camilla muss schmunzeln und öffnet die Augen, betrachtet ihre Großmutter. Miriam sitzt kerzengerade ganz vorn auf der Bank und hält ihre Handtasche auf dem Schoß fest. Sie hat die Augen geöffnet und ihren Blick weit in die Ferne gerichtet, doch als sie spürt, dass Camilla sie beobachtet, blinzelt sie ein wenig, als wäre sie ganz verschlafen, und zieht die Augenbrauen hoch.

»Worüber amüsierst du dich?«

»Ach. Mir ist nur etwas eingefallen …«

»Und was?«

»Etwas, das Max vor einer Weile mal gesagt hat …«

»Dein Verlobter?«

Camilla kichert. Verlobter!

»Nein, um Gottes willen! Er ist nicht mein Verlobter.«

»Was ist er dann?«

»Sixtens Papa. Das ist alles.«

Miriam schaut wieder auf den See, das glitzernde Wasser, und zuckt leicht mit den Schultern.

»Ich glaube nicht, dass ich das jemals verstehen werde.«

»Was?«

»Dass ihr nicht zusammenleben wollt. Obwohl ihr doch ein Kind zusammen habt.«

»Wir haben es ja versucht. Wirklich. Eine Zeitlang. Aber wir sind nicht miteinander zurechtgekommen. Haben gestritten. Gemeckert. Der Funke ist einfach erloschen.«

»Welcher Funke?«

Miriam sieht Camilla ehrlich fragend an. Als hätte sie es ganz einfach nicht verstanden. Camilla zuckt mit den Schultern.

»Na, die Liebe. Das Verliebtsein.«

Miriam zieht die Augenbrauen ein wenig hoch, gibt deutlich zu verstehen, dass das ja wohl eine unglaublich dumme Antwort war, aber es sich nun einmal um etwas handelt, was sie nichts angeht.

»Verliebtsein?«, wiederholt sie nur. »Ach so. Na ja.«

Eine Weile sagen sie gar nichts, sitzen nur auf der Bank

und schauen sich um. Gleich neben ihnen plätschert ein Bach, und über den kleinen Bach führt eine schmale, gebogene Brücke, und über die schmale Brücke neigt sich wiederum eine riesige Weide. Das Schilf steht in dichten Büscheln unten am Seeufer und plötzlich bewegt es sich. Eine Entenmutter mit sieben gelbbraunen Daunenbäuschchen kommt herausgewatschelt und lenkt ihre Schritte über das grüne Gras, bis sie die beiden Frauen entdeckt. Die Ente bleibt stehen, zögert einen Moment, wirft Camilla und Miriam einen Blick zu, der sehr missbilligend zu sein scheint.

Camilla lächelt. »Guck mal«, sagt sie. »Die Ente sieht fast aus, als wäre sie wütend auf uns.«

Miriam schmunzelt als Antwort und steht auf.

»Wollen wir weitergehen?«, fragt sie, ohne auf eine Antwort zu warten, bewegt sich ein paar Schritte weg von dem Vogel. Camilla springt auf, schiebt vertraulich ihren Arm unter Miriams und fängt ein Gespräch an. Sie möchte sich so gern richtig mit Miriam unterhalten, will sie zurück in die Zeit locken, in der Miriam immer zugehört hat, an allem interessiert war, als sie diejenige war, die verstanden und getröstet hat.

»Aber wie war es, als Großvater noch gelebt hat? Schließlich wart ihr mehr als hundert Jahre verheiratet. Seid ihr nie sauer aufeinander gewesen?«

Miriam klopft ihr leicht auf die Hand. Jetzt ist sie an der Reihe zu lachen, wenn es auch ein ziemlich trockenes Lachen wird.

»Nein. Jedenfalls nicht während der ersten vierzig Jahre … Ich meine mich zu erinnern, dass ich einmal Mitte der Neunziger böse geworden bin. Aber das in erster Linie, weil ich mir Sorgen gemacht habe.«

Camilla bleibt stehen.

»Du machst Witze!«

»Nein, ganz und gar nicht.«

»Bist du vierzig Jahre lang kein einziges Mal wütend auf ihn gewesen?«

»Nein.«

Camilla muss sich anstrengen, dass die Enttäuschung nicht zu hören ist. Ihre Großmutter lügt. Zum ersten Mal in ihrem Leben ist sie überzeugt davon, dass ihre Großmutter sie anlügt.

»Aber du musst doch manchmal von ihm auch genervt gewesen sein!«, sagt sie schließlich. »Und sauer auf ihn.«

Miriam hört das leichte Vibrato der Enttäuschung in Camillas Stimme und zwingt sich nachzudenken. Doch. Natürlich. Da taucht der Kellerjunge auf. Damals hat sie Olof fast angeschrien, aber das ist eine unangenehme Erinnerung, beinahe bedrohlich, etwas, das zu verdrängen sie sich alle Mühe gegeben hat. Nie im Leben wird sie bereit sein, Camilla von ihm und seiner Mutter zu erzählen. Sie holt tief Luft und gibt sich alle Mühe, stattdessen an andere Tage zu denken. Die Tausende von ganz normalen Tagen, an denen sie Olofs Ehefrau war. Umsorgt und selbst umsorgend. Natürlich war sie manchmal etwas verärgert, besonders, wenn sie das Gefühl hatte, zu einer Randfigur in ihrem eigenen Leben zu werden. Olof war selbstverständlich die Hauptperson, und als solche hatte er seine Gewohnheiten und Macken. Ungemein redselig war er, aber ein schlechter Zuhörer. Seine schmutzigen Strümpfe und Unterhosen häuften sich auf dem Boden im Schlafzimmer. Teetasse, Krümel und die aufgeschlagene Zeitung blieben jeden, aber auch jeden Morgen auf dem Küchentisch liegen. Und natürlich fühlte sie sich ein wenig eingeschüchtert, weil nur er über die Kontoauszüge von der Bank Bescheid wusste. Als hätte sie nicht das Recht zu wissen, wie viel Gespartes sie nach vielen Jahrzehnten der Ehe angesammelt hatten, als wäre sie immer noch seine Hausangestellte oder jemand, der vorübergehend zu Gast war. Sie seufzt leise.

»Doch. Kann schon sein. Und er war bestimmt auch manchmal sauer auf mich, aber …«

Aber ich hatte zu viel zu verlieren, denkt Miriam. Weshalb ich, mit einer einzigen Ausnahme – dem Kellerjungen – sorgfältig darauf achtete, dass es keinen Streit gab. Denn derjenige, der sich streitet, riskiert, entlarvt zu werden, und ich wollte um keinen Preis entlarvt werden. Deshalb lächelte ich, deshalb schwieg ich, deshalb log ich. Aber was wäre passiert, wenn ich die Wahrheit gesagt hätte? Wenn ich eines schönen Tages zu Olof gegangen wäre und ihm die Wahrheit gesagt hätte? Dass ich eine Romni war. Eine Zigeunerin. Dass ich zu dem gleichen Volk gehörte wie die Menschen, die unten auf der Halbinsel von Adela ihr Lager aufschlugen? Hätte das bedeutet, dass ich nicht das Recht hatte, in einem Haus zu wohnen, Essen auf einem Elektroherd zu kochen, die Wäsche in der wunderbaren Waschmaschine zu waschen, die er mir gekauft hatte? Hätte er mich dann rausgeworfen? Oder wäre er nur einen Schritt zurückgetreten, hätte mich voller Verachtung angesehen und mich ganz offen in die Dienerin verwandelt, die ich insgeheim ja bereits war? Und wäre ich rausgeworfen worden, hätte ich dann wieder eine Romni sein können? War ich früher überhaupt eine gewesen? Bin ich jetzt eine Romni? Oder bin ich nichts? Weder Romni noch Jüdin, weder deutsch noch schwedisch?

Das ist ein neuer Gedanke, den sie noch nie zuvor gedacht hat, und er beunruhigt sie. Sie spürt, wie ihr Körper erstarrt, und holt schnell tief Luft, um wieder ein wenig zu entspannen. Camilla darf nichts merken. Niemand darf jemals etwas merken.

»Aber was?«, bohrt Camilla nach.

Miriam muss lächeln. »Wir haben es nie so weit kommen lassen, dass wir gestritten hätten. Eine sanfte Antwort dämpft die Erregung, wie du weißt.«

Camilla schnaubt.

»Ein Bibelzitat! Ist das alles, was du zu bieten hast?«

Miriam lächelt noch breiter.

»Ja, genau. Er wusste, worum es ging, der alte Salomon.«

Camilla wirft den Kopf zurück.

»Ha! Du musst schon entschuldigen, aber dem Mann habe ich noch nie vertraut.«

Jetzt sind sie an dem Gedenkstein angekommen, dem Stein, der die Helden der Heimatregion ehrt, und deshalb vergessen sie Salomon und seine mögliche Weisheit. Sie biegen ab und gehen zu dem Stein, wie sie es immer auf ihren Spaziergängen tun. Lesen stumm die Inschrift: *»Errichtet im Jahr 1938 zur Erinnerung an die tapfere Verteidigung der Heimaterde durch die Bevölkerung von Nässjö im Unruhejahr 1612 …«*

»Vierhundertundein Jahre«, sagt Miriam und schüttelt den Kopf. »Vierhundertundein Jahre Frieden hier in dieser Stadt …«

»Ach was«, wehrt Camilla ab. »Vor vierhundert Jahren gab es hier noch gar keine Stadt. Nur ein paar magere Bauern und halb verhungerte Kätner …«

Miriam nickt. Das stimmt natürlich. Dennoch bedeutet dieser Stein ihr viel. Es ist ihr heimliches Monument, das an ihre erste Zeit in Nässjö erinnert, daran, dass es trotz allem einen Platz mit Sicherheit und Trost gab, wenn auch nur unter gewissen Bedingungen. Sie erinnert sich noch genau, wie begeistert sie war, als sie ihn das erste Mal sah, während eines Spaziergangs mit dem Kinderwagen eines Morgens vor fünfundsechzig Jahren, wie fast die Erde unter ihren Füßen bebte und wie sie schluchzte, als ihr klarwurde, dass zu dem Zeitpunkt seit dreihundertsechsunddreißig Jahren in Nässjö Frieden herrschte. Das ließ sie den Entschluss fassen, dass dieser Ort das beste Versteck auf der ganzen Welt war, ein Ort, den sie nie wieder verlassen wollte, ein Platz, an den sie sich für alle Ewigkeit festketten würde, koste es, was es wolle. Und es hatte so einiges gekostet, auch wenn der Preis nie zu hoch gewesen war. Schweigen, Lügen und Dienstleistungen können schon zu einer Qual werden, aber das ist eine erträgliche Qual, unendlich viel erträglicher als bestimmte Wahrheiten. Außerdem ist der Stein eine Erinnerung an Camillas Teenagerzeit. Da wollte Camilla ihn sprengen, weil er so bescheuert war, ihn in Stücke schlagen wegen der einfältigen Botschaft, ihn zu Staub zermalmen, weil er etwas Dunkleres, Ekligeres unter dieser Frömmelei von der Heimaterde erahnen ließ. Aber das ist jetzt Vergangenheit. Inzwischen interessiert er sie nicht mehr. Stattdessen legt sie nun ihren Kopf leicht schräg und sieht ihre Großmutter an.

»Warum bist du denn damals in den Neunzigern so wütend auf Opa geworden?«

»Weil er vier Stunden lang verschwunden ist. Und ich wusste nicht, wo er war.«

»Oje. War er bei einer anderen?«

Miriam verzieht das Gesicht. Die Jugend denkt auch nur an das eine.

»Nein. Er hatte sich verlaufen.«

»Sich verlaufen? Im Wald?«

»Nein. In Nässjö. Er hat ganz einfach nicht mehr nach Hause gefunden.«

»Ach so. Dann war das sein …«

»Ja. Das war ein erstes Zeichen von Alzheimer. Und hinterher habe ich ein schlechtes Gewissen gehabt, dass ich so wütend geworden bin.«

Camilla denkt eine Weile darüber nach, dann seufzt sie tief.

»Du willst also behaupten, dass du bis dahin kein einziges Mal richtig wütend auf ihn geworden bist? Nicht ein einziges Mal in den vierzig Jahren?«

Miriam lächelt und tätschelt Camillas Hand.

»Ja, das will ich behaupten.«

»Ist das überhaupt möglich? Wie kann man vierzig Jahre lang zusammenleben, ohne ein einziges Mal wütend auf den anderen zu werden?«

Miriams Lächeln wird noch breiter.

»Weil ich das Gefühl hatte, ins Paradies gekommen zu sein. Und weil meiner Meinung nach Olof mich dorthin gebracht hatte.«

Camilla macht eine ungläubige Miene. »Nässjö? Fandest du, dass Nässjö ein Paradies war?«

Miriam lacht laut auf.

»Ja. Nässjö. Das Haus. Die Familie. Das war ein Paradies. Und das ist es immer noch.«

»Mein Gott«, sagt Camilla und sieht ihre Großmutter mit aufrichtigem Bedauern an. »Du Arme.«

Diesen Morgen hat sie nie vergessen. Der allererste Morgen in Nässjö.

Sie wachte sehr früh auf. Die Kirchturmglocke würde gleich sechsmal läuten, aber bis jetzt hatte der Wecker noch nicht geklingelt, und bis jetzt war Thomas noch nicht aufgewacht, hatte noch nicht angefangen zu weinen, nein, er lag ganz still in seinem Körbchen und ließ seine langen Wimpern einen Schatten auf die Wangen werfen. Er sah etwas verwundert aus, als träumte er etwas ganz Erstaunliches. Vielleicht handelte es sich um eine ganz besondere Farbe. Am Tag zuvor hatte Miriam ihn mit einem roten Waschlappen gewaschen, und als er den sah, fiel ihm das Kinn hinunter. Er starrte ihn mit offenem Mund an. Buchstäblich. Rot! Wie konnte es etwas so Merkwürdiges geben wie die rote Farbe? Was war das für eine sonderbare Welt, in der er gelandet war? Miriam hatte gekichert und ihm den Waschlappen eine halbe Minute lang vor die Augen hochgehalten, ihn die rote Farbe gründlich aufnehmen lassen, bevor sie seinen kleinen Po hob und ihn wusch. Aber jetzt schmunzelte sie nur und beeilte sich, den Wecker auszustellen, bevor er klingelte. Es war besser, wenn er von allein aufwachte, halbschlafend und noch verträumt auf dem Wickeltisch lag, wenn sie seine Windeln wechselte.

Anschließend wickelte sie ihn in seine hellblaue Baumwolldecke, hob ihn hoch und ging mit ihm in die Küche. Thomas lag mit dem Kopf an ihrer Schulter und begann ein wenig zu quengeln, schnell strich sie ihm über den Rücken, bevor sie den Kühlschrank öffnete. Und da stand er. Der Krug mit der Muttermilch, die Hanna am Abend zuvor hineingestellt hatte. Miriam streckte die Hand aus und griff nach ihr, fragte sich im Stillen, ob dieser Kühlschrank wirklich so gut funktionierte, wie Hanna behauptete, dass die Milch sich nicht nur die Nacht über, sondern auch noch den ganzen folgenden Tag frisch halten würde. Doch, ja. Der Krug schien wirklich kalt zu sein. Schnell ging Miriam zum Herd, stellte ihn an, noch bevor sie einen Topf herausholte und Wasser hineinlaufen ließ. Warmes Wasser. Das Wasser war geheimnisvollerweise bereits heiß, wenn es aus dem Hahn kam. Sie füllte den Topf und stellte ihn dann auf die Herdplatte. Hörte, wie die Wassertropfen am Topfboden zischten, als sie mit der Herdhitze in Kontakt kamen. Goss die Milch in eine Nuckelflasche. Stellte die Flasche in den Topf. Stellte den Krug mit der Muttermilch zurück in den Kühlschrank. Schloss die Hand um Thomas' Kopf, gab ihm einen leichten Kuss auf die Wange und schaute sich anschließend um.

Die Küche war phantastisch. Groß. Voller Raffinessen. Der Kühlschrank war wunderbar, groß und bullig, wie er da stand. Die grauen Schränke waren zwar ein wenig abgenutzt, aber es waren so viele. Miriam zählte sie schnell. Zweiundzwanzig Stück. Es gab zweiundzwanzig Schränke hier in dieser Küche! Auf dem Spültisch stand ein hellblaues Gefäß, das aus irgendeinem Plastik sein musste, und Miriam ging hin, nahm es hoch, musterte es kritisch. Es war sehr leicht. Sie versuchte den Deckel abzuschrauben, was aber nicht ging, weil sie ja Thomas auf dem Arm hatte. Gleichzeitig hörte sie, wie das Wasser in dem Topf anfing zu blubbern. Oje! Die Milch durfte nicht zu heiß werden. Also stellte sie schnell das Gefäß wieder hin und ging zum Herd. Zuerst fasste sie die Flasche an. Heiß. Dann ließ sie mit ein wenig Mühe ein paar Tropfen der Muttermilch auf die Hand tropfen, mit der sie Thomas hielt. Das war in Ordnung.

Jetzt sollte er etwas zu trinken bekommen.

Sie schaltete die Lampen in dem großen Zimmer nicht ein, ließ sich nur auf den großen blauen Sessel sinken und legte Thomas auf ihrem Schoß zurecht. Während er trank, schloss er fast vollständig die Augen, nur ein kleiner Spalt blieb noch offen. Groß genug, um zu zeigen, dass er wach war, schmal genug, um zu zeigen, wie er das Trinken genoss. Sie lächelte und zog die Decke enger um ihn, lehnte sich dann zurück und schaute aus dem Fenster. Morgendämmerung im Oktober. Grauer Nebel. Ausblick auf den blaugrauen Ingsbergssjön. Kleine Punkte gelben Lichts hinter den kahlen Bäumen des Stadtparks. Die Straßenlaternen.

Das war ein Ort ganz ohne Ruinen. Fast neugebaut. Nie bombardiert. Ein so friedlicher, sicherer und wohlhabender Ort, dass man es sich leisten konnte, die Straßenlaternen die ganze Nacht brennen zu lassen. Ein so moderner Ort, dass es in manchen Küchen Kühlschränke und fließend heißes Wasser aus dem Hahn gab. Und hier saß sie, wer immer sie auch war, Miriam oder die halb vergessene Malika, in einem warmen Zimmer, in einem großen Haus, und hielt ein Kind in ihren Armen. Ein Kind, das sie schon jetzt liebte.

»Zu Hause«, sagte sie halblaut zu sich selbst. »Ich bin endlich nach Hause gekommen.«

Es war Miriam, die sich gleich von Anfang an um Thomas gekümmert hatte. Hanna und sie hatten ihn zehn Tage nach Mariannes Tod aus dem Krankenhaus geholt. Sie nahmen ihn mit sich zu Hanna nach Hause. Olof ließ sich nicht blicken, er war nicht ein einziges Mal aufgetaucht, seit es passiert war, aber Hanna hatte jeden Tag mit ihm telefoniert. Sie war es auch, die sich um die Beerdigung gekümmert hatte, die Kontakt mit der Kinderfürsorge und dem Verein »Mjölkdroppen« aufgenommen hatte, aber es war Miriam, die sich um Thomas kümmerte. Sie war diejenige, die dafür sorgte, dass er alle vier Stunden ein Fläschchen mit der Muttermilch einer fremden Frau bekam, sie war es, die schnell lernte, sechs Lagen Zellstoff zu einer dicken und sehr zuverlässigen Windel zu falten, sie war es, die jeden Morgen seinen kleinen Körper mit einem Waschlappen, in lauwarmes Wasser getaucht, wusch, sie war es, die seine kleinen Hemdchen wusch, die losen kleinen Kragen leicht stärkte und bügelte, und sie war es, die nachts mit ihm herumlief, wenn er weinte und nicht schlafen konnte. Und wenn Hanna morgens zur Arbeit ging, war es Miriam, die bei ihm zu Hause blieb. Dann saß sie lange auf dem Sofa im Wohnzimmer und ließ ihn auf ihrem Schoß schlafen. Sie saugte nicht Staub. Lernte nicht ihre Lektionen, saß nur da und sang ihm kleine Roma-Wiegenlieder vor. Erinnerte sich an Didi. Erinnerte sich an Anuscha. Erinnerte sich sogar an die eigene Mutter, wenn auch ihr Bild nur kurz aufblitzte. Aber sie weinte nicht mehr. Trauerte nur stumm über die Vergangenheit und freute sich ebenso stumm auf das, was kommen sollte. Thomas würde heranwachsen. Niemand würde ihn jagen. Niemand ihn hungern lassen. Niemand ihn vergasen. Niemand seinen kleinen Körper zusammen mit tausend anderen Körpern verbrennen. Er sollte leben, spielen und alles lernen, was kleine Jungs so zu lernen hatten.

Eines Tages hörte sie Anuscha weit in der Ferne ein altes Wiegenlied auf Romanes singen und Didi stimmte mit seiner hellen Knabenstimme ein:

Chutem kuna tala e pruna,
E chavore tev da kuna …

Sie konnte den Stimmen nicht widerstehen, bald sang sie mit ihnen:

Ich hänge die Wiege in den Pflaumenbaum.
Dich zu wiegen, meinen Sohn, in den lieblichsten Traum.
Regen soll fallen und dich waschen rein
Blätter sollen fallen und dich decken fein.
Der Wind soll dich wiegen in den Schlaf
Milch bekommen sollst du vom Schaf.
Schlaf mein Junge, mein Kleiner, schlaf ein
Hör auf deine Mutter und weine nicht, nein.

Dennoch spürte sie zu ihrer Verwunderung ein leichtes Gefühl der Verbitterung im Bauch, während sie hier in Hannas Wohnzimmer saß. Warum? Warum saß sie hier und sang ein Wiegenlied für das Kind fremder Menschen, warum sang sie es nicht für ihren eigenen Bruder? Der Gedanke versetzte sie in Panik, und schnell beeilte sie sich, ihn auch vor sich selbst zu verbergen. Sie durfte nicht wütend sein, verärgert oder gequält, sie war gezwungen – ja, buchstäblich gezwungen! –, niemals ihre Qualen auch nur einem einzigen Menschen zu zeigen. Sie durfte nicht für Ärger sorgen. Sie durfte nicht stören. Sie musste sich ungemein sorgfältig um das Kind kümmern, das ihr anvertraut worden war. Sie musste immer freundlich lächeln, mit sanfter Stimme sprechen und so freundlich, folgsam und nichtssagend sein, dass niemand auf den Gedanken kommen konnte, sie auf die Straße zu werfen.

Und bisher war es gutgegangen. Jetzt, gut sechs Wochen später, war ihr Leben endlich vollkommen geworden. Sie hatte nach Nässjö fahren dürfen, hatte ein Bett in Thomas' Kinderzimmer bekommen, sie hatte Hannas Versprechen, dass sie als Thomas' Kindermädchen und Olofs Haushaltshilfe zu betrachten war, obwohl sie bisher Olof noch nicht zu Gesicht bekommen hatte. Hanna war überzeugt davon, dass sie es schaffte, aber sicherheitshalber hatte sie ihre eigene und Egons Telefonnummer auf einen Zettel geschrieben und Miriam gezeigt, wie man telefonierte. Außerdem hatte sie einen ganzen Fünfzigkronenschein in Miriams Handtasche gestopft. Fünfzig Kronen! Das ließ Miriam im ganzen Körper warm werden. Es konnte nichts Gefährliches passieren, solange sie fünfzig Kronen in der Handtasche hatte!

Jetzt klappte eine Tür, und die kleine Wandlampe im Flur wurde eingeschaltet, Sekunden später stand Hanna in der Türöffnung, in einem ganz neuen dunkelblauen Morgenmantel. Sie trug ein Netz ums Haar, ein Netz, das ihre Locken an Ort und Stelle halten sollte, was aber ehrlich gesagt nicht besonders kleidsam war. Aber was machte das schon? Egon hatte zwar Hanna, Miriam und Thomas in seinem großen Auto von Jönköping nach Nässjö gefahren, hatte ihnen aber nicht mit ins Haus folgen wollen, hatte nur Babykorb und Kinderwagen bis zur Treppe getragen und war dann schnell wieder fortgefahren. Was Hanna beunruhigt hatte, das hatte Miriam sehen können, aber gesagt hatte sie natürlich nichts dazu. Hanna wollte nie über etwas sprechen, was sie beunruhigte. Natürlich nicht.

Jetzt schob sie die Hände in die Taschen ihres Morgenmantels und legte den Kopf schräg. Hinter ihr keuchte es auf dem Boden. Ein verschlafener Nippon war seinem Frauchen gefolgt. Hanna unterdrückte ein Gähnen.

»Guten Morgen, Miriam. Ist alles in Ordnung?«

Miriam lächelte. »Guten Morgen. Alles ist in bester Ordnung. Und Hanna, wie geht es, Hanna? Gut geschlafen?«

Hanna nickte und verbarg ein weiteres Gähnen hinter der Hand.

»Ja. Sicher. Aber ich bin es nicht gewohnt, so früh aufzustehen …«

»Dann kann Hanna sich doch noch ein bisschen hinlegen. Ich werde sie wecken, wenn das Frühstück fertig ist.«

Hanna schüttelte wortlos den Kopf und trat ins Wohnzimmer, schlurfte auf dünnen Hausschuhen über das Fischgrätparkett hin zum Sofa und setzte sich. Beugte sich ein wenig vor und schaute Thomas an.

»Geht es ihm gut?«, fragte sie zögerlich.

Miriam nickte.

»Aber sicher. Hungrig wie immer, aber ansonsten ganz zufrieden mit dem Leben …«

Hanna seufzte. »Der arme Kleine. Nur ein Glück, dass er dich hat.«

Miriam erwiderte nichts, schaute nur auf das Kind in ihrem Schoß. Eine Weile blieb es still, dann holte Hanna Luft, um etwas zu verkünden: »Ich muss heute nach Hause fahren. Das verstehst du doch, oder?«

Miriam nickte. Laut vernehmlich saugte Thomas den letzten Rest aus der Flasche.

»Und du brauchst nur mittags und abends Essen zu machen«, sagte Hanna atemlos. »Nicht putzen oder so.«

Miriam hob Thomas hoch, legte ihn gegen ihre Schulter und klopfte leicht auf den Windelpo.

»Natürlich. Es ist ja Sonntag.«

Hanna sah erleichtert aus.

»Ja. Olof ist zwar in keiner Weise religiös, aber du weißt … Sonntag und so. Und dann die Trauerzeit. Dadurch ist er nicht so richtig …«

Thomas rülpste. Miriam legte ihn vorsichtig zurück auf ihren Schoß und begegnete seinem Blick, drückte ihn darauf leicht an sich. Es war so angenehm, ihn dicht am Körper zu spüren.

»Ich weiß. Und ich werde ihn nicht stören. Das verspreche ich.«

Hanna nickte, sah aber immer noch skeptisch aus.

»Er ist nicht wie sonst. Ich habe ihn noch nie so erlebt. Das ist natürlich die Trauer. Und es ist so traurig, dass er sich nicht um den Jungen kümmert … Aber das wird sicher noch kommen. Bestimmt kommt das bald.«

Eine Welle der Furcht durchfuhr Miriam. Und wenn es nicht kam? Wenn es sich nicht einfach so regelte? Was würde dann aus ihr und Thomas werden?«

»Ich werde es vorsichtig angehen lassen«, sagte sie und war selbst erstaunt, dass ihre Stimme wie immer klang. »Sehr vorsichtig.«

Und Miriam ließ es wirklich sehr vorsichtig angehen. Sie kochte ein sehr leichtes Mittagessen, an diesem ersten Tag, briet nur ein paar Bratwürste und machte Rührei, stellte den Teller auf ein Tablett und eine Flasche Bier und ein Glas daneben. Faltete eine Leinenserviette zu einem Dreieck und legte Messer und Gabel darauf. Alle Dinge sahen aus wie neu. Das Tablett war glänzend rot und hatte ein Muster mit grünen Blättern. Der Teller war weiß, nur mit einer kleinen Blume in der Mitte und einem grünen Rand. Das Besteck war sehr modern. Vollkommen rostfrei, ohne einen einzigen Strich oder Punkt als Dekor. Vielleicht hatte Marianne das alles ausgesucht. Miriam nahm das an. Dieses Besteck sah irgendwie aus wie Marianne selbst. Sie war groß gewesen, blond und sehr, sehr schlank. Vielleicht war sie sogar eine Schönheit gewesen. Miriam glaubte das. Eine große blonde, sehr schöne Frau, die ein schönes Heim eingerichtet hatte, bevor sie sich ins Bett legte, um ein Kind zu gebären und dann zu sterben.

»Sie ist gestorben«, hatte Hanna mit einem sonderbar flachen Ton gesagt, als sie den Hörer nach diesem schrecklichen Gespräch aufgelegt hatte.

»Marianne ist tot. Schwangerschaftsvergiftung.«

Es hatte Tage gedauert, bis sie es Miriam endlich erklärte. Wie sich das mit Eiern und Spermien verhielt. Was eine Schwangerschaft war. Was dabei manchmal schiefgehen konnte. Sie hatte mit ganz gedämpfter Stimme gesprochen, ab und zu geradezu geflüstert, und hatte rote Flecken am Hals bekommen, aber zum Schluss hatte Miriam verstanden, wie das, was passiert war, vor sich gegangen war, auch wenn es ihr immer noch etwas unklar war, wie Olof seine Spermien in Marianne hineinbekommen hatte. Nicht dass sie zu fragen gewagt hätte. Sie hielt fast die ganze Zeit, während Hanna sprach, den Blick gesenkt, und strich nur ein paar Mal mit der Handfläche über das eigene Knie. Rieb die Informationen unter die Haut, sagte jedoch nichts, nickte nur als Bestätigung, dass sie verstanden hatte. Hinterher strich Hanna ihr über den Kopf und ging in ihr eigenes Zimmer, und dort blieb sie, bis es Zeit zum Essen war.

»Olof ist damit einverstanden«, verkündete sie am folgenden Abend, kurz nach dem täglichen Telefongespräch mit Nässjö.

Miriam erstarrte dort, wo sie stand, mitten im Geschirrabtrocknen. Einverstanden womit? Sie traute sich nicht zu fragen.

»Er lässt Thomas nach Hause kommen«, sagte Hanna und faltete die Hände, während sie in der Türöffnung zum Esszimmer stehen blieb. »Und du darfst mitkommen, als Kindermädchen und Haushaltshilfe.«

Nach Hause zu Olof? Sollte Miriam bei Olof einziehen? Durfte sie nicht mehr bei Hanna wohnen?

»Sieh nicht so erschrocken aus«, sagte Hanna lächelnd. »Auf jeden Fall kannst du weiter lernen. Und ich werde dich ganz, ganz oft besuchen kommen …«

Aber Miriam war nicht erschrocken. Eher erstaunt. Und seitdem hatte sie nun schon mehrere Wochen gehabt, sich an den Gedanken zu gewöhnen. Während sie sich um Thomas kümmerte, hatte sie immer wieder darüber nachgedacht, überlegt, während sie abwusch und putzte, gegrübelt während der langen Spaziergänge, die laut Hanna für Thomas genauso wichtig waren wie für Nippon. Frische Luft! Nichts war für die Gesundheit wichtiger als frische Luft!

Vielleicht war es das erste Mal, dass Miriam wirklich an eine Zukunft dachte. Zumindest glaubte sie das im Nachhinein. Soweit sie sehen konnte, hatte sie einen Hauptgewinn gezogen. Es konnte ja wohl nichts besser sein, als zu Olof zu ziehen und sich dort um sein Kind zu kümmern … Wie lange? Nun ja. Das wusste sie nicht, aber so viel wusste sie: Es sollte sich mindestens um ein Jahr handeln. Olof würde sich im kommenden Jahr nicht wieder verheiraten. Das Trauerjahr, wie Hanna es nannte. Ein ganzes Jahr lang würde er in Trauerkleidung herumlaufen und mit ernster Miene zwischen Haus und Praxis hin und her gehen, und der weiteste Ausflug würde zum Friedhof führen. Der Grabstein war übrigens bereits in Auftrag gegeben. Er sollte nicht nur Mariannes Namen und ihren Geburts- und Todestag tragen, sondern auch Olofs Namen und Geburtstag. Wenn er starb, brauchte man nur noch sein Todesdatum einzumeißeln.

Miriam streckte sich, während sie in der Küche stand, und fuhr sich mit der Hand über das Haar. Strich die Schürze glatt. Holte tief Luft und ergriff dann das Tablett, ging mit geradem Rücken in kleinen Schritten auf den Flur, weiter in den Bereich des neuen Anbaus, in dem sich Olofs und Mariannes Schlafzimmer befand. Vor der geschlossenen Tür blieb sie stehen und stellte das Tablett auf den kleinen Tisch neben der Tür. Klopfte vorsichtig an. Lauschte. Klopfte noch einmal.

»Mittagessen«, sagte sie dann mit gedämpfter Stimme. »Ich bringe das Mittagessen …«

Endlich hörte sie, wie sich etwas da drinnen regte.

»Einen Moment«, sagte Olof, und seine Stimme hörte sich an wie immer.

Dennoch war er nicht wie immer. Er war alt geworden. Ein sehr viel älterer Mensch als derjenige, der er vor Mariannes Tod gewesen war. Fast halbtot.

Er trug nur einen zerknitterten Pyjama und zog sich gerade noch den Morgenmantel über, als er die Tür öffnete. Dennoch konnte sie sehen, dass seine Schultern in der gleichen resignierten Art hinunterhingen wie die der Muselmänner. Sein Gesicht war grau. Buchstäblich. Er hatte schwarze Schatten unter den Augen und ganz neue Falten, die von der Nase zum Mund hinunterführten. Außerdem konnte sie sehen, dass er blonde Härchen auf dem großen Zeh hatte, denn er trug keine Pantoffeln, stand mit nackten Füßen auf dem kalten Boden, dann hob sie jedoch schnell ihren Blick. Schaute ihn an. Seine Augen waren immer noch grau wie die Morgendämmerung im Winter.

»Mittagessen«, sagte sie noch einmal und hielt ihm das Tablett hin.

Er starrte es an, zögerte einen Augenblick, dann streckte er die Arme aus und nahm es entgegen.

»Danke«, sagte er und schloss die Tür mit dem Fuß hinter sich.

Miriam blieb einen Moment lang stehen und hörte ihr Herz schlagen, dann strich sie sich mit der Hand über die Schürze, drehte sich um und ging zurück in die Küche. Schließlich musste sie ja abwaschen.

Während des ersten Monats schien es, als wohnte Miriam allein in dem roten Haus. Olof sollte zwar Frühstück, Mittag- und Abendessen haben, aber zwischen den Mahlzeiten war er nicht zu sehen. Er ging jeden Morgen in seine Praxis, eilte mittags nach Hause und gleich nach dem Essen wieder davon, kam spät zum Abendessen zurück, aß allein im Esszimmer und ging gleich nach dem Essen in sein Schlafzimmer. Selten sagte er mehr als guten Morgen, guten Tag und vielen Dank fürs Essen. Schaute nicht einmal nach Thomas. Antwortete nur einsilbig, wenn Hanna anrief und wissen wollte, wie es ihm gehe.

Ab und zu rief Hanna auch nachmittags an, nur damit Miriam ihr Bericht erstattete. Aß Olof genug? Kümmerte er sich um seine Praxis? Nahm er Hut und Schal, wenn er hinausging? Miriam nickte und bestätigte. Ja, er aß. Und soweit sie wusste, kümmerte er sich um seine Praxis.

Und nur ab und zu ging er ohne Hut und Schal hinaus. Während er noch im Esszimmer saß, ging Miriam schon in den Flur, hängte den Schal über die Schultern des Wintermantels und achtete darauf, dass Hut und Pelzmütze direkt darüber auf der Hutablage lagen. Nein, nein, sie stand nicht daneben und kontrollierte, ob er auch den Hut aufsetzte. Sie wollte sich ja nicht aufdrängen. Das mochte er nicht, das hatte sie schon bemerkt. Und Hanna seufzte. Jaja, da war wohl nicht viel zu machen. Miriam kümmerte sich offensichtlich so gut um ihn, wie es nur ging. Und Thomas? Wie ging es ihm?

Thomas, dem ging es meistens ganz ausgezeichnet. Ab und zu war er mal etwas verschnupft, aber damit kam Miriam schon zurecht. Sie ging jeden Tag mit ihm spazieren und an den Freitagen wurden die Spaziergänge besonders lang. Dann kam nämlich Frau Karlsson. Die Putzfrau. Sie putzte schon seit vielen Jahren das Haus, bereits zu den Zeiten der Eltern, lange bevor Olof und Marianne eingezogen waren, und es gab keinen Grund, ihr zu kündigen, nur weil Miriam gekommen war, der Meinung war auch Hanna. Denn Miriam hatte schon genug zu tun mit dem Kochen, Waschen und der Kinderpflege. Und Olof hatte keinerlei Einwände gehabt, er legte Frau Karlssons fünfundzwanzig Kronen wie jeden Freitagmorgen auf den Küchentisch und verschwand dann. Am vierten Freitag legte er außerdem einhundertzehn Kronen daneben. Das war Miriams Lohn. Ihr erster Monatslohn. Der sie vollkommen aus der Fassung brachte.

»Das ist zu viel«, erklärte Miriam Hanna am selben Nachmittag.

»Blödsinn«, widersprach Hanna. »Das ist völlig angemessen.«

Gerade als Miriam den Hörer auflegte, kam Frau Karlsson aus dem Badezimmer. Sie seufzte leicht, streckte den Rücken und fuhr sich dann mit der Hand über die Stirn, als müsste sie den Schweiß wegwischen.

»Puh«, sagte sie. »Aber jetzt ist jedenfalls alles sauber. Das ganze Haus.«

Miriam lächelte freundlich, denn sie wusste nicht, was sie darauf hätte sagen sollen. Nur dass ein Lächeln gar nichts nützte. Frau Karlsson blieb dort stehen, wo sie stand und erwiderte das Lächeln. Offenbar wartete sie auf etwas.

»Frau Adolfsson hat mich immer zum Kaffee eingeladen«, sagte sie schließlich. »Nach dem Putzen. Die alte Frau Adolfsson und die junge auch.«

Miriam nickte stumm. Frau Karlsson seufzte wieder.

»Das ist aber auch zu traurig. Dass sie sterben musste, so ein junger Mensch. So unglaublich traurig.«

Wieder nickte Miriam. Frau Karlsson runzelte die Stirn. Sah etwas verärgert aus.

»Nun, eine Tasse Kaffee? Könnte man die bekommen?«

Und damit begann etwas, das fast einer Freundschaft ähnelte.

Frau Karlsson wusste alles über Nässjö und sie war äußerst willig, ihr Wissen mit anderen zu teilen. Sich selbst sah sie als Neuzugezogene an, obwohl es inzwischen mehr als zehn Jahre her war, dass sie in den Ort gekommen war. Vor dem Krieg, wie sie sagte, und das Wort ließ alte Bilder in Miriams Kopf aufblitzen. Schwarzgekleidete Männer. Didis zerschmelzendes Gesicht. Elses Augen Sekunden bevor … Sie beherrschte sich und streckte ihren Rücken, schenkte Frau Karlsson ein weiteres freundliches Lächeln. Eine Frau, für die der Krieg in erster Linie aus Kaffeerationierung und Fleischmarken bestanden haben musste und die nur sehr nebulöse Vorstellungen davon zu haben schien, was außerhalb von Schwedens Grenzen geschehen war. Aber was innerhalb dieser Grenzen geschehen war, darüber war sie sehr gut informiert. Zum Beispiel der Unterschied zwischen den Leuten aus den verschiedenen Teilen des Landes. Denn eigentlich, erklärte sie und trank erst mal einen Schluck Kaffee, kam sie aus Schonen, und es gab nur zwei Gründe, dass sie es schon so lange in Nässjö mit deren äußerst merkwürdigen Bewohnern ausgehalten hatte. Der erste Grund war Karlsson selbst. Nicht, dass Frau Karlsson ihn verherrlichen wollte und behaupten, ihr Karlsson wäre ein ganz ungewöhnlicher, einzigartiger Karlsson, aber Tatsache war nun einmal, dass ihr Karlsson wirklich ein sehr netter, begabter und humorvoller Kerl war. Genaugenommen der einzige wirklich humorvolle Mann, den sie in ihrem ganzen Leben getroffen hatte. Es gab nur einen einzigen Kritikpunkt, den sie gegen ihn anführen konnte, und zwar, dass er möglicherweise etwas zu knauserig war, aber andererseits war das eine Eigenschaft, die er mit den meisten Leuten aus Småland teilte, haha! Und vielleicht war es sogar ein Glück, dass er so war, wie er nun einmal war, denn wäre es Frau Karlsson gewesen, die das Geld verwaltete, dann hätten sie sicher nie die Mittel zusammenbekommen, das Eigenheim zu kaufen, in dem sie jetzt wohnten. Karlsson hatte nämlich noch einen Zuverdienst, indem er Lebensversicherungen verkaufte, und damit verdiente er nicht schlecht. Zwei Jahre in Folge hatte er den Preis als bester Lebensversicherungsmakler in Småland bekommen. Zwei Jahre in Folge! Und trotzdem wollte er seinen eigentlichen Job als Bahnhofsvorsteher bei der staatlichen Eisenbahn nicht aufgeben. Dort verdiente er nicht besonders gut, weiß Gott nicht, aber die Anstellung brachte einen einzigartigen Vorteil mit sich: freie Fahrt mit der Eisenbahn für die ganze Familie. Und das war der zweite Grund, warum sie es in Nässjö aushielt. Denn dank der Freifahrten konnte das Ehepaar Karlsson mit seinen zwei Töchtern jeden Sommer lange Zugreisen unternehmen. Im letzten Sommer waren sie in Kiruna gewesen. Und Frau Karlsson konnte den Zug nach Malmö nehmen, wann immer sie wollte. Und das wollte sie ziemlich oft.

»Weil ich diese Schiefköpfe nicht ertragen kann«, erklärte sie in vertraulichem Ton und tunkte einen Keks in den Kaffee. Miriam hielt den Atem an. Hatte Hanna nicht gesagt, dass es vollkommen unmöglich war, Kekse in den Kaffee zu tunken? Das zeugte von schlechter Erziehung. Ja, das hatte sie gesagt. Aber sie hatte auch gesagt, dass man nicht die Tischmanieren anderer Leute kommentieren durfte. Also blinzelte Miriam nur kurz und fragte dann: »Die Schiefköpfe?«

Frau Karlsson kicherte.

»Na, die in den freien Kirchen. In Schonen nennt man sie Schiefköpfe. Und Karlssons Familie ist voll mit solchen schiefköpfigen Gestalten.«

Miriam runzelte die Stirn und trank vorsichtig einen Schluck aus ihrer Tasse. Sie verstand gar nichts, wusste aber auch nicht, was sie sagen sollte. Frau Karlssons Lächeln wurde noch breiter, hastig tätschelte sie Miriams Hand.

»Die halten doch die ganze Zeit den Kopf so schief, so andächtig und gottesfürchtig, wie die immer tun. Deshalb der Ausdruck.«

Miriam musste auch kichern, und das genügte, damit Frau Karlsson wieder in Fahrt kam. Als sie das erste Mal nach Nässjö gekommen war, ja, da hatte sie wahrlich nicht ihren Augen getraut. Eine Kirche an jeder Straßenecke! Sechs Stück auf nicht einmal drei Kilometern! Die Staatskirche und die Missionsgemeinde, Betel und die Pfingstgemeinde, die Heilsarmee und das Tabernakel. Und dann all die schiefköpfigen Leute, die sich an jedem, aber auch jedem Sonntagvormittag versammelten, blasse Frauenzimmer, die kaum laut zu sprechen wagten, die die ganze Zeit nur flüsterten, und scheinheilige Kerle mit Augenbrauen wie ein umgedrehtes V auf der Stirn. Gütiger Gott! Wie heilig! Wie fromm! Aber sie waren sich nicht zu schade dazu, bestimmen zu wollen, wie die anderen ihr Leben verbringen sollten. Nein, wirklich nicht. Als Karlssons Mädchen in die Vormittagsvorstellung ins Kino gingen, seufzten sie anklagend. Das war schließlich eine Sünde. Und wenn erwachsene Frauen sich die Haare abschneiden ließen, dann empörten sie sich. Denn das war auch sündhaft. Wenn eine ehrenwerte, nichtschiefköpfige Frau aus Schonen barfuß auf ihrem ganz privaten Rasen herumlief, fielen sie fast in Ohnmacht. Das war anscheinend auch sündig, wie man vermuten konnte, auch wenn Frau Karlsson keine Ahnung hatte, ob man in der Bibel irgendwo einen Text mit genau diesem Verbot finden könnte. Das hatte Karlsson auch nicht, obwohl er ziemlich bibelfest war. Schließlich war er unter den Schiefköpfen aufgewachsen und wäre sogar fast ein Prediger geworden, hätte er nicht vor ungefähr dreizehn Jahren ein äußerst vernünftiges Mädel aus Schonen kennengelernt. Da hatte er also noch mal Glück gehabt, sagte Frau Karlsson, leerte ihre Kaffeetasse und brach in lautes Gelächter aus.

Im gleichen Moment wurde es ganz hell in der Küche.

Bald sollte Miriam lernen, dass die Sonne fast immer zur Küche hineinschaute, kurz bevor sie unterging, aber an diesem Tag war es das erste Mal, dass sie es bemerkte.

Vielleicht lag es an dem Schnee, der im Laufe der Nacht gefallen war und ganz Nässjö weiß glitzern ließ. Also glänzte auch ihre frisch geputzte Küche, und ihr gegenüber saß Frau Karlsson, immer noch mit einem Tuch ums Haar, und mit einem strahlenden Lächeln. Miriam war es plötzlich ganz leicht ums Herz. Frau Karlsson legte den Kopf ein bisschen schräg, offenbar ohne den geringsten Gedanken daran, dass sie so ein wenig wie ein Schiefkopf aussah.

»Und wie geht es dem kleinen Bürschchen? Wächst er, wie er soll?«

Miriam schaute sie verwirrt an.

»Wie bitte?«

»Na, das Bürschchen. Der Bub. Der Kleine.«

»Ach so«, sagte Miriam. »Oh ja. Er ist in einem Monat fast fünf Zentimeter gewachsen.«

»Das ist nicht schlecht«, sagte Frau Karlsson. »Da müsste man es ja fast knacken hören. Darf man mal einen Blick auf ihn werfen?«

Die beiden schlichen vorsichtig in den Flur, wo Thomas immer noch in seinem Wagen schlief. Miriam hatte ihm nur den Schal und die Handschuhe ausgezogen und die Decke etwas angehoben, damit es nicht zu warm für ihn wurde. Wie er so dalag, war er unglaublich süß. Halbgeöffneter Mund, rosige Wangen, tief versunken in seine Träume.

»Oh Herr Jesus, steh mir bei«, sagte Frau Karlsson. »Seit der Geburt meiner beiden Mädchen habe ich kein so goldiges Kind mehr gesehen!«

Miriam schniefte kurz und vergaß ganz, auf der Hut zu sein: »Ja, er ist wirklich prächtig, nicht? Ganz wunderbar.«

»Absolut einzigartig«, sagte Frau Karlsson. »Wäre es übrigens möglich, noch einen Nachschlag zu kriegen?«

Als Olof abends aus der Praxis nach Hause kam, war es immer noch hell im Haus. Zwar war die Sonne bereits vor Stunden untergegangen und der Abend stand schwarz vor den Fenstern, aber drinnen im Haus brannten fast alle Lampen. Und Miriam kam ganz gegen ihre Gewohnheit aus der Küche, als er sich noch den Mantel auszog, plötzlich stand sie da, in ihrer geblümten Schürze, mit Thomas auf dem Arm, und lächelte ihn an. Es war das erste Mal, dass sie mit Thomas vor ihm stand, sonst achtete sie immer darauf, dass der Junge schlief, wenn Olof nach Hause kam. Aber jetzt saß er also auf ihrem Arm, wackelte ein wenig mit seinem großen Kopf und schaute seinen Vater mit runden grauen Augen an.

»Hallo«, sagte Miriam. »Es tut mir leid, aber das Essen ist noch nicht ganz fertig. Wäre es möglich, dass du dich einen Moment lang mit dem Jungen hinsetzt, solange ich den Rest fertigmache?«

Sie wartete seine Antwort gar nicht ab, ging vor ihm ins Wohnzimmer und stellte sich vor den großen blauen Sessel, dort blieb sie stehen und wartete, als wäre die Sache bereits entschieden. Schaute ihn an, wie er im Flur zögerte, machte dann eine kaum erkennbare Bewegung mit dem Kind auf dem Arm. Er hatte keine Wahl. Er war gezwungen, ins Wohnzimmer zu gehen und sich zu setzen. Und als er erst einmal saß, beugte Miriam sich vor und legte ihm Thomas auf den Schoß, huschte dann ohne ein weiteres Wort aus dem Raum.

Sie achtete darauf, dass es in der Küche nicht zu leise wurde. Klapperte zuerst mit einem Topf, schlug dann die bereits fertiggeschlagene Soße, lief unnötigerweise mehrere Male zwischen Herd und Küchentisch hin und her, lief ins Esszimmer und wieder hinaus, warf einen schnellen Blick durch die offenen Flügeltüren ins Wohnzimmer.

Die Deckenlampe warf einen freundlichen gelben Schein auf den Raum. Auf dem Couchtisch stand eine knospende Hyazinthe, die Miriam morgens gekauft hatte. Sie sollte rosa blühen. Olof saß reglos auf dem Sessel und betrachtete seinen Sohn. Er sah etwas verwundert aus, schloss zunächst die Augen und öffnete sie dann wieder, als wollte er noch einmal genau nachsehen, ob das Kind auf seinem Schoß tatsächlich existierte. Das tat es. Dann schnupperte Olof leicht in der Luft, als wollte er ekligen Kackegeruch aus der Windel orten. Miriam musste heimlich schmunzeln und lief wieder in die Küche. Thomas roch nicht nach Kacke. Sie hatte ihn gerade eben frisch gewickelt. Er roch nach etwas anderem. Seife und Babypuder. Frisch wie das Leben selbst.

»So«, sagte sie schließlich und ging zum letzten Mal ins Esszimmer, stellte die Sauciere auf den Tisch. »Jetzt ist das Essen fertig. Vielen Dank für die Hilfe.«

Olof sah ganz verwirrt aus.

»Du musst ihn mir abnehmen«, sagte er. »Ich kann nicht mit ihm im Arm aufstehen.«

Miriam unterdrückte ein Lächeln und ging zu dem blauen Sessel, hob Thomas hoch und drückte ihn an ihre Brust.

»Ist er nicht niedlich«, sagte sie und strich schnell über den daunenweichen Flaum auf dem Babykopf.

Olof stützte sich mit den Händen auf den Sessellehnen ab und stand auf.

»Ja«, sagte er. »Das ist er. Auf jeden Fall.«

Dann kehrte er ihr den Rücken zu und ging ins Esszimmer.

Hinterher war sie verwundert, dass sie nicht auf seinen Tonfall reagiert hatte, auf das Graue, Gleichgültige in seiner Stimme, aber in dem Moment bemerkte sie es nicht. Sie blieb im Wohnzimmer stehen, bis er sich an den Tisch im Esszimmer gesetzt hatte, umschloss Thomas' Köpfchen mit der Hand und lächelte. Zufrieden. Sie fühlte sich äußerst zufrieden, weil sie zum ersten Mal Olof dazu gebracht hatte zuzugeben, dass Thomas überhaupt existierte.

Erst als sie mitten in der Nacht aufwachte, musste sie sich selbst eingestehen, dass es nicht so gut gelaufen war, wie sie es sich eingebildet hatte. Olof war einsilbig gewesen, als er später gute Nacht wünschte, und er hatte die Tür zu seinem Schlafzimmer mit einem deutlichen Knall geschlossen. Und sie selbst hatte einen Alptraum gehabt. Ja, jetzt erinnerte sie ihn. Zum ersten Mal, seit sie nach Nässjö gekommen war, hatte sie einen Alptraum gehabt. Sie setzte sich im Bett auf und presste das Kopfkissen gegen den Bauch. Ja. Jetzt erinnerte sie sich. Else war die Lagerstraße entlanggestolpert mit einem schwarzen Loch dort, wo das rechte Auge sitzen sollte, sie war auf die Knie gesunken, hatte geschwankt und wie ein Tier geheult …

Nein. Solche Träume durfte sie sich nicht erlauben! Nicht diesen Traum und keine Erinnerung an das, was wirklich passiert war, weder in Auschwitz noch in Ravensbrück, nicht in Deutschland oder auf dem Östra Torget in Jönköping. Denn sie hatte ja ihr Versteck gefunden, den allerbesten Platz auf der Erde für eine Romni, um sich zu verstecken, sie musste sich zwingen, so gut zu lügen, dass sie sogar sich selbst überzeugte. Malika gab es nicht mehr. Deutschland war ausgelöscht, ausradiert, vernichtet. Die Menschen in Jönköping waren nett. Die Menschen in Nässjö noch netter. Olof war der netteste Mensch von allen. Das Graue in seiner Stimme war keine Gleichgültigkeit. Es war Trauer. Reine Trauer. Er war hart getroffen. Sehr hart getroffen.

Sie stand auf, zog sich den Morgenmantel über und ging leise in die Küche, goss sich ein Glas Wasser ein. Sie schloss die Augen und trank. Zählte alle Segnungen auf, die ihr zuteilwurden. Sie hatte es warm. Sie war satt. Sie konnte so viel Wasser trinken, wie sie wollte. Sie hatte ein Baby, um das sie sich kümmern durfte. Sie hatte Geld in ihrer Brieftasche. Sie hatte noch mehr Geld in ihrem Schuh versteckt. Sie war weit, weit weg von allen Gefahren der Welt. Die Polizei hier im Ort trug blaue Uniformen und griff nie Leute in ihren Wohnungen an. Schon gar nicht im Haus eines hiesigen Zahnarztes. Niemals. Zahnärzte waren wichtige Personen. Mächtige.

Und als sich doch ein Kloß in ihrem Hals bemerkbar machte, spülte sie ihn mit einem weiteren Schluck Wasser hinunter. So. Jetzt gab es ihn nicht mehr.

Vor ihnen erklingt ein Johlen. Vier Jungs auf Fahrrädern. Und hinter ihnen läuft eine lachende Frau mit einem kleinen Kind in der Karre. Die Jungs haben dunkle Haare und olivfarbene Haut. Die Frau ist schwarz gekleidet und trägt einen blauen Schleier. Miriam und Camilla folgen ihnen mit dem Blick, während sie aus dem Stadtpark gehen, auf die Köpmansgatan einbiegen und weiter zur Brinellgatan gehen. Schweigend gehen sie nebeneinander, sagen zuerst nichts, doch dann räuspert Camilla sich.

»Glaubst du, die finden auch, dass Nassjö ein Paradies ist?«

Miriam hakt sich vertraulich bei Camilla ein.

»Ja. Das glaube ich.«

»Auch wenn sie nicht in einem großen Haus am Ingsbergssjön wohnen?«

Miriam muss lachen.

»Eine Mietwohnung in Runneryd kann auch ein gutes Versteck sein …«

Camilla hebt die Augenbrauen. »Ein gutes Versteck? Glaubst du, sie müssen sich verstecken?«

Miriam beißt sich leicht auf die Lippe. Was ist heute nur los mit ihr? Warum ist es ihr unmöglich, heute über das zu schweigen, über das sie achtundsechzig Jahre lang geschwiegen hat? Soll nun etwa ein Geheimnis nach dem anderen aus ihr herausplatzen?

»Na, sie sind doch Flüchtlinge«, sagt sie in leichtem

Ton, »deshalb denke ich, dass sie das Gefühl haben, sich verstecken zu müssen.«

Camilla erwidert nicht sofort etwas darauf.

»Hattest du dieses Gefühl?«, fragt sie schließlich.

Miriam lächelt verhalten. Jetzt hat sie sich fest im Griff. »Ich weiß es nicht. Vielleicht. Ich erinnere mich nicht mehr so genau.«

Camilla streichelt kurz die Hand der Großmutter, dann dämpft sie ihre Stimme ein wenig.

»Du hättest mehr erzählen sollen. Das sage ich nicht, um dich zu kritisieren, sondern weil es einfach nötig ist, dass dir das mal jemand sagt. Wir finden das alle. Papa, Mama und ich. Du solltest mehr erzählen. Schon dir selbst zuliebe. Und für diejenigen, die nach dir kommen. Sixten beispielsweise.«

Miriam streckt den Rücken durch. Bereit, sich zu verteidigen.

»Ich weiß, meine Liebe, dass du und deine Generation es als unglaublich wichtig ansehen, über alles zu reden. Aber so war das bei uns nicht. Wir mussten lernen zu vergessen. Alle haben das damals gesagt: Vergiss alles und guck nach vorn! Kau nicht immer die alten Sachen wieder durch …«

Sie verstummt und sinkt ein wenig in sich zusammen, bemerkt es dann und richtet sich wieder auf.

»Außerdem war niemand besonders interessiert an dem, was wir zu berichten hatten. Die Leute wollten es einfach nicht hören.«

Und Olof erst recht nicht, denkt sie, bremst sich aber selbst, bevor die Worte aus ihrem Mund rinnen. Dennoch muss sie sie für sich selbst wiederholen. Und Olof erst recht nicht. Er hielt nichts von der Vergangenheit. Nachdem er endlich akzeptiert hatte, dass Marianne tot war, begann seine Flucht, und manchmal lief er schneller als Miriam, um allen Erinnerungen zu entkommen. Er wollte nur weiter, nach vorn, nach oben, weg. Wollte immer wieder das Haus renovieren, neue Möbel kaufen, sich fortbilden und in die neuesten Techniken für seine Praxis investieren, wollte weit in die Ferne reisen, immer weiter, so weit man im Urlaub nur kommen konnte. Zuerst Ende der Fünfziger nach Italien. Dann Anfang der Sechziger nach Mallorca und auf die Kanarischen Inseln. Und anschließend nach Tunesien, Ägypten, in die Türkei, nach Indien, Thailand, Mexiko und zum Rest der Welt. Überallhin wollte er reisen, nur nicht nach Deutschland und Polen. Das waren Länder, die es in seinem Weltbild nicht mehr gab. Länder, die einfach nur langweilig, traurig und widerlich waren. Länder, die seine Ehefrau an ihre Erlebnisse im Krieg erinnern könnten. Und an diese Erlebnisse sollte sie nicht erinnert werden, das entschied er, das würde sie nur deprimieren und trübsinnig machen. Es genügte schon, wenn jemand im Radio das Wort Auschwitz erwähnte, sofort sprang er auf und schaltete den Apparat ab, um sich dann vor Miriam hinzustellen, über irgendetwas Belangloses zu reden, dabei mit einer zusammengefalteten Zeitung gegen den Oberschenkel zu schlagen in dem Versuch, sie auf andere Gedanken zu bringen. In solchen Momenten konnte sie ihn nicht ausstehen. Sonst war das nie der Fall. Nur in solchen Momenten.

»Aber mich interessiert das«, sagt Camilla. »Ich möchte wirklich gern wissen, was du hast durchmachen müssen. Und ich möchte wissen, wie du es geschafft hast zu überleben.«

Miriam kann nicht an sich halten. Sie muss leicht schnauben, und dieses Schnauben klingt fast wie ein

Schluchzen. Dennoch gelingt es ihr, ihre normale Stimme zu finden. Die ruhige, freundliche Stimme.

»Aber meine Liebe, das ist ja schon so lange her ... Ich weiß nicht einmal, ob ich mich noch richtig daran erinnere.«

Sie dreht den Kopf und schaut über den Ingsbergssjön, damit Camilla nicht sieht, dass sie lügt. Gleichzeitig faucht sie sich selbst an. Reiß dich zusammen! Schließlich war es nicht Olofs Fehler, dass du nie etwas erzählt hast, du hast nicht das Recht, ihm die Schuld zuzuschieben. Du hast diesen Entschluss gefasst. Du allein. Und nur du kannst entscheiden, ob du erzählen willst oder nicht.

»Dann erzähl das, woran du dich erinnerst«, sagt Camilla, »wenigstens das.«

Miriam wendet ihr wieder den Kopf zu und sieht Camilla an. Sie lächelt nicht mehr, schaut ihrer Enkelin tief in die Augen.

»Ich weiß nicht, ob ich es schaffe. Es ist so schwer, sich zu erinnern.«

Camilla nickt. Plötzlich ist sie ganz erwachsen geworden. Fast gleichaltrig mit ihrer alten Großmutter.

»Ich weiß. Aber das ist die einzige Möglichkeit, damit die Last leichter wird.«

Miriam wendet ihren Blick erneut ab. Sie will nicht. Sie will wirklich nicht.

Sie setzen sich wieder auf eine Parkbank. Sitzen eine ganze Weile schweigend nebeneinander.

»Es gab noch eine andere Frau hier im Ort, die auch in Ravensbrück gewesen ist«, erzählt Miriam schließlich. »Sie ist irgendwann in den Sechzigern verschwunden. Sie war nicht ganz klar im Kopf.«

»Kein Wunder«, sagt Camilla.

Miriam blinzelt vor Überraschung. Wie bitte? Warum ist das kein Wunder?

»Aber diese Frau war vollkommen geisteskrank. Total verrückt. Durchgedreht. Eines Tages ist sie zu uns ins Haus gekommen ... An einem ganz normalen Werktag, als Olof in der Praxis war. Das war schrecklich. Furchtbar.«

Sie kämpft darum, dass die Stimme heller klingt, während sie ausgesuchte Teile von dem erzählt, an was sie sich erinnert, aber das geht nicht. Die Stimmbänder gehorchen ihr nicht. Es scheint, als wüssten sie noch genau, wie die Frau damals klang und wie sie selbst damals klang. Das ist widerlich, und sie will nicht daran erinnert werden, will nicht erzählen, dennoch kann sie sich jetzt nicht länger zurückhalten. Plötzlich sitzt sie nicht mehr auf einer Parkbank am Ingsbergssjön, plötzlich steht sie stattdessen in ihrer frisch renovierten Küche, dieser Küche, die nicht mehr zweiundzwanzig Schränke aufweist, sondern vierundzwanzig, alle mit Türen aus echtem Teakholz, diese Küche, die keinen plumpen Kühlschrank mehr hat, sondern einen eingebauten, das größte Modell, und einen ebenso großen Gefrierschrank, und sie steht auf einem kleinen Küchenhocker und will sich gerade nach den Tellern herunterbeugen, die eine Blume in der Mitte und einen grünen Rand haben, diese Teller, die in ihren Gedanken immer noch Mariannes Teller sind und die fallen zu lassen sie aus unerklärlichem Grund eine Heidenangst hat, als sie ein Geräusch hört. Sie erschrickt so sehr, dass sie fast das Gleichgewicht verliert, schwankt aber nur kurz, fällt nicht hin, fasst nur nach der offenen Schranktür, um etwas zu haben, woran sie sich festhalten kann. Als sie das Gleichgewicht wiedergefunden hat, dreht sie langsam den Kopf und sieht, dass jemand auf der Terrasse steht. Eine Frau. Eine Frau mit zerzaustem Haar. Eine Frau mit wilden Augen. Sie weiß, wer das ist, und mit einem leisen Seufzer steigt sie vorsichtig von dem Hocker hinunter und streicht mit den Handflächen über die Schürze, fährt sich dann mit der rechten Hand übers Haar, als wollte sie kontrollieren, ob die Frisur auch so sitzt, wie sie sitzen soll. Das tut sie. Im gleichen Moment hört sie wieder etwas. Die Frau draußen schlägt mit beiden Handflächen gegen die Scheiben der Terrassentür. Klopft an. Wiederholt die Bewegungen, schlägt, klopft, jetzt nur härter. Miriam holt tief Luft. Sie muss etwas tun, weiß aber nicht so recht, was.

»Mach auf!«, zischt die Frau halblaut. »Lass mich rein!«

Miriam fasst keinen Entschluss, ihr Körper übernimmt das und regelt das für sie. Die Füße gehen los. Sie stecken in cognacbraunen Pumps mit kleinem Pfennigabsatz, sie hat sie am Tag zuvor erst vom Schuster abgeholt, und während sie zur Terrassentür geht, kann sie noch denken, dass er seine Arbeit nicht ordentlich gemacht hat, denn sie kann hören, wie ein kleiner metallener Nagel auf den Boden trifft, aber in der nächsten Sekunde denkt sie, dass das vielleicht gar nicht so schlecht ist, denn so klingt es, als hätten ihre Schuhe Metallabsätze, und das erschreckt vielleicht die Gestalt da hinter der Tür, gleichzeitig weiß sie, dass das ein lächerlicher Gedanke ist. Nichts, was sie sagt oder tut, kann diese Verrückte aufregen. Absolut nichts. Miriams Arm streckt sich aus, die Hand drückt die Klinke hinunter. Ihr Kopf legt sich leicht schräg. Ihre Lippen spannen sich, zeigen etwas, das ein Lächeln sein könnte.

»Guten Tag, Krystyna«, sagt sie mit gepresster Stimme. »Wie geht es dir?«

Dumme Frage. Jeder kann ja wohl sehen, dass es Krystyna nicht gutgeht. Sie hat sich nicht gekämmt, ihren

Mantel nicht zugeknöpft, und sie hat eine breite Laufmasche in ihrem Strumpf, direkt über der langen Narbe. Aber Krystyna scheint nichts zu hören, sie humpelt nur in Miriams Küche und holt tief Luft.

»Psst!«

Miriam hebt die Augenbrauen.

»Was?«

Krystyna beugt sich vor, reißt die Augen auf und flüstert: »Still! Rede nicht so laut!«

Miriams Angst ist verflogen. Jetzt ist sie vor allem verärgert. Sie verschränkt die Arme und spricht extra laut: »Und warum sollte ich nicht laut reden dürfen?«

Krystyna wirft einen Blick über die Schulter, auf den Herbst im Garten hinter ihnen. Die Sonne ist kurz davor unterzugehen, obwohl es doch erst Nachmittag ist, ein paar aprikosenfarbene Wolken ziehen über den taubenblauen Himmel.

»Weil ich sie gesehen habe. Sie sind hier.«

»Wer?«

»Die Gestapo! Die SS! Sie sind hier!«

Miriam versucht die Wut, die plötzlich in ihr aufsteigt, runterzuschlucken, sie schluckt und schluckt, aber ohne Erfolg. Was ihre Stimme erzittern lässt.

»Aha. Also die SS und die Gestapo sind wieder in Nässjö. Na, so was.«

Krystyna bekommt feuchte Augen.

»Bitte, Miriam. Du nicht auch noch. Ich schwöre es! Ich habe sie gesehen.«

»Tatsächlich. In voller Uniform, nehme ich an.«

Krystyna reißt ihre Augen noch weiter auf.

»Sie saßen in einem schwarzen Wagen … Ich habe sie gesehen!«

Miriam erwidert nichts, aber sie kann selbst spüren,

dass ihr Gesichtsausdruck und ihre Haltung genug sagen. Krystyna sieht es auch, sie blinzelt und tritt einen Schritt zurück, hebt die rechte Hand. Die umklammert ein Einkaufsnetz, und das ist voll mit Konservendosen. Bullens Bierwurst. Findus Fleischklöße. Gemüsesuppe von Felix. Und jede Menge anderer Dosen.

»Ich habe was zu essen. Wir können uns auf deinem Dachboden verstecken. Dein Mann kann ein Bücherregal vor die Tür schieben …«

»Hör auf!«

Miriam bekommt fast selbst Angst vor ihrem Gebrüll. Dennoch brüllt sie noch einmal.

»Hör auf! Hörst du! Du sollst endlich aufhören …«

Krystyna fängt an zu weinen, es ist ein jämmerliches, nörgeliges Kinderweinen, aber das kann Miriam nicht rühren. Jetzt ist sie richtig sauer. Außer sich vor Wut.

»Du hast wieder gestohlen, du verdammte Idiotin! Das ist mir schon klar! Du hast wieder gestohlen!«

Krystyna hört urplötzlich auf zu weinen und macht einen ängstlichen Schritt zurück, aber sie sagt nichts. Miriam folgt ihr. Sie hat die Faust geballt und droht damit Krystyna. Ihre Stimme ist schrill, es scheint, als sprühten kleine, zischende Schweißflammen aus ihrem Mund.

»Sie wollte dich doch rausschmeißen, wenn das noch einmal passiert, erinnerst du dich nicht? Hast du vergessen, was die Frau gesagt hat, bei der du arbeitest? Hä? Sie hat gesagt, sie schmeißt dich raus, wenn du noch einmal etwas klaust! Sie hat gesagt, dass sie es leid ist, in den Laden zu gehen und sich für dich zu entschuldigen. Und das meint sie ernst. Das weiß ich. Ich kenne sie und ihren Mann und ich weiß, sie meint das ernst!«

Krystynas Blick verändert sich auf einmal, es scheint, als hätte jemand an einem Knopf gedreht. Miriam kann ihn direkt vor sich sehen, einen großen schwarzen Bakelitknopf. Krystynas Wutknopf. Ihr schrecklicher Wutknopf. Krystyna bleckt die Zähne. Sie zieht die Oberlippe hoch und entblößt ihre Vorderzähne, eine Sekunde lang ist Miriam überzeugt davon, dass sie sie gleich beißt. Zum Schutz hebt sie die Arme und tritt schnell einen Schritt zurück.

Krystyna folgt ihr. »Ich will nicht sterben!«

Miriam schüttelt wortlos den Kopf und geht noch einen Schritt zurück. Jetzt lässt Krystyna das Netz mit den Konservendosen los, diese fallen mit einem Knall auf den Boden, und zwei Dosen rollen über das neue Linoleum des Küchenfußbodens, aber Krystyna achtet gar nicht darauf, sie hockt sich nur hin, macht den Rücken krumm, hebt die Hände und folgt ihnen. Plötzlich sieht sie aus wie ein Tier. Ein wildes, fauchendes Raubtier mit langen Klauen und scharfen Zähnen. Lebensgefährlich. Miriam weicht noch einen Schritt zurück, und unversehens steht sie mit dem Rücken am Spültisch.

Krystyna wird laut: »ICH WERDE AUCH DIESES MAL NICHT STERBEN! KAPIERST DU DAS! ICH WILL NICHT STERBEN!«

Ihre Stimme bricht mitten im Schrei ab, und plötzlich sieht Miriam, dass Krystyna alles andere als ein Raubtier ist. Sie ist nur eine hinkende, ziemlich kleine Frau in Miriams Alter, eine ziemlich jämmerliche, hässliche Gestalt mit abgekauten Fingernägeln und Tränensäcken unter den Augen, eine weinerliche kleine Person, die Miriam problemlos zur Terrassentür schubsen könnte, der sie ebenso problemlos einen Tritt in den Hintern verpassen und sie rausschmeißen könnte, die sie auf den harten Steinfliesen draußen umwerfen könnte, und einen Atemzug lang sieht sie sich selbst all das tun und genießt den Gedanken. Ach, könnte man doch all diese verborgene Gewalt freilassen, einmal selbst diejenige sein, die schlägt, man stelle sich vor: Nase und Mund dieses verfluchten Menschen auf dem rauen Granit reiben, so dass ihre Lippen aufplatzen und das Blut nur so aus der Nase herausschießt, man stelle sich vor …

Doch Krystyna gibt nicht so leicht auf. Miriams Phantasien sind ihr vollkommen gleich, sie scheint nicht einmal die Aggressivität in Miriams Blick aufblitzen zu sehen, sie rutscht nur fauchend auf sie zu. Miriam schluckt, tritt einen Schritt zur Seite. Doch das nützt nichts.

»Du verfluchte Hexe, du verdammter Judenteufel«, fast flüstert Krystyna jetzt. »Du elender Mistkäfer, du nutzlose Scheißhure, du …«

Krystyna ist jetzt fern aller Menschlichkeit. Sie kommt Miriam immer näher. Ihre Augen haben sich zu Schlitzen verengt, sind nur noch dünne schwarze Striche über den bleichen, schlaffen Tränensäcken, und Miriam schaut sich hastig um, versucht einen Fluchtweg zu finden, doch plötzlich ist sie wie gelähmt und kann nur noch denken, dass alles vergeblich gewesen ist, all ihre Anstrengungen, ihre Studien, ihr Schulabschluss, die Mühe, ihr Heim sauber zu halten, zu putzen und immer wieder zu putzen und pedantisch jede Spur menschlicher Aktivität wegzuräumen, alle ihre Versuche, Olof stets bei guter Laune zu halten, gutes Essen zu kochen, ihre Tischmanieren zu verfeinern, sich schlank, hübsch und ordentlich zu halten, eine gute Mutter für Thomas zu sein, all ihr Lächeln und ihre freundlichen Worte, alles, alles, alles war vergebens. Denn jetzt wird sie sterben. Jetzt wird sie auf diese Art und Weise sterben, von der sie seit Ravensbrück überzeugt war, dass sie so sterben werde. Eine andere Gefangene wird sie erschlagen. Sie zu Tode treten. Sie umbringen.

Denn sie ist nun einmal die, die sie ist. Kein verdammter Judenteufel. Etwas Schlimmeres. Eine Romni. Eine Zigeunerin. Eine Lügnerin.

Der Gedanke wird von einem jähen Lärm unterbrochen, und Miriam braucht fast zehn Sekunden, um zu begreifen, woher das Geräusch kommt. Die Teller. Mariannes Teller aus den Vierzigern. Krystyna ist mit dem Arm über die Anrichte gefahren und hat zwölf eierschalenfarbene Teller mit grünem Rand und einer kleinen Blume in der Mitte zu Boden gefegt. Und sie sind zerbrochen. Zumindest die meisten. Sie liegen vor Miriams cognacfarbenen Schuhen. In Scherben. Kaputt. Zerstört. Und ohne es selbst zu verstehen, stellt sie einen Fuß auf eine der Porzellanscherben und legt ihr ganzes Körpergewicht darauf, zerbricht den bereits zerbrochenen Teller, und Krystyna folgt ihr mit dem Blick und sieht für einen Moment nur verblüfft aus, dann beugt sie sich hinunter und hebt eine Scherbe auf, eine ziemlich scharfe dreieckige Scherbe, eine der größten, und in ihren Händen ist sie plötzlich eine Waffe, eine richtig lebensgefährliche Waffe, eine Waffe, die Krystyna hebt und auf Miriams rechtes Auge richtet. Ein Schrei steigt in Miriam auf, ein Schrei, den sie nicht herauslassen kann, der sie aber voll und ganz erfüllt, ja, sogar das schwarze Loch in ihr füllt, der buchstäblich ihre inneren Organe erbeben lässt, ihr aber gleichzeitig die Kraft gibt, die sie braucht. Plötzlich ist sie stark. Plötzlich ist jeder Muskel ihres Körpers angespannt und elastisch, plötzlich ist ihr Gehirn glasklar, plötzlich weiß sie genau, was sie tun muss. Sie packt Krystynas Handgelenke und wirft die Angreiferin zu Boden, das ist leicht, Krystyna ist nicht stark, außerdem ist sie vollkommen überrumpelt, und Miriam hört, wie Krystynas Schädel auf dem Boden aufschlägt, aber sie lässt nicht los, beugt sich stattdessen schnell über Krystyna, drückt die Knie auf deren Oberarme und zwingt sie, die rechte Hand zu öffnen, muss schluchzen, als sie hört, wie die dreieckige Porzellanscherbe zu Boden fällt, merkt gleichzeitig, wie ihr linker Schuh vom Fuß rutscht, aber das ist jetzt gleich, das macht nichts. Sie hat überlebt. Sie lebt. Und sie hat immer noch beide Augen.

»Mama«, sagt Thomas mit seiner jämmerlichen Stimmbruchstimme. »Mama!«

Sie hat ihn nicht kommen hören, hat nicht gehört, wie er die Haustür öffnete, nicht, wie er sich die Schuhe mit der Kreppgummisohle ausgezogen hat, die schicken Kreppsohlenschuhe, die so modern sind und die er seine Treckerreifen nennt, sie hat nicht gehört, wie er seine Schultasche im Flur zu Boden hat fallen lassen, aber er ist jedenfalls nach Hause gekommen, und jetzt steht er in der Türöffnung und sieht ganz verwirrt aus. Nein. Verängstigt. Thomas sieht ängstlich aus, und Miriam sucht tief in ihrem Inneren nach ihrer Stimme, ihrer ruhigen, sicheren Erwachsenenstimme, und sie versucht sogar zu lächeln, aber sie ändert ihre Haltung nicht, ihre Knie liegen weiterhin auf Krystynas Oberarmen und sie drückt deren Handgelenke fest auf den Boden.

»Ruf die Polizei«, sagt sie. »Sag, die sollen sofort kommen. Sag, dass hier eine Wahnsinnige ist!«

»Die Polizei? Warum habt ihr die Polizei gerufen? Gab es denn keine Krankenwagen?«, fragt Camilla ganz aufrichtig.

Miriam zieht die Augenbrauen hoch. »Nein. Zu der Zeit rief man die Polizei, wenn Leute psychisch krank waren.«

Eine Weile bleibt es still.

»Und – sind sie gekommen?«

Miriam nickt. Natürlich sind sie gekommen.

»Ja. Ganz schnell. Damals waren es ja nur ein paar hundert Meter vom Polizeirevier bis zu uns. Und dann haben sie sie ins Auto gesetzt und sind mit ihr nach Ryhov gefahren, also ins psychiatrische Krankenhaus von Jönköping.«

»Mein Gott. Hat sie dort Hilfe bekommen? Ist sie wieder gesund geworden?«

Miriam muss innerlich lächeln, es ist ein ekliges Lächeln, ein Rachegrinsen, aber sie hütet sich, das zu zeigen. Wurde Krystyna davon gesund, dass sie ins Irrenhaus gesperrt wurde? Nicht anzunehmen. Anfang der Sechziger wurden alle Verrückten als chronisch krank angesehen. Zumindest in Nässjö.

»Ich weiß es nicht«, sagt sie, und jetzt ist ihre Stimme ebenso hell und klar wie immer. »Sie ist nicht wieder in die Stadt zurückgekommen. Ich habe nie erfahren, was aus ihr geworden ist.«

Aber das stimmt nicht ganz. Ein halbes Jahr danach wurden Olof und sie von der Familie Björk, Krystynas früheren Arbeitgebern, zum Essen eingeladen. Frau Björk war auch Zahnärztin, aber nicht ganz so erfolgreich wie Olof, und sie hatte an dem Abend Miriam beiseite genommen und in vertraulichem Ton erzählt, dass sie Krystyna in Ryhov einmal besucht hatte. Nicht dass sich das lohnen würde. Krystyna hatte nur kerzengerade auf einem Stuhl gesessen, offensichtlich ohne ihre alte Chefin zu sehen oder zu hören. Katatonisch, hatte das Personal gesagt. Ohne jeden Kontakt mit der Umwelt. Aber zumindest öffnete sie den Mund, wenn sie ihr Essen brachten. Was ungewöhnlich war. Die meisten katatonischen Patienten essen und trinken nichts von allein.

»Das Lager«, sagte Miriam damals. Und Frau Björk nickte mit ernster Miene, aber dann hatte sie es eilig, in die Küche zu kommen, um zu überprüfen, ob die neue Haushaltshilfe auch alles richtig machte.

Am Ingsbergssjön bleibt es eine Weile still. Camilla scheint ein wenig in sich zusammengesunken zu sein, ihr Rücken ist leicht gekrümmt. Mit Daumen und Zeigefinger zupft sie an ihrer Jeans, registriert dann selbst, dass das eine Todesbewegung ist, so ein Tick, der erfahrene Altenpfleger erkennen lässt, dass es bald an der Zeit ist, dass der Patient stirbt. Also hört sie mit dem Zupfen auf, streicht stattdessen mit der Handfläche über den Oberschenkel und wendet sich Miriam zu.

»Aber wie kommt es, dass sie psychisch krank geworden ist und du nicht? Was war der Unterschied?«

Olof, denkt Miriam. Olof und Thomas und Hanna. Dass ich fast dazugehörte. Mit dabei war. Doch das sagt sie nicht, stattdessen seufzt sie leise und lässt sich gegen die Rückenlehne der Bank sinken.

»Ich weiß es nicht«, erklärt sie mit leiser Stimme. »Vielleicht lag es an den Experimenten …«

Camillas Stimme zittert.

»Den Experimenten?«

»Ja. An den medizinischen Experimenten in Ravensbrück. Krystyna war ja so ein Meerschweinchen …«

»Ein Meerschweinchen?«

Miriam versucht sich zurückzuhalten. Sie hört, dass Camilla Angst hat, dass sie das fürchtet, was Miriam zu berichten hat, dass sie es eigentlich nicht wissen will, aber die Erinnerung an Krystyna hat Miriams Gehässigkeit geweckt. Das hat sie nun davon, dieses verwöhnte Herzchen … *Nein!* So darf sie nicht denken. Schließlich mag sie Camilla. Mehr noch. Sie liebt sie. Ist stolz auf sie. Ist froh, dass sie davongekommen ist …

»Ja, Meerschweinchen. So hat man die genannt, die

für die Experimente ausgesucht wurden. Versuchskaninchen, könnte man auch sagen … Fast alles Polinnen, die meisten Politische.«

»Politische?«

»Ja. Kommunisten. Sozialdemokraten. Liberale. Sogenannte Patrioten verschiedener Couleur. Zum Tode Verurteilte. Mit ihnen wurden die Experimente gemacht. … Wir anderen kamen davon. Wir sollten uns nur zu Tode arbeiten.«

»Aber was für Experimente waren das?«

Miriam lächelt ironisch. Das ist ein ganz neues Lächeln, das sie seit vielen Jahren nicht gezeigt hat, und sie spürt selbst, dass es sie hässlich macht, anders, fremd, und dennoch kann sie es nicht unterdrücken.

»Oh, das waren unerhört wichtige medizinische Experimente. Sie haben eine Gruppe polnische Frauen ausgesucht, alle kerngesund, mit kräftigen Beinmuskeln. Und dann haben sie das eine Bein aufgeschnitten, ein langer, tiefer Schnitt, und dann haben sie die Wunde infiziert. Womit, weiß ich nicht genau. Mit irgendwelchen Bakterien. Dann haben sie das Ganze notdürftig wieder zugenäht und die Frauen eingesperrt. Haben ihnen auch jeden Tag zu essen gegeben, aber nur ein wenig Brot, die übliche Lagersuppe und diesen Rote-Bete-Sud, den sie Kaffee nannten. Haben sich nicht weiter um die Wunde gekümmert, sie nie gewaschen, nie die Laken gewechselt. So konnten sich die Fliegenlarven gut vermehren. Sie haben sich überhaupt nicht um die Frauen gekümmert. Doch, einigen haben sie das Bein amputiert. Und diejenigen, die die Blutvergiftung überlebt haben, durften wieder zurück ins Lager. Sie haben sogar Krücken gekriegt. Aber das waren ja nicht viele …«

Camilla hat sich die Hand vor den Mund geschlagen.

»Nein«, sagt sie flehend und schüttelt langsam den Kopf. »Nein …«

Miriam schüttelt auch den Kopf, um Camillas Leugnen zu widersprechen.

»Doch. So war es. Und Krystyna war eine von ihnen.«

Einen Moment lang bleibt sie stumm und schaut Camilla in die Augen. Ernst jetzt, ohne jede Gehässigkeit, aber sehr entschlossen.

»Sie haben auch noch andere Experimente gemacht … Sterilisationen und so, aber darüber weiß ich nicht so viel. Ich habe nie welche getroffen, die das haben mitmachen müssen, wahrscheinlich waren sie alle schon tot, als das Rote Kreuz kam. Aber in Auschwitz bin ich Doktor Mengele begegnet. Persönlich. Der Bonbonarzt. Er hat meinen kleinen Bruder …«

Du lieber Gott, was redet sie da? Sitzt hier und redet sich um Kopf und Kragen. Der Stadtpark beginnt sich vor ihren Augen zu drehen, einen Augenblick lang geht das so, und gleichzeitig spürt sie, wie Übelkeit in ihr aufsteigt. Sie schließt die Augen. Sie muss sich übergeben. Sie darf sich nicht übergeben.

»Oma?«, ruft Camilla in weiter Ferne. »Oma! Hallo! Was ist mit dir?«

Plötzlich huscht Didi durch die Luft. Er fliegt. Schwebt. Ist immer noch ein kleiner Junge, er lacht, und sein Gesicht ist völlig unversehrt.

Als sie aufwacht, liegt sie auf der Bank, die Füße auf der Armlehne. Das ist nicht besonders bequem, die Holzplanken schneiden ihr in den Rücken, und das Metall der Armlehne drückt scharf gegen ihre Knöchel. Camilla steht über sie gebeugt da, Panik flackert in ihrem Blick auf, sie ringt buchstäblich die Hände.

»Oma«, sagt sie wieder und wieder. »Oma. Omilein.«

Miriam hebt die Füße von der Armlehne herunter und zieht sich in sitzende Position. Blinzelt in dem gleißenden Tageslicht. Streicht ihr Kleid glatt, das schöne hellblaue Kleid, das sie vor vielen Jahren in Stockholm gekauft hat. Möglicherweise in dem Jahr, nachdem sie Witwe geworden war. So genau kann sie sich nicht mehr daran erinnern. Aber sie erinnert sich, dass das Kleid von Barbro Sörman entworfen wurde, und sie erinnert sich daran, wie glücklich es sie gemacht hatte …

»Nein«, sagt Camilla. »Leg dich wieder hin. Bleib noch ein Weilchen liegen.«

Was Miriam nie in den Sinn kommen würde. Nie im Leben.

»Nein«, widerspricht sie und fährt sich mit der Hand übers Haar. Die Frisur scheint noch so zu sein, wie sie sein soll. »Keine Sorge. Mir ist nur ein bisschen schwindlig geworden.«

Camilla schüttelt den Kopf. »Du bist ohnmächtig geworden! Du bist umgefallen und hast das Bewusstsein verloren!«

Miriam legt die Hände auf die Knie, kontrolliert, ob der Kleiderstoff auch glatt ist. Es ist ja nicht nötig, ihn zerknittern zu lassen. Noch nie ist sie mit zerknitterter Kleidung im Stadtpark von Nässjö herumgelaufen und sie denkt gar nicht daran, das heute zum ersten Mal zu tun. Weiß Gott nicht. Camilla setzt sich neben sie und sucht nach ihrer Hand.

»Bitte, Oma«, sagt sie. »Du bist wirklich ohnmächtig geworden. Plötzlicher Blutdruckabfall. Kannst du dich ein wenig nach vorn beugen, so dass der Blutdruck wieder steigen kann, bitte …«

Das ist keine Frage. Das ist ein Befehl, und Miriam ist es gewohnt, Befehlen zu gehorchen, ohne zu zeigen, dass sie genau das tut, alles, damit der Befehlsgeber sich nicht schuldig fühlen muss. Schuldbewusste Menschen sind nicht immer angenehm im Umgang. Also beugt sie sich vor und spürt, wie Camilla ihr eine Hand auf den Rücken legt, um sie in dieser merkwürdigen Stellung zu halten.

»So«, sagt Camilla. »Bleib eine Weile so sitzen.«

Na gut. Dann macht sie das. Sitzt mit vorgebeugtem Kopf da und mustert den Kies unter ihren Füßen. Der ist grau, mit einigen altrosa Einsprengseln. Roter Granit. Nicht besonders überraschend. Schließlich drückt sie doch den Rücken durch und wendet sich Camilla zu.

»So. Jetzt ist es wieder gut.«

Camilla runzelt die Stirn, es sieht aus, als wollte sie widersprechen, aber im letzten Moment ändert sie ihre Meinung. Dann ist es wohl jetzt wieder gut. Trotzdem sagt sie: »Du brauchst etwas zu trinken. Ich laufe zur Princess-Konditorei und kaufe Wasser … Bleib hier sitzen, ich bitte dich. Rühr dich nicht vom Fleck! Versprich mir das.«

Miriam nickt. Sie verspricht es.

Als Camilla die Glastür zur Konditorei aufreißt, hört sie ihr eigenes Herz schlagen. Das liegt an ihrer Nervosität. Nicht an fehlender Kondition. Die Princess-Konditorei liegt nur hundertfünfzig Meter entfernt, sie hat auf ihrem Spurt noch gar nicht müde werden können, ist nicht einmal außer Atem gekommen, dennoch erfüllt dieses Pochen ihren ganzen Kopf. Großer Gott! Eine halbe Minute lang hat sie geglaubt, sie hätte ihre Großmutter umgebracht. Dreißig Sekunden lang oder für eine ganze Ewigkeit war sie überzeugt davon, ihre eigene Großmutter mit ihren Fragen getötet zu haben. Warum konnte sie nicht den Mund halten? Warum war sie gezwungen, in dieser schrecklichen Vergangenheit zu wühlen …

Die Frau hinter dem Tresen wendet sich ihr mit einem Lächeln zu. Sie trägt eine rote Brille, und für einen kurzen Moment ist das alles, woran Camilla denken kann. An die roten Brillenbügel. Dann sieht sie ein, wie lächerlich das ist, holt tief Luft, macht sich bereit, um eine Flasche Mineralwasser zu bitten. Doch es kommt ganz anders.

»Meine Großmutter ist ohnmächtig geworden«, hört sie sich stattdessen selbst sagen. »Meine Oma ist hinten im Stadtpark in Ohnmacht gefallen …«

Sie legt die Hand auf die Glasplatte über der Auslage mit Kuchen und Torten, sucht Halt und denkt kurz, dass diese Konditorei sich überhaupt nicht verändert hat, dass sie immer noch genauso aussieht wie früher, als sie noch ein Kind war, ja vermutlich sieht sie schon viel länger so aus, und die Torten und Kuchen sehen auch immer noch so aus, dann gelingt es ihr endlich, sich zusammenzureißen und sie richtet sich auf. Blinzelt. Konzentriert sich.

»Oje«, sagt die Frau hinter dem Tresen. »Und wie geht es ihr jetzt?«

»Gut. Na, jedenfalls besser. Ich brauche eine Flasche Mineralwasser für sie.«

»Natürlich. Aber sollte sie nicht auch eine Tasse Kaffee trinken? Und etwas Süßes essen, um den Blutzuckerspiegel wieder hochzubekommen?«

Camilla nickt. Das wäre vielleicht ganz vernünftig, auch wenn es nicht unbedingt gesund ist. Die Verkäuferin lächelt und legt den Kopf schräg, sieht plötzlich sehr mütterlich aus.

»Und Sie sehen aus, als bräuchten Sie auch eine Tasse Kaffee. Ich mache Ihnen mal etwas zurecht …«

»So«, sagt Camilla etwas später und stellt Pappbecher und Kuchentüte auf die Bank, auf der Miriam sitzt, daneben kommt noch die Mineralwasserflasche, die sie unter den Arm geklemmt hatte. »Wasser, Kaffee, Kuchen.«

Miriam dreht den Kopf, sieht sie an. Sie ist wieder ganz die Alte. Ruhig und gefasst und so hübsch, wie eine Fünfundachtzigjährige nur sein kann. Höchstens ein wenig blass.

»Danke«, sagt sie und lächelt, wie sie Camilla immer angelächelt hat.

Schweigend sitzt sie da, während Camilla Mineralwasser in einen Pappbecher gießt, trinkt dann ebenso still. Camilla muss sich beherrschen, um nicht die Hand auszustrecken und sie zu berühren, sie zu fühlen, versuchen zu begreifen, dass Miriam wieder da ist. Die Unruhe tobt immer noch in ihr, und sie merkt, wie ihre Hand leicht zittert, als sie die Kaffeebecher aus der Papiertüte holt.

»Bitte schön«, sagt sie dann und reicht einen davon Miriam. »Trink auch ein bisschen Kaffee. Und iss ein Stück Kuchen. Für den Blutzucker.«

Miriam zieht die Augenbrauen hoch.

»Ist das dein Ernst? Ich dachte, du siehst Zucker und Weizenmehl als eine Erfindung der Hölle an?«

Camilla zuckt leicht mit den Achseln, ihr Blick flackert kurz.

»Schon«, antwortet sie. »An und für sich schon. Aber es gibt nun mal solche Anlässe und solche …«

Miriam nickt.

»Da hast du vollkommen recht. Und das hier ist definitiv so ein Anlass. Da hast du recht.«

Miriams Augen brennen. Merkwürdig. Es fühlt sich an, als hätte sie lange und laut geweint, als hätte sie sich wirklich ausgeweint, obwohl sie nicht eine einzige Träne hat fallen lassen. Ihr Körper ist ganz warm und schlaff. Aufgelöst. Verheult. Sie kann sich nicht einmal mehr daran erinnern, wann sie das letzte Mal so ein Gefühl hatte. Sie weint doch nicht. Sie hat nicht mehr geweint seit Olofs Begräbnis, und damals hat sie auch nicht laut geweint, nicht einmal als sie allein war, sie hat sich selbst nur erlaubt, leise und unauffällig die Tränen während der Beerdigung laufen zu lassen. An lautes Weinen kann sie sich kaum noch erinnern. Sie hat nie in Ravensbrück geweint, nie in Auschwitz, nie in dem Kloster bei den Nonnen. Dort durfte man nicht weinen, nicht, wenn man überleben wollte. Vielleicht kann man behaupten, dass sie in dem Wagen geweint hat, in den die Frau von der *Kripo* sie gestoßen hatte, aber das ist nicht wahr. Damals hat sie geschrien. Gebrüllt vor Verzweiflung darüber, dass Didi in ein anderes Auto gestoßen wurde. Didi war doch ihr kleiner Junge. Sie war nicht nur seine große Schwester, sie war auch seine Mutter. Seine Mama. Ein kleines Mädchen, das die Mama für einen noch kleineren Jungen war. Sie war seine Mama gewesen, seit ihre und seine richtige Mutter gestorben war. Wann immer das gewesen sein mochte. Irgendwann kurz nachdem Didi laufen gelernt hatte.

»Ich bin immer eine Ersatzmama gewesen«, sagt sie ruhig und trinkt einen Schluck Kaffee. »Nie eine richtige Mutter. Immer nur der Ersatz.«

Sie verstummt und wartet auf die eigene Reaktion. Dringt ein panischer Schrei aus ihrem Inneren hervor? Ein besinnungsloses Gebrüll, das sie zwingen soll zu schweigen? Schwebt Didi über dem Ingsbergssjön? Wankt Else mit den schwarzen Spuren des Verhungerns im Gesicht vorbei? Nein. Das geschieht nicht. Und im nächsten Moment lässt sie die Schultern sinken, nur um zu spüren, wie sich das anfühlt. Keinen Widerstand zu leisten. Nicht zu lügen. Nicht jeden Moment bereit zu sein, sich zu verteidigen.

Das ist äußerst angenehm. Fast schön.

Miriam lehnt sich zurück. Sie zeigt nicht mehr dieses beruhigende Lächeln. Erlaubt stattdessen ihrem Körper, sich an der Rücklehne der Bank zu entspannen. Blinzelt träge in die Sonne. Trinkt noch einen großen Schluck aus ihrem Kaffeebecher. Ja. Das ist schön.

»Was meinst du damit?«, fragt Camilla. »Ersatzmama?«

Sie klingt fast atemlos. Das arme Mädchen. Sie hat Angst. Sie sollte keine Angst haben. Aber Miriam kann doch nichts daran ändern.

»Ja.«

»Aber niemand hat jemals Papas biologische Mutter kennengelernt, wie hieß sie noch mal, Marianne. Du bist es doch, die immer seine Mama gewesen ist … Seine richtige Mama, meine ich.«

»Nein. Marianne war seine richtige Mama. Ich war nur der Ersatz. Ersatzehefrau und Ersatzmama. Und für Didi war ich auch die Ersatzmama.«

Die Erde öffnet sich nicht unter ihren Füßen. Die Sonne geht nicht unter, der warme Sommertag verabschiedet sich nicht und lässt keinen eiskalten Wintersturm frei. Es türmen sich keine Gewitterwolken am Horizont. Der Ingsbergssjön liegt ruhig glänzend da. Die Sonne strahlt. Und der Boden unter ihren Füßen ist vollkommen fest. Obwohl sie seinen Namen genannt hat. Neunundsechzig Jahre nach seinem Tod hat sie endlich seinen Namen laut ausgesprochen. *Didi! Didi! Didi! Ich habe dich nicht vergessen!*

Camilla klingt fast, als ducke sie sich. Vollkommen verängstigt.

»Und wer war Didi?«

Miriam schließt die Augen und wendet das Gesicht der Sonne zu. Lächelt ein wenig, trotz allem, und hört, wie ihre Stimme leicht zittert.

»Didi war mein kleiner Bruder. Unsere Mutter starb, als er noch ganz klein war. Da bin ich seine Ersatzmama geworden.«

»Oh.«

Camillas Stimme klingt schrill, sie beißt in ihren Kuchen und trinkt einen großen Schluck aus ihrem Kaffeebecher. Miriam legt eine Hand auf Camillas und schaut ihr in die Augen.

»Du brauchst keine Angst zu haben.«

Camilla kaut ganz hektisch, leckt sich dann die Mundwinkel auf eine Art, die Hanna sicher empört hätte.

»Ich habe kein Angst«, sagt sie dann. »Warum glaubst du, dass ich Angst habe?«

»Du willst es gar nicht wissen. Und gleichzeitig willst du es natürlich wissen. Das macht dir Angst. Und ich verstehe das. Ich habe mein ganzes Leben lang Angst gehabt.«

Camilla zieht ihre Hand zu sich und trinkt noch einen großen Schluck Kaffee.

»Du hast Angst gehabt?«, fragt sie. »Wie kann man Angst haben, wenn man im Paradies wohnt? Wie, bitte schön?«

Sie hört selbst die Schärfe in ihrer Frage, und die macht ihr tatsächlich Angst, aber Miriam scheint sich gar nicht darum zu kümmern. Sie lacht nur. Sie lächelt nicht mehr, sondern lacht tatsächlich und legt dann ganz unvermittelt ihren rechten Arm auf die Rückenlehne der Bank. Das ist eine ganz neue Bewegung, eine Bewegung, wie sie Camilla noch nie bei Miriam gesehen hat. Als wäre sie frei. Der Gedanke lässt Camilla blinzeln. Frei? Es ist ja wohl klar, dass ihre Großmutter frei ist. Dass sie immer frei gewesen ist. Zumindest seit dem Tag, als sie aus dem Konzentrationslager herauskam.

»Es geht um innen und außen«, sagt Miriam. »Von außen betrachtet, habe ich nie Angst gehabt. Nicht einen einzigen Tag, seit ich nach Nässjö gekommen bin. Aber im Inneren …«

Camilla beißt wieder von ihrem Kuchen ab. Das sollte sie eigentlich nicht. Doch das beruhigt. Und wer kaut, kann nicht antworten. Wer kaut, kann nichts anderes tun als kauen. Dann läuft sie morgen halt eine Extrarunde um den See …

»Im Inneren habe ich immer Angst gehabt. Jeden Tag, jede Minute.«

Miriams Stimme ist schwerer geworden. Jetzt lacht sie nicht mehr. Lächelt nicht einmal. Aber plötzlich zuckt sie leicht mit den Schultern.

»Ich muss sagen, das war ziemlich ermüdend.«

Camilla muss kichern. Ermüdend, das ist das Wort. Doch dann steigt die Panik in ihr auf. Plötzlich öffnet sich ein Abgrund in ihr, und sie sieht ein, fühlt, versteht und begreift, dass das hier wahr ist, es ist wirklich passiert, im richtigen Leben. Die Naziherrschaft. Auschwitz. Ravensbrück. Ihre Großmutter hat sogar Doktor Mengele getroffen, den Mann, den Camilla sich immer wie eine Art Märchenfigur vorgestellt hat, ein Untoter in einer Horrorgeschichte, ein Unmensch in schwarzer Uniform, der in Auschwitz herumgetobt ist und andere in den Tod kommandiert hat. Aber es gab ihn. Ihre eigene Großmutter hat ihn gesehen, hat seine Stimme gehört. Und hier sitzt Camilla und kichert! Sie spürt, wie ihr Gesicht warm wird, dann zwingt sie sich, ihre Großmutter anzusehen, zwingt sich, sich der Scham zu stellen. Doch sie braucht sich nicht zu schämen. Miriam begegnet ihrem Blick, lächelt ihr beruhigendes vorsichtiges Lächeln, und Camilla entspannt sich. Miriam hat es nicht übel aufgenommen. Also schluckt Camilla und nickt.

»Ich verstehe das. Es ist schrecklich ermüdend, die ganze Zeit Angst zu haben.«

Miriam erwidert das Nicken.

»Ja. Ich glaube, du kennst das.«

»Ja. Das tue ich wohl. Auf meine Art und Weise.«

Weit entfernt bellt ein Hund. Vielleicht ist es Kaiser. Keine von beiden reagiert, schweigend sitzen sie nebeneinander und sind in ihre Erinnerungen versunken. Langsam trinken sie ihren Kaffee. Zum Schluss hält Camilla die Papiertüte hin. Miriam wirft einen Blick in ihren leeren Becher, stopft ihn dann in die Tüte. Ohne ein Wort stehen sie auf, machen sich bereit, den Spaziergang fortzusetzen. Camilla bietet ihren Arm an, und Miriam hakt sich ein. Es ist schon in Ordnung, lieber auf der sicheren Seite zu sein. Und langsam zu gehen.

»Verkraftest du es, wenn ich dir noch eine Frage stelle?«, fragt Camilla.

Miriam antwortet nicht sofort.

»Ja, doch«, sagt sie schließlich. »Das tue ich wohl.«

»Warum habt ihr ihn den Bonbonarzt genannt?«

Miriam bleibt mitten im Schritt stehen. Schließt die Augen, öffnet sie aber gleich wieder.

»Er hatte immer Bonbons in der Tasche. Rote, in Papier eingewickelte Bonbons.«

Camilla runzelt die Stirn.

»Und wozu?«

»Die hat er den Kindern im Zigeunerlager gegeben. Den anderen Kindern nicht. Aber er mochte die Roma-Kinder. Sowohl die toten als auch die lebenden.«

Sie sehen einander nicht an. Bleiben nur reglos stehen und starren vor sich hin. Plötzlich scheint es, als finge ein Baum hinter ihnen an zu singen. Eine Vogelbeere, ein riesiger Baum mit einem trostreichen Bass. Die Vögel in seiner Krone verstummen vor Überraschung. Und auch Camillas eigene Stimme wird zu einem Flüstern.

»Woher weißt du das?«

Miriams Stimme ist glasklar.

»Weil ich dort war. Ich saß im Zigeunerlager in Auschwitz.«

Lagerleben

»Ich muss immer wieder denken, warum sind die Völker jetzt so arm?
Vielleicht weil es keine Sklaven mehr gibt?!«

Margarete Himmler

Wurst. Ein ziemlich großes Stück Wurst. Ein Klecks Margarine. Eine kleine Schale mit künstlicher Marmelade. Und ein Brot, ein recht großes Schwarzbrot.

Miriam schluckte. Wagte kaum zu blinzeln. Stand reglos da und starrte die Wurst an, merkte nicht einmal, dass der Lärm in der Baracke verstummt war. Die Frau am Tisch hob das Messer, und ein Raunen ging durch die dichtgedrängte Menge, ein Mädchen an Miriams rechter Seite drückte vorsichtig auf ihre Schulter und versuchte sich vorzudrängen, aber Miriam ließ das nicht zu. Sie lehnte sich leicht nach rechts und blockierte sie so, stellte dann fest, dass diese Bewegung ihr einen Vorsprung von fast fünf Zentimetern gebracht hatte. Sie beugte sich zur anderen Seite. Es brannte im Bein, doch darum kümmerte sie sich nicht. Drängte sich fast unbemerkt weitere zwei Zentimeter nach vorn. Das Mädchen links von ihr schien nicht zu reagieren, auch sie starrte unverwandt auf die Wurst. Ganz vorn stand die Frau, die aufteilen sollte, immer noch mit hoch erhobenem Messer.

»Wie viele sind wir?«, fragte sie.

Ein blasses Mädchen direkt vor ihr beugte sich vor und flüsterte der Frau etwas ins Ohr.

»Sechzehn«, sagte die Frau mit dem Messer. »Dann schneide ich also das Brot in sechzehn Stücke und danach die Wurst. Keine …«

Sie verstummte und schaute sich um, bohrte den Blick in jede Einzelne. Am anderen Ende der Baracke heulte jemand auf, es war ein schriller Schrei, der schnell wieder verstummte. Die Messerfrau schaute sich um, sie runzelte die Stirn.

»Keine«, wiederholte sie, »keine rührt sich, bevor alles aufgeschnitten ist. Keine rennt nach vorn oder drängelt sich vor. Und diejenigen, die gestern aus der Quarantäne gekommen sind, die kriegen die ersten Bissen. Ist das klar?!«

Der Boden schwankte unter Miriam. Sie war ja gestern aus der Quarantäne entlassen worden. Und sie hatte seit fast einem Jahr keine Wurst mehr gesehen. Ohne weiter nachzudenken, benutzte sie ihre Ellenbogen und schob sich nach vorn, drückte und drängelte, drehte sich halb zur Seite und rutschte in die erste Reihe.

»Ich …«, sagte sie, als sie angekommen war. Die Messerfrau schaute sie mit ernster Miene an, hob dann das Messer und hielt die Hand in der Luft.

»Hörst du schlecht? Keine rührt sich vom Fleck!«

Miriam schlug die Augen nieder.

»Auschwitz«, sagte sie mit leiser Stimme.

Die Frau ließ das Messer sinken.

»Ich weiß. Aber das gibt dir nicht das Recht, dich vorzudrängeln.«

Das blasse Mädchen gleich neben ihr schloss halb die Augen und sah Miriam mit etwas im Blick an, das fast wie Verachtung erschien. Miriam drückte den Blechteller gegen den Bauch und verstummte. Richtete ihren Blick wieder auf die Wurst. Die Frau mit dem Messer griff nach dem Brot. Vorsichtig nahm sie fünfzehn Mal Maß am Brot, schnitt kleine, dünne Markierungen in die Rinde, in so gleichmäßigem Abstand wie nur möglich. Dann begann sie richtig zu schneiden. Wieder ging ein Raunen durch die Gruppe, das aber sofort verstummte, als die Frau den

Kopf hob. Und anschließend: vollkommenes Schweigen, absolute Stille.

Es dauerte lange, das Brot aufzuschneiden. Es schien sehr hart zu sein, denn die Frau musste beide Hände auf das Messer legen und es mit dem Gewicht ihres ganzen Körpers hinunterdrücken, damit es überhaupt schnitt. Kleine Krümel rollten über den Tisch, aber keine rührte sich, keine versuchte sie aufzufangen, die ganze Gruppe stand reglos da und beobachtete die Frau. Sie war ziemlich groß. Ihr Gesicht war bleich und grau und voller Falten, als wäre sie sehr alt, aber ihre Haltung war nicht die einer alten Frau. Sie hielt ihren Rücken sehr gerade. Das Kopftuch war so weiß, dass es wie frisch gewaschen aussah. Die Hände waren makellos sauber. Miriam schaute auf ihre eigenen Hände. Die waren bereits grau geworden, obwohl sie doch erst gestern in die Dusche gezwungen worden war. Außerdem hatte sie Trauerränder unter den Fingernägeln. Aber was machte das hier noch für einen Unterschied.

So. Jetzt war das Brot geschnitten. Sechzehn Scheiben lagen auf dem Tisch vor der Frau. Jetzt griff sie nach der Margarine und drückte sechzehn fast exakt gleich große Klumpen auf die Scheiben. Anschließend nahm sie die Schale mit der künstlichen Marmelade und verteilte auch sie. Anschließend – erst ganz zum Schluss – griff sie nach der Wurst, nahm sie in die Hand, als wollte sie abwiegen, wie schwer sie war, schob dann einige Brotscheiben zur Seite und markierte mit dem Messer in der roten Pelle, wo sie schneiden wollte. Miriam ließ sie keine Sekunde aus den Augen. Das Endstück würde am größten sein. Daran bestand kein Zweifel. Also wollte sie zusehen, das Ende zu kriegen. Bald. So schnell wie möglich.

Die Frauen und die Mädchen hinter ihr waren immer

noch still, keine sagte ein Wort, dennoch konnte man ihre Ungeduld spüren. Sie schluckten trocken. Hände öffneten und schlossen sich. Füße trampelten. Rückenmuskeln spannten sich an. Ohne bewussten Willen schob sich zwischen zwei Mädchen ein Arm nach vorn, und wurde dann schnell wieder zurückgezogen. Miriam drückte den Blechteller noch fester an den Bauch. Die Frau legte das Messer hin, dann sorgsam eine Scheibe Wurst auf jedes Brotstück, strich sich mit beiden Handflächen über den Rock, als müsste sie sie abtrocknen, wandte sich dann Miriam zu und sagte: »Bitte schön. Hier ist dein Sonntagsessen. Willkommen in Ravensbrück.«

Und Miriam streckte die Hand aus. Ergriff eine Scheibe Brot, sah und fühlte, dass sie tatsächlich das Wurstende erwischt hatte – es war wirklich geschehen: Sie hatte das größte Stück Wurst bekommen. Hastig schnappte sie nach Luft, legte das Brot auf ihren Teller, drückte dann alles zusammen gegen den Bauch, kam ins Wanken, als die anderen sich an den Tisch drängten, ließ aber nicht los, stand nur da, mitten im Gedränge, und ließ sich nicht wegschieben.

Sie stand da und umklammerte das allergrößte Stück Wurst. Sie. Malika. Miriam. Mit dem größten Stück Wurst.

Es war eng zwischen den Baracken, aber es war genug Platz, dass Miriam sich vor die Tür setzen und ihren Fang betrachten konnte. Einen Moment lang wog sie das Brot in der Hand ab, beugte sich dann vor und betrachtete es. Sie konnte keine Sägespäne erkennen. Wenn überhaupt Sägespäne im Brot waren, dann waren sie zumindest nicht zu sehen. Dieses Brot war dunkel und dick. Die Frage war, ob sie davon etwas aufheben sollte. Vielleicht gab es abends keine Suppe, dann wäre es gut, noch etwas zu haben. Andererseits war ja die Suppe hier auch besser als in Auschwitz. Gestern hatte sie ein paar Scheiben Karotten und einige Kartoffelstückchen darin gefunden. Und die waren noch nicht einmal verrottet.

»Du hast deinen Kaffee vergessen …«

Miriam drückte schnell das Brot an den Leib und schaute schräg nach oben. Es war die Messerfrau, die dastand, lang, hochaufgeschossen und dünn wie eine Bohnenstange. Sie hielt zwei Blechbecher in der Hand und streckte einen davon Miriam entgegen.

»Nimm«, sagte sie und machte eine kleine Bewegung mit dem Arm. »Nicht, dass besonders viel Kaffee da drinnen ist, das meiste ist wohl Rote-Bete-Sud, aber die Erfahrung hat mich gelehrt, dass man an diesem Ort auf nichts verzichten soll.«

Miriam nickte stumm und griff nach dem Becher. Die Frau lehnte sich gegen die Barackenwand und ließ sich dann vorsichtig in die Hocke sinken. Stellte ihren Becher auf den Boden und legte das Brot auf die Knie, streckte anschließend ihre Hand lächelnd aus. Miriam starrte auf die Hand, als wüsste sie nicht, was man damit tun sollte.

»Sich begrüßen«, sagte die Frau freundlich. Sie hatte ein rotes Dreieck auf ihrer Armbinde. Und ein N. Eine Politische also, was immer das bedeuten mochte. Miriam blinzelte, schob eilig Brot und Wurst aus der rechten in die linke Hand, strich dann mit der rechten über das Kleid und streckte sie vor.

»Guten Tag«, sagte sie. Ihre Stimme war nur ein Flüstern. Was wollte diese merkwürdige Frau?

»Dir auch einen guten Tag. Ich heiße Else Nielsen. Und wie heißt du?«

Für einen Moment stand die Zeit still. Es juckte in der

Wunde am Arm, in der Wunde, die sie sich selbst beigefügt hatte, als sie versucht hatte, den Buchstaben Z wegzukratzen. Wahrheit oder Lüge?

»Miriam Goldberg.«

Lüge also. Warum, das wusste sie nicht.

»Aus Deutschland?«

Miriam nickte stumm.

»Wie alt bist du?«

Wie alt war sie? Keine Ahnung. Sie wusste ja nicht einmal, welches Jahr jetzt war. Sie ließ den Blick zur Seite gleiten.

»Fünfzehn. – Glaube ich.«

Else nickte stumm.

»Iss jetzt«, sagte sie dann. »Das brauchst du.«

Miriam holte Luft.

»Kriegen wir heute Abend Suppe?«

»Nein«, antwortete Else. »Aber ein Stück Brot. Ein bisschen Margarine. Und das, was sie Kaffee nennen.«

»Sicher?«

Else nickte und biss in ihr eigenes Brot.

»Ja«, sagte sie. »Das ist ganz sicher. Du kannst jetzt essen.«

Sie aßen schweigend. Anfangs zögerte Miriam, wusste nicht so recht, ob sie die Wurst zuerst und dann das Brot essen oder ob sie lieber die Wurst aufsparen und das Brot zuerst essen sollte oder ob sie alles zusammen wie ein Butterbrot verzehren sollte, doch dann warf sie Else einen Blick zu und sah, wie sie es machte. Sie aß zuerst das Brot, die Margarine und die Kunstmarmelade und ließ die Wurstscheibe auf dem Teller liegen. Die wollte sie als Letztes essen. Miriam verstrich die Margarine mit dem Daumen, versuchte dann das Gleiche mit der Marmelade. Das ging nicht so einfach. Fast alles blieb am Finger kleben, und sie musste den Daumen in den Mund stecken, um das Süße abzulecken. Dann biss sie ins Brot. Biss ein großes Stück vom Brot ab. Das schmeckte gut. Gutes Brot? Merkwürdig.

»Sonntagsbrot«, sagte Else. Miriam nickte stumm. Else trank einen Schluck Kaffee, legte dann die Hand auf Miriams Arm.

»Vorsichtig. Iss nicht so schnell.«

Miriam schluckte und trank einen Schluck von ihrem Kaffee. Schmeckte der nach Roter Bete? Sie hatte keine Ahnung. Erinnerte sich nicht daran, wie Rote Bete schmeckte. Das Getränk hier schmeckte irgendwie bitter.

»Wenn du zu schnell isst, dann wird dir schlecht«, sagte Else. »Und das ist nicht gut, das kostet zu viel Kraft.«

Aber es war schwer, nicht so schnell zu essen. Miriam zitterte am ganzen Körper. Sie legte das Brot hin und griff nach dem Wurststück. Dem Wurstende. Leckte schnell daran. Biss dann ein winzig kleines Stückchen ab und ließ es auf der Zunge liegen. Salz. Sie schloss die Augen. Genoss es.

»Wie lange bist du in Auschwitz gewesen?«

Else sprach leise. Miriam schlug die Augen auf. Sie begann zu kauen. Wollte nicht antworten, bevor sie zu Ende gekaut hatte. Geschluckt. So.

»Ein Jahr. Glaube ich. Oder anderthalb …«

»War es Winter, als du dorthingekommen bist?«

Miriam nickte und biss wieder von dem Brot ab. Dachte gar nicht daran zu antworten, solange sie etwas zu essen im Mund hatte. Auch Else blieb eine ganze Weile lang stumm.

»Und wie war es dort?«, fragte sie dann. »Wie war es eigentlich in Auschwitz?«

Miriam drehte den Kopf, hörte auf zu kauen. Schaute Else direkt in die Augen, antwortete aber nicht.

Wie war es eigentlich in Auschwitz?

Welche Frage. Was sollte man darauf antworten? Es flimmerte vor Miriams Blick. Schlamm. Lehm. Nicht ein Grashalm. Baumloses Land. Unendliche Reihen von Baracken. Ausgemergelte Körper. Vorstehende Zähne. Eingesunkene Augen. Hundegebell. Mengele. Ukrainische Lagerwachen. Erhängungen. Appell im Morgengrauen. *Noma.*

Und dann Leichen natürlich. Tote Menschen, Hunderte. Tausende. Hunderttausende.

Leichenberge. Und meterhohe Flammen aus dem Schornstein des Krematoriums.

Else schnappte nach Luft, schlug sich die Hand vor den Mund. Reglos saß sie da und starrte auf die graubraunen Bretter der Baracke vor ihnen. Sie blinzelte ein paar Mal, bevor sie in sich zusammensank. Schaute auf das Brot in ihrer Hand, holte noch einmal tief Luft, aber jetzt auf eine ganz andere Art und Weise. Sie konzentrierte sich. Strich mit der freien Hand übers Gesicht und öffnete den Mund. Biss wieder ein Stück vom Brot ab. Kaute es.

»Aha«, sagte sie dann, als hätte Miriam tatsächlich auf ihre Frage geantwortet. »So, so.«

Miriam sagte immer noch kein Wort.

»Mein Mann«, sagte Else schließlich und nahm einen großen Schluck aus ihrem Becher. »Ich glaube, er ist nach Auschwitz gekommen.«

Miriam nickte stumm. Dann wandte sie den Blick ab und biss richtig von der Wurst ab. Sie schmeckte etwas muffig. Und die fast geheilte Wunde an ihrem linken Arm begann zu jucken.

Sonnenstrahlen suchten sich ihren Weg zwischen die Baracken. Wärmten. Blendeten. Else stand auf und schloss die Augen, so blieb sie eine Weile stehen, den Rücken an die Wand gelehnt. Miriam blieb auf dem Boden sitzen, kaute das letzte Stück Wurst und versuchte den Ekel zu bekämpfen. Sie hatte nicht das Recht, sich vor einer Wurst zu ekeln, ganz gleich, wie sie schmeckte, ganz gleich, was sie enthielt. Dennoch konnte sie es kaum vermeiden, sich vorzustellen …

Nein, das durfte man nicht einmal denken. Sie trank einen großen Schluck aus dem Becher. Ließ dann die Zunge über den Gaumen fahren, sie strich über die dünne Fettschicht, die die Wurst hinterlassen hatte.

Elses Stimme klang plötzlich anders. Fest. Sehr entschlossen: »Kannst du lesen?«

»Was?«

»Du hast gehört, was ich gesagt habe. Kannst du es?«

Miriam schluckte trocken.

»Ja. Kann ich.«

»Gut?«

»Ich habe lange nicht mehr gelesen … Aber sicher, ich kann lesen.«

»Wo hast du das gelernt?«

»In einem Kloster …«

Else hob die Augenbrauen. »Miriam Goldberg? In einem Kloster? In Deutschland? Versuche ja nicht …«

Miriam legte die rechte Hand auf den linken Arm, direkt auf den Wundschorf, sagte jedoch nichts. Schaute nur auf die graubraune Erde unter ihren Füßen. In der nichts wuchs. Nicht der kleinste Grashalm, auch hier nicht.

»Deutsche Klöster nehmen keine Juden auf. Das tun sie zumindest seit langem nicht mehr. Also: Wo hast du lesen gelernt?«

Miriam gab immer noch keine Antwort. Else konnte die Wunde nicht sehen, denn Miriam trug eine langärmlige Bluse, dennoch stupste Else sie misstrauisch mit ihrem ausgetretenen Holzschuh an. »Sag die Wahrheit, um Gottes willen. Es ist doch nicht schlimm …«

Aber Miriam kam nicht dazu, zu antworten. Denn im selben Augenblick war ein Pfeifen von der Lagerstraße her zu hören. Dann noch eins. Und Sekunden später kam aus allen Richtungen ein Pfeifen. Else warf sich über Miriam und zog sie hoch, drückte sie dann tiefer in den Gang zwischen den Baracken hinein.

»Schnell«, zischte sie. »Schnell. Hinter die Baracke. Und still, sei um Gottes willen still!«

Else drückte sich gegen die Rückseite der Baracke und streckte ihren Arm über Miriam, hielt auch diese gegen die graubraune Wand gepresst. Sie sagte nichts, aber ihre Augen sprachen umso mehr. Sie waren weit aufgerissen, jetzt fast rund, und sie presste die Lippen zusammen, biss sich auf die Unterlippe. Direkt vor ihnen verlief der elektrische Stacheldraht, er knackte leise und summte seine ewige Melodie. *Zzzing!* So nahe war Miriam ihm noch nie gewesen, nicht einmal in Auschwitz. Jetzt meinte sie den elektrischen Strom spüren zu können, obwohl er mehr als einen halben Meter entfernt war, sie hatte das Gefühl, spüren zu können, wie er ihr über die Wangen strich, sich in ihre Augen einbrannte, in ihre Nasenlöcher eindrang, in die Ohren, und plötzlich erinnerte sie sich an ein Wort aus dem Kloster, *Hörschnecke*, und ein Plakat, das ein Ohr im Querschnitt zeigte und Schwester Agathe, die einen

Zeigestock hielt und genau auf diese Schnecke zeigte, aber gleichzeitig spürte sie, wie der elektrische Strom sich weiter über den Körper verbreitete, wie er auf ihren Armen kitzelte und die kleinen Härchen sich aufrichten ließ, und plötzlich erinnerte sie sich an die schwarzen Finger in Auschwitz und beeilte sich, schnell die Hände hinter den Rücken zu schieben. Dann schloss sie die Augen und presste die Lippen genau wie Else zusammen, biss sich auf die Unterlippe und drückte sich so fest an die Wand, wie es nur ging.

Die Schäferhunde bellten auf der Lagerstraße. Männer brüllten. Schrille Frauenstimmen stimmten ein. Die SS und ihre Kapos. Einige Häftlinge schrien, und mitten in der Kakophonie meinte Miriam etwas in Romanes zu hören, mehrere Worte auf Romanes, aber in der nächsten Sekunde waren die Worte fort, und sie erinnerte nicht einmal mehr, welche es gewesen waren. Sie öffnete die Augen und schaute sich um, bewegte sich aber nicht. Auf der anderen Seite des Stacheldrahts lag etwas, das eine Wiese hätte sein können, wenn es nicht so nass gewesen wäre, und hinter der Wiese verlief eine graue Mauer. Ja, tatsächlich. Das sah fast aus wie eine richtige Wiese, nur mit einzelnen Pfützen und wenigen Flecken nackter Erde, ansonsten mit großen Bäumen mit grauen Stämmen und Büscheln grünen Grases. Und Blumen. Kleine gelbe Blumen. Ein Schmetterling flatterte dort herum, ein kleiner Zitronenfalter, der plötzlich von einer Blume aufflog und sich unbekümmert dem Lagerzaun näherte. Miriam schnappte nach Luft. Würde er sterben? Nein. Sie wollte auf keinen Fall, dass der kleine Schmetterling starb. Einen Moment lang sah es schlecht für ihn aus, der Schmetterling näherte sich dem Stacheldraht, doch dann, nur wenige Zentimeter vom elektrischen Strom entfernt, hielt er inne, flatterte weiter über das Grün und landete schließlich auf einer Blume weit hinten, blieb einen Moment lang reglos auf ihr sitzen, bevor er wieder hochflog und hinter der Mauer verschwand.

Er war davongekommen.

Und die Geräusche auf der Lagerstraße deuteten darauf hin, dass Miriam und Else auch davongekommen waren. Zumindest dieses Mal.

»Abteilung marsch!«, brüllte eine weibliche Stimme dort hinten. Und Füße knirschten auf dem Kies.

Fast eine Stunde lang blieben sie hinter der Baracke stehen. Else ließ zwar ihren Arm sinken, drückte Miriam nicht mehr gegen die Barackenwand, doch ansonsten rührte sie sich nicht. Vor Miriams Augen flimmerte es. Sie blinzelte und versuchte den Blick zu schärfen, versuchte einzelne Blätter des großen Baums zu erkennen, der am nächsten stand, aber es ging nicht. Das Grüne wurde rot, dann gelb, dann wieder grün.

Miriams Arm juckte. Vielleicht war das ein gutes Zeichen, vielleicht begann die Wunde endlich zu heilen. Sie hatte die Tage in der Quarantäne dazu genutzt, ihr Z wegzukratzen, hatte Stunde um Stunde zusammengekauert dagehockt und mit ihrem spitzen Zeigefingernagel unermüdlich gekratzt. Schließlich hatte es angefangen zu bluten. Das war gut. Das war genau das, was sie wollte. Und als sie gestern in die eiskalte Dusche gejagt worden war, konnte sie feststellen, dass sie auf ihrem linken Arm eine ziemlich eindrucksvolle Schürfwunde hatte. Nur drei der Ziffern waren noch übrig. 389. Ihre eigenen Ziffern. Und Miriams.

»So«, sagte Else schließlich und zwang Miriam zurück in die Gegenwart. »Jetzt gehen wir.«

Sie bogen um die Ecke und gingen langsam den schmalen Gang zwischen den Baracken entlang, näherten sich der Tür, gingen aber zunächst nicht hinein. Else starrte unverwandt auf die Lagerstraße und schlich vorsichtig zur Stirnseite des Gebäudes. Miriam merkte, dass sie Elses Kleid im Rücken festhielt, sie hatte die Finger so fest um den gestreiften Stoff geklammert, dass er sicher Falten bekam, aber sie war nicht in der Lage, die Hand zu öffnen und allein in die Baracke hineinzuhuschen. Else durfte nicht verschwinden. Else musste dableiben.

Dann waren sie endlich an der Lagerstraße angekommen. Else blieb stehen, drehte sich halb um und legte den Zeigefinger auf den Mund. Miriam nickte, ließ aber nicht los. Stand nur vollkommen reglos da und ließ Else die Lage peilen. Auf der Straße war es still. Sehr still. Es bellten keine Hunde, keine Kapos schrien, keine *Aufseherinnen* trampelten mit blanken Stiefeln vorbei.

»Jetzt schnell«, sagte Else. »Rein in die Baracke. Sofort.«

Umdrehen. Else sollte zuerst gehen. Vier große Schritte machen. Die Tür aufreißen. Dann waren sie in dem kleinen Vorraum. In Sicherheit. Oder zumindest in relativer Sicherheit.

»Du kannst jetzt loslassen«, sagte Else leise.

Miriam blinzelte, verstand aber nicht.

Else wurde etwas lauter: »Lass meine Bluse los!«

Im gleichen Moment wurde die Tür direkt vor ihnen aufgerissen. Eine Frau steckte ihren Kopf heraus. Eine ungewöhnliche Frau. Es dauerte einen Moment, bis Miriam erkannte, was so ungewöhnlich an ihr war. Es war definitiv eine Gefangene. Aber sie hatte runde Wangen und ein kleines Doppelkinn. Und Lippenstift. Tatsächlich. Ihre schmalen Lippen waren mit einem kräftigen kirschroten Lippenstift angemalt. Das sah vollkommen absurd aus. Es war so verblüffend, dass Miriam ihren Griff um Elses Bluse löste und die Hand sinken ließ.

»Was ist das denn für ein Lärm hier?«

Else stellte sich in Habtachtstellung und senkte den Blick.

»Entschuldigung. Das war ein Versehen. Entschuldigung.«

Die Frau zog die Augenbrauen hoch.

»Habe ich nicht gesagt, dass ich am Sonntagnachmittag meine Ruhe haben will? Oder? Habe ich das nicht gesagt?«

Else hob ihren Blick nicht.

»Doch. Entschuldigung.«

»Und heute ist ja wohl Sonntag. Und Nachmittag. Also haltet verdammt noch mal eure Schnauze!«

»Ja. Entschuldigung.«

Die Frau wandte sich Miriam zu.

»Und was zum Teufel starrt du so?«

Sofort senkte auch Miriam ihren Blick. Ihre Stimme war nur ein Flüstern.

»Nichts. Entschuldigung.«

»Sie ist neu«, sagte Else.

»Ist mir ja wohl scheißegal«, sagte die Frau. »Auf jeden Fall soll sie die Schnauze halten.«

Und dann schlug sie die Tür wieder zu und verschwand.

Sie schlichen ganz leise in den einzigen großen Schlafsaal der Baracke, blieben aber gleich hinter der Tür stehen und schauten sich um. Es war etwas passiert. Das war offensichtlich. Am Morgen war es noch hoffnungslos überfüllt gewesen, Häftlinge hatten auf jedem Quadratzentimeter gelegen, gesessen oder gestanden. Drei in jeder Koje. Zwei lange Reihen auf dem Boden. Einige besonders Magere hatten sogar unter den Pritschen gelegen, obwohl dort nur zehn, fünfzehn Zentimeter Luft nach oben hin war. Miriam war eine von ihnen gewesen. Und trotz allem hatte sie geschlafen. Vollkommen erschöpft nach der Reise und dem Kampf um den Apfel, nach dem Zwangshaarschnitt, der Rasur und der eiskalten Dusche, nach mehreren Tagen in Quarantäne nur mit ein wenig Suppe und trockenem Brot. Und trotz der Enge hatte sie das Gefühl, fast ins Paradies gekommen zu sein. Sie lag auf einem richtigen Boden. Ein Boden aus glattem Zement, nicht gestampfter Lehmboden wie in den Zigeunerbaracken in Auschwitz. Und dort, wo sie lag, war es trocken und warm. Trocken, warm und erholsam.

Aber jetzt bot sich ihnen ein ganz anderes Bild. Der Saal war halb leer. Sah fast verlassen aus. Zwar schauten graue Gesichter aus diversen Kojen heraus, aber die meisten waren leer. Miriam sah Else an. Diese hielt eine geballte Faust vor den Mund und sah sich schweigend um. Ließ den Blick von einer Koje zur anderen gleiten. Nach einer Weile seufzte sie leise und ließ die Hand sinken, dann ging sie ein paar unsichere Schritte vor, um sich schließlich zu strecken und energisch weiterzugehen. Bis ans Ende des Schlafsaals, zu den Kojen ganz hinten. Sie griff mit der Hand nach der mittleren Koje, stellte ihren Fuß auf die untere und schwang sich überraschend graziös auf die oberste. Dort ging sie auf die Knie und tastete mit den Händen herum, beugte sich dann vor und flüsterte: »Stroh. Gib mir etwas Stroh!«

Miriam gehorchte sofort, beugte sich über die leere Koje ganz unten und griff nach dem Stroh dort, reichte es nach oben. Else nickte stumm und nahm es entgegen, breitete die Halme auf dem Boden der Koje aus, hielt einen Moment lang inne, und griff dann nach einem Büschel, das sie wieder hinunterwarf.

»Trockenes Stroh«, flüsterte sie. »Kein feuchtes! Und kein verrottetes!«

Wieder nickte Miriam und schaute sich um. Die Koje hinter ihrem Rücken schien trocken zu sein, sie schob die Hände ins Stroh, spürte, wie ihr etwas über die Hand lief, und zog sie wieder heraus, schüttelte die Spinne ab und ließ sie zu Boden fallen. Trat dann auf sie. Else kicherte oben in ihrer Koje.

»Gut«, flüsterte sie. »Aber jetzt gibt es morgen Regen.«

Miriam begriff nichts, schüttelte nur leicht den Kopf und griff nach dem Stroh, reichte eine große Handvoll Else hinauf, die noch breiter grinste, es entgegennahm und weiter verteilte. Miriam füllte wieder ihre Arme und wandte sich Else zu, aber diese schüttelte den Kopf.

»Nein. Leg es zurück. Das genügt jetzt … Komm!«

Miriam schluckte. Das war ganz offensichtlich eine Einladung. Eine freundliche Einladung. Sie hatte noch nie zuvor eine freundliche Einladung erhalten und war etwas verwundert über das leichte Schaudern, das über ihren Rücken lief. Aber sie zögerte nicht. Setzte einen Fuß auf die unterste Koje, griff nach der mittleren und schwang sich dann auf die oberste hoch. So. Jetzt war sie bei Else zu Hause.

»Das hier ist ein Irrenhaus. Vergiss das nie.«

Else flüsterte nicht mehr, sprach jedoch in sehr gedämpftem Ton. Nickte dann, als müsste diese Botschaft noch unterstrichen werden.

»Wenn man das weiß, ist es leichter zu überleben. Das Essen mag hier besser sein als in Auschwitz, aber die Leute prügeln hier einfach drauflos. Alle. Häftlinge, Kapos und die Wachleute. Und natürlich die SS. Alle prügeln sie.«

Sie nickte zum Vorraum hin.

»Die Blockälteste ist vollkommen verrückt. Irma Lunz.

Hüte dich vor ihr. Gehorche ihr, aber schaue ihr nie in die Augen. Sie hat schon mehrere totgetreten, weil sie der Meinung war, sie würden sie frech angucken. Und lass sie nie spüren, dass du Angst hast. Lass niemanden ahnen, dass du Angst hast!«

Miriam kniete auf dem Stroh, sie schluckte. Dann beugte sie sich vor und flüsterte: »Hatte sie tatsächlich Lippenstift drauf? Wirklich?«

Else zuckte leicht mit den Schultern.

»Ja, sicher. Sie schminkt sich sonntags immer mit einem Lippenstift. Natürlich nicht zum Appell, dann würden die SS-Vetteln wahnsinnig werden, und davor hat sie Angst. Aber ansonsten ja. Hier drinnen bei uns. Manchmal scharwenzelt sie auch in einem Seidennachthemd herum. Mit Spitze.«

Miriam bekam den Mund nicht zu. Ein Seidennachthemd? In einem Konzentrationslager?

»Wo hat sie das denn her?«

»Aus Kanada vermutlich. Sie hatte eine Zeitlang eine Freundin dort.«

Miriam blinzelte. »Gibt es hier auch ein Kanada?«

»Ja. In jedem Lager gibt es ein Kanada. Irgendwo müssen sie ja all die Sachen lagern, die die Leute bei sich haben.«

Miriam schloss eine Sekunde lang die Augen. Erlaubte sich zu träumen.

»Wie kriegt man eine Arbeit bei Kanada?«

Else musste schmunzeln.

»Vergiss es … Außerdem heißt es in Kanada. Das ist eigentlich der Name eines Landes, das weit weg liegt. Ein reiches Land. Deshalb wird das hier Kanada genannt. Wegen all des Reichtums. Und man kriegt keine Arbeit in Kanada. Nicht, wenn man eine gewöhnliche Gefangene ohne besondere Kontakte ist. Nicht einmal an einem Tag wie diesem.«

Miriam war verblüfft. Das war alles zu viel für sie. Kanada sollte ein Land sein? In Auschwitz war es eine Baracke gewesen, eine Baracke, die zwar in einem Wäldchen mit hohen Bäumen gelegen hatte, die Gerüchte über sie verbreiteten sich aber überall im Lager. Kanada war bis an die Decke voll mit Dingen. Kleidung. Schuhe. Pelze. Schmuck. Matratzen. Bettdecken. Wolldecken. Sogar ein wenig Essen. Alles, was ein Mensch so brauchte. Manchmal konnten die, die dort arbeiteten, etwas stehlen. Sich beispielsweise etwas zu essen einstecken. Oder die eigenen Schuhe gegen ein Paar neuere, bessere eintauschen. Miriam seufzte leise. Kanada war ein Traum. Aber was meinte Else mit »ein Tag wie dieser«? Was war Besonderes an diesem Tag?

Else sah Miriam an und schüttelte dann leicht den Kopf. »Verstehst du nicht, was da draußen passiert ist? Als wir uns versteckt haben?«

Miriam zuckte mit den Schultern.

»Na, die haben wohl Leute zusammengetrieben, die vergast werden sollen …«

Elses Augen weiteten sich, dann blieb sie eine Weile reglos sitzen, bevor sie langsam den Kopf schüttelte.

»Nein«, sagte sie schließlich. »Die sollten nicht vergast werden. Die sollten irgendwo in eine Fabrik geschickt werden. Vermutlich in eine Munitionsfabrik. Und Munitionsfabriken werden immer wieder bombardiert. Deshalb geht es darum, auf jeden Fall hierzubleiben. Keiner bombardiert Ravensbrück. Keiner wird jemals Ravensbrück bombardieren. Und bald, in einem oder zwei Jahren, da haben die Deutschen den Krieg verloren. Dann werden wir freikommen.«

Frei? Was tut man, wenn man frei ist? Was heißt es, frei zu sein? Die Gedanken huschten Miriam im Kopf herum und ließen sie frieren. Plötzlich fielen ihr die Augen zu.

»Ich bin müde«, sagte sie und schlang die Arme um den Körper. »Bitte, können wir nicht eine Weile schlafen?«

Else strich mit der Hand über das Stroh, fast als wollte sie das Bett richten.

»Ja«, sagte sie, »schlaf nur. Du kannst es gebrauchen.«

Es war noch nie so einfach gewesen einzuschlafen, und sie hatte noch nie so fest geschlafen. Innerhalb eines Augenblicks versank sie tief im Nichts. Hörte auf zu existieren. War ausgeruht und satt. Sammelte Kraft. Träumte sogar.

Es war dunkel, als sie aufwachte, und sie brauchte ein paar Sekunden, um sich daran zu erinnern, wer sie war und wo sie sich befand. Der Duft frischen Strohs drang ihr in die Nase und brachte die Erinnerung zurück. Es roch sogar richtig gut. Jemand hatte sie mit einer Wolldecke zugedeckt, einer grauen, kaputten Wolldecke, aber es war eine richtige Decke. Die hielt sie warm. Sie war warm und fast ausgeschlafen. Ja, so war es. Und Else kniete neben ihr und hatte ihr die Hand auf die Schulter gelegt, schüttelte sie leicht.

»Aufwachen, du Schlafmütze! Es ist früher Morgen. Bald ist Appell.«

Einige Sekunden lang erlaubte Miriam es sich, noch einmal in den Schlaf zurückzusinken, dann zwang sie sich, sich aufzusetzen. Rieb sich die Augen.

»Nun komm«, sagte Else und schwang ein Bein über den Kojenrand. »Auf und runtergesprungen. Aber vorher machst du das Bett.«

Das Bett machen? War sie nicht ganz gescheit? Wer achtet in einem Konzentrationslager darauf, das Bett zu machen? Else sprang auf den Zementfußboden hinunter, blieb dort mit verschränkten Armen stehen und schaute auffordernd zu ihr hinauf.

Miriam musste fast schnauben. »Was heißt das Bett machen?«

Else runzelte die Stirn.

»Na, die Decke zusammenlegen. Das Stroh glattstreichen. Und dann komm runter. Beeil dich!«

Miriam zögerte einen Moment, warf dann einen Blick auf Else und tat, wie ihr geheißen war. Sie legte die Decke zu einem ordentlichen kleinen Viereck zusammen. Was sie ans Ende der Koje legte. Schob ein wenig die Strohhalme hin und her, bevor sie das rechte Bein über den Kojenrand schwang und hinunterglitt, sie verzog das Gesicht, als sie mit dem linken Fuß auf den Zementfußboden auftraf.

»Beeilung«, sagte Else. »Jetzt waschen wir uns.«

Miriam seufzte. »Zu dieser Zeit?«

Else legte ihr eine Hand auf den Rücken und schob sie vor sich her.

»Ja, zu dieser Zeit waschen wir uns. Und putzen die Zähne. Nun komm! Schau mal, ob du irgendwo ein zurückgelassenes Handtuch findest. … Oder eine Zahnbürste. Aber das wäre ein ziemliches Glück.«

Es war nicht schwer, ein Handtuch zu finden. Auf den leeren Kojen lagen viele, Miriam nahm eins in die Hand und hielt es hoch. Fast ganz heil. Sie hängte es sich über den Arm, genau wie Else es mit ihrem gemacht hatte, wich aber im nächsten Moment zurück. Ein graues Gesicht war aus der Koje darüber aufgetaucht, ein graues Gesicht mit eingefallenen Wangen, vorstehenden Zähnen und einem stechenden Blick. Eine Frau. Definitiv kein Mädchen.

»Mein Handtuch«, fauchte sie.

»Kümmre dich nicht um sie«, sagte Else und schob Miriam weiter. »Sie ist verrückt. Glaubt, dass alles ihr gehört. Deshalb brauchst du dich gar nicht um sie zu kümmern.«

»Mein Handtuch«, zischte die Frau hinter ihnen. »Meins! Meins! Meins!«

»Blödsinn«, sagte Else und ging weiter.

Vor den Blechwaschtrögen war es eng, obwohl es im Schlafsaal doch halb leer gewesen war. Die Frauen drängten sich schweigend vor den Wasserhähnen und rieben sich mit kleinen Stückchen Bimsstein die Haut. Eine nickte Else zu, eine andere warf Miriam einen mürrischen Blick zu, doch sie wichen schweigend zur Seite und machten Platz für die beiden. Nur eine der Frauen hatte eine Zahnbürste. Sie hatte einen roten Griff, und die Besitzerin starrte mit leerem Blick vor sich hin, während sie sich die Zähne putzte.

Das Wasser war eiskalt und der Bimsstein hart. Miriams Hände brannten, als sie sich damit rieb. Es war nicht so leicht, diese dünne graue Schicht loszuwerden, die sich auf ihre Finger gelegt hatte, aber sie schrubbte und rieb und tat ihr Bestes. Aber nicht im Gesicht. Sie weigerte sich, mit dem Bimsstein ihr Gesicht zu scheuern, spülte es nur mit Wasser ab und rieb sich mit den Händen über die Wangen, den Hals, in den Ohren, plötzlich war es ihr ungemein wichtig, wirklich sauber zu werden, so sauber, dass sogar Else es gutheißen würde.

Else hatte sich einen Zeigefinger in den Mund gesteckt und rieb damit über die Zähne, dann nahm sie den Finger heraus und spuckte aus. Einen Moment zögerte Miriam, dann tat sie es ihr nach. Dabei folgte sie Else genau mit dem Blick. Jetzt knotete diese ihr Kopftuch auf, hängte es über den einen Arm und suchte dann etwas in der Tasche ihrer gestreiften Häftlingsjacke. Sie trug einen geblümten Rock darunter. Der war ein wenig zu kurz, so dass man ihre knochigen Knie sehen konnte. Die Schuhe waren groß und klobig. Männerschuhe. Oder Jungsschuhe. So abgetreten, dass sie über den Zehen um einiges heller waren. Keine Schnürbänder.

Else zog einen Kamm aus der Tasche und fuhr sich damit sorgfältig durchs Haar. Kämmte und glättete es, dann reichte sie Miriam wortlos den Kamm und band sich ihr Kopftuch im Nacken zu. Miriam starrte den Kamm an, nahm ihn entgegen, gab ihn dann wieder Else zurück.

»Ich brauche ihn nicht …«

Else hob die Augenbrauen, nahm jedoch den Kamm nicht an.

»Rasiert«, sagte Miriam und zog ihr Kopftuch herunter. Die Nachtluft fegte ihr kalt über den Schädel.

Else runzelte die Stirn.

»Das ist schon ein bisschen gewachsen«, sagte sie.

»Nein«, widersprach Miriam.

»Doch«, entgegnete Else.

Und dann nahm sie den Kamm und fuhr damit durch Miriams Stoppeln. Kämmte sie, wie eine Mutter wohl ihre Tochter gekämmt hätte.

Es war immer noch dunkel, als sie auf den Appellplatz traten. Eine kleine Lampe am Giebel verbreitete ein blassgelbes Licht, und entlang der Lagerstraße schienen noch weitere derartige blassgelbe Lampen. Vor der gegenüberliegenden Baracke standen weitere Häftlinge. Vielleicht fünfhundert. Vielleicht standen ja vor jeder Baracke fünfhundert Gefangene, nur vor Miriams nicht? Und wie viele Baracken waren das? Zwanzig? Vierzig? Sechzig? Miriam blinzelte. Was hatte das für einen Sinn, sie zu zählen. Jetzt war Appell, und in Auschwitz hatte sie gelernt, weder zu denken noch etwas zu fühlen, wenn Appell angesagt war. Dann stand man einfach nur da.

Else hatte dafür gesorgt, dass sie in der vierten Reihe fast in der Mitte einen Platz bekamen. Das wäre gut gewesen, wenn sich wirklich fünfhundert Häftlinge oder mehr in ihrer Gruppe befunden hätten, aber jetzt gab es Lücken zwischen den Reihen. Miriam machte einen vorsichtigen Schritt nach hinten, doch Else schüttelte nur warnend den Kopf. Nicht bewegen. Das war offensichtlich. Also ging es darum, vollkommen regungslos zu stehen und zu spüren, wie die Kühle der Nacht sich langsam in Kälte verwandelte. Ja. Es war kalt, aber immerhin handelte es sich nur um eine Sommerkälte und die Nachtkälte. Also nichts, um darüber zu jammern. Ganz vorsichtig hob Miriam den Kopf und schaute zum Himmel hoch. Grau hinter der Dunkelheit. Also bewölkt. Vielleicht würde es heute sogar Regen geben.

»Achtung!«

Miriam zuckte zusammen. Der deutsche Befehl kam von hinten, und es dauerte einige Sekunden, bis Miriam sehen konnte, wer da brüllte. Die Blockälteste. Diese Irma. Sie kam aus der Baracke geschossen und schien äußerst schlecht gelaunt zu sein. Heute trug sie keinen Lippenstift, aber ein geblümtes Sommerkleid. Die Knöpfe spannten leicht über dem Bauch. Tatsächlich: Sie war fast dick. Miriam blinzelte. Ein KZ-Häftling, der fast dick war. Merkwürdig.

»Simone«, brüllte die Blockälteste. »Wo ist Simone?«

Niemand antwortete. Achtundsechzig Gefangene starrten vor sich hin und sahen aus, als hätten sie nichts gehört. Die Blockälteste hob ihre Stimme und stellte sich vor den Frauen auf.

»Seid ihr taub, ihr Idioten? Wo zum Teufel ist Simone?«

Es ging eine kaum merkbare Bewegung durch die Reihen. Ein Zögern. Die Blockälteste stand breitbeinig vor ihnen, in der Hand hielt sie einen langen Stock. Ziemlich dick. Der würde weh tun. Und jetzt zeigte sie mit ihm auf ein Mädchen in der ersten Reihe, stieß sie leicht an der Schulter an. Das Mädchen schaute sicherheitshalber zu Boden, während es etwas murmelte. Irma Lunz hob den Stock.

»Was zum Teufel sagst du? Nuschel nicht so, du Idiotin!«

Das Mädchen krümmte den Rücken, machte aber einen ernsthaften Versuch, deutlicher zu sprechen. Ihre Stimme wurde schrill, dennoch war es schwer, zu verstehen, was sie sagte. Ihr Deutsch war nicht so, wie es sein sollte.

»Simone weggebracht. Gestern.«

»Idiotin!«

Die Blockälteste schlug mit dem Stock dem Mädchen direkt übers Ohr. Das Mädchen wankte, aber sie fiel nicht um, hob nur die linke Hand und rieb sich schnell über das Ohr, dann ging sie sofort wieder in Habtachtstellung. Doch die kleine Bewegung genügte. Irma Lunz trat näher, schob den Kopf vor und zischte ihr zu: »Was erlaubst du dir eigentlich? Klapperst hier herum, du Judenschwein? Du sollst in Habtachtstellung stehen! Was bildest du dir ein, was du dir hier erlauben kannst? Was?«

Und dann begann sie zu prügeln.

Endlich kam die Morgendämmerung. Zuerst verblasste die Nacht langsam und wurde grau, dann zeigte sich ein rosa Schimmer über den Wolken, ein Schimmer, der allmählich in helles Orange überging. Einen Moment lang brachen die Wolken auf, und ein Sonnenstrahl blitzte auf, dann schloss sich die Wolkendecke wieder, und der Tag begann.

Auf dem Appellplatz lag ein blutiger Körper. Ab und zu zuckte er noch.

Die Zeit hatte zu zerfließen begonnen. Fast eine halbe Minute lang war Miriam nicht da, sie war in Auschwitz, und es war der Morgen nach Didis Tod, und sie war wie betäubt von dem Schock, dann schloss sie die Augen und sah ein, nein, das war bereits mehrere Wochen her, und sie befand sich in Ravensbrück, und eine Frau, die Irma Lunz hieß, lief vor den aufgestellten Häftlingen hin und her, wobei sie vor sich hin brummte und fluchte. Ihre Haut war ganz weiß, aber die Beine mit Blut befleckt, das langsam seine Farbe von klarem Rot zu mattem Rostbraun wechselte. Trotzdem sah sie in ihrem geblümten Kleid fast gut gekleidet aus, trotz des großen weißen Kreuzes, das auf den Rücken gemalt war. Sie trug Socken. Schwarze Socken, die aus einem Paar brauner Schnürschuhe in der passenden Größe herausguckten. Und Schnürsenkel. Sie war so privilegiert, dass sie tatsächlich Schnürsenkel hatte. Ihr Dreieck war schwarz. Vielleicht war sie eine Arierin. Wenn auch eine verbrecherische Arierin. Eine Diebin vielleicht. Oder eine Prostituierte.

Jemand jammerte. Das Geräusch kam von dem blutigen Körper, aus dem Mund quollen rosa Blasen. Nein. Das war eigentlich nicht so. Das hier geschah gar nicht. Eigentlich stand Malika unter einem Apfelbaum voller roter, saftiger Äpfel, eigentlich war sie nicht einmal Malika, eigentlich hieß sie Miriam, und der Apfelbaum gehörte ihr, dieser Baum war ein Erbe, das …

Irma Lunz brüllte erneut und hob ihren Stock, schlug hart auf den blutigen Körper. Etwas knackte, und Sekunden später klang es, als erbräche sich jemand, aber das war für Miriam unwichtig, war sie doch nicht da, auf ihrem Rücken waren Flügel gewachsen, sie war ein Vogel geworden, ein kleiner blauer Vogel, der direkt in die Lüfte steigen konnte und das auch sogleich tat, und als sie hoch über dem Lager flog, sah sie, dass es ein wunderschöner Tag werden sollte, und aus der Ferne kam ein anderer kleiner Vogel herangeflogen, und das war Didi. Er war auch ein Vogel geworden! Welch ein Glück! Jetzt konnten sie zusammen fliegen … Weit fort wollten sie fliegen. Zu einem Wald irgendwo.

»Verdammte Judensau! Du Miststück!«

Irma starrte auf ihre beschmutzten Schuhe. Immer noch gab der blutige Körper leise Geräusche von sich, also hob sie erneut ihren Stock. Eine Erinnerung flackerte in Miriam auf. In Auschwitz hatte es junge Männer im Zigeunerlager gegeben, und einer von ihnen, ein Neuankömmling, hatte einmal versucht, einen Kapo anzugreifen. Das war nicht besonders gut gelaufen. Er hatte ganz, ganz langsam sterben müssen. Aber daran wollte Miriam nicht denken, lieber dachte sie, sie wäre ein kleiner blauer Vogel. Jetzt setzte sie sich auf einen Zweig, und Didi landete direkt neben ihr. Er legte den Kopf schräg und …

»Fotze! Du Scheißhaufen! Verdammtes Miststück!«

Irma Lunz trat noch fester gegen den schlaffen Körper.

Die Häftlinge der Baracke gegenüber sahen merkwürdig aus. Anders, obwohl Miriam nicht genau sagen konnte, was sie eigentlich so anders machte. Natürlich zum einen, dass alle die gleiche lila Farbe auf ihren Dreiecken hatten, was immer diese Farbe auch zu bedeuten hatte, aber da war noch mehr. Sie sahen so frischgewaschen aus. So unglaublich ordentlich in ihrem Elend. Alle ihre Knöpfe waren bis zum Hals geschlossen. Bei keiner einzigen war der Saum aufgegangen. Und die Kopftücher saßen so ordentlich, als hätten sie dafür ihre ganz eigene Regel. Aber ihre Haltung war die gleiche wie die der anderen Häftlinge. Gekrümmt. Müde. Resigniert. Miriam schielte zu Else auf ihrer linken Seite. Ihr Kinn war heruntergefallen, und sie hatte die Augen halb geschlossen. Vielleicht schlief sie ja. Miriam wusste, es gab Menschen, die konnten im Stehen schlafen, aber das war etwas, was sie selbst nie gelernt hatte. Leider. Sie würde gerne lernen, während der endlosen Appelle zu schlafen. Jetzt musste sie sich damit begnügen, starr nach vorn zu gucken und sich davor zu hüten, auch nur die geringste Bewegung zu machen.

»Verdammte Scheißhure!«

Irma Lunz' Stimme kippte über, was sie offensichtlich noch wütender machte. Sie packte ihren Stock und ließ ihn geradewegs auf den Kopf des Mädchens, das vor ihr auf dem Boden lag, fallen. Aber das hatte keinen Sinn mehr. Dort war niemand mehr zu Hause.

Plötzlich war Hundegebell zu hören. *Die Aufseherinnen* waren im Anmarsch. Sie kamen immer zu zweit die Lagerstraße entlang, alle in frischgebügelten Hosenröcken, glänzenden Lederstiefeln, die Schiffchen keck auf dem Kopf. Sie hatten keine Knüppel. Sie hatten richtige Schlagstöcke.

Irma Lunz versetzte dem toten Körper noch einen kräftigen Tritt, bevor sie eine mustergültige Habtachtstellung einnahm.

Eigentlich sollte es noch Sommer sein, aber es fühlte sich an wie Herbst. Vielleicht lag das am Regen. Es regnete morgens, wenn sie auf dem Appellplatz standen, und es regnete abends, wenn sie aus der Nähfabrik herausgelassen wurden. Vermutlich regnete es auch tagsüber, doch davon wusste Miriam nichts. Sie saß ganz hinten im Nähsaal, über ihre Maschine gekauert, das Fenster war von ihrem Platz aus nur ein hellgrauer Schimmer am Rande ihres Blickfelds. Sie wagte es nicht, den Kopf zu heben, um hinzuschauen. Dafür würde sie möglicherweise eine Ohrfeige kassieren. Und sie wollte keine weiteren Ohrfeigen. Sie wollte nicht, dass jemand, ob es nun eine Wächterin oder eine Gefangene war, überhaupt Notiz von ihr nahm. Also nähte sie. Gerade Nähte. Schwarzer Stoff, schwarzes Garn, saubere Ränder. Ein Mal. Zwei Mal. Drei Mal. Schwarzer Stoff, schwarzes Garn, saubere Ränder. Hunderte Male. Gerade Nähte. Schwarzer Stoff, schwarzes Garn, saubere Ränder. Tausende Male.

Direkt neben ihr saß eine junge Russin. Ab und zu sang sie bei ihrer Arbeit, und manchmal stimmten einige der anderen Näherinnen vorsichtig in ihr Lied ein. Miriam gehörte nicht dazu. Sie arbeitete nur. Gerade Nähte. Schwarzer Stoff, schwarzes Garn, saubere Ränder. Hin und wieder glitt jemand auf dem Gang neben den Nähmaschinen vorbei, es hätte ein SS-Mann, eine weibliche Aufsicht oder sogar Else sein können, das war ganz gleich. Miriam schaute nicht auf, folgte keinem von ihnen mit dem Blick, warf nicht einmal ein Auge nach rechts oder nach links. Sie nähte. Gerade Nähte. Schwarzer Stoff, schwarzes Garn, saubere Ränder.

Else hatte gesagt, die Nähfabrik sei der beste Arbeitsplatz im ganzen Lager. Sie hatte dafür gesorgt, dass Miriam dort anfangen konnte. Denn die Näherinnen durften ja sitzen, sie mussten nicht elf Stunden am Tag auf den Beinen sein, wie die Frauen, die im Wald arbeiteten. Das war gut, so sparte man Kräfte. Außerdem lag die Nähfabrik in Ravensbrück selbst, was das Risiko, bombardiert zu werden, deutlich verringerte. Siemens hatte eine Fabrik gleich hinter Stacheldraht und Mauern, was ein wenig riskanter war. Das Problem war nur, dass fürs Nähen ein gewisses Talent erforderlich war. Einige waren geradezu dafür geboren, andere nicht. Leider gehörte Else zur letzteren Kategorie. Sie konnte ganz einfach nicht mit einer Nähmaschine umgehen. Der Stoff rutschte ihr weg, so dass die Naht nicht gerade wurde. Die Nadel brach ab. Der Faden riss. Die untere Naht war ein einziges Knäuel. Nur weil sie vier Sprachen sprach, war es ihr gelungen, von dem *Oberscharführer* einen anderen Posten in der Nähfabrik zu bekommen. Sie verteilte das Garn und die Knöpfe an die Näherinnen, fungierte außerdem als Dolmetscherin und konnte sich somit ziemlich frei im ganzen Nähsaal bewegen, sprach mit den Russinnen auf Russisch, mit den Französinnen auf Französisch, mit den Norwegerinnen auf Norwegisch und mit allen anderen auf Deutsch.

Bevor Miriam die Nähfabrik betrat, hatte sie noch nie eine Nähmaschine gesehen, und sie bekam bereits zwei Ohrfeigen, bevor sie gelernt hatte, wie man einfädelt, aber nach nicht einmal einer Stunde hatte sie begriffen, wie die Maschine funktionierte. Offenbar hatte sie das

Talent, das Else fehlte. Ihre Nadel brach nicht ab. Der Faden riss nicht. Die Unternaht war genauso gleichmäßig und glatt wie die obere. Es ging ja nur darum, zwei Stück Stoff aufeinanderzulegen, mit dem rechten Knie gegen den kleinen Stromschalter zu drücken und zu nähen. Ein mal. Zwei Mal. Hunderte Male.

»Immer mit der Ruhe«, sagte Else, als sie am Abend des zweiten Tages zurück zur Baracke gingen. »Du musst nicht so fleißig sein, damit machst du es den anderen nur noch schwerer ... Es können nicht alle dein Tempo halten.«

Aber Miriam konnte nicht langsamer arbeiten. Sie nähte die ganze Zeit im gleichen Rhythmus, versank in ihrer Arbeit, die in dieser Zeit ihre gesamte Existenz ausmachte. Sie war nicht hungrig, wenn sie arbeitete. Sie trauerte nicht. Sie war nicht müde. Sie hatte nicht einmal Angst. Es gab sie gar nicht. Alles, was es gab, das waren zwei schwarze Stoffstücke, die durch einen geraden Saum miteinander verbunden werden sollten. Ein Mal. Zwei Mal. Tausend Male.

»Glaub nicht, dass du mehr zu essen kriegst, wenn du so hart arbeitest«, erklärte Else am folgenden Tag in etwas säuerlichem Ton. »Die Zeiten sind vorbei. Und Irene, die hinter dir sitzt, die ist ganz verzweifelt. Sie kann nicht das gleiche Tempo halten wie du, und da ist es nur eine Frage der Zeit, wann sie entdecken, dass ihr fertiger Stapel viel kleiner ist als deiner. Also, um Gottes willen, lass es etwas ruhiger angehen!«

Miriam nickte stumm, und am folgenden Tag warf sie einige ihrer fertiggenähten Stoffteile auf Irenes Stapel. Nicht, dass es einen großen Unterschied machte, ihr eigener Stapel war dennoch viel größer, aber Irene schniefte leise und warf ihr einen dankbaren Blick zu.

Das war unangenehm. Miriam wollte keine Dankbarkeit, von niemandem. Sie wollte nicht zu viel Kontakt mit den anderen Näherinnen haben. Sie wollte nur aufhören zu existieren. Und harte Arbeit war die schmerzfreieste Art, das zu erreichen.

»Gut gemacht«, sagte Else an diesem Abend. »Wir müssen einander helfen. Zusammenhalten. Und wenn deine Nähte ab und zu nicht so ganz perfekt sind, dann macht das nicht viel. Es sind SS-Uniformen, die du da nähst, und wenn bei denen mal die Nähte platzen, dann ist das ja nur gut …«

Miriam blinzelte verwundert. Nähte sie Uniformen für die SS? Das war ihr nie klar gewesen, sie hatte die Stoffstücke nur als gewöhnliche Stücke irgendeines Stoffs angesehen. Jetzt stieg eine leichte Übelkeit in ihrer Kehle hoch. Am folgenden Morgen brach ihre Nadel zum ersten Mal ab, und sie war gezwungen, den Rücken zu strecken. Sich umzuschauen. Staub tanzte in der Luft. Viel Staub. Und weit hinten konnte sie Elses magere Silhouette erkennen. Sie hob die Hand und schnipste leicht mit den Fingern. Else sah das und kam herbeigeeilt.

»Meine Nadel ist abgebrochen«, sagte Miriam.

»Na, so was«, sagte Else. »Dann sollst du eine neue kriegen.«

Miriam erklärte leise jammernd: »Aber ich weiß nicht, wie man die auswechselt …«

Else lächelte. »Kein Problem. Ich helfe dir.«

Miriam stand auf, stellte sich neben die Maschine, während Else sich auf ihren Platz setzte. Miriam hatte Zeit, das Mädchen hinter sich zu betrachten. Ihr Stapel mit fertigen Teilen war wirklich erbärmlich. Das russische Mädchen, das häufiger sang, warf Miriam einen schnellen Blick zu und lächelte. Warum lächelte sie? Ihr Stapel war größer, aber nicht so groß wie Miriams, also hatte sie ja wohl eigentlich keinen Grund zum Lächeln. Und ein Stück weiter saß eines der Mädchen aus dem Zigeunerlager in Auschwitz, sie schaute auf, guckte auf Miriams gelben Stern und runzelte die Stirn. Sie sah überrascht aus. Miriam drehte sich halb weg. Sie wusste nicht einmal mehr, wie das Mädchen hieß, warum sollte sie sich dann um deren Blicke kümmern?

Ein Stück entfernt stand ein Deutscher in einer Türöffnung. Vielleicht war das der *Oberscharführer* persönlich. Miriam nahm es an. Er trug ein graublaues Uniformhemd und hatte den Schlips ein wenig gelockert, rauchte und ließ seinen Blick über die vielen Reihen von Näherinnen wandern. Er begegnete Miriams Blick, aber nur ganz kurz. Miriam beeilte sich, sofort zu Boden zu schauen.

»He!«, brüllte jemand. Eine männliche Stimme. Sie musste diesem Deutschen gehören. Miriam stand reglos da und betrachtete ihre rissigen Holzschuhe, aber Else erhob sich halb von ihrem Stuhl und antwortete: »Ja?«

Miriam schaute kurz auf. Der Deutsche machte ein paar Schritte in den Nähsaal hinein, wedelte leicht mit der rechten Hand.

»Wer hat denn diesen Riesenstapel genäht? Doch nicht etwa du, oder?«

Miriam senkte erneut den Blick und biss sich auf die Unterlippe, ahnte eher, als dass sie es sah, wie Else jetzt ganz aufstand. Sie stellte sich nicht in Habtachtstellung, stand nur ganz normal neben Miriams Nähmaschine. Als würde sie mit wem auch immer sprechen. Klang auch so, als spräche sie mit wem auch immer. Lächelte sogar und zog ironisch die Augenbrauen hoch.

»Nein, weiß Gott nicht. Ich war das nicht.«

Die Stimme des Deutschen kam näher. »Und wer war es dann?«

Es dauerte eine Weile, bis Else antwortete: »Das war sie hier, Miriam …«

Jetzt stand der Deutsche so dicht neben ihnen, dass Miriam seine Körperwärme spüren konnte. Er nahm einen Zug von seiner Zigarette, blies dann den Rauch Else direkt ins Gesicht.

»Das ist ja wohl …«

Else erwiderte nichts, bog nur leicht den Kopf zurück, um dem Rauch zu entgehen.

»Gib her«, sagte der Deutsche und deutete auf Miriams Stapel fertiger Stoffteile. Else wollte sich nach ihnen ausstrecken, doch der Deutsche hielt sie auf und zeigte stattdessen auf Miriam. »Du! Gib her!«

Miriam streckte sich nach einem Teil, der Deutsche nahm es entgegen, begutachtete Obernaht und Unternaht, zog am Stoff, um zu sehen, ob die Naht auch hielt, legte dann das weiche Wollgewebe auf seine gespreizte rechte Hand. Schaute es zunächst mit einem gewissen Abstand an, dann aus der Nähe.

»Hast du früher schon als Näherin gearbeitet?«

Miriam schüttelte stumm den Kopf. Else gab ihr einen kleinen Knuff in die Seite. Was hieß, sie sollte antworten. Es reichte nur für ein Flüstern.

»Nein.«

Der Deutsche zog wieder an seiner Zigarette. »Weißt du, wie man einen Ärmel einnäht?«

Miriam senkte ihren Blick und schaute wieder auf ihre Holzschuhe.

»Nein.«

»Dann wirst du es lernen«, sagte der Deutsche.

»Er ist fast ein Mensch«, sagte Else an diesem Abend, nachdem sie in die Koje geklettert waren. »Oder … Nun ja. Jedenfalls prügelt er nicht.«

Wortlos nickte Miriam, die auf der Koje kniete. Sie war müde, viel müder als an den anderen Abenden. Der Umzug zum Ärmelnähen hatte das Leben nicht leichter gemacht. Ganz im Gegenteil. Jetzt saß sie fast direkt am Fenster, und das Tageslicht blendete sie eine Zeitlang. Außerdem war es schwer, Ärmel einzunähen. Die Seitennaht und die Ärmelnaht mussten exakt aufeinanderliegen, und die kleine lila Biese ganz oben am Ärmel musste genau auf der Achselnaht liegen. Wenn eine der anderen Näherinnen die Nahtzugabe zu schmal oder zu breit hatte ausfallen lassen, dann ging das nicht. Dann machte das millimeterfeine kleine Falten in ihrer eigenen Naht, und der Ärmel passte so nicht hinein. Diesen Nachmittag hatte sie drei Ärmel wieder auftrennen müssen. Das war nicht gut. Das störte die liebliche Scheinbetäubung, derentwegen sie es so schätzte, in die Nähfabrik zu gehen. Wenn sie dasaß und auftrennte, konnte sie spüren, wie hungrig sie war, wenn sie mitten im Tageslicht saß, war sie gezwungen, sich umzusehen, und sie bekam mit, was um sie herum geschah, und wenn sie das sah und alles registrierte, dann war es gar nicht zu vermeiden, dass sie sich an Didi und Anuscha erinnerte. Eine der Näherinnen war von einer *Aufseherin* gegen die Wand gedrückt worden und hatte …

Halt, nein. Dieses Geräusch. Sie wollte nicht daran erinnert werden. Stattdessen seufzte sie leise und schaute sich um. Die Baracke war inzwischen wieder überfüllt. Hunderte von Frauen drängten sich unten auf dem Boden, verwirrte Neuankömmlinge aus Polen, Ungarn und der Tschechoslowakei mischten sich mit erschöpften Lagerveteranen, Leute, die aus ihren alten Lagern vertrieben und hierher verfrachtet worden waren. Oder die hierher hatten marschieren müssen. Vielleicht stimmte es ja, dass die Russen auf dem Weg waren, dass sie bereits ein Stück weit nach Polen eingedrungen waren. Jemand schrie mit schriller Stimme, dass etwas in Warschau passiert war, immer wieder riefen sie etwas über Warschau, aber da sie auf Polnisch schrien, verstanden das nur die anderen Polinnen, für alle anderen waren es nur schrille Schreie, die in anderen schrillen Schreien untergingen. Gerade eben hatte Irma Lunz noch in der Türöffnung gestanden und gebrüllt, aber nicht einmal sie hatte all diese Frauen übertönen können, weshalb sie schließlich aufgab und sich in ihren kleinen Raum zurückzog. Sie hatte die Tür mit einem Knall hinter sich zugezogen, also gab es gute Gründe, sich beim Abendappell möglichst weit hinten in den Reihen aufzustellen.

Else hatte die ganze Zeit vor Miriam herumgewühlt, das Stroh hin und her geschoben, offensichtlich um zu markieren, dass es in ihrer Koje keinen Platz für noch eine Person gab, aber dann krabbelte sie zum Rand, gab Miriam zu verstehen, dass sie die Plätze tauschen sollten, und setzte sich mit dem Rücken zum Gang, beugte sich dann vor und sprach halblaut Miriam direkt ins Ohr.

»Ich habe heute eine andere Norwegerin getroffen. In der Auslieferung der Nähfabrik …«

Miriam nickte, sagte jedoch nichts. Else zog den Kopf zurück und schaute sie an, lächelte dann zufrieden.

»Sie gehört nicht zu denen von *Nacht und Nebel*.«

Miriam blinzelte. Ja und? Was machte das für einen Unterschied, ob man bei Nacht und Nebel festgenommen wurde? Else hatte gesagt, das bedeutete, dass sie keine Briefe schreiben und nichts empfangen durfte, dass ihre Angehörigen und Freunde nicht erfuhren, wo sie war oder ob sie überhaupt noch lebte oder schon tot war. Aber was sollte das nützen? Wie viele Häftlinge in den Konzentrationslagern hatten überhaupt noch Angehörige? Den meisten ging es ja wohl wie Miriam, sie waren vollkommen allein auf der Welt. Wer sollte ihnen denn einen Brief schicken? Die Verwandten, die nach Auschwitz gekommen waren? Oder die Freunde, die nach Treblinka, Majdanek, Dachau oder wie die anderen Lager alle hießen, geschafft worden waren? Die Welt war voller Lager, so viel hatte sie verstanden, und wer nicht reinrassig deutsch war, für den gab es kein Davonkommen. So einfach war das.

»Sie hat ein Paket gekriegt«, flüsterte Else. »Vom Roten Kreuz.«

Miriam runzelte die Stirn. Ein Paket? Was für ein Paket?

»Lebensmittel«, flüsterte Else und warf einen Blick über die Schulter. Die Kakophonie war ohrenbetäubend, und das schien sie zu beruhigen. »Ich habe Zucker abgekriegt. Knäckebrot. Und Käse.«

Sie packte Miriams dünnes Handgelenk und zog deren Hand zu sich. Die war geballt, öffnete sich aber ganz automatisch. Else legte drei Zuckerstücke auf ihre Handfläche. Brach dann ein Brot, das aussah wie ein brauner Keks, in zwei Teile und legte das eine Stück auf den Zucker. Schließlich drückte sie ein kleines Stück Käse auf das harte Brot.

»Iss«, sagte sie. »Sonntag sollen wir mehr kriegen.«

Miriam stopfte sich den Käse in den Mund. Im gleichen Moment schob sich ein Kopf über den Bettenrand.

»Wie viele seid ihr?«

Else drehte sich mit einem feindseligen Blick um, aber

ihr Gesichtsausdruck veränderte sich augenblicklich. Sie schlug sich die Hand vor den Mund.

»Lykke!«

»Gleichfalls«, sagte die fremde Frau auf Deutsch. »Gibt's einen Platz für mich?«

Und ohne eine Antwort abzuwarten, zog sie sich auf die Koje hoch. Sie atmete angestrengt.

Ganz offensichtlich war sie Norwegerin, denn es war nicht zu verstehen, was Else und sie miteinander redeten. Die fremde Sprache purzelte nur so aus ihren Mündern und machte am Ende jeden Satzes einen merkwürdigen kleinen Knicks. Es klang, als sängen sie ein fröhliches kleines Duett, obwohl beide dabei ganz ernst aussahen. Else strich mit der Hand über Lykkes Wange und brachte sie offenbar nach einer ganzen Weile des Überredens dazu, ihr den Rücken zuzuwenden und die gestreifte Lagerjacke auszuziehen. Sie war schrecklich mager. Das Rückgrat sah aus wie ein notdürftig entasteter Zweig, und die angespannte Haut war gestreift, blaue und schwarze Striche liefen über den ganzen Rücken. Else legte sich erneut eine Hand vor den Mund, aber Lykke beeilte sich, die Lagerjacke schnell wieder überzuziehen, sagte etwas Abwehrendes und lehnte sich dann gegen die Wand. Sie schloss für eine Sekunde die Augen, öffnete sie dann aber gleich wieder. Schaute Miriam an, blinzelte und wandte ihren Blick Else zu. Sagte etwas, das eine Frage zu sein schien. Und Else lächelte, legte eine Hand auf Miriams Schulter und ging ins Deutsche über.

»Das hier ist Lykke. Eine alte Freundin aus Norwegen. Sie ist eine Weile im Krankenhaus gewesen …«

»Und im Strafblock«, sagte Lykke. »Bei Wasser und Brot. Habt ihr etwas zu essen?«

Miriam senkte den Blick und umfasste noch fester das Brot, ahnte eher, als dass sie sah, wie Else ihre Hand dem Neuankömmling entgegenstreckte. Gab sie ihr den Käse? Den guten, fetten, leckeren Käse? Ja, das tat sie. Miriam schloss die Augen. Sollte sie auch gezwungen sein, etwas abzugeben? Ja. Das sollte sie wohl.

»Bitte schön«, sagte sie und reichte ein Stück Zucker. Lykke nahm es mit einem hastigen Nicken entgegen. Im gleichen Moment grölte jemand unten auf dem Boden so durchdringend, dass alle anderen Stimmen in der Baracke für eine Sekunde verstummten.

»Scheißhexen! Das ist meine! Verdammte alte Schnepfen!«

Miriam beugte sich über den Bettrand und schaute nach unten. Ein junges Mädchen stand breitbeinig da unten und presste eine Zwiebel gegen die Brust. Es war nicht möglich zu erkennen, welche Farbe ihr Dreieck hatte. Sie blutete aus der Nase, ein dünnes Rinnsal lief ihr über den Mund. Vor ihr standen drei gebückte Frauen. Schwarze Dreiecke. Bedrohlich. Mit geballten Fäusten.

»Gib her!«, sagte die Erste.

»Du verdammte Ratte«, sagte die Zweite.

»Verfluchte Diebin«, sagte die Dritte.

Sie warfen sich wie auf Kommando auf sie, und wieder schrie das Mädchen, aber jetzt reagierte niemand. Alle anderen Frauen machten weiter mit dem, was sie vorher getan hatten, versuchten sich in die Koje anderer Frauen zu drängen, verdorbenes Stroh auf den Boden zu werfen oder einen Muselmann oder zwei zur Seite zu drängen. Das Mädchen hatte keine Chance. Zwei der Frauen stießen sie zu Boden und hielten sie fest, die dritte kniete über ihr und bog ihre Finger auf, einen nach dem anderen. Griff nach der Zwiebel, hielt sie triumphierend in die Luft und drückte sie dann gegen die eigene Brust. Anschließend stand sie auf und drängelte sich durch zur Tür, während die anderen beiden immer noch das zappelnde Mädchen festhielten. Ein braunes Dreieck war zu erkennen. Also war sie eine Romni. Jetzt hatte sie aufgehört zu schreien, wiegte sich nur vor und zurück, trat und versuchte loszukommen.

»Halt jetzt bloß die Schnauze«, sagte eine der Frauen und ließ von ihr ab.

Das Mädchen kam schnell auf die Füße, wirbelte herum und spuckte der Frau einen dicken Rotzklumpen ins Gesicht. Die andere Frau verpasste ihr blitzschnell einen Faustschlag in die Magengrube. Das Mädchen heulte auf und krümmte sich.

»Verfluchte Hure«, zischte die Frau und drängte sich jetzt auch zur Tür durch.

Miriam wandte sich Else zu und sah sie mit aufgerissenen Augen an. Doch Else stopfte sich gerade ein Zuckerstückchen in den Mund und zuckte nur mit den Schultern.

»Ach«, sagte sie. »Zigeuner. Man weiß doch, wie die sind …«

An diesem Abend dauerte der Appell ungewöhnlich lange. Drei Stunden lang standen die Häftlinge in Habtachtstellung, und die ganze Zeit regnete es. Irma Lunz war äußerst schlecht gelaunt, sie ärgerte sich über die neuen Gefangenen und schimpfte die alten aus, zählte und zählte immer wieder, schlug jemanden in der ersten Reihe, wenn die Zahlen nicht stimmten, befahl dann zwei Frauen mit roten Dreiecken, noch einmal zu zählen. Beide erwarteten Schläge, das war zu sehen. Sie warfen einander vorsichtig Blicke zu, wiederholten dann die gleichen Ziffern, die Irma Lunz geschrien hatte, nachdem sie das letzte Mal gezählt hatte. Eine der beiden wollte direkt danach instinktiv einen Schritt zurücktreten, konnte sich aber in letzter Sekunde selbst bremsen und blieb tapfer dort stehen, wo sie stand. Irma Lunz brummte etwas und erlaubte den beiden dann, wieder ihre Plätze in den Reihen einzunehmen. Sie hob nicht einmal ihren Stock.

Zigeuner. Man weiß doch, wie die sind …

Der Regen prasselte hernieder. Eiskalter Regen, der brannte, wenn er auf die Haut traf. Er lief übers Gesicht, Tropfen blieben an der Nasenspitze hängen, und große Spritzer hingen an den Wimpern, aber es war zu gefährlich, eine Hand zu heben, um sie wegzustreichen. Miriam zwinkerte ein paar Mal, um die Tropfen zu vertreiben, sie liefen ihr schnell über die Wangen, dann hingen wieder neue da. Sie ließ sie, wo sie waren. So wurde ja der Blick getrübt, und das war eigentlich nur angenehm, die

Lampen vor den Baracken schimmerten plötzlich wie Glorienscheine, die Häftlinge auf der anderen Straßenseite wurden zu einem unscharfen Gebilde, das fast schön aussah, und Irma Lunz zu einem bleichen Gespenst ohne Gesicht. Der Sommer war definitiv zu Ende. Bald sollte es Winter werden. Der Gedanke ließ Miriam erschaudern. Sie konnte sich noch gut an den letzten Winter erinnern, an die Zeit, als sie noch Malika hieß und an den Abend, als sie aus der Baracke 22 des Zigeunerlagers hinausgeworfen wurde. Mengele selbst hatte auf sie gezeigt. Er hatte nichts gesagt, nur gezeigt, und dann war sie hinausgeworfen worden.

»Geh einfach«, hatte die Alte gesagt, die sie rausgeschoben hatte. »Geh und such nach deiner Familie.«

Dabei war diese Person nicht einmal selbst eine Romni gewesen, nur eine Polin mit rotem Dreieck, die als eine Art Krankenschwester fungierte. Sie schien zu glauben, dass alle Roma gemeinsam mit allen anderen Roma in einer einzigen großen Familie lebten, so als könnte jeder Greis im Zigeunerlager Malikas eigener Großvater sein und jede Alte ihre Großmutter. Doch so war es nicht. Sicher, die meisten stammten aus Deutschland und Österreich, aber es waren Menschen aus anderen Familien, mit anderen Traditionen und einer anderen Art, Romanes zu sprechen. Wieder andere kamen aus Böhmen, Rumänien oder Polen. Sie hatte nicht einen einzigen Verwandten im ganzen Lager gefunden, nicht eine Cousine oder einen Cousin, nicht einmal einen entfernten Verwandten. Sie kannte niemanden außer Didi, und sie wollte eigentlich auch niemanden kennenlernen. Sie hatte sich bereits am dritten Tag in sich selbst verschlossen, an dem Tag, als Anuscha von den SS-Männern totgetreten worden war, und daran wollte sie sich nicht erinnern, sie wollte nicht einmal daran denken, dass es Anuscha einmal gegeben hatte und dass sie so dumm und so mutig gewesen war, sich zu weigern, sich auszuziehen, als ihr das befohlen wurde. Malika wollte nur an Didi denken, daran, wie er gelacht hatte, als er abends von Doktor Mengele einen Bonbon bekommen hatte, aber wenn sie daran dachte, musste sie auch automatisch daran denken, welche Angst sie gehabt hatte, als Mengele das erste Mal Bonbons an die Roma-Kinder verteilt hatte. *Gift*, hatte sie gedacht. *Er will die Kinder vergiften!* Und auch andere hatten wie sie gedacht, ein Mann, ein Vater oder Bruder, hatte losgeschrien und sich über einen kleinen Jungen geworfen, versucht ihn dazu zu zwingen, den Bonbon auszuspucken, aber ein SS-Mann in Mengeles Gefolge hatte sich sofort auf ihn geworfen, seinen rechten Arm ihm um den Hals gelegt und zugedrückt, und eine Sekunde später war der Vater oder Bruder zu Boden gefallen. Tot. Nur ein leises Knacken, und schon war der Mann tot.

Zigeuner. Man weiß doch, wie die sind …

Kalt. Ja. Auch hier in Ravensbrück war es schrecklich kalt, und der Regen machte es noch kälter. Ein kleiner Tropfen hatte sich unter den Kopftuchknoten im Nacken verirrt, und jetzt konnte sie spüren, wie er ihr langsam den Rücken hinunterlief. Was sie erzittern ließ und sie schwankte leicht, doch dann ballte sie die Hände und drückte die Nägel in die Handflächen.

»Warm«, sagte Else mit leiser Stimme an ihrer Seite. »Eigentlich ist es warm. Und du hast dicke Strümpfe an, ordentliche Schuhe …«

Miriam schaute auf ihre Holzschuhe hinunter. Sie hatten auf der Oberseite einen großen Riss im Holz. Aber das machte nichts. Jedenfalls war sie nicht barfuß. Es war nicht so schlimm wie an dem Abend, als sie aus der Baracke 22 hinausgeworfen worden war. Da herrschte Schneeregen, und sie hatte überhaupt keine Schuhe gehabt.

»Außerdem hast du Handschuhe«, fuhr Else im gleichen leisen Ton fort. »Du hast ein Paar dicke Handschuhe, die bis weit über die Handgelenke reichen …«

Miriam konnte sie vor sich sehen. Graue, dicke Fingerhandschuhe mit langen Pulswärmern. Wie sie die Deutschen im Winter trugen. An diesem Abend vor einem Jahr hatte sie versucht, die Hände in den Achselhöhlen zu wärmen, als sie zu der nächstgelegenen Baracke eilte. Nicht dass sie dort hineingelassen wurde. Die Barackenälteste beschimpfte sie und boxte sie wieder hinaus, und so musste sie weiterlaufen … Und als es ihr zum Schluss gelungen war, sich in eine Baracke hineinzudrängen, da war sie in der überfülltesten von allen gelandet. Sie konnte sich nicht einmal auf den Boden legen, musste die ganze Nacht zusammengekauert gleich hinter der Tür hocken, die Hände in den Achselhöhlen. Sie hatte nicht geschlafen, aber am nächsten Morgen hatte sie sich weiter hineingedrängt und einen Schlafplatz unter einer der Kojen gefunden. Sie konnte sich gut durchdrängeln. Das war eine gute Eigenschaft. Von Nutzen.

Zigeuner. Man weiß doch, wie die sind …

Jetzt klang Elses Stimme fröhlich, und sie sprach fast in normalem Ton: »Erinnerst du dich an den Pullover, den ich dir gestrickt habe? Diesen schön warmen Pullover aus der dicksten Wolle, die es gab? Er war schwarzweiß mit roten Schneeflocken.«

Miriam blinzelte. Was redete sie da? Hatte Else ihr einen Pullover gestrickt? Und wenn ja, wann? Und mit roten Schneeflocken? Sie konnte sich nicht vorstellen, wie der aussehen sollte. Aber als sie bei den Nonnen gewesen war, da hatte sie einen eigenen Pullover gehabt. Einen grauen. Jetzt erinnerte sie sich daran, wie es war, ihn überzuziehen, erst den Kopf verschwinden zu lassen und sich dann ein wenig zu winden und den Halsausschnitt übers Gesicht zu ziehen. Wie die Wolle ein bisschen pikste, aber auch wie warm es augenblicklich wurde, wenn sie ihn angezogen hatte, wie die Luft zwischen der Haut und der grauen Wolle still zu stehen schien und einfach nur wärmte. Sie ahnte eher, als dass sie sah, wie Else an ihrer Seite schmunzelte. Und jetzt flüsterte sie: »Und dann habe ich dir Kakao gekocht, genau wie früher. Einen großen Becher mit dampfend heißem Kakao …«

Miriam erinnerte sich an den Kakao bei den Nonnen. Lecker. Heiß. Aber genau wie früher? Wann denn früher?

Eine Männerstimme brüllte. Die SS war auf dem Weg zum Abendappell. Männliche Offiziere, das war ungewöhnlich. Sie waren leicht angetrunken. Nicht viel, aber so weit, dass es zu merken war. So weit, dass sie über die Tausende ausgehungerter Frauen lachen mussten, die vor ihren Baracken in langen Reihen standen. Mit eingefallenen Augen, triefnass. Voller Todesangst. Die SS-Männer schlenderten langsam die Lagerstraße entlang, gingen im Gleichschritt, obwohl sie nicht marschierten, alle mit geradem Rücken, die Hände hinterm Rücken verschränkt. Sie unterhielten sich. Lächelten ab und zu. Schüttelten etwas überrascht den Kopf, als wäre dies ihr erster Abend im Lager. Wie die nur aussahen, diese Weiber! Du liebe Güte! Wie die nur aussahen!

Das war wirklich schon fast lustig. Witzig. Ja, geradezu komisch.

Else war der beste Mensch in Ravensbrück. Der liebste. Der klügste. Der stärkste.

Aber sie hatte diesen Satz gesagt. Mit einem Achselzucken. *Zigeuner. Man weiß doch, wie die sind …*

Das machte Miriam Angst. Das zwang sie dazu, wach zu bleiben, nachdem sie endlich wieder in die Baracke gehen durften. Brachte sie dazu, sich zurückzuziehen, so dass sie ganz hinten in der Koje lag und plötzlich Angst hatte, Else nur zu berühren, als könnten ihre Haut oder ihr Rückgrat sie verraten. Nicht dass das so einfach gewesen wäre. Sie waren jetzt zu viert in der Koje, das war eng. Es war eine weitere Norwegerin aufgetaucht. Sie hieß Marie. Sie war noch magerer als Lykke oder Miriam und war nicht in der Lage, aus eigener Kraft hinaufzuklettern. Else hatte sie bei den Armen gefasst und hochgezogen, während Lykke sie von unten geschoben hatte. Miriam hatte ihr ihr letztes Zuckerstückchen gegeben. Nicht dass sie das selbst gewollt hatte, nein, Else hatte es ihr ohne jedes Wort befohlen, sie hatte Miriam einen Blick zugeworfen, der diese zwang, die Hand auszustrecken. Marie hatte schrecklich gezittert, als sie den Zuckerwürfel entgegennahm, und ihr Blick hatte geflackert. Sie bedankte sich nicht, das tat sie nicht. Miriam wollte auch gar keinen Dank. Nicht von Marie, nicht von Lykke, nicht einmal von Else.

Zigeuner. Man weiß doch, wie die sind …

Else hatte Miriam gerettet. Hatte ihr zu essen gegeben. Hatte ihr einen guten Arbeitsplatz besorgt. Sie zum Reden gebracht. Außerdem hatte sie das Wort benutzt, das Miriam sich nie getraut hatte auszusprechen, das aber in aller Stille in ihr gelegen und sich in ihr bewegt hatte. *Frei. Freiheit.* Aber Else war auch diejenige, die das über die Zigeuner gesagt hatte. Und das machte Miriam Angst. Viel mehr Angst als normal. Das gab ihr ein Gefühl, als könnte sich der Boden jeden Augenblick unter ihr öffnen, als könnte sie stolpern und fallen, als könnte sie von einem stummen schwarzen Loch verschluckt werden. Und als würde niemand, nicht ein einziger Mensch auf der Welt, ihr dann helfen, sie retten, ihr den geringsten Schutz bieten. Da sie in Wirklichkeit eine Romni war. Eine Zigeunerin.

Aber so war es ja eigentlich schon immer gewesen. Niemand hatte jemals einem Rom helfen wollen, höchstens andere Roma. Obwohl das wieder voll und ganz davon abhing, zu welcher Familie man gehörte, zu welcher Sippe. War man eine einsame Romni, eine, die allen anderen Roma den Rücken gekehrt hatte und so tat, als wäre sie jemand anderes, dann war man vollkommen allein. Deshalb war es lebensnotwendig, zu seiner Familie zu stehen. Immer. Das hatte Papa gesagt. Und Opa. Aber was hatte es ihnen genützt? Als die *Kripo* kam und ihnen die Kinder wegnahm, konnten sie doch nichts tun. Nicht das Geringste. Sie konnten nur dastehen, jammern und schreien, ohne den geringsten Nutzen. Und die Kinder konnten natürlich noch weniger tun.

Zigeuner. Man weiß doch, wie die sind …

Schämte sie sich? Lag sie deshalb hier, dicht gegen die Wand gepresst, wollte sie deshalb mindestens einen halben Zentimeter Abstand zu Else wahren? Ja, vielleicht war das der Grund, auch wenn sie nicht so recht verstand, warum. Weil sie log? Weil sie mit einer Narbe auf dem Arm im Lager herumlief, mit einem gelben Stern und einer falschen Nummer? Aber gab es denn überhaupt einen Grund, sich zu schämen? Das war doch ohne ihr Verschulden passiert, ein Zufall, der mit einem anderen Zufall zusammengetroffen war, nichts, was sie sich ausgedacht oder was sie geplant hatte. Außerdem gab es ihr im Verhältnis zur SS oder zu den *Aufseherinnen* nicht einen einzigen Vorteil, eher im Gegenteil. Das ausgemergelte Mädchen bei der Ankunft hatte recht gehabt. Die Nazis hassten die Juden mehr als die Zigeuner. Andererseits verachteten die anderen Häftlinge die Zigeuner mehr als die Juden. Tatsache war, dass niemand außer den Huren und Diebinnen die Jüdinnen zu verachten schien. Die Zigeunerinnen dagegen, die zu verachten, das war allen erlaubt.

Zigeuner. Man weiß doch, wie die sind …

Die Roma waren immer schon gehasst und verachtet worden, und deshalb musste man sich hüten, dass man nicht anfing, sich selbst zu verachten. Das hatte der Opa auch gesagt. Und man durfte niemals einem *Gadscho* oder einer *Gadschi* trauen, niemals. Malika hatte damals kurz an ihre Mama denken müssen, sich aber nicht getraut, etwas zu sagen. Und der Großvater hatte einfach nur weitergeredet, denn gleichzeitig, hatte er gesagt, sollte man sich klar darüber sein, dass die *Gadsche* selbst Angst vor den Roma hatten. Dass sie glaubten, alle Roma wären wild und gefährlich. Vielleicht stimmte das ja sogar. Als sie nach einigen Wochen in Auschwitz feststellte, dass die Roma die Einzigen waren, die in Familienlagern untergebracht waren, da waren ihr diese Sätze wieder eingefallen. Alle anderen Häftlinge, die ausgesucht worden waren, um sich im Dienste des Reichs totzuarbeiten, waren in getrennten Männer- und Frauenlagern eingesperrt. Aber nicht so die Roma. In ihrem Lager lebten Männer, Frauen und Kinder gemeinsam. Zuerst konnte Malika nicht begreifen, warum, aber mit der Zeit wurde es ihr klar. Angst. Die SS-Männer, diese unglaublich starken, eleganten, aufrechten Herren, sie hatten tatsächlich ein wenig Angst vor den Zigeunern und deren vermuteter Wildheit. Sie hatten eingesehen, dass die Zigeuner Widerstand leisten würden, sollte man die Männer von ihren Frauen und die Eltern von ihren Kindern trennen, und sie wollten keinerlei Widerstand. Also scheuchte man ganze Familien ins Zigeunerlager und ließ die erwachsenen Häftlinge selbst entscheiden, wo sie schlafen wollten. Nicht dass das etwas nützte. Die SS stieß dennoch auf Widerstand.

Zigeuner. Man weiß doch, wie die sind …

Ja, tatsächlich. Die Roma hatten Widerstand geleistet. Und sie hatten die SS besiegt. Die Roma waren die Einzigen, die jemals die SS in Auschwitz besiegt hatten.

Bei der Erinnerung daran kauerte Miriam sich so weit zusammen, wie sie konnte. Wollte sie weiterhin Miriam sein, dann würde sie niemals über diesen Abend berichten dürfen. Andererseits würde sowieso niemand einer wiederauferstandenen Malika zuhören. Die Leute würden glauben, alles wäre nur Lüge, erfunden, idiotische Zigeunerphantasien. Doch so war es nicht. Es war die Wahrheit. Wahrer als wahr.

Die Roma hatten Widerstand geleistet. Und sie hatten die SS besiegt.

Das Zigeunerlager lag direkt neben der Gaskammer. Man konnte am elektrischen Stacheldrahtzaun des Lagers stehen und zusehen, wie diejenigen, die bei der Selektion Pech gehabt hatten, hineinmarschierten, wie dann ein Jeep vorfuhr und zwei SS-Offiziere mit einem großen Behälter ausstiegen, wie sie ihn an einem Rohr auf dem Dach der Gaskammer befestigten und wie nicht einmal eine halbe Stunde später hohe Flammen aus dem Schornstein des Krematoriums aufloderten. Es war nicht schwer, sich auszurechnen, was da vor sich ging. Und es war nicht schwer, sich auszurechnen, was mit den Muselmännern, den Kranken und den lebenden Skeletten passieren sollte, die bei den täglichen Selektionen ausgemustert wurden. Alle wussten es. Im Zigeunerlager wussten es alle.

Als also die SS eines Abends mit sechs Lastwagen vor das mit Stacheldraht versehene Tor des Zigeunerlagers vorfuhr, war allen klar, was passieren sollte. Auf den Ladeflächen saßen SS-Soldaten mit Maschinenpistolen, ziemlich viele SS-Soldaten mit Maschinenpistolen. Mindestens sechzig Stück. Sie hoben ihre Waffen. Ein Offizier trat ans Tor, aber kaum hatte er es geöffnet, da schrie eine Männerstimme. Zuerst auf Deutsch, dann auf Romanes.

»Mörder! Mörder! *Benga!*«

Aus dem Zigeunerlager stieg ein Schrei auf, Tausende von Stimmen wurden plötzlich zu einer einzigen. *Benga! Benga! Benga!* Der deutsche Offizier blieb stehen, zögerte einen Moment lang, sah dann zu seiner Verblüffung, wie die Lagerstraße sich augenblicklich leerte, wie jeder Rom, Mann, Frau oder Kind, in die Baracken rannte und die Türen hinter ihnen zugeschlagen wurden.

Malika hatte Glück gehabt. Die zweite Phase des *Noma*-Experiments war vor kurzem abgeschlossen gewesen, und gerade an diesem Tag hatte Didi zum ersten Mal genügend Kraft gehabt, an dem Frühlingsabend mit seiner Schwester hinauszugehen. Sein Gesicht war fast geheilt, nur auf der linken Wange gab es noch ein Loch, ein großes schwarzes Loch, das sein rotes Zahnfleisch und die weißen Backenzähne bloßlegte. Die Geschwister standen ziemlich weit hinten auf der Lagerstraße und sahen, wie sie sich leerte, sahen auch, wie die SS-Männer das Tor öffneten und mit erhobenen Waffen hereinkamen. Einen Moment lang blieb Malika reglos stehen, dann packte sie Didi und rannte mit ihm zur nächstgelegenen Baracke. Sofort öffnete sich die Tür, und eine Frau ließ sie herein, ohne sie anzusehen oder mit ihnen zu sprechen, sie warf nur einen schnellen Blick hinaus auf die Lagerstraße und schlug die Tür mit einem Knall wieder zu.

In der Baracke herrschte graues Licht. Als schaute der Tod durch die kleinen Fenster und machte die ganze Welt grau. All die Hunderte von Gesichtern glänzten grau, all die weißen Kopftücher waren grau geworden, all die gestreiften Häftlingskleider waren jetzt grau-schwarz gestreift. Und es war laut. Die Roma hatten ihren Rhythmus gefunden, jetzt riefen sie alle im gleichen Takt – auf Deutsch, ein einziges Wort: *Mörder! Mörder! Mörder!* Einige der Männer standen am Fenster und schlugen aufs Glas, Frauen und Kinder krochen auf die Kojen und schlugen mit den Fäusten gegen die Wände. *Mörder! Mörder! Mörder!*

Wie lange ging es so? Daran konnte Malika sich nicht erinnern. Vielleicht ein paar Minuten. Eine ganze Nacht. Oder vierundzwanzig Stunden. Sie erinnerte sich nur, dass sie fast sofort in den Ruf mit einfiel, dass sie das gleiche Wort schrie wie alle anderen, während sie vorsichtig versuchte, Didi weiter in die Baracke hinein zu schieben. Er rief nichts. Er ging mit offenem Mund und starrte verblüfft um sich. Vielleicht war er vorher noch nie in einer normalen Erwachsenenbaracke gewesen, vielleicht war er verblüfft darüber, dass so viele Menschen in einen so kleinen Raum gezwängt werden konnten. In Baracke 22 gab es mehr Platz, Didi hatte nur noch ein weiteres Kind in seiner Koje, seit Malika gezwungen worden war, zu gehen. In einigen der Kojen in Baracke 22 gab es sogar Decken. Hier gab es keine Decken. Hier gab es nicht einmal Stroh für den Boden der Kojen, hier waren die Menschen gezwungen, direkt auf den ungehobelten Brettern zu liegen. Nicht dass irgendeiner von ihnen in diesem Moment daran dachte. Jetzt dachten alle nur daran, zu überleben.

Langsam verstummte der Schrei. Das Klopfen wurde leiser. Die Deutschen näherten sich. Einige der Roma-

Männer zertrümmerten eine Koje, um sich Bretter zur Verteidigung zu beschaffen. Ein rostiger Kuhfuß tauchte aus dem Nichts auf, der Alte, der ihn aus seinem Versteck unter einer Koje zog, zeigte eine zahnlose Grimasse. Die Männer rissen ein Brett los, zwei Bretter, drei Bretter, alle mit rostigen Nägel darin, und stellten sich an der Tür auf, dann kam noch ein Mann mit noch einem Brett, noch ein Mann mit noch einem Brett, und direkt hinter ihnen blitzte plötzlich ein Messer auf. *Ein Messer!* Einer der Roma-Männer hatte tatsächlich ein Messer einschmuggeln können! Der Entschluss wurde sofort gefasst. Alle waren sich einig. Niemand würde freiwillig in den Tod gehen. Alle wollten bis zum Letzten kämpfen. Mit Brettern, Steinen, einem Messer und einem rostigen Kuhfuß. Und die Frauen wollten auf Frauenart beißen und kratzen. Was auch immer passieren mochte, keiner würde freiwillig in die Gaskammer gehen. Alle wollten Widerstand leisten.

Jetzt war es totenstill im gesamten Zigeunerlager. Totenstill in der Baracke. Die Männer drängten sich an der Tür, junge Frauen schlichen an die Fenster und schauten hinaus, eine von ihnen stöhnte auf und schnappte dann nach Luft. *Jetzt kommen sie!* Jetzt kamen die SS-Männer mit ihren Maschinenpistolen! Eine alte Frau, die direkt neben Malika und Didi stand, sank plötzlich zu Boden und begann sich hin und her zu wiegen, stand dann aber wieder auf und schien neue Kraft gesammelt zu haben. Sekunden später verdrehte sie die Augen und sank wieder in sich zusammen. Eine junge Frau drängte sich zu ihr, und es gelang ihr, andere dazu zu bringen, ein wenig Platz zu machen, dann manövrierte sie die alte Frau auf eine Koje. Die Alte blinzelte einige Male, holte dreimal tief Luft und versuchte sich aufzusetzen, sank aber sogleich wieder in sich zusammen. Ihr Brustkorb hob sich ein paar Mal ganz schnell, dann wurde sie still und blieb vollkommen reglos liegen. Tot. Die junge Frau nahm ihre Hand und drückte sie sich gegen die Brust, schaute sie aber nicht an. Sie sah zur Tür. Jemand versuchte sie aufzudrücken. Das ging nicht. Zwölf magere Männer hielten dagegen. Zwölf magere, schweigende Männer, bewaffnet mit Brettern, einem Messer und einem rostigen Kuhfuß.

»Los!«, schrie eine Stimme da draußen. *»Los! Los!«*

Es nützte nichts. Die Tür blieb geschlossen. In der Baracke bewegte sich niemand. Die Stimme des SS-Mannes war nicht mehr ganz so selbstsicher, als er sein Kommando wiederholte: *»Raus! Raus! Raus!«*

Er hämmerte gegen die Tür, doch ohne dass etwas passierte, rief einige Worte einem anderen SS-Mann zu, der etwas Unverständliches als Antwort murmelte, dann warfen sich zwei, drei oder auch vier SS-Männer auf Kommando gegen die Tür. Diese knackte, und ein kleiner Spalt öffnete sich, ein Streifen Dämmerlicht glitt in die Baracke, verschwand aber gleich wieder. Die Tür war wieder zu. Jetzt waren es nicht mehr zwölf Männer, die sich dort drängten. Jetzt waren es zwanzig. Oder dreißig. Zwanzig oder dreißig schweigende, hungrige Männer, die sich weigerten, die Tür zu öffnen.

Noch einmal brüllte der Deutsche vor der Tür:

»Los! Los! Los!«

Inzwischen klang seine Stimme schrill. Nicht mehr ganz so überzeugt und überzeugend wie vor gerade einmal fünf Minuten. Der Mann mit dem Messer hob seine Waffe, und es sah aus, als wäre er bereit zuzustechen, ein anderer Mann nickte ihm stumm zu, und der Schatten eines Lächelns huschte über das Gesicht des Messerbesitzers. *Ja. Ich werde es tun!* Doch bevor er überhaupt etwas tun konnte, war in der Ferne ein Ruf zu hören.

Mehrere deutsche Stimmen fielen ein. Anschließend folgte das Geräusch schwarzer Stiefel auf nacktem Boden. Ein Mädchen wagte es, schnell den Kopf durchs Fenster zu stecken, um zu sehen, was da vor sich ging, dann wandte sie sich den Männern an der Tür zu, verzog das Gesicht und machte eine Geste. Die Deutschen waren offenbar auf dem Rückzug. Aber sie waren immer noch im Zigeunerlager. Die Männer blieben an der Tür stehen, ließen jedoch die Schultern sinken. Der Messermann senkte seine Waffe. Ein paar Geschwister kletterten in eine Koje, umarmten einander und begannen ganz leise zu weinen, eine Frau lehnte sich an ihren Mann, der nur noch ein Skelett war. Er hatte schwarze Ränder unter den Augen und tief eingesunkene Wangen, und er warf ihr schnell einen Blick zu, bevor er sie ebenso hastig am Handgelenk fasste und dann gleich wieder losließ. Ein Jugendlicher murmelte etwas seinem gebeugten Vater zu und erhielt eine leise Antwort, ansonsten war es still. Alle warteten.

Sie warteten, warteten und warteten.

Malika strich Didi übers Haar, dort, wo sie standen, er reagierte darauf, indem er dichter an sie herankroch. War er gewachsen? Ja. Das konnte schon sein. Er schien etwas größer geworden zu sein, jetzt reichte er ihr fast bis zur dritten Rippe. Das Essen in der zweiten Phase des *Noma*-Experiments hatte ihm gut getan. Sein Gesicht schmolz nicht mehr. Das Loch in der Wange schien kleiner geworden zu sein. Die Augen hatten fast ihren Glanz wiedergewonnen. Bald würde er wieder ganz der Alte sein, bald würde er in der Lage sein, herumzulaufen und zu springen, zu lachen und zu weinen, zu reden und zu singen, bald sollte dieses Wunder, ein gesunder kleiner Didi, wieder zurück sein. Und vielleicht konnten sie dann wieder zusammen in einer Baracke leben, vielleicht wachten sie eines Morgens auf und entdeckten, dass alle SS-Männer verschwunden waren, alle Kapos tot und alle ukrainischen Wachleute so besoffen, dass sie nicht einmal einen Finger heben könnten, während Malika und ihr Bruder den Strom im Stacheldraht abstellten und dann ihres Weges gingen. Einfach losgingen, Auschwitz hinter sich ließen. Und vielleicht begegneten sie Papa und Opa auf dem Weg, vielleicht tauchten die ja in einem schönen großen Wagen auf, gezogen von einem gepflegten, gutgenährten Pferd, und vielleicht …

Eine Trillerpfeife! Jemand blies da draußen in eine Trillerpfeife. Vermutlich ein SS-Befehl. Das mutige Mädchen am Fenster drückte sich die Nase an der Scheibe platt und versuchte hinauszusehen, zuckte dann aber mit den Schultern und breitete die Arme aus. Offenbar war es zu dunkel geworden, sie konnte nichts sehen. Jemand seufzte schwer hinter Malikas Rücken, aber das war auch alles. Ansonsten war es still. Niemand bewegte sich. Das Warten ging weiter.

Nach einer Weile kniete Didi sich hin, und Malika beugte sich über hin, streichelte kurz seine gesunde Wange und drückte ihn dann noch ein wenig fester an sich. Er schaute blinzelnd zu ihr auf, sah ihr tief in die Augen. Im Dunkel hier drinnen sahen seine Augen fast schwarz aus. Später sollte sie an diesen Augenblick als an den letzten denken, obwohl es überhaupt nicht der letzte war. Didi sollte noch fast einen Monat lang leben, doch in der Zeit befand er sich in der letzten Phase des *Noma*-Experiments und schaute seiner Schwester nie in die Augen. Aber dennoch. Er entkam der Dusche. Das war immerhin ein Trost, dass er nicht wie die anderen *Noma*-Kinder in die Dusche geschleppt wurde, dass Malika sogar in seiner letzten Stunde bei ihm sitzen konnte, dass sie sich einreden konnte, er spürte, wie sie seine Hand umklammerte, kurz bevor er aufhörte zu atmen. Ja. Das war ein Trost.

»Sie sind weg!«, rief jemand mit gedämpfter Stimme vor der Baracke. Es dauerte eine Weile, bis sie einsahen, dass auf Romanes gerufen worden war, und ein Raunen ging durch das Menschengedränge. War es wirklich ein Rom, der da gerufen hatte? Oder jemand, der nur die Sprache gelernt hatte und versuchte, sie hereinzulegen? Niemand wusste es, und deshalb antwortete niemand, die Männer an der Tür pressten sich stattdessen nur noch härter dagegen.

»Das ist wahr! Sie sind weg!«, rief die Stimme. Im gleichen Moment klopfte jemand ans Fenster, und alle Blicke richteten sich dorthin. Und tatsächlich war es ein Rom, der da draußen stand. Definitiv. Dennoch blieb es noch weitere zehn oder fünfzehn Minuten vollkommen still in der Baracke. Niemand rührte sich. Niemand sagte ein Wort. Allein das Jammern von jemandem war zu hören, der in der Dunkelheit lag und große Schmerzen hatte, dann schlug plötzlich einer der Männer mit seinem Brett gegen die Wand und rief halblaut: *»Akanà xalàn len!* Zum Teufel noch mal!«

Und dann wurde die Tür aufgerissen, und die frische Nachtluft drang herein. Und draußen auf der Lagerstraße standen ein paar zusammengekauerte junge Männer, breiteten die Arme aus und riefen, so laut sie sich nur trauten: »Sie sind weg! Wir haben sie geschlagen! Wir haben sie geschlagen!«

Einige der Roma wagten sich hinaus und schauten sich vorsichtig um. Stimmte das? War die SS wirklich weg? Ja. Es schien so. Und langsam trotteten Alte und Junge, Kranke und fast Gesunde, wandernde Skelette und solche, die frisch angekommen waren und immer noch etwas auf den Rippen hatten, aus den Baracken und schauten sich um. Flüsterten verblüfft miteinander. War das wirklich geschehen? Hatten die Roma die SS in die Knie gezwungen?

Ja, das stimmte tatsächlich.

Aber oben auf dem Wachtturm direkt neben dem Zigeunerlager zündete sich ein SS-Soldat eine Zigarette an und kehrte ihnen den Rücken zu. *Scheiß Zigeunerpack!* Sollten sie sich doch einbilden, dass sie davonkommen könnten … Malika warf einen hastigen Blick zu ihm hinauf, bevor sie sich hinhockte und Didi in den Arm nahm. Und als sie ihn in die Baracke 22 trug, war er bereits an ihrer Schulter eingeschlafen.

An die folgenden Tage wollte sie sich nicht erinnern. Doch. Sie konnte sich erlauben, sich an den wahnsinnigen Triumph in den Augen der jungen Männer beim Appell am nächsten Morgen zu erinnern. Die schrille Arroganz der jungen Frauen. Die notdürftig wieder hergestellte Würde der älteren Männer. Aber nicht an das, was in Baracke 22 geschah. Nicht an das, was passierte, als das *Noma*-Experiment in seine dritte Phase trat. Und nicht an das, was passierte, als die SS bereits wenige Tage später begann, die Jungen und fast Gesunden für einen weiteren Transport in ein Arbeitslager im Westen auszusuchen.

Das war unerträglich. Daran mochte sie nicht einmal denken. Besser, an etwas anderes zu denken.

Zigeuner. Man weiß doch, wie die sind …

Miriam kratzte an dem Schorf auf ihrem Arm, den sie so gut zu verbergen vermocht hatte, und in der Dunkelheit verzog sie das Gesicht. Denn sie wusste genau, wie die Zigeuner waren.

Bald wurde das Leben in Ravensbrück zum Alltag. Hungeralltag. Müdigkeitsalltag. Prügelalltag.

Appell. Rote-Bete-Sud. Trockenes Brot. Marsch zur Fabrik. Die Müdigkeit wegblinzeln. Sich wegducken. Nähen. Nähen. Nähen. Elf Stunden lang. Marsch von der Fabrik weg. Suppe. Trockenes Brot. Die Koje. Appell. Schlaf. Aufwachen! Appell. Rote-Bete-Sud. Trockenes Brot. Marsch zur Fabrik. Nähen. Nähen. Nähen. Elf Stunden lang. Marsch von der Fabrik weg. Suppe. Trockenes Brot. Die Koje. Appell. Schlaf.

Tagein und tagaus.

Es war Herbst geworden, und plötzlich war es so kalt, dass man seinen eigenen Atem sehen konnte, eine zarte kleine Wolke stieg von ihrem Mund auf, wenn Miriam abends auf die Industriestraße trat. Sie war todmüde. Sie ging zwei Schritte hinter Else, war aber nicht einmal in der Lage, eine Hand zu heben, um ihre Bluse anzufassen, blinzelte nur erschöpft und schlurfte weiter. Sie hatte nicht gedacht, dass man so müde werden konnte. Die Arbeit war ja nicht schwer, nachdem sie einmal gelernt hatte, die Ärmel einzunähen, war sie sogar richtig einfach. Sie durfte den ganzen Tag sitzen. Niemand trieb sie an, einen Graben auszuheben. Niemand peitschte sie, damit sie eine schwere Walze über eine neu angelegte Straße zog. Nicht einmal schwere Eimer hatte sie tragen müssen. Und dennoch war sie erschöpft. Todmüde von mehreren Jahren des Hungers. Gebrochen an ihrer eigenen Resignation. Erschlagen von ihrer eigenen Hoffnungslosigkeit. Sie konnte nicht einmal mehr phantasieren. Didi war kein kleiner blauer Vogel mehr. Er war einfach nur tot.

Eines Tages blieb Else direkt vor der Baracke stehen.

»Was ist los mit dir?«, fragte sie mit ihrer sanftesten Stimme und legte eine Hand auf Miriams Schulter.

Miriam antwortete nicht, zuckte nur leicht mit den Achseln. Vielleicht wurde sie ja auch ein Muselmann, trotz allem. Das Gefühl hatte sie. Sollte ihr an diesem Abend jemand das Brot stehlen, hätte sie nicht die Kraft, hinter dem Dieb herzujagen, würde nur still sitzen bleiben und schweigend hungern. Aber Else hakte sie unter, zog sie mit sich und sprach schnell auf sie ein.

»Es läuft doch gut für dich. Du hast ein Talent fürs Nähen. Und heute hast du nicht eine einzige Ohrfeige gekriegt. Nicht eine einzige! Der *Oberscharführer* mag dich, und das hat diese alte Aufpasserin gemerkt, deshalb lässt sie dich in Ruhe …«

Schnell strich sie Miriam über die Wange.

»Nun komm«, sagte sie. »Lykke hat bestimmt etwas für uns besorgen können. Und denk dran: Heute teile ich die Suppe aus.«

Es war immer noch überfüllt in der Baracke, mehr als überfüllt sogar, weshalb Else schieben, drängeln und boxen musste, damit alle hineinkommen konnten, und dann mussten sie versuchen, sich so gut es ging zu ihrer Koje durchzudrängeln. Lykke kauerte bereits da oben und hob die Hand zum Gruß. Sie war immer noch so schwach, dass sie von Else und Miriam gestützt werden musste, wenn es Zeit für den Appell war, deshalb war sie für ganze vier Tage krankgeschrieben worden. Einen Teil dieser Tage verbrachte sie damit, unendlich langsam von einer Oberkoje zur anderen durch die ganze Baracke zu kriechen und im Stroh nach etwas Essbarem zu suchen. Sie fand nicht viel, doch was sie fand, das war wertvoll. Eines Tages eine Zwiebel, die nur auf einer Seite verfault war. An einem anderen Tag eine Kartoffel und einen fast zinkenlosen Kamm. Und heute, wie sich zeigte, ein Stück altes Brot, zwar steinhart, aber dennoch ein ziemlich großes Stück Brot. Sobald Miriam und Else hinaufgeklettert waren, drehte sie den anderen Kojen den Rücken zu und zog es ganz vorsichtig unter dem Stroh hervor. Es war Diebesgut, sicher, dennoch war es nicht als Diebesgut anzusehen, wie Else erklärte. Alles, was im Stroh zu finden war, hatte sicher Häftlingen gehört, die inzwischen zu irgendeiner Fabrik irgendwo anders geschickt worden waren, sonst läge es ja nicht mehr hier. Außerdem waren es nur Muselmänner, die etwas zu essen versteckten, und diese waren sowieso nicht mehr zu retten. Noch dazu vergaßen sie, was sie aufgehoben hatten, ja, zum Teil sogar, dass sie überhaupt etwas versteckt hatten.

»Sieh mal an!«, sagte Else und klang zufrieden, nahm das Brot in die Hand und wog es ab. »Das kannst du in deine Suppe packen, Miriam, damit wir es teilen können.«

Miriam nickte stumm.

»Antworte!«, sagte Else und runzelte die Stirn. »Du darfst nicht aufgeben. Vergiss das nicht. Du musst durchhalten.«

Warum musste sie das? Bald sollte die Erde sowieso untergehen. Der Himmel würde wie eine große graue Plane herunterfallen. Die Erde würde sie, Else und die anderen schlucken, die ganze Welt. Die Dunkelheit würde ihren Hunger auslöschen, wie auch alles, wonach sie sich sehnte und alles, was weh tat. Und hinterher? Nichts. Ein absolut leeres Nichts. Nach dem sie sich sehnte.

Else beugte sich vor und fasste sie beim Oberarm, schüttelte sie vorsichtig.

»Antworte!«

Miriam schluckte und suchte ihre letzten Kräfte.

»Ja …«

»Das kannst du besser. Was sollst du tun?«

»Das Brot in die Suppe tunken. Damit wir es teilen können.«

»Gut!«

Else sorgte dafür, dass Miriam an diesem Abend extra viel Suppe bekam. Nicht dass das einen großen Unterschied machte, Miriam legte sich trotzdem gleich nach dem Essen hin und drückte sich gegen die Wand. Lykke und Marie saßen dicht hinter ihrem Rücken und redeten mit gedämpfter Stimme. Else war nicht da, sie hatte sich freiwillig gemeldet, den Suppentopf zurück in die Küche zu tragen. Vielleicht war es das, worüber die beiden redeten. Miriam wusste es nicht, sie sprachen ja Norwegisch, und hätte sie verstanden, was sie sagten, so hätte das auch keinen großen Unterschied gemacht. Es interessierte sie nicht. Nichts interessierte sie mehr. Sie sehnte sich nur nach dem lieblichen Nichts.

Deshalb reagierte sie auch gar nicht, als Lykke ihr plötzlich in den Rücken pikte: »Du!«

Miriam öffnete nicht einmal die Augen. Warum sollte sie auch die Augen öffnen? Was gab es denn zu sehen? Graue alte Weiber? Graue Suppe? Braunes, steinhartes Brot? Sie hatte genug gesehen. Es gab nichts mehr zu sehen in dieser Welt. Keine Blumen und keine Vögel, kein Laub an den Bäumen und keine Schmetterlinge, keine Äpfel und keine Birnen, keine Kirschen und keine gelben, reifen Pflaumen, die süß und saftig schmeckten, keine

Kartoffeln und keine Tomaten, keine Milch und keine Butter, kein Fleisch und keinen Fisch, keine Pfannkuchen und keine Erdbeermarmelade, keine Anuscha und keinen Didi, kein Zuhause und keine Familie, keinen Papa und keine Mama …

»Hör zu«, sagte Marie und packte sie bei den Schultern. »Hör mal zu.«

Miriam brummte etwas und wand sich aus dem Griff. Marie ließ los, sprach aber weiter.

»Wir glauben, dass du nicht richtig verstanden hast …«

»Du bist ungemein wichtig für Else«, sagte Lykke.

»Du erinnerst sie an jemanden«, sagte Marie.

Miriam schlug die Augen auf, sagte aber immer noch nichts.

»Weißt du, sie hat eine Tochter. In deinem Alter. Zu Hause, in Norwegen …«

»Åse. Sie heißt Åse.«

»Und Else macht sich ihretwegen Sorgen … Sie redet so gut wie nie über sie, aber sie macht sich Sorgen.«

»Große Sorgen macht sie sich.«

Miriam kauerte sich noch weiter zusammen, aber sie hörte zu, konnte nicht anders, musste zuhören. Lykkes Stimme zitterte: »Seit du hier bist, ist sie viel ruhiger geworden. Und stärker. Deshalb – bitte …«

Marie schluchzte: »Deshalb – gib nicht auf! Else überlebt es nicht, wenn du aufgibst.«

Miriam blinzelte einige Male und änderte ihre Haltung, einen Moment lang presste sie ihre geballten Fäuste gegen die Stirn. Die Hoffnungslosigkeit erfüllte sie weiterhin, aber plötzlich sah sie ein, dass sie tatsächlich mit offenen Augen dalag und das graubraune Holz der Wand anstarrte.

»Sie haben ihren Mann nach Auschwitz geschafft«,

sagte Lykke. »Er war ja Jude. Also hat er vermutlich nicht überlebt. Aber den beiden ist es gelungen, Åse ein paar Tage vor der Deportation wegzuschicken. Sie hat nie erzählt, wohin sie sie geschickt haben, aber wir glauben, wohl zu ihrer Tante und ihrem Onkel ...«

Marie unterbrach: »Die haben einen Bauernhof bei Molde. Und die waren nie politisch aktiv.«

Miriam runzelte die Stirn. Deportation? Molde? Politisch aktiv? Wovon redeten sie? Plötzlich spürte sie, wie ihr Körper sich umdrehte, wie der Rücken mit einem Mal auf dem Stroh der Koje lag, wie ihre Arme sich abstützten, und mit einem Mal richtete sie sich auf, saß da, strich sich schnell über die Augen und sah dann Lykke und Marie an.

»Ich verstehe nicht«, sagte sie.

Lykke lächelte ihr zittriges Lächeln und sagte: »Das macht nichts. Wir werden es dir erklären.«

Auch Else lächelte, als sie aus der Küche zurückkam und sich durch die Baracke drängelte, lächelte sogar noch, als sie auf die Koje hochkletterte.

»Guckt mal!«, sagte sie und warf einen schnellen Blick über die Schulter, um zu kontrollieren, dass auch niemand sie sah, dann stopfte sie die Hand in die Tasche und zog einen Apfel heraus. Sicher, es war ein Apfel mit ziemlich vielen braunen Flecken, aber trotz allem war es ein Apfel. Lykke und Marie schnappten nach Luft, Miriam schluckte trocken, ihre Gedanken huschten zurück zu dem Tag, an dem sie mit einem Apfel in der Hand ins Lager einmarschiert war. Es gab also noch Äpfel auf der Welt. Das hier war der Beweis. Sie hob die Hand, ließ sie aber gleich wieder sinken. Schließlich war es Elses Apfel.

»Wir lassen ihn in der Runde kreisen«, sagte Else. »Und Miriam darf anfangen ...«

Miriam schluckte noch einmal. Für den Bruchteil einer Sekunde überschlug sie die Lage, wog die Argumente gegeneinander ab. Es war ja nun einmal Elses Apfel, also sollte eigentlich Else zuerst reinbeißen, aber wenn Else sich andererseits in den Kopf gesetzt hatte, dass Miriam in irgendeiner Art und Weise Åse vertrat, dann war es wohl am besten und in Elses Sinn, das Angebot zu akzeptieren. Doch den ersten Bissen von diesem Apfel zu nehmen bedeutete auch aus irgendeinem unklaren, aber unleugbaren Grund, dass sie vergessen und verzeihen musste, dass sie vergessen musste, wer sie eigentlich war oder wer sie einmal gewesen war, dass sie niemals wieder an sich als Malika denken durfte, dass sie voll und ganz Miriam sein musste und dass sie Else verzeihen musste für die Dummheit und Verachtung, die in dem steckte, was sie über die Roma gesagt hatte.

War es den Preis wert? Sich selbst zu verlieren, und dafür in einen Apfel beißen zu dürfen? Ja.

Sie streckte die Hand nach dem roten Apfel aus. Ergriff ihn mit beiden Händen, hielt ihn einen Moment lang an die Nase und sog seinen Duft ein. Dann drehte sie ihn so, dass mindestens die Hälfte ihres Bisses aus einem braunen Fleck bestehen würde. Öffnete den Mund, ließ die Schneidezähne über die wachsartige Schale gleiten und biss zu. Schloss die Augen. Ein süßes Stückchen landete auf der äußersten Zungenspitze. Ein säuerlicher Geschmack erfüllte plötzlich ihren Mund, ihren Kopf, ihren ganzen Körper. Sie begann zu kauen, versuchte aber so lange wie möglich das Schlucken zu vermeiden. Das war nicht möglich. Sie schluckte. Die Lebensfrucht. Miriam aß von der Frucht des Lebens.

»Oh«, sagte Else mit belegter Stimme. »Jetzt lächelst du, Miriam. Wie schön es ist, dich lächeln zu sehen …«

An diesem Abend begann Else ernsthaft mit dem Unterricht. An mehreren der vergangenen Abende hatte sie versucht, Miriam dazu zu bringen, das Alphabet herunterzuleiern, aber nie eine Antwort erhalten. Miriam hatte nur in gekrümmter Habtachtstellung gestanden und vor sich hin gestarrt, offenbar ohne etwas zu sehen oder zu hören. Aber jetzt räusperte sie sich plötzlich und begann mit leiser Stimme das ABC herunterzuleiern.

»Perfekt«, flüsterte Else an ihrer Seite. »Gut. Dann gehen wir weiter zur Multiplikationstabelle. Kannst du die ganze?«

Miriam nickte stumm. Die Nonnen hatten es mit der Multiplikationstabelle sehr genau genommen.

»Dann lass mal hören«, sagte Else.

»Einmal eins ist eins«, begann Miriam. »Zwei Mal eins ist zwei, drei Mal eins …«

Es dauerte lange, sich bis zur Zehnertabelle vorzuarbeiten, aber es ging. Sie schaffte es ganz ohne Fehler. Else lächelte an ihrer Seite.

»Ausgezeichnet! Zuerst Auschwitz und dann Ravensbrück, und trotzdem weißt du es noch. Du bist begabt, Miriam, vergiss das nicht. Sehr begabt!«

Miriam schloss die Augen und schluckte. War sie begabt? Vielleicht. Aber nur, wenn sie Miriam war, nicht, wenn sie … Nein. So durfte sie nicht denken. Sie war ja Miriam. Ein begabtes jüdisches Mädchen aus gutem Hause. Sie war gezwungen, sich selbst davon zu überzeugen.

»Und das hier wird nicht ewig so weitergehen«, flüsterte Else. »Es gibt eine Zukunft für dich, für uns beide. Freiheit. Wenn der Krieg zu Ende ist …«

Miriam schüttelte stumm den Kopf, sie wollte nicht an diese Worte denken. *Freiheit. Zukunft.* Else streckte vorsichtig ihre rechte Hand aus und ergriff Miriams linke.

»Wenn der Krieg zu Ende ist, dann kommst du mit mir nach Hause nach Norwegen, dann kannst du bei mir auf dem Bauernhof meiner Schwester wohnen, dann wirst du jeden Morgen fette Milch trinken, du kriegst Brote mit Butter und dicken Käsescheiben drauf, und wenn du dir genug angegessen hast, dann wirst du in der Schule anfangen und ...«

Miriam zog ihre Hand zurück. *Das bin nicht ich, von der du redest*, dachte sie.

Doch sie sagte es nicht.

Bald konnte man kaum noch atmen in der Baracke. Überall waren Menschen, junge Frauen quetschten sich mit Greisinnen, feine Damen mit gestandenen Weibsbildern, fromme Tanten mit fluchenden Huren, süße Mädchen mit hässlichen Vetteln. Aus vieren in jeder Koje waren plötzlich fünf geworden, und trotzdem gab es nicht genug Kojen. Auf dem Boden und unter den Kojen lagen Menschen, andere lagen in langen Reihen auf dem eiskalten gemauerten Ofen mitten in der Baracke oder sie saßen auf dem Boden und schliefen in dem ausgekühlten Waschraum. Jeden Tag wurden Hunderte zu Arbeitseinsätzen in andere Fabriken und andere Lager geschickt, aber jeden Tag kamen auch wieder Hunderte neuer Gefangener aus Ungarn, Warschau und den Lagern im Osten. Ungarn war die reine Hölle geworden, berichteten die Neuankömmlinge. Und Warschau existierte nicht mehr. Nach dem Aufstand hatten die Deutschen buchstäblich jedes Haus in der Stadt zerschossen, geblieben waren nur noch Ruinen und Trümmer. Und mit den Russen war nicht zu rechnen, deren Armee hatte während des gesamten Aufstands vor der Stadt gestanden und nur zugesehen, die hatten nicht einen Finger gerührt, um der heimischen

Armee zu helfen. Pfui, schimpften diejenigen, die dabei gewesen waren, um kurz darauf erstaunt einzusehen, dass man so in Ravensbrück nicht reden durfte. Alte Lagerveteranen, treue Kommunisten, gingen sofort auf sie los: *Halt die Schnauze, du verdammtes Miststück! Die Russen sind unsere Befreier! Warte nur!*

Ein Teil der Neuankömmlinge konnte nur schwer begreifen, wo sie gelandet waren. Sie trugen bei ihrer Ankunft warme Mäntel, einige sogar Pelze, ihre Strümpfe waren ohne Löcher, und sie hielten sorgfältig gepackte Reisetaschen fest an sich gepresst und blinzelten verwundert, als ihnen all das abgenommen wurde. Eine der Polinnen hatte sogar ihren kleinen Hund mitgebracht, eine andere hielt einen Käfig mit einem ängstlich piepsenden Kanarienvogel in der Hand. Der Hund bekam einen gezielten Tritt, der Vogelkäfig wurde einfach nur zur Seite geworfen. Die Polinnen waren empört. Was ging hier vor sich? Schließlich waren sie freiwillig hergekommen! Sie hatten den Versprechen der Deutschen geglaubt, dass sie Lebensmittel, Arbeit und Unterkunft bekämen, wenn sie ihnen Richtung Westen folgten! Und jetzt das … Sie wollten wieder nach Hause! Und zwar jetzt! Sofort!

Nach der Antwort der SS verstummten die Proteste augenblicklich.

Die Lagerverwaltung hatte plötzlich alle Hände voll zu tun, die weiblichen Wachen zählten die Häftlinge wieder und wieder, verprügelten einige mit ihren langen Schlagstöcken, trampelten ein oder zwei zu Tode, zwangen eine andere, eine schwere Walze über die Lagerstraße zu ziehen, bis sie umfiel, als Strafe dafür, dass sie versucht hatte, zu entwischen, aber trotz allem wollten die Zahlen einfach nicht stimmen. Immer wieder machten sie Razzien auf den Lagerstraßen, um genügend Arbeitskräfte an Siemens & Halske, IG-Farben und andere Großunternehmen liefern zu können, sie sorgten dafür, dass kleinere Betriebe in Fürstenberg und die Bauern vor der Stadt so viele billige Arbeitskräfte bekamen, wie sie haben wollten, und trotzdem gelang es ihnen nicht, genügend Häftlinge loszuwerden. Ravensbrück war und blieb überfüllt. Jede Blockälteste wurde in ihre Baracke geschickt, um die Alten und Kranken herauszuholen, jede Ältere, die nicht darauf geachtet hatte, ihre grauen Haare mit Kohle zu schwärzen, wurde auf die Lagerstraße gestoßen, genau wie diejenigen, die schon so lange hungerten, dass sie sich nicht mehr daran erinnern konnten, wer sie waren oder wo sie herkamen. Die es noch konnten, mussten marschieren, die anderen wurden auf Lastwagen geworfen und in die Uckermark gefahren, an den Platz, der ironischerweise Jugendlager genannt wurde und der nach allem, was so unter den Häftlingen geflüstert wurde, eine Miniaturvariante von Auschwitz war, aber ohne Gaskammern. Manchmal waren aus dieser Richtung Schüsse zu hören. Dann kam es vor, dass einige Neuankömmlinge sich die Hand vor den Mund schlugen, um einen Schrei zu unterdrücken, aber die meisten, diejenigen, die bereits seit einigen Wochen, Monaten oder Jahren in Ravensbrück waren, reagierten überhaupt nicht. Sie beschäftigten sich weiter mit ihrer großen Aufgabe: zu überleben.

Schließlich war das Lager so überfüllt, dass man nicht mehr durch die Türen in die Baracken gelangen konnte, nicht mehr über den Boden gehen, sich weder hinaus noch hinein drängen konnte. Die Fenster wurden geöffnet, und man musste durch das Fenster hineinklettern, das am nächsten lag, und dann über andere Häftlinge steigen und klettern, um zu seiner Koje zu gelangen. Und glücklich in seiner Koje gelandet, musste man sich, so gut es ging, mit den anderen arrangieren. Das ging so einigermaßen, zumindest, wenn man die Sprache der anderen verstand, ansonsten bestand das Risiko, dass man einen Schlag oder einen Knuff zu viel bekam. Die Anspannung stieg mit jeder Stunde und jedem Tag, und plötzlich war es lebensnotwendig, mit den Seinen zusammenzuhalten.

Doch Miriam war nicht zusammen mit ihresgleichen. Sie war mit den Norwegerinnen zusammen.

»Hör zu«, sagte Else, und dann auf Norwegisch: »*Mein Name ist Miriam.* Sag das!«

Es war der Abendappell. Miriam starrte die Lagerstraße entlang. Heute Abend war es kalt. Sehr kalt. Sie konnte spüren, wie die Zehen in den Holzpantoffeln langsam das Gefühl verloren.

»*Mein Name ist Miriam*«, sagte sie.

»Ich habe nichts gehört«, sagte Else. »Sprich lauter!«

Miriam räusperte sich. »*Mein Name ist Miriam.*«

»Gut. Und was meinst du, was das bedeutet?«

Miriam seufzte leise. Manchmal war Else übertrieben fürsorglich.

»Das bedeutet wohl, dass ich Miriam heiße … Nehme ich an.«

»Genau. So wird sich *vorgestellt*.«

Miriam nickte. Um sie herum summte es von hundert anderen Gesprächen, einige deutlich interessanter als das, zu dem Else sie zwang, dennoch fügte sie sich und ließ Else weitermachen. Drei norwegische Sätze sollte sie jeden Abend lernen, das hatte Else beschlossen. Die anderen Norwegerinnen zogen die Augenbrauen hoch, aber keine widersprach. Niemand widersprach jemals Else, sie war der Mittelpunkt der norwegischen Gruppe, und im Chaos der letzten Wochen hatte sie so gut wie alle neueingetroffenen Norwegerinnen um sich gesammelt. Jetzt gab es nicht nur eine Koje voll mit Norwegerinnen in der Baracke, jetzt lagen Norwegerinnen in fünf Kojen um sie herum. Einige von ihnen waren keine *Nacht-und-Nebel*-Häftlinge, so dass ab und zu ein Paket von Verwandten daheim in Norwegen auftauchte und vom schwedischen Roten Kreuz. Gerade jetzt war eines angekommen. Gleich neben Miriam stand die junge Bente mit vor lauter Aufregung geröteten Wangen und versuchte ein strahlendes Lächeln zu unterdrücken.

»*Schokolade*«, flüsterte sie auf Norwegisch. »Es war Schokolade in meinem Paket!«

Else ergriff die Gelegenheit: »Nun, Miriam, hast du verstanden, was sie gesagt hat?«

Miriam nickte stumm. *Schokolade* auf Norwegisch klang ja fast genau wie *Schokolade* auf Deutsch.

»Darf ich hören?«, fragte Else.

»Es war Schokolade im Paket.«

»Richtig. Magst du Schokolade?«

Miriam zuckte leicht mit den Schultern.

»Ich weiß nicht. Es ist so lange her …«

Sie wackelte ein wenig mit den Zehen und versuchte, sie zum Leben zu erwecken, eine Erinnerung huschte vorbei, etwas mit Schokolade und Didi vor langer Zeit, aber sie schob sie schnell wieder beiseite. Irma Lunz schrie ein paar Meter entfernt, ihre Stimme war so schrill, dass sie sich fast überschlug, und sofort verstummten die Häftlinge. Alle Norwegerinnen taten, was Else ihnen gesagt hatte, sie streckten sich und standen in Habtachtstellung, achteten dabei genau darauf, die Blockälteste nicht anzusehen.

»Jetzt haltet ihr die Schnauze, ihr Scheißweiber«, schrie Irma Lunz. »Hört ihr! Schnauze halten!«

Anschließend versammelten die Norwegerinnen sich in ihrer Ecke der Baracke und sahen zu, wie Bente ihr Paket auspackte, halb lagen sie, halb knieten sie in den Kojen und holten jedes Mal tief Luft. Seife! Richtige Seife statt dieses verfluchten Bimssteins. Jetzt würden sich alle richtig waschen können! Drei Konservendosen mit Wurst. Du liebe Güte! Richtige Wurst! Und frische Karotten, ein ganzes Bündel. Eine Packung Zigaretten, die wichtigste Währung von allen. Plus eine Tafel Schokolade, eine große Tafel Milchschokolade! Und eine Schürze, eine neue, geblümte Schürze. Mit Volants!

Bente verzog kurz das Gesicht, es war zu sehen, dass sie sich bewusst war, plötzlich privilegiert zu sein, und das machte sie offensichtlich gleichzeitig stolz und besorgt. Schnell rieb sie sich den Mund, schluckte ein paar Mal, und schaute dann wieder auf. Ihr Blick war unsicher.

»Wir können die Schokolade heute Abend aufteilen«, sagte sie. »Aber den Rest will ich aufsparen. Bis Sonntag.«

Einen Moment lang blieb es still, dann räusperte Else sich leise.

»Die Karotten auch?«

Bente nickte stumm.

»Darf ich die mal anfassen?«, fragte Else und streckte die Hand aus.

Bente zögerte einen Moment, dann reichte sie ihr das Karottenbündel. Else drückte eine Karotte. Zwei. Drei.

»Die werden schon weich«, sagte sie dann und nahm die Hand zurück. »Sonntag werden sie schon halb vergammelt sein.«

Bente schloss für einen Augenblick die Augen, dann schaute sie auf und erwiderte gehorsam Elses Blick.

»Du meinst, wir sollen die Karotten heute Abend essen?«

»Ja. Die Schokolade reicht ja sowieso nicht für alle. Lass die einzelnen entscheiden, ob sie lieber ein Stück Schokolade oder ein Stück Karotte haben wollen.«

»Aber …«

»Du kriegst natürlich von beidem etwas. Sowohl Karotte als auch ein Stück Schokolade.«

Bente senkte den Kopf, sie gab auf.

»Ja«, sagte sie mit ganz zaghafter Stimme. »Du hast natürlich recht. So machen wir es.«

»Das klingt doch gut«, erklärte Else. »Und lass die Schürze lieber liegen. Sie ist viel zu schön, über die werden sich die Aufseherinnen in der Nähfabrik nur ärgern.«

Bente erwiderte nichts, sie hatte angefangen, die Schokolade in kleine Stückchen zu zerbrechen. Else wandte sich Miriam zu.

»Hast du verstanden, was wir gesagt haben?«

Miriam nickte. »Das meiste.«

»Gut. Du bist wirklich ein tüchtiges Mädchen. Willst du eine Karotte oder Schokolade?«

»*Schokolade*«, antwortete Miriam auf Norwegisch und lächelte. Das zog in den Wangen. Es war lange her, dass sie so offen gelächelt hatte.

Bente konnte nicht an sich halten. Am folgenden Morgen zog sie ihre neue Schürze über das hellgraue Häftlingskleid, das sie den letzten Monat immer getragen hatte. Und es war wirklich eine sehr, sehr schöne Schürze. Ganz neu, immer noch etwas steif von der Stärke. Blauer Untergrund. Rote Rosen, vielleicht waren es auch Pfingstrosen. Gelbe Butterblumen. Weiße Gänseblümchen. Außerdem mit einem Volant an beiden Seiten des Bruststücks. Und einer kleinen Tasche.

Jemand holte tief Luft und ließ sie dann mit einem geflüsterten *Ooh* … wieder heraus, als Bente plötzlich in all ihrer Pracht dort stand, doch dann wurde es ganz still unter den Norwegerinnen. Was würde Else dazu sagen? Aber Else sagte nichts, sie schüttelte nur leicht den Kopf und legte eine Hand auf Miriams Rücken, schob sie in dem Gedränge vor sich her. Sie waren gezwungen, sich zu beeilen, schließlich war der Appell angesagt.

Else achtete immer sehr genau darauf, wo sie während des Appells standen. Man sollte möglichst mitten in der Gruppe stehen, nicht zu weit vorn und nicht zu weit hinten, das hatte sie Miriam erklärt, denn so war das Risiko am geringsten, dass jemand auf einen aufmerksam wurde. Dann konnte man sich sogar unterhalten, aber man durfte nie diejenige ansehen, mit der man sprach. Den Blick geradeaus, die ganze Zeit. Und man durfte sich auf keinen Fall kratzen, ganz gleich, wie sehr die Läuse auch bissen oder wie tiefe Gänge die Krätze-Milben unter der Haut gruben. Da half es nur tief einzuatmen und zu versuchen, sich auf etwas anderes zu konzentrieren. Auf das Wetter beispielsweise. Oder den Sonnenaufgang. Oder den hohen Himmel. Denn der Himmel über Ravensbrück war schon etwas Besonderes. Hatte Miriam das schon bemerkt? Höher als alle anderen Himmel, vielleicht bis auf den in Norwegen. Aber farbiger beim Sonnenaufgang. Und von leuchtend klarem Blau, wenn die Sonne einmal aufgegangen war.

Doch heute bekamen Else und Miriam nicht die besten Plätze, sie landeten in der vorletzten Reihe. Außerdem stellten sich Bente und einige der anderen Norwegerinnen auch noch direkt hinter sie. Else nahm Miriam an der Hand und versuchte den Platz zu tauschen, drängte sich in die Reihe vor ihnen und dann noch eine weitere Reihe nach vorn.

»Verdammte Idioten«, bemerkte jemand hinter ihnen. Eine andere Frau zischte etwas, vermutlich ein Fluch in einer Sprache, die sie nicht verstanden, aber weder Else noch Miriam reagierten darauf, sie drängten sich wortlos nach vorn und hielten ihren Blick fest in die Ferne gerichtet. Bis jetzt war Irma Lunz noch nicht aufgetaucht, aber trotzdem standen sie bald kerzengerade in Habtachtstellung ungefähr in der Mitte der Gruppe, mehrere Reihen von Bente und ihrer gefährlichen Schürze entfernt. Ein kleines Meerschweinchen stand dicht neben ihnen, sie hing apathisch auf ihren Krücken. Sie murmelte etwas, aber es war nicht zu verstehen, was sie sagte. Nicht dass Miriam oder Else überhaupt zuhörten, sie waren zur Genüge mit ihrem eigenen Problem beschäftigt.

»Das wird Bente noch bereuen«, sagte Else.

Miriam streckte ihre Hand aus und griff nach Elses, drückte sie leicht.

»Vermutlich.«

»Halte Abstand zu ihr.«

Miriam nickte und antwortete auf Norwegisch: *»Das mache ich.«*

Sie ahnte mehr, als dass sie sah, wie Else schmunzelte: »Tüchtiges Mädchen.«

Ein Stück entfernt brüllte jemand. Die Deutschen waren bereits auf dem Weg, und plötzlich kam eine gehetzte Irma Lunz aus der Baracke gestürzt. Sie trug keine Schnürsenkel mehr, auch keine Strümpfe, hatte aber mit beiden Händen ihren dicken Knüppel gepackt.

Als sie am Abend zur Baracke zurückgingen, hing Bente zwischen Miriam und Lykke. Sie blutete nicht mehr, aber ihr Gesicht war angeschwollen und die Beine mit blauen Streifen überzogen. Doch am schlimmsten stand es um ihren Rücken. Als Else ganz vorsichtig ihre Hand darauf hatte legen wollen, hatte sie vor Schmerzen gewimmert. Jetzt wimmerte sie nicht mehr, aber sie war nicht vollkommen bewusstlos, ab und zu versuchte sie zu helfen, indem sie mit ihren nackten Füßen ein oder zwei Schritte machte. Ihre Holzschuhe waren verschwunden. Vermutlich hatte jemand sie gestohlen, als sie bewusstlos auf dem Boden im Nähsaal gelegen hatte.

Else hatte recht gehabt. Die Schürze war zu schön gewesen. Drei Aufseherinnen fanden sie viel zu schön, um eine norwegische Rassenschänderin zu schmücken. Jetzt sah sie passender aus, wie sie lose vor Bentes Bauch baumelte. Keine Volants mehr. Keine Tasche. Kein Band, um sie in der Taille zu binden.

Die kleine Gruppe blieb stehen, als sie auf die Lagerstraße gelangten. Was war das? Noch mehr Menschen? Ja, es sah so aus. Die ganze Straße war voll mit Frauen, schreienden Frauen, halb hysterische, die mit grellen Stimmen etwas auf Polnisch, Ungarisch und anderen Sprachen schrien, die niemand verstand. Außerdem wüteten mehr reinrassige blonde *Aufseherinnen* unter den Neuankömmlingen, als sie bisher jemals gesehen hatten. Und sie waren mit Peitschen und Schlagstöcken gut ausgerüstet.

»Seid vorsichtig«, sagte Else, die vor ihnen stand. »Seht ihr die Maschinengewehre?«

Miriam nickte stumm. Jetzt sah sie sie auch. Alle zwanzig Meter die Straße entlang stand ein SS-Soldat. Sie trugen leichte Maschinengewehre. Einige von ihnen standen regungslos da, andere ließen nervös ihre Blicke hin und her huschen. Von links nach rechts, von rechts nach links. Offensichtlich waren sie nervös. Bedrohlich nervös.

»Wartet«, sagte Else. »Geht ein Stück nach links. Vorwärts und dann nach links.«

Bente war wieder ohnmächtig geworden, jetzt hing sie schwer und schlaff zwischen Miriam und Lykke. Miriam ging leicht in die Knie, sammelte aber schnell wieder Kraft und schleppte sich weiter. Lykke biss sich auf die Unterlippe und starrte vor sich hin. Else ging mit geradem Rücken vor ihnen her und schaute weder nach rechts noch nach links. Ein paar Meter vor den Baracken bog sie ab und ging dann unbeirrt geradeaus. Jetzt war sie nur noch einen Meter von einem SS-Mann entfernt, aber sie schaute ihn nicht an, ging einfach nur weiter. Er blickte ihr hinterher, rührte sich aber nicht. Miriam und Lykke zogen die Köpfe ein, als sie mit angehaltenem Atem vorbeigingen.

»Vater unser, der du bist im Himmel …«, murmelte Miriam und schloss die Augen, öffnete sie aber sofort wieder. War sie nicht ganz bei Sinnen? Sie war doch Jüdin, dann konnte sie ja wohl nicht herumlaufen und christliche Gebete sprechen, das durfte ja wohl jedem klar sein. Aber dieses Mal war Gott tatsächlich bei ihr, niemand schien gehört zu haben, dass sie zu ihm gesprochen hatte. Und die Tausende von Frauen, die auf der Lagerstraße herumgestoßen wurden, übertönten mit ihren schrillen Stimmen sowieso alles. Es schien nicht die übliche Aufnahme gewesen zu sein. Vielleicht waren es ganz einfach zu viele gewesen. Keine von ihnen trug eine Armbinde, und viele waren immer noch wie Nicht-Gefangene gekleidet mit heilen Strümpfen, richtigen Schuhen und ordentlichen Kleidern. Offensichtlich kümmerte sich auch keine darum, auch nur in Bruchstücken das korrekte Verhalten im Lager zu lernen. Sie schrien, wenn sie gepeitscht wurden und heulten wie wilde Tiere, wenn man sie mit dem Schlagstock prügelte. Nun ja, sie würden es sicher noch lernen.

Bente hob den Kopf und versuchte ein paar Schritte zu gehen. Else ging zielstrebig vor ihnen her. Gleich würden sie an der Baracke angekommen sein. Dann ging es nur darum, durch die Tür hineinzukommen, wie immer das auch möglich sein sollte. Es gab keine Chance, durch ein Fenster hineinzukriechen, solange Bente in diesem Zustand war …

»Halt!«

Sofort blieb Else stehen, Miriam und Lykke machten einen Schritt zu viel. Eine blonde *Aufseherin* stand breitbeinig vor ihnen und hatte die Hände in die Seiten gestützt. Sie nickte zu Bente hinüber.

»Lasst sie los!«

Miriam und Lykke warfen sich schnell einen Blick zu, dann ließen sie Bente ganz vorsichtig zu Boden gleiten, so dass sie auf dem Bauch landete. Ihre Augen waren offen, sie lauschte genauso angestrengt wie die anderen.

»Extradienst heute Abend. Bauarbeiten. Du, du und du! Los, zur Wiese!«

Else öffnete den Mund, als wollte sie etwas sagen, schloss ihn aber gleich wieder. Nickte nur und drehte sich um, schaute Miriam und Lykke an und formte ein lautloses *Kommt* mit den Lippen. Die warfen einen schnellen Blick auf Bente, sie war offenbar bei Bewusstsein und hatte angefangen, mit den Fingern in der Erde zu graben. Vielleicht hatte sie Angst. Vielleicht hatte sie einfach nur so starke Schmerzen. Dann drehten sie ihr den Rücken zu und gingen los.

Es wurde langsam dunkel, war aber noch hell genug, dass man sehen konnte, dass eine Öffnung in den Stacheldrahtzaun zu der sumpfigen Wiese hin geschnitten worden war. Die hohen Bäume dort draußen streckten ihre nackten Äste in den grauen Abendhimmel. An diesem Abend war er nicht besonders hoch, die Wolken drückten ihn hinunter. Zwei SS-Soldaten mit Maschinengewehren standen auf beiden Seiten der Öffnung, vereinzelte Gruppen Gefangener gingen langsam über die Wiese zu einem Punkt, an dem die SS dabei war, einen tragbaren Scheinwerfer zu montieren.

»*Rein mit euch*«, brüllte einer der Soldaten auf Deutsch. »Beeilung!«

Else ging natürlich als Erste, Miriam und Lykke hielten einander bei der Hand und versuchten sich so unsichtbar wie nur möglich zu machen, während sie hinterhergingen. Sie liefen über Gras, das erste Mal seit mehreren Jahren liefen sie auf Gras, auch wenn es verwelkt war, gelb und etwas steif, denn der Herbst war schon weit fortgeschritten, und der Frost lag auf der Lauer. Die Erde unter ihren Füßen war weich und etwas sumpfig, sie schmatzte jedes Mal, wenn sie den Fuß anhoben. Vielleicht war das ja gar keine Wiese. Vielleicht war das ein Sumpfgebiet, das nur aussah wie eine Wiese.

»Ihr da!«, rief ein SS-Offizier ein Stück entfernt und zeigte auf Else. »Kommt her.«

Else machte ihren Rücken steif und eilte zu ihm. Watsch, sagte es jedes Mal, wenn sie den Fuß hob. Watsch, watsch, watsch. Miriam und Lykke eilten hinterher. Watsch, watsch, watsch. Ein Holzschuh drohte Miriam vom Fuß zu rutschen, aber in letzter Sekunde konnte sie ihn noch mitziehen. Hier wollte sie auf keinen Fall barfuß gehen.

Der SS-Offizier bohrte seinen Blick in Else. »Sprichst du Deutsch?«

Else richtete sich noch weiter auf und stand plötzlich in tadelloser Habtachtstellung.

»Ja.«

»Ja – was?«

»Ja, *Herr Obersturmführer!*«

Er verzog höhnisch das Gesicht.

»Lern erst mal die Dienstgrade, du Miststück. *Untersturmführer.* Woher kommt ihr?«

»Aus Baracke 8, *Herr Untersturmführer.*«

»Idiotin. Aus welchem Land kommt ihr?«

»Aus Norwegen, *Herr Untersturmführer.*«

Der SS-Offizier verzog wieder das Gesicht und wühlte in seiner Brusttasche, zog dann eine Zigarette heraus und steckte sie sich in den Mund.

»Ja, so was. Alle drei?«

Für den Bruchteil einer Sekunde zögerte Else, dann log sie: »Ja, *Herr Untersturmführer.*«

Der SS-Offizier zündete sich die Zigarette an. Das Feuerzeug glänzte, vielleicht war es ja aus Silber.

»Na, dann könnt ihr ja wohl jedenfalls arbeiten. Wir müssen hier ein Zelt aufstellen.«

Else blinzelte vor Verblüffung, ließ sich aber nichts anmerken.

»Ja, *Herr Untersturmführer.*«

»Du wirst mit den Mädchen die Zeltstangen aufstellen. Alle zehn Meter eine.«

»Ja, *Herr Untersturmführer.*«

Der SS-Offizier nahm einen tiefen Zug und zuckte mit den Schultern. »Also dann, an die Arbeit!«

Doch Else bewegte sich nicht, sie holte hastig Luft und fragte: »Mit welchem Maß sollen wir das tun, *Herr Untersturmführer?*«

Der SS-Offizier grinste und zuckte mit den Schultern, zog dann erneut an seiner Zigarette. »Was weiß denn ich. Warum fragst du nicht lieber einen, der das weiß?«

Es dauerte eine ganze Weile, bis sie jemanden fanden, der es wusste. Es war eine ungewöhnlich große Polin, die nur gebrochen Deutsch sprach, aber offensichtlich vernünftige Anweisungen bekommen hatte. Es handelte sich um ein Militärzelt, so eines, wie sie für Manöver und an der Front benutzt wurden. Hier sollte es einen Teil der Tausenden beherbergen, die in den letzten Tagen angekommen waren, denn jetzt konnte nicht einmal die SS noch mehr Menschen in die Baracken quetschen. Und die lange Polin wusste auch genau, wie groß es war. Außerdem hatte sie auf geheimnisvolle Art und Weise ein Maßband in die Finger bekommen, zwar nur ein paar Meter lang, aber trotz allem ein Maßband.

Else und die große Polin begannen sofort mit der Abmessung für die ersten Pflöcke. Miriam und Lykke irrten eine Weile herum, bis sie einen Stapel mit Zeltmasten fanden, aber als das geschafft war, mussten sie diese nur noch zu Else und der Polin schaffen. Wind war aufgekommen und der Abend plötzlich richtig kalt geworden. Miriam schlang die Arme um den Körper, wenn sie zu dem Stapel mit Zeltstangen zurücklief. Zum Glück trug sie eine Bluse unter ihrer gestreiften Häftlingsjacke! Die wärmte zumindest ein wenig. Und die Häftlingsjacke hatte außerdem lange Ärmel. Lykke trug nur ein kurzärmliges Sommerkleid, sie klapperte bereits mit den Zähnen.

»Bleib in Bewegung«, sagte Miriam, und Lykke nickte stumm. Sie ergriff einige Zeltstangen, drückte sie fest an sich und eilte zurück zu Else. Der Boden schmatzte unter ihren Füßen.

Die Zeltstangen waren eine einfache Aufgabe gewesen. Die Zeltwand selbst war wirklich schwer. Dreizehn magere, ausgehungerte Frauen standen in einer Reihe und packten sie, versuchten sie hochzuheben, aber es ging nicht. Die dicke Rolle mit der Zeltleinwand rutschte ihnen aus den Händen, fiel auf den Boden und rollte ein paar Meter weiter, kippte dabei noch die eine oder andere Zeltstange um.

Die SS-Soldaten standen daneben und verhöhnten die Frauen:

»*Um Gottes willen!* Was für Stümper!«

»Reißt euch mal zusammen, verdammt noch mal! Ihr *Abschaum!*«

»Ihr seid ja zu nichts zu gebrauchen. Wie wäre es denn, wenn ihr euch mal ein bisschen anstrengt?«

»Glaubst du, diese blöden Klappergestelle können sich wirklich anstrengen? Hä?«

Keine der Frauen zeigte auch nur mit ihrer Mimik, dass sie die Männer hörte, im Gegenteil. Alle Gesichter waren genauso starr und verschlossen wie immer, keine warf auch nur einen einzigen Blick auf die SS-Soldaten. Miriam und Lykke eilten herbei und richteten die Zeltstangen wieder auf, dann liefen sie zurück und ergriffen mit den anderen die Zeltleinwand, machten sich bereit für einen neuen Versuch.

»Eins«, gab Else vor, »zwei, drei!«

Die dreizehn Frauen packten zu, mühten sich mit all ihrer Kraft, den Stoff hochzubekommen, aber sie schafften es nur bis zur Hälfte. Als sie ihn auf Brusthöhe hatten, rutschte ein junges Mädchen aus und fiel hin, die Frauen neben ihr begannen zu wanken, und Sekunden später fiel die schwere Rolle erneut zu Boden.

Einer der SS-Soldaten verlor die Geduld.

»Zum Teufel noch mal«, brüllte er, warf seine Kippe weg und trampelte auf ihr herum, bevor er zielstrebig auf Else zuging. Sie nahm sofort Habtachtstellung ein, doch das nützte nichts. Er schlug ihr mit dem Kolben seiner Pistole direkt über den Mund.

»Seht endlich zu, dieses verdammte Zelt hochzukriegen«, erklärte er dann in ganz normalem Gesprächston.

Am folgenden Morgen war es kälter als je zuvor. Miriam wachte wie üblich davon auf, dass Else sie schüttelte, aber sie wollte wirklich nicht aufwachen, sie hatte ja nur gut eine Stunde geschlafen und sie wollte nicht wieder zu einem der unzähligen Appelle, sie wollte nicht wieder einen ganzen Tag in der Nähfabrik sitzen und weitere Hunderte von Ärmeln in weitere Hunderte von SS-Uniformen einnähen. Sie wollte einfach nicht mehr.

»Bente ist tot«, sagte Else hinter ihrem Rücken.

Miriam drehte sich um und zog sich in sitzende Stellung hoch, blinzelte einige Male, um das nicht sehen zu müssen, was sie doch sah. Bente war wirklich tot. Ihr Körper lag ausgestreckt und verdreht ganz außen in der gegenüberliegenden Koje. Niemand hatte ihr die Augen geschlossen. Die Lippen waren hochgezogen und zeigten ihre weißen Zähne. Die Hände waren offen, die Finger gekrümmt, als hätte sie versucht, nach etwas zu greifen oder jemanden zu kratzen.

»Bente!«

Lykke schluchzte auf und faltete die Hände wie zum Gebet, diese Bewegung an sich ließ eine heftige Wut in Miriam aufsteigen, was sie selbst überraschte, schließlich war es lange her, dass sie etwas anderes als Hunger und Ekel empfunden hatte, und sie ballte die Fäuste, als wäre sie plötzlich bereit zuzuschlagen, bremste sich selbst aber ebenso schnell. Sie durfte nicht zeigen, wie sie sich fühlte, nicht einmal, dass sie überhaupt etwas fühlte. Sonst würde ihr es ganz genauso ergehen, wie es Bente ergangen war. Nur Else wusste wohl, wie man sich in dieser Situation verhalten musste, also drehte sie den Kopf und sah diese an.

Eine Katastrophe. Else war die zweite Katastrophe an diesem Morgen.

Ihre Lippen waren geschwollen. Die Oberlippe außerdem geplatzt und an mehreren Stellen gerissen. Blut war ihr das Kinn hinuntergelaufen, und als sie jetzt einen zögerlichen Versuch machte, etwas zu sagen, stellte sich heraus, dass ein Schneidezahn locker war. Else verstummte und schaute sich ratlos um, dann schob sie zwei Finger in den Mund und packte den Zahn. Vorsichtig zog sie ihn los. Ohne nachzudenken streckte Miriam ihre Hand aus. Else ließ den Zahn fallen, und beide sahen ihn an, wie er da in Miriams Handfläche lag. Elses Schneidezahn. – Blutig.

Es musste etwas geschehen.

»Warte hier«, sagte Miriam und kletterte erstaunlich geschwind zum Rand der Koje, hinunter auf den Boden und bahnte sich ihren Weg zum Waschraum, so schnell es eben ging, wenn man an all die dachte, die hier unten lagen, standen oder saßen. Sie hatte vergessen, ein Handtuch mitzunehmen, aber das war jetzt auch gleich, im Laufen knöpfte sie ihre Lagerjacke auf, zog sich dann die Bluse aus, während sie die Tür aufstieß, warf sich die Lagerjacke wieder über, aber machte sich nicht die Mühe, sie zuzuknöpfen, eilte nur zu einem der Wasserhähne und hielt die Bluse unter das eiskalte Wasser. Nur ein Glück, dass das Wasser eiskalt war. Vielleicht konnte es die Schwellung etwas lindern.

»So«, sagte sie, als sie zurück in der Koje war. »Bleib still sitzen, ich werde dir das Blut abwischen …«

Else seufzte leise und sagte mit erloschener Stimme: »Als wenn das was nützen würde …«

An diesem Morgen war es Miriam, die Else vor sich auf dem Weg zum Appell schob, es war Miriam, die sich selbst und Else durch die Tür zwängte, es war Miriam, die Ellenbogenstöße und Flüche von den Frauen einheimste, zwischen denen sie sich durchdrängte, und es war Miriam, die für einen Moment auf der Lagerstraße stehen blieb und versuchte auszurechnen, wo sie am besten stehen sollten. Glücklicherweise war es immer noch dunkel, und wenn sie sich ein Stück weit nach links stellten, dort, wo es am dunkelsten war, dann würde vielleicht niemand Elses geschwollenen Mund bemerken.

Else selbst war ganz folgsam, aber ungewöhnlich langsam, sie bewegte sich, als ginge sie unter Wasser. Offensichtlich versuchte sie in Habtachtstellung zu stehen, aber es schien, als wäre ihr Kopf zu schwer, die ganze Zeit fiel er nach vorn, und ihr Rücken war in einer Art gekrümmt, wie Miriam es noch nie gesehen hatte. Immer wieder legte sie ihre Hand auf Elses Rücken in dem hilflosen Versuch, sie aufzurichten, aber es half nichts. Vielleicht war das gar nicht so schlimm, denn auf der Straße war es so voll mit wütenden Lagerveteranen und hysterischen Neuankömmlingen, dass die Wahrscheinlichkeit, einer der Deutschen könnte Elses Verletzung sehen und sie deshalb sofort zum Tode verurteilen, ziemlich klein war, also ergriff sie stattdessen Elses Hand und drückte sie. Sie hätte gern etwas gesagt, aber wusste nicht, was.

Als sie einen kurzen Blick nach rechts warf, sah sie plötzlich Lykke und Marie. Die beiden schleppten Bentes Leiche aus der Baracke. Lykke hielt Bentes linken Arm, Marie den rechten. Keine von beiden weinte, aber ihre Gesichter waren verzerrt, und Miriam überlegte, ob das wohl an der Trauer lag oder daran, dass Bente zu schwer war. Dann verschwanden sie in den Massen an Frauen.

Miriam wusste, wohin sie auf dem Weg waren. Zum Leichenberg. Den anzusehen sie jeden Morgen sorgfältig vermieden hatte. Auch an diesem Tag dachte sie gar nicht daran, dorthin zu schauen.

Else holte an ihrer Seite Luft, es war ein tiefer, zittriger Atemzug, der fast wie ein Schluchzen klang. Miriam packte ihre Hand nur noch fester. Sie musste etwas sagen, das war lebenswichtig, aber was?

»*Zukunft*«, sagte sie dann in ihrer allerbesten norwegischen Aussprache.

Else warf ihr einen verwunderten Blick zu, ließ dann Miriams Hand los und hob ihre eigene. Schaute fragend auf ihre Handfläche und blinzelte einige Male.

»Es schneit«, sagte sie dann.

Miriam nickte. Bis jetzt hatte sie die Kälte nicht bemerkt, aber jetzt erschauderte sie. Doch das, was da vom Himmel fiel, das war kein Schnee. Es war schlimmer als das. Es war ein mit Schnee vermischter Regen, ein nasser, schwerer Eisregen, der die Kälte unter die Haut kriechen ließ, in die Muskeln, bis ins Rückenmark. Und da kamen die Aufseherinnen anmarschiert. An diesem Morgen trugen sie ihre Umhänge, schwarze Umhänge aus warmer Wolle, die gegen die Kälte schützten.

Und dann begann das Durchzählen.

Im Nähsaal war es einigermaßen warm. Miriam streckte ihre steifgefrorenen Finger, ballte dann die Hände wieder zusammen und versuchte, das Gefühl in ihnen wiederzuerwecken, alles, während sie über die Schulter nach Else Ausschau hielt. Und siehe da, sie stand bereits am Holztisch und war mit irgendetwas beschäftigt. Vielleicht ging es ihr ja schon ein wenig besser, denn sie hatte die geschwollene Oberlippe eingesogen und schob stattdessen die Unterlippe vor. Das sah kaum nach einer Verletzung aus, eher, als machte sie eine Grimasse. Wenn sie Glück hatte, würde keine *Aufseherin* etwas sehen, und bis jetzt hatte Else immer Glück gehabt. Andererseits hatte Bente auch immer Glück gehabt. Bis gestern.

Lykke saß in der Reihe neben Miriam, aber zur anderen Seite gewandt, und war dabei, ihre Nähmaschine vorzubereiten. Sie blinzelte und versuchte den Faden durch das Nadelöhr zu bekommen, es misslang ihr, sie befeuchtete den Faden und versuchte es noch einmal. Dieses Mal klappte es. Ihre angespannten Schultern fielen herunter. Miriam starrte sie wie gebannt an, trotzdem schaute Lykke nicht auf. Offenbar begriff sie nicht, dass sie unbedingt Blickkontakt halten mussten, dass es lebenswichtig war, dass Else diesen Tag nicht überleben würde, wenn Lykke und Miriam sich nicht ansahen. Und Lykke saß ja so, dass sie Else sehen konnte, ohne den Kopf zu drehen, also konnte sie Miriam einen warnenden Blick zuwerfen, wenn Gefahr drohte, das heißt, wenn eine *Aufseherin* sich näherte. Und dann wollte Miriam eingreifen. Sie wusste noch nicht, wie, sie wusste nur, dass sie das tun würde. Aber Lykke schaute Miriam nicht an, streckte sich nur nach einem Vorderteil und einem Rückenteil, legte beide sorgfältig übereinander, ließ den Nähmaschinenfuß sinken und begann die erste Schulternaht des Tages zu nähen. *Verdammt noch mal!* Miriam griff nach dem ersten Ärmel auf ihrem Stapel, dann nach einer halbfertigen Uniformjacke, legte geübt die Nähte übereinander und senkte die Nadel, warf Lykke einen letzten Blick zu, bevor sie anfing zu nähen. Als sie wieder aufschaute, begegnete sie endlich Lykkes Blick. Sie nickte ihr zu und bekam ein kurzes Nicken als Antwort.

Die Abmachung war getroffen. Lykke würde Else unter

Beobachtung halten. Und wenn etwas passierte, wäre Miriam zur Stelle, um sich einzumischen.

Nach einer halben Stunde hatten sie einen gewissen Rhythmus gefunden. Lykke gelang es, zwei Schulternähte fertigzustellen, während Miriam einen Ärmel einnähte, anschließend schauten sie im gleichen Moment auf und tauschten Blicke. *Bis jetzt keine Gefahr.* Lykke zog die Schultern leicht hoch, als Else ihren Gang entlanggelaufen kam, ließ sie dann aber wieder sinken. Die *Aufseherinnen* hatten sich momentan am Ofen versammelt, vielleicht froren sie, denn einige von ihnen hatten die Hände zur Wärme hin ausgestreckt. Vor dem Fenster hatte sich der Schneeregen in Schneematsch verwandelt. Außerdem sah es so aus, als wäre Wind aufgekommen. Es sah ungemütlich aus.

Jemand sagte etwas Lustiges hinten am Ofen, und die *Aufseherinnen* lachten laut. Diejenige, die einen Scherz gemacht hatte, schlug sich vor lauter Begeisterung mit dem Schlagstock gegen den Schenkel. Miriam krümmte den Rücken vor Kopfschmerzen, aber ihre Hände griffen mechanisch nach einem weiteren Ärmel und einem weiteren halbfertigen Jackenteil, sie legte die Nähte genau aufeinander und begann zu nähen. Ihre Augen waren halbgeschlossen, aber als sie das nächste Mal aufblickte, stellte sie fest, dass Lykke unruhig aussah. Es war Bewegung in die *Aufseherinnen* gekommen, zu dritt gingen sie die Gänge entlang und musterten die Arbeit der Häftlinge.

»Was ist das denn?«

Oh Gott! Eine von ihnen war vor Lykke stehen geblieben und zerrte an einem Vorderteil und einem Rückenteil. Das lag falsch herum, selbst von ihrem Platz aus, im Abstand von mehreren Metern, konnte Miriam sehen, dass Lykke es falsch herum zusammengenäht hatte. Das Ärmelloch saß jetzt da, wo der Kragen sein sollte. Und das war Miriams Fehler, hatte Miriam Lykke doch gezwungen, auf Else aufzupassen!

»Sabotage«, schrie die *Aufseherin* und riss Lykke das Kopftuch herunter, packte sie fest bei den Haaren. Schüttelte sie. »Diese Missgeburt wagt es, die Arbeit zu sabotieren!«

Die anderen beiden *Aufseherinnen* hoben ihre Schlagstöcke, und eine Sekunde lang wurde es totenstill im Nähsaal, alle Maschinen verstummten, dann erkannten die Gefangenen die Gefahr und begannen hastig weiterzunähen. Auch Miriam. Sie legte ihren linken Zeigefinger unter die Nadel und drückte dann mit dem Knie den Startknopf. Die Nadel ging direkt durch den Fingernagel, bis auf den Knochen.

Erst hinterher begann sie zu schreien.

Am folgenden Morgen war es sehr still im Strafblock. Niemand rief. Niemand sang. Niemand weinte. Es war einfach nur still.

Was kein Wunder war. Es war ja Freitag. Vielleicht saßen alle Gefangenen genauso stumm in ihren Zellen und warteten wie Miriam und Sylvianne. Zusammengekauert auf dem Boden, den Rücken gegen die graue Zementwand gelehnt, die Arme um die Knie geschlungen. Sylvianne hatte außerdem noch den Kopf auf die Knie gelegt und versuchte, die ganze Welt auszublenden. Sie trug kein Kopftuch, und Miriam konnte sehen, dass sie langsam kahlköpfig wurde, die weiße Haut schimmerte unter einigen dünnen Strähnen hindurch.

Sylvianne war sehr, sehr mager. Magerer als jeder andere Mensch, den Miriam jemals gesehen hatte, nicht einmal in Auschwitz war sie jemandem begegnet, der einem Skelett dermaßen ähnelte und trotzdem noch am Leben war. Miriam hatte fast Angst bekommen, als sie in die Zelle gestoßen worden war und ihre Mitgefangene erblickt hatte. Sylviannes Augen waren groß und schwarz, die Wangen faltig und tief eingesunken. Die Zähne sahen aus, als wollten sie sich aus ihrem Mund herausdrängen, und die Haut an ihren Armen hing faltig lose herab. Sie hätte ein Muselmann sein müssen, ein Wesen, das weder richtig am Leben noch richtig tot war, aber das war sie nicht. Sie konnte immer noch sprechen, wenn auch heiser und mit einem sonderbaren Akzent. Sie lebte.

»Steh auf«, hatte sie nach einer Weile gesagt. »Du kannst da nicht auf dem Boden liegen. Binz kommt gleich. Kontrolle.«

In weiter Ferne schwebte eine andere Stimme im Raum. Eine Erinnerung. *Du darfst nicht aufgeben*, sagte Else. *Vergiss das nicht. Du musst durchhalten.* Und Miriam hatte die Augen geschlossen und einen Entschluss gefasst. Sie hatte ihre Kräfte gesammelt. Die Knie gebeugt. Den Po in die Luft gehoben. Sie war fast verwundert darüber, dass es gar nicht so weh tat. Zum Schluss hatte sie die Ellenbogen auf den Boden gestützt und plötzlich stand sie auf den Knien.

»Gut«, sagte die heisere Stimme. »Und jetzt hoch mit dir.«

Aber Miriam war noch nicht bereit gewesen aufzustehen. Sie kniete weiterhin und schaute sich in der dunklen Zelle um. Sie war höchstens einen halben Meter von der Wand entfernt. Vielleicht konnte sie dorthin rutschen. Sie bewegte das linke Bein. Dann das rechte. Kroch zur Wand und sank an ihr nieder. Betrachtete die magere Frau, die ihre Zellennachbarin war.

»Sylvianne«, hatte die Frau gesagt, wobei sie sich gegen die Wand gegenüber lehnte. Nach einer Weile hatte Miriam verstanden. Das war eine *Vorstellung*. Und Else hatte ihr beigebracht, wie sie darauf antworten sollte.

»Miriam«, hatte sie erwidert und den Kopf leicht geneigt, genau wie man es tun sollte.

Sylvianne hatte gelächelt, so dass alle ihre Zähne aufblitzten.

»Eine Jüdin.«

Miriam hatte stumm genickt.

»Und noch ein Kind«, sagte Sylvianne. »Du arme Kleine …«

Als wäre Miriam mehr zu bedauern als sie selbst.

Die Zelle war vollkommen grau. Grauer Zementboden, graue Decke, graue Wände, ein grauer Toilettenstuhl aus Blech und ein genauso grauer Waschtisch aus dem gleichen Material. Zwei ergraute Holzpritschen, die gegen die Wand geklappt waren. Keine Beleuchtung, das einzige Licht kam durch die Gittertür, die zum Flur führte. Dort draußen war plötzlich eine graue Frau vorbeigegangen, sie hatte den Rücken gekrümmt und die Hände unter der Schürze gefaltet, vor jeder Gittertür murmelte sie etwas, eilte dann weiter. Miriam hatte ihr hinterhergeschaut.

»Was hat sie gesagt?«

Sylvianne hatte leicht mit den Schultern gezuckt.

»Sie hat gesagt, dass Binz gleich kommt. Es ist ihre Aufgabe, herumzulaufen und das zu sagen.«

Miriam runzelte die Stirn. Merkwürdige Aufgabe …

»Sie ist Bibelforscherin«, sagte Sylvianne. »Eine Zeugin Jehovas. Die mit dem lila Dreieck, weißt du. Die sind nicht ganz bei Verstand.«

Sie war langsam auf unsicheren Füßen zum Waschbecken gegangen, jetzt drehte sie den Hahn auf. Sauberes kaltes Wasser spritzte auf ihre Hände.

»Willkommen im Hilton-Hotel, junge Dame«, sagte sie dann. »Ravensbrücker Variante wohlgemerkt. Dieses Wasser kann uns morgen das Leben retten, wenn wir richtig damit umgehen.«

Sylvianne hatte fünf Wochen im Dunkelarrest verbracht, war vor einer Woche freigelassen und nach zwei Tagen wieder eingebuchtet worden.

»Daher meine elegante Figur«, sagte sie und entblößte eine unendliche Zahl von Zähnen zu etwas, das wohl als Lächeln gedacht war. Ihr Gesicht war durch und durch faltig. »Im Dunkelarrest kriegt man nur jeden vierten Tag etwas zu essen. Bis auf ein bisschen Brot jeden Tag. Und Kaffee.«

Sorgfältig füllte sie einen Becher mit kaltem Wasser, hielt sich am Waschbecken fest und trank gierig, dann drehte sie sich um und schaute erneut Miriam an.

»Kannst du herkommen und mir helfen?«

Miriam stützte sich an der Wand ab und stand auf, blieb einen Moment so stehen und horchte in sich hinein. Nein, eigentlich tat nur der Zeigefinger weh. Und das linke Bein ein wenig. Und der Rücken, da, wo ein Kapo sie richtig fest getreten hatte. Aber ansonsten war es gar nicht so schlimm. Sie musste sich nicht an der Wand abstützen, konnte sich aufrichten und mit fast geradem Rücken die wenigen Schritte zu Sylvianne gehen.

»Gib mir bitte ein bisschen Papier. Mir wird immer so schwindlig, wenn ich mich runterbeugen muss …«

Miriam folgte ihrem Blick. Da lag ein ganzer Stapel mit zerrissenen alten Zeitungen neben dem Toilettenstuhl, sie hob eine davon auf und hielt sie Sylvianne entgegen, die jedoch den Kopf schüttelte.

»Nur eine Seite. Das Klopapier ist auch rationiert …«

Miriam nickte und riss eine Seite ab, warf einen Blick darauf und sah ein Foto von blonden jungen Mädchen, die eine Landstraße entlangmarschierten. Alle trugen sie weiße Blusen und Halstücher. Alle hatten runde Wangen. Alle lächelten. Und an der Spitze ging eine von ihnen mit einer Fahne mit einem Hakenkreuz darauf …

»Der Bund Deutscher Mädel«, erklärte Sylvianne und verzog das Gesicht. »Es ist ein großes Vergnügen, dass man sich den Hintern mit diesen grinsenden Visagen abwischen kann …«

Doch dann nahm sie die Zeitungsseite und begann stattdessen, mit ihr das Waschbecken trockenzureiben.

Der Hund war als Erstes zu hören. Dreimal tiefes Bellen und ein dumpfes Knurren. Eine Tür, die wieder zufiel. Eine dunkle Frauenstimme, die herumbrüllte. Ein Schrei. *»Um Gottes willen, Binz, um Gottes willen!«*

Sylvianne stellte sich direkt vor die Gittertür.

»Komm her«, sagte sie und strich sich mit beiden Händen über das krause Haar. »Hierher. Wir müssen in Habtachtstellung stehen, wenn sie kommt. Sonst wird sie stinkwütend.«

Wieder knallte irgendwo eine Tür. Miriam zog ihr Kopftuch zurecht und ging auf Sylvianne zu, ein Schatten huschte über ihre Augen, und sie blieb eine Sekunde lang stehen, wartete, bis er verschwand, bis auch der Fußboden nicht mehr schwankte, dann machte sie weitere drei Schritte. Angekommen. Jetzt stand sie neben Sylvianne. Jetzt erlaubte sie sich sogar, Sylviannes Kleid anzufassen.

»Was machst du da?«, fragte Sylvianne.

»Halte mich an dir fest«, antwortete Miriam.

Im gleichen Augenblick stand die Binz vor der Gittertür. Miriam ließ Sylviannes Kleid los, konnte aber zunächst den Blick nicht von dem Schäferhund lösen. Der hatte gelbe Augen. Binz selbst war vollkommen farblos. Oder vielleicht doch nicht … Vielleicht hatte sie nur ganz blasse Farben. Sie sah verwaschen aus, als hätte sie zu lange im Waschwasser gelegen und alle Farben wären ausgespült worden. Das Haar war sandfarben. Die Haut hellgrau. Genau wie die Lippen. Und die Augen waren so hellblau, dass ihre Iris kaum zu sehen war.

Aber ihre Stimme war nicht blass. Sie füllte die ganze Zelle, noch bevor sie aufgeschlossen hatte.

»Ich heiße Binz! Lernt das ein für alle Mal, denn ich denke gar nicht daran, das zu wiederholen!«

Miriam stand in tadelloser Habtachtstellung, den Blick geradeaus gerichtet. Am Rande ihres Blickfelds ahnte sie den Schäferhund, offenbar hatte Binz ihn an einem Haken direkt vor der Tür festgebunden. Er knurrte dumpf. Aus den Augenwinkeln heraus sah sie, wie Binz hereinkam und den Peitschenschaft unter Sylviannes Kinn schob, es nach oben zwang.

»Na ja«, sagte sie. »Und wie steht es hier?«

Sylvianne antwortete nicht sofort. Binz drückte ihr Kinn noch höher.

»Nun? Ich habe gefragt, wie es hier steht?«

Sylviannes Stimme klang jetzt ganz anders als vorher, als sie allein in der Zelle gewesen waren. Noch tonloser, fast zischend.

»Danke, gut.«

Sie schlug nicht. Benutzte weder die Peitsche noch den Hund, um sie in Schach zu halten. Dennoch lief Miriam der kalte Schweiß über den Rücken, als Binz die Zelle verließ. Die Worte hingen in der Luft. *Saboteurin! Fünfundzwanzig Peitschenhiebe!* Das Bild von Lykkes gestreiftem Rücken huschte vorbei, aber sie blinzelte es schnell weg, und als das nicht ging, versuchte sie sich damit zu trösten, dass Lykke hinterher sogar mehrere Tage nicht hatte arbeiten müssen. Denn das stimmte doch, oder? Lykke durfte doch hinterher mehrere Tage in der Baracke bleiben, oder? Vielleicht ja auch nicht, sie konnte sich nicht mehr genau daran erinnern …

Peitschenhiebe. Das war die Strafe dafür, dass sie sich selbst in den Finger genäht hatte. Es gab Menschen, die die fünfundzwanzig Hiebe nicht überlebten … Nein. So durfte sie nicht denken. Man durfte überhaupt nicht denken. Der Kopf sollte möglichst vollkommen leer sein.

Sylvianne war auf dem Toilettenstuhl niedergesunken, jetzt saß sie da, die Arme auf dem Waschbecken, den Kopf auf den Armen. Ihr eckiges Rückgrat und die dünnen Rippen zeichneten sich deutlich unter der dünnen Bluse ab. Vielleicht war die einmal gelb gewesen. Sie sollte nicht ausgepeitscht werden, sie sollte stattdessen eine *Sonderbehandlung* bekommen. Miriam wusste nicht, was das bedeutete. Aber Sylvianne sollte offenbar das Vergnügen haben, eine ganz neue kleine Einrichtung im Lager einzuweihen, das hatte Binz mit einem Grinsen mitgeteilt. Und das war doch schön? Oder? Es musste doch eine ganz besondere Ehre sein, die Erste zu sein, die nicht nach Auschwitz geschickt werden musste, um diese Behandlung zu erfahren? Leider sollte es noch gut eine Woche oder so dauern, bis die neue Anlage gebrauchsfertig war, aber Binz war sicher, dass Sylvianne nichts dagegen hatte, ein wenig zu warten …

»Sylvianne«, flüsterte Miriam. »Wie geht es dir?«

Ein Zittern durchfuhr den mageren Körper, doch Sylvianne antwortete nicht.

Danach hatte sie kein Wort mehr gesagt. Sicher, sie war aufgestanden, sobald es Bettzeit war, und war zur Pritsche auf der linken Seite geschlurft, hatte sie heruntergelassen und sich auf sie gelegt, aber ohne sich mit der dünnen Decke zuzudecken, die ordentlich zusammengefaltet am Fußende lag. Miriam hatte ein paar Minuten gewartet, dann ihre eigene Pritsche heruntergelassen, hatte sich hingelegt, aber nur um gleich wieder aufzustehen und zu Sylviannes Pritsche zu gehen, die Decke unter Sylviannes Beinen hervorzuziehen und sie vorsichtig damit zuzudecken. Sylvianne hatte nicht reagiert, sie lag weiter reglos auf dem Bauch, das Gesicht zur Wand gedreht.

Am liebsten hätte Miriam ihr die Wange gestreichelt. Aber sie hatte sich nicht getraut.

Und jetzt war es morgens. Freitagmorgen. Zeit für die Bestrafung.

Sie waren aufgestanden, als die graue Bibelforscherin mit dem Rote-Bete-Sud gekommen war, der Kaffee genannt wurde, und ein wenig Brot. Sie hatten ihre Decken ordnungsgemäß zusammengelegt und die Pritschen hochgeklappt, dann hatten sie sich auf dem Boden niedersinken lassen, jede auf ihrer Seite der Zelle, und dort zusammengekauert gehockt. Sylvianne hatte ihren Kaffee nicht angerührt, nicht einmal vom Brot abgebissen, Miriam hatte sich weder gewaschen noch ihre Zähne mit dem Zeigefinger geputzt, wie Else es ihr beigebracht hatte. Aber Else war auch nie im Prügelraum gewesen. Sie wusste nicht, wie man sich dort zu verhalten hatte. Bald sollte Miriam es wissen. Wenn sie denn überlebte.

Sie trank einen großen Schluck vom Rote-Bete-Sud, faltete dann die Hände und begann stumm das Vaterunser zu beten.

Es klapperte, als der Schlüssel ins Schloss gesteckt wurde. An diesem Morgen war es nicht Binz, es war eine junge, vollkommen fremde *Aufseherin*, eine, die Miriam noch nie vorher gesehen hatte. Sie befestigte die Hundeleine am Haken draußen und streichelte ihm kurz den Kopf, dann schob sie die Gittertür auf, die Tür zwischen zwei Welten.

In diesem Moment veränderte sich die Zeit, das, was jetzt geschah, sollte immer und immer wieder geschehen, Nacht für Nacht in alle Ewigkeit.

Die Aufseherin schaute in die Zelle und ließ sich selbst anschauen. Sie war hübsch. Ihr blondes Haar hatte eine frische Dauerwelle, die runden Wangen waren bedeckt von einer hauchdünnen Schicht hellen Puders, das Schiffchen saß keck schräg auf dem Kopf. Ihre schwarzen Stiefel waren frisch geputzt von einer Frau, die zu den Zeugen Jehovas gehörte, und sie glänzten genauso intensiv wie der Traum dieser Zeugin von dem irdischen Paradies, der sie dazu gebracht hatte, freiwillig im Lager zu bleiben, obwohl sie sofort freigelassen würde, sobald sie ein Papier unterzeichnete, in dem sie von ihrem Glauben abschwor, aber genau wie all die anderen Zeugen Jehovas hatte sie sich geweigert, und deshalb war der Hosenrock der *Aufseherin* frisch gebügelt, und deshalb lag der Kragen der weißen Bluse knitterfrei über dem Revers der Uniformjacke.

Die Aufseherin hielt eine Peitsche hinter dem Rücken.

Sie schlug nicht mit ihr, nicht mit dieser, hob sie nicht einmal hoch, hielt sie nur hinter dem Rücken, während sie dort stand, aber bei dem Gedanken, dass die Gefangene da drinnen sie dennoch sehen musste, konnte sie sich ein Schmunzeln kaum verkneifen. Die Gefangene war nicht hübsch. Sie war lang und dünn, hatte aber eine so schlechte Haltung, dass sie trotzdem keinen Kopf größer war als *die Aufseherin*. Sie stand gekrümmt da wie eine alte Frau, obwohl sie ja wohl kaum älter als fünfzehn, sechzehn Jahre sein konnte, und sie hatte schwarze Ringe unter den unnatürlich großen Hungeraugen. Der Mund war halb geöffnet, als würde sie gleich anfangen zu speicheln. Außerdem huschte ihr Blick die ganze Zeit zwischen dem Hund und *der Aufseherin* hin und her, hin und her.

»*Raus!*«, brüllte *die Aufseherin*. »Raus mit dir …«

Es dauerte fünfzehn Sekunden, bis ihr Befehl befolgt wurde, fünfzehn Sekunden des Zögerns, fünfzehn Sekunden, und während dieser Zeit huschte der Blick des Mädchens zwischen dem Hund und der blonden Frau noch dreimal hin und her. Das genügte. Die Aufseherin hob die Peitsche.

»Hast du nicht gehört, was ich gesagt habe, du Dummkopf? Bist du taub? *Raus! Raus! Raus!*«

Und das Mädchen machte ein paar unsichere Schritte hinaus auf den Korridor, drehte sich nach rechts um und ging auf den Strafraum zu.

Im Stadtpark des Paradieses

»Wir drehen uns um und erinnern uns – der Toten und unser selbst.
Die Überlebenden ergreifen die Hände der Toten,
und wir kehren wieder zum Leben zurück, zu dem, was unser Leben war und ist.«

Cordelia Edvardson

Der Kies knirscht unter ihren Füßen. Es ist still zwischen ihnen, und die Stille schweigt, obwohl sie doch so beredt sein sollte. Miriam hat ihre Hand unter Camillas Ellenbogen geschoben, da liegt sie nun, empfindlich wie ein Barometer, bereit, jede Veränderung in Camillas Gefühlslage zu messen und einzuschätzen. Bis jetzt kein Ausschlag. Alles, was passiert ist: Camillas Armmuskel erstarrten für eine Sekunde, doch dann ließen sie sich wieder in eine ruhige, entspannte Lage zurückfallen. Sie müsste eigentlich verwundert sein, verwirrt, erschrocken, aber dennoch sagt sie nichts, dennoch lässt sie nicht einmal ihren Körper sprechen.

Eine Phantasie huscht vorbei: Camilla stößt Miriam zu Boden, während sie etwas von Zigeunerpack und verlogenen alten Weibern murmelt, wirft sich dann auf sie und bohrt ihr ein Knie in den Rücken, drückt ihr Gesicht auf den Boden und reibt es fest, richtig hart gegen den spitzen Kies. Die Haut auf der Nase platzt als Erstes und das Blut ...

Ach was! Einbildung. Dumme Phantasien. Außerdem lächerlich. Und ungerecht Camilla gegenüber. Als würde das Mädchen auch nur davon träumen, sich wie ein Kapo oder eine Blockälteste oder eine reinrassige Gefangene oder eine andere mit irgendeinem Privileg zu verhalten. Warum sollte sie auch? Niemand hat Camilla jemals geschlagen, und sie selbst hat auch nie jemanden geschlagen, Gewalt existiert in ihrer Wirklichkeit ganz einfach nicht. Ihre Art, Abstand zu nehmen, sähe ganz anders und sehr schwedisch aus. Die Oberlippe würde nur ganz wenig nach oben gezogen werden, die Mundwinkel eine Spur nach unten, der Blick voller Verachtung. Und wenn sie sehr empört sein sollte, könnte sie sich etwas zur Seite entfernen, schweigend dafür sorgen, dass der Abstand zwischen ihnen wuchs, während sie nach Hause gingen, und dann würde sie Miriam auf einem Stuhl draußen im Garten platzieren, während sie selbst ins Haus eilte, um ihrem Vater von der Lüge zu berichten, mit der er sein ganzes Leben lang hatte leben müssen. Und dann würde Thomas herauskommen, weiß im Gesicht vor Wut und Verachtung, und er würde die Fäuste ballen …

Ach was! Blödsinn. Nichts von alledem würde jemals geschehen. Aber jetzt musste Camilla doch endlich etwas sagen, sie konnte doch nicht die ganze Zeit nur schweigen. Miriam wirft Camilla von der Seite einen kurzen Blick zu. Ihr Gesicht entlarvt sie. Die Schneidezähne, die immer wieder hervorlugen und auf die Unterlippe beißen. Das hastige Blinzeln, drei Mal nacheinander, anschließend ein zielloser Blick geradeaus, danach wieder dreimaliges Blinzeln. Und dann, zum Schluss, ein tiefes Einatmen, das zeigt, dass sie endlich bereit ist, etwas zu sagen.

»Zigeunerlager?«, fragt sie, und ihre Stimme zittert ein wenig. »Warum warst du im Zigeunerlager?«

Siebzig Jahre Schweigen sinken langsam auf Miriam herab und berauben sie wieder einmal aller Worte. Sie kann nur den Blick senken und die Schultern leicht hochziehen.

Camilla dreht den Kopf und schaut sie an. »Bist du eine Zigeunerin? Eine Romni? Ja?«

Miriam muss erst tief Luft holen, um antworten zu können.

»Ich bin es nicht. Aber ich war es.«

Camilla bleibt abrupt stehen und sieht ihre Großmutter an. »Was meinst du damit?«

Die Tränen steigen in Miriam auf, plötzlich wollen sie hinaus, aber das ist unmöglich, verboten, nicht erlaubt, sie kann nicht weinen, sie darf nicht weinen, das ist nicht möglich. Aber ihr gerader Rücken hat sich gekrümmt, und als sie ihre Hand anschaut, die unter Camillas Armbeuge herausschaut, sieht sie, dass diese zittert. Die alte Frau zittert am ganzen Leibe. Camilla sieht das auch.

»Aber meine Liebe«, sagt Camilla und legt ihre freie Hand auf Miriams. »Ist ja gut … Immer mit der Ruhe.«

Sie sind an dem kleinen Gebüsch angekommen, hinter dem sich der sogenannte Sortengarten befindet, eine Zimthimbeere ist gerade in Blüte und zeigt ihre kirschrote Blütenpracht hinter Camillas Rücken. Miriam richtet ihr Augenmerk auf eine der Blüten und versucht die Farbe aufzusaugen, sie sich zu eigen zu machen. Sie holt erneut tief Luft und schiebt energisch alle Gefühle beiseite, streckt sodann ihren Rücken. So. Jetzt ist sie wieder die Alte. Miriam.

»Wollen wir reingehen?«, fragt sie.

Camilla blinzelt verwundert. »Reingehen?«

»Ja. In den Sortengarten.«

Camilla zwinkert noch einmal. »Was? Ja. Natürlich. Das können wir gern …«

Dann wird es wieder still zwischen ihnen.

Es ist schattig und kühl in dem kleinen Garten. Hohe Büsche verdecken die Sonne, das ist erholsam für die Augen, Miriam holt noch einmal tief Luft und entspannt sich, wartet einen Moment, dass die Worte wieder zurückkommen, lässt den Blick auf einem blühenden Jasminbusch ruhen, streckt sogar die Hand aus und streicht über ein Blütenblatt. Camilla folgt der Bewegung mit ihren Augen, dann räuspert sie sich und wendet sich Miriam zu. Will es endlich wissen.

»Jetzt musst du mir das erklären. Warum um alles in der Welt hast du dann so getan, als wärst du eine Jüdin? Warum konntest du nicht einfach die Wahrheit sagen? Dass du eine Romni bist?«

Miriam schließt die Augen, öffnet sie aber sofort wieder. Schaut sich um. Sie sind allein zwischen den Büschen, kein einziger Mensch ist zu sehen, sie hört keine Schritte oder Stimmen, und sie ist sich sicher, ja ihre Vernunft sagt ihr, dass sie hier in dem Sortengarten wirklich ganz unter sich sind, aber ihr Gefühl zwingt sie dennoch dazu, die Stimme zu dämpfen.

»Das konnte ich nicht sagen. Dann hätte ich nicht in Schweden bleiben dürfen.«

Es scheint fast, als flüstere sie. Camilla tritt einen Schritt zurück und zieht tatsächlich die Oberlippe leicht hoch. Verachtung. Genau. Jetzt sieht sie aus, als verachte sie Miriam.

»Was meinst du? Bist du denn nicht mit den weißen Bussen hergekommen? Alle, die mit den weißen Bussen kamen, haben doch wohl bleiben dürfen, wenn sie wollten?«

Miriam schüttelt leicht den Kopf.

»Nicht die Roma. Soweit ich weiß, gab es nur zwei Roma-Mädchen, die mit den weißen Bussen herkamen. Außer mir, meine ich. Und ich glaube nicht, dass sie in Schweden bleiben durften …«

Camilla schüttelt den Kopf. »Aber mein Gott …«

Miriam lässt ihren Arm los und dreht sich zu ihr um, plötzlich spürt sie, wie ihre Wangen ganz heiß werden.

»Es herrschte bis 1954 Einwanderungsverbot für Zigeuner. Es war schlicht und einfach so, dass Zigeuner nicht nach Schweden kommen durften! Das war verboten.«

Sie verschränkt die Arme und schaut Camilla wütend in die Augen, plötzlich steht ihre Enkelin stellvertretend für alle Schweden, jeden einzelnen, und Miriam verabscheut sie, genau wie sie alle verabscheut, diese verdammten aufgeblasenen, selbstgerechten …

»Wir waren verboten!«, sagt sie. »Kapierst du das? Sicher, einzelne Roma konnten sich vielleicht an Bord der weißen Busse schleichen, sie durften in Malmö duschen und für ein paar Monate dort in Quarantäne bleiben, sie bekamen Brei, Brei und nochmals Brei, bis sie wieder auf eigenen Beinen stehen konnten, aber danach war nicht mehr die Rede davon, dass sie im Volksheim bleiben dürften. Auf keinen Fall! Sie könnten ja die ganze sorgfältig erkämpfte Ordentlichkeit antasten, und das konnten die Schweden natürlich nicht ertragen, selbstverständlich nicht!«

Camilla tritt einen kleinen Schritt zurück, plötzlich sieht sie verängstigt aus. Was bildet sie sich ein? Dass Miriam ihr die Handtasche um die Ohren schlagen wird? Ihr in den Daumen beißt? Sie an den Haaren zieht? Ja, das wäre sicher ein Riesentrauma für diese junge Dame! Unerhört. Vielleicht müsste sie dann für mehrere Jahre in die Therapie gehen, um über so ein schreckliches Erlebnis hinwegzukommen.

»Entschuldige«, sagt Camilla, und Miriam ist so überrascht, dass sie fast taumelt. Die Wirklichkeit dreht sich plötzlich einmal um sich selbst, und jetzt steht sie mit einem Mal auf der anderen Seite. Entschuldigung? Warum bittet Camilla um Entschuldigung? Schließlich ist die Schuld nicht genetisch, sie vererbt sich nicht vom Vater auf den Sohn, von der Mutter auf die Tochter, von einem Landsmann auf den anderen. Jeder Einzelne ist nur für seine eigenen Handlungen verantwortlich. Oder für den Verzicht zu handeln.

Und sie selbst ist verantwortlich für ihre Lügen. Für ein ganzes Leben in Lüge.

Camilla hat ihre Großmutter noch nie weinen gesehen, und es erschreckt sie. Es scheint, als verlöre Miriam vollkommen die Kontrolle, als würden ihre Knochen schmelzen, als würde die ganze Person wegfließen und zu Nichts werden. Dabei weint Miriam so leise, dass nur ein schwaches Wimmern und Schluchzen aus ihrem verzerrten Mund zu hören sind, obwohl ihr Gesicht aussieht, als würde sie schreien.

»So«, sagt Camilla und wischt vorsichtig mit der Hand über Miriams Tränen, versucht sie wegzuwischen. »So, so, so …«

Miriam schluchzt: *»Scho, scho, scho …«*

Sie äfft Camilla nach. Das ist merkwürdig und bedrohlich, und Camilla versucht ihren Arm unter Miriams zu schieben, damit alles wieder so wird wie vorher, doch Miriam zieht ihren Arm weg und presst sich die Handtasche gegen den Bauch.

»*Scho, scho, scho …* So hat Sylvianne auch gesagt. *Scho, scho, scho …*«

Camilla schluckt und streicht vorsichtig mit der Hand über Miriams Oberarm. Ruhig, ermahnt sie sich selbst. Nur ruhig.

»Und wer war Sylvianne?«

Miriam schluchzt wieder leise. »Eine Freundin. Nein. Das eigentlich nicht. Nur eine andere Gefangene. Ich glaube, sie war Französin.«

Mit einem Mal hört sie auf zu weinen, ganz plötzlich, sie wischt sich schnell mit dem Handrücken über die Wangen und öffnet dann ihre Handtasche, holt ein kleines Päckchen Papiertaschentücher heraus, müht sich ein wenig mit der Verpackung ab, bis es ihr gelingt, sie zu öffnen, und kann schließlich ein Taschentuch herausziehen. Laut vernehmlich putzt sie sich die Nase. Dann schaut sie Camilla an, ohne sie aber wirklich zu sehen, ihr Blick ist weit entfernt.

»Sie hat mir geholfen, nachdem ich ausgepeitscht worden bin. *Scho, scho, scho* … hat sie die ganze Zeit gesagt. Und kaltes Wasser auf meine Wunden gegossen.«

Einen Moment lang verstummt sie und blinzelt.

»Ich glaube, sie ist verhungert«, sagt sie dann in normalem Gesprächston. »Ja. Das ist sie wohl.«

Camilla schluckt trocken. »Verhungert?«

»Ja. Sie hat mir ihre Suppe und ihr Brot die zwei Tage nach der Auspeitschung gegeben. Den Kaffee auch. Hat gar nichts getrunken.«

»Warum das?«

Miriam blinzelt wieder, jetzt ist sie wieder in der Gegenwart angekommen. Spricht, ohne dass ihre Stimme zittert.

»Sie wollte wohl nicht die Erste sein, die in Ravensbrück vergast wurde. Sie war ausgesucht worden zur *Sonderbehandlung*. Aber zu der Zeit war die Gaskammer noch nicht ganz fertig …«

Sie hält inne, schaut Camilla an. »Wie lange dauert es, bis man verhungert?«

Camilla schnappt nach Luft, zwingt sich aber, ihrer Großmutter in die Augen zu schauen. »Das kommt drauf an. Es ist einfacher zu verdursten. Das dauert nicht länger als drei Tage.«

Miriam nickt ernst.

»Gut. Dann glaube ich, dass es ihr gelungen ist. Als ich rausgelassen wurde, war sie bereits bewusstlos.«

Miriam muss sich zwingen, einen Fuß vor den anderen zu setzen, direkt zum Ausgang zu gehen. Sie will hier in den Schatten nicht länger herumirren, will wieder hinaus in die Sonne, aber plötzlich erscheint der Sortengarten wie ein Labyrinth. Es geht, denkt sie und schmunzelt vor sich hin, aber es geht nicht so gut. Das war Olofs Lieblingszitat, das er gern zitierte, sobald er von einer Frau hörte, die zum Beispiel Pfarrerin oder Politikerin war.

»Blödsinn«, sagt sie laut. »Dummes, blödes Gerede!«

»Was?«

Camilla geht direkt hinter ihr und versucht sie am Arm zu halten, es scheint, als wären die Wege im Sortengarten plötzlich so schmal geworden, dass sie nicht mehr nebeneinander gehen können. Und Camilla ist unruhig, sehr unruhig, das ist ihrer Stimme anzuhören.

»Was hast du gesagt?«

Zunächst antwortet Miriam nicht, sie eilt weiter, so schnell sie kann, hat fast das Gefühl, die Büsche um sie herum wollten sie ersticken. So. Endlich sieht sie die Sonne da vorn, sie schüttelt Camillas Arm ab und macht drei schnelle Schritte. Hinaus. Zum Glück ist sie jetzt draußen. Camilla läuft hinterher, sie sieht sehr besorgt aus.

»Was hast du gerade gesagt?«

Miriam schmunzelt verhalten. »Blödes Gerede. Das habe ich gesagt.«

Camilla sieht sie verwirrt an. »Wieso? Was meinst du damit?«

Miriam lächelt. »Ach was. Mir ist nur gerade das Lieblingszitat deines Opas eingefallen: *Wenn eine Frau eine*

Rede hält, ist das, als ob ein Pudel auf den Hinterbeinen geht. Es geht, aber es geht nicht so gut.«

Camilla sieht schockiert aus. »Das ist das Schlimmste, was ich je gehört habe!«

Miriam lächelt sie an. »Nicht wahr? Ist doch eindeutig blödes Gerede, oder?«

Camilla nickt. »Auf jeden Fall!«

Und damit ist die alte Vertrautheit wiederhergestellt.

Jetzt gehen sie wieder im gleichen Takt, Seite an Seite, dicht nebeneinander. Stützen einander. Geben einander Halt. Ein Stück weiter ruft ein Kind etwas, und ein anderes Kind antwortet, aber immer noch ist der Spielplatz zu weit entfernt, als dass sie hören könnten, worum es sich bei den Rufen handelt. Doch das spielt auch keine Rolle. Es genügt, die glasklaren Stimmen zu hören, sie erscheinen auf unklare Art und Weise tröstlich.

»Ich bin eine Verräterin«, sagt Miriam plötzlich. »Ich habe die, die ich war, verraten. Aber eigentlich begreife ich selbst nicht, warum …«

Camilla erwidert nichts, legt nur eine Hand auf Miriams. Doch Miriam scheint das gar nicht zu merken, sie spricht einfach weiter: »Ich könnte natürlich sagen, dass ich das nur getan habe, weil ich so gern leben wollte. Aber das ist nicht wahr. Ich wollte eigentlich gar nicht leben. Didi war gerade gestorben, und Anuscha war schon seit langer Zeit tot. Aber ich wollte eine unversehrte Leiche sein, ich wollte nicht erschossen, nicht zu Tode geprügelt oder getreten werden … Warum, das weiß ich selbst nicht so genau. Aber so war es. Ich wollte eine unversehrte Leiche sein.«

»Großer Gott!«

Camillas Stimme zittert jetzt, doch Miriam lässt sich

nicht bremsen: »Als wir auf dem Weg nach Ravensbrück waren, haben ein paar tschechische Kommunistinnen meine Kleidung zerrissen, und ich wusste, dass ich deshalb reichlich Prügel bekommen würde, wenn wir ankämen, also habe ich ganz einfach die Kleidung von einer anderen genommen ... Von Miriam Goldberg. Sie war ja schon tot, also ...« Plötzlich stocken die Worte, es gibt so viel, was sie mit einem Mal berichten möchte: »Und dann habe ich mich zwischen die Juden gestellt, als wir angekommen sind, und wurde Miriam Goldberg. Und das war gleichzeitig gut und schlecht, muss ich sagen, denn die Deutschen waren gehässig gegen alle, die einen gelben Stern trugen, richtig widerlich, aber die Häftlinge, alle Kapos und berühmte Leute, Latrinenreiniger und andere feine Leute, die haben sich gegenüber den Zigeunern noch schlimmer verhalten, und meistens hatte man es ja mit den anderen Gefangenen zu tun. Deshalb blieb ich weiterhin Miriam. Ich kannte ja die anderen Roma in Ravensbrück nicht, nicht einen einzigen von denen kannte ich, denn ich war schon in Auschwitz ganz allein gewesen, dort hatte ich mich doch nur um Didi gekümmert, alles, was ich getan habe, diente nur dem Zweck, dass Didi überlebte, und als er zum *Noma*-Experiment geholt wurde, war ich so einsam, so einsam, weil Anuscha doch schon tot war, sie starb ja gleich nach unserer Ankunft ... Aber dann kamen Else und Lykke und die anderen Norwegerinnen ...«

»Halt, halt«, sagt Camilla. »Nicht so schnell! Ich komme nicht mehr mit ...«

Miriam bleibt stehen und wendet sich Camilla zu. Sie sieht ganz hilflos aus. »Ich weiß, aber das ist alles so viel ... Ich habe so oft an sie gedacht.«

Camilla schüttelt verwirrt den Kopf. »An wen? An wen hast du gedacht?«

»An Miriam. An sie, deren Leben ich gelebt habe.«

»Großer Gott«, sagt Camilla noch einmal. »Ich glaube, wir müssen uns noch einmal hinsetzen.«

Zum dritten Mal lassen sie sich auf einer Parkbank nieder und starren über den Ingsbergssjön. Die Fontäne mitten im See erwacht plötzlich zum Leben und schickt eine Wasserkaskade hoch in die Luft, Miriam und Camilla schauen sie beide an, ohne sie eigentlich zu bemerken. Eine Weile bleiben sie stumm sitzen, dann schließt Camilla die Augen und holt tief Luft.

»Jetzt mal von Anfang an. Wie war dein eigentlicher Name? Bevor du Miriam geheißen hast?«

Miriam beißt sich auf die Unterlippe, es dauert eine Weile bevor sie antwortet: »Malika. Ich hieß Malika.«

Camilla schaut sie nicht an, aber sie wiederholt den Namen: »Malika?«

Miriam sinkt in sich zusammen. »Ja. Das bedeutet Kaiserin. Das ist ein indischer Name.«

»Der ist schön.«

»Ja. Aber es ist nicht mehr mein Name, jetzt nicht mehr.«

Camilla nickt stumm. Ihre Großmutter heißt nicht mehr Miriam, aber sie heißt auch nicht Malika. Nein. Das ist doch Quatsch. Natürlich heißt sie Miriam, sie ist ja zu Miriam geworden.

»Und wo bist du geboren?«

Miriam zuckt leicht mit den Schultern.

»In Deutschland. Irgendwo. Wahrscheinlich in Bayern. Ich weiß nicht mehr, wie der Ort hieß ... Aber da haben wir gewohnt. Mein Großvater hat ein Haus gekauft. Wir hatten ein eigenes Haus, wir sind nicht herumgezogen.«

Miriams Stimme ist spröde und demütig geworden, sie

sieht Camilla nicht an, stattdessen zupft sie vorsichtig mit Daumen und Zeigefinger einen losen Faden von ihrem Kleid, streicht dann mit der Handfläche über den Stoff.

»Wir waren mehrere Familien, Großvater hatte ja mehrere Kinder, und da wohnten alle Söhne mit ihren Frauen und Kindern zusammen. Wir waren ziemlich viele. Anuscha war meine Cousine. Das glaube ich jedenfalls. Und Didi war also mein kleiner Bruder. Aber eines Tages kam die Polizei …«

»Was hattet ihr denn getan?«

»Wir hatten gar nichts getan, wir haben nie verstanden, was eigentlich passiert ist. Sie sind einfach gekommen und haben alle Kinder mitgenommen und uns in ein Kloster gebracht. Oder genauer gesagt in ein Kinderheim, das von einem Kloster geführt wurde.«

»Aber warum?«

Miriams Oberlippe verzieht sich verächtlich, ihre Stimme ist jetzt sicherer: »Ja, damals haben wir auch nicht verstanden, worum es eigentlich ging, aber inzwischen habe ich so einiges gelesen und fange langsam an zu verstehen … Es gab damals Nazis, die glaubten, dass wir Roma so eine Art Arier waren, da wir ganz früher einmal aus Indien ausgewandert sind. Aber dann kam Himmler zu dem Schluss, dass das nicht stimmte, dass wir genauso Untermenschen waren wie die Juden und Sinti …«

»Sinti?«

Miriam zuckt leicht mit den Schultern.

»Das ist eine Gruppe deutscher Zigeuner, so kann man es wohl definieren. Auf jeden Fall waren nur Roma in diesem Kinderheim. Und dort liefen wir umher, ohne die geringste Ahnung zu haben, was auf dem Spiel stand, ob wir nun als eine Art Ehrenarier angesehen werden sollten oder ob wir nur Abschaum waren, der ausgerottet werden musste. Auf jeden Fall war das Kinderheim sehr gut ausgestattet. Im Vergleich zu Auschwitz war es das reinste Paradies. Essen dreimal am Tag. Eine gute Schule. Ordnung und Fürsorge. Sicher, ziemlich viele Schläge, aber das waren wir ja gewohnt … Das waren alle Kinder zu der Zeit gewohnt.«

Sie runzelt die Stirn.

»Wenn wir nur erfahren hätten, was mit den Erwachsenen geschehen war, dann hätte uns das schon beruhigt. Aber das erfuhren wir nie. Im Gegenteil. Wer zu häufig das Thema ansprach und nachfragte, der bekam Schläge … Didi wurde deshalb einmal grün und blau geschlagen. Aber es nützte nichts. Er war störrisch wie ein Esel und fragte einfach immer weiter …«

Camilla legte ihre Hand auf Miriams.

»Aber was ist denn mit den Erwachsenen passiert?«

Eine Weile bleibt es still. Miriam sitzt wortlos da und schaut auf Camillas Hand, die auf ihrer liegt, dann setzt sie sich aufrecht hin und wendet das Gesicht ab.

»Ich weiß es nicht. Sie sind sicher auch in einem Lager gelandet. Und vergast worden. Oder verhungert. Ich weiß es nicht. Niemand weiß eigentlich besonders viel darüber, was mit den Roma während des Holocaust passiert ist.«

Es wird wieder still zwischen ihnen. Sehr still. Camilla drückt nur kurz Miriams Hand, dann sitzen sie eine ganze Weile reglos nebeneinander und starren aufs Wasser. Erst als eine Krähe plötzlich über ihren Köpfen krächzt, scheinen sie wieder aufzuwachen.

»Und Didi, ja …«, sagt Miriam mit leiser Stimme. »Inzwischen weiß ich ja, was mit ihm passiert ist. Früher war das für mich nur ein unbegreifliches Wort. *Noma.*«

Camilla fragt auch mit leiser Stimme: »Hast du nicht gewusst, was das bedeutet, als es passiert ist?«

Miriam legt die andere Hand auf Camillas, versucht sie zu trösten, noch bevor sie anfängt zu reden: »Nein. Sicher, ich habe ja mit ansehen müssen, wie sein Gesicht verschwand, so wie es bei einer ganzen Menge anderer Kinder verschwand, habe jedoch nicht verstanden, was das für eine Krankheit ist. Aber inzwischen weiß ich es. *Noma* war das erste Wort, das ich gesucht habe, nachdem ich mir Internet besorgt hatte.«

Camilla wagt es nicht, sie anzusehen.

»Und was ist das?«

Miriam macht die Augen zu, als sie antwortet: »Das ist eine Krankheit, bei der die Bakterien der Mundhöhle anfangen, den eigenen Körper aufzufressen. Eine Art Wundbrand, der aber nur hungernde Kinder befällt. Und das war ein Teil von Mengeles Experimenten.«

Miriam zieht ihre Hände zu sich und ballt sie. Nein. Das darf nicht wieder geschehen. Jahrzehntelang ist es ihr geglückt, die Erinnerung an das, was Didi zugestoßen ist, beiseitezuschieben. Seit Jahrzehnten war es ihr verboten, sich auch nur in Gedanken der Baracke 22 zu nähern. Seit Jahrzehnten ist es ihr gelungen, ihren Hass zu begraben. Alles andere, was in Auschwitz-Birkenau geschehen ist, das zu erinnern hat sie sich gestattet, aber nicht das. Nicht, wie ihr kleiner Bruder vor ihren eigenen Augen verfaulte und starb.

Vorher war Didis Tod viele Jahre lang ihre heimliche Qual gewesen. Und das Merkwürdige dabei war, dass diese Erinnerung sie erst ernsthaft zu quälen begann, nachdem sie Olof geheiratet hatte, dafür überfiel sie sie danach aber mit umso größerer Wucht. Sobald sie nichts zu tun hatte, sobald sie kein Essen kochen musste, keinen Strumpf stopfen, kein Zimmer putzen, tauchte sie auf, und das Sonderbare war, dass sie fast augenblicklich zu mehr als einer Erinnerung wurde, viel eher zu einem magischen Mechanismus, der die Zeit anhielt und alle Sprachen ausradierte, dass sie sich außerhalb vom Heute, der Vergangenheit und der Zukunft platzierte. Irgendwo lag Didi und verfaulte und starb für alle Zeiten. Tag für Tag. Monat für Monat. Jahr für Jahr.

Dennoch durfte sie sich nichts anmerken lassen. Es war verboten, in Schweden wahnsinnig zu werden, dann würde es vollkommen leer, einsam und eiskalt um sie herum werden, das hatte sie gelernt. Außerdem war der Schmerz zu groß, um ihn zu teilen, er hätte dann nicht nur sie, sondern auch noch andere Menschen zerbrechen können, Menschen, die unvorbereitet waren und nicht begriffen, wozu sie selbst und andere Menschen in der Lage waren. Also lernte sie, ihr Gesicht vollkommen neutral zu halten, wenn die Erinnerung kam, bis sie mit einem Mal aufsprang und zur Toilette eilte. Dort wusch sie ihr Gesicht und die Hände mit eiskaltem Wasser, bevor sie sich an die Wand presste und Schutz suchte. Erst nach einigen Jahrzehnten hatte sie gelernt, wie sie mit Didis Tod umzugehen hatte. Nicht nachgeben. Sie musste sich selbst zwingen, an etwas anderes zu denken. Was nicht bedeutete, Didi zu verraten, sondern ihn so zu bewahren, wie er vor dem Lageraufenthalt war, vor Doktor Mengele, vor *Noma*. Also musste sie an etwas Helles denken. Etwas Schönes. Sie brachte sich selbst bei, die Jahre vorbeiflattern zu lassen und bei den schönsten Augenblicken stehen zu bleiben. Dieser Morgen in Aneby zum Beispiel, als sie aufwachte und zum ersten Mal seit Jahren spürte, dass sie weder Angst hatte noch hungrig war. Oder der Tag, an dem Thomas seine ersten Schritte machte und ihr begeistert in den Schoß fiel. Oder Olofs unbändiges Lachen, als er ihr beibringen wollte, Schlittschuh zu laufen.

Sie holt tief Luft, schielt kurz zu Camilla hinüber, die immer noch mit leerem Blick auf den See guckt. Dann versinkt sie in ihrer Erinnerung. Doch, ja. Da ist es doch. Sie zwingt sich, an das Kleid in türkisfarbenem Seidenduchesse zu denken, das sie sich zu Egons sechzigsten Geburtstag hat nähen lassen, dieses wunderbare Kleid, das sie verwandelte, das sie schön machte, schön, schöner, am schönsten … Dieses Kleid, das Olof endlich dazu brachte, sie zu sehen und sie zu lieben. Ja. Zu diesem Kleid kann sie gern fliegen.

Es war eine frischverheiratete Hanna, die ihr sagte, was sie tun sollte. Zur Bank gehen und mindestens zweihundert Kronen abheben.

»Das kannst du dir leisten«, sagte Hanna. »Das ist viel Geld, aber man kann nicht immer nur sparen, manchmal muss man auch etwas ausgeben. Und dann setzt du Thomas in die Karre und nimmst den Zug nach Jönköping, und da werden wir beide zuerst Stoff kaufen und dann zur Schneiderin gehen.«

Miriam fand es die reinste Sünde, zwei ganze Hunderter in ihr Portemonnaie zu stecken, dennoch tat sie, wie ihr gesagt worden war. Eine kleine Vorfreude war bereits in ihr gekeimt, als der Zug in Forserum hielt, und als sie in Jönköping ankamen, konnte sie ihr Lächeln nicht mehr unterdrücken. Was seine Wirkung zeigte. Ein eleganter Herr im Lodenjackett erwiderte ihr Lächeln und half ihr dann, die Karre auf den Bahnsteig zu tragen. Und da stand Hanna mit Nippon im Arm und wartete auf sie. Eine glückliche Hanna, geliebt und liebend, die ebenso sehr strahlte wie Miriam, und sofort anfing, von den Vorbereitungen für die große Feier zu berichten. Sie hatte den Spiegelsaal im Stora Hotellet gemietet, ja wirklich, im schönsten und teuersten Restaurant von ganz Jönköping, ja, der schönste Saal in ganz Småland. Und sie würde das ganze Fest mit ihrem eigenen Geld bezahlen, denn das war er wert, ihr Egon. Man konnte doch nicht immer nur sparen, wie schon gesagt, manchmal musste man auch etwas ausgeben.

»Aber zuerst gehen wir in die Konditorei«, beschloss Hanna, »und essen jede ein Stück Kuchen.«

Im Stoffladen sorgte Hanna dafür, dass ihnen alle Seidenstoffe in den verschiedenen Blautönen vorgelegt wurden, dunkellila Dupionseide, hellblauer Chiffon, klarblauer Crêpe, eisblauer Brokat und – ganz zum Schluss – ein Duchesse in schimmerndem dunkeltürkisem Ton. Miriam legte ihre Hand auf den Stoff und sah, wie sich diese verwandelte. Die Haut wurde ganz glatt. Die Nägel glänzten wie Muschelschalen.

»Der hier«, sagte sie. »Den will ich haben.«

Hanna zögerte noch, warf den türkisfarbenen Stoff dann Miriam über die Schulter, trat einen Schritt zurück und blinzelte.

»Ja«, sagte sie dann. »Tatsächlich. Du hast recht. Die Farbe steht dir.«

Sie selbst entschied sich für die dunkellila Dupionseide, und dann marschierten die beiden über den Hovrättstorget zur Werkstatt der Schneiderin im Hinterhof in der Smedjegatan. Und die Schneiderin lächelte begeistert, als sie das Paket öffnete. Qualität! Gab es etwas Schöneres, als mit richtig guter Qualität arbeiten zu können!

Miriams Kleid wurde wunderschön. Ein langer, weiter Rock, der sich wiegte, wenn sie sich bewegte. Engansitzende Taille, die ihren jungen Formen auf den Leib geschneidert war. Eine Reihe kleiner, stoffbezogener Knöpfe im Rücken. Ein tiefer Ausschnitt, der ihren ganz normalen Hals in einen Schwanenhals verwandelte.

»Aber die Narbe«, fragte sie die Schneiderin, als sie das Kleid zum ersten Mal anprobierte. »Ich kann eigentlich kein ärmelloses Kleid tragen, weil dann die Narbe zu sehen ist …«

»Welche Narbe?«, fragte die Schneiderin.

Miriam streckte ihren linken Arm vor. Die Narbe war immer noch eine kleine blaue Delle, und drei Ziffern standen daneben. 389. Die Schneiderin beugte sich kurzsichtig über den Arm und schob ihre Brille dabei zurecht.

»Ach«, beruhigte sie, »die bemerkt doch niemand. Kleben Sie nur ein kleines Pflaster drüber.«

Als wenn nichts gewesen wäre. Als wenn die Narbe und die Tätowierung überhaupt keine Bedeutung hätten. Und vielleicht hatte sie ja recht. Denn als Olof sie das erste Mal in dem türkisfarbenen Kleid sah, blieb ihm die Luft weg. Jetzt war sie nicht mehr die arme kleine ehemalige KZ-Gefangene, nicht mehr nur sein kleines Kindermädchen, seine Haushaltshilfe. Sie hatte sich verwandelt. War jemand anderes geworden. Eine junge Dame aus gutem Hause. Ein Mädchen, das soeben seine Abschlussprüfung in der Schule abgelegt hatte. Eine richtige Miriam. Wirklich.

Er wohnte im Stora Hotellet im Zimmer neben ihr, und jetzt stand er im Frack bereit vor ihrer Tür. Als sie diese öffnete, schaute er zunächst ganz uninteressiert drein, dann weiteten sich seine Augen.

»Mein Gott«, sagte er im breitesten småländischen Tonfall und trat einen Schritt zurück auf den Hotelflur. »Himmelherrgott!«

Miriam lächelte. Sie erkannte das Kompliment, auch wenn es nicht ausgesprochen worden war, und legte vorsichtig die Hand über ihre kunstvolle Hochfrisur. Alles saß, wie es sitzen sollte. Olofs Blick flackerte.

»Entschuldige. Ich war so überrascht. Ich meine nur – du bist eine Schönheit … Wirklich.«

Miriam beugte ihren Schwanenhals leicht.

»Danke«, sagte sie. »Wollen wir runter in den Spiegelsaal gehen?«

Es juckte leicht unter dem Pflaster auf dem linken Arm. Sie beschloss, das Jucken zu ignorieren, schob dann ihren Arm unter seinen und ging mit vorsichtigen kleinen Schritten auf hohen Absätzen die große Treppe hinunter.

Olof streckte sich, als sie den Spiegelsaal betraten. Miriam strahlte.

Er hatte recht gehabt. Das wusste sie. Ihr Bild in den vielen Spiegeln bestätigte das. Sie war wirklich eine Schönheit.

Camilla hat eine Weile schweigend dagesessen, aber jetzt holt sie tief Luft.

»Es ist schrecklich«, sagt sie. »Wundbrand. Das ist wirklich einfach nur schrecklich.«

Eine leichte Verärgerung durchfährt Miriam. Mach das nicht! Zwinge mich nicht zurückzugehen! Also steht sie auf und streicht hastig mit der Hand über ihr Kleid, versucht die Sitzfalten zu glätten.

»Du musst entschuldigen«, sagt sie dann, »aber ich schaffe es nicht, darüber zu reden …«

Doch Camilla scheint sie gar nicht zu hören.

»Ich war einmal bei der Operation eines Kaltbrands im Darm dabei, und das war wohl das Schlimmste, was ich jemals gesehen habe. Oder gerochen. Eine Narkoseschwester ist sogar in Ohnmacht gefallen, und ich musste mich um sie kümmern und sie rausbringen, und das war nur ein Glück, denn sonst wäre ich wohl auch noch …«

Miriam beugt sich über sie und packt sie am Handgelenk. Fest.

»Hast du nicht gehört, was ich gesagt habe? Ich will nicht darüber reden. Oder besser gesagt: Ich kann nicht darüber reden. Sonst sterbe ich. Und ich will heute nicht sterben. Begreifst du das?«

Camilla starrt überrascht auf ihr Handgelenk und Miriams Hand, hebt dann den Blick, traut sich aber nicht, Miriam in die Augen zu schauen.

»Entschuldige«, sagt sie. »Ich habe nicht gemeint … Ich wollte ja nur …«

Aber Miriam lässt nicht los, sie umklammert Camillas Arm nur noch fester.

»Man kann nicht über alles reden! Das geht nicht. Das musst du verstehen. Nicht, wenn man fünfundachtzig Jahre alt ist, von der falschen Rasse und das ganze zwanzigste Jahrhundert miterlebt hat! Dann kann man nicht über alles reden.«

Camilla versucht ihrer Großmutter in die Augen zu sehen, aber weicht dem Blick gleich wieder aus, nickt nur stumm. Sie macht einen hilflosen Versuch, sich aus Miriams Griff zu befreien, doch der missglückt. Und Miriam lässt nicht los. Stattdessen schüttelt sie Camillas Hand im Takt mit jedem Wort: »Verstehst du das? Das ist wirklich passiert. In der Realität. Das war eine andere Welt, und ich will nicht in diese Welt zurück. Ich will auf keinen Fall dorthin zurück!«

Aber es ist bereits zu spät.

Und es war wirklich eine andere Welt.

Malika blinzelte verwundert, als sie endlich aus dem Güterwaggon herausgelassen wurden und auf dem Bahnsteig standen. Zwar hing die Sonne wie eine Silberscheibe hinter den grauen Novemberwolken, genau wie sie es getan hatte, als sie das Kinderheim verließen, aber das war auch alles, was sie wiedererkannte. Der Rest ähnelte in nichts dem, was sie bisher gesehen hatte. Hier gab es so gut wie keinen Baum, kein Gras, keine Blumen, nur endlose Bahnsteige und Bahngleise, Kies und Lehm. Doch, da war noch etwas. Ein Stück entfernt befanden sich Baracken. Hinter sich endlos dahinziehendem Stacheldrahtzaun. Die Menschen waren auch anders. Es gab drei Sorten, die hierher gehörten, alle männlichen Geschlechts. Graue Gespenster in gestreifter Kleidung, die mit Reisetaschen und großen Bündeln hin und her rannten. Kräftige Kerle mit wütenden Gesichtern und Schlagstöcken. Ein paar aufrechte elegante Gestalten in schwarzer Uniform mit einem Totenkopf auf der Mütze und schwarzen Schwänzen. Nein, das waren keine Schwänze. Das waren Peitschen, die sie hinter dem Rücken hielten. Geflochtene Lederpeitschen.

Didi weinte wieder. Heulte ohne Unterlass. Anuscha beugte sich über ihn und schüttelte ihn leicht, versuchte ihn dazu zu bringen, aufzuhören, aber das half nichts. Didi wollte Wasser haben. Didi wollte etwas zu essen haben. Didi war hungrig und durstig und musste pinkeln, und er war nach der langen Reise vollkommen erschöpft. Malika blinzelte noch einmal und erinnerte sich an ihre Pflichten, hockte sich neben Didi und fasste ihn am Kinn.

»Jetzt hältst du die Klappe«, sagte sie und starrte ihm böse in die Augen. »Verstehst du? Das hier ist ein gefährlicher Ort, du kannst hier nicht einfach heulen …«

Didi schluchzte wieder und öffnete den Mund, wollte erneut losweinen, als sie einen Schrei hörten, schriller als alle anderen. Malika drehte sich um. Ein Mann von einem anderen Transport hatte soeben einen Schlagstock an den Kopf bekommen, jetzt lag er auf dem Kies auf dem Bahnsteig und versuchte sich mit den Armen zu schützen. Eine dicke Frau, vermutlich seine Ehefrau, streckte die Arme in die Luft und heulte erneut auf. Der Schlagstock traf sie direkt auf den Mund. Blut spritzte auf die ukrainische Wache, drei schwarze Flecken auf seinem braunen Hemd, was ihn noch wütender machte. Noch einmal schlug er mit dem Stock zu. Die Frau gurgelte und sank auf die Knie.

Malika sah Didi an. Sein Blick huschte von der blutenden Frau zum Wachmann, dann schloss er den Mund und wischte sich eilig die Wangen trocken, schob seine Hand in Malikas und drückte sich an sie.

»Schon gut«, sagte sie leise und drückte seine Hand. »Alles wird gut. Sei nur still, dann wird alles gut werden.«

Sie stand auf und begegnete Anuschas Blick. Der zeigte Verwirrung, Verzweiflung, die reine Panik. Vielleicht hatte Anuscha ja wirklich das geglaubt, was die Nonnen gesagt hatten. Dass sie in ein neues Kinderheim kämen. Dass sie etwas Leckeres zu essen bekämen nach ihrer Ankunft. Dass niemand sie an dem neuen Ort bombardierte. Dass Gott und Jesus sie vor allem Bösen beschützten.

Ja, vielen Dank. Gott wie auch Jesus schienen irgendwo anders zu sein. Das hatte Malika schon begriffen, als Schwester Agathe am Bahnhof in Tränen ausbrach, und während des Transports war diese Überzeugung nur noch bestärkt worden. Es war keine Hilfe zu erwarten. Jetzt musste man sich einzig und allein auf sich selbst verlassen.

Fünf und fünf. Gerade Reihen. Schweigen.

Die Roma-Kinder mussten als Erste losmarschieren. Die anderen Neuankömmlinge blieben auf dem Bahnsteig stehen und schauten ihnen nach, sahen, wie sie an den SS-Ärzten vorbeigingen, ohne angehalten und einer Selektion unterzogen zu werden, wie sie nach links abbogen, über die Gleise gingen, dann nach rechts auf den lehmigen Weg, vorbei an einigen gestreiften Gespenstern, die einen Graben aushoben und sich weigerten, sie anzusehen.

»Halt!«

Nicht alle verstanden, was das bedeutete, was der SS-Mann ganz vorn brüllte, jemand stieß Malika in den Rücken, sie drehte sich um und verzog ihr Gesicht bedrohlich. Bleib stehen! Idiot!

»Links um!«

Nur Malika und ein paar große Jungs gehorchten sofort, Didi und Anuscha zögerten einen Moment und einige andere Kinder schienen gar nicht zu verstehen, was von ihnen erwartet wurde. Ein kleines Mädchen in der Reihe vor ihnen fing einfach an, in der Nase zu bohren, sie wehrte sich, als Malika sie an der Schulter anfasste, um sie umzudrehen und versuchte sie abzuschütteln.

Vor ihnen ein Tor mit Stacheldrahtgitter. Durch die Gitterrauten konnte man auf eine lange Straße gucken, auch sie aus Lehm, mit einer unendlichen Anzahl von Baracken zu beiden Seiten. Einige Roma-Männer standen vor einer, eine Frau hockte auf dem Boden und versuchte, direkt vor sich ein Feuer zu entfachen. Aber das klappte nicht, und nach einer Weile kauerte sie sich zusammen und schlang die Hände um den Nacken. Schaute hinunter auf ihr Kleid. Sie gab einfach auf.

Das Tor wurde von zwei Männern mit roten Gesichtern geöffnet. Sie trugen Schlagstöcke und hellbraune Hemden. Und drinnen im Lager standen zwei Männer mit der gleichen Ausrüstung und versuchten, etwas vom Stacheldrahtzaun herunterzuziehen. Nein, nicht etwas. Jemanden. Eine Roma-Frau. Der SS-Soldat ließ die marschierenden Kinder anhalten und zeigte auf die Tote.

»Der Zaun hier ist elektrisch. Wenn man ihn anfasst, dann stirbt man. Nur dass ihr das wisst.«

Die ukrainischen Wächter zerrten die Tote herunter. Zwei ihrer Finger blieben im Stacheldraht hängen. Ein Mann mit riesigen Händen stand stumm daneben und sah zu. Didi fing an zu weinen. Malika legte ihm die Hand auf den Mund.

»Nein«, sagte Anuscha.

Malika sagte gar nichts. Sie stand mit geschlossenen Augen da, um nicht die sehen zu müssen, die ihre Erniedrigung sahen. Nackt stand sie vor wildfremden Männern in Uniform, neben einigen nackten Roma-Jungs. Vielleicht schämten die sich auch. Sie wusste es nicht, hatte sie nicht angesehen, sie hielt die Augen geschlossen, seit sie ihr Kleid ausgezogen hatte. Didi stand neben ihr und umklammerte fest ihre Hand, sie konnte seinen nackten Oberkörper an ihrer Hüfte spüren. Er zitterte.

»Zieh dich aus!«, brüllte jemand auf Romanes.

»Nein«, sagte Anuscha.

Das sah ihr gar nicht ähnlich. Normalerweise tat sie, was man ihr sagte. Besonders, wenn sie Angst hatte. Und in letzter Zeit war sie sehr ängstlich gewesen, seit dem Tag, als die *Kripo* sie abgeholt hatte. Vollkommen verängstigt. Ihre Lippen waren bereits bei der Aufnahme ins Kinderheim der Nonnen ganz grau gewesen, und sie war nicht in der Lage gewesen, zu reden oder gar zu lächeln. Sicher hätte sie deshalb eine Ohrfeige bekommen, wenn nicht Malika dazwischengegangen wäre und alles geregelt hätte. Denn sie hatte schnell verstanden, worum es ging, sie hatte sich das Haar aus dem Gesicht gestrichen und hinter die Ohren gesteckt, hatte dann den Nonnen in die Augen gesehen und mit einem kleinen Knicks alle ihre Fragen beantwortet. Ja, Didi war ihr kleiner Bruder. Ja, Anuscha war ihre Cousine. Und ja, Anuscha war letzte Woche krank gewesen, deshalb war sie so grau und schweigsam …

Anuscha war kein *Mischling*. Sowohl ihre Mutter wie auch ihr Vater waren Roma. Richtige Roma. Vielleicht war das der Grund, dass Anuscha sich weigerte, sich auszuziehen. Denn sie hatten sie alles über den Anstand der Roma gelehrt. Kein richtiger Rom, weder Frau noch Mann, Mädchen oder Junge, zeigte sich jemals jemand anderem gegenüber nackt. Und trotzdem standen sie jetzt hier, in einer Art Duschraum, ohne einen Faden am Körper. Alle bis auf Anuscha. Denn sie weigerte sich, sich auszuziehen.

Ein Klatschen. Ein unterdrückter Schrei. Das war Anuschas Stimme. Vielleicht war es dieser Roma-Verräter von Kapo, der sie schlug. Malika kniff die Augen zu, konnte aber nicht verhindern, dass ein Bild von Anuscha sich vor ihrem inneren Auge aufbaute. Sie sah ihr langes schwarzes Haar, das ihr immer ins Gesicht fiel und sie etwas wild aussehen ließ. Ihre weißen Zähne, die nach den Milchzähnen jetzt herauswuchsen und die unten etwas schief und gezackt waren. Ihre abgekauten Fingernägel, ihre dünnen Ärmchen. Ihre nackten Sommerfüße. Plötzlich erinnerte sie sich daran, wie lustig es war, neben ihr zu sitzen und sich mit ihr zu unterhalten und sich dabei den Dreck zwischen den Zehen wegzupulen …

»Zieh dich aus!«

»Nein.«

Jetzt war Anuscha kurz vorm Weinen, aber trotzdem weigerte sie sich. Und es gab nichts, was Malika für sie hätte tun können. Ihre beste Freundin. Ihre Cousine. Nein, mehr als das. Ihre Schwester.

Wieder ein Klatschen. Und ein dumpfes Plumpsen. Zwei Stimmen, die auf einmal in einer unverständlichen Sprache brüllten.

»Nein«, schrie Anuscha wieder. »Nein, nein, nein!«

Ein Schuss. Der Knall schlug gegen die Wände, betäubte ihr Gehör und weckte ihren Widerstand. Sie schrien, all die nackten Kinder schrien plötzlich aus vollem Halse. Malika öffnete die Augen und ging in die Hocke, schlug die Arme um Didi und sah einige nackte Jungs, die versuchten wegzulaufen. Ein Mann in hellbraunem Hemd schlug einen mit dem Gewehrkolben nieder. Im gleichen Moment stellte jemand die Dusche an, eiskaltes Wasser ergoss sich über sie. Eiskaltes Wasser, das sich mit Anuschas Blut vermischte, die auf dem Zementboden lag. Tot. Aber vollständig bekleidet.

Das war wirklich eine andere Welt.

Und dann das Tätowieren. Didis verzweifelte Schreie. *Die verbrennen mich, Malika, die verbrennen mich*, der Faustschlag, der ihn verstummen ließ, die Suppe, die aussah wie Spülwasser, das graue Brot, die Koje aus rohen Holzbrettern, die ihr Schlafplatz sein sollte, ihre eigenen ungläubigen Blicke auf den Buchstaben Z vor der Nummer auf ihrem Arm. Didis Weinen. Didis leises Schluchzen. Didis Weigerung, ihre Hand loszulassen.

Draußen auf der Lagerstraße hingen vier Männer an einem Galgen. Bei zweien hing die Zunge heraus.

Malika und Didi hockten vor ihrer eigenen Baracke, als sie das erste Kind mit *Noma* sahen. Es war ein magerer kleiner Junge ohne Hose und Schuhe, bekleidet mit einer viel zu großen schwarzen Jacke. Er stützte sich gegen die Barackenwand, während er vorwärtsschlurfte. Die eine Wange war vollkommen heil. Die andere war von einer großen Wunde bedeckt, mit schwarzen Rändern und so tief, dass man Zähne und Zahnfleisch sehen konnte.

Malika legte Didi die Hand über die Augen. Er kroch noch dichter an sie heran und ließ es geschehen.

Dann wurde sie blind. Oder zumindest einäugig. Sah nur noch Didi. Dachte nur an Didi. Lebte nur für Didi. Es gab ja so viel, was er lernen musste. Nicht zu sehen. Nicht zu reden. Niemals in Tränen auszubrechen.

Didi lebte. Und Malika lebte, weil Didi lebte. Der Rest der Welt war nur ein graues Nichts.

Wäre Doktor Mengele nicht gewesen, wäre alles gutgegangen. Er kam fast jeden Tag in die Kinderbaracke im Zigeunerlager, warf einen Blick auf die Neuankömmlinge und murmelte zufrieden, wenn er ein Paar Zwillinge fand oder jemanden mit einem braunen und einem blauen Auge. Solche Kinder verschwanden fast sofort. Manchmal verteilte er Bonbons. Rote Bonbons. Didi war gleich beim ersten Mal außer sich vor Begeisterung und ließ ihre Hand los, drängte sich mit den anderen kleineren Kindern um den Arzt. Doktor Mengele lächelte. Manchmal streckte er die Hand aus und strich einem der Kinder über den Kopf. Er hatte ganz lange weiße Finger.

Eines Tages schaute Mengele sie mehrere Sekunden lang an, dann drehte er sich zu seinem Adjutanten um und sagte etwas. Am folgenden Tag wurde sie abkommandiert, Gräben auszuheben.

Graue Tage. Beim Ausheben der Gräben wurde sie zu einem Gespenst.

Die Neuankömmlinge gingen in einem Kontingent nach dem anderen vorbei. Es waren Menschen jüdischer Herkunft aus ganz Europa, Polen, Griechen, Holländer, Deutsche, Belgier, Franzosen, Norweger … Einige von ihnen warfen furchtsame Blicke auf die Gespenster im Graben, die bis zu den Knien im Lehm und eiskalten Winterwasser standen, aber keiner von ihnen erwiderte jemals diese Blicke. Die Juden gingen vorbei und kamen nie wieder.

Jeden Abend stand Didi hinter dem Zaun des Zigeunerlagers, wenn die Grabenbrigade einmarschierte. Manchmal war er in eine Decke gewickelt und hielt sie mit beiden Händen unter dem Kinn fest. Nach nur wenigen Wochen hatte sich sein Gesicht verändert. Er hatte schwarze Schatten unter den Augen bekommen. Sein Kinn war spitz geworden. Die Nase schien gewachsen zu sein. Vielleicht war auch der Rest des Gesichts geschrumpft.

Er folgte der Grabenbrigade bis zum Appellplatz, blieb dann während des gesamten Appells dicht neben ihr hocken. Eines Tages lief die Hungerdiarrhöe einfach aus ihm raus. Ein anderes Kind rief ihm etwas Höhnisches zu, Malikas gesamter Körper spannte sich an, sie war bereit, hinzulaufen, koste es, was es wolle, um ihn in der Prügelei, die automatisch folgen würde, zu verteidigen. Aber nichts geschah. Didi hockte nur da, wo er war und ließ alles aus sich hinauslaufen. Sein Kinn war herabgesunken, der Blick verschleiert.

An diesem Abend verzog er zum ersten Mal das Gesicht, als Malika ihm ihre Suppe gab. Das tut weh, sagte er. Im Mund.

Seine Knie schienen zu wachsen. Die Augen auch. Und merkwürdigerweise der Bauch. Aber der war wohl in erster Linie aufgedunsen. Jeden Abend zwang sie ihn, seine Suppe zu essen, auch wenn es im Mund brannte. Außerdem tauchte sie das graue Brot in ihre eigene Suppe und fütterte ihn damit, Stück für Stück. Er schloss die Augen und wimmerte während er aß, aber öffnete folgsam den Mund. Manchmal sprach er ein wenig.

»Der Doktor«, sagte er eines Tages und lehnte den Kopf gegen Malikas Bauch. »Er hat mich heute angeguckt.«

Malika richtete sich auf.

»Mengele? Er hat dich angeguckt? Und warum?«

Didi blieb eine Weile still, dann holte er Luft und fuhr fort: »Er hat mir in den Mund geguckt …«

Malika schob ihn ein Stück von sich und versuchte, ihm in die Augen zu schauen. Das war nicht möglich. Er hielt sie weiter geschlossen.

»Warum hat er dir in den Mund geguckt?«

Didi schmiegte sich eng an sie.

»Weiß nicht. Hat er eben gemacht.«

Ihre Stimme zitterte. »Hast du einen Bonbon bekommen?«

»Nein«, antwortete Didi. »Heute gab es keinen Bonbon …«

Eines Tages wartete Didi nicht hinter dem Zaun, als die Grabenbrigade einmarschierte, und auch während des Appells war er nirgends zu sehen. Zwei Stunden lang stand Malika kerzengerade und unbeweglich in der Februarkälte und hielt Ausschau nach ihm, während ein SS-Offizier provozierend langsam die Männer aussuchte, die an diesem Abend gehängt werden sollten. Warum sie gehängt werden sollten? Dumme Frage. Eine Frage, mit der sie sich gar nicht erst beschäftigte. Die Deutschen erhängten Menschen. So war es nun einmal. Sie hatte andere Sorgen.

Didi. Wo war er abgeblieben?

Er war nicht in der normalen Kinderbaracke und nicht auf dem merkwürdigen Spielplatz, der noch gebaut wurde. Das Karussell stand leer und reglos in der Dunkelheit, nur von einer dünnen Schneeschicht mit schwarzen Punkten bedeckt. In eine der Erwachsenenbaracken, die gleich daneben lag, wurde sie nicht hineingelassen, kam aber in andere hinein, in denen sie sich durch die Gänge zwischen den Betten drängte und vorsichtig seinen Namen rief. *Didi? Didi? Wo bist du?*

Sie bekam keine Antwort, denn Didi war nicht dort.

Als sie ihn endlich fand, war ihre Suppe schon kalt geworden. Er lag ganz allein in einer Koje in Baracke 22, drehte der ganzen Welt den Rücken zu, aber er schlief nicht, lag mit offenen Augen da und schaute auf die Bretterwand. Malika weinte fast vor Erleichterung und strich ihm mit der Hand über den Rücken, dann kletterte sie in die Koje neben ihm.

»Meine Suppe«, flüsterte sie. »Ich habe die Hälfte für dich aufbewahrt.«

Bis vor kurzem hätte er sich sofort umgedreht und wäre über den Becher hergefallen, aber das tat er jetzt nicht. Er verzog nur das Gesicht und knurrte leise. Malika strich ihm übers Haar.

»Komm, mein Kleiner. Du musst essen. Nimm meine Suppe!«

Didi knurrte wieder. Malika stellte den Becher beiseite und fasste ihn an den Schultern, versuchte, ihn zu sich umzudrehen. Das war nicht möglich. Didi wollte sich nicht umdrehen, wollte sie nicht sehen, wollte gar nichts.

»So, so, iss jetzt die Suppe …«

Malika schüttelte ihn, er schrie auf, und das erschreckte sie. Schnell ließ sie von ihm ab.

»Was ist denn?«

Und endlich antwortete Didi: »Tut weh.«

Dann schloss er die Augen und fiel fast augenblicklich in den Schlaf.

Es dauerte ein paar Tage, bis die Wunde an der Außenseite der Wange zu sehen war. Zuerst war sie ziemlich klein, ihre Ränder waren rot und frisch, dennoch erschreckten sie Malika mehr als alles andere. Sie wollte etwas tun, wusste aber nicht, was. Sollte sie sie waschen? Und wenn ja, womit? Das Wasser, das aus dem Hahn draußen an der Lagerstraße kam, war braun und roch schlecht. Sollte sie Schnee schmelzen? Aber der Schnee in Birkenau war ja voller schwarzer Punkte vom Krematorium … Konnte man das Wasser sieben?

Die Krankenschwester in Baracke 22 fauchte sie an, als sie sich endlich traute, sie zu fragen. Nein, es habe absolut keinen Sinn, die Wunden derer zu reinigen, die *Noma* hatten. Vollkommen sinnlos. Außerdem habe der Doktor gesagt, dass man nichts bei den Kindern machen dürfe, die betroffen waren, das war nämlich ein Experiment, und in wenigen Wochen werde er Phase zwei dieses Experiments einleiten, und dann bekämen die *Noma*-Kinder, die überlebt hatten, eine Behandlung, die sie heilen werde. Hier ging es nämlich um medizinische Forschung. Wichtige Forschung. Deshalb sollte Malika ruhig abwarten. Ob sie das verstanden habe?

Aber Malika konnte nicht ruhig bleiben, die Unruhe durchfuhr ihren Körper, und jeden Abend huschte sie in Baracke 22 herum auf der Jagd nach etwas, das Didi helfen könnte, was immer das auch sein mochte. Eines Abends stellte sie fest, dass ein kleines Mädchen in der Koje unter ihm lag. Ein bewusstloses kleines Mädchen. Aber ein kleines Mädchen, das in seiner Bewusstlosigkeit immer noch ein Stück Brot fest in der Hand hielt.

Malika wartete eine Weile, dann schaute sie sich vorsichtig um. Kein Kapo in der Nähe. Die Krankenschwester war am anderen Ende der Baracke zu sehen, drehte ihr aber den Rücken zu. Mengele und seine Adjutanten waren irgendwo anders.

Vorsichtig zog Malika dem Mädchen das Brot aus der Hand, stopfte es dann in die Tasche ihrer Lagerjacke, hockte einen Moment reglos da, bevor sie wieder in Didis Koje hochkletterte.

»Brot«, flüsterte sie ihm ins Ohr. »Guck mal! Ich habe noch mehr Brot gefunden …«

Didis Augenlider zitterten, aber er hatte keine Kraft, sie zu öffnen. Und als sie versuchte, ihm ein Stück Brot in den Mund zu schieben, verzog er nur angewidert die Lippen. Zu diesem Zeitpunkt hatte er schon lange keinen Appetit mehr, er war dabei zu verhungern und sehnte sich nur noch nach Schlaf und Bewusstlosigkeit.

Malika blieb mit dem Brot im Schoß fast eine Stunde in seiner Koje sitzen.

Dann aß sie es selbst auf. Drei Bissen schwarzes Brot mit Sägespänen darin. Es war schwer zu schlucken.

Die nächste Erinnerung kommt wie eine Ohrfeige. Plötzlich ist sie tatsächlich zurück in der Baracke 22 in Auschwitz-Birkenau, plötzlich krabbelt sie hoch in Didis Koje, obwohl das verboten ist. Sie hat keine Angst mehr. Sie fürchtet nicht länger die polnische Krankenschwester hier drinnen, macht sich keine Sorgen wegen der Kapos, die ihre Runde zwischen den Pritschen drehen und mit ihren langen Stöcken nach Müttern und Geschwistern schlagen, fürchtet nicht einmal mehr Doktor Mengele. Soll er doch kommen! Dann wird sie ihm die Augen auskratzen, bevor es ihm gelingt, sie zu töten …

Denn er hat es wieder getan. Er hat Didi ein zweites Mal mit *Noma* infiziert. Die letzten Wochen, fast einen ganzen Monat lang, waren Didi und einige andere Kinder auf dem Weg der Genesung gewesen. Da hatten sie Milch zum Frühstück bekommen, Margarine aufs Brot, Obst als Zwischenmahlzeit und drei dünne Scheiben Schinken pro Woche, und das genügte. Nach ein paar Tagen begann die schwarzumränderte Wunde an Didis rechter Wange zu heilen. Seine Augen bekamen wieder Glanz. Eines Tages schaffte er es, sich in der Koje aufzusetzen, am nächsten Tag kletterte er aus eigener Kraft hinunter auf den Boden, am dritten Tag lief er Malika entgegen, als sie kam. Eines Abends konnten sie sogar ins Lager hinausgehen und zusehen, wie die Roma die SS besiegte.

Aber jetzt …

Doktor Mengele ließ alle *Noma*-Kinder fast gesund werden, bevor er mit der dritten Phase seines Experimentes begann. Die Milch verschwand. Ebenso die Margarine, das Obst und der Schinken. Zurück blieben nur noch das Sägespänebrot und ein halber Liter der abwaschwasserdünnen Lagersuppe pro Tag. Plus hier und da ein Bonbon.

Es dauerte nur eine Woche, bis Didi wieder in seiner Koje lag, nicht mehr in der Lage aufzustehen, und nur weitere vier Tage, bevor sein Gesicht wieder verfaulte. Zunächst kam die Wunde auf der rechten Wange zurück, dann begann auch die linke sich zu zersetzen. Gestern konnte Malika auf beiden Seiten die Backenzähne sehen, jetzt schließt sie die Augen und holt tief Luft, macht sich bereit, das zu sehen, was an diesem Tag geschehen ist.

Die Nase. Die Wunde ist bis zu Didis kleiner Nase vorgedrungen, der Knorpel leuchtet weiß hinter den schwarzen Wundrändern und über dem roten Fleisch …

Malika legt die Hand auf seine Brust und tatsächlich, er atmet noch. Wenn auch sehr flach und schnell.

»Didi«, flüstert sie. »Ich bin bei dir …«

Er wimmerte leise, ganz schwach, öffnet die Augen zur Hälfte, dann schließt er sie wieder und hört auf zu atmen.

Camilla reibt sich das Handgelenk und versucht sich zu fassen.

Das ist nicht so einfach. Vor ihr steht ihre alte Großmutter, die vertraute Fremde, die zu einer eleganten schwedischen alten Dame verkleidete Zigeunerin, und sie selbst sitzt immer noch auf der Parkbank und versucht sie nicht anzustarren. Wieso fühlt sie sich schuldig, wenn es doch dieser Mensch ist, der gelogen hat? Gibt es einen triftigen Grund dafür, dass Miriam der Auffassung ist, sie könnte sich so benehmen, wie sie es gerade getan hat? Camillas Handgelenk so fest zu drücken?

Kurz darauf überfällt sie die Scham. Du lieber Gott! Was ist nur mit ihr los? Wie ist es möglich, dass sie, Camilla Adolfsson, eine junge Mutter, tüchtige Tochter, fleißige Medizinstudentin, schlank und gesund und im Großen und Ganzen rechtschaffen, diesen Splitter im Auge hat? Ausgerechnet den Splitter der Fremdenfeindlichkeit. Es war schließlich Camilla selbst, die Miriam in die Richtung ihrer finsteren Vergangenheit gestoßen hat, sie war es, die ihre Großmutter dazu gebracht hat, ihre Lügen zu offenbaren und sich an das Widerwärtige zu erinnern … Und alles, was Miriam zu ihrer Verteidigung getan hat: Sie hat Camillas Handgelenk fest gepackt. Oh ja. Sehr fest. So fest, dass es immer noch weh tut.

Miriam schwankt leicht. Wird sie wieder zusammenbrechen? Camilla steht auf und schlägt die Arme um sie.

»Schon gut«, sagt sie. »Setz dich. Ich habe es ja nicht so gemeint, dass …«

Miriam fühlt sich plötzlich ganz dünn an, wie sie da steht. Als wäre ihr Körper nur eine spröde Schale um gar nichts, als könnte sie jeden Moment zerbrechen und zerdrückt werden. Camilla wird ganz weich vor Mitgefühl. Die arme kleine Oma! Seit fast siebzig Jahren hat sie ihre Erinnerungen und ihre Geheimnisse mit sich herumgeschleppt, ohne sie jemals mit jemandem teilen zu können. Wie schwer muss das gewesen sein? Wie einsam! Miriam lehnt ihren Kopf gegen Camillas Schulter und lässt ein leises Schluchzen vernehmen, dann richtet sie sich auf und lässt sich wieder auf die Bank sinken. Öffnet die Handtasche und holt ihre Papiertaschentücher heraus. Putzt sich einmal laut vernehmlich die Nase, dann wischt sie schnell mit dem Taschentuch unter den Augen entlang.

»Wie geht es dir?«, fragt Camilla mit leiser Stimme.

Miriam holt tief Luft, versucht offensichtlich, ihre Stimme wiederzufinden.

»Geht schon.«

»Ist dir schwindlig?«

Miriam verzieht leicht das Gesicht, vielleicht sollte das ein kleines Lächeln werden.

»Nein, nein. Ich werde nicht wieder in Ohnmacht fallen.«

»Sicher?«

Miriam tätschelt Camillas Hand.

»Ganz sicher.«

Im gleichen Moment klingelt Camillas Handy, sie zieht es heraus, wirft einen Blick aufs Display und drückt dann das Gespräch weg. Setzt sich dicht neben Miriam und ergreift deren Hand, dann wird es wieder still zwischen ihnen.

Der Sommer zeigt sich in all seiner Pracht um sie herum, das Laub der Trauerbirke glänzt im Sonnenschein, die gelben Rosen in den Rabatten ein Stück weiter wenden ihre halb geöffneten Blüten dem Licht entgegen, und langsam öffnen sie sich immer weiter, eine glückliche Hummel beginnt mit ihrem Tanz direkt über ihnen. Eine Mutter mit Kinderwagen taucht plötzlich auf dem Weg auf, der Kies knirscht unter ihr und sie lächelt, ohne Miriam oder Camilla dort auf ihrer Bank zu registrieren. Sie hat ihren Blick fest auf das Kind im Wagen gerichtet, es ist ein verliebter, fast berauschter Blick.

»Ich habe nie ein eigenes Kind bekommen«, sagt Miriam plötzlich und folgt der jungen Frau mit ihrem Blick. Camilla rutscht unruhig hin und her, verlagert ihr Körpergewicht von der einen Pohälfte auf die andere, weiß nicht so recht, ob sie sich trauen soll, etwas dazu zu sagen.

»Wolltest du es denn?«, fragt sie schließlich.

Miriam blinzelt.

»Nein. Ich wollte es nicht. Nicht nach Didi. Und Olof wollte es auf keinen Fall.«

»Warum nicht?«

Miriam zuckt nur leicht mit den Schultern.

»Er hatte Angst, es könnte wieder passieren. Das, was Marianne passiert war. Ihr Tod hätte ihn fast umgebracht. Es dauerte mehrere Jahre, bis er wieder er selbst wurde.«

Sie nimmt ihre Handtasche hoch und stellt sie sich auf den Schoß, hält sie wie ein kleines Schild vor sich.

»Und außerdem hatten wir ja Thomas. Für mich war es unglaublich wichtig, dass es Thomas gutging. Dass nichts störte. Und während seiner ersten Jahre war Olof ja nicht so …«

Sie zieht die Handtasche etwas näher an den Körper

heran, verstummt dann mitten im Satz. Camilla nickt und versucht zu ergänzen:

»... nicht so interessiert?«

Miriam nickt stumm. So kann man es ausdrücken. Nicht so interessiert.

Es war leicht, Thomas zu lieben. Seine runden kleinen Ärmchen. Seine rosigen Wangen. Seinen klaren blauen Blick.

Als er noch richtig klein war, kam es vor, dass sie Zeit genug hatte, um mit ihm zusammen am Nachmittag auf dem Bett niederzusinken und den Säugling in ihrem Arm liegen zu lassen. So lagen sie da und schauten einander tief in die Augen, berichteten einander ohne Worte von ihren Sorgen. Der Qual, geboren zu werden, von diesem unbegreiflichen Licht geblendet zu werden, den Körper zusammenzuziehen, um der kalten Luft zu entgehen, diese helle Stimme zu vermissen, die seit allen Ewigkeiten zu hören gewesen war, dann aber eines Tages plötzlich verstummte, vom Verlust des sicheren, tröstenden Herzschlags, der ihn immer begleitet hatte, und plötzlich waren die Gehörgänge stattdessen voll mit irgendwelchen grellen Schreien, vielleicht sogar den eigenen, mit Lärm und Gejohle und den scharfen Stimmen fremder Frauen. Der Schmerz, zu realisieren, dass der Tod ein Teil des Lebens ist, unausweichlich und unvermeidbar, und dass Menschen unzuverlässig und gefährlich waren, dass alle Menschen die Gefahr in sich bargen, sowohl Täter als auch Opfer zu werden, aber dass nicht alle verstanden, dass es eine absolut grundlegende Notwendigkeit war, die Täter in Schach zu halten und sich zu weigern, den Opfern das Recht zu geben, auf die Knie zu sinken. Dann lagen sie Stirn an Stirn, sogen die Atemluft des anderen ein und sanken langsam in einen trostreichen Schlummer. Sie hatten ja einander. Alles andere konnte nicht nur zusammenfallen, alles andere konnte zusammenfallen und vernichtet werden, das wussten sie beide, solange sie nur einander hatten. Die Mutter, die eigentlich nicht seine Mutter war. Der Sohn, der eigentlich nicht ihr Sohn war.

Miriam öffnet ihre Handtasche und zieht ein weiteres Papiertaschentuch heraus, fährt sich damit schnell über die Nase. Als sie die Tasche wieder verschließt, ist erneut das Klingeln von Camillas Handy zu hören.

»Willst du nicht rangehen?«, fragt Miriam. »Offenbar möchte dich jemand dringend sprechen.«

Camilla wirft ihr einen schnellen Blick zu, dann hebt sie leicht eine Pobacke und zieht das Handy aus der Gesäßtasche ihrer Jeans heraus, zögert einen Moment, lässt es noch einmal klingeln, bevor sie auf eine Taste drückt und den Apparat ans Ohr hält.

»Ja«, sagt sie, und plötzlich klingt ihre Stimme ganz anders. Fast undurchdringlich. »Camilla hier.«

Sie steht auf und dreht Miriam den Rücken zu, macht ein paar Schritte auf dem Kiesweg, aber nicht so weit, dass Miriam nicht mehr hören könnte, was sie sagt.

»Nein«, antwortet sie, krümmt sich zusammen und zieht gleichzeitig die Schultern hoch, plötzlich ragen die Schulterblätter wie kleine Flügel auf dem Rücken unter ihrem Top auf. »Nein. Es ist nichts passiert.«

Camilla verstummt für einen Moment und hört zu, was die Person am anderen Ende zu sagen hat. Offensichtlich ist das eine ganze Menge.

»Sie ist fünfundachtzig Jahre alt, hast du das noch im Kopf? Da dauert es seine Zeit, um den See herumzugehen.«

Wieder ein Augenblick Stille. Camilla wirft einen Blick auf ihre Uhr.

»Es sind noch zwei Stunden bis dahin und …«

Jetzt wird sie unterbrochen, das lässt sie sich aber nicht besonders lange gefallen.

»Ja, ja«, sagt sie dann. »So ist es nun einmal. Wir kommen, wenn wir kommen und das …«

Wieder verstummt sie, holt dann hörbar Luft und dreht sich um, hat plötzlich ihr Gesicht Miriam zugewandt, ohne sie aber eigentlich anzusehen, zuckt nur kurz mit den Schultern und sieht verärgert aus.

»Das ist gut möglich«, sagt sie schließlich. »Aber das hat keine Eile … Wir werden es schon rechtzeitig schaffen.«

Es muss Katarina sein, mit der sie da spricht. Eine wie üblich besorgte Katarina.

»Nein«, sagt Camilla. »Man kann nicht mit dem Auto herkommen. Natürlich nicht. Schließlich sind wir hier im Park. Wir machen gerade nur eine kleine Pause.«

Ein Moment Stille. Dann runzelt sie die Stirn und faucht:

»Nein habe ich gesagt. Hast du das nicht gehört? Wir kommen, wenn wir kommen. Und tschüs.«

Camilla verzieht das Gesicht und setzt sich neben Miriam.

»Das war meine liebe Mutter«, sagt sie trocken. »Sie hat schon überlegt, eine Vermisstenanzeige aufzugeben.«

Miriam schmunzelt, hütet sich aber davor, zu schnell dazu etwas zu sagen. Katarina war immer verbotenes Terrain zwischen ihr und Camilla, ein Terrain, dem sie sich nur mit äußerster Vorsicht näherten und das sie eilig wieder verließen. Aber zum Schluss muss sie doch etwas sagen:

»So, so. Also sind wir zu lange weg gewesen?«

»Genau. Es sind ja nur noch zwei Stunden bis zum Mittagessen und sie hat nicht geglaubt, dass wir es schaffen werden, bis dahin die neuen Kartoffeln zu waschen. Oder die Erdbeeren zu putzen.«

»Die Erdbeeren habe ich schon geputzt. Gestern.«

»Aber vielleicht hast du sie nicht ordentlich geputzt? Vielleicht müssen sie noch einmal geputzt werden? Damit sie auch richtig gut geputzt sind.«

Miriam kann ein Lächeln nicht mehr unterdrücken. »Was mich nicht wundern würde …«

Camilla verzieht erneut das Gesicht. »Mich auch nicht.«

Und dann stehen sie beide auf und gehen weiter.

»Also«, sagt Camilla nach einer Weile. »Also, ich will ja wirklich nicht schlecht über sie reden …«

»Nein«, nickt Miriam. »Das weiß ich. Und du hast auch noch nie schlecht über sie geredet.«

»Oh doch. Das habe ich schon. Aber nie mit dir … Aber nachdem du mir jetzt deine Geheimnisse verraten hast, sollte ich vielleicht einige meiner Geheimnisse preisgeben …«

Miriam nickt schweigend.

»Das Problem dabei ist nur, dass ich das Alter, in dem man seine Eltern unmöglich finden darf, bereits überschritten habe«, sagt Camilla. »Ich weiß es. Leute in meinem Alter sollten nachsichtig mit Vater und Mutter sein. Nicken und lächeln, sie so akzeptieren, wie sie nun einmal sind …«

Sie bleibt stehen und wendet sich Miriam zu, sieht plötzlich viel jünger aus. Sehr jung und etwas traurig.

»Das Problem ist, dass ich sie einfach nicht mag. Es

ist schrecklich, aber so ist es nun einmal. Ich mag meine eigene Mutter nicht. Ich würde so gern …«

Ihr Blick flackert und sie sucht nach den richtigen Worten: »Doch, ja, ich würde sie wirklich so gern mögen. So ganz normal. Und manchmal gelingt es mir auch, aber nur, wenn ich bei mir zu Hause bin und sie in Nässjö. Dann kann ich sie fast richtig gernhaben. Dann kann ich an ihr leckeres Essen denken. Die Kohlrouladen zum Beispiel. Und an ihre Gesangsstimme, denn sie hat ja wirklich eine richtig schöne Gesangsstimme.«

Miriam nickt, weicht mit dem Blick aber aus. Das ist wahr. Katarina singt so schön, dass sie Solistin im Kirchenchor geworden ist, aber das macht es nicht einfacher, sie zu mögen. Andererseits hat sie nie auch nur im Traum daran gedacht, das Camilla gegenüber zu äußern. Sie hat kein Recht, überhaupt etwas zu sagen, nicht einmal um zu trösten, alles, was sie tun kann, ist die Hand zu heben und mit ihr ganz vorsichtig über Camillas Wange zu streichen. Camilla greift sofort nach ihr, sie steht da und hält Miriams Hand fest, sieht ihre Großmutter mit feuchten Augen an.

»Sie macht mir Angst«, sagt sie atemlos. »Das ist fürchterlich, aber so ist es. Meine Mutter macht mir Angst!«

»So, so«, versucht Miriam sie zu beruhigen, und ihre Gedanken huschen für einen Moment zurück nach Ravensbrück, zu Sylvianne, aber geschickt schiebt sie sie schnell wieder beiseite. »So, so!«

Doch so einfach lässt Camilla sich nicht beruhigen: »Sie ist so falsch, das ist es, was mir Angst macht. Dass sie nie bei der Wahrheit blieben kann, dass alles, was sie sagt und tut, irgendeine versteckte Bedeutung hat. *Ich mache mir solche Sorgen um Sixten …* Das hat sie gesagt. Oft. Eigentlich die ganze Zeit. Dass sie Angst hat, Sixten könnte Allergien bekommen, dass er zu dünn ist, dass er zu oft hinfiel, als er laufen lernte, dass er viel zu lange in der Krippe ist … Sie macht sich wegen aller möglichen Dinge Sorgen. Aber was sie eigentlich damit sagen will: Dass ich nichts tauge. Dass ich eine schlechte Mutter bin …«

Miriam lässt ein leises Brummen hören. Das bedeutet, dass sie zustimmt, aber nur ganz vorsichtig.

»Und das Schlimmste dabei ist, dass ich ihr nicht widersprechen kann. Dann wird sie richtig eklig. Einmal habe ich es nicht ausgehalten, und da … Das war, als sie behauptet hat, sie hätte Angst, er hätte irgendwelche Allergien. Und da habe ich gesagt, dass es nichts gibt, was darauf hindeutet, nicht das geringste Anzeichen, und da wurde sie so wütend, dass sie drei Tage lang nicht mit mir geredet hat! Drei volle Tage! Und während dieser Zeit hat sie sich sogar geweigert, sich Sixten überhaupt anzusehen. Er war ganz verwirrt, der Arme. Und danach, am vierten Tag, da war er wieder ihr Goldschatz und Omas kleiner Liebling …«

Miriam umklammert Camillas Arm, sagt aber immer noch nichts. Doch Camilla kann sich nicht mehr bremsen, und jetzt zittert ihre Stimme: »Also, manchmal bekomme ich Todesängste, auf völlig lächerliche Art und Weise. Ich weiß ja, dass sie mir nichts tun wird, ich meine, sie kann mich nicht schlagen oder so, oder mir Gift oder zerbrochenes Glas ins Essen mischen, aber dennoch bin ich manchmal wie gelähmt, wenn ich ihr widersprochen habe …«

Miriam drückt Camillas Arm erneut.

»Wie jetzt?«

Camilla nickt stumm.

»Du hast also Angst davor, was sie tun könnte, weil du ihr am Telefon widersprochen hast?«

»Ja. Dabei weiß ich ja …«

Miriam unterbricht sie: »Glaubst du, sie könnte Sixten etwas tun?«

Camilla schluchzt: »Nein, das glaube ich nicht. Nicht wirklich. Sie versucht eher, ihn auf ihre Seite zu ziehen. Deshalb gibt sie ihm ja auch heimlich etwas Süßes. Ich glaube, sie hofft auf eine richtig dramatische Trennungsszene, wenn er von hier wegfahren muss … Wenn Max nächste Woche kommt. Sie will, dass Sixten heult und nach seiner Oma schreit, nicht nach mir. Damit alle sehen, was für eine schlechte Mutter er hat. Und ganz besonders Max.«

Miriam seufzt leise. »Ja. Da ist wohl was Wahres dran …«

Camilla bleibt plötzlich stehen.

»Mein Gott!«, ruft sie aus, »Mein Gott, wie schön!«

Miriam runzelt die Stirn. »Wie bitte?«

»Dass du mir zustimmst. Dass du auch erkennst, wie sie ist.«

»Aber meine Liebe. Ich wohne mit ihr im gleichen Haus, seit Olof gestorben ist. Natürlich weiß ich, wie sie ist.«

Camilla wendet sich ihr zu und verzieht das Gesicht. »Aber du hast nie etwas gesagt. Warum hast du niemals etwas gesagt?«

Miriam zuckt leicht mit den Schultern.

»Was hätte das denn gebracht? Nur eine Zuspitzung. Und es reicht, wie es jetzt ist. Sie mag mich nicht. Also lächle ich und bin freundlich, habe aber nicht besonders viel Kontakt zu ihr. Das muss so genügen.«

Schnell fügt sie doch noch hinzu: »Aber du darfst ihr nichts sagen! Nichts davon, wer ich eigentlich bin. Nicht ein Wort!«

Camilla wird etwas blass. Miriam kann sehen, wie sie sich kurz die Reaktion ihrer Mutter vorstellt.

»Nein«, sagt sie. »Natürlich nicht. Ich verspreche es dir.«

»Aber wenn ich tot bin«, sagt Miriam, »dann kannst du es Thomas gern erzählen … Wenn du glaubst, dass er damit zurechtkommt, das zu wissen.«

Camilla nickt.

»Ich werde darüber nachdenken.«

Für einen Moment verstummt sie, wendet sich dann Miriam zu:

»Ich will nicht, dass du stirbst.«

Miriam muss kurz schmunzeln:

»Nein. Das will ich auch nicht. Aber so ist es nun einmal.«

Camilla geht plötzlich schneller, und Miriam folgt ihr, so gut sie kann, aber nach einer Weile bleibt sie stehen und schnappt nach Luft.

»Bitte«, sagt sie. »Können wir es nicht etwas langsamer angehen lassen?«

Camilla bremst sich. »Oh, entschuldige! Ich habe nicht nachgedacht. Willst du dich noch einmal hinsetzen?«

Miriam schüttelt den Kopf. »Nein, kein Problem. Ich schaffe es nur nicht mehr, so schnell zu gehen.«

»Okay. Dann gehen wir langsamer.«

So nähern sie sich in langsamerem Tempo dem Spielplatz im Park. Ein rothaariges kleines Mädchen sitzt auf einer Schaukel und schaut nachdenklich einigen Jungs zu, die auf der Rutsche herumturnen. Sie schaukelt nicht, sitzt nur da, ein Fuß auf der Erde, und beobachtet die Jungs mit aufmerksamem Blick. Es sind keine Erwachsenen zu sehen, und Miriam kommt kurz der Gedanke, dass es vielleicht ganz schön für das Mädchen so ist. Dass sie in Ruhe dort sitzen kann ohne die immerwährende Aufmerksamkeit von Erwachsenen, mit der die Kinder heutzutage leben müssen.

»Erinnerst du dich an deine Mutter?«

Miriam wendet sich Camilla zu, eine Erinnerung huscht vorbei, aber das geht so schnell, dass sie sie gar nicht registrieren kann. Deshalb schüttelt sie den Kopf.

»Nein. Nicht wirklich. Sie starb ja, als ich noch ganz klein war.«

»Wie traurig.«

Miriam zuckt leicht mit den Schultern. »Das war es sicher, aber es gibt da nichts, an das ich mich erinnern kann. An Papa erinnere ich mich besser, aber an Mama … Nein. Obwohl – es gab ein Foto von ihr, das weiß ich noch genau. Sie war schön wie Feuer. Sehr schön.«

»Schön wie Feuer?«

»Ja. Papa hat das einmal gesagt, und das habe ich nie vergessen. *Deine Mama war schön wie Feuer.*«

»Aber du hast das Foto nicht mehr?«

Miriam wirft ihr einen kurzen Blick zu. Was glaubt sie denn?

»Nein. Wie hätte das denn möglich sein sollen? Zuerst das Kinderheim und dann Auschwitz und … Nein. Aber ich erinnre mich an das Bild. Sie trug Romakleidung. Sehr elegant.«

Camilla lächelt. »Da schlägst du ganz nach ihr!«

Miriam antwortet nicht, sie hat ihren Blick weit in die Ferne gerichtet, und einige Schritte legen sie schweigend zurück. Dann bleibt Miriam doch stehen und sagt mit bedrückter Stimme: »Aber später habe ich ja eine andere Mutter gekriegt.«

Camilla zieht die Augenbrauen hoch. »Meinst du Papas Tante, wie hieß sie noch?«

»Hanna. Nein. Sie war mir gegenüber auch eher wie

eine Tante. Lieb und freundlich, aber mir nie so nahe. Nein. Ich meine Else.«

»Und wer war das?«

»Eine andere Gefangene in Ravensbrück. Eine Norwegerin. Sie hat mir das Leben gerettet.«

Camilla legt ihre Hand auf Miriams, die unter ihrem Ellenbogen hervorlugt.

»Und sie ist deine Mutter geworden?«

»Ja. Nicht, dass sie das jemals so gesagt hat, aber es hat sich so angefühlt.«

»Wusste sie, dass du eine Romni bist?«

Miriam wirft Camilla einen schnellen Blick zu. Was glaubt sie denn? Andererseits ist sie vielleicht tatsächlich so naiv, wie es scheint. Miriam räuspert sich kurz.

»Nein. Sie glaubte, dass ich diejenige war, die zu sein ich behauptet habe. Miriam.«

Mitten im Satz muss sie schmunzeln, schluckt das Lächeln aber schnell runter. Denn Else war ja Miriams Mama. Nur Miriams. Die Romni Malika hätte untergehen können, ohne dass Else nur einen Finger gerührt hätte.

Camilla fragt leise weiter: »Ist sie auch mit den weißen Bussen nach Schweden gekommen?«

Miriam schaut zu Boden, kickt einzelne Kiesel mit dem Fuß weg.

»Nein«, sagt sie dann. »Das ist sie nicht. Denn sie ist die Woche bevor sie kamen gestorben …«

Geisterzug

Stadt, o Stadt du der Zigeuner!
Wer wohl deiner nicht gedächte,
der dich jemals hat gesehn?
Schmerzgetränkte, moschusvolle
Stadt mit deinen zimtnen Türmen.

Federico García Lorca

War es Morgen- oder Abenddämmerung? Nacht oder Tag?

Miriam stützte sich mit der linken Hand gegen die Wand und versuchte den Rücken zu strecken. Was nicht möglich war, dazu tat er zu weh. Aber jetzt war sie jedenfalls dem Strafblock entkommen. Vor nur wenigen Minuten hatte eine *Aufseherin* sie hinausgestoßen und hinter ihr die Tür zugeschlagen. Jetzt war sie also frei. Sie musste über ihre eigenen Gedanken grinsen. Frei. Ja, vielen Dank. So frei man im Konzentrationslager Ravensbrück sein konnte.

Aber etwas war anders. Vollkommen anders.

Vielleicht lag es am Schnee. Der fiel in großen weißen Flocken und verwandelte das gesamte Lager. Malte die lehmigen Wege weiß. Legte sich wie schützende Wolken auf die Dächer der Baracken. Verwandelte die schwarzen Bäume zu Traumskulpturen.

Doch nein. Es war nicht der Schnee, der alles veränderte. Es war das Licht. Oder vielmehr das fehlende Licht. Der Himmel lag grau und schwer über dem Lager. Keine Scheinwerfer wanderten über die Mauern und Stacheldrahtzäune. Keine gelben Lampen brannten vor den Baracken. Sie drehte den Kopf. Nein. Nicht einmal im Gebäude der Kommandantur gleich hinter dem Strafblock brannte Licht. Überall war es dunkel. Und kein einziger Mensch in Sicht. Nicht eine einzige Fußspur auf der Straße. Nicht einmal Wagenspuren.

Vielleicht war ihre alte Phantasie aus Auschwitz Wirklichkeit geworden. Vielleicht war die SS vernichtet worden. Vielleicht hatten die Häftlinge Flügel bekommen und waren ihres Weges geflogen. Vielleicht saß Else bereits daheim in ihrem Haus in Norwegen und aß von dem guten Brot, dem fetten Käse und der gesalzenen Butter, wie oft hatte sie nicht davon gesprochen. Vielleicht hatte sie Miriam vergessen. Oder aber sie glaubte, dass auch Miriam zu einer Mama und einem Papa irgendwo hingeflogen war …

Nein. So war es natürlich nicht. Den Menschen wachsen nicht Flügel, nur weil man sie quält. Wenn dem so wäre, hätte der Strafblock schon seit Jahren leer sein müssen. Und so war es ja nun definitiv nicht, das wusste sie. Frauen hatten da drinnen geschrien, geweint und gerufen, Tag und Nacht, also hatte es Menschen da drinnen gegeben, auch wenn sie außer Sylvianne und den Wächterinnen niemanden gesehen hatte. War es im Strafblock auch dunkel gewesen? Ja. Das war es wohl. Nicht dass sie darüber weiter nachgedacht hätte, bis jetzt jedenfalls nicht. Nicht einmal auf den Fluren hatten die Lampen gebrannt. Die Wächterin, die sie abgeholt hatte, hatte eine Taschenlampe dabeigehabt. In weiter Ferne hörte sie ein Donnern, das vieles erklärte. Bombenflugzeuge. Amerikanische oder englische Bomber. Vielleicht war die Elektrizität unterbrochen. Wenn nicht die Deutschen auf die Idee gekommen waren, dass es besser sei, ganz Ravensbrück jetzt zu verdunkeln. So konnte es sein. Und in dem Fall war es nichts, um das man sich weiter kümmern sollte.

Miriam zog die linke Hand an den Körper, schob beide Hände in die Jackentaschen und ging los, vorsichtig umklammerte sie Sylviannes Brot, das sie in der Tasche versteckt hatte. Das war ein Geschenk. Else sollte das Brot bekommen, sobald Miriam in Baracke 8 angekommen war. Aber zuerst musste sie dorthin gelangen. Plötzlich spürte sie, wie kalt es war. Sehr kalt. Der lose Schnee drang in ihre Holzschuhe, ließ das Blut in ihren nackten Fußgelenken erstarren, ließ ihre Zehen taub werden. Aber egal. Wichtig war nur, dass sie nicht umfiel, denn dann würde es schwer werden, wieder aufzustehen, und sie hatte keine Lust, in einer Schneewehe auf der Lagerstraße zu erfrieren. Nicht jetzt. Das Ende war ja nahe. Bevor Else verletzt worden war, hatte sie berichtet, dass die Russen bereits tief nach Polen eingedrungen waren, und Miriam wusste schon seit langem, dass die Engländer und Amerikaner von der anderen Seite her auf dem Weg waren, dass Frankreich bereits befreit war und es nur noch eine Frage der Zeit war … Jetzt ging es also nur noch darum, am Leben zu bleiben.

Miriam wollte am Leben bleiben. Und Else würde ihr dabei helfen.

Es war am einfachsten voranzukommen, wenn sie nicht die Füße hochhob, wie sie feststellte. Also schlurfte sie durch den Schnee und streckte die Hände zur Seite aus, um die Balance zu halten. Das klappte. Plötzlich blieb sie stehen und drehte sich um, schaute auf die Spur, die sie im Schnee gemacht hatte und blinzelte überrascht. Sie hatte eine Spur gemacht. Irgendwie hatte sie geglaubt, sie wäre so unwichtig, dass man nicht einmal würde sehen können, dass sie durch den weichen Schnee gegangen war. Es kribbelte im Bauch. Es gibt mich, dachte sie. Ich heiße Miriam und es gibt mich … Sekunden später schlug sie die Arme um den Leib und schlurfte weiter. Nein. Sie hieß ja nicht Miriam. Die Person, die einmal Miriam Goldberg geheißen hatte, war schon seit langem tot. Leider.

Es war vollkommen still im Lager. Also musste es Abend oder Nacht sein. Also mussten die Häftlinge in den Baracken schlafen. Die Stille war sehr angenehm, fast erholsam. Wann war es jemals um sie herum still gewesen? Seit mehreren Jahren nicht mehr. Doch, einige Stunden im Strafblock natürlich, aber das war eine unangenehme Stille, fast gefährlich, eine Stille, die besagte, dass Sylvianne auf dem Weg fort war. Das hier war etwas anderes. Einen Moment lang wünschte sie, diese Stille sollte für alle Ewigkeiten anhalten, doch dann änderte sie ihre Meinung. Nein. Stille für alle Ewigkeit war das Gleiche wie der Tod. Und den Tod wünschte sie sich nicht herbei. Auf keinen Fall. Sie wollte überleben.

Sie blinzelte ein paar Schneeflocken fort, die sich in ihren Wimpern verfangen hatten, und schaute nach rechts. Ja. Dort lag die Baracke 8.

Der Gestank war dick wie eine Wand, und sie prallte davor zurück, als sie im Eingang stand, mit ihren Holzpantoffeln in der Hand, spürte, wie der Geruch jeden Hohlraum in ihrem Schädel ausfüllte. Urin und Erbrochenes, süßliche Ausdünstungen von Blut und muffiger Diarrhöe plus dieses ganz speziell Säuerliche, was die Deutschen den Judengestank nannten. Nie zuvor hatte sie darüber nachgedacht, wie schlecht es hier roch, aber ein paar Tage in dem saubergeschrubbten Strafblock hatten ihr eine richtig vornehme Nase verpasst. Sie schüttelte über sich selbst den Kopf und kletterte vorsichtig über eine grauhaarige alte Frau, die mit offenen Augen direkt hinter der Tür lag, murmelte einem blonden Mädchen ihres Alters, das gleich dahinter lag, eine Entschuldigung zu. Menschen. Überall war es voller Menschen. Sie saßen in dem kleinen Vorraum vor Irma Lunz' Kammer gegen die

Wände gelehnt, sie lagen auf dem Boden in der Baracke selbst und auf dem kalten Ofen, sie saßen zitternd in dem kühlen Waschraum oder hatten sich, zur Hälfte verborgen, unter den Pritschen zusammengekauert. Es war nicht möglich, sie nicht zu treten, dennoch ging Miriam weiter in die tiefe Dunkelheit der Baracke hinein. Denn dort drinnen waren sie ja. Die Norwegerinnen. Else. Sie trat jemandem auf den Arm und dieser jemand schrie auf, aber jetzt entschuldigte sie sich nicht mehr, jetzt war ihr alles gleich, sie beeilte sich nur noch über die Arme und Beine anderer Menschen hinweg und hörte nicht einmal die Flüche und Beschimpfungen, die ihr folgten. So. Jetzt musste sie in der Nähe sein.

»Else«, rief sie gedämpft. »Else! Wo bist du?«

Aber es war nicht Else, die antwortete. Es war Lykke.

Else hatte hohes Fieber. Es war unmöglich zu sagen, ob sie schlief oder bewusstlos war. Lykke schaute sehr ernst drein.

»Wir wissen nicht, was wir machen sollen«, flüsterte sie. »Ob wir sie in die Krankenstation bringen sollen oder …«

Miriam holte tief Luft. Nicht die Krankenstation, da wusste man nie, was sie mit ihr machen würden.

»Nein! Dorthin können wir sie auf keinen Fall bringen.«

Lykke beugte sich über Else. Diese schien sie nicht zu hören, und in der Dunkelheit war es kaum möglich, ihr Gesicht zu sehen.

»Es soll irgendwo eine tschechische Krankenschwester geben.«

»Wo?«

Lykke zuckte mit den Schultern.

»Unten im Industrielager, soweit ich gehört habe. Aber

ich weiß es nicht. Und jetzt kommen wir ja nicht mehr dorthin.«

»Warum nicht?«

»Stromausfall. Hast du es nicht bemerkt? Seit mehreren Tagen gibt es keinen Strom mehr. Seit das da passiert ist, haben wir nicht mehr gearbeitet ...«

Sie strich sich schnell über den Kopf und nickte Miriam zu. Eine Weile blieb es still, beide waren versunken in die Erinnerung an das, was vor gut einer Woche im Nähsaal geschehen war. Vielleicht hatten *die Aufseherinnen* tatsächlich Lykke die Haare ausgerissen. Vielleicht war sie ganz kahl unter dem Kopftuch. Miriam wagte es nicht zu fragen, sie war gezwungen, ihre Frage offener zu formulieren.

»Wie ist es für dich gelaufen?«, fragte sie schließlich.

»Nun ja«, sagte Lykke und wich Miriams Blick aus. Offensichtlich wollte auch sie nicht darüber sprechen, was mit ihrem Haar passiert war. »Natürlich gab es Prügel. Aber angesichts der Umstände nach ging es einigermaßen ... Und du?«

»Fünfundzwanzig Peitschenhiebe.«

Lykke verzog das Gesicht. »Oje. Aber du hast überlebt.«

Miriam schloss die Augen. »Ja. Sylvianne hat mir geholfen. Als ich zurück in der Zelle war, hat sie kaltes Wasser auf die Wunden gekippt. Das hat ein wenig geholfen.«

»Sylvianne?«

Miriam zuckte mit den Schultern. »Eine andere Gefangene da drinnen.«

»Ist sie auch ausgepeitscht worden?«

»Nein. Sie war für die *Sonderbehandlung* vorgesehen. Sie sollte die Erste sein, die diese *Sonderbehandlung* hier in Ravensbrück bekam. Was immer das auch sein mag.«

Lykke schlug sich beide Hände vor den Mund.

»Mein Gott! Bist du dir sicher?«

Miriam runzelte die Stirn. »Ja, ich habe es selbst gehört …«

»Aber du weißt nicht, was das bedeutet? Ich denke, du bist in Auschwitz gewesen?«

Miriam nickte stumm. Das war ihr unangenehm. Warum wusste sie nicht, was *Sonderbehandlung* bedeutete? Das war offensichtlich etwas, das sie wissen sollte.

Lykke packte sie plötzlich am Arm: »Das bedeutet, dass sie vergast werden soll! Die wollen sie vergasen! Hier!«

Eine Welle der Übelkeit überfiel Miriam. Natürlich! Das hätte sie doch verstehen müssen. Dennoch konnte sie das nicht so recht glauben, also machte sie sich aus Lykkes Griff frei und schüttelte den Kopf.

»Nein! Es gibt schließlich keine Gaskammern hier …«

Lykke packte sie erneut am Handgelenk. »Die sind doch schon die ganze Zeit dabei, hinten am Krematorium etwas zu bauen. Das hast du doch auch gesehen! Das muss eine Gaskammer sein. Diese verdammten Idioten bauen jetzt noch eine Gaskammer, obwohl sie den Krieg verloren haben! Die sind ja total bekloppt!«

»Lass mich los«, sagte Miriam.

Lykke blinzelte, lockerte aber nicht ihren Griff. »Jetzt geht es darum, dass niemand erfährt, dass Else krank ist«, flüsterte sie. »Verstehst du? Niemand darf es wissen. Niemand!«

Miriam zog wütend ihre Hand zurück.

»Das ist mir schon klar. Und ich werde nicht diejenige sein, die etwas sagt. Kapierst du das?«

Hinterher bereute sie ihre Worte. Sie hätte nicht so arrogant sein sollen, es gab keinen Grund, wütend auf Lykke zu sein, nur weil diese das erkannt hatte, was Miriam nicht gesehen hatte. Miriam schmiegte sich eng an die Barackenwand, als sie in der Koje lag, und versuchte sich damit zu trösten, dass sie zumindest den schlechtesten Platz hatte, den allerschlechtesten, und dass Lykke den besten bekommen hatte, den am Gang. Sie waren nur zu dritt in der Koje, deshalb konnten Else wie auch Lykke auf dem Rücken liegen, vorausgesetzt, dass Miriam auf der Seite lag. Die Wand vor ihr war eiskalt, aber Elses fiebriger Körper hielt ihren Rücken warm. Vielleicht konnte sie sich ab und zu sogar umdrehen, zuerst den Rücken an Elses Fieber wärmen und dann den Bauch. Ja, das sollte möglich sein. Schnell drehte sie sich um und legte ihre kalten Hände auf Elses Wangen. Else seufzte leise. Das war ein gutes Zeichen. Ja, das sollte es ja wohl sein.

»Ich glaube, sie schläft nur«, flüsterte sie.

Lykke brummte leise, antwortete aber nicht. Miriam schob die Hand in die Tasche und zog das Brot heraus, streckte sich über Elses mageren Körper und legte es vorsichtig auf Lykkes Brustkorb. Einen Moment lang blieb Lykke weiterhin reglos liegen, dann zog sie beide Hände hoch und umklammerte es.

»Brot?«

»Ja. Sylviannes Brot.«

»Hast du ihr das Brot weggenommen?«

»Sie hat es mir gegeben. Sie hat mir all ihr Essen gegeben. Sie hat vor ein paar Tagen aufgehört zu essen und zu trinken …«

»Warum?«

Miriam gab keine Antwort. Das Wort *Sonderbehandlung* schwebte in der Stille zwischen ihnen, aber keine von ihnen wollte es in den Mund nehmen. Einen Moment lang blieb Lykke wieder reglos liegen, dann biss sie von dem Brot ab. Miriam kroch noch näher an Elses heißen Körper heran.

»Im Strafblock hatten sie Zentralheizung«, flüsterte sie. »Der Heizkörper war eine halbe Stunde am Tag warm!«

Lykke antwortete mit vollem Mund: »Ich weiß. Ich bin ja auch dort gewesen.«

Als Miriam aufwachte, konnte sie nicht so recht sagen, wie spät es eigentlich war. War es Nacht oder Tag? War es Sonntag oder Alltag? Sie wusste es nicht, es war alles ein einziges Durcheinander. Plötzlich stand Irma Lunz in der Türöffnung und schrie etwas, aber sonderbarerweise war nicht richtig zu verstehen, was sie sagte, und so gut wie niemand kümmerte sich um sie, alle waren damit beschäftigt, eine Prügelei unten auf dem Boden zu verfolgen. Eine rundliche Frau saß auf einem mageren Klappergestell und ohrfeigte sie, zog sie an den Ohren hoch und schlug ihren Kopf auf den Boden, wobei sie etwas von Dieben brüllte und was man mit denen machte.

Die Wunden auf dem Rücken schmerzten. Sie taten sehr weh. Miriam versuchte sich umzudrehen, um den Rücken gegen die kalte Wand zu drücken, doch das tat noch mehr weh, so sehr, dass sie gezwungen war, mitten in der Bewegung die Augen zu schließen. Als sie sie wieder öffnete, sah sie, dass Else aufgewacht war. Sie lag mit offenen Augen da und starrte an die Decke. Miriam verfluchte sich selbst, dass sie Lykke das Stück Brot gegeben hatte. Schließlich war es Elses! Sie hatte es doch aufbewahrt, um es Else zu geben.

»Hallo Else«, sagte sie leise.

Else drehte den Kopf und sah sie mit ihren graublauen Augen an, blinzelte einige Male, bevor sie antwortete.

»Hallo.«

Das war alles, was sie sagte. Nur dieses eine Wort. Als wäre Miriam irgendjemand, niemand Besonderes, eine Person ganz ohne Bedeutung, und das brachte diese zur Verzweiflung, ließ sie fast den Mut verlieren. Sie wollte, dass Else ihre Arme um sie schlang, sie bäte, ihr den Wundschorf auf dem Rücken zu zeigen, sie dazu brächte, alles von dem schrecklichen Strafblock zu berichten, von dem Raum, in dem sie ausgepeitscht worden war, wie man sie über einem Holzbock festgebunden hatte, von dem Schmerz und dem Blut, von Sylvianne, die beschlossen hatte, sich zu Tode zu hungern, von den Wächtern und den Häftlingen dort, von den Rufen, den Schreien und den Hunden, aber stattdessen schaute Else ihr nur eine Weile in die Augen und wandte dann ihren Blick wieder ab. Vorsichtig legte Miriam ihr die Hand auf die Wange. Versuchte ihr Interesse hervorzulocken, indem sie selbst sich interessiert zeigte.

»Wie geht es dir?«

Else zeigte ein vorsichtiges Lächeln und seufzte leise, antwortete jedoch nicht. Ihre Oberlippe war nicht mehr angeschwollen, aber sie hatte immer noch eine dunkle Stelle dort. Die war ziemlich breit. Miriam legte ihr die Hand auf die Stirn. Weiterhin sehr warm, aber vielleicht nicht mehr ganz so heiß wie am Tag zuvor.

»Es wird alles gut werden«, sagte sie und versuchte zu klingen wie Else in den Tagen, als sie noch bei Kräften gewesen war. Aber Else drehte ihr den Kopf zu und schaute sie an. Kalt. Fast höhnisch.

»Nein«, sagte sie dann. »Nein. Es wird nicht alles gut werden.«

Und doch verbesserte sich ihr Zustand im Laufe des Tages. Sie durfte während des Appells in der Koje liegen bleiben, wurde nicht herausgezerrt und bestraft. Und das war ein Glück, denn das Wetter war noch schlechter geworden. Jetzt wehte ein kräftiger Wind, und der Schnee fiel nicht mehr weich und leise, sondern in kleinen, spitzen Flocken, so dass sogar die äußerst dick angezogene Irma Lunz und *die Aufseherinnen* schimpften.

Eines der Mädchen aus der Versorgungskompanie war in der Nacht gestorben, und Lykke hatte sich freiwillig gemeldet, sie zu ersetzen, sich auch noch die Decke der Toten geschnappt, obwohl die drei Weiber, die mit ihr die Koje geteilt hatten, laut protestierten, sich darin eingewickelt und war losgegangen – und war mit ein paar Extrastücken Brot in der Bluse und – *gütiger Gott!* – einem Stück Wurst zurückgekommen, das sie in der Küche geklaut hatte, als es niemand sah. Else konnte sich in halb sitzende Stellung hochziehen, trank ihren lauwarmen sogenannten Kaffee, aß mehrere Stückchen Brot, mal mit Margarine, mal ohne, und forderte dann ernsthaft, dass die Wurst in drei Teile aufgeteilt werden sollte. Ein Stückchen für jede. Eines für Lykke, eines für Miriam und eines für Else. Dann legte sie die neue Decke über alle drei und lächelte.

»Dann ist also Sonntag heute?«, fragte sie und schaute Lykke an.

Lykke schüttelte den Kopf. »Nein. Es ist Donnerstag. Und Stromausfall.«

»Wie schön«, sagte Else. »Dann können wir uns ja wieder schlafen legen.«

Am nächsten Tag war wieder alles normal. Die ganz leise und dennoch so deutliche Melodie des elektrischen Stacheldrahtzauns summte in der Luft. Der Morgenappell fand unter gelbem Lampenschein statt. Und anschließend Abmarsch ins grelle Licht in der Schneiderei.

Miriam blieb zögernd in der Tür stehen, plötzlich wusste sie nicht, ob sie es wagen sollte, zu ihrem üblichen Platz zu gehen, aber Else gab ihr einen kleinen Stoß in den Rücken, so dass sie weiterging. Miriam warf ihr schnell einen Blick über die Schulter zu. Else war äußerst blass und hatte schwarze Ringe unter den Augen, doch jetzt lächelte sie kurz und entblößte das schwarze Loch, wo vorher der Schneidezahn gesessen hatte. Miriam nickte, setzte sich hinter ihre Nähmaschine, legte ein schwarzes Stück Stoff auf einen ebenso schwarzen Ärmel, schob die Säume ineinander und begann zu nähen.

Es herrschte wieder Alltag.

Nach ein paar Stunden begann es ihr vor den Augen zu flimmern, und sie streckte den Rücken und schaute sich um. Alles war wie immer. Lykke kauerte über ihrer Maschine in der Reihe gegenüber, die Frau vor Miriam trug die gleiche graue Strickjacke wie in der letzten Woche, und hinten am Ofen standen ein paar *Aufseherinnen* und unterhielten sich. Ein Kapo mit roten Dreieck ging langsam die Reihen entlang und für eine Sekunde erwiderte sie Miriams Blick, hob ihren Schlagstock und ließ ihn wieder in die Hand fallen, und Miriam beeilte sich, ein neues Stück Stoff von dem Stapel neben sich zu nehmen und streckte sich nach einem Ärmel …

Im gleichen Moment ertönte Fliegeralarm.

Bald sollte sie lernen, den Fliegeralarm zu lieben, wie ihn alle anderen Arbeiterinnen in der Näherei liebten, aber jetzt, bei diesem ersten Mal, blieb sie verblüfft dort sitzen, wo sie saß. Alle anderen Näherinnen waren plötzlich verschwunden, und es dauerte fast eine halbe Minute, bis sie verstand, wo sie geblieben waren. Sie hatten sich unter den Tischen neben den Nähmaschinen versteckt. Miriam beeilte sich, das Gleiche zu tun, sie kroch hinunter, setzte sich dort auf die Knie und schaute sich um. Die Frau in der grauen Strickjacke lag bereits auf dem Rücken, die Hände im Nacken verschränkt und lächelte. Lykke lag nur einen halben Meter entfernt auf dem Bauch. Vielleicht lächelte sie auch, das war nicht zu erkennen.

»Leg dich doch auch hin«, flüsterte jemand direkt neben ihr. »Schließlich ist Alarm gegeben worden, also können wir uns ausruhen.«

So begann die Zeit der Paradoxe. Die Zeit der Freiheit und der Unfreiheit.

Der Strom fiel immer häufiger aus, und nach einigen Wochen funktionierte er nur noch sehr selten. Die Arbeit in der Näherei wurde eingestellt, die Pelzherstellung unterbrochen und es gab das Gerücht, dass auch die Produktion bei Siemens eingestellt worden war. Die Waldarbeiter wurden nicht mehr gezwungen, jeden Tag in den Schneematsch hinauszumarschieren, die Arbeit, eine neue Straße ins Lager zu pflastern, versank plötzlich im Schlamm, und die Gemüsekulturen im Treibhaus vertrockneten und starben ab. Fast vierzigtausend Frauen waren in dem Lager eingezwängt, von denen die meisten gar nicht mehr arbeiteten. Einige hochprivilegierte Häftlinge durften immer noch jeden Morgen in die Lagerküche und die Lagerverwaltung gehen, während zur gleichen Zeit einige der Zeugen Jehovas herausgelassen wurden und gehorsam zu den Wohnbereichen des SS-Personals gingen, um den Tag damit zu verbringen, dort zu putzen, Essen zu kochen, zu waschen und zu bügeln, aber alle anderen trieben sich im Lager nur herum, wie sie wollten, besuchten die Baracken der anderen oder standen auf den Lagerstraßen herum und kauften und verkauften alles, was man verkaufen und kaufen konnte: Lebensmittel, Kleidung, Schuhe, Nähnadeln und Kämme, was immer sie gefunden oder gestohlen hatten. Es entstanden plötzlich Klassenunterschiede. Diejenigen, die Pakete mit Schokolade und Konserven bekommen hatten, wurden zu einer kleinen Oberschicht, während diejenigen, die weder Freunde noch Familie hatten, die ihnen etwas hätten schicken können, in den Müllbergen herumwühlten. Die Kranken standen Schlange vor der Baracke der tschechischen Krankenschwester, einige wagten sich sogar in die Krankenstation in der Hoffnung, dort einen Arzt zu finden, der selbst Häftling war und der sich vielleicht, möglicherweise, hoffentlich besser verhielt als die deutschen Lagerärzte. Die einigermaßen Gesunden ahnten, dass die Befreiung nahe war, und begannen langsam davon zu phantasieren, wie sie nach Hause gehen würden. Ein Teil begann damit, aus alten Lappen Taschen und Rucksäcke zu nähen, andere versuchten sich Decken oder Umhänge aus dem überfüllten Vorrat zu beschaffen – oder von den bereits Toten, obwohl das sehr gefährlich war. Wieder andere bildeten Bibelstudiengruppen rund um eine ausgehungerte holländische Frau, die behauptete, sie könne die ganze Bibel auswendig und wisse deshalb ganz genau, wer ein Sünder und wer gerecht war, während andere sich in politischen Gesprächsgruppen um einige Kommunisten sammelten, die genauso überzeugt davon waren, zu wissen, was Marx und Lenin eigentlich gewollt hatten, und folglich davon ausgingen, dass alle, die nicht ihrer Meinung waren, als elendige Trotzkisten anzusehen waren, die es umgehend auszurotten galt.

Andererseits waren die Deutschen der Meinung, dass es andere gab, die sehr viel eher ausgerottet werden sollten, und immer noch waren sie es, die über Leben und Tod bestimmten. Dass es immer weniger zu essen gab und die Rationen immer kleiner wurden, half ihnen natürlich. Halbverhungerte wurden zu Hungertoten, und das hatte auch seinen Einfluss auf den allgemeinen Gesundheitszustand im Lager. Jetzt war nicht mehr die Rede davon, die Häftlinge zu entlausen oder die Toilettentonnen zu entsorgen, wodurch sich die Krankheiten von einer Straße zur anderen verbreiteten, von Baracke zu Baracke, von einem Häftling zum anderen. Krätze. Tuberkulose. Ruhr. Flecktyphus. Und mitten in all dem Elend kam es vor, dass die SS-Frauen singend durchs Lager marschieren und glückselig ihrem eigenen Lied lauschten:

»Die Straße frei
Den braunen Bataillonen
Die Straße frei
Dem Sturmabteilungsmann!
Es schau'n aufs Hakenkreuz voll Hoffnung schon
Millionen
Der Tag für Freiheit
Und für Brot bricht an«

»Was für Dummköpfe!«, erklärte Else, ihnen nachschauend, während sie ihr Kopftuch zurechtrückte, es tief in die Stirn zog und die Nackenhaare hineinstopfte. Dann schob sie Miriam mit dem Ellenbogen weiter vor; die beiden standen vor der Baracke und versuchten die erste Frühlingssonne zu genießen.

»Hast du gehört, dass es in Baracke 11 eine Schere gibt?«

Miriam schüttelte den Kopf. Nein, das hatte sie nicht gehört.

»Doch«, sagte Else und nickte. »Es soll dort eine geben. Schneidest du mir die Haare, wenn ich sie mir mal ausleihen darf?«

Miriam nickte.

»Natürlich. Aber wie viel kostet das?«

Else zuckte mit den Schultern, das ließe sich schon regeln, stattdessen zog sie sie ein wenig zur Seite und nickte dann leicht nach rechts. »Komm mit …«

Äußerst vorsichtig verließen sie die Lagerstraße und schoben sich zwischen die Baracken. Else hockte sich hin und nahm das Kopftuch ab, schaute dann Miriam mit gerunzelter Stirn an. »Wie sieht das aus?«

Miriam musste schlucken. Das sah nicht gut aus. Ganz und gar nicht gut. Elses blondes Haar hatte viele graue Strähnen bekommen, einige schimmerten sogar silbern. Miriam warf einen Blick über die Schulter, um sich zu vergewissern, dass niemand die beiden sah.

»Ich werde sie dir abschneiden«, sagte sie schnell. »Das verspreche ich dir. Aber sei so gut und binde dir wieder das Kopftuch um.«

Plötzlich war es nämlich richtig gefährlich geworden, graue Haare zu haben. Eines Morgens war eine Prügelei vor dem Ofen in der Baracke ausgebrochen, zwei ältere Frauen hatten versucht, sich den letzten Rest der Asche zu holen, um ihre Haare zu färben. Sie kämpften buchstäblich um ihr Leben. Schließlich gelang es der einen, sich auf die andere zu setzen, worauf sie sich schnell die Finger befeuchtete und sie in die Ofenluke schob, dann zog sie die schwarzen Finger wieder raus und versuchte mit dem Ruß ihr Haar zu färben. Was nicht so recht klappte, ein paar graue Strähnen lugten immer noch unter dem Kopftuch hervor, als sie fertig war. Irma Lunz grinste sie nur an, als es Zeit für den Appell war, und machte dann eine *Aufseherin* auf sie aufmerksam. Sie wurde aus der Reihe herausbeordert und musste sich links daneben stellen. Sogleich bekam sie Gesellschaft von der Frau, mit der sie sich geprügelt hatte. Sowie einem jungen Mädchen, das einmal zu viel gehustet hatte, einer Frau mittleren Alters, die Irma Lunz' Meinung nach aufmüpfig gewesen war, und ein paar extrem mageren und hohläugigen Jüdinnen.

Sie sollten nach Mittweida, erklärte Irma Lunz mit einem höhnischen Grinsen. Ein Lager für Alte und Kranke, wo man sich gut um sie kümmern würde. Essen und Ruhe. Richtige Krankenpflege. Das war doch schön, nicht wahr?

»Uckermark«, stöhnte die grauhaarige Frau, und durch die ganze zum Appell aufgestellte Gruppe ging ein Zittern. Dass sie sich traute! Wusste sie nicht, dass Irma Lunz lebensbedrohlich wurde, wenn man auch nur andeutete, dass sie log? Und den Namen Uckermark auszusprechen, das verriet, dass man wusste, die Transporte nach Mittweida gingen niemals nach Mittweida, sondern nur ein paar Kilometer weit, und die Alten und Kranken wurden in das alte Jugendlager in der Uckermark eingesperrt, wo noch schlimmere Zustände herrschten als in Ravensbrück. Irma Lunz reagierte wie erwartet, sie drehte sich um und schlug die grauhaarige Frau mit ihrem Stock, beugte sich dann drohend über sie, die auf dem Boden lag und in dem Schneematsch versuchte wieder aufzustehen. *Die Aufseherin* stand grinsend daneben.

»Ach so«, sagte sie in ganz normalem Unterhaltungston. »Du willst also lieber in Ravensbrück bleiben? Dann darfst du das natürlich. Das ist doch selbstverständlich. Na, dann bleibt ihr eben alle hier. Gerne doch. Folgt mir nur.«

Und dann marschierte sie mit den von ihr Auserwählten in Richtung Krematorium.

Mittlerweile schlugen hohe Flammen aus dem Schornstein des Krematoriums, genau wie damals in Auschwitz. Miriam wagte nicht hinzusehen, wagte nicht, über das zu sprechen, was sie wusste, wagte nicht, an die Gaskammer auch nur zu denken. Auch Lykke sagte nie etwas, warf Miriam nur einen drohenden Blick zu, als fürchtete sie, diese könnte die Wahrheit aufdecken. Sie gehörte jetzt zum festen Stamm der Essenskompanie und wachte wie ein Geier über ihre Privilegien. Das war schwere Arbeit, aber sie lohnte sich. Fast jeden Tag konnte sie etwas organisieren. Eine Kartoffel oder eine Karotte, ein paar Stückchen Brot oder einen zusätzlichen Teelöffel Margarine. Außerdem sorgte sie dafür, dass Else und Miriam Suppe unten aus dem Kessel bekamen. Da gab es das meiste Gemüse. Nicht viel, aber das meiste.

Miriam hielt sich meistens in der Baracke auf, lag fast den ganzen Tag über ruhig neben Else in der Koje und versuchte sich warm zu halten. Wenn Else Fieber hatte, ging das ziemlich gut, und leider passierte das häufig. Sie begann dahinzusiechen, ihre Unterschenkel waren dünn wie Stöckchen, ihre Knie und Ellenbogen ragten knochig hervor, die Falten in ihrem Gesicht waren zu tiefen Furchen geworden. Die besagte Schere hatte sie nie bekommen, und Elses graues Haar war immer länger geworden und somit immer schwerer zu verstecken. Außerdem war es gefährlich geworden, hinauszugehen, denn die Razzien auf den Lagerstraßen häuften sich, ganz plötzlich konnte eine Gruppe von SS-Soldaten auftauchen, die zufällig zusammengetriebene Häftlinge umringten, und falls man in so einen Kreis geriet, war man verloren, besonders, wenn man einen gelben Stern trug. Dann sollte man nach Mittweida geschafft werden, wie es hieß, so bald wie möglich. Vorwärts marsch! In Richtung aufs Krematorium zu.

Je länger das Fieber in Elses magerem Körper wütete, umso stiller wurde sie, sie konnte stundenlang stumm daliegen und an die Decke starren, um sich dann plötzlich umzudrehen und den Blick auf Miriam zu richten. Manchmal lächelte sie und sah fast wieder aus wie früher.

»Es ist bald vorbei«, sagte sie eines Tages. »Bald ist all das hier vorbei …«

Miriam versuchte das Lächeln zu erwidern. »Ja. Bald ist es vorbei. Dann kannst du nach Hause fahren.«

»Du auch.«

Miriam gelang es nicht, eine ruhige Miene zu bewahren. »Ich glaube nicht, dass es noch etwas gibt, wohin ich nach Hause kommen kann.«

Else schloss die Augen und seufzte schwer. »Nein, wohl nicht.«

Sie lag eine ganze Weile reglos, mit geschlossenen Augen da, dann holte sie plötzlich erneut tief Luft. »Du hast mir nie erzählt …«

Sie verstummte. Miriam biss sich auf die Unterlippe und sagte nichts. Sie ahnte, worauf Else hinauswollte, aber sie dachte gar nicht daran, ihr dabei zu helfen.

Else schluckte ein paar Mal, bevor sie fortfuhr: »Du hast mir nie erzählt, wie das war. Wie es dazu gekommen ist, dass du als Jüdin in einem christlichen Kinderheim gelandet bist …«

Miriam Gedanken flatterten umher. Was sollte sie darauf erwidern? Wie könnte sie ihre Lügen verteidigen? Und wie sollte sie überleben, wenn Else sie fallenließ?

Sie räusperte sich leise. »Ich …«

Aber weiter kam sie nicht, da wurde sie schon von einem Ruf übertönt: »Kommt her und seht selbst! Kommt! Kommt! Kommt her!«

Eine andere Stimme fiel ein: »Es ist Frieden, Leute! Es ist Frieden! Es muss Frieden sein!«

Und eine dritte Stimme überschlug sich fast: »Hitler muss tot sein! Ja, wirklich! Er muss tot sein!«

Aber noch war Hitler nicht tot, und noch gab es keinen Frieden, das erkannten Miriam und Else, als sie eingehakt auf die Lagerstraße kamen. Hier draußen herrschte vollkommenes Chaos. SS-Soldaten brüllten und versuchten die Gefangenen zurückzudrängen, *die Aufseherinnen* bliesen in ihre Trillerpfeifen und schlugen mit Peitschen und Schlagstöcken um sich, und natürlich schwang auch Irma Lunz heftig ihren Knüppel.

Trotzdem war etwas Wunderbares im Begriff zu geschehen, das war offensichtlich. Etwas wirklich Wunderbares. Die Lagerstraße entlang fuhren langsam und feierlich ein paar weiße Busse mit einem großen aufgemalten roten Kreuz. Sie hielten vor dem Vorratsgebäude, uniformierte Fahrer sprangen heraus und machten sich sofort daran, Pakete abzuladen. Rote-Kreuz-Pakete. Tausende von Rote-Kreuz-Paketen. Ein Jubelschrei erklang unter den Häftlingen, ein Schrei, so unglaublich hell, dass er weiß zu schimmern schien, als er gen Himmel auffuhr. Wenn nun jede Einzelne ein Paket bekam! Vielleicht würde das Rote Kreuz sogar das ganze Lager übernehmen!

Aber nein, so war es natürlich nicht. Als die weißen Busse geleert waren, fuhren sie langsam rückwärts, SS-Soldaten wurden als Wache bei den Paketen aufgestellt, und nach einiger Zeit legte sich der Jubel. Zurück blieben nur noch Fragen. Sollten die Häftlinge überhaupt etwas von den Paketen bekommen oder plante die SS, alle zu beschlagnahmen? Die Schultern sanken wieder, einige spuckten verächtlich auf die Straße, andere verzogen das

Gesicht zu einer verbitterten Grimasse und gingen zurück in die Baracken. Natürlich würde die SS alles beschlagnahmen.

Doch so kam es nicht.

Am nächsten Tag stand Miriam fast zwei Stunden in der Schlange, bis sie endlich an der Reihe war, bis sie an den kleinen Tisch treten durfte, hinter dem die eilig von den Gefangenen gebildete Paketkommission saß. Sie blinzelte nervös, musste sich mehrere Male räuspern, bevor sie ihren Namen sagen konnte: »Miriam Goldberg.«

Eine Frau, die ihr Kopftuch wie einen Turban geknotet hatte, schaute kurz zu ihr auf, blätterte dann in einem Register und machte ein Kreuz hinter Miriams Namen.

»Die Zigaretten musst du auf den Stapel da hinten legen«, sagte sie dann. »Aber den Rest darfst du behalten.«

Der Boden schwankte unter Miriams Füßen. Sollte sie es wagen? Ja. Sie musste es wagen. Else zuliebe.

»Ich soll Else Nielsens Paket auch mitbringen. Sie ist krank. Sie kann nicht aufstehen.«

Die Augenbrauen der Turbanfrau fuhren nach oben.

»Else Nielsen? Welche Nationalität?«

»Norwegisch.«

Die Frau blätterte in dem Register, suchte mit dem Zeigefinger nach Elses Namen, fand ihn und ließ den Zeigefinger auf der richtigen Zeile liegen, schaute dann wieder hoch zu Miriam.

»Ja, ja. *Nacht und Nebel* … Na gut, sie kann das wohl gut gebrauchen, was ihr zusteht. Aber ihre Zigaretten musst du auch auf den Stapel da hinten legen. Die kriegen die SS.«

Miriam merkte selbst, dass sie einen Knicks machte.

»Danke!«

Die Frau lächelte und beugte sich dann wieder über ihr Register.

»Was fehlt ihr denn?«

Was ihr fehlte? Was meinte sie damit?

»Ihr fehlt gar nichts.«

Die Frau schaute auf. »Ich bin Ärztin. Und ich dachte, du hättest gesagt, dass sie krank ist?«

Plötzlich spürte Miriam, wie ihre Wangen heiß wurden. Sie wurde ganz rot.

»Äh …«, sagte sie. »Sie hat hohes Fieber. Und einen Ausschlag. Kann schwer atmen.«

Die Frau verzog das Gesicht.

»Also Flecktyphus. Hüte dich vor ihren Läusen. Und sei vorsichtig mit den Lebensmitteln in dem Paket. Es kann gefährlich sein, zu schnell zu essen.«

Miriam erwiderte nichts, nickte nur und nahm ihre Pakete entgegen. Sie ging ein Stück zur Seite und öffnete beide, starrte sprachlos auf den Reichtum in der Pappschachtel. Kekse. Konserven. Ein kleines Stück Käse. Schokolade. Eine Apfelsine. Und Zigaretten, die für die SS zur Seite gelegt werden sollten.

Was sie nur zu gern tat.

Jetzt wurde in Ravensbrück gefeiert. Überall standen frierende Frauen mit ihren geöffneten Paketen, sie aßen Sardinen direkt aus der Dose, stopften sich mit der einen Hand Schokolade und mit der anderen Kekse in den Mund, schoben sich große Käsestücke zwischen die Lippen. Diejenigen, die immer noch in der Schlange standen, um ihr eigenes Paket abzuholen, kreischten vor Neid: *Gib mir was ab! Teil das mit mir! Du kriegst auch von meinem Paket, sobald ich es habe!*

Miriam versuchte das schlimmste Gedränge zu umgehen, als sie mit einem Paket unter jedem Arm davonging, schaute kritisch alle an, die ihr entgegenkamen und zog die Oberlippe hoch, um die Zähne zu zeigen. Sollte jemand versuchen, ihr die Pakete zu entreißen, würde er es büßen. Das sollte allen allein bei ihrem Anblick klar sein. Sie würden es schnell bereuen!

Direkt vor der Baracke Nummer 6 lag eine Frau auf den Knien und erbrach sie. Das Erbrochene war braun, mit kleinen hellen Flecken. Schokolade und Käse. Viel zu schnell runtergeschlungen. Miriam eilte hastig an ihr vorbei, die letzten Meter lief sie zur Baracke Nummer 8. Sie huschte in die Gasse, blieb kurz stehen und schnappte nach Luft. Jetzt ging es nur noch darum, an Irma Lunz vorbeizukommen, ohne entdeckt zu werden. Den Rest der Baracke würde sie schon schaffen, aber gegen Irma Lunz würde sie sich nicht durchsetzten können.

»Lieber Gott«, flüsterte sie, während sie noch zögerte, »sei jetzt bei mir! Hilf mir, damit Else ihr Paket bekommt …«

Ganz vorsichtig legte sie das Paket, das sie unter dem rechten Arm getragen hatte, oben auf das andere, streckte die Hand aus und öffnete die Tür. Sie quietschte, und eine Sekunde lang zögerte sie, dann huschte sie in den kleinen Vorraum und ging von dort weiter in die Baracke. Die Tür zum Vorraum schlug hinter ihr zu und sie konnte aufatmen. Gott war bei ihr gewesen, denn offensichtlich war Irma Lunz nicht da. Und der Boden in der Baracke war fast leer, sie brauchte nicht einmal über viele Gefangene zu klettern – höchstens zwei, drei Kranke lagen dort –, um zu Else zu gelangen.

Miriam lächelte. Jetzt brachte sie Else etwas zu essen. Richtiges Essen. Gutes Essen. Jetzt würde sie ihre Retterin retten.

Kurz vor der Morgendämmerung am nächsten Tag setzte sich Else auf. Diese plötzliche Bewegung weckte Lykke und auch Miriam, beide drehten sich um und fassten Else bei der Hand. Diese schaute die beiden nicht an, atmete nur heftig dreimal, dann sank sie wieder zurück aufs Stroh. Ihr Gesicht war in einer überraschten Grimasse verzerrt, der Mund leicht geöffnet, mit blicklosen Augen starrte sie direkt an die Decke.

»Nein«, sagte Lykke. »Nein, nein, nein …«

Else erwiderte nichts, holte nur ein letztes Mal Luft und schloss dann die Augen.

Die Bewusstlosigkeit war fast angenehm. Dunkel, still und ruhig, außerhalb von Raum und Zeit. Manchmal flog Miriam über grüne Täler, und Else flog dicht neben ihr, aber wenn sie hinunterflogen, um zu landen, löste sich das Tal auf und verwandelte sich in ein schwarzes Nichts. Doch das machte nichts. Das Dunkel war auch schön. Ein anderes Mal füllte sich ihr Gaumen mit Schokolade, sie war scharf im Geschmack und erstickte sie fast mit ihrer Süße, Miriam gab ihr Bestes, um sie loszuwerden, fuhr sich mit der Zunge über die Schneidezähne, ohne dass es etwas nützte. Ein drittes Mal wachte sie von dem bitteren Geschmack des kalten Rote-Bete-Suds auf und war davon so angeekelt, dass sie fast ganz wach wurde.

»Hoch«, sage Anuscha und kniff ihr in den Arm. Aber das war ja wohl nicht Anuscha. Das war Lykke.

Hoch? Nein danke. Miriam wollte nicht hoch. Sie wollte wieder hinunter. Hinunter in das liebliche Nichts.

»Wir müssen los«, sagte Lykke. »Das ist die letzte Chance. Hoch mit dir!«

Sie packte Miriam bei den Haaren und zog so fest, dass sie den Kopf zu sich zerrte.

»Verdammt noch mal«, sagte Lykke. »Wir müssen los, Miriam. Die anderen sind schon gefahren. Das ist unsere letzte Chance!«

Miriam öffnete blinzelnd die Augen und schaute sich um. Sie war zurück in Ravensbrück. Um sie herum lagen die Frauen aus Baracke 8, nun ja, einige von ihnen, nur nicht Else. Die gab es nicht mehr. Sie lebte nicht mehr. Warum also sollte Miriam aufstehen? Aber Lykke zog noch fester an ihren Haaren, und plötzlich fühlte sie, wie weh das tat, und sie wollte nicht, dass es noch länger so weh tat, die Schmerzen, die sie bereits hatte, reichten ihr. Denn jetzt spürte sie, wie der ganze Körper schmerzte, jeder Muskel, das Herz, die Nieren, die Nerven.

»Au«, sagte sie, verwundert über ihre eigene Stimme. »Lass mich los!«

Aber Lykke ließ nicht los, sie zog immer weiter.

»Erst, wenn du dich aufsetzt.«

Miriam setzte sich auf und lehnte sich gegen die Bretterwand hinter ihrem Rücken.

»So«, sagte sie. »Jetzt sitze ich. Lass mich los.«

Lykke ließ los. Erst jetzt sah Miriam, dass Lykke gar nicht neben ihr in der Koje saß, sie stand vor der Koje, den Oberkörper hineingebeugt. Vielleicht mit den Füßen auf der Koje unten. Ja, so musste es sein. Außerdem trug sie einen Mantel, einen dicken grünen Mantel, der aussah, als wäre er vollkommen heil.

»Hast du einen Mantel?«, fragte sie verwundert.

Lykke verzog genervt das Gesicht.

»Ja, ich habe einen Mantel. Außerdem habe ich auch einen Mantel für dich. Der liegt hier unten auf dem Boden. Also komm, wir haben es eilig.«

»Aber es tut so weh …«

»Scheiß drauf! Komm jetzt! Komm!«

Lykke sah fast aus, als wollte sie anfangen zu weinen, und plötzlich verspürte Miriam ein schlechtes Gewissen.

»Ich komme«, sagte sie. »Natürlich, ich komme …«

Sie schwankte, als sie unten auf dem Boden angekommen war, und musste sich an einer Pritsche festhalten, um das

Gleichgewicht zu halten. Lykke stand vor ihr und hielt ihr einen Mantel hin. Einen blauen Mantel mit einem gelben Stern und einem kleinen Persianerkragen. War das Miriams Mantel? Der Mantel der richtigen Miriam Goldberg? Wenn ja, dann wollte sie ihn nicht haben. Nein danke. Alles hatte seine Grenzen. Sie konnte Miriams Namen nehmen und ihr Leben leben, aber ihren Mantel wollte sie nicht haben … Dabei sah der so schön warm aus. Ja, das tat er wirklich. Und es war so lange her, dass Miriam nicht gefroren hatte, und das galt sowohl für die richtige Miriam wie für die falsche.

»Wo sind deine Pantoffeln?«

Lykke klang immer noch verärgert. Warum war sie so böse? Lag es daran, dass jemand ein weißes Kreuz auf den Rücken ihres Mantels gemalt hatte? Miriam entdeckte es, als Lykke sich hinunterbeugte und mit der Hand über den Boden fuhr. Als hätte Miriam ihre Schuhe auf den Boden gestellt. So blöd war sie ja nun auch nicht.

»Gestohlen«, sagte sie trotzdem, um nicht weiteres Genörgel hören zu müssen. Obwohl sie nicht wusste, ob das überhaupt stimmte.

»Dann musst du so klarkommen. Mach deinen Mantel zu, dann gehen wir.«

Lykke legte ihr den Arm um die Taille und führte sie zur Tür. Der Boden schwankte unter ihren Füßen, und eine Frau schrie ihnen mit schriller, gebrochener Stimme hinterher: »Ich auch! Ich auch! Ich auch!«

Aber nein. Sie durfte nicht mitkommen.

Jetzt war keine Zeit mehr zu verlieren, und Miriam gab sich alle Mühe, zu folgen. Marie war aus dem Nichts aufgetaucht, und nun hielten Marie und Lykke Miriam zwischen sich und zwangen sie, die Lagerstraße weiterzugehen. Sie redeten ununterbrochen von einem Zug und dem Roten Kreuz und davon, dass Miriam unbedingt auf eigenen Beinen stehen musste, wenn sie angekommen waren, und dass sie nicht verraten durfte, dass sie Fleckfieber hatte. Außerdem hatte Lykke ein Papier dabei, das Miriam an sich nehmen musste, wenn sie zum Appell gekommen waren. Ja, es sollte einen letzten Appell im Lager geben, aber das Rote Kreuz sollte dabei sein, also konnte es ja wohl kein Appell sein wie üblich. Es ging nur darum, so zu tun, als wäre man gesund. Miriam blinzelte und versuchte zu verstehen, aber das war nicht so leicht, sie verlor immer wieder für einen Moment das Bewusstsein, ging aber trotzdem weiter, auch in der Finsternis konnte sie spüren, wie ihre nackten Füße sich weiterbewegten. Es war wichtig zu gehen. Ihre Freundinnen wollten ja, dass sie ging. Denn sie hatte Freundinnen. Ihre beste Freundin auf der Welt war zwar tot, dennoch hatte sie tatsächlich noch andere Freunde. Mehrere sogar.

Der Appell ähnelte wirklich nicht einem üblichen Appell. *Die Aufseherinnen* versuchten sie dazu zu bringen, sich immer zu fünft aufzustellen, aber da das Rote Kreuz anwesend war, konnten sie ihre Peitschen und Schlagstöcke nicht wie üblich benutzen. Sie sahen auch nicht mehr so aus wie sonst, nicht mehr so gut gekämmt und ordentlich gekleidet. Der Pony hing ihnen in die Augen, die Kleider waren zerknittert, die Uniformjacken aufgeknöpft. Und die bewaffneten SS-Soldaten, die ein Stück weiter standen, hatten sich auch verändert: Einige hatten ihre Hemden am Hals geöffnet, andere ließen die Uniformjacken offen und wieder andere schoben ihre Totenkopfmützen weit in den Nacken. Sie sahen aus wie nach einem ungewöhnlich langen Fest spät in der Nacht.

Doch dem war nicht so. Hier ging es um eine Freilassung, die letzte Freilassung aus Ravensbrück.

Tausende von Häftlingen drängten sich in großen Trauben zu den Rote-Kreuz-Schwestern vor, winkten mit ihren Papieren und beeilten sich, durch die offenen Tore hinauszukommen. Da draußen warteten drei Lastwagen, drei Lastwagen, in die fast niemand einstieg. Die meisten liefen einfach so schnell sie konnten die Straße weiter, die nach Fürstenberg, zum Bahnhof, führte.

»*Meine Freundin hat keine Schuhe*«, sagte Lykke auf Norwegisch zu einem jungen Mann in der Uniform des Roten Kreuzes.

»Na, so was«, sagte er in einer Sprache, die anders klang, aber eigentlich doch fast genauso. »Dann müsst ihr euch wohl auf die Ladefläche setzen.«

Miriam konnte fast hören, wie Lykke bebte: »Alle drei?«

Der Mann lächelte. »Ja natürlich. Alle drei. Brüdervolk, weißt du.«

Und dann lachte er. Ein ganz normales kurzes Lachen. Ohne Hohn.

Der Tag war grau und bewölkt, leichter Nieselregen kam und ging, kam und ging. Miriam wandte ihr fiebriges Gesicht zum Himmel, schloss die Augen und versuchte, gegen das Frieren anzukämpfen. Das war nicht möglich, aber es musste sein. Ihre Füße waren eiskalt, und sie versuchte sie sich unter den Leib zu ziehen, schaffte es aber nicht so recht. Marie sah, wie sie sich abmühte, und wickelte schweigend einen Zipfel ihres Mantels um Miriams Füße. Das Fahrzeug rumpelte langsam voran, die Frauen aus Ravensbrück bildeten ein Meer, das sich langsam vor ihnen teilte. Die Villen der SS-Offiziere wandten ihnen den Rücken zu, als sie vorbeifuhren, und Fürstenbergs kleine Häuser hatten ihre Fenster geschlossen. In weiter Ferne war ein dumpfes Grollen zu hören. Die Russen näherten sich.

»Hier«, sagte Lykke und legte eine Apfelsine in Miriams Hand. Sie war trocken und etwas schrumpelig. »Das ist Elses Apfelsine. Sie hätte bestimmt gewollt, dass du sie isst …«

Miriam blinzelte. Elses Apfelsine. Ein Gruß von Else an sie.

Der Zug war endlos lang: fünfzig Güterwaggons hintereinander. Einige Männer und Frauen in grauen Uniformen und mit weißen Rote-Kreuz-Armbinden versuchten für Ordnung zu sorgen. Was nicht so einfach klappte, die Verzweiflung war allumfassend und die Frauen aus dem Lager boxten, fluchten und fauchten. Einige drängelten sich vor, andere wurden gekniffen und versuchten zu beißen, aber die meisten drängten sich nur zielstrebig zu den Bergen an Paketen vor, die vor jedem Wagen lagen. Lebensmittel. Sie wollten etwas zu essen haben. Sofort.

»Achtzig in jeden Waggon«, schrie ein Mann mit singendem Akzent. »Nur achtzig! Und seid vorsichtig mit dem Essen, ihr vertragt momentan nicht viel …«

Niemand hörte darauf, was er sagte. Eine Frau mit einem grauen Schiffchen auf dem Haar packte Miriam am Oberarm und legte ihr kurz die Hand auf die Stirn.

»Fieber«, sagte sie.

Lykke drängte sich dazwischen.

»Das ist nur zufällig so«, erklärte sie. »Das kommt nur davon, weil sie so aufgeregt ist …

Die Frau lächelte leicht ironisch. »Was du nicht sagst. Wie lange hat sie schon Fieber?«

»Erst seit heute. Ich schwöre.«

»Hat sie einen Ausschlag?«

»Nein, nein. Überhaupt nicht!«

»Darf ich mal den Arm sehen …«

Miriam stand reglos da, sie begriff nicht, worum es ging. Die Frau nahm ihren Arm, zog den Ärmel ein Stück hoch und zog eine Grimasse.

»Fleckfieber!«

Lykke fing fast an zu weinen und fiel ins Norwegische: »Lasst sie mitkommen! Bitte!«

Die Frau schien zu verstehen, was sie sagte, nickte langsam und ließ Miriams Arm los, strich ängstlich mit den Handflächen über das Kleid, als wollte sie sich von ansteckenden Bakterien befreien.

»Wartet hier«, sagte sie. »Rührt euch nicht von der Stelle …«

Lykke schlug die Arme um Miriam und versuchte sie festzuhalten, zusammen wankten sie in dem Gedränge hin und her.

»Bitte!«, flehte sie, »Bitte, du darfst nicht sterben …«

Miriam versuchte sie anzusehen, aber das war nicht so einfach. Lykkes Gesicht löste sich auf und setzte sich erneut zusammen, löste sich dann wieder auf. In weiter Ferne begann Anuscha ein Lied auf Romanes zu singen, und Didi stimmte mit seinem hellen Knabensopran ein. Wie sehnte sie sich nach ihnen! Sie wollte auch wieder Romanes sprechen, sie wollte mit ihnen die Lieder ihrer Kindheit singen, sie wollte Malika sein, und für den Bruchteil einer Sekunde war sie es tatsächlich, sie sah Anuschas aufmüpfiges Lächeln und Didis dunkle Augen, einen Moment lang war sie ganz sie selbst, dann schüttelte Lykke sie wieder, schüttelte sie so fest, dass ihr Kopf hin und her schaukelte, und schon war sie wieder Miriam. Die falsche Miriam.

»Du musst überleben! Else zuliebe!«

Miriam knurrte etwas als Antwort, wusste aber selbst nicht so recht, was sie sagte. Die Welt war ein so sonderbarer Ort, sie würde ihn nie verstehen, niemals, und jetzt wollte sie diesen Ort verlassen. Lykke sollte gern weiterleben und Marie auch, vielleicht verstanden die beiden ja, worum es hier eigentlich ging, aber was Miriam betraf, so war es vorbei.

Jemand zwang sie, den Mund zu öffnen, legte etwas auf ihre Zunge und drückte dann den Hals einer Flasche auf ihre Lippen, sie verdrehte die Augen, während kaltes Wasser ihr über das Kinn lief, dann in den Gaumen, im falschen Halsloch landete und sie dazu zwang, zu husten und zu schlucken.

»Eine morgens und eine abends«, sagte eine leise Frauenstimme. »Und jetzt geht los!«

Danach wurde alles dunkel.

Miriam wachte davon auf, dass es so leise war. Kein Kanonendonner in der Ferne, keine *Aufseherin* brüllte, keine Irma Lunz schrie, niemand prügelte, niemand jammerte oder weinte, niemand beklagte sich mit schriller Stimme, ja, nicht ein Mensch redete oder flüsterte. Es war einfach nur still. Und dabei wusste sie, dass sie nicht allein war. Jemand lag dicht neben ihr, jemand, der warm war und ganz ruhig atmete. Das Stroh unter ihr duftete, als sei es ganz frisch, es war dieser leicht muffige, satte Sonnenduft, der sie an die Sommer ihrer Kindheit erinnerte und außerdem … Ja! Großer Gott! Außerdem lag eine Decke über ihr, eine Decke, die so dick war, dass sie fast schwer auf dem Körper zu spüren war. Sie packte einen Zipfel oben an der Schulter, drückte ihn zwischen ihren Fingern. Ja, sie war tatsächlich dick. Dick und schwer. Und unter der Decke war es warm, genau richtig warm. Sogar an den Füßen.

Vielleicht war sie ja im Himmelreich. Oder zumindest auf dem Weg dorthin. Genau. So musste es sein. Sie lächelte glücklich in der Dunkelheit und schlief wieder ein.

Das nächste Mal wachte sie davon auf, dass jemand ihren Namen sagte. *Miriam. Miriam. Miriam.*

»So«, sagte Lykke, »Zeit für deine Medizin.«

Sie saß im Schneidersitz neben Miriam, in eine graue Decke eingehüllt. Vielleicht war ihre Decke ja genauso dick und warm wie Miriams. Es sah zumindest so aus.

»Kannst du dich aufsetzen?«

Miriam nickte und machte einen Versuch, aber ihr Körper wollte ihr nicht gehorchen. Sie sank zurück auf das Stroh und verzog leicht das Gesicht. Nein. Sie konnte es nicht. War nicht in der Lage, sich hinzusetzen.

»Mund auf«, sagte Lykke, und Miriam machte den Mund auf. Lykke streckte die Hand vor und ließ eine kleine weiße Tablette auf ihre Zunge fallen, streckte dann eine Flasche Wasser hin und kippte einen Schluck direkt in Miriams Mund. Lykke verzog das Gesicht.

»Tut mir leid, aber ich fasse dich lieber nicht an. Wegen der Ansteckung, weißt du.«

Miriam schloss die Augen und schluckte. Das war schon in Ordnung. Sie wollte ja nicht, dass Lykke angesteckt wurde. Ganz im Gegenteil.

»Ich …«, sagte sie, doch dabei blieb es auch. Aber für Lykke war das genug.

»Mein Gott, sie kann wieder sprechen! Sie hört mich und kann sprechen.«

Maries Kopf tauchte plötzlich hinter Lykke auf, auch sie war in eine dicke graue Decke gehüllt. Sie lächelte.

»Hallo, Miriam. Geht es dir besser?«

Ging es ihr besser? Nein. Das wohl kaum. Dennoch versuchte sie als Antwort zu nicken und zu lächeln.

Lykke beugte sich vor. »Du warst fast zwei volle Tage völlig weggetreten. Zwei ganze Tage! So gut wie die ganze Zeit stand der Zug still, und wir haben gedacht, dass die SS oder die Russen kommen, aber dann ist er doch losgefahren, und jetzt sind wir auf dem Weg …«

Zug? Waren sie in einem Zug? Ja, jetzt konnte Miriam das vertraute Rattern auch hören. Sie drehte leicht den Kopf und schaute sich um. Graues Tageslicht sickerte durch das Gitter oben im Dach. Und um sie herum standen, saßen und lagen jede Menge Frauen. Alle in neue Decken gehüllt. Einige von ihnen aßen etwas und während sie kauten, saßen sie stumm da, den Blick weit in die Ferne gerichtet.

»Willst du ein Stück Schokolade?«

Marie streckte ihr ein Stückchen hin und ließ es fallen, so dass es auf Miriams Brust landete. Miriam blinzelte, ergriff es, stopfte es sich aber nicht in den Mund. Schokolade? Nein. Sie wollte absolut keine Schokolade haben, allein der Gedanke, sie zu essen, erzeugte einen Würgereiz bei ihr, aber sie wollte die Schokolade in der Hand halten. In der Hand halten, bis sie im nächsten Lager angekommen waren.

»Vielleicht sollte sie vorsichtig damit sein«, sagte Lykke über die Schulter zu Marie. »Denk dran, wie du dich selbst übergeben hast …«

»Ja, aber jetzt behalte ich es bei mir«, erklärte Marie mit einem strahlenden Lächeln. »Ich habe zwei Stück Schokolade und drei Apfelsinenschnitze gegessen und nicht das Geringste wieder erbrochen.«

Miriam schloss die Augen und versuchte Kräfte zu sammeln.

»Wohin …?«, sagte sie.

Lykke kauerte sich hin und zog ihre Decke fester um sich, so dass sie zu einem kleinen Zelt wurde, das ihren ganzen Körper bedeckte.

»Wir nähern uns der dänischen Grenze«, sagte sie. »Bald sind wir da.«

Marie schob sich ein Stückchen Schokolade in den Mund.

»Und dann fahren wir weiter nach Schweden.«

Lykke wischte sich schnell über die Augen.

»Ja. Und dann fahren wir nach Hause.«

Plötzlich war Ravensbrück weit, weit weg. Miriam lag mit geschlossenen Augen da und versuchte sich zu erinnern, versuchte sich selbst zu sehen, wie sie ganz allein die Lagerstraße entlanggegangen war an dem späten Abend, als sie aus dem Strafblock entlassen worden war. Die Baracken. Der Schnee. Der Stacheldraht.

»Nein«, sagte Papa mit einer Stimme, die von einem Ort in weiter Ferne kam. »Nein. Erinnere dich nicht daran. Vergiss es und geh vorwärts.«

Woher kam er? Sie hatte seine Stimme seit Jahren nicht mehr gehört. Jetzt sprach er zu ihr, und Miriam nickte gehorsam, bevor sie wieder in Finsternis versank.

Sie erwachte von einem Jubelschrei. Die Türen des Güterwaggons wurden zur Seite geschoben und geöffnet, die Sonne suchte sich ihren Weg hinein und leuchtete auf die staubigen Stiefel der Frauen, die dicht vor ihr standen.

»Irgendwelche Kranke?«

Eine dunkle Männerstimme unter all den hellen Frauenstimmen. Und dann Lykkes Stimme. Jetzt sprach sie nicht mehr Deutsch, jetzt sprach sie Norwegisch.

»Ja, wir haben eine. Fleckfieber.«

Der Mann schien zu verstehen, erwiderte jedoch in einer anderen Sprache: »Dann nehmen wir die als Erste. Kann ich eine Trage herkriegen?«

Die Trage war ganz weich, fast so weich wie die Betten im Kinderheim. Die Männer, die sie aus dem Güterwaggon hoben, trugen schweinchenrosafarbene Gummihandschuhe und weiße Kittel. Lykke stand in der Wagenöffnung und hielt Miriams Decke einen halben Meter vom eigenen Körper entfernt hoch.

»Soll sie nicht ihre Decke mitnehmen?«

Der Mann am Fußende der Trage schaute zu ihr hoch, verzog das Gesicht und sagte: »Nein, nein! Die muss erst desinfiziert werden.«

»Aber ihre Medikamente? Ich habe in Deutschland Medikamente für sie gekriegt. Nur deshalb lebt sie noch.«

»Darum werden wir uns kümmern. Wir bringen sie direkt zum Arzt.«

Das musste Dänemark sein. Und in Dänemark war der Himmel ganz blau. Dünne weiße Schleierwolken zogen über diese klarblaue Tiefe. Tiefe? War der Himmel in diesem Land tief? Ja. Das war er wohl. Und die Bäume trugen vereinzelt schon Blätter. Sie glänzten im Sonnenschein. Die Menschen lächelten. All die Hunderte von Menschen, die hinter einem weißen Band am Bahnhof von Padborg standen, lächelten. Die Dänen riefen und winkten und warfen den Juden, Roma und Polen Päckchen zu. Dann musste es also wirklich Frieden sein. Dann war der Krieg tatsächlich endlich zu Ende.

Brei. Warmer Brei.

Zuerst war es schwer, überhaupt den Geschmack zu registrieren, es war, als schluckte sie eine kleine Wolke, ein sanftes Etwas, das sich in ein Nichts verwandelte, sobald es in den Mund kam, aber schon bald stellte sie fest, dass dem nicht so war. Die kleine Wolke sättigte auf eine ganz neue Art und Weise. Plötzlich lag sie im Bett und fühlte sich in der Mitte ihres Körpers schwer. Schwer von der Sättigung und der Wärme.

Sie hätte gern gelächelt. Sie hätte gelächelt, wenn Didi nicht tot gewesen wäre. Und Anuscha. Und Else. Und wenn sie die Kraft dazu gehabt hätte.

Am folgenden Tag begann sie sich umzuschauen. Sie lag in einem weißlackierten Eisenbett. Ein Bett mit weißen Laken und einer grauen Wolldecke. Auf einer weichen Matratze. Und sie hatte ein Kopfkissen unter dem Kopf, ein Kopfkissen mit Bezug. Auch das war anscheinend weiß, soweit sie es aus dem Augenwinkel heraus erkennen konnte. Ihre Hände waren frisch gewaschen, richtig sauber geschrubbt. Jemand hatte ihr die Fingernägel geschnitten. Sie streckte die Finger aus und schaute sie an, unterdrückte den plötzlich aufsteigenden Impuls, sie zu grüßen – *Hallo Daumen, hallo Zeigefinger* –, und legte stattdessen eine Hand auf die andere, drückte fast tröstend die rechte gegen die linke und schloss die Augen.

»Und wie geht es hier?«

Der Mann, der an ihrem Bett stand, trug einen weißen Kittel. Verständnislos blinzelte sie ihn an. Was hatte er gesagt?

»*Ich heiße Miriam*«, sagte sie auf Norwegisch und schluckte schnell. Das war eine Vorstellung, aber vielleicht war ja zu sehen, dass sie log, vielleicht würde der Mann so wütend werden wie … Nein. Nicht erinnern. Papa hatte doch gesagt, dass man sich nicht erinnern durfte.

Der Weißgekleidete streckte sich und schmunzelte:

»Na so was … Bist du Norwegerin?«

Miriams rechte Hand umklammerte krampfhaft die linke.

»Nein. Aber ich habe im Lager ein bisschen Norwegisch gelernt.«

»In Ravensbrück?«

Miriam nickte stumm. Der Weißgekleidete beugte sich wieder vor und klopfte leicht auf ihre Decke.

»Gut. Das kann nützlich sein. Schließlich bist du ja auf dem Weg der Besserung.«

Miriams Blick flackerte, dann nickte sie noch einmal. Sie hatte keine Ahnung, wovon er eigentlich redete.

»In ein paar Tagen darfst du aufstehen«, sagte der Weißgekleidete. »Das Fieber ist ja verschwunden.«

Miriam lächelte unsicher. Der Mann klopfte noch einmal auf ihre Decke.

»Du hast Glück gehabt. Und bald wächst auch dein Haar wieder.«

Miriam nickte erneut und schloss dann die Augen. Die Welt war trotz allem die Alte. Vollkommen unbegreiflich.

Die Krankenschwester trug eine weiße Haube und eine kleine Brosche mit Goldrand und einem roten Kreuz.

»So«, sagte sie in gebrochenem Deutsch. *»Ich glaube, dass mein Deutsch nicht so gut ist.«*

Miriam sah sie misstrauisch an. Sie war offensichtlich keine Deutsche, warum redete sie dann Deutsch? War sie ein Nazi? Aber nein, Nazis lächelten Häftlingen aus Konzentrationslagern nicht zu, und diese Frau lächelte.

»So«, sagte die Schwester wieder. »Jetzt machen wir einen Versuch aufzustehen.«

Miriam blieb eine Weile reglos liegen und horchte in sich hinein. Tat es irgendwo weh? Nein. Die Schmerzen hatten sie verlassen. Aber sie war müde. Sehr müde.

»Guck mal«, sagte die Schwester und hielt ein graues Kleidungsstück hoch. »Ein Morgenrock. Und ein Paar schöne Hausschuhe warten schon auf dich.«

Miriam setzte sich auf, plötzlich saß sie mit geradem Rücken im Bett und schaute sich um. Hohe Fenster. Grauer Himmel. Regen trommelte gegen die Fensterscheiben. Draußen Bäume mit hellgrünem Laub. Eine große schwarze Tafel an der Stirnseite. So eine Tafel hatte auch im Schulraum des Klosters gehangen. War das hier eine Schule? Sollten gleich die Hausaufgaben abgefragt werden?

»Nun komm, meine Kleine«, sagte die Krankenschwester. »Ich habe noch mehr Patienten außer dem kleinen Fräulein.«

Jetzt sprach die Schwester Schwedisch und Miriam konnte sie mit Mühe und Not verstehen. Sie schob die Decke zur Seite und schaute auf ihre Beine. Wie dünn die waren! Und wie dick dagegen die Knie. Sie warf der Krankenschwester einen hastigen Blick zu, und das Merkwürdige war, dass diese Frau sie zu verstehen schien, sie schüttelte nur leicht den Kopf und zeigte eine tröstende Miene.

»Mach dir keine Sorgen. Bald wirst du wieder Fleisch auf den Knochen haben, mein Fräulein … Alles, was du dafür brauchst, ist Essen und Ruhe. Und das wirst du hier kriegen.«

Miriam blinzelte. Nein. Diese Frau war kein Nazi. Also drehte sie sich und ließ die Beine über die Bettkante gleiten, sie baumelten über einem Paar roter Filzpantoffeln, und diese Farbe erfreute sie so sehr, dass sie sich plötzlich nicht mehr bremsen konnte. Rote Filzpantoffeln! Sie rutschte vom Bett hinunter und schob die Füße in die Hausschuhe, dann blieb sie einen Moment lang schwankend stehen und schaute sie an.

»Hoppla«, sagte die Schwester. »Fall nur nicht hin!«

Sie legte einen Arm um Miriam und hielt sie fest, während sie ihr den Morgenrock anzog, knotete den Gürtel um ihre Taille und zog den Kragen zurecht.

»So, jetzt bist du hübsch, richtig piekfein. Jetzt gehen wir zum Waschbecken.«

»*Was bin ich?*«, fragte Miriam auf Norwegisch.

»Oh mein Gott«, sagte die Krankenschwester und legte behutsam einen stützenden Arm um Miriam. »Spricht das kleine Fräulein schon Schwedisch?«

Miriam hob den rechten Fuß und machte den ersten Schritt. Das klappte. Sie fiel nicht in Ohnmacht und es tat nirgends weh.

»Nicht Schwedisch«, sagte sie und lächelte dazu sogar. »Norwegisch. Aber was bedeutet das? Wie fein?«

»Piekfein.«

»Und was ist das? Piekfein?«

»Äh«, sagte die Schwester und wirkte plötzlich ziemlich hilflos. »Das ist nur so ein Ausdruck.«

Jetzt waren sie am Waschbecken angekommen. Ein kleiner Spiegel hing darüber. Miriam blinzelte, machte sich darauf gefasst, ihr eigenes Gesicht nach Jahren zum ersten Mal wieder zu sehen.

Aber war sie das wirklich? Dieses Klappergestell?

Das gar keine Haare hatte. Es war vollkommen kahl auf dem Schädel, so sorgfältig rasiert, dass die Kopfhaut glänzte. Und die Zähne? Warum hatte sie so viele Zähne? So eingefallene Wangen? Und warum waren dort nur zwei schwarze Löcher, wo doch die Augen sitzen sollten?

Sie schluchzte und sah mit Entsetzen, dass das Gespenst im Spiegel genau das Gleiche tat. Ohne weiter nachzudenken, drehte sie sich um und schlang die Arme um die Schwester, verbarg ihre Augen an deren Schultern und wollte ihren Tränen freien Lauf lassen. Doch im gleichen Moment öffnete sich das kühle kleine Loch, das sie noch so genau von dem Tag kannte, an dem die Welt aus den Fugen geraten war, und zwang sie höhnisch, sich selbst anzusehen. Wie dumm konnte sie eigentlich sein? Bildete sie sich wirklich ein, dass diese frisch gebügelte und gestärkte Person erlauben würde, dass Miriam sie mit Tränen und Rotz beschmutzte? Ihr musste doch klar sein, dass die Krankenschwester sie gleich wegstoßen und sich selbst in eine neue, noch schlimmere Irma Lunz verwandeln würde?

Aber sonderbarerweise geschah das nicht. Die Schwester strich Miriam nur in einer stummen Bewegung über den Rücken. Reglos blieben sie so eine Weile stehen, jede in eigene Gedanken versunken. Schließlich richtete Miriam sich auf, blinzelte und räusperte sich leise.

»*Warum*«, fragte sie. »Warum haben die das getan?«

Die Schwester biss sich auf die Unterlippe, schüttelte dann den Kopf.

»Ich weiß es nicht«, sagte sie. »Ich verstehe es doch auch nicht.«

Die nächste Zugreise war wie ein Traum. Sie saß auf einem weichen Sitz, braun-beige gestreift. Wenn sie mit der Hand über den Stoff strich, bogen sich die Fäden ein wenig zur Seite, wurden in der einen Richtung dunkler, in der anderen heller, dunkler und heller, dunkler und heller. Ihr gegenüber saß eine Gruppe polnischer Jüdinnen, Helena und Apolonia, Zofia und Wiktoria und wie die anderen nun hießen. Sie redeten ununterbrochen, aber sie sprachen Polnisch oder Jiddisch oder was auch immer, auf jeden Fall verstand sie sie nicht. Andererseits waren sie freundlich, sowohl untereinander als auch Miriam gegenüber. Zwar war diese Stefania – ja, genau, so hieß sie! – zurückgewichen, als Miriam ihr erklärt hatte, dass sie nur Deutsch und Norwegisch könne, dass ihr nie jemand Jiddisch beigebracht habe, aber da war Helena eingeschritten und hatte erklärt, dass sei doch eine ganz normale Sache. Sie hatte in Deutschland unter falscher Identität gearbeitet, bis sie verhaftet wurde, daher wusste sie, dass die wenigen deutschen Juden, die in den Vierzigern immer noch auf freiem Fuß waren, sich davor gehütet hatten, Jiddisch zu sprechen. Und Miriam war ja so jung, vielleicht hatte sie ganz einfach ihre Sprache nie gelernt.

Einige der polnischen Jüdinnen in dem Abteil hatten auch Fleckfieber gehabt, aber Miriam wusste nicht, welche. Vielleicht Apolonia, dieses dunkle Mädchen mit dem strengen Blick. Oder Wiktoria, die so verschlossen aussah. Sie wusste es nicht. Aber beide, Apolonia wie auch Wiktoria, saßen jetzt mit geschlossenen Augen da, es sah so aus, als schliefen sie oder wären zumindest sehr müde. Doch keine von ihnen hatte einen rasierten Kopf. Miriam war die Einzige, die mit einem Kopftuch um ihren kahlen Schädel dasaß. Aber das war eigentlich auch nicht so wichtig. Das Haar würde schon wachsen, wenn die Zukunft begann. *Frieden. Zukunft.* Ihre Gedanken huschten zu Else, doch sie zügelte sie und ließ sie abbiegen, bevor sie so weit kamen. Papas Befehl. Es ging um das Jetzt. Und das Jetzt war ein unglaublich bequemer Zug, der durch ein Paradies ohne Stacheldraht und Ruinen dahinzuckelte. Wobei sich die Landschaft langsam veränderte, das war deutlich zu sehen. Jetzt lagen nicht mehr nur Felder und Gärten vor dem Fenster, jetzt gab es Wald. Nadelwald, der so dunkel war, dass er beinahe blau aussah, um nur Sekunden später aufzublitzen und helle Haine mit weißen Baumstämmen und schütterem Laub freizugeben. Auch die Kühe sahen anders aus. Miriam blinzelte vor Verwunderung. Wo waren die schwarzweißen Kühe geblieben? Warum waren hier alle Kühe braun?

Nun ja. Was kümmerte es sie, welche Farbe die Kühe hatten. Solange sie nicht verschwanden. Solange sie weiterhin friedlich auf ihren Weiden herumliefen und für alle Ewigkeit widerkäuten.

Das war also Schweden. Ein kleines Land außerhalb der Welt, ein Land, dem sich der Krieg nie genähert hatte, in das der Krieg möglicherweise niemals gelangen konnte. Hier trugen alle Kinder heile Kleidung, alle Frauen hatten rosige Wangen, alle Männer blaue Augen und ein schüchternes, selten zu sehendes Lächeln. Die Holzhäuser, an denen sie vorbeifuhren, waren rot gestrichen, die

Kirchen weiß und die Orte klein. Es war weit von einem Bauernhof zum nächsten auf dem Land, weit, leer und öde, aber vielleicht fürchteten die Menschen hier die Ödnis nicht so sehr wie die Menschen weiter im Süden. Jedenfalls schien es so. Gerade eben hatte sie einen kleinen Jungen draußen im Wald gesehen, er war vollkommen allein und schien nicht die Spur Angst vor Wölfen, Bären oder Trollen zu haben. Er war auf einer Lichtung aufgetaucht, als der Zug vorbeifuhr und hatte die Hand zum Gruß gehoben. Zunächst hatte Miriam ihre Hand auch gehoben, sie dann aber wieder sinken lassen, ohne zu winken. Sie wusste ja nicht so recht, was man machen durfte und was nicht, und was die Rote-Kreuz-Schwestern davon hielten, wenn man einfach anfing, anderen Leuten zuzuwinken.

Es saß eine Schwester mit ihnen im Abteil. Sie hieß Margit und war ziemlich dick. Auf den Knien hatte sie eine schwarze Tasche und sie lächelte ängstlich, sobald jemand seinen Blick in ihre Richtung warf, sagte jedoch nichts. Vielleicht konnte sie ja weder Deutsch noch Polnisch oder Jiddisch. Jedenfalls schien es so, ihr Blick huschte fragend von einer zur anderen. Vielleicht versuchte sie nur das Unbegreifliche zu begreifen: Wie in diesen mageren Gestalten überhaupt Leben sein konnte.

Und natürlich war das ein Rätsel, aber es war nicht mehr ganz so rätselhaft wie noch vor ein paar Wochen. Alle waren durch die Breimahlzeiten verändert. Jetzt glänzten ihre Augen fast schon. Jetzt war es auch der Schwächsten möglich, aufrecht zu sitzen, zumindest für eine Weile. Und bald sollten sie ja wohl etwas Richtiges essen, wenn ihnen denn jemals so etwas serviert wurde, und dann sollten sie es bei sich behalten können. Im Augenblick waren sie immer noch reichlich ausgezehrt, aber ihre Körper waren sauber gewaschen, ihr Haar glänzte, nachdem es nicht nur mit Läuseshampoo, sondern mit einem ganz normalen parfümierten Shampoo gewaschen worden war, und auch wenn ihre Kleidung abgetragen und eine Spur zu groß für sie war, so war sie zumindest heil und frisch gewaschen. Außerdem trugen alle richtige Strümpfe und ordentliche Schuhe. Sie sahen fast aus wie Menschen.

Und draußen vor dem Fenster schien die Sonne. Der Frühling war gekommen. Der wärmende, freundliche Frühling.

Der Zug wurde langsamer, dadurch begann der Wagen zu ruckeln, aber niemand reagierte darauf, der Zug hatte bereits an so vielen Bahnhöfen gehalten, dass niemand erwartete, ausgerechnet hier auszusteigen, doch da stand plötzlich Margit auf und lächelte ihr ängstliches Lächeln:

»Wir sind da, Mädels. Wir sind in Aneby.«

Nur Miriam verstand, was sie sagte, aber es dauerte einen Moment, bis ihr klar war, dass sie das ins Deutsche übersetzen musste: »Ich glaube, sie hat gesagt, dass wir jetzt da sind …«

Helena runzelte die Stirn und sagte etwas auf Polnisch, Zofia brummte zustimmend und die anderen nickten.

»Was hast du gesagt?«, fragte Miriam.

Helena warf Margit einen misstrauischen Blick zu, dann senkte sie die Stimme:

»Ich habe gesagt, wir sollten lieber nicht sagen, dass wir Jüdinnen sind. Nachdem schon die Polen … Ja, du weißt schon.«

Miriam schüttelte den Kopf.

»Nein, ich weiß nicht.«

Helena beugte sich vor, hob eine Hand und hielt sie so vor den Mund, dass niemand außer Miriam hören konnte, was sie sagte: »Weil viele der Polen Antisemiten sind … Und ich weiß nicht, wie das mit den Schweden ist.«

Miriam erwiderte nichts, unterdrückte ein Seufzen. Sollte das nie ein Ende haben?

»Deshalb müssen wir zusammenbleiben«, sagte Helena. »Damit wir einander helfen können.«

Weitere Häuser. Nicht nur rote. Wald, der sich fast in den Ort hineinzuzwängen schien. Ein Kirchturm ein Stück entfernt. Ein Kiesweg. Ein Bahnsteig. Massen von Leuten im Sonnenschein am Bahnhof. Überraschend viele Menschen. Und dann ein schrilles, quietschendes Geräusch, als der Zug hielt.

Sie waren angekommen. In diesem etwas, das sich Aneby nannte.

Margit öffnete die Abteiltür und gab ihnen mit einer Handbewegung zu verstehen, dass sie aussteigen sollten. Auf dem Gang draußen drängten sich bereits andere Überlebende, sie drückten Nase und Handflächen an den Fensterscheiben platt und schienen nicht zu merken, dass sie in die falsche Richtung schauten. Der Bahnhof lag doch links, auf der Seite, zu der Miriams Fenster zeigte. Da draußen wimmelte es von Menschen, jungen und alten, Frauen und Männern, Leuten in den Uniformen des Roten Kreuzes und … Himmelherrgott!

Stefania entdeckte sie im gleichen Moment wie Miriam, sie warfen sich gegenseitig einen panischen Blick zu und schrien auf. *Die SS! Da draußen standen schwedische SS-Soldaten! Man hatte sie reingelegt! Jetzt sollten sie wieder in so ein schreckliches Konzentrationslager gesperrt werden! Aber nicht mit ihnen! Niemals wieder! Niemals! Niemals!*

Und der Schrei breitete sich aus, von Frau zu Frau, von Abteil zu Abteil, von Wagen zu Wagen. Zum Schluss schrien alle, jede einzelne Frau, die Erinnerungen an Ravensbrück und Auschwitz hatte.

Viele Jahre später musste Miriam schmunzeln, wenn sie sich daran erinnerte, was passiert war, als der Zug in Aneby anhielt, wie erschrocken die frommen Bewohner von Småland waren über die Entsetzensschreie der ehemaligen Häftlinge. Die Frauen der Lottabewegung in ihren frisch gebügelten Uniformen traten ängstlich einen Schritt zurück und vergaßen ganz in Habtachtstellung zu stehen, fröhliche Schuljungen in kurzen Hosen, deren Sommerferien gerade um einen Monat verlängert worden waren, weil die Flüchtlinge in ihre Klassenräume einquartiert werden sollten, zogen sich eilig zurück, ordentliche Hausfrauen streckten ängstlich die Arme aus, um die kleineren Kinder einzufangen und an sich zu drücken, ja selbst die Arbeiter, die ihre Fabriken verlassen hatten, um sich die Ankunft der Flüchtlinge anzusehen, sahen plötzlich verblüfft und erschrocken aus. Was war denn mit denen los? Warum schrien diese Frauen. Und warum weigerten sie sich, aus dem Zug zu steigen?

Zum Schluss verließ eine Rote-Kreuz-Schwester den Zug, aber kaum war sie ausgestiegen, da wurde die Tür hinter ihr wieder zugeschlagen. Die Flüchtlinge dachten gar nicht daran, einen der Teufel an Bord zu lassen. Auf keinen Fall! Die Schwester stand einen Moment lang vollkommen reglos auf dem Bahnsteig, dann ging sie mit eiligem Schritt auf den Offizier des Zivilschutzes zu und sagte ihm etwas.

»Was?«, erwiderte dieser verblüfft. »Aber warum denn?«

Die Rote-Kreuz-Schwester streckte sich.

»SS«, sagte sie. »Das geht nicht.«

»Aber das ist doch keine SS«, sagte der Offizier und blinzelte verwundert. »Das sind doch ganz normale Arbeiter. Und wir kennen sie doch alle. Da ist Nilssons Junge und Bengt Lundberg und …«

»Die gehören nicht hierher«, sagte die Rote-Kreuz-Schwester. »Schick sie fort, sonst kriegen wir die Flüchtlinge niemals aus dem Zug heraus.«

Der Mann kratzte sich am Kopf, dass seine Mütze fast herunterzurutschen drohte, dann streckte er sich und marschierte auf einige der Arbeiter in ihren hellbraunen Overalls zu, zeigte auf die zwei Buchstaben, die in kleinerer Version auf die Brusttasche und größer auf den Rücken gedruckt waren.

»Tut mir leid, Kumpel, aber ihr müsst weg hier. Die Flüchtlinge weigern sich auszusteigen, solange ihr hier seid … Die glauben, ihr seid SS-Soldaten.«

»Was? Wir?«

»Ja. Leider. Tut mir leid.«

»Ach, nicht so schlimm«, sagte Bengt Lundberg grinsend. »Wir werden sie bestimmt später noch kennenlernen.«

Und dann drehten er und seine Arbeitskollegen sich um und gingen zurück zu ihrem Arbeitsplatz bei der Svensk Stålull AB. Der Schwedischen Stahlwolle. Auch SS genannt.

Langsam beruhigte sich die Welt.

Nachdem die jungen Frauen ins Bett gekrochen waren, verebbte ihr Geplapper schnell, auch wenn nur wenige bereits eingeschlafen zu sein schienen. Die anderen lagen offenbar wach da und starrten stumm ins Halbdunkel. Vielleicht versuchten sie sich an den Gedanken an Frieden zu gewöhnen und an das, was sie jetzt erwartete. Wie findet man seine Kinder in einem zerbombten Europa? Wie findet man seine Eltern? Wie bekommt man heraus, welche Geschwister tot sind und welche Freunde überlebt haben?

Frieden, dachte Miriam. *Zukunft.*

Das war alles, was sie besaß. Nur diese zwei Worte. Keinen Mann und keine Kinder, keine Eltern und keine Geschwister. Nicht einmal einen Freund. Aber was bedeuteten diese Worte eigentlich? Ganz konkret? Was hieß das, in *Frieden* zu leben? Eine *Zukunft* zu haben?

Ganz vorsichtig zog sie ihren rechten Arm hoch und legte ihn sich über den Kopf, achtete dabei sorgfältig darauf, sich nicht zu drehen oder zu sehr zu bewegen. Die Bettdecke sollte die ganze Nacht über genauso stramm gezogen bleiben, es war so angenehm, den Druck des glatten weißen Lakens und der festgestopften Decke zu spüren. Die hielt sie an Ort und Stelle, und es war wunderschön, eine Person zu sein, die einen Platz hatte. Gleichzeitig konnte sie nicht umhin, immer wieder auf den Ärmel ihres Nachthemds zu gucken, dieses Nachthemds mit rosa Blümchen auf weißem Grund, das sie bekommen hatte, als es an der Zeit war, schlafen zu gehen. Bestickt. Es saßen Litzen mit Stickerei an den Manschetten und über der Brust …

Das war schön. So schön. Einfach wunderbar. Vielleicht durfte sie es ja behalten. In der *Zukunft*.

Der Schlafsaal war groß, obwohl das Haus von außen ziemlich klein gewirkt hatte, trotz seiner vier mächtigen Säulen vor dem Eingang. Es sah fast aus wie eine kleine Kirche, aber Miriam hatte gleich gesehen, dass es keine Kirche war. Nirgends gab es ein Kreuz und auch keine Heiligenbilder, dafür stand ein riesiges Musikinstrument, vielleicht eine Art Klavier, ganz hinten im Schlafsaal. Man hatte ein weißes Laken darübergelegt, wohl um zu zeigen, dass die Häftlinge – nein, die Flüchtlinge – es nicht anfassen durften. Aber das hatten sie dennoch, zumindest eine von ihnen.

Jozefa, eine der polnischen Jüdinnen, war zum Klavier geeilt, sobald das Rote-Kreuz-Personal die Tür hinter sich geschlossen hatte, hatte das Laken hochgehoben, den Deckel geöffnet und ganz vorsichtig eine Taste gedrückt, wodurch ein leiser Ton durch den Raum schwebte, dann hatte sie den Kopf nach hinten geworfen und laut gelacht. Helena war sofort hinzugeeilt und hatte sie ausgeschimpft, und gehorsam hatte Jozefa den Deckel wieder geschlossen und das Laken zurechtgezogen, aber das Lächeln war auf ihrem Gesicht geblieben. Ganz offensichtlich machte dieses Klavier sie richtig glücklich.

Aber jetzt war es vollkommen still auf der Welt. Kein Klavier spielte, kein Zug schnaufte, kein Auto oder Motorrad fuhr brummend vorbei, kein Mensch brüllte oder schrie oder redete auch nur vor dem Haus, es zwitscherten keine Vögel und kein Regen schlug gegen die Scheiben der hohen Fenster. Es war einfach nur still. Und im Schlafsaal lagen fast fünfzig Mädchen und Frauen in neugebauten Etagenbetten mit weißem Bettzeug und richtigen Kopfkissen. Gekleidet in ungewöhnlich hübsche Nachthemden. Sauber und mit dem Geschmack von Jod-Kaliklora, dieser schwedischen Zahnpasta, im Mund. Satt und zufrieden und mit Bäuchen, die offenbar das merkwürdige Essen vertrugen, das ihnen serviert worden war.

Ja. Das erste Essen war sehr merkwürdig gewesen, das musste Miriam zugeben. Kein bisschen Gemüse. Ungeschälte Kartoffeln. Kleine Kugeln aus Hackfleisch. Eine braune, geschmacklose Sauce. Und mitten in der Sauce ein großer Klecks roter Marmelade. Wer in Herrgotts Namen kam auf so eine dumme Idee? Marmelade zu Hackfleisch? Natürlich hatte sie es trotzdem gegessen, es war ja etwas zu essen, richtiges Essen. Sie hatten alle gegessen, gekaut und dem Rote-Kreuz-Personal zugelächelt, auch wenn Miriam klargeworden war, dass sie nicht die Einzige war, die das für eine seltsame Zusammenstellung hielt. Aber sie hatte sich keine Extrakartoffeln stibitzt und unter der Matratze versteckt wie einige der anderen. Was nicht nur daran lag, dass das Essen so merkwürdig war. Sie konnte es sich nicht leisten zu stehlen. Sie war gezwungen, immer ehrlich zu sein, höflich und ordentlich, das war ihr nur zu klar, denn sonst würde sie die Aufmerksamkeit auf sich ziehen und entlarvt werden, und das wollte sie nicht. Zumindest noch nicht. Sie hatte ja keine Ahnung, wie die Schweden die Roma eigentlich ansahen, aber es hätte sie sehr gewundert, sollte sich herausstellen, dass sie sich ihnen gegenüber besonders respektvoll verhielten. Niemand war jemals besonders respektvoll den Roma gegenüber gewesen.

Sie hatte die obere Koje eines Etagenbetts bekommen,

das direkt an einem der hohen Fenster stand, dort konnte sie liegen und in die helle Nacht hinausschauen. Der Himmel war grau, mit einigen tiefhängenden Wolken unter dem glänzenden Hellblau. Es sah aus, als wäre der Himmel links auf rechts gekehrt worden, als wollte er ihr versichern, dass jetzt alles anders war, dass nichts jemals wieder so werden konnte, wie es noch vor wenigen Wochen gewesen war, und dass sie ruhig die Augen schließen und einschlafen konnte. Aber das tat sie nicht. Sie blieb in der gleichen Haltung liegen und schaute sich weiterhin um. Man konnte sich nicht auf einen Himmel verlassen.

»*Nie!*«, schrie jemand. Das bedeutete nein auf Polnisch. »*Nie! Nein, nein, nein!*«

Miriam kam so schnell hoch, dass die Decke sich um sie löste, sie saß aufrecht im Bett und drückte eine geballte Faust gegen den Mund. Was für ein Idiot sie doch gewesen war! Eine vollkommen bescheuerte dumme Kuh! Schweden gab es nicht, Aneby gab es nicht, der luftige Schlafsaal war nur ein verrückter Traum gewesen, jetzt war sie zurück in Ravensbrück und …

Doch nein, der Schlafsaal schien weiterhin zu existieren. Das Bettzeug auch. Und die raschelnde Decke, die mit Papier gefüllt zu sein schien. Sie ließ die Hände sinken und schaute auf ihre Handgelenke. Ja, sie trug sogar noch das Nachthemd. Rosa Blümchen auf weißem Grund. Und die Bordürenlitze um die Bündchen.

Sie beugte sich über den Bettenrand und schaute nach unten. Mehrere Frauen standen vor der unteren Koje, einige streichelten die Bettdecke, eine hatte die Arme um die Frau da unten geschlungen, die geschrien hatte, und wiegte sie tröstend hin und zurück. *So, so, so,* flüsterte jemand mit leiser Stimme, und Miriams Gedanken flogen sofort zu Sylvianne und von Sylvianne zu Lykke und von Lykke zu Marie. Es brannte in ihr vor Schuldgefühl. Warum hatte sie ihnen nicht einen Gedanken geschenkt, seit sie nach Schweden gekommen war? Wie hatte sie sich nur gestatten können, einfach halbtot im Bett zu liegen, ohne sich an ihre Freundinnen zu erinnern? Schließlich hatten sie ihr das Leben gerettet; aber seit jemand sie aus diesem Zug in Dänemark getragen hatte, hatte sie nicht einen Zipfel von Lykke oder Marie gesehen. Wo waren sie gelandet? Waren sie bereits zurück in Norwegen? Hatten sie Elses Tochter getroffen? Und ihr berichten können, was mit ihrer Mutter passiert war?

»Nur ein Alptraum«, sagte jemand und klopfte plötzlich auf ihre Papierdecke, schnell drehte Miriam den Kopf und sah Zofia unten stehen. Sie war älter als die anderen Frauen, mit runzligem Gesicht, dünnem Haar, und ihr Deutsch war ziemlich erbärmlich. Aber es war nett von ihr, zumindest eine Erklärung zu versuchen.

»Ah«, sagte Miriam.

»Wir nehmen an, dass sie Fieber hat.«

»Ah«, sagte Miriam wieder.

»Müssen sehen, wie es ihr morgen früh geht.«

»Ja«, sagte Miriam und ließ sich zurück ins Kissen sinken. »Das müssen wir.«

»Gute Nacht.«

»Gute Nacht.«

Bald sollte sie sich an die nächtlichen Schreie gewöhnen. Nicht nur Krystyna in dem Bett unter ihr hatte Alpträume, das traf sie alle. Nacht für Nacht wurde auch Miriam selbst von Irma Lunz verfolgt, Nacht für Nacht war sie gezwungen, in das verzerrte Gesicht dieser Frau zu sehen, Nacht für Nacht schwang diese ihren Stock, so dass Else …

Nein. Daran durfte man nicht denken. Nicht, wenn man wach war.

Die Tage in der Quarantäne waren lang und dennoch nie lang genug. Während der ersten Wochen durften sie das Konzerthaus nicht verlassen (ja, es war Anebys Konzerthaus, in dem sie einquartiert worden waren, das hatte Miriam inzwischen verstanden, auch wenn sie nicht so genau wusste, was ein Konzert war), und das gab ihnen die Gelegenheit, sich auszuruhen, Tag für Tag einfach nur im Bett zu liegen, so lange man wollte und Lust hatte, die Muskeln sich entspannen lassen und den Gedanken freien Lauf zu lassen. Aber je mehr Tage vergingen, umso länger wurden die Stunden und umso ungeduldiger und nervöser wurden die Frauen. Man konnte den anderen Flüchtlingen nicht ausweichen, genauso wenig wie der Vergangenheit. Jede reagierte auf ihre eigene Art und Weise. Helena war fast immer wütend, sie kochte fast über vor Wut und hielt lange, hasserfüllte Monologe über die verdammten Deutschen und die teuflischen Nazis und auch über die schwedischen Tanten vom Roten Kreuz und die Zivilschutzangehörigen, die sie daran hinderten, rauszugehen und auch nur einen einzigen kleinen Brief aufzugeben, während ihre Freundin Apolonia dagegen die Nase in die Höhe streckte, die Arme vor der Brust verschränkte und sich weigerte, überhaupt mit irgendjemandem außer Helena zu reden, Zofia wiederum brach immer wieder zusammen und ließ ihren Tränen freien Lauf, schluchzte und rief jammernd nach einem Ehemann, der offenbar Stanislav hieß und vermutlich tot war, all das, während Eugenia herumlief und Drohungen vor sich hin murmelte dahingehend, was sie tun würde, sollte jemand versuchen, ihr die Lebensmittel zu stehlen, die sie unter der Matratze versteckt hatte. Die würden schon sehen, was sie davon hatten! Oh ja, das würden sie schon sehen!

Die schwedischen Rote-Kreuz-Schwestern versuchten, die Frauen mit fröhlichen Gesichtern zu beruhigen, sie brachten muntere Grüße von den Flüchtlingen in den anderen Quarantänestationen, erzählten mit heiterer Stimme, dass es denen, die im Schulgebäude einquartiert waren, gutging, es aber leider so aussah, als grassiere eine leichte Erkältung unter denen, die im Missionshaus wohnten, und fügten kichernd hinzu, dass die Mädchen im Haus der Heilsarmee ein Programm mit polnischen Liedern und Volkstänzen vorbereiteten. Sie hatten darum gebeten, Nadeln, Faden und Krepppapier zu bekommen, haha! Anscheinend wollten sie sich Kleider für die Vorstellung nähen. Und alle schickten ganz herzliche Grüße an die Mädels im Konzerthaus!

Nach ein paar Tagen im Bett hatte Miriam sich angewöhnt, den Rote-Kreuz-Schwestern im Haus zu folgen, sie half dabei, den Tisch an- und abzudecken, bot ihre Hilfe beim Abwasch an, stand dicht hinter derjenigen, die das Brot fürs Frühstück schnitt und der, die das Mittagessen kochte, alles, um zu lernen, wie so etwas in Schweden ablief. Sie tätschelten ihr freundlich die Wange. Sie war ein Schatz, dieses junge Mädchen. So hilfsbereit und folgsam und ordentlich! Und so ungemein tüchtig im Schwedischlernen! Innerhalb von nur wenigen Wochen hatte sie so viel gelernt, dass man sie wirklich verstehen konnte, auch wenn sie natürlich noch über einen sehr begrenzten Wortschatz verfügte und die Wörter etwas lustig aussprach. Was sie selbst nicht bemerkten: Sie hatten Miriam in Wahrheit noch viel mehr beigebracht.

Ein leichtes Krausziehen der Nase bedeutete, dass die Rote-Kreuz-Schwestern der Meinung waren, Zofias Weinkrämpfe seien unangenehm, ein kurzer Blick, dass Helenas Wut sie beunruhigte, hochgezogene Augenbauen, dass Apolonias Hochmut ungemein irritierend war. Aber sie sagten nichts. Keine von ihnen reagierte jemals auf einen Ausbruch mit einem eigenen Ausbruch, sie verzogen nur leicht das Gesicht und kehrten dem Geschehen den Rücken zu.

Miriam übte dieses Mienenspiel. Während der langen Stunden zwischen den Mahlzeiten stand sie oft vor dem Spiegel im Waschraum und trainierte. Man durfte die Nase nicht zu sehr rümpfen, nur ein leichtes Zucken huschte über den Nasenrücken. Und auch die Augenbrauen durfte man nicht zu weit hochziehen. Alles nur in Maßen. Bis auf den Blick. Der durfte so streng oder giftig sein, wie er wollte.

Ihr Haar wuchs endlich wieder. Was nur ein Schatten gewesen war, als sie in Aneby ankam, war jetzt zu kurzen Stoppeln gewachsen. Wenn man mit der Hand darüberfuhr, fühlte es sich weich an, was sie zum Lächeln brachte, und das Lächeln im Spiegel ließ sie wiederum aussehen wie ein kleiner Lausebengel, und dass ließ sie noch breiter lächeln. Sekunden später schlug die Erinnerung zu – *Didi!* – und sie wankte in einen kleinen Toilettenverschlag, um zu weinen. *Didi! Didi! Didi!*

Wenn sie zusammen war mit den anderen Häftlingen – nein, Flüchtlingen! – weinte sie nie, und falls die Tränen plötzlich in ihrer Kehle aufstiegen, schaute sie einfach weg und schluckte sie hinunter oder verschwand schnell in der Toilette. Andererseits lachte sie auch nie. Das lag in erster Linie dran, dass sie nie so recht verstand, worüber die anderen lachten. Und sie gab sich gar keine Mühe, es zu verstehen. Sie redeten ja Polnisch, und sie würde nie in Polen wohnen. Sie wollte ihr Leben hier verbringen. In Schweden.

Der Gedanke überraschte sie selbst. Ach ja? Sie wollte also in Schweden bleiben? Das war tatsächlich eine Überraschung, aber eine, die sie froh machte. Ja. Natürlich. Miriam Goldberg würde in Schweden bleiben. Für immer.

Und Malika hatte es nie gegeben.

So wurde das Leben in der Quarantäne schließlich zu einer Art Alltag. Die einigermaßen Gesunden gewöhnten sich erstaunlich schnell daran, jeden Abend satt zu sein und jeden Morgen ausgeschlafen, allein auf die Toilette gehen zu können und ab und zu erstaunt festzustellen, dass sie nicht mehr jeden Moment in Panik lebten. Es gab Augenblicke, in denen sie sogar Lust bekamen, sich an ihr Leben vor dem Krieg und dem Lager zu erinnern.

In so einem Moment ging Jozefa demütig knicksend zu einer der älteren Frauen vom Roten Kreuz und erzählte ihr auf Deutsch, dass sie früher einmal auf die Musikakademie in Warschau gegangen war. Ob es vielleicht, eventuell, ausnahmsweise möglich sein könnte, dass sie ein Stück auf dem großen Flügel im Schlafsaal spielen dürfte? Nur ein ganz kleines Stück! Sie würde auch ganz vorsichtig sein. Die Frau vom Roten Kreuz schaute etwas verunsichert, schien zuerst nicht so recht zu verstehen, aber als Miriam eingriff und alles in ihrem brüchigen Schwedisch zu erklären versuchte, nickte sie lächelnd. Ach so, das Klavier! Der große Flügel! Ja, sicher. Das ließe sich wohl machen. Zumindest für ein Mal. Zumindest, wenn es nicht zur Gewohnheit wurde. Dann gingen sie alle drei in den leeren Schlafsaal, die Schwester setzte sich auf ein gemachtes Bett, Miriam zog das weiße Laken herunter, und Jozefa öffnete andächtig den Deckel des Flügels, drückte die Fingerspitzen gegeneinander, dass es in den Gelenken knackte und ließ sich dann auf dem Klavierhocker nieder. Begann zu spielen. Zuerst leise, fast verträumt, dann immer hitziger, um zum Schluss die Musik in einem heftigen Crescendo wirbeln zu lassen. Miriam war gezwungen, ihr den Rücken zuzudrehen und sich zum Fenster zu wenden, niemand sollte ihre Tränen sehen, nicht einmal Jozefa. Sie hatte immer noch die Stirn gegen die Fensterscheibe gelehnt, als die anderen Flüchtlinge von der Terrasse hereinkamen, auch sie sagten kein Wort, kamen mit schlurfendem Schritt und einer Art summender Verwunderung herein. Als die Musik aufhörte, blieb es vollkommen still, niemand wagte auch nur zu atmen.

»Chopin«, sagte eine leise Stimme, wiederholte sich gleich noch einmal. »Chopin!«

Ein Raunen ging durch den Schlafsaal, ganz ohne Sprache, dennoch für alle verständlich. Ja! Spiel etwas von Chopin!

Miriam drehte sich um, sah, wie sich Jozefa schnell über die Augen wischte, bevor sie lächelte und sich erneut über die Tasten beugte. Dann hob sie den Kopf, schloss die Augen und schlug die ersten Töne an. Chopin.

Hinterher gingen sie alle auf die Terrasse auf der Rückseite des Hauses, dort saßen sie eine Weile still dichtgedrängt in der Sonne, bis langsam alles wieder normal wurde. Helena begann auf Deutsch über die Deutschen zu fluchen, so dass auch die Schweden verstanden, wie wütend sie wirklich war, Apolonia stimmte ein, indem sie verächtlich schnaubte, Zofia putzte sich die Nase und erinnerte sich an etwas, das Stanislav einmal über Chopin gesagt hatte, dann waren alle wieder ruhig und hielten ihr

Gesicht in die Sonne. Das war offenbar sinnvoll, denn diejenigen, die immer noch krank waren, wurden von den Frauen vom Roten Kreuz hinausgeführt, mitten im Sonnenschein platziert, eingehüllt in ihre raschelnden Decken. Einige der Kranken boten wirklich ein jämmerliches Bild. Sie konnten immer noch nicht das Essen bei sich behalten, es schien, als wäre ihr Inneres kollabiert und in den Ruinen nichts mehr zu reparieren. Jeder Löffel Brei kam wieder hoch, was immer man versuchte. Die Frauen vom Roten Kreuz schüttelten besorgt den Kopf. Was sollten sie nur tun?

Andere konnten gar nicht aufhören zu essen. Eugenia, die einen großen Teller Brei und vier Butterbrote zum Frühstück verdrückt hatte, klagte dennoch darüber, wie hungrig sie war. Gab es denn nichts zu essen? Konnte sie nicht noch etwas zu essen bekommen? Und wenn es Zeit fürs Mittagessen war, stand sie stets als Erste in der Schlange und streckte zitternd ihren Teller vor, das wussten alle. Sie bat immer darum, eine Kartoffel mehr zu bekommen, und brach fast in Tränen aus, wenn das abgelehnt wurde. Innerhalb weniger Wochen war sie aufgedunsen und hatte ein kleines Doppelkinn bekommen, dennoch schien ihr Hunger nie gestillt zu sein. Alle hatten sich an ihr Jammern gewöhnt, niemand kommentierte es noch.

Die Terrasse ging zu einem weitgestreckten Park hinaus, der bei allen große Sehnsucht weckte, lag er doch so nah und gleichzeitig so unendlich weit weg. Die Flüchtlinge wollten am liebsten in den Park laufen, sich auf dem grünen Gras herumrollen, ein paar der tausend kleinen weißen Blumen pflücken, die gerade ausgeschlagen waren, sich mit dem Rücken gegen einen Baumstamm lehnen und über den kleinen Bach schauen, der laut den

Rote-Kreuz-Schwestern dort unten floss, aber davon konnte natürlich nicht die Rede sein. Dafür sorgte der Zivilschutz, die älteren Männern, die mit der Waffe in der Hand vor den Quarantänegebäuden Wache hielten. Die Flüchtlinge waren immer noch Gefangene, wenn auch aus anderen Gründen als früher, und nach allem zu urteilen, würden sie noch eine Weile Gefangene bleiben. Die Behörden hatten gerade die Dauer der Quarantäne verlängert, aus zwei Wochen waren vier geworden.

Andererseits schienen die Anebyer diese Abschottung nicht besonders ernst zu nehmen. Jeden Abend kamen sie heranspaziert, ganze Familien mit Mann, Frau und Kinderwagen, junge Mädchen, Arm in Arm, und einzelne junge Arbeiter, die Hände in den Hosentaschen, kichernde kleine Mädchen und freche Jungs, alte Omas mit Haarknoten im Nacken und ebenso alte Opas mit Stock, gutgekleidete Herren und elegante Damen, alle hatten sie kleine Tüten mit Geschenken dabei, Tüten, die sie über den Zaun warfen, wobei sie in ihrer sonderbar singenden Sprache irgendwelche netten Worte riefen. Süßer Zwieback. Butterbrote. Weizenbrötchen. Und eines Abends – zu Eugenias großer Freude – eine ganze Tüte mit Plunderteilchen. Helena und Apolonia mussten mit ihr ringen, damit sie den Schatz mit den anderen teilte.

Bernhard Pettersson war einer der vielen allein heranspazierenden Herren, die abends vor dem Konzerthaus auftauchten, aber er schien andere Absichten als die anderen zu haben. Vielleicht lag es daran, dass er etwas älter war, wenn es denn nicht an seiner allgemein bekannten Gottesfurcht lag. Als einige der jüngeren Männer den Mädchen auf der Terrasse schüchtern grinsend Luftküsse zuwarfen, schüttelte Bernhard Pettersson nur mitleidig den Kopf. Diese armen Mädchen! Diese armen hungrigen kleinen Mädchen! Er wollte etwas für sie tun. Ihnen wirklich etwas Gutes tun.

Miriam erfuhr nie, wie seine Einladung überhaupt zu ihnen gelangte, sie wusste nur, dass Helena – zufällig einmal etwas weniger wütend – eines Tages flüsternd erzählte, dass sie eingeladen waren. Sie selbst und Miriam und Apolonia und noch einige der Mädchen, aber nicht mehr als zehn. Am Samstagnachmittag um vier Uhr waren sie alle herzlich willkommen daheim bei Bernhard Pettersson.

»Aber wir dürfen doch nicht raus«, sagte Miriam beunruhigt.

»Ach was«, widersprach Helena. »Ist doch nicht so wichtig. Am Montag ist die Quarantäne sowieso zu Ende, und ein Tag mehr oder weniger, das macht ja wohl keinen Unterschied. Kommst du mit?«

Miriam schluckte ängstlich. Sollte sie es wagen?

»Ich glaube, er will uns zu Torte einladen«, sagte Helena.

Eine schwindelerregende Erinnerung huschte vorbei. Ein Geburtstag im Nonnenkloster, vielleicht sogar der der Äbtissin … Da hatten die Kinderheimkinder Torte bekommen, eine große, luftige Sache mit Schlagsahne und Erdbeeren und kleinen Schokoladenkringeln. Die Erinnerung ließ Miriam fast vor Lust speicheln. Ob sie Torte wollte? Ja. Selbstverständlich. Sie wollte nicht nur Torte haben, sie wollte in eine Torte hüpfen, sich in ihr begraben und sich dann aus ihr herausessen, den Mund, den Gaumen und den Bauch mit unendlichen Mengen von süßem Tortenboden, Marmelade und Schlagsahne füllen …

Ja. Sie war bereit, ihr Leben dafür zu geben, nur ein einziges Mal Torte zu essen.

»Ich bin dabei«, flüsterte sie atemlos Helena zu. »Natürlich! Ich bin dabei.«

Der Samstagskaffee war in der Quarantäne etwas Besonderes, da wurden frischgebackene Hefewecken mit Zimt und Hagelzucker serviert im Unterschied zu dem Zuckerzwieback an den anderen Tagen. Sowohl die Frauen vom Roten Kreuz als auch die Zivilschutzmänner schienen diese Hefewecken ganz besonders zu schätzen; wenn die Flüchtlinge ihren Kaffee und jede ihre Wecke bekommen hatte, zogen sie sich in die Küche zurück, schlossen die Tür hinter sich und ließen die Frauen und Mädchen unbeaufsichtigt zurück. Pause, hieß das. Und man durfte sie nur stören, wenn es um Leben und Tod ging.

An diesem Samstag saßen zehn der Flüchtlinge nur auf der Stuhlkante, als der Kaffee serviert wurde, und als die Küchentür zugeschlagen wurde, stand Helena auf und nickte zur Haustür hin. Und wie ein Mann standen die anderen neun auf, lächelten geheimnisvoll und huschten leise davon.

Bernhard Petterssons Haus war von außen rot und von innen braun. Sehr braun. Das Linoleum im Flur war braun, das Sofa im Wohnzimmer war braun, auf dem Couchtisch glänzte das dunkelbraune Holz mit schimmernden hellbraunen Intarsien, die Deckenlampe hatte fünf braune Arme aus Metall und fünf hellbraune Glaskuppeln, die Sessel waren geblümt in zwei verschiedenen hellbraunen Farbtönen. Hinter dem Sofa hing außerdem ein Wandbehang, der offenbar ein paar hellbraune Personen darstellen sollte, die sich in einer dunkelbraunen Landschaft bewegten. Es sah aus wie ein Bild aus Miriams altem Katachismus aus dem Kloster. Die schütteren Bäume hießen Palmen, daran konnte sie sich noch genau erinnern, obwohl sie nie eine Palme gesehen hatte. Nicht im wirklichen Leben.

Sie stand ganz hinten in der Gruppe und strich schnell mit der Hand über ihr Kleid. Apolonia keuchte atemlos neben ihr, sie war lang und dünn, schien eine sehr schlechte Kondition zu haben, sie war kurz vorm Umfallen, als sie schließlich vor Bernhard Petterssons Haus angekommen waren. Sie schaffte es einfach nicht, schnell zu laufen. Jetzt versuchte sie sich zu sammeln, holte tief Luft und zeigte wieder ihre übliche, leicht verächtliche Miene. Miriam trat einen Schritt zur Seite und schaute sich um.

Das war also ein Zuhause, ein schwedisches Heim. Vielleicht war es einem polnischen Heim gar nicht so unähnlich, das schien so, denn die anderen Mädchen schlugen begeistert die Hände zusammen und plapperten alle durcheinander, es klang, als schätzten sie Bernhard Petterssons Haus nicht nur, nein, als liebten sie es geradezu. Bernhard Pettersson selbst schien sich über ihre Begeisterung zu freuen, er stand an einem großen Esstisch – auch der braun, wenn auch mit einer glänzend weißen Tischdecke überzogen, auf der blaugeblümte Kaffeetassen standen –, ordentlich mit Wasser gekämmt und korrekt gekleidet in einem frischgebügelten weißen Hemd mit einem blaugestreiften Schlips. Hinter ihm stand eine rundliche Frau, den Kopf leicht zur Seite geneigt, vielleicht war es seine Frau, vielleicht seine Haushälterin, vielleicht auch nur eine nette Frau aus seiner Gemeinde. Sie trug ein graublaues Kleid, hatte die Hände vor dem Bauch gefaltet und lächelte ganz vorsichtig.

»Ja, nun nehmt doch bitte Platz«, sagte sie mit dünner Stimme, die kaum zu hören war.

»Ja, genau«, nickte Bernhard Pettersson. »Bitte schön, hereinspaziert.«

Helena drehte sich um und warf Miriam einen Blick zu, es dauerte einen Moment, bis diese begriff, dass Helena sie damit bat zu übersetzen.

»Ach so«, sagte sie auf Deutsch. »Herr Pettersson möchte, dass wir hereinspazieren.«

Apolonia bedachte sie mit einem eiskalten Blick und öffnete ausnahmsweise einmal den Mund: »Wieso hereinspazieren? Warum sollen wir das?«

Miriam richtete sich auf und hob ironisch die Augenbrauen, genau wie die Rote-Kreuz-Schwestern es zu tun pflegten.

»Ich denke, er möchte uns zum Kaffee einladen. Was denkst du?«

Hinterher konnte sie nicht umhin zu schmunzeln. Du liebe Güte. Sie war tatsächlich schon ein wenig schwedisch geworden.

Nachdem sie sich gesetzt hatten, redete Bernhard Pettersson ununterbrochen. Über Aneby und Anebys Geschichte. Über den Krieg und die Rationierungen. Darüber, welch Glück es für ihn gewesen war, dass er Verwandte hatte, die einen Bauernhof hatten, sie hatten ihn ja mit Eiern, Butter und Schlagsahne versorgen können. Und wie erschüttert alle gewesen waren, als sie in den Zeitungen über die Konzentrationslager gelesen hatten. Dass man gar nicht hatte begreifen können, dass ein Kulturvolk wie die Deutschen so ein Verbrechen begehen konnte. Darüber, dass …

Miriam blinzelte vor Erschöpfung. Bis jetzt war ihr nie bewusst geworden, wie ermüdend es sein konnte, zu übersetzen und wie wenig sie doch von der schwedischen Sprache verstand.

»Moment«, sagte sie auf Schwedisch und seufzte, *»ich* … ich muss ein wenig ausruhen.«

»Ach du meine Güte«, sagte Bernhard Petterssons Frau. »Das Mädchen ist ja ganz blass um die Nase. Sie muss sich erst mal eine Weile hinlegen.«

»Ojemine«, sagte Bernhard Pettersson darauf. »Aber natürlich. Wir schaffen das auch so.«

Worauf die Frau aufstand, einen Arm um Miriam legte und sie vorsichtig in die Küche führte, dort auf eine Küchenbank setzte, zurück ins Wohnzimmer lief und mit einem Zierkissen (braun, aber mit dunkelgelbem Kreuzstich) zurückkam und ihr zu verstehen gab, sie solle sich hinlegen. Dann lächelte sie kurz und griff nach der Kaffeekanne, bevor sie wieder ins Wohnzimmer ging.

»*Nachschlag?*«, fragte sie dort. »Möchte noch jemand Nachschlag?«

Miriam schloss die Augen und wiederholte im Stillen das Wort. Nachschlag. Was immer es auch bedeuten mochte.

Die Küche war nicht ganz so dunkelbraun wie das Wohnzimmer. Sie war eher hellbraun. Die halbe Wand war mit einer Art Holz verkleidet, und es gab ein Waschbecken mit Wasserhahn und einen weißen elektrischen Herd, genau wie der im Konzerthaus. Es stand ein Wort mit kleinen schwarzen Buchstaben auf dem Herd, und sie hob vorsichtig den Kopf, um es lesen zu können. Ankars-rum. Ankarsrum. Bedeutete das Herd? Aber warum musste man Herd auf den Herd schreiben, wussten die Leute nicht, was das war, ohne dass es draufgeschrieben stand? Sonderbar.

Über der Küchenbank hing ein Bild auf dünnem Papier. Es stellte eine fröhlichen blonden Bauern dar, der eine Ladung Heu fuhr, unten auf dem Weg neben ihm stand ein kleines blondes Mädchen und winkte ihm zu, und eine eher goldblonde junge Frau in einem blauen Kleid und mit einem Korb in der Hand lächelte ihn fröhlich an. Ganz oben auf dem Heu saß ein kleiner weißblonder Junge. Auch er lächelte. Vielleicht lächelte sogar das Pferd, ja, es sah fast so aus. Alle schienen vollkommen glücklich zu sein, vollkommen frei von dunklen Erinnerungen und schweren Sorgen, keiner von ihnen schien je einen Tag, ja kaum eine Stunde voller Schmerzen und Verzweiflung erlebt zu haben, und für einen Moment stieg in Miriam eine große Wut auf. Sie streckte die Hand aus, wollte das Bild herunterreißen und es in Stücke zerfetzen, doch in letzter Sekunde bremste sie sich. Großer Gott! War sie vollkommen verrückt geworden? Wollte sie Bernhard

Petterssons Bild zerreißen? Und was hätte das dann wohl für Folgen? Oh ja. Rausgeschmissen. Weggejagt. Für ewig ausgestoßen und verachtet. Und sie wollte nicht ausgestoßen und verachtet werden. Sie wollte schwedisch werden. Sie wollte in einem Haus mit fließendem Wasser und elektrischem Herd wohnen, und deshalb war sie gezwungen, ihre Impulse im Zaum zu halten. Ihnen niemals nachzugeben! Niemals.

Jemand lachte laut im Wohnzimmer, vielleicht war es sogar Bernhard Pettersson selbst, und die anderen stimmten ein. Es schien, als kämen sie ganz gut auch ohne sie zurecht, also konnte sie noch ein paar Minuten liegen bleiben und sich weiter umschauen. Die Nachmittagssonne schien durchs Fenster herein. Die Gardinen waren dünn und schneeweiß. Und hinten an der Tür saß jemand und sah sie mit gelben Augen an …

»Oh mein Gott!«

Sie fuhr hoch und schlug sich die Hand vor den Mund, bevor ihr klarwurde, dass derjenige, der da hinten saß, eine Katze war. Eine kleine schwarze Katze, mit weißen Pfoten und einem weißen Fleck auf der Brust. Wie viele Jahre war es her, dass sie eine Katze gesehen hatte? Sie wusste es nicht. Auf jeden Fall viele. Und jetzt erinnerte sie sich: Papa hatte ihr und Didi vor langer Zeit ein Kätzchen geschenkt, so ein süßes graugetigertes Ding … Sie hatten es Chobolana getauft. Das bedeutete kleines Reibeisen. Was war aus ihm geworden? Hatten die Nazis Katzen mehr geschätzt als Roma und es überleben lassen? Schon möglich. Wundern würde es sie nicht …

»Komm, *motsa*«, flüsterte sie und merkte zu spät, dass sie Romanes gesprochen hatte. Sie blieb einen Moment reglos sitzen, und lauschte. Hatte sie jemand gehört? Nein, es schien nicht so, das abgehackte Gespräch in

Schwedisch, Deutsch, Polnisch und Jiddisch schien sich im Wohnzimmer fortzusetzen, also streckte sie ihre Hand nach der Katze aus. Die warf ihr einen Blick zu, der zunächst äußerst verächtlich erschien, stand dann aber doch auf und kam zu ihr, schnupperte vorsichtig an ihrer Hand und ließ es zu, unterm Kinn gekrault zu werden. Vielleicht genoss sie es sogar, es hatte fast den Anschein, denn nun strich sie mit geschlossenen Augen um ihre Beine. Miriam beugte sich hinunter und hob sie hoch, bohrte ihr Gesicht in das weiche Fell und stellte verwundert fest, mit welch angenehmem Gefühl diese kleine Bewegung sie erfüllte. Das Fell war so weich. Das Näschen rosa. Die kleinen Pfoten weiß. Ein Schauder durchlief sie, und dieser Schauder war so voller Wollust, dass sie das Tier am liebsten niemals losgelassen hätte, ja, gern hätte sie für den Rest ihres Lebens hier in der Küche gesessen und die Katze fest an sich gedrückt, gespürt, wie weich, warm und liebevoll sie war, sie wollte am liebsten …

»Na, so was«, sagte Bernhard Peterssons Frau, die plötzlich in der Türöffnung stand. »Hast du dich mit Rita angefreundet?«

Miriam lächelte. »Ja. Meine Freundin.«

»Das klingt gut. Aber jetzt musst du sie loslassen, jetzt wollen wir Torte essen.«

Miriam lächelte. Eine Katze und eine Torte. Das war wirklich ein paradiesischer Tag.

Die Torte war mit einer dicken Schicht Schlagsahne bedeckt und oben in der Mitte lag eine rosa Rose aus Marzipan. Außerdem hatte jemand mit dünnen Strichen aus grünem Gelee etwas auf die weiße Oberfläche gemalt, aber es war nicht zu erkennen, was das darstellen sollte. Als die Frau die Tortenplatte auf den Tisch stellte, verstummte sofort das Gespräch, alle starrten sprachlos auf die Torte, bis Eugenia einen langgezogenen Jammerton von sich gab. Bernhard Pettersson und seine Frau schauten sie verwundert an, aber die anderen Flüchtlinge reagierten gar nicht.

»Ja«, sagte die Frau und streckte Apolonia einen kleinen Tortenheber und ein Tortenmesser hin. »Bitte schön, nehmt euch ein Stück.«

Zum ersten Mal verschwand der verächtliche Ausdruck aus Apolonias Gesicht, sie sah einfach nur verblüfft aus. Dann zerplatzte ihre Miene zu einem strahlenden Lächeln, einem warmen, breiten, glücklichen Lächeln, dem es fast gelang, die schwarzen Schatten aus ihrem Gesicht zu vertreiben.

»*Danke*«, sagte sie in gebrochenem Schwedisch. »Vielen Dank.«

Sie drückte das Tortenmesser in die Schlagsahne und ließ es vorsichtig sinken, schnitt andächtig ein großes Stück von der Torte ab und hob es auf ihren Teller. Dort stand es nun und gab sein Inneres preis. Tortenboden. Gelbe Buttercreme. Rote Himbeermarmelade. Apolonia schaute kurz auf, begegnete Helenas Blick, schien aber gar nichts wahrzunehmen, schüttelte dann nur leicht zweifelnd den Kopf. Sie öffnete den Mund und leckte sich schnell über die Lippen, dann vergrub sie endlich den Teelöffel in der Torte.

Als sie zurück zum Konzerthaus gingen, fühlten sie sich fast wie im Rausch. Sie gingen Arm in Arm, alle zehn, kichernd, summend und plappernd, in einer breiten Reihe, die die ganze Straße einnahm. Nicht dass das jemanden störte, es schien an diesem Samstagabend in Aneby kein einziges Auto unterwegs zu sein, die wenigen Autos, die es gab, standen irgendwo am Straßenrand, während ihre

Besitzer lieber zu Hause saßen, das streng rationierte Benzin sparten und den Samstagabendfrieden nicht störten. Nicht ein einziger Mensch schien draußen zu sein, ganz Aneby lag still und verschlossen da, allein die Kirchenglocken waren zu hören, wie sie das Wochenende einläuteten. Außerdem hatte die Sonne sich hinter Wolken versteckt und ein leichter Regen eingesetzt, aber das störte die Flüchtlinge nicht. Regen oder Sonnenschein, es war trotz allem herrlich zu leben, zum ersten Mal seit vielen Jahren war es wirklich wunderbar, am Leben zu sein!

Apolonia sagte etwas auf Polnisch und zeigte noch einmal ihr schönes Lächeln. Und Krystyna, die an Miriams Seite humpelte, machte einen fröhlichen kleinen Hüpfer. *Tak!* Das bedeutete Ja auf Polnisch, so viel hatte Miriam gelernt. Eugenia schien zuzustimmen, und ausnahmsweise schien sie einmal nicht vom Essen zu reden, und ihre Worte brachten Wiktoria augenscheinlich dazu, ihr kichernd zuzustimmen. Nur Helena blieb mitten im Schritt stehen und zwang damit die ganze Gruppe auch stehen zu bleiben, sprach zuerst auf Polnisch und dann auf Deutsch, damit auch Miriam es verstand.

»Nein«, sagte sie. »Wir gehen heute Abend nicht in den Park und nicht zu den anderen Quarantänequartieren. Wir gehen jetzt zurück ins Konzerthaus. Ab Montag sind wir frei. Bis dahin ist es nur noch ein Tag, dann können wir machen, was wir wollen.«

Apolonia schaute sie an und verzog das Gesicht, dann veränderte sich langsam ihre Mimik, und sie zeigte wieder ihre übliche verächtliche Miene.

Am Montag sind wir frei. Bis dahin war es nur noch ein Tag. Das hatte Helena gesagt, und das waren Sätze, die Miriam die ganze Nacht wach hielten.

Frei. Freiheit. Was brachte das mit sich?

Sie sollte hingehen können, wohin sie wollte, aber sie wusste ja gar nicht, wohin sie gehen wollte. Und wie würden die Schweden reagieren, wenn sie einfach überall auf ihren Straßen herumlief? Waren alle so nett wie Bernhard Pettersson und seine Frau? Oder gab es auch hier böse Menschen, Leute mit Peitschen, Schlagstöcken und Waffen? Leute, die sie nur ansahen und sofort eine Romni oder eine Jüdin oder einen *Mischling* in ihr sahen? Und was würden sie in diesem Fall mit ihr machen? Gab es überhaupt Roma in Schweden? Oder Juden? Und wenn ja, waren die dann auch nett?

Sie seufzte tief und drehte sich so heftig im Bett um, dass die Papierdecke raschelte.

Dann war er endlich da. Der Morgen der Freiheit. Der Montagmorgen.

Miriam hatte von der Schwarzen Sara geträumt, der Schutzheiligen ihrer Kindheit, und der Traum lag noch hinter ihren Augenlidern, als sie aufwachte, aber nur eine Sekunde lang, dann platzte er wie eine Seifenblase und ließ nur Fragmente in der Erinnerung zurück. Dennoch faltete sie die Hände unter der Decke, drehte dem Schlafsaal den Rücken zu und begann zum ersten Mal seit vielen Jahren zu ihr zu beten. *Liebe Schwarze Sara, ich weiß nicht, was ich oder mein Volk getan haben, um Gott zu beleidigen, warum Didi sterben musste, genau wie Else und Anuscha, aber, ich bitte dich, bete für sie und für mich …*

Ach! Das war doch vollkommen sinnlos. Schließlich war die Schwarze Sara doch gar keine richtige Heilige, nur eine Gestalt, die sich die Roma selbst ausgedacht hatten. Das hatten die Nonnen gesagt. Und Gott interessierte sich sicher kein bisschen für Miriam und ihr Volk, schließlich hatte er das immer wieder bewiesen. Roma und Juden hatten allein zurechtkommen müssen, solange sie lebte, und so würde es vermutlich auch weitergehen. Also war es das Beste, sich aufs Überleben zu konzentrieren. Und dieses Mal ging es darum, die Freiheit zu überleben. Was schon gutgehen würde, vorausgesetzt, sie blieb weiterhin so folgsam und auf der Hut, so brav und verlogen, wie sie es seit ihrer Ankunft in Schweden war, nur durfte sie nie einem Schweden oder Deutschen oder irgendeinem anderen *Gadscho* zeigen oder zu verstehen geben, wer sie eigentlich war und was sie eigentlich dachte. Glücklicherweise war sie inzwischen fast vollkommen gesund, jetzt schaffte sie viel mehr. Das Fleckfieber war weg, sie hatte diesen schlimmsten Mörder von allen überlebt, und jetzt hieß es nur, genug zu essen und wieder Fleisch auf die Knochen zu kriegen. Mit der rechten Hand strich sie über ihren Oberschenkel. Doch, ja. Sie hatte fast das Gefühl, dass er schon breiter war als das Kniegelenk. Jedenfalls genauso breit.

Sie drehte sich im Bett um und setzte sich auf, schaute sich im Saal um. Alle schliefen. Jede Einzelne. Und das, obwohl die Sonne hereinschien, ja, einigen der Mädchen direkt ins Gesicht. Vielleicht war es noch gar nicht morgens, vielleicht war es immer noch Nacht, obwohl die Sonne so hoch stand. Würde sie sich jemals an diese hellen Nächte gewöhnen? Ja, das würde sie. Denn sie würde in Schweden bleiben. Sie würde alles tun, um hierbleiben zu dürfen. Außerhalb der richtigen Welt.

Vorsichtig drückte sie die Decke zur Seite und schob ein Bein über die Bettkante, spannte alle Muskeln an, um lautlos hinunterzuspringen. Sie wollte nicht, dass irgendjemand aufwachte, sie wollte diesen ersten Morgen in Freiheit ganz für sich haben. Aber es war nicht möglich, vollkommen geräuschlos zu springen, die Fußsohlen trafen mit einem leisen dumpfen Schlag auf dem Boden auf, worauf sie einige Sekunden lang reglos stehen blieb. Krystyna im Bett unter ihr jammerte leise, wachte aber nicht auf. Also konnte Miriam ausatmen und ging vorsichtig über den kalten Boden, zur Eingangshalle und zu den Toiletten.

Ihr Spiegelbild sah nicht mehr aus wie ein Geist, es sah auch nicht mehr aus wie ein kleiner Junge. Nein, es war ein Mädchen, das ihren Blick in der Glasscheibe erwiderte, wenn auch ein Mädchen mit einer ziemlich merkwürdigen Frisur. Ihr Haar war immer noch sehr kurz, aber es lag platt und ungewaschen um ihren Schädel. Vielleicht sollte sie es einmal mit einem richtigen Shampoo waschen, wie es die anderen Mädchen taten? Die Rote-Kreuz-Schwestern hatte ja eine neue Tube Shampoo auf das Glasregal über dem Waschbecken gelegt. Ja, das wollte sie machen.

Wie gingen die anderen Mädchen dabei vor?

Zuerst ließen sie Wasser ins Waschbecken laufen, das Wasser war himmlisch warm, schon wenn es aus dem Hahn kam. Dann tauchten sie den Kopf hinein. Drückten ein wenig von dem perlmuttschimmernden Shampoo in die Hand, rieben es in das feuchte Haar ein, bis es schäumte. Oje! Sie musste kichern, als sie sich im Spiegel wieder anschaute. Ihr Kopf sah aus wie eine schwarzweiße Zwiebel! Aber eine Zwiebel, die lieblich duftete … Und dann das Wasser ablaufen lassen und das Becken mit frischem Wasser füllen. Spülen. Ablaufen lassen. Noch einmal spülen.

Als sie fertig war, war das Nachthemd an den Schultern und am Rücken klitschnass. Das war dumm, daran hätte sie vorher denken sollen. Einen Moment lang wusste sie nicht, was tun. Sollte sie wirklich das Nachthemd ausziehen? Vollkommen nackt hier stehen? Ja. Das machten die anderen ja ab und zu auch. Und manchmal kamen sie mit nassem Haar und Wassertropfen aus dem Waschraum, nur in ein Handtuch gewickelt. Halbnackt. Und sie schienen sich nicht im Geringsten zu schämen, aber schließlich waren sie ja auch keine Romnija …

Aber Miriam war ja auch keine Romni mehr. Miriam Goldberg war ja Jüdin. Und offensichtlich durften Jüdinnen allein nackt sein und halbnackt mit anderen zusammen.

Sie streckte die Hand aus und kontrollierte, ob die Tür des Waschraums auch wirklich verschlossen war, dann zog sie das nasse Nachthemd aus und legte es auf einen Heizkörper, anschließend ließ sie noch einmal Wasser ins Becken laufen, wusch sorgfältig Gesicht und Hände, befeuchtete dann eine Ecke des Handtuchs und verwandelte es so in einen Waschlappen, mit dem sie über den ganzen Körper fuhr. Sie konnte es nicht lassen, musste ab und zu ihren eigenen nackten Körper betrachten. Ja. Die Rippen waren deutlich zu sehen. Die Hüften waren geradezu eckig. Und die Knie tatsächlich immer noch breiter als die Oberschenkel. Die halbe Tätowierung saß an Ort und Stelle, direkt neben der blauen Narbe. Vorsichtig strich sie mit dem Zeigefinger darüber und wünschte sich einen schwindelerregenden Moment lang, genauso fluchen zu können wie Helena. *Verdammte Scheiße, verfluchte Naziteufel!* Doch das konnte sie nicht. Das würde sie nie lernen.

Sie seufzte leise und wickelte sich das Handtuch um den Leib, nahm das nasse Nachthemd über die Schulter und huschte auf Zehenspitzen zurück in den Schlafsaal, eilte so schnell sie konnte den langen Gang zwischen den Etagenbetten entlang, bis sie endlich zu dem Stuhl gelangte, auf dem ihre Kleidung lag. Sie riss das Nachthemd herunter und griff nach dem Kleid, zog es sich schnell über den Kopf und registrierte den leichten Schweißgeruch, wünschte sich eine Sekunde lang ein zweites Kleid, zum Wechseln, damit sie das eine waschen könnte, während sie das andere trug, schob dann aber ihren Wunsch beiseite, um nicht Gott oder die Heiligen oder die Rote-Kreuz-Schwester zu verärgern, die möglicherweise ihre Wünsche lesen konnten. Es war gut, wie es war. Vielen Dank dafür, dass es so war, wie es jetzt war, und nicht wie vor nur anderthalb Monaten!

Dann zog sie das Handtuch unter dem Kleid heraus und schaute sich eilig um, bevor sie ihre Unterhose anzog. Niemand schien wach zu sein. Niemand schien sie gesehen zu haben.

Gott sei Dank.

Unten auf der Terrasse stand immer noch ein Mann vom Zivilschutz. Er lächelte, als sie herauskam, und zeigte auf seine Uhr.

»Wie spät?«, fragte Miriam.

Er nahm einen tiefen Zug von seiner Zigarette, bevor er sie wegwarf.

»Na, so was. Du redest ja richtig Schwedisch. Nicht schlecht. Es ist erst halb fünf … Warum bist du schon so früh auf?«

Miriam streckte sich ein wenig und wich vorsichtig einen Schritt zurück, für den Fall, dass er näher kommen sollte.

»Ich konnte nicht schlafen.«

»Ach so. Ja, das kann ich gut verstehen. Schließlich ist heute ja ein großer Tag. Ab jetzt dürft ihr in die Stadt gehen.«

Miriam nickte stumm. Der Mann vom Zivilschutz lächelte wieder, schien aber nicht näher kommen zu wollen, er stand immer noch auf dem gleichen Fleck wie zuvor.

»Was werdet ihr unternehmen?«

Miriam war verwirrt: »Unternehmen?«

Der Mann lachte. »Ja, unternehmen, machen. Was wollt ihr heute machen?«

»Och, ich, ich weiß nicht … Einfach nur rausgehen. Nehme ich an.«

»Aber ich habe gehört, einige von euch waren schon mal draußen. Die haben sich am Samstagnachmittag davongeschlichen …«

Miriam spürte, wie ihre Wangen heiß wurden.

»Oh«, sagte sie atemlos und duckte sich leicht vor dem Schlag, der kommen musste. Warum war sie nur auf die Terrasse gegangen? Warum war sie nicht im Bett liegen geblieben? Dann hätte eine andere die Strafe entgegengenommen, die jetzt sie treffen sollte.

»Es heißt, ihr wart zu Hause bei Bernhard Pettersson«, sagte der Zivilschutzmann. Er lächelte immer noch. Miriam nickte schuldbewusst.

»Torte«, murmelte sie. »Nett.«

Der Mann lachte wieder, vielleicht würde er sie trotz allem nicht schlagen. Genau betrachtet, wirkte er ganz friedlich.

»Ja«, nickte er. »Bernhard Pettersson ist wirklich nett. Aber das hat so einige neidisch werden lassen.«

Miriam runzelte die Stirn. »Was?«

»Neidisch.«

Miriam schüttelte den Kopf. Das Wort verstand sie nicht.

Der Zivilschutzmann zuckte mit den Schultern. »Das bedeutet, dass es andere gibt, die euch bestimmt auch zu einer Torte einladen wollen. Die gern möchten, dass ihr auch zu ihnen kommt. Jüngere Männer. Junge Männer.«

»Oh«, sagte Miriam wieder.

»Aber wenn ich dir einen guten Rat geben soll«, sagte er und verzog leicht das Gesicht. »Wenn du wirklich einen guten Rat haben willst, dann sei vorsichtig mit den jungen Männern.«

Miriam nickte verwirrt und machte einen leichten Knicks.

»Das werde ich«, sagte sie. »Danke schön.«

Das Frühstück verlief chaotisch. Die Frauen drängten sich um die Kaffeekannen und die Brotkörbe und sprachen plötzlich mit Stimmen, die im Laufe der Nacht viel schriller geworden waren. Alle schienen es sehr eilig zu haben. Helena hatte fünf dicke Briefumschläge neben ihrer Kaffeetasse liegen und versuchte eine der Rote-Kreuz-Schwestern dazu zu bringen, ihr den Weg zum Postamt zu erklären. Krystyna hatte plötzlich einen ganz wilden Blick und verkündete, sie wolle mitgehen, Helena dürfe auf keinen Fall ohne sie zur Post gehen, Helena müsse warten, bis Krystyna alle ihre Briefe fertig geschrieben habe. Ja, so war es nun einmal, es bliebe ihr nichts anderes übrig, als zu warten! Helena verschluckte sich fast an ihrem Kaffee und fiel ins Polnische, fluchte offensichtlich laut und vernehmlich, was Apolonia neben ihr dazu brachte, einen Moment lang eher freudig überrascht als verächtlich auszusehen, auch wenn sie zusammenzuckte, als Helena mit der flachen Hand auf den Frühstückstisch schlug. Krach! Nein, Helena dachte gar nicht daran, zu warten, bis Krystyna irgendwelche Briefe fertig geschrieben hatte, auf keinen Fall. Krystyna brach in Tränen aus. Doch das nützte nichts. Helena stand auf, nachdem sie nur eine halbe Scheibe gegessen hatte, und nahm ihre Briefe, Eugenia stürzte sich auf das restliche Brot und stopfte es sich in den Mund, alles auf einmal, während Zofia zu schluchzen begann und irgendetwas von Stanislav jammerte.

»Puh«, sagte Ebba, die Jüngste der Rote-Kreuz-Schwestern, als Miriam mit einigen Kaffeetassen in die Küche kam. »Na, heute seid ihr aber richtig wild!«

»Ja«, stimmte Miriam zu. »Aber das ist ja auch kein Wunder.«

»Nein. Das verstehen wir gut. Das ist ein großer Tag für euch alle. Was willst du machen?«

Miriam stellte die Kaffeetassen hin und gab sich Mühe, so gut wie möglich Schwedisch zu sprechen: »Zuerst will ich abwaschen. Dann werden wir sehen.«

Ebba legte den Kopf schräg.

»Aber du wirst doch heute nicht abwaschen ... Das kann ich machen.«

Miriam senkte ihren Blick und machte einen kleinen Knicks.

»Aber ich möchte es gern tun. Bitte! Lass es mich machen.«

Plötzlich war es vollkommen still im Konzerthaus. Plötzlich war der Schlafsaal ganz leer. Miriam stand reglos in der Terrassentür und schaute sich um. Was sollte sie tun? Sie hatte abgewaschen und den Boden in der Küche gewischt. Vielleicht sollte sie hier drinnen auch noch fegen? Ja, das konnte sie machen. Genau wie den Boden im Flur. Und im Waschraum ...

Ja, das würde sie machen.

Sie schob die Tür zur Küche auf, holte Besen und Kehrblech, stellte dankbar fest, dass keine der Rote-Kreuz-Schwestern zu sehen war, und ging zurück in den Schlafsaal. Dort bückte sie sich und begann sorgfältig den Boden zu fegen. Kleine Bewegungen. Leicht. Aber fest genug, dass all der Staub, der Kies und kleiner Schmutz auf das Kehrblech geschoben wurden. Nach einer Weile reckte sie den Hals und schaute sich um. Sie hatte noch viel vor sich. Gott sei Dank. Eine ganze Stunde konnte sie damit verbringen, sorgfältig den ganzen Schlafsaal im

Konzerthaus auszufegen. Eine ganze Stunde Aufschub, in der sie nicht hinausgehen musste.

Angst, dachte sie, fegte das Wort aber gleich wieder weg. Ach was. Sie war gar nicht ängstlich. Und besonders einsam auch nicht.

Aber zum Schluss war der ganze Schlafsaal ausgefegt. Die Waschbecken im Waschraum gescheuert. Die Wasserhähne poliert. Ihr eigenes Haar gekämmt. Alle Knöpfe ihres Kleids bis zum Hals zugeknöpft. Die Strümpfe hochgezogen. Die Schuhe geputzt.

Es gab ganz einfach nichts mehr zu tun. Nichts bis auf das, was die anderen Flüchtlinge bereits getan hatten. Einen Fuß vor den anderen zu setzen. Einen Spaziergang zu machen. Hinauszugehen.

Ihr Herz pochte heftig, als sie die Haustür aufschob, und für den Bruchteil einer Sekunde hatte sie das Gefühl, die Beine würden ihr den Dienst versagen. Else, dachte sie schnell. Was hätte Else an einem Tag wie diesem getan? Die Antwort war eindeutig: Natürlich wäre sie hinausgegangen. Sie wäre wachsam und vorsichtig gewesen, aber es gab keinen Zweifel – sie wäre hinausgegangen. *Und ich muss es wie Else machen. Also gehe ich hinaus. Allein.*

Die Tür schloss sich mit einem leisen Klicken hinter ihrem Rücken, und sie machte vorsichtig einen Schritt nach vorn, ging dann die zwei Treppenstufen hinunter auf die Straße. Dort blieb sie einen Moment lang reglos stehen, bevor sie es wagte, sich umzuschauen. Der Himmel spannte sich tiefblau über ihrem Kopf aus. Nicht eine Wolke war zu sehen. Die Bäume waren von leuchtendem Grün. Die Blumen im Garten auf der anderen Straßenseite waren blau, gelb und rot. Die Roten erkannte sie wieder. Sie hießen Rosen. Sie holte tief Luft. Ja, es stimmte tatsächlich. Sie war frei, sie stand auf einer menschenleeren Straße und schaute sich blühende Rosen an.

Sie brauchte keine Angst zu haben. Dessen war sie sich sicher. Fast sicher.

Jozefa saß mit geschlossenen Augen an einen Baum unten im Park gelehnt. Zögernd näherte Miriam sich ihr, vielleicht wollte Jozefa lieber allein sein. Sie hatte etwas an sich, das Miriam das Gefühl gab, minderwertig zu sein. Vielleicht war es allein die Tatsache, dass Jozefa auf dem großen Klavier (nein, auf dem Flügel, das große Klavier hieß ja Flügel) spielen konnte, aber so einfach war es nicht, das wusste sie selbst. Es hatte etwas mit Jozefas aufrechter Haltung zu tun, ihrer selbstverständlichen Art, dieser kühlen Höflichkeit, vielleicht sogar Freundlichkeit, die sie den anderen Flüchtlingen gegenüber zeigte, ihr unglaublich ordentlich gekämmtes honigblondes Haar, ihre gepflegten Fingernägel und ihre weichen weißen Hände. Sicher hatte auch sie Angst, vielleicht genauso viel Angst wie Miriam, aber dennoch zeigte sie ein ganz besonderes Auftreten, das Miriam nicht hatte. Vielleicht war es eine Art Würde. Oder Stolz.

Jozefa merkte nicht, dass sie kam, also war Miriam gezwungen, sich leise zu räuspern, als sie herantrat. Jozefa zuckte zusammen und wäre fast aufgesprungen, als sie Miriam entdeckte. Ja, es war deutlich, auch sie hatte Angst.

»Oh«, sagte sie und atmete erleichtert aus. »Du bist das.«

»Ja«, sagte Miriam und blieb ein Stück entfernt stehen.

»Setz dich doch«, sagte Jozefa und klopfte mit der Handfläche aufs Gras. Ihr Deutsch war perfekt, es klang wie das einer dort Geborenen.

»Oder möchtest du lieber allein sein?«

Jozefa lächelte. »Ich war den ganzen Vormittag allein. Was hast du gemacht?«

Miriam strich ihr Kleid hinten glatt, bevor sie sich an einem Baum dicht daneben setzte.

»Saubergemacht.«

Jozefa verzog leicht das Gesicht. »Du hast saubergemacht? Warum das?«

Miriam zuckte leicht mit den Schultern, wusste nicht, was sie darauf antworten sollte.

Jozefa seufzte. »Ich weiß nicht, wie das geht, saubermachen. Meine Mutter wollte nicht … Sie meinte, ich sollte mich lieber um die Schule kümmern. Und das Klavier natürlich.«

Ihre Stimme klang ein wenig belegt, das ließ sie plötzlich abbrechen. Doch dann holte sie Luft und fuhr fort: »Ich habe mich so nach diesem Park gesehnt. Ich habe geglaubt …«

Sie verstummte, blinzelte ein paar Mal und wandte dann ihr Gesicht ab. Miriam murmelte etwas, wusste aber selbst nicht so recht, was sie sagen sollte.

Eine Weile blieb es still zwischen ihnen, bis Jozefa vorsichtig fragte: »Hast du noch jemanden?«

Miriam traute sich nicht, sie anzusehen, schüttelte nur stumm den Kopf.

Jozefa sprach ganz leise. »Ich auch nicht. Meine Eltern, mein Opa, meine kleine Schwester … Erst das Ghetto, dann Majdanek.«

Miriam schielte zu ihr hinüber. »Majdanek? Ein Lager?«

Jozefa nickte, sagte aber nichts. Miriam wandte ihren Blick ab. Irgendwo im Hintergrund war ein leises Plätschern zu hören. Vielleicht kam das von diesem Bach, von dem die Rote-Kreuz-Schwestern gesprochen hatten. Svartån. Ob er wirklich schwarz war?

»Wie soll das nur werden?«, fragte Miriam plötzlich und war selbst verwundert darüber. Dennoch fuhr sie fort: »Was soll nur aus uns werden?«

Jozefa seufzte erneut. »Ich weiß es nicht …«

»Willst du in Schweden bleiben?«

Jozefa zuckte die Schultern. »Ich weiß es nicht. Die Sprache scheint ziemlich schwer zu lernen zu sein …«

»Die ist gar nicht schwer zu lernen.«

Jozefa zuckte noch einmal mit den Schultern. »Nein, mag sein. Ich weiß es nicht. Ich weiß nur, dass ich nicht zurück nach Polen will. Nein. Nie wieder. Aber wohin kann man dann gehen? Amerika? Glaubst du, wir könnten nach Amerika kommen?«

»Ich will nicht nach Amerika. Ich will hierbleiben.«

Jozefa schüttelte den Kopf.

»Aber wie lange wird es hier sicher sein? Das weiß man nie.«

Miriam biss sich auf die Unterlippe.

»Das kann man wohl nirgends wissen.«

»Nein«, stimmte Jozefa zu und stand auf. »Das kann man wohl nicht. Bist du auch mit dem Geisterzug gekommen?«

Miriam blinzelte verständnislos. »Geisterzug?«

»Ja, mit dem Zug, der die Letzten aus Ravensbrück evakuiert hat.«

»Ich weiß nicht. Ja, ich bin mit einem Zug gekommen, nur war ich fast die ganze Fahrt über bewusstlos. Aber das war kein Geisterzug. Und es waren noch Menschen in Ravensbrück … Wir waren nicht die Letzten.«

Jozefa lächelte und schüttelte leicht den Kopf, als hätte Miriam etwas unglaublich Dummes gesagt.

»Die Letzten, die nach Schweden gekommen sind, meine ich. Natürlich waren noch Menschen in Ravensbrück. Tausende. Zehntausende. Jede Menge Russen, Zigeuner und anderes Gesocks …«

Der Boden schwankte unter Miriam, und sie war dankbar, dass sie saß. Sie blinzelte, sie musste etwas sagen, es war ganz wichtig, dass sie etwas sagte, damit Jozefa nicht merkte, wie aufgewühlt sie war. Sie räusperte sich leise. »Aber warum hast du ihn Geisterzug genannt?«

Jozefa lächelte. »Du musst wirklich vollkommen weggetreten sein! Dieser Zug ist falsch gefahren, erinnerst du dich nicht daran? Der ist auf ein Abstellgleis gefahren und dort stehen geblieben. War ganz einfach verschwunden. Und nach ein paar Tagen ist er plötzlich wieder aufgetaucht. Deshalb hat das Rote Kreuz ihn den Geisterzug genannt. Wollen wir uns den Bach mal angucken?«

Miriam legte die Handflächen auf den Boden, stützte sich auf, versuchte sich festzuhalten.

»Nein«, sagte sie. »Ich glaube nicht. Ich möchte erst noch eine Weile hier sitzen bleiben.«

Wenn sie sich schon vorher zurückgezogen hatte, so wurde sie nach dem Gespräch mit Jozefa direkt menschenscheu. Sie blieb für sich. Achtete darauf, nicht zu neugierig die anderen Flüchtlinge anzusehen, bat niemanden, ihr zu übersetzen, was sie auf Polnisch oder Jiddisch sagten, hielt sich stattdessen eher an die Rote-Kreuz-Schwestern, half eifrig in der Küche und übte Schwedisch zu sprechen.

»Du kommst nicht aus Polen, oder?«, fragte Schwester Ebba eines Tages, als Miriam abwusch. Miriams Rücken streckte sich kurz, dann zwang sie sich selbst dazu, die Schultern herunterzulassen und ganz normal dazustehen.

»Nein«, antwortete sie. »Ich bin in Deutschland geboren.«

»Merkwürdig, dass du dann hier gelandet bist … Unter all den Polinnen.«

Miriam gelang es, leicht mit den Schultern zu zucken: »Ja. Kann sein.«

Schwester Ebba nahm ein Geschirrhandtuch und begann die Gläser abzutrocknen.

»Weißt du, ob einige von ihnen Juden sind?«

Miriam schwieg einen Moment. War Helenas Plan tatsächlich aufgegangen? Wussten die Rote-Kreuz-Schwestern nicht, dass mindestens die Hälfte der Flüchtlinge im Konzerthaus Jüdinnen waren?

»Juden?«, wiederholte sie atemlos und zögerte einen Moment, bevor sie weitersprach. »Doch. Einige sind dabei.«

»Ach ja? Und wer ist das?«

Für eine Sekunde schloss Miriam die Augen. Sollte sie? Ja. Sie sollte es wagen.

»Na, beispielsweise ich«, sagte sie. »Ich bin Jüdin.«

Jetzt hatte sie ihre Lüge herausgelassen, jetzt gab es keinen Weg mehr zurück, das Wort zitterte in der Luft über ihr. Aber Ebba schien gar nicht darauf zu reagieren, stellte nur ein paar Gläser in den Schrank über dem Abwaschtisch.

»Ach so. Und wer noch?«

»Das musst du sie selbst fragen.«

Ebba verzog leicht das Gesicht. »Ja, natürlich. Entschuldige. Ihr habt ja schlechte Erfahrungen gemacht. Und eigentlich geht es mich auch gar nichts an.«

Miriam blinzelte. Ging es die Rote-Kreuz-Schwestern nichts an? Das war ein fremder Gedanke.

Ebba lächelte hinter ihrem Rücken. »Ich finde es nur

so schade, dass du so außen vor bist. Dass du nie mit den anderen Mädchen ausgehst …«

Miriam richtete sich auf.

»Ach, das macht nichts. Mir geht es gut. Sehr gut. Außerdem will ich ja Schwedisch lernen.«

»Ich weiß«, sagte Ebba. »Und du bist richtig tüchtig. Aber du musst auch lernen, hinauszugehen. Unter Leute. Deshalb wirst du am Samstag mit mir rausgehen.«

»Oh«, sagte Miriam und knickste leicht. »Vielen Dank.«

Und damit war das entschieden.

So begann eine vorsichtige Freundschaft. Ebba kam am Samstagmorgen zum Konzerthaus und erklärte, dass an diesem Tag ein anderes Mädchen sich um den Frühstücksabwasch kümmern müsse, denn jetzt wollten Miriam und sie ausgehen. So war es nun einmal. Und anschließend nahm sie Miriam am Arm und schob sie vor sich durch den Schlafsaal und hinaus auf die Straße, blieb dort einen Moment lang stehen, trat dann einen Schritt zurück und musterte Miriam von oben bis unten, strich ihr schnell über die Schultern und lächelte sie an.

»Schade, dass du keinen Hut hast«, sagte sie. »Sonst würdest du wie eine richtige Dame aussehen.«

Miriam strich sich hastig über den Bauch. Sie hatte erst an diesem Morgen ein neues Kleid bekommen und wusste nicht so recht, was sie davon halten sollte. War es hübsch? Oder war es nur merkwürdig? Es hatte ein Muster in verschiedenen Grau- und Blautönen auf weißem Untergrund, ein Muster, das gar nichts darstellte, weder Blumen noch Punkte oder Sterne, nur komische kleine Farbkleckse. Aber es saß gut.

»Dieses Kleid ist ganz neu«, erklärte Ebba mit einem strahlenden Lächeln. »Wir haben letzte Woche vierzig Kleider als Geschenk von Carlsund bekommen, und dieses habe ich für dich beiseitegelegt. Deshalb ist es so modern. Ich muss sagen, ich hätte selbst gern eines der Kleider gehabt, aber … Ja. Ich kann mir ja ein Kleid kaufen. Irgendwann einmal. Wenn ich es mir leisten kann.«

Miriam schüttelte leicht den Kopf, sie hatte nur die Hälfte von dem verstanden, was Ebba gesagt hatte, ahnte jedoch, dass sie etwas Nettes sagen musste.

»Dein Kleid ist auch hübsch. Und dein Hut.«

Ebba gab ihrem Hut einen kleinen Schubs mit den Fingerspitzen.

»Den habe ich dieses Jahr neu gekauft. Findest du ihn wirklich hübsch?«

»Oh ja«, bestätigte Miriam. Und sie log nicht. Ebbas Hut war wirklich hübsch. Ein weißer Strohhut mit einem blauen Band. So einen hätte Miriam auch gern. Und auch so ein geblümtes Kleid mit einem blauen Gürtel um die Taille. Ganz zu schweigen von dem lockigen blonden Haar und den großen grauen Augen. Das würde vieles verändern.

»Das Programm sieht folgendermaßen aus«, erklärte Ebba. »Zuerst machen wir einen Einkaufsbummel. Dann treffen wir Lars-Evert und gehen in die Konditorei. Und zum Schluss fahren wir mit dem Rad zum Stalpet.«

Miriam schluckte. Sie hatte nicht ein Wort verstanden.

Zunächst gingen sie zum Marktplatz. Miriam blieb stehen, als der sich vor ihnen öffnete, und zwang damit auch Ebba, stehen zu bleiben. Sie standen ganz still da und schauten sich um. Ebba schien zu verstehen, dass der Anblick etwas Neues, Unglaubliches in Miriams Leben war. Geschäfte. Es lagen mindestens vier Geschäfte rund um den Marktplatz. Eines schien Milch und Käse zu verkaufen, eines ganz offensichtlich Lebensmittel, eines bot Fleisch und Wurst an, und eines hatte Kleidung im Angebot. Alle präsentierten ihre Waren in großen Schaufenstern, hinter großen Fensterscheiben, die in der Sonne glänzten. Über das Fenster des Fleischerladens lief Wasser, Unmengen von Wasser, das auf geheimnisvolle Weise aus einer nie versiegenden Quelle zu stammen schien.

»Wo kommt das her?«, fragte Miriam.

Ebba runzelte die Stirn. »Was?«

»Das Wasser«, sagte Miriam und zeigte dorthin. »Am Fenster. Wo kommt das her?«

Ebba zuckte mit den Schultern. »Keine Ahnung. Die haben wohl so einen Apparat da.«

»Aber warum wollen die, dass Wasser über das Fenster läuft?«

Ebba verzog leicht das Gesicht. »Sicher, damit es drinnen kalt bleibt. Nehme ich an. Aber ist doch auch egal. Komm, gucken wir uns lieber Kleider an.«

Miriam blinzelte, konnte nicht an sich halten; die Frage platzte aus ihr heraus: »Und warum?«

»Weil es Spaß macht, Kleider anzugucken«, erklärte Ebba.

Miriam nickte stumm. Sie wagte nicht zu erzählen, dass sie noch nie in ihrem Leben in einem Geschäft gewesen war.

»Wie alt bist du eigentlich?«, fragte sie stattdessen.

Ebba blinzelte, offenbar musste sie nachrechnen: »Einundzwanzig. Jedenfalls bald. Und du?«

Miriam gab sich in Gedanken selbst eine Ohrfeige. Sie hätte doch wissen müssen, dass diese Frage die Gegenfrage nach sich zöge.

»Siebzehn«, sagte sie. Und um das glaubwürdiger klingen zu lassen, fügte sie hinzu: »Ich werde siebzehn im Juni.«

»Na, so was«, sagte Ebba lächelnd, »dann haben wir ja bald eine Geburtstagsfeier. Nun komm aber, wir gehen in den Laden und gucken uns die Kleider dort an.«

Miriam wurde schwindlig. »Aber ich habe doch gar kein Geld!«

Jetzt lachte Ebba laut auf.

»Keine Sorge«, erklärte sie fröhlich. »Man braucht kein Geld, um in einen Laden zu gehen. Wir gehen nur rein, um uns die Sachen anzugucken.«

Und dann zog sie die Tür auf, trat einen Schritt hinein und hielt die Tür offen, damit Miriam ihr folgen konnte.

Die Konditorei war eigentlich eine Bäckerei. Aber eine Bäckerei mit einem Extraraum mit Tischen und Stühlen, in dem man sitzen konnte. Und anscheinend konnte man sich hinsetzen, wo man wollte, zwar blieb Ebba in der Tür kurz stehen, aber nur kurz, dann marschierte sie entschlossen auf einen Tisch an dem großen Fenster zu, zog einen Stuhl heraus und setzte sich. Miriam eilte ihr hinterher und tat es ihr gleich. An einigen Tischen saßen Leute, doch es schien sich niemand um den anderen zu kümmern. Einige ältere Frauen an einem Tisch unterhielten sich. Ein älterer Mann saß hinter ihnen und las Zeitung. Und drei junge Männer beugten sich über einen Tisch direkt neben ihrem, drei junge Männer, die Miriam und Ebba mit den Augen folgten, sich dann extra weit über den Tisch beugten und sich gegenseitig etwas zuflüsterten. Lachten. Miriam verschränkte ängstlich die Arme vor der Brust, hielt sich an den Ellenbogen fest.

»Ach«, sagte Ebba und warf den jungen Männern einen Blick zu. »Kümmre dich nicht um die. Lars-Evert kommt gleich.«

»Lars-Evert?«

»Mein Verlobter.«

Miriam konnte ihren besorgten Gesichtsausdruck nicht verbergen. Das Wort war ihr unbegreiflich: »Verlobter?«

Wieder musste Ebba lachen. »Ich bin verlobt mit ihm. Und ich werde ihn heiraten.«

»Ach, dein Mann?«

»Noch nicht. Aber das soll er werden. Und guck, da kommt er schon.«

Und tatsächlich, da kam er. Ein junger Mann in grauer Jacke und locker gebundenem Schlips mit gerötetem Gesicht und einem leicht hellgelben Lächeln. Groß. Sehr groß. Aber er bestand nur aus Muskeln, Knochen und Haut, war in keiner Weise dick. Jetzt legte er eine seiner riesigen Fäuste auf den hübschen kleinen Stuhl neben Ebba, zog ihn heraus und beugte sich mitten in der Bewegung hinunter und gab Ebba einen schnellen Kuss auf die Wange. Die drei jungen Männer am Tisch nebenan kicherten, schauten jedoch schnell weg, als Lars-Evert sie mit einem Blick bedachte.

»Ist was?«, fragte er. Die drei jungen Männer schauten an die Decke, aber Lars-Evert ließ sie nicht aus den Augen, eine Weile starrte er sie reglos an, bis er mit seinen breiten Schultern zuckte und hinzufügte: »Nee. Habe ich mir schon gedacht.«

Ebba lächelte und kroch in sich zusammen, schien sich offenbar so klein wie möglich zu machen. Sie legte ihre kleine weiße Hand auf Lars-Everts große rote und sprach mit einer Stimme, die viel heller klang als noch vor einer Weile: »Ja, Lars-Evert, hier haben wir also Miriam. Das Mädchen, von dem ich dir erzählt habe.«

Lars-Evert richtete seinen hellblauen Blick auf Miriam. Sie rutschte auf ihrem Stuhl hin und her und wusste plötzlich nicht, was sie machen sollte. Das war ganz offensichtlich eine *Vorstellung*. Sollte sie jetzt aufstehen und einen Knicks machen? Oder einfach sitzen bleiben und weiterhin so einfältig lächeln, wie sie es bereits tat?

»Hallo, Miriam«, sagte Lars-Evert. »Knut kommt auch gleich.«

Miriam nickte und lächelte weiter. Die Welt war ihr weiterhin ein Rätsel.

Knut stellte sich als eine kleinere Version von Lars-Evert heraus. Die gleiche graue Jacke und der lockere Schlips, die gleiche farblose Frisur, streng nach hinten gekämmt, und das gleiche gerötete Gesicht, aber mit Zähnen, die tatsächlich weiß funkelten, wenn er lachte. Er verneigte sich höflich und ließ Miriams Hand in seiner verschwinden. Nett dich kennenzulernen, nett, sehr nett.

»Man hat ja schon gehört, dass ihr Mädchen im Konzerthaus gerne Torte esst«, sagte er und ließ sich auf den Stuhl neben Miriam nieder. »Darf ich also zu einem Stück Torte einladen?«

Lars-Evert runzelte die Stirn.

»Hast du genug Marken, dass es auch für uns reicht?«

Einen Moment lang schaute Knut besorgt drein, doch dann schien er einen Entschluss zu fassen.

»Aber natürlich. Ist doch klar.«

Eine Frau mittleren Alters in einer Art Uniform – weiße Bluse, schwarzer Rock – trat an ihren Tisch. Knut sagte etwas von Kaffee und Lars-Evert fügte etwas hinsichtlich Torte hinzu. Vier Stücke. Ebba beugte sich über den Tisch vor und erklärte mit gedämpfter Stimme: »Das war die Kellnerin.«

Miriam wiederholte: »Kellnerin.«

Knut schaute sie an und zeigte sein strahlendes Lächeln.

»Ja, genau. Kell-ne-rin.«

»Miriam hat ein Ohr für Sprachen«, erklärte Ebba und klopfte leicht mit der Handfläche auf den Tisch.

»Sie hat in nur einem Monat schon ganz viel Schwedisch gelernt.«

Miriam schlug den Blick nieder. Sollte sie es wagen, etwas zu sagen? Ja, das sollte sie.

»Ich konnte schon ein wenig Norwegisch«, sagte sie und war erstaunt, dass ihre Stimme so fest klang. Als wäre sie es gewohnt, mit fremden Männern zu sprechen.

»Norwegisch?«, fragte Lars-Evert und hob fragend die Augenbrauen.

»Ja«, nickte Miriam. »Ich habe ein wenig Norwegisch in Ravensbrück gelernt.«

»Ravensbrück?«, wiederholte Knut mit einem weiteren Lächeln. »Ist das eine Stadt in Deutschland?«

Miriam drehte den Kopf und begegnete seinem blauen Blick.

»Ja«, sagte sie. »Aber eigentlich ist das keine Stadt. Das ist ... Das war ein Konzentrationslager.«

Ebba verzog das Gesicht, ihre Hände fuhren in die Luft.

»Nein, oh nein ... Jetzt reden wir lieber über etwas Schönes.«

Lars-Evert und Knut waren mit dem Fahrrad gekommen, und nachdem sie ihren Kaffee ausgetrunken und ihr Tortenstück gegessen hatten, wollten sie so schnell wie möglich wieder hinaus zu ihren Rädern.

»Wir setzen uns auf die Gepäckträger«, sagte Ebba und legte eine Hand hinten aufs Fahrrad. »Ich zeige es dir ...«

Sie hüpfte hinauf, setzte sich schräg und schlang die Arme um Lars-Evert, lehnte liebevoll ihre Wange gegen seinen Rücken. Miriam schaute sie fragend an. »Aber ... Das ist doch nicht genug Platz für uns zwei.«

Ebba musste lachen. »Nein, natürlich nicht. Aber du sollst da sitzen. Hinten auf Knuts Fahrrad.«

Miriam drehte sich um. Und tatsächlich, da stand Knut neben seinem Fahrrad, lächelnd, bereit aufzusteigen. Miriam trat einen kleinen Schritt zurück. Sollte sie gezwungen sein, die Arme um ihn zu legen? Musste sie ihre Wange gegen seinen Rücken drücken? Gegen den Rücken eines wildfremden Mannes?

»Aber pass auf«, sagte Ebba. »Du musst zusehen, dass dein Kleid nicht so flattert. Sonst kann es in die Speichen kommen, und das ist gefährlich. Und du musst die Beine ausstrecken. So. Nun spring schon rauf.«

»Aber …«, Miriam schluckte.

Lars-Evert runzelte die Stirn. »Nun zier dich nicht. Spring einfach rauf.«

Das war ein Befehl. Und Miriam tat, was sie immer getan hatte: Sie gehorchte dem Befehl.

Und es war gar nicht so schlimm, wie sie gedacht hatte. Ganz im Gegenteil. Es war ganz angenehm, auf Knuts Gepäckträger zu sitzen und zu sehen, wie der braune Kies auf dem Weg an ihr vorbeihuschte, den Sommerwind auf den Armen zu spüren und Knuts Rücken an der Wange. Die war heiß. Und die Muskeln in Knuts Bauch bewegten sich, wenn er in die Pedale trat, das spürte sie. Außerdem roch er gut. Etwas scharf, wie Seife.

Lars-Evert, der vor ihnen fuhr, sagte etwas, und Ebba lachte als Antwort, ihre ausgestreckten Beine schaukelten ein wenig, und das ließ sie noch lauter lachen. Miriam streckte auch die Beine aus, schaute auf ihre Schuhe und hob dann den Blick. Der Sommer zeigte sich in seiner ganzen Pracht. Hellviolette Blumen im Straßengraben. Glänzend grünes Laub an den Bäumen. Und mittendrin ein halb verblühter alter Apfelbaum, dessen weiße

Blüten wie verträumt zu Boden segelten. Ihre Gedanken huschten zu dem Apfel, den sie aufgelesen hatte, als die Häftlinge durch Fürstenberg marschierten, aber sie versuchte sie sofort beiseitezuschieben. Ebba hatte bis jetzt noch nie ein Wort über Ravensbrück hören wollen, das war ganz offensichtlich ein so unangenehmes Gesprächsthema, dass sie eine ganz schrille Stimme bekam, sobald die Rede darauf kam. Vielleicht wollte ja überhaupt kein Schwede über Konzentrationslager sprechen. Jedenfalls schien es so. Nicht eine einzige der Rote-Kreuz-Schwestern in Aneby hatte jemals ein Wort über die Lager fallen lassen, niemand hatte auch nur eine einzige Frage zu den Gaskammern und der Zwangsarbeit gestellt, zum Tod und den Toten. Doch, einer. Bernhard Pettersson hatte etwas über die Lager gesagt, etwas von den Deutschen, dem Kulturvolk und dass man nie geglaubt hätte ... Aber keines der Flüchtlingsmädchen hatte ihm etwas erzählt. Keine hatte berichtet, warum Krystyna humpelte, warum Jozefa ganz allein auf der Welt war, dass Miriam einmal eine Freundin, eine Cousine und einen kleinen Bruder gehabt hatte. Vielleicht hatten sie alle geahnt, dass die Schweden es nicht wissen wollten, dass sie es einfach nicht ertrügen, es zu wissen, dass es ganz einfach verboten war, sich in diesem Land zu erinnern. Vielleicht war es deshalb das Sicherste, nie wieder an Ravensbrück und Auschwitz zu denken. Zu versuchen, zu vergessen. Das, was man trotz allem in der Erinnerung hatte, beiseitezuschieben und zu begraben. Sich selbst das Recht auf die eigene Geschichte zu verweigern ...

»Bitte schön, mein Fräulein«, sagte Knut und hielt das Fahrrad mit einem kleinen Rutscher auf dem Kies an. »Wir sind da. Hier siehst du Stalpet, Anebys ganzer Stolz.«

Stalpet. *Spaltet.* Zerspalten. Zerhacken. Zerhauen.

Miriams Beine versagten ihr den Dienst, sie musste die Hand ausstrecken, um sich auf Knuts Fahrrad zu stützen. Was meinte er? Wollten sie sie zerhacken? Hier?

»Aber meine Liebe«, rief Ebba irgendwo weit in der Ferne. »Passt auf! Sie fällt in Ohnmacht!«

Starke Arme packten sie in der Sekunde, bevor alles schwarz wurde.

Nachdem sie wieder zu sich gekommen war, blieb sie noch eine Weile mit geschlossenen Augen liegen. Lauschte. Ebbas besorgte Stimme im Hintergrund, Lars-Everts Brummen, Knuts ängstliches Murmeln. Und hinter ihren Stimmen war etwas anderes zu hören. Ein Sausen, ein Brausen, ein flüsterndes Geräusch. Das Geräusch von Wasser. Sie schlug die Augen auf. Der Himmel war immer noch tiefblau. Ein einsamer Wolkenstreifen schwebte hoch oben. Es roch nach Gras, aber direkt neben ihr waren kleine grüne Zweige mit dicken Blättern und winzigen rosa Blüten zu sehen. Sie sahen aus wie kleine Glöckchen.

»Oh, Gott sei Dank, sie kommt zu sich …«

Ebba beugte sich über sie. Ihr Hut saß schief und sie sah vollkommen verzweifelt aus. Warum war sie so verzweifelt?

»Wie geht es dir, Miriam? Geht es besser?«

Miriam nickte stumm. Ja, es ging ihr gut. Sie war ja satt. Sie hatte Schuhe an den Füßen. Und niemand hatte sie geschlagen. Bis jetzt.

»Willst du versuchen, dich aufzusetzen?«

Ebba schob ihr die Hand unter den Rücken und drückte sie hoch, aber nur ganz kurz. Dann richtete Miriam sich von allein auf, plötzlich saß sie da und schaute sich um. Lars-Everts Hosenbein. Knuts direkt dahinter. Und Ebba selbst, die neben ihr hockte, immer noch verzweifelt, wenn auch nicht mehr ganz so verzweifelt wie vor einer Weile.

»Meine Liebe«, sagte sie und wiederholte sich gleich noch einmal. »Meine Liebe. Dieser Ausflug war ganz offensichtlich zu viel für dich.«

Miriam versuchte sie mit einem Lächeln zu trösten, aber das klappte nicht so recht, es wurde nur zu einem leichten Zucken der Mundwinkel. Ebba ließ sich neben ihr nieder und nahm ihre Hand.

»Das war dumm von mir, aber ich habe gedacht … Ich habe gedacht, dass du stärker bist. Du wirkst immer so stark.«

Miriam blinzelte. Stark? Wirkte sie stark?

»Ich bin stark«, sagte sie. »Ja, das bin ich.«

Knut setzte sich auf der anderen Seite neben sie, so dicht, dass seine Jacke ihren Arm berührte. Sie wollte nicht, dass er so dicht neben ihr saß, aber sie wusste nicht, wie sie das sagen sollte. Lars-Evert stand vor ihr, er griff nach dem Bund seiner Hose und zog ihn ein wenig hoch, entblößte dabei ganz unabsichtlich einen weißen, behaarten Knöchel.

»Na, jedenfalls kannst du wieder reden«, sagte er und ließ sich neben Ebba auf die Erde plumpsen, zog die Knie hoch und schlang die Arme darum. »Aber ich glaube nicht, dass du wirklich so stark bist.«

Miriam sagte nichts. Sie starrte stumm auf den Teil der Aussicht, den er ihr vorher versperrt hatte. Jetzt sah sie es. Jetzt bekam sie eine Erklärung dafür, warum es wie Wasser klang. Es war Wasser. Nicht weit von ihnen entfernt lief das Wasser von hohen Felsen hinunter in einen kleinen Teich weit unten. Oder war das ein See? Oder auch ein kleiner Bach?

»Was ist das?«, fragte sie und zeigte dorthin. »Das da?«

Knut lachte laut. »Habe ich doch gesagt. Das ist Stalpet. Der Wasserfall.«

Lars-Evert kicherte: »Ja. Du bist genau vor der schönsten Aussicht von ganz Aneby in Ohnmacht gefallen. Stalpet.«

Ebbas Stimme wurde noch heller, sanfter und weiblicher: »Hier haben Lars-Evert und ich uns verlobt. Vor einem Jahr. Lars-Evert hatte Urlaub, und wir sind zusammen hierhergefahren. Und da hat er plötzlich die Ringe herausgeholt. Guck mal. Aus echtem Gold …«

Sie streckte die Hand vor und zeigte ihn. An ihrem linken Ringfinger steckte ein dünner Goldring. Lars-Evert lächelte plötzlich verlegen und streckte auch seine Hand aus. Er trug den gleichen Ring.

»Ich glaube, ich bin in meinem Leben noch nie so glücklich gewesen«, sagte Ebba und schaute auf den Ring. »Ich war so überglücklich, dass er die Ringe gekauft hat. Obwohl doch Krieg herrschte. Aber er hat an die Zukunft geglaubt. Er hat an uns geglaubt. Und heute ist es genau ein Jahr her, und jetzt ist Frieden, und heute Abend wollen wir …«

Wieder verwischte alles vor Miriams Augen. Heute vor einem Jahr? Was hatte sie selbst vor genau einem Jahr gemacht? Zu dem Zeitpunkt musste Didi bereits tot gewesen sein. Vielleicht wurde sie gegen die Wand eines Güterwaggons gedrückt auf dem Weg von Auschwitz nach Ravensbrück. Vielleicht stahl sie die Kleidung und den Namen einer anderen Gefangenen. Vielleicht stand sie um vier Uhr morgens auf dem Appellplatz und versuchte so zu tun, als gäbe es sie gar nicht. Vielleicht bekam sie eine Ohrfeige von einer *Aufseherin*. Vielleicht versuchte sie den Blick abzuwenden von dem Haufen lebloser Körper und vielleicht …

Nein. Sie durfte sich nicht erinnern. Doch sie erinnerte sich. Und deshalb beugte sie sich vor und erbrach sich in das Preiselbeergestrüpp.

Der Kellerjunge

Einmal schaut der Mond durch mein Fenster herein
In dieser Nacht mache ich kein Auge zu.
Jemand guckt durch das Fenster herein!
Zitternd frage ich: »Wer da?«
»Meine schwarze Zigeunerin,
schließe die Tür auf, gute Frau!«
Sie kommt herein, eine stattliche Jüdin.
Sie zittert vor Nässe
Und bittet um etwas zu essen.
(…)
Du Ärmste, meine liebe Jüdin in Not!
Ich gab ihr alles, was ich hatte, ein Tuch,
ein bisschen Salz und einen Laib Brot

Papusza (Bronisława Wajs)

Ka-gonk«, ruft die Kanadagans drohend. »Ka-gonk, ka-gonk.«

»Okay, okay«, antwortet Camilla ihr verärgert. »Wir haben es verstanden. Aber wir dürfen auch hier im Park herumlaufen.«

»Ka-gonk!«

»Dürfen wir doch!«, beharrt Camilla.

Miriam muss schmunzeln. »Es sind ziemlich viele …«

Und damit mag sie wohl recht haben. Weiter vorn drängen sich fast fünfzig sehr aufgeregte graue und schwarze Gänse. Was damit zusammenhängen mag, dass eine Frau in Miriams Alter ein Stück weiter auf dem Rasen steht und ihnen Brotkrumen zuwirft.

»Das ist ja wohl absolut unnötig«, sagt Camilla leise. »Man kann wirklich nicht sagen, dass diese Kanadagänse hungern. Oder dass es nicht genügend von ihnen gibt.«

Miriam senkt ihre eigene Stimme zu einem Flüstern: »Pst! Nicht so laut. Sie kann dich hören.«

Camilla verzieht leicht das Gesicht. Das glaubt sie nicht. Aber Miriam streckt sich und ruft freundlich: »Hallo, Maud! Geht es dir gut?«

Die Frau schaut auf, entdeckt Miriam, zuerst sieht sie ziemlich mürrisch aus, doch dann zeigt sie ein strahlendes Lächeln.

»Oh hallo. Ja, alles ist, wie es sein soll. Und selbst?«

»Danke. Alles gut.«

Camilla kann sich nicht zurückhalten, sie muss damit

herausplatzen: »Meine Oma hat heute Geburtstag. Fünfundachtzig.«

Die Frau, die offensichtlich Maud heißt, lässt ihre Brottüte sinken.

»Na, so etwas. Herzlichen Glückwunsch. Ich selbst bin vor einem Monat siebenundachtzig geworden.«

»Nicht schlecht«, erwidert Miriam und lächelt etwas angestrengt. »Dann gratuliere ich doch nachträglich.«

»Na, da gibt es nicht so viel zu gratulieren«, sagt Maud und tritt einen Schritt vor, scheint aber plötzlich einzusehen, dass fünfzig aufgeregte Kanadagänse sie daran hindern, näher zu kommen. »Es wäre schön, wenn es irgendwann einmal zu Ende ist …«

Miriam wirft Camilla einen Blick zu und geht schneller, auf einmal scheint es, als könnte sie nicht schnell genug von hier fortkommen.

»Oh«, sagt sie mit ihrer hellsten und freundlichsten Stimme. »Aber heute haben wir jedenfalls einen richtig schönen Mittsommertag. Dann noch alles Gute!«

Maud hebt ihre Tüte wieder und wühlt darin herum.

»Pah! Schöner als das hier wird es nicht mehr … Wenn man ganz allein ist. Ganz allein.«

Miriam hebt die Hand zu einem kleinen Winken, wird aber nicht langsamer. Plötzlich scheint sie es ganz eilig zu haben, erst als sie ein gutes Stück von der Frau entfernt ist, bleibt sie stehen und legt sich die Hand auf die Brust.

»Puh«, sagt sie. »Ich bin ganz außer Atem gekommen.«

Auch ins Schwitzen ist sie gekommen, Camilla kann sehen, dass ihre Stirn mit winzigen feuchten Perlen bedeckt ist.

»Komm, wir setzen uns noch einmal hin«, sagt sie und zieht ihre Großmutter zur nächsten Parkbank. Jetzt ist es nicht mehr weit. Ihr Elternhaus kann sie schon in der Ferne sehen.

Miriam wirft einen Blick über die Schulter.

»Nur dass sie nicht hinterherkommt …«

Camilla folgt ihrem Blick.

»Nein, nein, keine Gefahr. Sie geht jetzt.«

Miriam atmet auf.

»Gut. Sie ist ziemlich anstrengend, diese Person. Es stimmt, sie ist schrecklich allein, obwohl sie vier erwachsene Kinder hier in der Stadt hat und ich weiß nicht wie viele Enkelkinder. Sie tut sich selbst immer so schrecklich leid. Und dann ist sie auch noch fürchterlich neugierig. Man darf ihr nie ein Wort zu viel erzählen, aber auch nicht ein Wort zu wenig.«

Camilla verzieht leicht das Gesicht. »Und warum das nicht?«

»Wenn man ein Wort zu viel sagt, dann ist es gleich in der ganzen Stadt rum. Und sagt man ein Wort zu wenig, dann ist sie so unglaublich beleidigt, dass sie sich sonst was zusammenlügt. Sie ist eine alte Tratschtante.«

Camilla wirft Maud einen Blick hinterher, aber inzwischen ist diese verschwunden.

»Woher kennst du sie?«

»Ach«, seufzt Miriam. »In Nässjö kennt man fast alle in seinem eigenen Alter, ganz besonders, wenn man so alt geworden ist. Aber sie kenne ich doch besser als viele andere. Sie war einige Jahre lang Olofs Sprechstundenhilfe. Gerade zu der Zeit, als ich bei ihm eingezogen bin.«

Camilla muss schmunzeln. »Aha. Dann war sie wohl eine Rivalin?«

Miriam sieht ehrlich verwundert aus. »Nein, du meine Güte. Das war sie ganz und gar nicht. Sie war zu der Zeit bereits verheiratet. Aber es dauerte einige Jahre, bis sie

Kinder bekam, deshalb hat Olof sie trotz allem noch weiter beschäftigt.«

»Trotz allem?«

Miriam zieht die Augenbrauen hoch. »Ja. Trotz allem.«

Camilla holt tief Luft. »Willst du damit sagen, dass sie eigentlich rausgeschmissen werden sollte, nachdem sie geheiratet hat?«

Miriam schnalzt leicht verärgert mit der Zunge.

»Nein, natürlich meine ich das nicht. Außerdem war es auch zu der Zeit nicht erlaubt, jemanden zu entlassen, nur weil derjenige oder diejenige geheiratet hat. Aber es war nun einmal so: Von den Frauen wurde erwartet, dass sie kündigen, wenn sie heirateten. Es wurde fast als ein wenig unmoralisch angesehen, wenn verheiratete Frauen einen Platz auf dem Arbeitsmarkt besetzten. Schließlich waren sie ja bereits versorgt, also sollten sie den Platz frei machen für diejenigen, die ihn wirklich brauchten …«

»Mein Gott!«

Eine Weile schweigen beide. Camilla tritt mit der Spitze ihrer Ballerinaschuhe leicht in den Kies, dann holt sie Luft und beschließt, sich nicht aufzuregen. Schließlich ist es nicht Miriams Schuld, dass die fünfziger Jahre so waren, dass alle Frauen dazu verurteilt waren, Haushaltssklaven zu sein und sie deshalb in ihrer Küche versauerten, verbittert und griesgrämig wurden … Alle außer Miriam. Aus welchem Grund auch immer war sie weder verbittert noch griesgrämig.

»Wie war er eigentlich?«, fragt sie plötzlich.

Miriam dreht den Kopf und schaut sie an. »Wer?«

»Opa. Bevor er krank geworden ist, meine ich. Ich kann mich nicht mehr an ihn als gesunden Mann erinnern.«

Miriam lächelt vor sich hin.

»Oh. Er war lustig.«

Camilla verzieht das Gesicht.

»Und überhaupt nicht verwöhnt?«

Miriam wirft Camilla einen Blick zu und lacht laut. »Natürlich war er verwöhnt. Er war ja ein Mann. Aber er hat so gut wie nie jemanden verachtet. War niemals herablassend Frauen gegenüber. Das hat mir gefallen. Und außerdem konnte er spielen.«

»Spielen?«

Miriam strahlt übers ganze Gesicht. »Ja. Wir haben viel gespielt, als wir jung waren. Hatten gemeinsame Phantasien, manchmal sogar ziemlich alberne. Wir haben Leute nachgeäfft. Haben Wortspiele gespielt. Weißt du übrigens, wie man einen mürrischen Brei nennt?«

Camilla schüttelt schweigend den Kopf. Miriam erklärt kichernd: »Griesgram. Und ein mürrisches Leckermaul? Sahnegram. Und das haben wir immer weitergesponnen. Das war wirklich richtig witzig.«

Olof drehte den Kopf, als Miriam mit der Gießkanne vorbeiging. Er saß in seinem großen blauen Sessel.

»Weißt du, wie man einen mürrischen Alten nennt?«, fragte er. Miriam lächelte erwartungsvoll.

Olof kicherte: »Greisgram! Und weißt du, wie man einen mürrischen Verrückten nennt?«

Miriam schüttelte den Kopf.

Olofs Augen funkelten. »Spinnkram!«

»Oh«, erwiderte Miriam, »das ist geschummelt.«

Olof stand halb auf und zog sie zu sich, so dass sie mit der Gießkanne und allem auf seinem Schoß zu sitzen kam.

»Was?«, fragte er gespielt bedrohlich, »widersprichst du etwa deinem Herrn und Meister?«

Sie legte ihre Wange an seine, fühlte den vertrauten Schauder über den Rücken laufen. Bartstoppeln. Zu dieser Tageszeit hatte Olof immer leichte Bartstoppeln, und das war ein heimlicher Genuss. Sie gab ihm einen leichten Kuss auf die Wange.

»Möchtest du heute etwas zu essen bekommen?«

Er drückte sie noch fester an sich.

»Aber natürlich möchte ich was zu essen haben.«

»Dann musst du mich loslassen.«

»Tut mir leid, das kann ich nicht. Ich bin verzaubert. Meine Arme sind geschlossen. Wir müssen so sitzen bleiben, bis wir den Tod erleiden.«

Miriam küsste ihn auf die Stirn.

»Wie schrecklich. Und es gibt keine Möglichkeit, den Zauber zu brechen?«

Olof seufzte tief und ließ eine Hand unter ihr Kleid gleiten.

»Doch, tatsächlich gibt es die, aber die bedeutet leider, dass ich dich auf eine Art und Weise küssen und liebkosen muss, die sich nicht gehört in einem anständigen Zahnarzthaus an einem ganz normalen Samstagnachmittag im November …«

Seine Lippen glitten über ihren Hals, Miriam schloss die Augen und sog seinen Duft ein. Er roch wie die grüne Seife im Bad. Plus ein Tropfen »Surf« auf dem Hemd.

»Heute Abend«, flüsterte er. »Heute Abend werden wir …«

Die Tür knallte, und ein Paar Schuhe wurden im Flur auf den Boden gefeuert. Thomas' wollsockenbekleideten Füße tappten über den Boden. Olof ließ Miriam los, und diese stand hastig auf, schlüpfte mit dem Fuß schnell in ihren hochhackigen rechten Schuh, der fast abgefallen war, und strich sich mit der linken Hand über die Schürze. Sie warf einen Blick auf ihr Spiegelbild in dem dunklen Fenster. Nichts zu erkennen. Sie sah genauso aus wie immer. Wie ein Werbefoto in einer Zeitschrift. Korrekt gekämmtes Haar. Ordentliche Kleidung mit schmaler Taille und weitem Rock. Eine kleine bestickte Schürze, eher als Schmuck denn als Schutz gedacht. Und die Perlenkette, das schönste Weihnachtsgeschenk des letzten Jahres, an Ort und Stelle um ihren Hals, die Perlenkette, die sie immer noch jedes Mal beben ließ, wenn sie sie ansah. Wie war sie, Miriam oder Malika, die Zigeunerin, die Konzentrationslagerinsassin, die Lügnerin, zu einer lächelnden Frau mit Perlenhalskette geworden? Wie war das möglich gewesen?

»Hej«, sagte ein siebenjähriger Thomas, der plötzlich im Eingang zum Wohnzimmer stand. Seine Wangen waren rot wie Winteräpfel, der verschwitzte Pony klebte ihm an der Stirn. Der Abdruck der Mütze war noch zu erkennen. »Gibt es bald was zu essen?«

»Hallo, mein Kleiner«, sagte Miriam. »Ja. Gleich. Ich wollte gerade die Kartoffeln schälen. Hilfst du mir?«

Olof sagte nichts, wich nur mit dem Blick aus, zog aber die Mundwinkel hoch, das sollte wohl wie ein Lächeln aussehen, und griff wieder zu seiner Zeitung.

»Hat Opa das irgendwann erfahren?«, fragt Camilla. »Dass du Romni bist, meine ich?«

Miriam schüttelt den Kopf. Nein. Weiß Gott, niemals.

»Aber ist es nicht schwer, die ganze Zeit so zu tun als ob?«

Miriam runzelt die Stirn.

»Nein, ich habe nicht getan als ob. Wenn ich mit Olof zusammen war, dann war ich Miriam. Voll und ganz. Dann war das die Wahrheit. Nur wenn er zur Arbeit oder zu den Rotariern oder so gegangen ist, dann wurde ich wieder Malika …«

Sie verstummt für einen Moment, plötzlich ist ihr Blick in weiter Ferne.

»Aber eigentlich stimmt das nicht, ich wurde nicht Malika … Ich habe mich nur an sie erinnert. Mich an ihre Erinnerung erinnert, wenn du verstehst, was ich meine. Und Olof hatte ja eine Heidenangst vor allen Erinnerungen, deshalb war nie die Rede davon, dass ich ihm irgendetwas erzählen würde.«

Camilla schaut Miriam zweifelnd an. »Er hatte eine Heidenangst vor allen Erinnerungen? Auch vor den schönen?«

»Oh ja. Leider. Was natürlich mit dem Schock durch Mariannes Tod zu tun hatte. Die einzigen Erinnerungen, die er ertrug, das waren merkwürdigerweise Hannas. Mit ihr konnte er über die Kindheit reden und all die Streiche, die er sich ausgedacht hat, als er klein war, aber irgendwie mussten die zunächst durch seine Schwester gefiltert werden, bevor er sie ertragen konnte. Und wenn Thomas in der Nähe war, dann war gar nicht die Rede davon, sich an irgendetwas überhaupt zu erinnern …«

»Armer Papa. Dann war er also vollkommen abgeschnitten von der Vergangenheit?«

Miriam lächelt. »Nein, nein. Er hatte ja mich und Hanna, und wir haben ihm so manches erzählt. Wenn auch unter dem Siegel der Verschwiegenheit. Thomas durfte nicht zeigen, dass er irgendetwas wusste von dem, was Olof als Kind angestellt hatte. Nichts durfte das Bild des unfehlbaren Vaters stören.«

Camilla treten fast die Tränen in die Augen.

»Aber das ist ja schrecklich! Hat er seinen eigenen Papa nie wirklich kennenlernen dürfen?«

Miriam zuckt leicht mit den Schultern.

»Das war damals so. Nicht nur bei uns zu Hause. Alle

Väter schwebten über uns anderen in einer Art speziellem Entscheidungsträgerhimmel. Und wir waren dabei eine ziemlich moderne Familie, trotz allem. Thomas durfte uns duzen, und soweit ich weiß, gab es das in keiner anderen Zahnarztfamilie in Nässjö. Und manchmal sind wir alle drei zusammen Schlittschuh gelaufen. Oder haben uns die Skier untergeschnallt und sind nach Lövhult gelaufen.«

»Aber trotzdem …«

Miriam lächelt etwas unsicher, sagt jedoch nichts weiter. Sie denkt nach. Ist das ungerecht Olof gegenüber, macht sich deshalb gerade ein leichtes Schuldgefühl in ihrem Bauch bemerkbar? Nein. Das ist nur die alte übliche Schuld, die sie bereits ihr ganzes Erwachsenenleben lang verfolgt, die jedes Mal auftaucht, wenn sie sich einen kritischen Gedanken über Olof erlaubt. Denn er war ja ein guter Ehemann, mehr als das sogar, für Miriam war er die Quelle aller guten Gaben, ihr Retter und Wohltäter, ihre Stütze und Sicherheit, ihr Beschützer und Bewahrer, ihr Tröster und Lebensretter, aber er war kein guter Vater. Das muss sie zugeben. Es schien, als könnte er Thomas niemals verzeihen, dass er sich hatte gebären lassen, als wenn er ernsthaft der Meinung wäre, dass der neugeborene Thomas die Verantwortung für Mariannes Tod trüge und er es immer noch verdiente, dafür bestraft zu werden. Vermutlich war das Ganze überhaupt nicht durchdacht, vielleicht begriff er selbst nicht einmal, wie herzlos er sich verhielt, und trotzdem war es grausam seinem eigenen Sohn gegenüber. Der kurze Kommandoton in allem, was er sagte. *Sitz gerade! Sei still! Geh in dein Zimmer!* Und dass er Thomas stundenlang ignorieren konnte, ja, er konnte tatsächlich ziemlich lange direkt neben ihm im Wohnzimmer sitzen, ohne mit ihm zu sprechen oder ihn überhaupt nur anzusehen. Er lächelte Thomas nie wirklich offen an, nicht einmal, wenn der Junge mit Spitzenzeugnissen oder kleinen Siegerpokalen vom Fußball nach Hause kam, er zog nur die Mundwinkel in einer Art hoch, die merkwürdig und künstlich aussah. Da war es kein Wunder, dass Thomas ängstlich und unsicher wurde, dass sich ein falscher, einschmeichelnder Ton in seine Stimme schlich, sobald Olof in der Nähe war … Er tat alles, damit Olof ihn schätzen sollte. War ein vorbildlicher Schüler. Wurde ein guter Fußballspieler. Machte das Abitur mit einem Superzeugnis. Bewarb sich sofort danach für die Zahnarzthochschule und absolvierte das Studium ohne das geringste Straucheln oder einen noch so kleinen Ausrutscher. Aber nicht einmal da verzieh Olof ihm, nicht einmal, als der Alzheimer bereits große Löcher in sein Gehirn gefressen hatte, konnte er seinem Sohn dessen Existenz verzeihen. Als Thomas sich über seinen sterbenden Vater beugte, hatte dieser nur ein einziges Wort für ihn: *Oje!*

Miriam holt tief Luft. Camilla legt die Hand auf Miriams und so bleiben sie eine Weile schweigend sitzen.

»Papas Tante Hanna«, erklärt Camilla schließlich, »an sie kann ich mich gar nicht erinnern.«

»Das ist ja kein Wunder. Sie starb, als du noch ein Baby warst.«

»Ja, ich weiß. Dennoch habe ich das Gefühl, ich würde sie doch irgendwie kennen.«

Miriam muss lachen. »Das ist ganz verständlich. Du kennst Hanna durch mich. Sie war ein kluger, freundlicher Mensch und sie hat mir fast alles beigebracht. Wie man ein gutes Leben lebt zum Beispiel.«

Camilla verzieht leicht das Gesicht. »Oh verdammt! Das würde ich auch gern lernen.«

Miriams Lächeln wird noch breiter, sie schüttelt leicht den Kopf. »Nicht fluchen. Das hätte Hanna gesagt. Man durfte auf keinen Fall in ihrer Gegenwart fluchen. Und da gab es jede Menge solcher Regeln, aber das war nicht das Entscheidende. Mäßigung. Das war das Wichtigste. Selbstachtung natürlich. Und dann Fürsorge, Höflichkeit und Freundlichkeit. Nicht dass sie jemals etwas in dieser Richtung gesagt hätte, allein dadurch, dass ich sie beobachtet habe, habe ich das geschlossen. Und sie hat es mich gelehrt. Und dass es wichtig ist, zu lieben und selbst geliebt zu werden natürlich.«

Camilla seufzt leise. »Sie hat wohl erst ziemlich spät geheiratet?«

»Ja. Kurz bevor sie fünfzig wurde.«

»Und das ist gutgegangen?«

»Das ist sehr gutgegangen. Einzigartig gut, könnte man fast sagen. Egon und sie, die beiden haben einander richtig schöne Jahre geschenkt.«

Camilla beißt sich leicht auf die Unterlippe. »Und sie hat auch nie erfahren …«

Miriam dreht den Kopf und schaut sie an. »Nein. Du bist die Einzige, die jemals erfahren hat, dass ich eine Zigeunerin bin. Nur du.«

»Was hätte Hanna gemacht, hättest du es ihr erzählt?«

Miriam lässt sie nicht aus den Augen. »Mich natürlich meinem Schicksal überlassen. Mich fallengelassen.«

Das alte, übliche Dankbarkeitsgefühl rumort in ihrem Bauch. Ist das wirklich wahr? Hätte Hanna nicht darüber hinwegsehen können, dass Miriam nicht aus einer sogenannten guten Familie kam? Hätte sie es nicht ertragen zu wissen, dass sie eine Zigeunerin bei sich zu Hause aufgenommen hatte? Nein. Das hätte sie nicht. Denn Hanna war trotz all ihrer guten Seiten ein Kind ihrer Zeit, genau wie alle anderen. Und ihre Zeit hätte ihr nicht erlaubt, Miriam zu verzeihen, dass sie in einer Zigeunersiedlung in Bayern geboren worden war.

Camilla schüttelt leicht den Kopf.

»Dieser kluge und freundliche Mensch …«

»Ja«, bestätigt Miriam. »Aber so ist es nun einmal. Sie hätte mich fallengelassen.«

Guten Tag, Miriam«, sagte die rundliche Frau lächelnd. »Bitte, setz dich.«

Sie saß hinter einem kleinen Tisch in der Eingangshalle des Konzerthauses und hielt einen Füller in der Hand. Vor ihr lag ein aufgeschlagenes Register. Ihr braunes Haar war sorgfältig in weichen Wellen gekämmt, am Ringfinger der rechten Hand funkelte ein viereckiger Stein in durchscheinendem Hellblau, die Fingernägel waren sorgfältig gefeilt und zu glänzenden Ovalen poliert. Sie trug ein dünnes blaues Kostüm mit weißem Aufschlag und weißen Bündchen. Außerdem Strümpfe, wohl die dünnsten Strümpfe, die Miriam jemals gesehen hatte, aber es waren richtige Strümpfe. Trotz der Hochsommerhitze.

Miriam setzte sich vorsichtig auf die Stuhlkante, strich schnell mit der Hand über ihr Kleid, dann schaute sie der fremden Frau direkt in die Augen. In der Küche hatte sie gelernt, dass die Schweden es schätzten, wenn man ihnen direkt in die Augen sah, das war für sie nicht unverschämt, sondern ehrlich. Was nicht so leicht war nach dem Leben im Lager, aber das musste so gemacht werden.

»Ich heiße Fräulein Adolfsson«, sagte die Dame auf Deutsch. »Und ich komme vom Roten Kreuz.«

Miriam nickte stumm, wich aber nicht mit dem Blick aus. Die Frau fuhr fort: »Wir haben vom Internationalen Roten Kreuz den Auftrag bekommen, ein Register über die Flüchtlinge hier in Aneby aufzustellen. Damit eventuelle Angehörige einander finden können.«

Miriam richtete sich auf und erwiderte auf Schwedisch: »Ich verstehe.«

Die Frau hob die Augenbrauen. »Dann muss ich nicht Deutsch sprechen?«

»Nein.«

»Das ist ja ein Ding. Dann hast du schon Schwedisch gelernt, Miriam? In nur ein paar Monaten?«

»Ich kenne noch nicht alle Wörter.«

Fräulein Adolfsson lächelte. »Nein, das verstehe ich gut. Aber erzähl mehr, damit ich hören kann, wie es klingt, wenn du redest.«

»Was will denn … äh … das Fräulein Adolfsson hören?«

»Wie findest du Aneby, Miriam?«

»Aneby ist eine sehr schöne Stadt. Die Menschen sind nett und hilfsbereit hier. Manchmal laden sie sogar zum Torteessen ein.«

Fräulein Adolfsson schaute ganz verblüfft, doch dann lächelte sie wieder. »Das ist ja phantastisch. Du musst eine richtige Sprachbegabung haben, Miriam.«

»Danke.«

»Aber Aneby ist genaugenommen keine Stadt. Es ist nur ein Marktflecken.«

»Ein Markt… Entschuldigung. Ich habe es nicht richtig verstanden.«

Fräulein Adolfsson lachte.

»Ein Marktflecken. Und es gibt bestimmt viele Schweden, die auch nicht wissen, was das ist.«

»Oh«, sagte Miriam, schloss die Augen und wiederholte dann sorgfältig: »Aneby ist ein Marktflecken.«

Sie wusste genau, was sie über ihren familiären Hintergrund sagen musste. Niemand durfte wissen, wer und was sie eigentlich war, denn sie konnte nicht einschätzen, wie die Menschen dann reagieren würden. Sie wollte sich nicht schämen müssen, sie wollte nicht dastehen, die Blicke aller auf sich gerichtet und gezwungen sein zuzugeben, dass sie eine Lügnerin war, eine Zigeunerin, die sich ganz einfach nicht nur die Kleidung einer Jüdin gestohlen hatte, sondern auch noch ihren Namen und ihr Leben. Und sie dachte gar nicht daran, den gleichen Fehler wieder zu begehen wie bei Else, sie würde kein Wort vom Kinderheim und der Klosterschule sagen.

»Nun«, sagte Fräulein Adolfsson und schraubte den Deckel vom Füller ab. »Wo ist Miriam geboren?«

»In Berlin.«

Nein! Warum sagte sie Berlin? Das gab doch keinen Sinn. Sie war ja noch nie in Berlin gewesen, sie wusste nichts über die Stadt. Sie räusperte sich leise.

»Aber wir sind von dort weggezogen, als ich noch ganz klein war. Als meine Mutter gestorben ist.«

»Oh«, sagte Fräulein Adolfsson. »Und wohin seid ihr gezogen?«

Miriam holte tief Luft. »Nach München.«

Auch in München war sie noch nie gewesen, aber ihr Vater war einmal mit seinen Brüdern dorthin gefahren. Sie waren am gleichen Abend zurückgekommen, also konnte München nicht so weit weg gelegen haben. Irgendwie erschien ihr das sicherer. Sie hielt den Atem an.

»Und wie heißt dein Vater?«

Seinen Namen hatte sie sich schon ausgedacht, er sollte sowohl deutsch, jüdisch als auch romanes sein. Sie versuchte, ihre Stimme sicher klingen zu lassen: »Josef. Er hieß Josef.«

Fräulein Adolfsson schaute von ihrem Register auf.

»Hieß?«

Miriam nickte und schlug den Blick nieder.

»Ja. Er ist tot. Er ist bei der Deportation gestorben.«

Sie konnte ihn vor sich sehen, irgendwie verschmolz der eingebildete Vater mit ihrem richtigen Vater, sie konnte sehen, wie er in einem überfüllten Viehwaggon zu Tode gedrückt wurde. Das war das erste Mal, dass sie sich gestattete, über ihren Vater zu phantasieren. Und es konnte ja wirklich so abgelaufen sein, natürlich, und sie wollte nicht, dass er vergast worden war. Die Tränen stiegen ihr in die Augen, aber sie hob den Blick und blinzelte sie fort.

»Und wohin ging die Deportation?«

Miriam zuckte leicht mit den Schultern.

»Nach Polen. In ein Ghetto.«

»Und du weißt nicht, wo das Ghetto lag?«

Sie schüttelte stumm den Kopf. Nein.

»Geschwister?«

Der Schrei füllte sie aus, aber sie ließ ihn nicht nach außen dringen. *Didi! Didi! Didi!* Noch einmal schüttelte sie den Kopf, ballte die Fäuste so fest, dass die Nägel sich in die Handfläche bohrten, während sie ihren Bruder verleugnete. Der Boden schwankte unter ihr, aber sie wollte sich nicht wieder erbrechen, wollte nicht in Ohnmacht fallen. Nein. Das durfte nicht passieren.

»Cousinen? Onkel? Tanten? Großeltern?«

»Ich kann mich nicht erinnern … Nein, ich glaube nicht …«

Fräulein Adolfsson legte ihre Hand auf Miriams. Lächelte beruhigend.

»Und dann?«

»Zuerst Auschwitz. Dann Ravensbrück.«

Sie konnte es nicht verhindern, dass ihr Gesicht sich zu einer angeekelten Grimasse verzog. Fräulein Adolfsson drückte ihre Hand, sah sie mit ernstem Blick an.

»Vielleicht sollten wir hier erst einmal aufhören. Damit es nicht zu viel wird. Nur noch eins, Miriam, was hast du dir für deine Zukunft gedacht?«

Miriam schaute auf und erwiderte den Blick.

»Ich möchte gern in Schweden bleiben …«

Drei Tage später stieg sie in den Zug nach Jönköping. Hanna lächelte, als Ebba Miriam auf dem Bahnsteig umarmte, doch dann mahnte sie zur Eile. Nun ist aber genug umarmt. Der Zug fährt gleich los.

Das Abteil war noch schöner als das, in dem Miriam gesessen hatte, als sie in Aneby angekommen war. Die Sitze waren breiter und mit dunkelrotem Samt überzogen, der Tisch am Fenster war größer, und an der Wand im Gang davor gab es eine Wasserflasche. Zweite Klasse, hatte Hanna gesagt. Sie sollten in der zweiten Klasse fahren, da Hanna nach den Tagen in Aneby etwas müde war. Es gab auch eine erste Klasse, aber die war unnötig teuer, und eine dritte Klasse, die war billiger, doch dort waren immer viel zu viele Leute. Noch dazu Menschen jeglicher Sorte.

Es saßen noch weitere Rote-Kreuz-Frauen in ihrem Abteil, drei Stück, und Hanna schien sie alle zu kennen. Sie legte großen Wert darauf, Miriam den Damen vorzustellen, und beobachtete genau, wie diese einer nach der anderen die Hand gab und einen Knicks machte. Anschließend nickte sie. Gut. Dann zeigte sie auf einen Platz ganz in der Ecke. Dort sollte Miriam sitzen. Sie selbst ließ sich am Fenster nieder und öffnete die Handtasche, holte ein kleines Taschentuch heraus und putzte sich die Nase, bevor sie zu sprechen begann.

»Ja. Was soll man dazu sagen?«

Ein zustimmendes Seufzen kam von den anderen dreien. Ja. Was sollte man nur dazu sagen?

»Aber es muss ja stimmen«, sagte eine von ihnen. Wie hieß sie noch? Ja, Gunhild.

»Natürlich stimmt es«, sagte eine andere. Sie hatte eine dunkle Stimme und trug eine Art Krankenschwesterntracht. Wie hieß sie? Karin. Ja, genau. Sie hatte sich als Schwester Karin vorgestellt.

»Zuerst habe ich geglaubt, sie haben sich das ausgedacht«, sagte die dritte. Sie hieß Anna und war farblos, durch und durch. Farbloses Gesicht, farbloses Haar, farblose Augen, sogar eine farblose Stimme. »Aber nach ein paar Tagen … Ja. Natürlich ist es die Wahrheit, die sie berichtet haben. Auch wenn es nur schwer zu begreifen ist.«

Gunhild warf einen verstohlenen Blick zu Miriam und senkte die Stimme: »Was meint ihr, wie vielen ist es so ergangen?«

Hanna schüttelte den Kopf und antwortete im gleichen gedämpften Ton: »Tausenden. Vielleicht Hunderttausenden.«

Miriam schloss die Augen, sie wollte das nicht hören, aber wenn sie schon gezwungen war, zuzuhören, dann musste sie sich auf jeden Fall ruhig verhalten. Nicht anfangen zu schreien. Sich nicht übergeben. Nicht in Ohnmacht fallen. Sie versuchte so tief und gleichmäßig zu atmen, wie es nur ging. Eine Weile blieb es ruhig im Abteil, nur das regelmäßige Rattern der Schienen war zu hören. Schließlich flüsterte jemand, vielleicht war es Gunhild, sie fragte: *Schläft das Mädchen?* Hannas Antwort kam genauso leise. *Ja, es sieht tatsächlich so aus.*

»Gas?«, fragte Schwester Karin darauf mit ebenso leiser Stimme. »Wie kann man nur auf so eine Idee kommen? Menschen zu vergasen?«

»Das ist der reinste Wahnsinn!«

Das musste Gunhild gewesen sein.

»Aber wie haben sie die Leute dazu gekriegt, in die Gaskammern zu gehen?«, flüsterte Anna. »Warum haben sie keinen Widerstand geleistet?«

»Die sind angelogen worden«, erklärte Hanna. »Die kamen ja direkt aus dem Zug. Und die Deutschen haben ihnen gesagt, sie sollten duschen …«

»Aber es gab doch welche, die Widerstand geleistet haben …«

Das war wieder Schwester Karins Stimme. Die anderen verstummten und warteten auf eine Fortsetzung.

Schwester Karin wurde noch leiser: »Ich habe eine Frau getroffen, die war Krankenschwester im Zigeunerlager …«

Es durchzuckte Miriam, aber ihre Augen hielt sie weiterhin krampfhaft geschlossen. Eine Krankenschwester im Zigeunerlager? War es diejenige, die für Baracke 22 zuständig gewesen war? War sie in Aneby gewesen? Wenn ja, in welchem Quartier?

»Sie hat gesagt, dass die Zigeuner Widerstand geleistet haben, und zwar so viel Widerstand, dass die Deutschen das Lager mehrere Male räumen mussten«, berichtete Schwester Karin. »Zuerst haben sie alle herausgesucht, die einigermaßen jung und kräftig waren und haben sie in Arbeitslager in Deutschland geschickt …«

Miriams Gedanken flatterten umher. *Sie redet von mir*, dachte sie. *Diese Frau weiß, wer ich bin, deshalb redet sie von mir!* Aber nein, woher sollte sie das wissen?

Schwester Karins Stimme wurde plötzlich etwas schrill: »Und das haben sie mehrere Male getan. Und dann sind sie eines Abends Anfang August letzten Jahres ins Lager gegangen …«

»Was heißt, sie sind reingegangen? Waren die Deutschen denn nicht bereits drinnen?«

Das musste Gunhild sein. Könnte sie nicht verdammt noch mal so gut sein und die Klappe halten, damit Miriam erfuhr, was mit ihren Leuten geschehen war?

Schwester Karin schien ihre Ungeduld zu teilen, aber sie schien auch vergessen zu haben, dass Miriam da war, denn jetzt redete sie laut, richtig laut: »Ja, einige. Aber dann kamen sie mit Lastwagen und Massen von diesen SS-Soldaten. Bewaffnete Leute. Mit vielen Waffen. Und dann haben sie alle Zigeuner gezwungen, rauszugehen … Sie hat behauptet, dass es mindestens dreitausend waren. Die wurden auf die Lastwagen getrieben. Offenbar war es nicht so einfach, die haben sich gewehrt, geschrien und um sich geschlagen und versucht zu fliehen, darum haben sie einige schon im Lager erschossen … Und offensichtlich brauchten sie die halbe Nacht, um hinterher die Baracken zu durchsuchen. Um alle zu finden, die sich versteckt hatten. Und als die SS sie hervorzerrte, schrien die noch schlimmer, das ganze Lager konnte sie hören. Das war bestimmt die reine Hölle! Ja, ihr müsst meine Wortwahl entschuldigen. Aber es gibt kein anderes Wort dafür. Das muss die reine Hölle gewesen sein!«

Miriam schlug die Augen auf. Die Sonne schien durchs Fenster und traf Schwester Karins Gesicht, dennoch blinzelte sie nicht, schloss auch nicht die Augen, saß nur da und starrte geradewegs in die unbegreifliche Vergangenheit.

»Dann gab es am Morgen darauf keine Zigeuner mehr dort?«, fragte Gunhild.

»Nein«, antwortete Schwester Karin und schüttelte den Kopf. »Nicht einen einzigen. Sie haben sie alle umgebracht. Dreitausend Menschen. In einer einzigen Nacht.«

Die Zigeunernacht«, sagt Miriam.

»Was?«, fragt Camilla.

Miriam richtet sich auf, macht sich bereit, von der Parkbank aufzustehen.

»Ach, mir ist nur die Zigeunernacht eingefallen.«

Camilla steht auf und wendet sich ihrer Großmutter zu.

»Was für eine Zigeunernacht?«

Miriam sinkt zurück auf die Parkbank. Sie sitzt jetzt im Schatten. Die Sonne scheint aufs andere Ufer des Ingebergssjön.

»Die Nacht, in der die SS das Zigeunerlager in Auschwitz geräumt hat, als sie die vergasten …«

Camilla setzt sich auch wieder neben sie und seufzt tief. »Ich weiß nicht, ob ich es schaffe, noch mehr zu erfahren …«

Miriams Blick wird plötzlich ganz hart.

»Du warst es, die es wissen wollte. Die mich dazu gebracht hat, davon zu erzählen. Deshalb musst du es jetzt auch aushalten.«

Dennoch verstummt sie und versinkt in sich selbst. Sie ist ja kein Augenzeuge, sie kennt nur die Erzählungen anderer Zeugen, die sie sich angelesen hat, als sie sich heimlich in eine Ecke der Bibliothek geschlichen hat, und anderes, was sie heimlich im Internet nachgeschaut hat. Berichte gibt es nur wenige, aber sie stimmen alle überein. Die

Roma wussten ja, was sie erwartete, es hatte keinen Sinn, ihnen vorzumachen, sie sollten duschen, und deshalb gingen sie nicht ruhig und gefasst in den Tod. Wie oft hat sie sie vor sich gesehen, jedes Jahr im August hat sie in aller Heimlichkeit feierlich die Zigeunernacht für sich selbst zelebriert, indem sie wach lag und versuchte sich vorzustellen, wie sie kämpften, sie hatte gesehen, wie die Erinnerung an den halben Sieg des Zigeunerlagers einige Monate früher bei denen, die überlebt hatten, aufglühte, wie die ausgehungerten alten Männer um sich traten, mit Fäusten und halbverrotteten Brettern schlugen, wie ihre Frauen nach den ukrainischen Wachen hackten und so viele bissen, wie sie nur erreichten, wie schreiende Großmütter versuchten, den SS-Soldaten die Augen auszukratzen, wie ihre Enkelkinder hysterisch schrien, wie sie alle in besinnungsloser Angst brüllten, wenn sie überwältigt wurden, wie sie voller Panik protestierten, als sie schließlich doch auf die Lastwagen gezwungen worden waren, die sie zu den Gaskammern bringen sollten. Und das Bizarre daran ist, dass sie sich selbst mitten unter ihnen gesehen hat, obwohl sie doch gar nicht dort gewesen war. Dennoch ist sie dort, wenn sie an die Zigeunernacht denkt, das dürre Klappergestell eines halbwüchsigen Mädchens und trotzdem eine rasende Furie, eine Rachegöttin, die Doktor Mengele selbst überfällt, die ohne zu zögern mit den Zähnen ein Stück seines Ohrs abreißt, die ihm an die Kehle geht und zudrückt, die ihn immer und immer wieder tötet … Für Didi. Und für die anderen verhungerten Kinder.

Schnell wischt sie sich über die Augen und schluchzt leise.

»Vielleicht hast du ja recht«, sagt sie dann. »Wir können beide nicht mehr. Aber eine Sache sollst du wissen, etwas, das ich weiß, das aber sonst so gut wie kein anderer Einwohner von Nässjö weiß und kein anderer Schwede und das Hanna nie gewusst oder verstanden hat …«

Camilla betrachtet ihre gefalteten Hände, die auf ihrem Schoß liegen. Ganz leise fragt sie: »Was denn?«

Miriam wirft ihr schnell einen Blick zu, bevor sie wieder über das Wasser schaut. »Dass es manchmal wirklich gut ist, nicht so gut erzogen zu sein. Dann kann man nämlich besser Widerstand leisten.«

»Wollen wir weitergehen?«, fragt Camilla nach einer Weile.

Miriam hat sich inzwischen beruhigt, aber sie sagt nichts, nickt nur und steht auf.

»Bist du müde?«, fragt Camilla.

Wieder nickt Miriam wortlos.

Camilla ist plötzlich beunruhigt: »Es sind nur noch ein paar hundert Meter bis zum Haus … Aber wir können uns gern noch einmal hinsetzen, wenn du willst.«

»Nein«, sagt Miriam und schiebt wieder ihren Arm unter Camillas. »Ich schaffe das. Kein Problem.«

»Sicher?«

»Ja. Ganz sicher.«

Camilla wirft ihr einen kurzen Blick zu. Sie hat die Augenbrauen hochgezogen und sieht ziemlich besorgt aus.

Miriam lächelt. »Mach dir keine Sorgen! Ich denke gar nicht daran, heute zu sterben. Das würde mir nie im Leben einfallen.«

Camilla fragt darauf ironisch: »Wäre das zu unartig? An seinem Geburtstag zu sterben? Und dann auch noch am Mittsommertag?«

Miriam lacht laut auf. »Genau. Endlich hast du es verstanden!«

Das Haus steht in seiner ganzen Pracht da. Miriam bleibt stehen und betrachtet es aus der Ferne. Ein großes rotes Holzhaus mit vier weißen Säulen. Das schönste Haus auf der ganzen Welt – oder zumindest wäre es das schönste Haus auf der Welt, wenn die vier weißen Säulen vor dem Eingang etwas dicker wären, damit die Proportionen endlich stimmten. Aber heute ist sie bereit, dem Baumeister zu verzeihen, der es vor fast hundert Jahren hat errichten lassen. Ansonsten hat er einen guten Job gemacht. Er hat ein phantastisches Gebäude geschaffen. Ein sicheres Heim, ein einzigartiges Versteck, ein Haus, das die Menschen ein und derselben Familie drei Generationen lang geschützt und behütet hat. Und jetzt ist es ihr Haus. Sie besitzt es. Ja tatsächlich, sie besitzt ein Haus, zu dem das Böse keinen Zutritt hat. Enttäuschung kann hereinkommen. Und Trauer. Sogar böse Gedanken und gehässige Handlungen. Aber nicht das Böse an sich. Das kann nicht hereinkommen, wird niemals die Pforte öffnen können, nicht den Weg durch den Garten entlanggehen, nicht die Treppe hinaufsteigen, nicht die Tür öffnen.

Miriam drückt Camillas Arm. »Ist es nicht schön? Unser Haus?«

Camilla blinzelt und sieht plötzlich aus, als hätte sie das Haus noch nie zuvor gesehen, als wäre sie nicht in ihm aufgewachsen, als wäre das Haus nicht viele Jahre lang ihr Zuhause und der Garten ihr Spielplatz gewesen.

»Doch«, sagt sie in ziemlich gleichgültigem Ton. »Doch, es ist schon schön.«

Und in dem Moment fängt Kaiser an zu bellen.

Kaiser ist wirklich ein bescheuerter Hund. Richtig dumm im Kopf. Jetzt läuft er am Zaun seines Herrchens entlang und kläfft hysterisch die beiden Frauen an. Vielleicht hat er ja vergessen, dass er den beiden gehörig die Meinung gesagt hat, als sie gingen, oder er ist einfach verblüfft davon, dass sie sich jetzt von der anderen Seite nähern. Aber nein, das ist zu viel erwartet von seinem äußerst begrenzten Denkvermögen. Er bellt ganz einfach, weil sie sich dicht neben dem Garten seines Herrchens bewegen. Miriam wirft ihm einen wütenden Blick zu, während Camilla die Gartenpforte öffnet, dann runzelt sie die Stirn.

»Ach, halt endlich dein Maul, du blöder Köter«, sagt sie schroff. »Sitz und sei still!«

Und das Wunder geschieht. Kaiser verstummt und plumpst auf seinen Hintern, bleibt dann mit hängender Zunge sitzen und starrt sie durch das Gitter an. Camilla schaut überrascht Miriam an, die begeistert das Gesicht verzieht und plötzlich mit ihrer hellsten Stimme befiehlt:

»Na, geht doch! Was für ein tüchtiger Wauwau. Was für ein ach so tüchtiger Wauwau!«

Und es geschieht noch ein Wunder. Kaiser wedelt mit dem Schwanz.

Miriam öffnet die Balkontür ihres Schlafzimmers, legt sich dann in einer Art feierlichen Habtachtstellung auf ihr Bett. Sie will ihr Kleid nicht zerknittern, andererseits ist sie nicht in der Lage, es auszuziehen. Der Spaziergang um den See hat sie doch müder gemacht, als sie erwartet hatte. Vielleicht liegt es an den fünfundachtzig Jahren, vielleicht muss sie sich endlich eingestehen, dass sie alt geworden ist. Richtig alt.

Wenn es nicht die Tatsache war, dass sie endlich die Wahrheit gesagt hat, die sie so ermüdete. Dass sie zum ersten Mal einem anderen Menschen von ihren Lügen berichtet hat. Dass sie zugegeben hat, eine Romni zu sein. Sie schnaubt leise. Zugeben? Will sie wirklich dieses Wort benutzen? Dass sie zugibt? Ja, sie gibt zu, eine Lügnerin zu sein, die ihr ganzes Leben lang gelogen hat, aber das bedeutet nicht, dass sie zugibt eine Zigeunerin zu sein. Das Wort *zugeben* zu benutzen beinhaltet eine verborgene Scham, und die gibt es nicht. Außerdem ist sie gezwungen worden, einzusehen, dass sie keine Romni mehr ist. Sie war es einmal, vor mehr als einem Menschenleben, aber ist es nicht mehr. Jetzt ist sie nichts, weder Romni noch Jüdin, weder deutsch noch schwedisch. Sie ist nicht einmal eine Småländerin. Nur Miriam. Oder Malika. Oder keine von beiden.

Außerdem würde sie es heutzutage wohl kaum wagen, sich einem Rom zu nähern, sich nicht trauen, etwas in ihrer halb vergessenen Muttersprache zu sagen, es niemals wagen, zu behaupten, sie hätten eine gemeinsame Geschichte, oder um irgendeine Art von Zusammengehörigkeit bitten. Nicht dass das etwas Neues für sie ist. Mit leichtem Schaudern erinnert sie sich an den Tag, als es ihr klar wurde, dass es tatsächlich Roma in Schweden gab und dass es ihnen miserabel ging, fast schlimmer als ihr als Kind.

Thomas war damals erst sechs Jahre alt, sie erinnert sich, wie schön es war, seine kleine weiche Hand in ihrer zu spüren, als sie zur Badestelle an der Landzunge von Adela gingen. Zu der Zeit hatte sie noch nicht Fahrradfahren gelernt, also waren sie gezwungen, den ganzen Weg zu Fuß zu gehen. Nicht dass das schlimm war. Es war ein wunderbarer Hochsommertag mit klarblauem Himmel und strahlendem Sonnenschein, die Luft vibrierte vor Hitze, aber ab und zu zog ein sanfter Lufthauch vorbei, der ihr weites Kleid bauschte und Thomas' Pony leicht anhob. Es war perfektes Badewetter.

Worüber unterhielten sie sich während des Spaziergangs? Daran konnte sie sich nicht mehr erinnern. Vermutlich etwas Ernstes, denn Thomas war ein ernsthafter Junge, der am liebsten über komplizierte Dinge sprach. Warum war der Himmel blau, beispielsweise. Oder wie alt eine bestimmte Birke eigentlich war. Und wie es kam, dass ein Baum für jedes Jahr, das verging, einen Ring in seinem Inneren bildete. Woher konnte der Baum wissen, dass ein Jahr vergangen war? Und wie lange wohl dieser große Fels dort schon an der Stelle lag? Denn kein Mensch hätte ihn wohl jemals hochheben können …

»Na«, fragte Miriam, als sie sich der Badestelle näherten. »Was meinst du? Sollen wir an den Strand gehen oder ins Badehaus?«

Die Frage war eigentlich eine reine Höflichkeitsfloskel. Thomas hatte immer an den Strand gehen wollen, aber jetzt holte er plötzlich tief Luft und erklärte, dass er sich tatsächlich vorstellen konnte, ins Badehaus zu gehen.

»Denn ich kann ja fast schwimmen«, sagte er und bohrte seinen grauen Blick in Miriams braunen. Sie nickte ernst. Das stimmte. Er konnte fast schwimmen. Sicher, er war nie besonders weit geschwommen, nur ein paar Meter, aber natürlich konnten sie ins Badehaus gehen. Denn da gab es ja auch einen Bereich mit ziemlich flachem Wasser. Ein Kinderbecken. Also bogen sie von dem Weg ab und gingen auf das gelbe Gebäude zu, das sich hinter Büschen und Bäumen versteckte. Zur Hälfte stand es im Wasser. Sicher würde es interessant sein zu sehen, wie es von innen aussah.

»Guck mal, Mama«, sagte Thomas plötzlich und blieb abrupt stehen. »Hast du das gesehen?«

Sie folgte seinem Blick, der auf eine Lichtung im Wald gerichtet war. Dort standen einige Wohnwagen und Zelte. Ein dunkler Mann nur im Unterhemd überquerte die

Lichtung. Er hatte die Hände in die Hosentaschen gestopft und schaute zu Boden, vielleicht wollte er nicht zu den Kindern hinsehen, die in einer Schar direkt vor dem Lager standen und hinüberglotzten. Plötzlich huschten verwirrenderweise ein paar Worte auf Romanes durch Miriams Kopf. *Rom san? Romengi san?* Bist du ein Rom? Ja. Natürlich war er ein Rom. Die Frage war wirklich überflüssig.

»Das sind Zigeuner«, sagte Thomas eifrig. »Genau. Lasse hat gesagt, dass es hier Zigeuner geben soll. Komm, wir gucken sie uns mal an.«

»Nein«, sagte Miriam, konnte aber ihren Blick nicht von dem Lager lösen. Es sah ärmlich aus. Einer der Wohnwagen hatte nicht einmal eine Tür, es hing nur eine Decke vor der Öffnung, und mehrere der Zelte waren klein und abgenutzt. Jetzt kam eine junge Frau aus einem heraus. Sie war nicht traditionell gekleidet, trug stattdessen eine weiße Bluse und einen geraden Rock. Abgetragen, aber ordentlich. Sie beugte sich hinunter und hob für einen kleinen Jungen einen Zipfel der Zeltplane hoch. Er warf den glotzenden Kindern einen schnellen Blick zu, dann drehte er sich zur Seite und lief hinters Zelt. Als wollte er sich vor ihren Blicken verstecken.

»Doch«, sagte Thomas. »Doch, lass uns hingehen und sie angucken.«

Miriam schüttelte den Kopf.

»Nein.«

»Aber warum denn nicht? Warum können wir nicht …«

Die Wut blitzte hinter Miriams Augenlidern auf, zum ersten Mal überhaupt wurde sie wütend auf Thomas.

»Nein«, zischte sie. »Hörst du nicht, was ich sage? Was glaubst du, ist das für ein Gefühl, wenn ein Haufen Kinder dasteht und direkt in dein Zuhause glotzt? Wie wäre es, wenn da ein Haufen Kinder dich anstarrte? Zu Hause? Während du isst, wenn du aufs Klo gehst und …«

Thomas' Unterlippe begann zu zittern. »Aber ich …«

Miriam packte seine Hand fester. »Hör jetzt, was ich dir sage. Wir gehen nicht dorthin, wir gehen jetzt baden. Und zwar am Strand.«

Damals war sie ungerecht Thomas gegenüber. Er war ja noch zu klein, um zu verstehen. Hinterher schämte sie sich und versuchte es wiedergutzumachen, indem sie ihm ein Eis am Stiel kaufte. Mit Erdbeergeschmack. Er warf ihr einen schrägen Blick zu, als sie es ihm reichte, vielleicht verstand er, dass sie ihn zu bestechen versuchte, seine Verzeihung zu kaufen, aber er gab keinen Kommentar dazu ab, griff nur gierig nach dem Eis und riss das glänzende Einwickelpapier herunter. Dennoch wüteten die Schuldgefühle den ganzen Nachmittag weiter in ihr, einerseits die den Roma gegenüber, andererseits die gegenüber Thomas. Deshalb musste sie einfach das Gespräch darauf bringen, als sie zusammen mit Olof in dem dunkelblauen Sommerabend draußen auf der Terrasse saß.

»Weißt du, dass es Roma draußen auf der Landzunge von Adela gibt?«

Sie war mit ihrer Stimme zufrieden, sie zitterte nicht im Geringsten. Trotzdem schaute Olof sie etwas verwundert an.

»Was gibt es da?«

»Roma. Zigeuner. In einem Lager unten auf der Landzunge von Adela.«

Olof trank einen Schluck von seinem Freitagsdrink, Cognac mit Limonade, stellte dann das Glas hin.

»Ach so, Zigeuner. Ja, die kommen jedes Jahr zu dieser Zeit hierher …«

»Woher kommen sie denn?«

Olof zuckte mit den Schultern. »Keine Ahnung. Ich denke, aus Jönköping.«

»Wohnen sie dort?«

Lächelnd lehnte sich Olof auf seinem Gartenstuhl zurück.

»Oh Gott, nein ... Die wohnen nirgends. Die reisen herum. Schließlich sind es ja Zigeuner.«

Miriam hob ihr eigenes Glas mit Limonade hoch und ließ ihren Blick über den Garten wandern, brachte dann die Frage an, über der sie den ganzen Nachmittag gebrütet hatte: »Aber im Winter? Wo wohnen sie dann? Es ist doch so kalt im Winter in Schweden.«

Olofs Lächeln wurde noch breiter. »Ach, das können sie schon ab. Das sind sie ja gewohnt. Die wollen es doch gar nicht anders, die haben Nomadenblut in den Adern ... Denen geht es schon gut.«

Miriam schloss für einen Moment die Augen. Zeit, das Thema zu wechseln.

Sie ist eine Verräterin. Leider. Sie war damals eine Verräterin und ist es immer noch. Das ist ihre Schande. Sie hat die verraten, die schon lange tot sind. Sie hat ihr Volk und ihre Sprache verraten, ihren Großvater und ihren Vater, ihre Onkel und Tanten und ihre Cousins und Cousinen, diejenigen, an deren Namen und Gesichter sie sich schon lange nicht mehr erinnern kann. Einerseits. Aber andererseits gibt es diejenigen, die sie nie verraten hat. Anuscha. Und Didi.

Zum ersten Mal seit vielen Jahren faltet sie die Hände und legt sie sich auf die Brust, betet stumm und wortlos zu der Schwarzen Sara, für Anuscha und Didi. Nicht dass sie glaubt, es gäbe Gott und er wäre zufällig einmal anwesend oder dass er sich ausnahmsweise einmal denken könnte, einem Gebet zu der nicht anerkannten Schutzheiligen der Roma zuzuhören, nein, sie will einen Gruß an ihre Cousine und ihren kleinen Bruder schicken. *Ich vermisse euch immer noch, jeden Tag vermisse ich euch …*

Wie wäre ihr Leben verlaufen, wäre die *Kripo* nicht zum Haus ihres Großvaters gekommen? Wären keine Konzentrationslager errichtet worden? Nein, das kann man sich nicht vorstellen. Aber wenn Doktor Mengele von einer wahrlich wohlverdienten Hirnblutung getroffen worden wäre, noch bevor er als Chefarzt in Auschwitz seinen Dienst antreten konnte? Ja! Das kann sie sich vorstellen, auch wenn es nur eine billige Rachephantasie ist. Sie möchte ihm gern eine außerordentlich heftige Gehirnblutung verpassen, eine, die sein ganzes Gehirn befällt und ihm alles raubt. Die Fähigkeit, aufrecht zu stehen. Seine Angewohnheit, drohend die Augenbrauen zu heben. Seinen überlegenen Gesichtsausdruck. Seine krankhafte Lust, gewisse hungernde Kinder zu Tode verfaulen zu lassen und anderen Giftinjektionen zu geben, um ihre Augen herausschneiden zu können – im Namen der heiligen Forschung …

Das wünscht sie ihm, aber es nützt ja nichts. Denn Doktor Mengele scheint überlebt zu haben, es scheint ihm gelungen zu sein, aus den Ruinen Deutschlands nach Lateinamerika zu fliehen, und dort scheint er seit Jahrzehnten zu leben, umgeben und geschützt von seinen Lügen, genau wie sie selbst. Der Mossad, Israels Geheimdienst, hat ihn lange gesucht, aber es ist ihm nie geglückt, ihn zu finden. Das war schlimm. Sehr schlimm. Millionen von Menschen wären glücklich gewesen, hätten sie ihn neben Eichmann baumeln sehen können.

Sie kneift fest die Augen zusammen. *Ruhig nun*, sagt sie

zu sich selbst. *Keine weiteren Rachephantasien.* Die hatten ihre Zeit, und jetzt können sie nur noch dazu dienen, ihren Blutdruck in die Höhe zu treiben. Was nicht nötig ist. Ihr Blutdruck ist ausgezeichnet, laut Hausarzt, und deshalb sollte er auch auf dem jetzigen Niveau gehalten werden. Jetzt wird sie es also lieber ruhig angehen lassen. Sich ausruhen. Vielleicht sogar versuchen, ein kleines Nickerchen zu halten, bevor es Zeit für das Mittsommeressen ist. Sie holt tief Luft. Einmal. Zweimal. Dreimal.

Schneller als üblich gelangt sie in den Zwischenraum zwischen Schlaf und Wachsein. Jetzt ist sie dort. Er ist genauso rund wie am Morgen, seine Wände sind genauso weiß, aber die Türen sind größer geworden und es sind weniger, jetzt gibt es nicht mehr für jedes ihrer Lebensjahre eine Schranktür, jetzt sind hier nur fünf ziemlich hohe Türen, aber immer noch sind sie aus Teak und immer noch haben sie die gleichen Griffe wie die Schranktüren in ihrer allerersten eigenen Küche, der Küche, die nicht Hanna und nicht Marianne gehörte, sondern nur ihr ganz allein. Aber die Türen sind geschlossen, und einen Moment lang zögert sie. Was befindet sich hinter ihnen? Etwas von dem, was sie heute in ihrer Erinnerung wieder zum Leben erweckt hat? Irma Lunz? Eine *Aufseherin* mit ihrem gelbäugigen Schäferhund? Oder Doktor Mengele selbst?

Nun ja. Sollen sie doch kommen. Sie ist eine alte Frau, aber irgendwelchen Gespenstern aus der Vergangenheit kann sie ja wohl noch Paroli bieten. Dazu muss sie nur die Augen öffnen und sich in ihrem friedlichen Schlafzimmer umsehen. Doch das tut sie nicht. Stattdessen tritt sie drei Schritte vor und öffnet die erste Tür, reißt sie weit auf und tritt dann überrascht wieder einen Schritt zurück. Hanna steht da drinnen, eine enggeschnürte Hanna im

Korsett, gekleidet als Braut in der Art, die sie selbst als die einzige anständige ansah für eine Frau, die heiraten wollte, kurz bevor sie fünfzig wurde. Hellblaues Kleid, ein kleiner weißer Hut, mit glänzenden Perlen bestickt und ein großer Strauß Maiglöckchen. Sie lächelt. Das wurde ihre Ewigkeit, der glücklichste Augenblick in ihrem Leben. Miriam lächelt stumm zurück, schließt dann ganz vorsichtig die Tür und wendet sich der nächsten zu. Öffnet sie und lächelt wieder. Ja, das ist sie, natürlich ist das Anuscha, sie ist zehn Jahre alt und noch ist ihr nichts Böses zugestoßen. Sie hat die Hände in die Seiten gestemmt und lacht leise, beginnt sich dann zu drehen, immer im Kreis. Ihr schwarzes Haar fliegt, ihr Rock bauscht sich, ihre nackten Füße stampfen glücklich auf den Boden, sie will sich für immer nur drehen, will Malika zeigen, dass sie sich viel schneller drehen kann als diese. Miriam macht schnell die Tür zu, damit Anuscha nicht aus dem Schrank fallen kann, wenn ihr schwindlig wird. Jetzt eilt sie zur dritten Tür, ahnt bereits, wer ihr dort begegnet, und ganz richtig: Hier sitzt Olof in seinem blauen Sessel und blättert in einem alten Exemplar von *Smålands Dagblad*, langsam hebt er den Blick und sieht ihr in die Augen, sagt nichts, dennoch hört sie ganz deutlich, was er sagt. *Ich sehne mich nach dir! Komm bald!* Sie lächelt ihm zu, antwortet jedoch nicht, schüttelt nur schweigend den Kopf, während sie die Tür schließt. Das ist ein wenig zu viel verlangt, er muss sich noch eine Weile gedulden. Außerdem hat sie es eilig, sie will die vierte Tür öffnen, kann sich kaum beherrschen. Die Hand zittert ein wenig, als sie nach dem Knauf greift, sie spürt einen dicken Kloß im Hals, aber jetzt gleitet die Tür auf, sie öffnet sich, und da steht Else. Sie ist immer noch mager und lang wie eine Bohnenstange, aber sie scheint gesund und satt zu sein und sie trägt heile Kleider, eine warme Strickjacke, richtige Strümpfe und ordentliche Schuhe, und jetzt hebt sie den Arm und zieht langsam ihr weißes Kopftuch herunter. Ihr graues Haar fällt ihr über die Schultern, aber nein, es ist nicht mehr grau, es ist weiß geworden, genau wie Miriams, glänzend, funkelnd weiß, und Else weiß, dass es schön ist. Sie lächelt Miriam zu, ein offenes, glückliches Lächeln, das zeigt, dass der ausgeschlagene Schneidezahn wieder an seinem Platz ist. *Das Paradies,* denkt Else, ganz ohne Worte. *Dein Paradies und meins. Das gibt es, trotz allem.* Und Miriam nickt stumm, steht vor Else und weiß plötzlich nicht, was sie mit all ihren Gefühlen tun soll, sie ist gleichzeitig gerührt und verzweifelt, glücklich und unglücklich. Was kann sie tun? Nichts. Sie versucht nicht einmal, die Tür aufzuhalten, als sie wieder ins Schloss fällt, denn jetzt weiß sie, das sind die Bedingungen des Lebens, und sie akzeptiert sie. Alles müssen wir verlieren, auch die Menschen, die uns am meisten bedeuten. Und deshalb versucht sie nicht länger, das Weinen zu unterdrücken, deshalb lässt sie die Tränen laufen, als sie nach der fünften Tür greift. Da drinnen wartet Didi und …

»Mama«, sagt Thomas. »Weinst du?«

Miriam schlägt die Augen auf und begegnet seinem Blick.

»Didi?«, fragt sie ganz verwirrt.

Was hast du gesagt?«, fragt Thomas.

Miriam schließt für einen Moment die Augen und verflucht wieder einmal ihre lose Zunge, dann setzt sie sich im Bett auf, lehnt sich mit dem Rücken gegen die Wand und versucht, zu sich selbst zu kommen. Was nicht so schnell geht wie sonst.

»Was hast du gesagt?«, fragt Thomas noch einmal.

Miriam lächelt ihr freundlichstes Lächeln und versucht, ihre normale Stimme wiederzufinden. »Habe ich etwas gesagt? Ach, sicher habe ich nur geträumt …«

Thomas erwidert ihr Lächeln nicht. Er sieht besorgt aus.

»Weinst du? Bist du traurig?«

Stumm schüttelt sie den Kopf und versucht wieder zu lächeln. Thomas streckt ihr die Hand entgegen.

»Das Essen ist fertig, aber wenn du …«

Miriam streicht sich schnell über die Wangen. So. Jetzt ist es vorbei. Didi wartet, er wird das nächste Mal auch noch im Zwischenraum sein. Zeit bedeutet nichts für ihn, im Gegensatz zu Thomas, der jetzt auf ihrer Bettkante sitzt und sie besorgt anschaut. Für ihn ist Zeit alles. Sie lächelt ihn ein weiteres Mal an und tröstet: »Kein Problem. Ich bin nicht traurig. So ist es nun einmal, wenn man alt wird, dann laufen die Tränen manchmal ganz von allein.«

»Sicher? – Ganz sicher?«

Sie tätschelt ihm leicht die Wange.

»Ja, ganz sicher. Aber es hat gutgetan, ein bisschen zu schlafen. Das war doch ein langer Spaziergang.«

Thomas nickt und steht auf.

»Viel zu lang, wenn du mich fragst.«

»Ja, ja. Aber Camilla hat sich gut um mich gekümmert. Wir haben uns viermal hingesetzt und ausgeruht. Außerdem haben wir mitten im Park noch eine Tasse Kaffee getrunken.«

»Wie schön.«

Miriam stützt sich vom Bett ab, stellt die Füße auf den Boden und steht auf.

»Camilla hat sogar eine Zimtwecke gegessen.«

Thomas grinst leicht ironisch. »Nicht schlecht. Und sie ist nicht auf dem Fleck tot umgefallen?«

Miriam wirft ihm auch ein kleines Lächeln zu, während sie sich mit der Hand übers Haar fährt. Es scheint ordentlich zu liegen.

»Nein, Gott sei Dank nicht. Sie hat es überlebt.«

»Dann hoffen wir nur, dass sie das Essen auch überlebt ... Wollen wir runtergehen?«

Er bietet ihr ganz altmodisch den Arm und sie greift danach.

»Ja«, sagt sie. »Lass uns runtergehen.«

Sie hofft auf ein friedliches Mittsommeressen, hat aber natürlich so ihre Zweifel.

Eingelegter Hering. Schnittlauch. Saure Sahne. Eine Schüssel voll dampfender, frisch gekochter neuer Kartoffeln, leicht mit Petersilie bestreut. Butter. Käse. Selbstgebackenes Brot und Knäckebrot. Bier. Wasser. Schnaps. Katarina wirft einen nervösen Blick über den Tisch. Ist alles an seinem Platz? Ist alles so, wie es Ihre Hoheit ihr Ehegatte haben möchte?

Camilla steht in der Terrassentür, Katarina wirft ihr einen schiefen Blick zu. »Wo ist Sixten?«

»Der macht Mittagsschlaf«, sagt Camilla. Sie hält ein Päckchen in der Hand und streckt es ihrer Mutter hin. »Bitte schön, ein kleines Geschenk zur Mittsommernacht.«

Katarina schaut das Päckchen an, scheint es aber nicht annehmen zu wollen, im Gegenteil, es scheint, als wiche sie davor zurück.

»Ein Geschenk? Aber ich bin es doch nicht, die heute Geburtstag hat ...«

»Das ist nicht nur für dich. Das ist für die ganze Familie.«

Hätte sie sich ja denken können. Ihre Gedanken huschen schnell wieder auf die vertrauten Bahnen. Natürlich ist das kein Geschenk für sie. Warum um alles in der Welt sollte ihre Tochter ihrer Mutter ein Geschenk machen? Sie kriegt ja kaum eins, wenn sie Geburtstag hat, nur so einen billigen Kram, den Camilla in irgendeinem Kaufhaus besorgt hat. Dass Camilla dagegen Tage und Wochen damit verbringen kann, nach dem perfekten und teuren Geburtstagsgeschenk für ihre sogenannte Großmutter zu suchen, das ist etwas ganz anderes. Natürlich. Dennoch macht sie schließlich einen Schritt vor und ergreift das Päckchen.

»Was ist das?«, fragt sie mit gerunzelter Stirn.

Camilla muss lachen. »Mach es auf, dann siehst du es ...«

Katarina fummelt ein wenig an dem violetten Band herum, kann es endlich abziehen und das Päckchen öffnen, zum Vorschein kommt eine kleine Mittsommerstange in Tischformat.

»Danke«, sagte sie tonlos. »Die ist hübsch.«

Camilla zuckt mit den Schultern.

»Ja, nicht wahr? Es war die schönste Mittsommerstange, die ich für einen Hunderter kriegen konnte.«

Miriam und Thomas kommen gerade in dem Moment auf die Terrasse, als Katarina die kleine Mittsommerstange auf den Tisch stellt.

»Oh«, sagt Miriam. »Die sieht wirklich phantastisch aus.«

Katarina verzieht die Mundwinkel. Phantastisch? Es gibt ja wohl keinen Grund zu übertreiben. Das ist doch nur lächerlich.

Das Besteck klappert auf den Tellern, aber niemand sagt etwas. Schließlich räuspert Camilla sich und sagt mit ihrer hellsten Stimme, die fast etwas flehentlich klingt: »Willst du wirklich keinen eingelegten Hering, Oma? Im Hering sind äußerst nützliche Fettsäuren.«

Miriam schüttelt leicht den Kopf und schaut auf ihren Teller. Kartoffeln, saure Sahne und Schnittlauch. Das ist ihr übliches Mittsommergericht.

»Nein danke. Ich esse keinen eingelegten Hering, das weißt du doch.«

Katarina hat ausnahmsweise einen Schnaps zum Essen getrunken, und das ist zu merken. Jetzt schnaubt sie kaum merkbar. »Ist das was Jüdisches? Dürfen Juden keinen Hering essen?«

Thomas richtet sich auf und wirft Katarina einen kühlen Blick zu, kommt aber nicht dazu, etwas zu sagen, bevor Miriam ihr stetes Lächeln zeigt und einwirft: »Nein. Ich esse keinen Hering, weil ich den Geschmack nicht mag. Das ist alles.«

Thomas klingt genervt: »Genau. Das hat nichts mit dem Judentum zu tun.«

Miriam wendet ihr Lächeln ihm zu, beeilt sich dann aber, wieder auf ihren Teller zu sehen. Aha, jetzt fängt also das wieder an, was immer passiert, wenn die Familie zu einer Mahlzeit versammelt ist.

»Außerdem«, sagt Thomas, und seine Stimme zittert vor unterdrückter Irritation, »außerdem ist Mama vor unendlich vielen Jahren konvertiert. Sie ist also keine Jüdin mehr. Was du nur zu gut weißt.«

Katarina lacht auf und fängt im Leierton an zu singen: »Judenhaus, Judenhaus, hinten hängt das Hemd heraus!«

Thomas fällt die Kinnlade herunter, mit offenem Mund starrt er seine Frau an. »Was redest du da?«

»Ach«, wehrt Katarina ab und lächelt das leicht idiotische Lächeln eines unschuldig Angeklagten. »Das ist nur so eine Kindheitserinnerung. Das hat meine Mutter immer gesungen, wenn mein Vater vergessen hatte, hinten das Hemd in die Hose zu stecken. Sie kam eben aus Schonen.«

Thomas hat den Mund wieder geschlossen. Sein Tonfall ist sehr reserviert. »Ich finde, das klingt ziemlich antisemitisch, oder nicht?«

Es wird ganz still am Tisch. Miriam wagt nicht aufzusehen, aber sie hört, wie jemand tief Luft holt. Katarina vermutlich. Ja, es ist offensichtlich Katarina, denn jetzt redet sie, wenn auch mit einer fast tränenerstickten Stimme:

»Willst du behaupten, dass meine Mutter eine Antisemitin war? Meine Mutter?«

Thomas antwortet nicht. Miriam hebt vorsichtig den Kopf und schaut Camilla an, die ihr gegenübersitzt. Sie ist etwas blass geworden. Camilla ist die Zivilbevölkerung im ewigen Bürgerkrieg ihrer Eltern, und Miriam muss sie retten, also streckt sie eine Hand zu Thomas aus, legt sie vorsichtig auf seine.

»So, so«, sagt sie mit ihrer ruhigsten Stimme. »Dieser Spruch war wohl nicht so schlimm. Ich habe ihn jedenfalls nicht übelgenommen. Kannst du mir bitte den Käse geben, Camilla?«

Camilla scheint plötzlich munter zu werden, sie blinzelt, als wäre sie soeben aufgewacht, und greift nach dem Käse, lächelt, als sie ihn über den Tisch reicht.

»Nein«, sagt sie dann und legt den Kopf etwas schräg. »Ich nehme an, du hast schon Schlimmeres gehört. In Auschwitz. Und in Ravensbrück.«

Innerhalb des Bruchteils einer Sekunde begreift Miriam, worauf Camilla hinauswill. Sie will sich an ihren Eltern rächen, will es ihnen heimzahlen für all die Tage des brütenden Schweigens und wütenden Nörgelns während ihrer Kindheit und sie will Miriam als Waffe benutzen. Doch sich zu rächen, das ist keine Lösung. Rachephantasien haben so ihre Vorteile, aber sich im wirklichen Leben zu rächen, das ist nicht gut. Das führt nur dazu, dass alles noch schlimmer wird.

Thomas windet sich vor Unbehagen an Miriams Seite.

»Schh«, sagt er.

»Wie bitte?«, fragt Camilla und wendet sich ihm zu. »Was hast du gesagt?«

Thomas hebt sein Bierglas und nimmt einen großen Schluck. »Nichts.«

Katarinas Augen haben sich zu Schlitzen verengt, plötzlich kann sie auf eine Allianz mit ihrer Tochter hoffen. »Oh doch. Du hast ihr zu verstehen gegeben, dass sie still sein soll.«

Camilla lächelt ihren Vater an. »Willst du, dass ich still bin?«

Thomas seufzt resigniert. »Ganz und gar nicht. Ich finde nur, wir sollten nicht …«

Er leidet so offensichtlich, dass Miriam vor Mitleid beinahe zerfließt, aber gleichzeitig ist er in diesem Augenblick Olof so ähnlich, dass sie nicht umhinkann, einen leichten Stich von Schadenfreude zu spüren.

»Was sollten wir nicht?«, hakt Camilla nach. »Sollen wir so tun, als wären Auschwitz und Ravensbrück keine Konzentrationslager? Und als hätten sie keinen Einfluss auf gewisse Mitglieder dieser Familie gehabt? Ja? Ist es das, was du sagen wolltest?«

Katarina zittert fast vor Erregung, sie will dabei sein, wenn Thomas gequält wird.

»Ja«, sagt sie. »Ist es das, was du gesagt hast? Ja?«

Doch das ist vergebens, Camilla wirft ihr nur einen Blick zu und bricht augenblicklich die diplomatischen Beziehungen ab.

»Dieser Spruch war wirklich antisemitisch. Das müsstest sogar du begreifen.«

Miriam schnappt nach Luft und legt ihr Besteck hin.

»Jetzt ist es aber genug!«, sagt sie in entschiedenem Ton. »Hört ihr, alle drei! Es reicht jetzt.«

Und wieder wird es still am Tisch.

Es ist eine drückende Stille. Ungewöhnlich. Zwar sind alle langes Schweigen gewohnt bei den seltenen Gelegenheiten, wenn die Familie einmal zusammen isst, aber es ist nicht üblich, dass Miriam diejenige ist, die sie verursacht. Im Gegenteil, war sie doch immer diejenige, die versuchte, ungefährliche Gesprächsthemen zu finden, die vermitteln und schlichten wollte, zuerst zwischen Olof und Thomas, dann zwischen Thomas und Katarina und schließlich zwischen Camilla und ihren Eltern. Aber nicht jetzt. Jetzt sitzt sie plötzlich kerzengerade da und schaut sie alle einen nach dem anderen an, und plötzlich sind sie es, die mit dem Blick ausweichen. Zuerst Camilla, die sie kurz entschuldigend ansieht, dann Thomas, der eilig nach seinem Schnapsglas greift und es leert, ohne Prost zu sagen, und schließlich Katarina, die sich demonstrativ die Platte mit dem eingelegten Hering greift und ein Stück nach dem anderen auf ihren Teller schaufelt.

»Das muss ein Ende haben«, sagt Miriam letztendlich.

»Ja«, nickt Camilla zustimmend. »Es ist widerwärtig. Warum lasst ihr euch nicht endlich scheiden?«

Katarina erstarrt mit einem Stück Hering auf halbem Weg auf ihren Teller. Thomas sieht plötzlich vollkommen wehrlos aus. Verblüfft starren sie einander an. Was hat ihre Tochter gerade gesagt? Sich scheiden lassen? Wir? Wie soll das denn möglich sein?

»Das ist nicht ganz das, was ich meinte«, widerspricht Miriam. »Macht, was ihr wollt, lasst euch scheiden oder vergiftet euch weiter gegenseitig das Dasein, da mische ich mich nicht ein. Ich meinte damit, dass es irgendwann einmal möglich sein muss, dass wir diese Orte beim Namen nennen. Auschwitz. Und Ravensbrück.«

»Aber …«, wirft Thomas ein.

Miriam hebt die rechte Hand und unterbricht ihn: »Ich weiß, das ist mein Fehler. Ich bin diejenige, die all die Jahre wie die Katze um den heißen Brei herumgelaufen ist und nicht darüber hat reden wollen. Und ja, natürlich könnte ich Olof und Tante Hanna und dem allgemeinen Zeitgeist die Schuld dafür geben, weil die Menschen zu der Zeit der Meinung waren, man solle nicht in der Vergangenheit herumwühlen. Aber das wäre nicht ganz gerecht. Ich selbst bin dafür verantwortlich. Ich hätte den Mut fassen sollen. Ich hätte berichten sollen.«

Sie wendet sich Thomas zu: »Dein Vater hat immer geglaubt, ich würde zusammenbrechen, wenn man nur das

Wort Konzentrationslager benutzte, doch dem ist nicht so. Ich breche nicht zusammen. Zumindest nicht mehr als ohnehin schon. Dagegen fürchte ich, du bist etwas geschädigt dadurch, dass du in einem Haus aufgewachsen bist, in dem so vieles unausgesprochen blieb …«

Thomas hebt die Augenbrauen. »Geschädigt? Findest du, ich bin geschädigt?«

Camilla muss kichern: »Das bist du, Papa. Aber auf eine reizende Art.«

Miriam legt ihm die Hand an die Wange. »Tut mir leid. Das war dumm gesagt. Ich habe das nicht böse gemeint. Ich würde niemals im Leben etwas sagen, was dich verletzen könnte, denn du bist das Beste, was mir jemals zugestoßen ist. Wirklich. Das absolut Beste. Ich bin so dankbar dafür, dass ich deine Mutter werden durfte. Aber vielleicht wärst du ein freierer Mensch geworden, wenn sowohl ich als auch Olof dir mehr über die Vergangenheit erzählt hätten. Wenn auch nicht alles.«

Thomas nickt stumm. Miriam lässt ihren Blick von ihm weiter zu Katarina gleiten, die aufgehört hat zu essen und mit auf den Händen aufgestütztem Kinn dasitzt, dann weiter zu Camilla. Sie weiß, dass ihr Blick einen Befehl enthält: *Bestimmte Geheimnisse sollen geheim bleiben, bis ich sterbe. Ich hoffe, du verstehst das.* Camilla nickt kaum merklich. Sie hat verstanden. Sie wird an der Pforte Wache halten.

Miriam seufzt leise und knöpft dann die Manschette ihres Kleids auf, schiebt den Ärmel ein wenig hoch und lässt den Blick nicht nur auf das Roma-Armband frei, sondern auch auf die blaue Narbe, zeigt sie, kommentiert sie jedoch nicht. Stattdessen schüttelt sie leicht den Kopf und sagt: »Ja, ich war in Auschwitz und ich war in Ravensbrück und ich habe Dinge erlebt, von denen ich hoffe, dass kein Mensch sie jemals wieder wird erleben müssen. Ich will jetzt nicht davon berichten, denn einen Teil habe ich heute schon Camilla erzählt, und das hat mich unendlich ermüdet. Ich bin davon so müde geworden, ich hätte nie gedacht, dass ich so müde werden kann. Ich will jetzt nur eins: Dass wir endlich diese Orte beim Namen nennen können, ohne dass einer von uns an die Decke geht. Auschwitz meine ich. Und Ravensbrück. Wo ich gewesen bin.«

Thomas lächelt sie plötzlich an, ein vollkommen offenes, vorbehaltloses Lächeln, und greift wieder nach seinem Schnapsglas.

»Dann Prost! Auf das Ausgesprochene.«

Miriam erwidert sein Lächeln, zieht den Kleiderärmel wieder herunter und knopft die Manschette wieder zu, schiebt dann das Armband zurecht, bevor sie auf ihr eigenes Schnapsglas schaut. Es ist leer, sie hat vergessen, dass sie den Kopf geschüttelt hatte, als Thomas vor einer Weile allen am Tisch eingeschenkt hat.

»Gib mir auch einen Schluck«, sagt sie. »Aber weniger als einen Teelöffel!«

Thomas zieht den Korken aus der Flasche und schenkt ein, dann hebt Miriam ihr Glas und schaut sich um.

»Prost! Und danke für einen überaus schönen Geburtstag. Und für das phantastische Geburtstagsgeschenk.«

Schweigend trinken sie, stellen dann einer nach dem anderen ihre Gläser ab. Zuerst Miriam, dann Camilla, zum Schluss Thomas. Nur Katarina stellt ihr Glas nicht auf den Tisch, sie hält es weiter in beiden Händen, lässt es leicht von einer Seite auf die andere kippen, um zu sehen, wie der Inhalt hin und her schaukelt.

»Nun«, sagt sie schließlich. »Es gibt da nur eine Sache, über die ich immer wieder nachgedacht habe, was diese

Konzentrationslager betrifft. Hast du jemals eine Entschädigung bekommen?«

Miriam spürt, wie ihre Wangen heiß werden. Und es ist nicht der Schnaps, der da brennt. Sondern die Frage.

»Entschädigung?«, fragt Camilla. »Was für eine Entschädigung?«

Katarina wirft ihr einen schnellen Blick zu.

»Geld. Ehemalige KZ-Häftlinge haben doch seit langer Zeit Geld gekriegt. Aus Deutschland.«

Miriam schüttelt leicht den Kopf.

»Nein«, sagt sie dann, und plötzlich ist ihre Stimme nicht mehr so sicher. »Es ist mir zwar angeboten worden, aber …«

Katarina erwidert ausnahmsweise einmal direkt ihren Blick, ein kleines Lächeln spielt in ihren Mundwinkeln.

»Aber was?«

Miriam senkt den Kopf, steckt unnötig hart die Gabel in eine Kartoffel.

»Ich habe darauf verzichtet. Olof wollte das.«

Feige wie immer. Aber niemand merkt etwas, Thomas brummt tröstend neben ihr: »Ich finde, das war richtig so. Das ist doch nur dreckiges Blutgeld …«

Sie muss einige Male tief durchatmen, während Camilla und Katarina abdecken. Die Scham brennt ihr immer noch in den Wangen. So einfach kommt sie also nicht davon, was sie gesagt hat, war ja Lüge und Wahrheit zugleich. Sicher, sie bekam das Angebot einer Entschädigung nach dem Krieg und ja, Olof war davon sehr aufgebracht und forderte, sie solle sich weigern, es entgegenzunehmen. Und Miriam tat, was er wollte. Sie kann sich also hinter ihm verstecken, doch die Wahrheit ist, dass sie es nicht tat, weil sie eine gehorsame Ehefrau war. Sie tat es nicht einmal aus Furcht, ihre Lügen könnten aufgedeckt werden. Sie tat es in einer Art rückwärtsgewandter Loyalität mit ihrem Volk. Denn den Roma wurde keine Entschädigung angeboten. Sie wurden ja nicht aus Rassegründen ausgerottet, erklärten die deutschen Behörden nach dem Krieg. Sie wurden ausgerottet, weil sie kriminell waren. Jeder Einzelne. Auch vierzehnjährige Mädchen wie Anuscha und kleine Jungs wie Didi. Und ehrbare Silberschmiede wie Malikas Vater.

Und ihretwegen zerriss Malika den Brief aus Deutschland.

Hier kommt der Nachtisch«, sagt Camilla und stellt eine große Schüssel mit Erdbeeren auf den Tisch.

Thomas hat einen leicht silbrigen Blick bekommen, vielleicht ist er schon kurz davor, betrunken zu sein. Das ist so üblich bei ihm, sowohl am Heiligabend als auch am Mittsommerabend. Nicht dass das schlimm wäre, er wird dann nur etwas fröhlicher als sonst und unglaublich redselig.

»Mmm«, sagt er genießerisch und beugt sich vor. »Soll ich dir welche auftun, Mama?«

Miriam setzt sich gerade hin und zeigt ihr übliches Lächeln.

»Nein danke, ich nehme mir selbst.«

»Hier ist die Sahne«, sagt Katarina und stellt mit einem kleinen Knall die Schale auf den Tisch. »Es gibt auch Eis. Möchte jemand Eis?«

Alle drei schütteln den Kopf. Katarina wirft Camilla einen wütenden Blick zu, plötzlich scheint ihre aufgesetzte Ängstlichkeit verschwunden zu sein. Jetzt ist sie offen streitlustig.

»Sixten möchte bestimmt Eis, wenn er aufwacht. Und ich finde, das soll er auch kriegen.«

Camilla schaut ihr kurz in die Augen, weicht dann aber mit dem Blick aus und zuckt nur leicht mit den Schultern.

»Von mir aus.«

Katarina sieht sie immer noch wütend an. »Ein Mal ist kein Mal!«

Camilla scheint Mut zu fassen, wagt es aber trotzdem nicht, ihrer Mutter erneut direkt in die Augen zu sehen.

»Das stimmt so ja nun nicht. Ein Mal ist ein Mal. Aber ich habe doch gesagt, dass es in Ordnung ist.«

Katarina zieht ihren Stuhl laut vernehmlich heraus und setzt sich. Dann wird es wieder still am Tisch. Es ist eigentlich nur ein kurzes Schweigen, aber das ist gedrückt und wird erst gebrochen, als Thomas seinen Teller mit Erdbeeren und Schlagsahne aufgegessen hat und begierig nach der Schüssel greift, um sich mehr zu nehmen.

»Also«, sagt er. »Junge Eltern können natürlich heutzutage übertrieben hysterisch wirken, aber als Zahnarzt muss ich sagen, dass es schon seine Vorteile hat, wenn sie so streng mit dem Zucker sind …«

»Ach nein«, sagt Katarina mit Eis in der Stimme.

Thomas scheint sie nicht zu hören. Das ist üblich, er scheint häufig an einer selektiven Taubheit zu leiden. Camillas Stimme hört er fast immer und ebenso Miriams, wohingegen Katarina auf einer Wellenlänge zu reden scheint, die ihn zeitweise nicht erreicht.

»In den Siebzigern, als ich meine Ausbildung zum Zahnarzt fertig hatte, da war das Schlimmste bereits vorüber«, sagt er. »Aber vorher, du meine Güte!«

Katarina gibt keine Ruhe, sie will sich nicht damit abfinden, ignoriert zu werden: »Vielleicht hatten die Leute in den Siebzigern endlich gelernt, sich die Zähne zu putzen.«

Thomas hört sie immer noch nicht.

»Papa musste zu seiner Zeit einiges mit den Kindern durchmachen. Es war ganz normal, dass sie im Laufe eines Jahres fünfzehn, sechzehn Löcher hatten. Der Rekord lag bei zweiunddreißig! Zweiunddreißig Löcher in einem Jahr. Bei einem Zwölfjährigen! Das war zwar in den fünfziger Jahren und in einer Familie, die unter ziemlich prekären Umständen lebte und in der alle die gleiche Zahnbürste benutzten, aber dennoch. Ein Skandal. Es gibt kein anderes Wort dafür. Der reinste Skandal.«

»Es gab in den Fünfzigern noch keine Fluorzahnpasta«, sagt Katarina.

Thomas muss sie gehört haben, das ist offensichtlich, dennoch schüttelt er sich leicht und es ist fast zu sehen, wie ihr Einwand von ihm abperlt. Er lehnt sich auf dem Stuhl zurück, der Bauch steht ein wenig vor, das Hemd spannt.

»Und was hat Papa gebohrt! Gebohrt und gebohrt, sobald nur der winzigste Fleck auf einem Zahn zu sehen war, hat er große Löcher gebohrt. Sicherheitshalber, wie es hieß. *Extension for prevention.* Und jetzt bin ich es, der sich um all die Zähne kümmern muss, die er kaputtgebohrt hat. Bei den Alten fallen die Plomben heraus, und die Zahnreste brechen ab. Nein, verdammt noch mal, in der Beziehung war es früher wirklich nicht besser.«

Katarina lässt ihm keine Ruhe, offensichtlich will sie ihn zwingen, zu erkennen, dass sie wirklich vorhanden ist. »Wer hat denn gesagt, dass früher alles besser war?«

Ja, jetzt hört er sie. Er grinst ein wenig, es wird ein Zwischending zwischen einem Lächeln und einer Grimasse.

»Na, je länger zurück, umso besser. Das weißt du doch auch.«

»Nein. Das weiß ich nicht. Nichts war früher besser. Absolut nichts.«

»Was die Zahngesundheit betrifft, kann ich dir nur zustimmen. Aber ansonsten …«

Katarina schnaubt, man kann fast spüren, wie sehr sie seine Äußerung verabscheut. »Pah! Du kannst jede beliebige Frau einmal fragen. Uns geht es auf jeden Fall heute besser. Und jeder Menge anderer Leute auch. Behinderte. Homosexuelle. Ich denke, es sind nur die weißen heterosexuellen Männer, denen es etwas schlechter geht, da der Rest der Welt ihnen nicht mehr zu Füßen liegt und sie vorbehaltlos anhimmelt. Inzwischen riskieren sie ja sogar, dass ihnen eine ganz normale Frau widerspricht. Und das muss natürlich unsägliches Leiden mit sich bringen.«

Thomas setzt sich kerzengerade hin, plötzlich knallrot im Gesicht.

»Ich kann mich nicht daran erinnern, dass du mir jemals zu Füßen gelegen und mich angehimmelt hast. Ganz im Gegenteil. Ich kann mich nur daran erinnern, dass du die letzten fünfundzwanzig Jahre durchgehend sauertöpfisch warst. Sauer! Sauer! Sauer! Und dass es absolut unmöglich war, von dir zu erfahren, was oder wer dich so sehr beleidigt hat … Ach! Ist doch scheißegal!«

Er steht auf und stößt dabei gegen den Tisch, dass die Gläser klirren. Miriam und Camilla werfen einander einen resignierten Blick zu. Vielleicht sollte eine von ihnen eingreifen, so wie sie es schon so oft getan haben: Miriam könnte etwas vollkommen Banales sagen und damit das Gesprächsthema wechseln, oder Camilla könnte ihre Stimme schrill und pubertätsbeleidigt klingen lassen und etwas Unverschämtes von sich geben, nur um die Eltern zu verwirren und damit ihre Aufmerksamkeit und Wut auf sich zu ziehen. Miriam ist ein wenig verwundert darüber, dass sie es noch nicht getan haben, nein, beide, Camilla und sie haben einfach nur dabeigesessen und Katarina und Thomas angestarrt, während der Streit sich hochgeschraubt hat.

»Ich habe keine Lust mehr«, sagt sie teilnahmslos und nickt Camilla zu.

Und Camilla scheint zu verstehen, was sie meint: »Ich auch nicht. Die sind mir so was von egal.«

»Da hast du vollkommen recht.«

Thomas, der sich soeben umgedreht hat und zum Haus marschieren will, nur um einen so dramatischen Abgang wie möglich hinzulegen, bleibt stehen und dreht sich wieder um. Katarina schluchzt und öffnet den Mund, um etwas zu sagen, schließt ihn aber tonlos wieder.

Miriam ignoriert sie beide, ihre Stimme klingt ganz trocken: »Ich glaube, jetzt verstehe ich es.«

Camilla zieht die Augenbrauen hoch. »Was verstehst du?«

»Was du über Max gesagt hast. Dass ihr euch gezankt und gestritten habt, bis der Funke erloschen ist.«

Camilla wirft einen schnellen Blick in Katarinas Richtung. Das hier soll ihre Mutter möglichst nicht hören, deshalb klingt sie ein wenig defensiv: »Nun ja, so schlimm war es wohl nicht ...«

Miriam wirft Thomas einen kurzen Blick zu.

»Nein. Natürlich nicht. Aber ich verstehe schon, dass man etwas allergisch gegen Zank und Streit werden kann, wenn man in dieser Familie aufgewachsen ist ...«

Thomas geht einen Schritt zurück an den Tisch. Katarina beugt sich plötzlich vor und streckt eine flehende Hand aus, auf niemanden gerichtet.

»Aber ...«, sagt sie.

Miriam sieht sie einen Moment lang an, dreht dann den Kopf und schaut zu Thomas. Das scheint er als einen Befehl zu deuten, er beugt sich wieder über den Tisch und lässt sich auf seinen Stuhl sinken.

»Du musst verstehen ...«, sagt er.

»Nein«, widerspricht Miriam. »Ich muss gar nichts verstehen. Ganz im Gegenteil. Ich bin von der Pflicht befreit, zu verstehen. Ich war in der Hölle, ich weiß, wie es ist, in der Hölle zu leben, und deshalb habe ich nicht das geringste Verständnis für Menschen, die sich ihre eigene kleine Amateurhölle schaffen und dann herumlaufen und so tun, als könnten sie nicht aus ihr herauskommen. Das ist doch einfach lächerlich. Macht es, wie Camilla gesagt hat. Lasst euch endlich verdammt noch mal scheiden!«

Katarinas Gesicht scheint sich plötzlich aufzulösen, der Mund verzerrt sich, echte Tränen füllen ihre Augen.

»Aber das will ich doch gar nicht«, schluchzt sie. »Ich will nicht allein sein ...«

Miriam wirft ihr einen fast mitleidigen Blick zu.

»Ach nein«, sagt sie. »Und was bist du jetzt?«

Thomas benimmt sich plötzlich wie ein dienstbeflissener Zwölfjähriger. Er läuft vor Miriam mit den Sitzkissen unter dem Arm her, beeilt sich dann, den bequemen Korbsessel im Schatten des Apfelbaums aufzustellen, legt die Kissen darauf und klopft aufmunternd aufs Polster.

»So«, sagt er. »Jetzt kannst du dich entspannen.«

Meine Güte, denkt Miriam irritiert. Wer muss hier bitte schön entspannen? Denn um zu entspannen, muss man sich ja wohl vorher erst einmal anspannen. Aber sie sagt nichts, lächelt ihr ewiges freundliches Lächeln und lässt sich auf dem Sessel nieder.

»Soll ich noch einen Fußschemel holen?«, fragt Thomas, wartet aber gar nicht ihre Antwort ab. »Ich hole eben den Fußschemel.«

Miriam schaut ihm nach, wie er über den Rasen eilt. Mit diesem Abstand kann sie sehen, dass er älter geworden ist. Bald wird auch er alt sein. In zehn Jahren vielleicht. Oder fünfzehn. Der arme Junge! Der arme kleine Junge, der bald in den Ruhestand gehen wird!

Der arme kleine Junge greift im Geräteschuppen mit einem entschlossenen Lächeln nicht nur den Fußschemel, sondern auch noch einen zusammenklappbaren kleinen Gartenstuhl. Also plant er, ihr Gesellschaft zu leisten. Nun ja. Darein muss sie sich wohl fügen, auch wenn sie im Augenblick am liebsten allein gewesen wäre. Um nachzudenken. Und schweigend unter dem Apfelbaum zu sitzen und zu versuchen, zu verstehen, was alles an diesem Tag passiert ist. Der Tag der Geschichten. Der Tag der Wahrheit. Aber das ist ihr also nicht gegönnt.

»So«, sagt Thomas und stellt ihr den Schemel vor die Füße, macht Anstalten, als wollte er ihre Knöchel ergreifen und ihre Füße auf den Hocker legen, aber glücklicherweise begegnet er Miriams Blick und hält sich in letzter Sekunde zurück. Sie hebt allein die Füße auf den Schemel, während er den kleinen Gartenstuhl ausklappt und sich hinsetzt. Eine Weile schweigen beide, dann räuspert Thomas sich und fragt: »Darf ich mir das Armband einmal angucken? Ich habe es nur ganz kurz heute Morgen gesehen, das Geschenk war ja schon eingepackt, als Camilla damit gekommen ist.«

Miriam antwortet nicht, zieht sich nur das Armband vom Handgelenk und reicht es ihm. Er nimmt es mit beiden Händen entgegen, als fürchtete er, es könnte kaputtgehen, dreht und wendet es dann ganz vorsichtig, schaut schließlich auf und lächelt ein vollkommen offenes Lächeln, aber ein Lächeln nicht ohne Ironie.

»Apropos Streit in der Familie und so … Erinnerst du dich noch an den Kellerjungen?«

Ein Schaudern durchfährt Miriam. Der Kellerjunge. Den ganzen Tag über, diesen ganzen Tag der Wahrheit über, ist es ihr erfolgreich gelungen, die Erinnerung an den Kellerjungen beiseitezuschieben, ihre Gedanken haben einen großen, sorgfältig bemessenen Bogen um ihn und seine Mutter gemacht. Sie will nicht an die beiden denken. Sie erinnern Miriam zu sehr an die, die sie eigentlich ist, und an das, was sie geworden ist.

Doch jetzt zwingt Thomas sie dazu.

Es war der kälteste Winter, den Miriam jemals erlebt hatte. So eisig kalt, dass sie zitterte, sobald ein Spalt zwischen ihrem neuen Nerzmantel und dem warmen Wollschal entstand. So kalt, dass sie trotz des Teddyfutters in den Stiefeln an den Zehen fror. So kalt, dass die Finger in den warm gefütterten Handschuhen trotz allem ganz steif wurden.

Thomas fror auch. Und deshalb wollten sie nach der Schule in die Stadt gehen. Er brauche eine neue Jacke, hatte sie Olof an diesem Morgen erklärt. Es war fast dreißig Grad minus tagsüber, und Thomas' Jacke aus dem letzten Jahr war zu klein und zu dünn, man konnte sie kaum zuknöpfen, wenn er einen warmen Pullover darunter trug. Olof hatte den Blick gehoben und *Smålands Dagblad* beiseitegelegt, dann wortlos seine Brieftasche herausgeholt und mit hochgezogenen Augenbrauen ein paar Hunderter auf den Tisch gelegt. War das genug? Miriam hatte genickt. Auf jeden Fall. Vielleicht würde das sogar noch für ein paar neue Stiefel reichen. Olof legte noch einen Schein auf den Tisch. Einen Fünfziger. So würde es auf jeden Fall reichen.

»Vielen Dank«, sagte Miriam und verkniff sich im letzten Moment einen Knicks. Stattdessen beugte sie sich über Olof und gab ihm einen Kuss auf die Wange. »Möchtest du noch mehr Kaffee?«

Er antwortete nicht, nickte nur und lächelte. Das war normal. Olof redete morgens nicht gern, und das schon gar nicht, wenn Thomas in der Nähe war. Und das war er an diesem Morgen, er saß auf der anderen Seite des Küchentischs und versuchte seine vierzehnjährigen Extremitäten zu ordnen. Was nicht so einfach war. Er war das ganze Jahr über schubweise gewachsen, zuerst waren Arme und Beine unproportional lang geworden, anschließend hatte sich der Rumpf grotesk gestreckt, bevor Arme und Beine erneut wuchsen. Er würde groß werden. Sehr groß.

»Noch mehr Kakao?«, fragte sie ihn und ließ schnell ihre rechte Hand über seinen Kopf huschen. Er nickte wie sein Vater, sagte aber auch nichts. Es war wie immer. Morgens redete nur Miriam in dem roten Haus.

Das änderte sich, als Thomas endlich vor Bröderna Frisk auftauchte, dem Laden, in dem die Familie sämtliche Herrenbekleidung einkaufte. Miriam stand auf der Storgatan davor und stampfte so diskret wie möglich mit den Füßen, um das Gefühl in den Zehen zu behalten. Richtige Damen durften nicht zu heftig aufstampfen, das hatte Hanna sie bereits in Jönköping gelehrt. Richtige Damen zeigten nämlich nicht, dass sie froren. Aber Miriam fror. Jeder Mensch in Nässjö fror an diesem Tag, das war deutlich zu sehen. Die Leute trugen Mützen mit Ohrenklappen, dicke Fausthandschuhe, Skischuhe und warme Wollsocken und eine Schicht Wolle über der anderen auf dem Leib, und dennoch froren sie. Ganz besonders Thomas, der plötzlich hinter einem Schneewall auf der anderen Straßenseite auftauchte und jetzt eilig die notdürftig geräumte Fahrbahn überquerte. Aber das schien ihn nicht zu bekümmern, er redete eifrig auf sie ein.

»Am liebsten möchte ich so einen Mantel mit Stöckchen«, sagte er atemlos, noch bevor er sie erreicht hatte. Der Atem stand wie eine kleine Wolke vor seinem Mund.

Miriam hörte auf zu stampfen und schaute ihn fragend an. »Mit Stöckchen?«

»Ja«, nickte Thomas eifrig und hauchte auf seine behandschuhten Finger. »Du weißt … So einen mit Kapuze und der mit diesen Stöckchen zugeknöpft wird.«

»Ach so«, sagte Miriam, »ein Dufflecoat?«

»Ja.« Thomas lächelte glücklich. »So heißt der. Ein Dufflecoat.«

Und dann betraten sie das Geschäft. Der rothaarige Verkäufer, vielleicht einer der beiden Brüder Frisk, verneigte sich leicht und hieß sie willkommen, nannte Miriam Frau Adolfsson und Thomas den jungen Herrn Adolfsson, bevor er zu den Dufflecoats eilte. Sehen Sie! Das echte englische Original. Thomas suchte sich eine dunkelblaue Variante aus und überlegte lange, ob er es wagen sollte, einen roten Schal dazu zu kaufen, beschloss aber schließlich, das wäre zu tollkühn. Der alte blaue Schal musste genügen. Aber er wollte den neuen Mantel sogleich anziehen. Könnte man seine alte Jacke in eine Tüte einpacken? Aber natürlich. Das konnte man. Der Verkäufer löste dienstbeflissen die Sicherheitsnadel, mit der der Preis befestigt war. Thomas schob die Hände in die Taschen des Dufflecoats und betrachtete sich zufrieden im Spiegel. Miriam lächelte ihm zu, als sie an der Kasse stand.

»Und noch ein paar Boots mit Reißverschluss«, sagte Thomas, als sie auf dem Weg hinaus waren. »Bitte, Mama …«

Und somit gingen sie zu Oscaria und kauften ein Paar äußerst moderne Reißverschluss-Boots mit Teddyfutter.

»Die sind einfach super«, sagte Thomas und hüpfte vor ihr herum, als sie sich dem Stadtpark näherten. »Man rutscht überhaupt nicht aus, obwohl es eisglatt ist.«

Miriam eilte ihm hinterher, bereute es, keinen Tretschlitten genommen zu haben. Mit dem wären sie schneller zu Hause gewesen. Jetzt hatte die Dämmerung bereits eingesetzt und es war noch kälter geworden. Der graublaue Nachmittagshimmel hing schwer über ihnen, die ersten Sterne waren bereits zu sehen.

»Du brauchst wohl ein Paar Wollsocken für deine Boots«, sagte sie. »Denn ich kann mir nicht vorstellen, dass sie warm genug sind.«

»Ich friere nicht«, sagte Thomas und breitete die Arme aus. »Ganz sicher. Ich friere kein bisschen.«

Miriam zuckte mit den Schultern. »Aber ich. Und du weißt, was Papa immer sagt: Mama friert, also zieh den Jungen warm an. Komm, wir gehen zu ihm und zeigen ihm deinen neuen Dufflecoat, wenn wir sowieso an der Praxis vorbeikommen.«

Thomas blieb stehen, drehte sich zu ihr um, sah sie zögernd an. »Muss das sein?«

Miriam wich seinem Blick aus.

»Ja. Das muss sein. Denn ich friere ganz erbärmlich! Ich muss mich ein bisschen aufwärmen, bevor wir um den See gehen.«

»Du hättest ja den Tretschlitten mitnehmen können.«

»Ja«, nickte Miriam. »Das hätte ich.«

Zu der Zeit lag Olofs Praxis in einer alten Patriziervilla gleich neben dem Stadtpark. Früher hatten einmal seine Großeltern mütterlicherseits in dem Haus gewohnt, aber das war schon lange her. Olof hatte es umbauen lassen, als die Zeit reif gewesen war, eine eigene Praxis zu eröffnen. Jetzt hatte er einen Mieter im ersten Stock: den Steuerberater Zandén. Oben brannte kein Licht, wie Miriam feststellte. Also war das Büro immer noch geschlossen.

Zandén war vor einigen Monaten wegen Krebs operiert worden und niemand konnte sagen, ob er zurückkäme. Aber die Lampen in Olofs Praxis brannten, das gelbe Licht zeichnete die Sprossenfenster im Schnee draußen ab und ein Schatten huschte hindurch.

Miriam eilte die Steintreppe hinauf und öffnete die Tür, erleichtert holte sie Luft, als sie in den warmen Vorraum gelangte. Hier roch es wie immer, ein leicht metallischer Zahnarztgeruch, gemischt mit dem Duft nach frischem Holz von den Wänden. Sie drückte auf den roten Lichtschalter, die Deckenlampe flackerte einige Male, bevor sie die grauen Wände erhellte. Miriam zog sich die Handschuhe aus und betrachtete ihre Finger. Sie waren rot. Richtig rot. Vielleicht konnte sie sich in Olofs Teeküche eine Tasse Tee kochen, allein schon um die kalten Finger an der heißen Tasse zu wärmen. Ja, das sollte möglich sein. Im Übrigen konnte Thomas vielleicht auch eine Tasse heißen Tee vertragen und Olof eventuell für einen Moment von seiner Arbeit abkömmlich sein und ihnen Gesellschaft leisten …

Sie zog die Tür auf und trat ins Wartezimmer, blieb jedoch auf der Schwelle stehen. Blinzelte überrascht. Drei Patienten saßen in dem Raum. Eine Frau aus dem Ort und zwei Roma. Die Frau aus dem Ort blätterte in einer Zeitschrift, schaute aber auf und lächelte Miriam und Thomas unsicher an, dann ließ sie schnell ihren Blick über die Roma huschen. Es war eine junge Frau in einer dünnen Sommerjacke und einem langen Kleid und ein sehr dunkler Junge, um die zehn Jahre alt, der sich bei ihr anlehnte, ein Junge, der allem Anschein nach starke Zahnschmerzen hatte. Seine Augen waren halb geschlossen, er wimmerte leise und seine rechte Wange war dick angeschwollen. Die Frau aus dem Ort war nicht begeistert von der Gesellschaft, das war offensichtlich, sie rutschte noch ein Stück weiter nach rechts, um weiter weg von den anderen beiden zu kommen.

»Guten Tag«, sagte Miriam, ganz einfach, weil ihr nichts anderes einfiel.

Die Frau aus dem Ort nickte und lächelte noch einmal, dann vertiefte sie sich wieder in ihre Zeitschrift.

Der Blick der Zigeunerfrau flackerte, sie biss sich auf die Unterlippe, bevor sie Miriam anschaute und sagte: »Hilfe. Bitte, helfen Sie uns …«

Es stellte sich heraus, dass sie und ihr Sohn auf dem Weg zu Verwandten in Stockholm gewesen waren, Verwandte, bei denen sie hoffentlich in einem einigermaßen geheizten Wohnwagen in einem Lager bie Vällingby wohnen konnten. Den ganzen Herbst über hatten sie am Stadtrand von Kalmar in einem Zelt gewohnt, aber das ging nicht mehr, das war zu kalt, deshalb hatte sie ihr letztes Geld zusammengekratzt und für sich und ihren Sohn eine Bahnfahrkarte gekauft. Zwar hatte Fardi schon vorher Zahnschmerzen gehabt und die Wange war ein bisschen angeschwollen gewesen, aber sie hatte gedacht, das würde vorübergehen, sie hatte es gehofft, und dann …

Ja, als sie in Nässjö ausstiegen, um umzusteigen, war er zusammengebrochen. Und da stand sie nun, mitten auf dem Bahnsteig und hatte immer wieder versucht, ihn hochzuziehen. Aber das ging nicht, er rutschte ihr aus den Armen, er war zu schwer und kraftlos, und keiner wollte ihr helfen, die Leute eilten nur an ihr vorbei auf dem Weg zu ihrem Zug, zu ihrem eigenen Leben, ihrem eigenen Heim. Denn sie waren ja nur Zigeuner, und wer wollte einem Zigeuner helfen? Schließlich hatte sie ihm Schnee auf die Wange gedrückt, und davon war er aufgewacht, hatte sich sogar auf zittrige Beine stellen können, und dann hatte sie ihm in den Wartesaal geholfen, ihn dort auf eine Bank gesetzt und war zum Fahrkartenschalter gegangen und hatte um Hilfe gebeten. Und sie hatten tatsächlich Hilfe bekommen. Oh ja. Jemand hatte die Polizei angerufen, und nach einer Weile waren sie gekommen, zwei Polizisten in voller Uniform, die sich breitbeinig vor sie stellten und fragten, was sie da eigentlich veranstalte. Was? Was? Was? Aber dann stellte sich heraus, dass sie trotz allem nett waren, diese Polizisten. Sie sahen Fardis geschwollene Wange und wie schlecht es ihm ging, also setzten sie die beiden ins Polizeiauto und fuhren sie hierher, zu der Zahnarztpraxis, aber das Problem war, dass sie in dem ganzen Durcheinander ihre Reisetasche verloren hatte, jetzt hatte sie nur noch die Kleider, die sie auf dem Leib trugen, jeder die Einzelfahrkarte nach Stockholm und einen Fünf-Kronen-Schein, den die Mutter sich in den Schuh gestopft hatte.

»Nein«, sagte Olof. »Die haben keinen Termin. Die müssen warten.«

Die Sprechstundenhilfe nickte zustimmend hinter seinem Rücken. Sie hieß Ingegerd und war neu eingestellt. Miriam hatte sie vorher erst einmal getroffen und sie nicht gemocht. Und jetzt mochte sie sie noch weniger. Kriecherisch. Anders konnte sie sie nicht beschreiben. Verdammt kriecherisch.

»Aber es geht ihm doch so schlecht!«

»Na und«, wehrte Olof ab. »Ich werde mich schon um ihn kümmern, wenn ich mit Frau Bergqvist fertig bin. Aber nicht vorher.«

Eine weiße Flamme schlug in Miriam hoch. Malikas Feuer. Sie konnte es fast vor sich sehen.

»Das liegt doch nur daran, dass er ein Zigeuner ist«, sagte sie. »Wäre es ein anderer Junge, hättest du ihn sofort vorgezogen.«

»Blödsinn«, sagte Olof und wandte sich seiner Sprechstundenhilfe zu. »Seien Sie so gut und bitten Frau Bergqvist herein.«

Miriams Augen verengten sich.

»Dass du dich nicht schämst!«

Olof verschränkte die Arme vor der Brust und sah sie amüsiert an.

»Warum regst du dich so auf? Ich werde mich ja um ihn kümmern, das habe ich doch gesagt. Auch wenn ich bezweifle, dass sie bezahlen können …«

»Bezahlen? Daran denkst du? Ans Bezahlen?«

»Natürlich. Ich musste ja den Nerzmantel meiner Frau auch bezahlen. Und den schicken neuen Dufflecoat meines Sohns. Das tut niemand für mich.«

Die Worte blieben Miriam im Hals stecken: »Wie kannst du nur … Ich werde Hanna anrufen! Darauf kannst du dich verlassen. Ich gehe raus und rufe gleich Hanna an!«

Ein kleines Zucken lief über Olofs amüsierten Gesichtsausdruck.

»Tu das. Du kleine Klatschbase.«

Und dann lachte er laut auf, drehte sich um und hieß Frau Bergqvist willkommen.

Miriams Hand zitterte, als die den Hörer abnahm und ein Ferngespräch nach Jönköping anmeldete. Thomas stand an der Tür zu Olofs Büro und lehnte sich an die Wand. Nein, er lehnte sich nicht dagegen. Er drückte sich dagegen und tat alles, was in seiner Macht stand, um seine Gesichtszüge unter Kontrolle zu behalten. Was ihm nicht besonders gut gelang, die Angst war zu sehen. Malika, nein, Miriam setzte sich auf Olofs Schreibtischstuhl und knöpfte eilig mit der freien Hand den Pelz auf.

Dann hörte sie endlich Hannas Stimme: »Was gibt es, meine Liebe?«

Miriam musste erst einmal tief Luft holen, bevor sie die Lage erklären konnte. Hanna brummte mitfühlend am anderen Ende. Natürlich verstand sie, dass Miriam empört war, selbstverständlich, aber wenn nur eine Patientin vor dem kleinen Zigeunerjungen gewesen war, dann bedeutete es ja wohl nicht die ganze Welt, wenn er eine halbe Stunde länger warten musste. Und Olof tat sicher sein Bestes.

»Aber danach«, fragte Miriam, »was soll danach aus ihnen werden? Die Mutter hat nur eine Sommerjacke und der Junge eine dünne Steppjacke. Ziemlich abgetragen. Und es ist unglaublich kalt, die werden erfrieren, wenn sie im Zelt übernachten müssen. Glaubst du, man bekäme ein Zimmer für sie im Stadthotel?«

Hanna lachte auf. »Nein, das glaube ich nicht. Nicht, wenn sie Zigeuner sind. Und wer soll das auch bezahlen?«

»Aber dem Jungen geht es so schlecht! Er sieht wirklich krank aus …«

Hanna wurde wieder ernst: »Ich kann verstehen, dass du dir Sorgen machst. Wirklich. Und das ehrt dich …«

Miriam schnappte nach Luft. Ehrte ihre Sorge sie? War Hanna jetzt verrückt geworden?

»Meine Sorge hat nichts mit der Sache zu tun«, erwiderte sie entschlossen, »hier geht es um einen Jungen, der zu erfrieren droht und …«

Sie konnte fast hören, wie Hanna mit den Schultern zuckte.

»Dann lass sie doch im Keller übernachten. Da ist es warm.«

Malikas Feuer erlosch langsam, jetzt war sie wieder voll und ganz Miriam.

»Im Keller? Hier? Unter Olofs Praxis?«

»Ja.«

»Ich bin seit Jahren nicht mehr da unten gewesen.«

»Aber bestimmt ist dort alles ordentlich und aufgeräumt. Olof hat doch einen Hausmeister, der sich immer mal wieder um die Heizungsanlage kümmert und so. Außerdem gibt es auch Wasser da, in dem alten Badezimmer. Und eine Toilette. Also, das müsste klappen.«

»Aber glaubst du, dass Olof …«

Hanna lachte wieder. »Da musst du ihm wohl mal Kontra bieten. Ausnahmsweise.«

Der Junge konnte nach der Behandlung kaum laufen, die Knie versagten ihm den Dienst, als er vom Behandlungsstuhl heruntersteigen wollte. Seine Mutter konnte ihn in letzter Sekunde auffangen. Miriam warf Olof einen wütenden Blick zu – *Hab ich es nicht gesagt? Da siehst du es selbst!* –, und die Mutter ließ einen erstickten Klagelaut vernehmen, etwas zwischen Worten und Weinen.

Miriam trat zu ihr und berührte sie leicht am Arm. »So, so. Jetzt setzt ihr euch erst einmal eine Weile ins Wartezimmer. Ich komme gleich wieder.«

Die Mutter flüsterte dem Jungen etwas auf Romanes ins Ohr und führte ihn dann vorsichtig hinaus. Miriam schwieg, bis sie über die Türschwelle gegangen waren, dann schloss sie die Tür hinter ihnen, holte Luft und beschloss, direkt zur Sache zu kommen: »Hanna ist der Meinung, die beiden könnten im Keller übernachten.«

Olof zog die Augenbrauen hoch. »Im Keller? Hier?«

»Ja. Draußen sind mehr als dreißig Grad minus. Sie werden erfrieren, wenn sie in einem Zelt oder einem Wohnwagen schlafen sollen. Und offensichtlich kriegen sie kein Zimmer im Hotel.«

»Aber sie werden alles stehlen, was wir haben. Schließlich sind es Zigeuner.«

Ingegerd brummte zustimmend im Hintergrund, und Malikas Wut kochte erneut in Miriam auf, sie erlaubte ihr jedoch nicht, die Oberhand zu gewinnen. Ihre Stimme war ruhig, aber entschieden.

»Du kannst die Kellertür hier im Haus ja abschließen, dann können sie über die Kellertreppe draußen reingehen.«

»Aber es gibt keine Betten …«

»Das überlass ruhig mir. Und außerdem denke ich, dass sie nicht besonders verwöhnt sind.«

Olof seufzte, gab dann auf.

»Ja, ja. Ich muss mir den Jungen sowieso morgen noch einmal ansehen. Das war ein ziemlich beachtlicher Abszess, und es besteht ein gewisses Risiko, dass sich eine Sepsis entwickelt …«

»Eine was?«

»Eine Blutvergiftung. Obwohl das selten vorkommt.«

»Dann schlafen sie also im Keller«, sagte Miriam. »Damit ist es abgemacht.«

Thomas wurde nach Hause geschickt, um etwas zu essen und Bettzeug zu holen, noch bevor Miriam ins Wartezimmer trat. Die Frau saß immer noch da, aber der Junge lag auf dem Boden. Sein Gesicht war aschfahl.

»Er blutet«, sagte die Frau tonlos.

»Ja.« Miriam nickte. »Das ist ganz normal. Der Zahnarzt hat ja den Zahn gezogen.«

»Aber er blutet so stark.«

»Er wird nachher einen neuen Tupfer kriegen. Nun sage mir erst einmal, wie ihr heißt. Ich heiße Miriam.«

Die Frau ließ ihren Sohn nicht aus den Augen, ganz vorsichtig legte sie die Hand auf seine Wange und erklärte mit gedämpfter Stimme: »Das ist Fardi. Und ich selbst heiße Anuscha.«

Anuscha. Der Name vibrierte den ganzen Abend in Miriams Ohren, während sie dafür sorgte, dass es vernünftige Schlafplätze im Keller gab. Es war ja kein Wunder, dass die Frau Anuscha hieß. Sie musste die Botin eines verlorenen Volkes sein, ein Sendbote der Toten, ein Memento hinsichtlich allem, was Miriam gewonnen und allem, was sie verloren hatte. Doch nein, so war es natürlich nicht. Sie zwang sich dazu, sich klarzumachen, dass diese Anuscha, Anuscha die Zweite, nur eine ganz normale Roma-Frau war, der es übel ergangen war.

»Das wird sich alles regeln«, sagte Miriam, während sie versuchte, eine Luftmatratze aufzublasen.

Trotz blitzte im Blick von Anuscha der Zweiten auf. »Ach, glaubst du? Ich glaube es nicht. Denn eines weiß ich mit Sicherheit: Es wird sich niemals regeln. Nicht, wenn man Zigeuner ist.«

Miriam konnte nicht einschlafen, als die Nacht hereinbrach, sie lag wach da und starrte in die Finsternis, hielt mit beiden Händen die Bettdecke fest, als fürchtete sie, jemand könnte sie ihr entreißen. Olof schnarchte leise an ihrer Seite, er hatte den ganzen Abend gescherzt und gelacht, als wäre er fast begeistert davon, dass Miriam zum ersten Mal in den vierzehn Jahren in seinem Haus Temperament gezeigt hatte. Miriam war nicht so begeistert davon. Sie hatte Angst. Malikas Wut hatte sie erschreckt, sie hatte Risse in ihre Mauern gesprengt und durch diese Risse konnte sie Didis zerschmelzendes Gesicht und die Stimme von Anuscha der Ersten ahnen (*Nein*, sagte sie immer wieder, *Nein!*), den wilden Blick ihres Vaters, als die *Kripo* sein Werkzeug auf den Boden warf, und die schwarzen Finger, die im Stacheldrahtzaun in Auschwitz hängengeblieben waren. Sie war ja genauso eine Romni wie Anuscha die Zweite und ihr Kellerjunge, und ihr Leben würde genauso elendig verlaufen, sollte sie entlarvt werden. Die Decke, die sie zudeckte, würde weggerissen werden. Das hübsche Nachthemd verschwinden. Der Nerz ihr weggenommen werden, genau wie die gefütterten Stiefel. Die schöne Perlenhalskette würde ihr abgerissen werden. Olofs Lächeln erlöschen, seine Hände niemals wieder lustvoll nach ihr greifen. Hanna würde einen Schritt zurücktreten und die Lippen voller Abscheu zusammenpressen und Thomas, ihr Junge, der ihrem Leben einen Sinn, Halt und Inhalt gab, er würde ihr für alle Zeit weggenommen werden. Polizisten würden sich breitbeinig vor ihr aufbauen und drohend fragen, was sie hier eigentlich treibe, und dann würde sie auf die Straße gesetzt werden, denn in diesem Land, in dem reichsten, friedlichsten und humansten Land der Welt, war es immer noch nicht möglich, als Zigeuner einen festen Wohnsitz zu erlangen.

Das würde sie nicht überleben. Sie hatte Auschwitz und Ravensbrück überlebt, aber sie würde es nicht überleben, wenn die Wahrheit ans Licht käme. Ganz vorsichtig schob sie die Bettdecke zur Seite und setzte sich auf, suchte mit nackten Füßen nach ihren Hausschuhen, zog sich dann ihren Morgenrock an und ging ins Wohnzimmer. Dort setzte sie sich in den blauen Sessel und schaute in die Dunkelheit von Nässjö. Jetzt musste sie sich eine Strategie zurechtlegen.

Als der Morgen kam, war sie ein einziges strahlendes Lächeln. Sie achtete darauf, dass Olofs Toast perfekt goldbraun wurde, und gab Thomas einen Klecks Schlagsahne auf den Kakao, stand dann mit Olofs Mantel im Flur bereit, band ihm den Schal um und gab ihm einen Kuss auf die Wange, fragte in lockerem Ton, ob er heute gern Kohlrouladen essen wollte. Das wollte er, das hatte sie schon vorher gewusst. Kohlrouladen waren sein Leibgericht. Thomas bekam auch einen Kuss auf die Wange, aber er musste sich selbst seinen Dufflecoat anziehen und den Schal umbinden. Was ihm nur recht war, glückselig lächelte er, bevor die Tür hinter ihm ins Schloss fiel und er sich mit einem Winken auf den Weg zur Schule machte.

Nachdem beide gegangen waren, zählte Miriam bis zehn, dann lief sie hinunter in den Keller, eilte zum Eichhörnchenschrank, dem riesigen Kleiderschrank ganz hinten im Keller, über den Olof sich so gern lustig machte. Miriam sei ein richtiges Eichhörnchen, pflegte er zu sagen, sie sammelte alles, auch Dinge, nach denen nie wieder jemand fragte. Und es stimmte, hier hingen alle Kleidungsstücke, aus denen Thomas herausgewachsen war. Seine warmen Winterjacken, seine karierten Alltagshemden, sorgfältig gewaschen und gebügelt, seine dicken Flanellhosen, seine selbstgestrickten Pullover und Wollsocken, seine Handschuhe und Mützen. Fardi brauchte zwei Garnituren. Mindestens. Schnell suchte sie etwas in der richtigen Größe heraus, faltete alles zusammen und legte es auf einen Stapel, dann hockte sie sich hin und begann in den alten Stiefeln zu wühlen. Und fand das Gewünschte, ganz hinten. Sie suchte ein Paar in Größe 37 und eines in Größe 38 heraus, denn der Kellerjunge hatte ja ziemlich große Füße für sein Alter …

Nun ja. Das war auch nicht so wichtig. Sie konnte sie immer noch umtauschen, sollten sie nicht passen, hier gab es Stiefel in jeder Größe bis zu denen in 42, aus denen Thomas als Dreizehnjähriger schon rausgewachsen war. Jetzt ging es darum, Kleidung für Anuscha die Zweite zu finden, warme Kleidung, aber sie musste auch ordentlich sein. Es war ungemein wichtig, dass sie ordentlich aussah, aber sie war viel kleiner als Miriam, was die Sache komplizierter machte. Rock und Bluse mussten es sein. Und vielleicht eine Strickjacke und ein Pullover. Und siehe da, da hing dieser alte Kilt in Schottenmuster, den sie im Herbst nicht hochgeholt hatte. Ob man den kürzen konnte? Nein, es wäre einfacher, das Taillenbündchen tiefer zu setzen. Sie wollte ihn heute mitnehmen, um zu sehen, um wie viel er gekürzt werden musste. Und dazu die dunkelblaue Strickjacke, die an den Ellenbogen schon etwas dünn war. Und – oh ja – die Bluse mit der weißen Stickerei, die sie sich vor zehn Jahren gekauft hatte. Plus Mantel natürlich. Der graublaue Wintermantel mit Samtkragen. Der war ziemlich warm. Natürlich nicht genauso warm wie ihr Nerzmantel, aber sehr viel wärmer als die dünne Sommerjacke von Anuscha der Zweiten.

Sie warf einen Blick auf ihre Armbanduhr. Es war noch nicht einmal halb zehn. Sie würde es schaffen, zu dem Kellerjungen und seiner Mutter zu kommen, noch bevor die Bank öffnete.

»Warum?«, fragte Anuscha die Zweite, als Miriam die Kleidung aus der Tasche zog. Miriam drehte ihr den Rücken zu. Ihre Stimme war heller als üblich.

»Damit ihr nicht friert natürlich.«

»Nicht nur«, widersprach Anuscha die Zweite. »Du willst mehr. Was willst du?«

Miriam schüttelte den Kopf.

»Nein. Ich möchte nur, dass ihr nicht friert. Wie geht es dem Kellerjung… Fardi heute?«

Anuscha die Zweite schaute kurz zu ihrem Sohn. Er lag auf seiner Luftmatratze und hatte die Decke bis zum Kinn hochgezogen.

»Er blutet nicht mehr.«

»Ist die Schwellung zurückgegangen?«

»Ein bisschen.«

»Aber mein Mann hat es sich noch nicht angesehen?«

Anuscha die Zweite schüttelte den Kopf, ließ Miriam aber nicht aus den Augen.

»Nein. Ich wollte zu ihm hochgehen, aber das ging nicht. Die Tür war verschlossen.«

Miriams Blick flackerte.

»Die ist immer abgeschlossen.«

»Gestern war sie es nicht. Als wir hier runtergegangen sind. Da war sie offen.«

Miriam sah sie vorsichtig lächelnd an. Sie war gut im Lügen, das wusste sie, und sie plante noch besser zu werden. Denn sie wollte überleben. Sie dachte gar nicht daran, sich auf die Straße setzten zu lassen.

»Ich habe gestern aufgeschlossen.«

Anuscha die Zweite schüttelte leicht den Kopf, sagte aber nichts mehr dazu. Stattdessen erklärte sie mit ernster Miene: »Wir stehlen nicht. Weder Fardi noch ich. Wir sind keine Diebe.«

Miriam begegnete ihrem Blick, jetzt war sie auch ernst geworden. »Ich weiß«, sagte sie, »ihr seid keine Diebe.«

Der Blick von Anuscha der Zweiten verengte sich. »Du

wirst also nicht hinterher behaupten, wir hätten all diese schönen Kleidungsstücke gestohlen? Und uns bei der Polizei anzeigen?«

Miriam seufzte leise. »Nein. Das werde ich nicht. Warum um alles in der Welt sollte ich das?«

Anuscha die Zweite wandte sich halb ab und murmelte etwas auf Romanes, aber es war deutlich genug, dass Miriam es hören konnte. *Weil Gadsche das immer tun!*

»Entschuldigung«, sagte Miriam und merkte selbst, dass ihre Stimme viel zu hell war: »Was hast du gesagt?«

»Nichts«, antwortete Anuscha die Zweite. »Gar nichts.«

Als Miriam am nächsten Tag wiederkam, war Fardi immer noch sehr wacklig auf den Beinen, aber die Schwellung der Wange war zurückgegangen. Olof hatte ihn sich angesehen und gesagt, es sähe so aus, als würde es gut verheilen.

»Er hat uns Zahnbürsten gegeben«, sagte Anuscha die Zweite zu Miriam, als sie den gekürzten Mantel vorbeibrachte. »Und dann hat er auch in meinen Mund geguckt. Er scheint zu glauben, dass wir uns nie die Zähne putzen.«

Miriam schmunzelte und zuckte mit den Schultern. »Zahnärzte … Du weißt schon.«

»Nein. Ich weiß nicht. Was meinst du damit?«

»Die sind immer der Meinung, dass kein einziger Mensch seine Zähne oft genug putzt.«

»Nicht einmal du?«

Es war es einfacher zu lügen. »Nein. Er will, dass ich mir nach jeder Mahlzeit die Zähne putze, aber das tue ich nicht. Ich putze sie nur morgens und abends.«

Anuscha die Zweite nickte und zog sich den Mantel über.

»Wie sieht er aus?«

»Schön. Er steht dir. Ich habe auch noch eine Handtasche mitgebracht. Wenn du sie haben möchtest.«

Sie hielt ihr die schwarze Tasche hin. Etwas unmodern, aber immer noch gut zu gebrauchen. Anuscha die Zweite warf ihr einen misstrauischen Blick zu.

»Warum das?«

Miriam seufzte.

»Weil es gut ist, eine Handtasche zu haben.«

Am vierten Tag war die Verwandlung vollbracht. Der Kellerjunge stand lächelnd vor Miriam, in einer robusten Winterjacke, eine Mütze mit Ohrenklappen auf dem Kopf und ein Paar etwas zu große Stiefel mit dicken Wollsocken an den Füßen.

»Bedanke dich bei der Frau«, sagte Anuscha die Zweite und schubste ihn leicht vor. Er nahm die Mütze ab und machte einen Diener, sagte aber kein Wort. Anuscha die Zweite seufzte.

»Entschuldigung.«

Miriam runzelte die Stirn. »Wofür?«

Anuscha die Zweite seufzte noch einmal. Sie war richtig hübsch, wie sie mit dem offenen graublauen Mantel dastand, Miriams etwas abgetretene alte Winterschuhe an den Füßen.

»Weil er sich nicht bedankt. Er sollte danke schön sagen. Ich auch …«

Plötzlich brach die Mauer und die Wahrheit quoll hervor: »Ich hatte eine Freundin, die hieß Anuscha. Vor langer Zeit.«

Anuscha die Zweite hatte angefangen ihren Mantel zuzuknöpfen, hielt aber plötzlich inne, schaute Miriam an und fragte: »War sie eine Zigeunerin?«

Miriam antwortete nicht, traute sich nicht zu antworten, schüttelte nur den Kopf. Anuscha die Zweite blickte ihr tief in die Augen, dann flüsterte sie: »Und du? *Rom san? Romengi san?*«

Für einen Moment schwankte die Erde, die Risse in der Mauer in Miriams Innerem verbreiterten sich, und für eine Sekunde war sie ganz erfüllt von Sehnsucht, sie wollte den Traum verlassen, in dem sie lebte, wollte zurück zu ihrer eigenen Sprache und ihrem eigenen Leben, zu Wahrheit und Wirklichkeit, aber gleichzeitig wusste sie, das war unmöglich, die Konsequenzen waren viel zu weitreichend, das durfte nicht geschehen, das war nicht möglich, also schob sie die Hände in die Taschen ihres Pelzmantels und schüttelte noch einmal den Kopf. Es dauerte eine Weile, bis sie ihre Stimme wiederfand.

»Tut mir leid«, sagte sie dann mit ihrem sanftesten Tonfall. »Das verstehe ich nicht. Was willst du mir sagen?«

Du warst sehr großzügig dem Kellerjungen und seiner Mutter gegenüber«, sagt Thomas. Er dreht immer noch das Armband hin und her, streicht mit dem Zeigefinger über die filigrane Arbeit. »Fast unangemessen großzügig.«

»Ach«, wehrt Miriam ab, schließt die Augen und lehnt sich in dem Korbsessel zurück. Direkt über ihr zwitschert ein Vogel im Grün des Apfelbaums. »Unangemessen großzügig? Das ist ja wohl Ansichtssache.«

»Nein. Du hast ihnen auch noch Geld gegeben, nicht wahr? Nicht nur jede Menge Kleidung und eine Reisetasche.«

Miriam öffnet die Augen und wirft ihm einen schiefen Blick zu. Sein Gesicht liegt im Schatten.

»Das war ein schrecklich kalter Winter. Und die Anuscha hatte nur fünf Kronen. Ja, es stimmt, ich habe ihnen etwas Kleingeld gegeben.«

»Etwas Kleingeld? Du hast ihnen vierhundert Kronen gegeben. Das war viel Geld zu der Zeit.«

Miriam richtet sich in ihrem Sessel auf und starrt ihn an.

»Woher weißt du das?«

Thomas schenkt ihr ein schiefes Lächeln. »Ich habe in deine Brieftasche geguckt. Da lag der Beleg von der Bank, aber Geld habe ich nicht gefunden ... Ja, und daraus habe ich so meine Schlüsse gezogen. Da du nichts gekauft hattest und nichts davon gesagt hast, dass du bestohlen worden bist.«

Miriam nimmt die Füße vom Schemel und wendet sich ihm zu, schaut ihn an, als sähe sie ihn das erste Mal in ihrem Leben.

»Was sagst du da? Du hast in meine Brieftasche geguckt?«

Thomas nickt ernst. »Ja, ich habe in deine Brieftasche geguckt. Und in deine Handtasche. Und in deine Schreibtischschubladen. Und in deinen Schrank. Habe deine Taschen durchsucht. Denn es hat mich total verwundert. Ich habe nicht verstanden, warum du in dieser Sache mit dem Kellerjungen und seiner Mutter so heftig reagiert hast. Ich wollte wissen, wer du warst. Wer du wirklich warst.«

Miriam schüttelt langsam den Kopf. »Aber du hast doch gewusst, wer ich war? Ich war doch deine Mama.«

Thomas nimmt die Bewegung auf, schüttelt selbst leicht den Kopf.

»Nein. Du warst nicht nur meine Mama. Du warst auch ein Mensch mit vielen Geheimnissen. Viel zu vielen Geheimnissen. Das war deinem Gesicht abzulesen. Das ist es immer noch.«

Miriam fährt sich schnell übers Gesicht, merkt dann selbst, was sie tut und nimmt die Hand herunter.

»Guckst du immer noch in meine Brieftasche?«, fragt sie leicht lächelnd und versucht ironisch zu klingen, aber Thomas erwidert ihr Lächeln nicht. Er sieht sie ernst an.

»Nein. Ich habe nicht mehr in deine Brieftasche geguckt, seit ich das Abitur gemacht habe. Aber ich habe mich immer gefragt …«

Eine Weile bleibt es still zwischen ihnen, sehr still, es scheint, als hielte die ganze Stadt den Atem an. Kein Vogel zwitschert mehr, kein Auto fährt vorbei, nicht einmal Kaiser bellt im Hintergrund. Thomas schaut noch einmal auf das Armband, hebt dann Miriams rechte Hand und streift es ihr über, bleibt sodann mit ihrer Hand in seiner sitzen.

»Wer ist Didi?«, fragt er schließlich.

Miriams Herz pocht plötzlich ganz heftig, ihre Stimme wird zu einem Flüstern. »Du bist Didi …«

Thomas schüttelt den Kopf. »Nein. Ich bin nicht Didi. Wer war er?«

Miriam versucht ihre Stimme wiederzufinden. »Woher weißt du … Wann hast du seinen Namen gehört?«

»Du selbst hast ihn gesagt. Oft. Wenn man dich weckt, dann sagst du fast immer seinen Namen. So wie heute.«

Miriam kann sich auf einmal nicht mehr verteidigen, sie sieht Thomas tief in die Augen und sagt: »Didi war mein kleiner Bruder. Er ist in Auschwitz gestorben.«

Thomas drückt ihre Hand, sagt aber nichts.

»Und du«, sagt Miriam, »du bist derjenige, den ich bekommen habe, nachdem ich ihn verloren hatte.«

Thomas nickt stumm und legt seine andere Hand auf Miriams.

Nun ist sie ganz umschlossen.

»Er war noch so klein …«

Sie verstummt und senkt den Kopf, schaut auf ihr hellblaues Kleid, dann hebt sie den Kopf wieder. Sie blinzelt. Doch, ja. Sie redet von Didi, sie nennt seinen Namen, und trotzdem hat sie keine Tränen in den Augen. Es sind fast siebzig Jahre vergangen, seit er gestorben ist. Vielleicht ist es an der Zeit aufzuhören, um ihn zu weinen, wenn auch nicht aufzuhören, über sein Schicksal zu trauern. Thomas sieht sie an, er hält immer noch ihre rechte Hand zwischen seinen.

»Danke«, sagt er. »Dann habe ich nur noch eine Frage.«

Miriam sieht ihn an. Er ist ihr Sohn. Sie liebt ihn.

»Ja«, sagt sie. »Was willst du wissen?«

Er weicht mit seinem Blick aus, lässt ihn stattdessen für einen Moment auf dem Rosenbeet hinter ihrem Rücken verweilen, dann fragt er: »Heute Morgen hast du gesagt, du heißt nicht Miriam. Ist das wahr?«

Miriam lächelt ihn an und schüttelt leicht den Kopf.

»Nein«, sagt sie. »Nicht so richtig. Man muss wohl sagen, dass ich tatsächlich Miriam heiße. Aber nicht nur.«

Postskriptum

Bei dem Roman handelt es sich um eine rein fiktive Erzählung mit fiktiven Personen (bis auf drei Ausnahmen), aber sie ist auf realen Ereignissen aufgebaut. So basiert die Schilderung des Aufstands im Auschwitzer Zigeunerlager am 16. Mai 1944 auf *Voices of Memory 7: Roma in Auschwitz*. Daraus stammen auch die Informationen über die sogenannte Zigeunernacht, d.h. die Nacht zwischen dem 2. und 3. August 1944, in der ca. 3000 Roma vergast und verbrannt wurden. Die gleiche Schrift enthält außerdem wichtige Informationen über *Noma* und die Experimente, die Josef Mengele an Roma-Kindern ausführte.

Während der zweieinhalb Jahre, in denen ich an diesem Roman gearbeitet habe, war Hans Caldaras meine wichtigste Quelle. Ohne seine humorvolle Geduld, seine großzügige Unterstützung und seine freundlichen Antworten auf meine vielen Fragen hätte ich mich nie an dieses Thema herangetraut. Ich bin ihm zu großem Dank verpflichtet.

Das Gleiche gilt für Irene Herz-Weitzberg, die ich in Brüssel besucht habe, wo sie seit vielen Jahren lebt, die aber früher einmal eine der Flüchtlinge war, die in Aneby in Quarantäne untergebracht wurden. Ihr einzigartiger Mut und ihr starker Lebenswille haben mich ebenso verblüfft wie die Tatsache, dass sie immer noch ausgezeichnet Schwedisch spricht, obwohl sie doch vor fast siebzig Jahren Schweden verlassen hat. Sie war es auch, die von Bernhard Petterssons Tortenschlacht erzählte, auch wenn aus dem, was wirklich geschehen ist, eine sehr freie Fassung geworden ist. Bernhard Pettersson ist eine der drei Personen, die es wirklich gegeben hat. Leider gilt das Gleiche für Josef Mengele und die Wächterin Binz in Ravensbrück.

Und außerdem: Dass Miriams Stiefsohn Thomas Adolfsson heißt, ist kein Zufall. Ich habe ihn mit voller Absicht nach meinem verstorbenen Neffen genannt. Aber der Name ist auch das Einzige, was den wirklichen und den fiktiven Thomas miteinander verbindet.

Meine erste Reise in Verbindung mit dem Roman führte mich nach Jönköping. Dort brachte mich Eva Sjöberg, Journalistin bei SV4, in Kontakt mit Lars Löfling, der mich auf einen Rundgang durch die Viertel mitnahm, die Schauplatz für die sogenannten Zigeunerkrawalle im Juli 1948 gewesen waren. Weitere Informationen darüber, was eigentlich damals geschehen ist, bekam ich durch Martin Ericsson, dessen Aufsatz mich von einem Teil meiner Vorurteile abrücken ließ, und das war wirklich nötig.

Meine nächste Reise ging nach Auschwitz-Birkenau, einen Ort, der mich verstummen ließ. Und dennoch: Der Buchladen des Museums erwies sich als eine wahre Goldgrube. Einige Monate später fuhr ich nach Fürstenberg und Ravensbrück. Dort kümmerten sich Dr. Insa Eschebach und Thomas Kunz um mich, sie führten mich herum und berichteten von der beeindruckenden Forschung und Dokumentationsarbeit, die inzwischen in dieser Mahn- und Gedenkstätte geleistet wird.

Außerdem fuhr ich natürlich nach Aneby und Nässjö. In Aneby bekam ich Hilfe von Wivianne und Roland Hägg, die mir Erinnerungen an und Literatur über die Ankunft der Flüchtlinge in Aneby präsentierten (nicht zuletzt was die Panik betraf, die Arbeiter der Svensk Stålull AB hervorriefen). In Aneby lebt außerdem der Lokalhistoriker Göran Engström, Schriftführer des Schriftstellerverbands von Småland, der mich mit vielen ungemein interessanten Zeitungsausschnitten aus der Zeit nach dem Zweiten Weltkrieg versorgte. In Nässjö begnügte ich mich damit, ganz allein durch den Stadtpark um den Ingsbergssjön spazieren zu gehen, genau wie es Miriam und Camilla tun, wobei ich plante, wie ich die örtlichen Gegebenheiten verändern wollte – das Privileg eines Schriftstellers. Dort ging ich zusammen mit einem Mann essen, der mir vor vielen Jahren zugeredet hat, zu schreiben, nämlich mit Börje Svensson, meinem alten Schwedischlehrer.

Außerdem habe ich wie üblich meine Freundinnen und Freunde mit vielen, vielen Fragen gequält. So musste Ylva Pihl, von Beruf Psychologin, das eine und andere hinsichtlich posttraumatischer Belastungsstörungen erklären, während Eva Simonsson, eine literaturbegeisterte Dentalhygienikerin, mir mit allen odontologischen Details half. Mein äußerst friedliebender Sohn Patrik Axelsson (angehender Bibliothekar) half mir mit Informationen über Waffen in den vierziger Jahren, und Ewa Persson-Göransson las wie üblich einen Teil des Textes im Laufe seiner Entstehung und unterstützte mich mit aufmunternden Kommentaren, während gleichzeitig Dorotea Bromberg und die anderem im Verlag mir mit ihrem nie ermüdenden Enthusiasmus beistanden. Außerdem bekam ich von meinem ältesten Sohn Andreas Axelsson eine CD, die mich aufmuntern sollte, wenn die Fakten über die Konzentrationslager zu erdrückend wurden. Es war Olivier Messiaens *Quatuor pour la fin du temps.* Mein

Ehemann Jan Axelsson fuhr mit mir nach Auschwitz, half mir, mich an das Nässjö der sechziger Jahre zu erinnern, und ertrug außerdem stoisch das düstere Gemurmel und die langgezogenen Schweigephasen, die dringend erforderlich sind, wenn ich einen Roman schreibe.

Ich danke ihnen allen.

Majgull Axelsson

Quellennachweis

Margarete Himmler auf Seite 237 wird zitiert nach *Heinrich Himmler: Biographie*, Peter Longerich, Siedler, München 2008, S. 410.

Cordelia Edvardson auf Seite 337 wird zitiert nach *Gebranntes Kind sucht das Feuer. Roman*, Cordelia Edvardson, Deutsch von Anna-Liese Kornitzky, Hanser, München und Wien 1986, S. 127.

Federico García Lorca auf Seite 387 wird zitiert nach *Romanze von der spanischen Guarda Civil*, erschienen in *Frederico García Lorca, Die Gedichte, Spanisch – Deutsch*, Hg. im Auftrag der Heinrich Enrique Beck-Stiftung, Basel von Ernst Rudin und José Manuel López. Ausgewählt und übertragen von Enrique Beck, Wallstein, Göttingen 2008, S. 353.

Das Zitat auf Seite 403 stammt von Horst Wessel aus dem *Horst-Wessel-Lied*, um 1927.

LISSA EVANS
MISS VEE
ODER
WIE MAN DIE WELT
BUCHSTABIERT
ROMAN
List